Primordial Genesis I

Odyssey of Mind

Written & Conceived by
TIAN GENG

田耕　作品

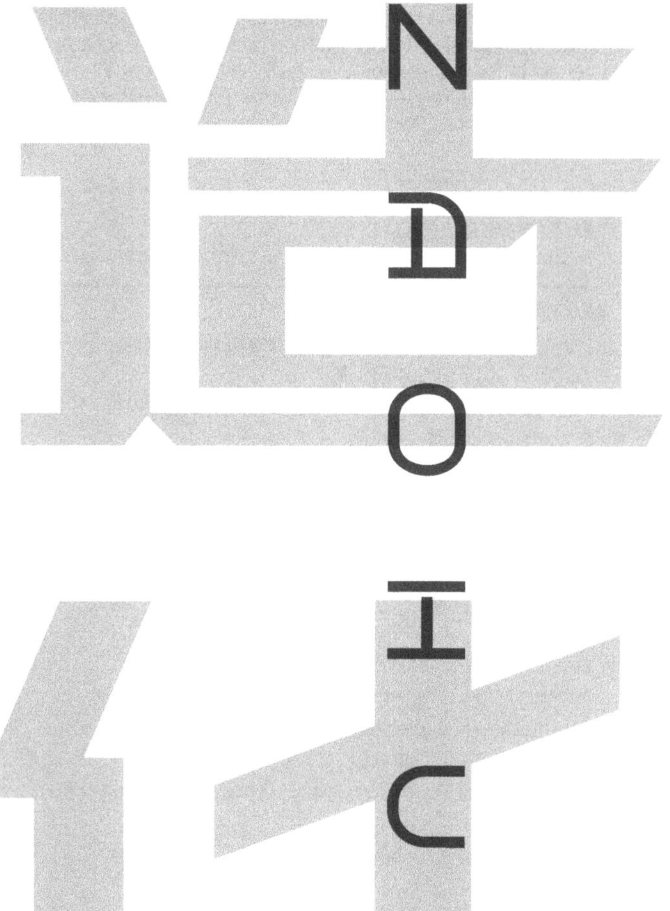

一　神游记

iCultures Publications｜美国文化桥出版社

iCultures Publications
3769 Peralta Blvd., Suite I
Fremont, CA 94536

Book Title 書名：造化Ⅰ神游记
Primordial Genesis · Volume Ⅰ：Odyssey of Mind
Author 作者：Tian Geng 田耕
Planned by 策劃：郇桓
Designer 設計製作：Jay Li
Proofreader 校對：Xiangning Xiong 熊向寧

ISBN：9798902590101（Hardcover）
ISBN：9798987135396（Paperback）
LCCN：2026903099
Trim Size 開本：7.44 × 9.69 inches (189 × 246 mm)
Publisher 出版社：iCultures Publications
Address 地址：3769 Peralta Blvd. Ste I Fremont CA 94536
Website 網站：icultures.org
Email 郵箱：info@icultures.org
Publishing Entity 出品：Eastwest Art Culture & Education Center

Typefaces licensed under the SIL Open Font License (OFL 1.1)

Printed in the United States

Not as a declaration of answers,
but as an opening towards the questions themselves

Table of Contents
目录

PART 3
意识灵魂

PART 4
九维宇宙

Preface

序

天工开物 往古来今

范 稳

FAN WEN

　　我与田耕从未谋面，他远在大洋彼岸。有一天我女儿给我打电话，说她曾经的一个同事、朋友写了一部大书，希望我能为之作序。我平常因为自身工作忙，很少为人写序，遑论一个身在海外的作家？不过，当我接到转发来的书稿《造化》和作者创作背景介绍，一番浏览下来，便颇有些感触。用年轻人的话讲：脑洞被打开了，或者用文学术语，被拓展了想象力的边界。但凡搞文学创作的人，追求的正是这样一种境界——给读者一个全新的世界，无论是过去、现在，还是未来。

　　《造化》就是一部未来之书。它写在当下，却指向未来。作者是个70后，出身于书香世家，父母都是理工科领域的佼佼者。在他还韶颜稚齿时，就在母亲的物理实验室见到过全息影像，高科技的种子从此在一个少年心田里种下。那时还是上世纪八十年代初期，这种新科技很多人都没有见过，甚至可能也没有听到过。八十年代初期中国刚开放不久，我也才上大学，那时只算个电子时代吧。受家庭环境的影响，田耕说他从小就喜欢航空、天文、宇宙这些能放飞一个孩子想象力到极限的领域。难能可贵的是田耕还喜欢写作，在小学时就得过全国小学生作文比赛的大奖，受到过名作家指点，让他对科幻文学作品产生了浓厚的兴趣。一个本来可以像父母一样去搞理科的人，从此爱上了文科。他似乎是个文理通吃的全才，好奇心、想象力、探索性思维、创造性能力，学习天赋，无论文科还是理科，都不可或缺。一般来讲，文科生难以进入理科领域，而理科生一旦爱上人文社科，则大不得了。这就是所谓的跨界、复合型人才了吧？这样的人搞写作，写出的东西就与传统意义的作家不一样。田耕把自己的作品定义为"哲思科幻小说"，足见这部作品跨度之大，涵盖面之广。我们一部作品，时间维度上能写出一百来年历史的沧桑演变，空间维度上从一个地区方圆数百公里，到写到异国他乡，就已算是宏大叙事性作品了，而田耕的《造化》时间跨度长达三十万年，空间维度延展到多个平行宇宙，在思想内涵上则以"意识科学"为主轴，不仅融入了儒、释、道等中国传统文化对人类精神世界的探讨，也结合了世界十二大古文明与现代哲学对意识的诠释。作者展开大胆而合理的科学想象，重点描绘了百年之后地球社会的意识科技演进与人类对宇宙的探索之路，将哲学思辨与科学幻想深度融合。这在传统的纯文学写作中是一种创举，在科幻作品中也算是独树一帜。不能不令人感叹"江山代有才人出"，现在独领风骚已不需要"数百年"了，十年就换了一代。很多时候，这个迭代期会更短。

　　在当代科幻与哲思交织的写作版图中，《造化》无疑是一部充满野心的作品。它是一部尝试回答"我是谁""宇宙从何而来""什么是'存在'"以及"意识如何介入物质""时间的本质"的哲思＋科幻小说，《造化》也是一则寓言，提醒我们：时刻保持好奇心与想象力，那是创造的源泉；科学与哲学、现实与神秘，生活与梦境，从未真正分开。它并未满足于传统意义上的科学幻想，而是力图将实验室的冷峻细节与意识哲学的深渊疑问编织在一起，把物理实验、信息理论与形而上的思辨熔铸为一个整体。书中不乏一些极具想象力的精彩的文学描绘：

　　"时间仿佛走到了尽头。雨滴悬停于空中，风不再流动，声音也被按下了沉默的按键。一张无形的帷幕，从高维之上缓缓垂落，覆向万物。它并不带来毁灭，而是一种绝对的静默，如同宇宙的心跳，在最后一刻戛然而止——所有的光都熄灭了，所有的声音都沉寂了，所有的存在都在崩塌中趋于归零。

　　科学家们早已预见到这一刻。人类文明终究无法逃离维度塌陷的宿命。在这个平行宇宙，当时空的织网被撕裂，地球失去了立足的基座，一切山河与海洋、思想与记忆，都坠入不可测的裂隙。那不是死亡，而是彻底的"失效"：地球将从存在的名册上被抹除，像从未出现过一样。无论科技多么辉煌，无论意志多么坚强，文明的火种也无法照亮这片寂灭的深渊。

　　然而，就在这终焉之际，宇宙忽然开始"倒放"。时间不再是线性流逝的单向旅程，而是进入了物极必反的循环，踏上了倒流的道路。因为这个宇宙拥有双重意识结构——一重是不断向外展开的创生之力，另一重则是回观的深邃凝视，它们交织成一场时光与存在的双向回响。

　　在展开中，宇宙如一次呼吸的吐气，将自身的意识碎裂为无数个生命与星辰，沿着从过去 到未来的方向扩展。个体在时间中前行，经历一体、分离、遗忘与空虚，最终走向混沌的极限；而当一切抵达终点，时间悄然翻转，进入回观。宇宙不再向外，而是缓缓吸气，将意识从分裂

中召回，自未来向过去回流。此时，时间成为一面镜子，个体开始记起被遗忘的整体，意识彼此呼应，熵的秩序被逆转，真我逐步重构。

　　在这个宇宙，时间的本质，并非物理过程，而是一种意识的叙述方式——人们不是活在时间中，而是时间本身的一种回响，在展开中沉睡，在回观中苏醒。"

　　我所理解的科幻小说有些像作者手里放飞的风筝，它在天空中自如飞翔，作者用一根细细的线牵扯着它，与风同行，邀云共舞。放风筝的人总是希望自己的风筝飞得越高越好，最好还能载着他的愿景和梦想。但他还得有放有收，放出去的是想象力，收回来的是立足于当代科学前沿的现实逻辑和历史逻辑。比如时间，空间，宇宙，以及人类文明往何处去这样一些攸关人类命运的永恒追问。

　　这也不是一本轻松的书。作者虽然通过和造物主对话的形式揭示了许多宇宙和人类奥秘，但他的意图并非提供单一、明确的解释——而是让科学、哲学与隐喻在同一空间里激烈碰撞。与此同时，作者展开大胆的想象，构建了一个可以"自圆其说"的意识体系，并在最终，突破固有"概念""定义"的藩篱，创造了一个全新的"存在"——"一体宇宙"。书中有很多令读者读来生僻又大开脑洞的未来科技新词汇（我不确定这是否是作者独创还是已然有之），如"元晶提炼""苍穹盾""时空泡泡""神游协议""全像共感仪""意识增强模块""全像共感仪""记忆盾构机""识子共振场""识子编织术""意识提取算法""量子识子耦合器"等等。还有很多意象空灵的词组，见所未见，闻所未闻，如"湿光""火星感染者""赤色光雨""勇气曲线""盒子生命""玛拉古拉""万象之音""光髓元晶""音蛊迷术""曜径波纹""识体挠场""灵魂合音""非非空间""T向量速度""纠缠因果核""命运的拼接操作""多文明意识反应炉"……

　　作为一个科幻小说家，作家首先要像一个科技战士冲在最前面，至少他需要在科技前沿"在场"。田耕有这样的先天优势，他学的是国际新闻专业，进入职场以来先后在爱立信（中国）担任媒介新闻官，是"蓝牙"中文名字的确立者和在华语世界的推广者。后来进入美国柯达服务七年，担任大中华区公共关系总监兼新闻发言人（还曾服务于国际医疗机构、外资门户网站、亚州电讯系统集成商、美国水处理化工企业、国内太阳能企业等），一直从事企业传播和品牌管理工作。在这些看上去很光鲜亮丽的工作后面，田耕一直没有放弃自己的写作梦想，一直在收集、记录、学习、甄别、感悟并呈现。每一个行业都是他选修的新专业，一个写作者的跨界之路，也许就是这样达成的吧。

《造化》一书的语言冷静而缜密，科学细节与诗性描写不断交错。对于习惯传统叙事的读者，它并不艰涩；而对于乐于深入探究的读者，它也提供了一种罕见的体验。作者在阐释"我是谁"这个亘古的人类追问时，也匠心独运，为读者给出了自己的解释。

"十六岁之前，'我'是被父母、学校、社会共同定义的；十六岁之后，他第一次问：'我想自己定义我是谁。'他所反抗的，其实不是你，而是那个旧的、被塑造的自我。那种撕裂很痛，但它是意识重组的必经阶段。

"所以，所谓的"叛逆期"，其实是一场小宇宙的坍缩与重生？"

马克点了点头："正是。旧的意识壳层崩塌，新的意识核心正在成形。当他走过这一段，他的世界会重新建立，而你——将从'控制者'变成'共振者'。安娜轻轻叹了一口气，"原来不是他变了，而是他终于成为他自己。"

《造化》全书八十万字，这个厚度本身对读者就是一种挑战，更何况它的科幻前卫性和哲理思考深刻性。但对持积极意义的人生来说，我们可以去挑战现实世界的很多困难，以达到自己的某个目标和理想，我们为什么不去挑战一本厚重的大书呢？大千世界，茫茫人海，天地玄黄，宇宙洪荒。我们都要弄清楚自己的来处和归路，更要搞明白我们的未来。由此，我相信《造化》能找到它的知音。是为序。

编者注：范稳，一级文学创作，现任中国云南省作家协会主席、云南省文联副主席。1986 年开始发表作品，已出版长篇小说《吾血吾土》《重庆之眼》《青云梯》等各种体裁的文学作品近二十部。代表作为"藏地三部曲"——《水乳大地》《悲悯大地》《大地雅歌》。曾获十月文学奖，《人民文学》长篇小说双年奖，"中国好书"奖，第七、第八、第九届茅盾文学奖提名奖等。多部作品翻译成英、法、德、意等文字在欧洲、澳洲和美洲地区出版发行。

Foreword

前言

"造化弄人"还是"人弄造化"?

田 耕
TIAN GENG

　　"造化"一词，古人多以之指天地之功、自然之机或神明之手。然而，在更深的意义上，它并非像书中造物者 OO 那样手执的权柄，而是万有自我生成的原理。"造"，是意识的发端，动而生象；"化"，是形态的流转，象而成事。所谓"造化"，并非自上而下的一次性创造，而是意识与存在在同一整体中的循环演化——造者即所造，起点亦是归处。

　　这是一部长篇小说，融合哲学思考与科学幻想，由六个相对独立却彼此勾连的故事组成。时间跨度（若仍沿用"时间"这一概念）为三十万年；空间跨度（若仍沿用传统对"空间"的定义）覆盖多个平行宇宙。书中的主角包括：意识学家兼星际宇航员马克，宇宙结构学家、星舰"阿依达"号首席宇航员黛安，量子意识科学家、星舰传输系统总设计师柯林，太空军军部将军布莱克索恩，超级人工智能仿生人卡贝拉，以及一贯雄心勃勃的巴尔卡拉。这些人物出现于不同历史时期与不同平行宇宙，多数情况下沿用原名。但在轮回到罗马帝国的那一世，巴尔卡拉的名字是屋大维——凯撒的养子，后来被神格化为"奥古斯都神"（拉丁语：*Augustus*）。这也正是英语中"八月"（*August*）一词的来源。至于他与布莱克索恩的关系，需要你慢慢阅读，亲自发现。

　　从哲学或神学的层面审视这部小说，"造"之初，并非具象之物，而是一种尚未命名的起始状态。在古老东方叙事语言中，它被称为"太素"（Primordial Potential）——介于"无极"（一切尚未区分的"绝对潜能"）和"太极"（"自感知"进一步结构化，分化为对立与关系的起点）之间，潜能开始自感知的原初状态——未分，而已动。这是一切可能性尚未展开时的临界点：静极而动，虚极而实。

　　当这一状态发生变化，能量与形式开始呈现出自组织的趋势，回响与频率产生最初的结构性律动，这被称为"原初创世阶段"（the Phase of Primordial Genesis）。在这一语境下，"造"指的是觉知结构的首次出现，而"化"则指这些结构在时间与关系中的持续流变。因此，造化并不应被理解为某种造物主、神性主体的行为，而被设定为意识在其自身经验结构中不断展开与重组的过程。而当人能够觉于思、觉于念，乃至觉于"觉"本身，便在认知意义上被描绘为造化的共作者——"思"被用以指代"造"的发生，"感"被用以象征"化"的展开。由此，造化在每一个意识结构中得以延续，并在每一次梦境与想象中被重新启动。

　　本书中，造化之理不仅关乎自然形态的生成与消散，更指向意识结构的开启与闭合。它既被用作理解宇宙运行方式的隐喻，也被视为艺术、思想与生命经验得以诞生的共同根源。当人类尝试理解"造化"时，所触及的并非具体的创造方法，而是创造力本身的来源——那不是关于"如何去做"的"术""法"技巧，而是一种关于"如何得以生成"的"道"之觉悟。

　　我们的祖先在技术与物质条件上远不及今日之人，生存亦更为艰难，他们本应只停留在挣扎"生存"的层面，而不是追求美好"生活"或探索"生命"意义。然而，在对宇宙、生命与意识本源的体悟上，其深邃程度并不逊于现代文明。正是这种在匮乏中孕育出的根本性智慧，构成了人类思想最早也最坚实的根基。本书第二部"远古智慧"，正是试图揭示这份被历史发展和技术进步所掩盖、却从未真正消失的认知传统。这个故事围绕外星人"玛拉古拉"和远古时代的卡贝拉、巴尔卡拉兄妹展开：

　　巴尔卡拉一向以美食家自居，也确实有着无人能及的烹饪手艺。实验第二天傍晚，他亲自下厨，准备了一场丰盛而精致的晚宴，只邀请了堂妹卡贝拉。

　　古老的石板桌上被一种名为"王叶"的大王藤树叶覆盖，上边错落有致地摆满了他从清晨就开始准备、花了一整天精心烹制的菜肴：炭火慢烤的野牛肋眼散发着诱人的焦香，肉质鲜嫩、汁水丰盈；用香草和野蒜腌制的大角鹿里脊被切成薄片，色泽殷红，油脂在火光下微微闪亮；配菜包括马齿苋和蕨菜嫩叶，新鲜采摘的坚果与浆果，紫红与青绿相间；一旁，还有他秘制的野草种子粥，混合了不知名的山谷香料，淡淡的草木清香中透着浓稠的温润。但最令人瞩目的，还是他最拿手的珍馐——猛犸象舌薄片，经慢火熏烤至恰到好处，配上浓稠的恐鸟蛋羹，蛋香与肉香交融，每一口都藏着远古时代奢华口感的秘密。

　　从科学的层面审视这部小说（尽管作者对"科学"的概念和定义有

不同的理解，这在书中有所解释），人类数千年来始终反复追问同一个问题：意识从何而来？在日常经验中，物质世界似乎稳定而客观；然而，当研究深入至微观尺度时，这种确定性逐渐被削弱。物质不再被简单理解为坚固的实体，而更常被描述为由振动、概率分布与相互关系所构成的动态结构，且其稳定形态，往往只在特定观测条件下得以呈现。由此，一个长期存在却愈发尖锐的问题浮现出来：观测本身是如何发生的？支撑观测行为的认知能力，又从何而来？

在量子物理、信息论、神经科学、认知科学，以及宗教思想、东方哲学与西方思辨长期交汇却尚未统一的边界地带，作者提出一种解释性框架——意识场理论与识场模型。这一框架并不试图给出关于意识或宇宙的终极答案，而被明确设定为一种高阶假说与叙事模型，用于重新描述意识在整体宇宙结构中可能占据的位置。

在识场模型中，意识不被理解为大脑活动的简单副产品，而被假定为一种可能被嵌入宇宙底层结构（"基底现实"）之中的组织形态。这一设想并未否定神经科学关于意识与大脑功能高度相关的研究成果，而是尝试在更高的解释层级上，回应一个长期悬而未决的问题：为何主观体验始终表现出不可完全还原为物理过程的特性。

"识场"并非可直接观测的物理场，也不被视为一种新的基本力，而是一种理论性的描述层级，用于刻画信息、觉知与物理结构之间可能存在的耦合方式。在该模型的假定下，宇宙在信息层面或许存在跨尺度的关联网络，而意识则被理解为其中高度复杂的信息自组织现象。个体的思考、感受与记忆，并非脱离整体结构而独立发生的事件，而是信息结构在局部尺度上的动态呈现——那或许正是意识的"规范场"（Gauge Field）。

这一表述并不意味着宇宙一定具有意志或目的，但指出意识活动可能反映了信息系统在特定条件下的演化方式。为便于分析与叙述，模型进一步引入"识子"这一概念，用以指代参与觉知、响应与信息整合的最小过程单元。需要指出的是，"识子"仅作为一种概念化分析工具存在，而非已被现代实验验证的真实粒子或物理实体。书中提到造物者 OO 创造出不同能级的"识体"，从物识、微识、感识、情识，到人类意识（常识、觉识、灵识），再到神识、虚识和藏识，也属于这种情况。

在该模型的描述中，意识结构呈现为多层嵌套的动态系统：底层被称为"原初识场"，用以指代尚未分化的潜势；其上为"个体识场"，在这一层级中，觉知被组织为相对稳定的自我体验结构；再上为"集体识场"，个体认知在语言、文化与社会结构中形成共振模式；最外层则是宇宙级关联层"宇宙识场"。上述层级并非彼此分离，而是被设定为相互嵌套、持续作用的动态关系结构。

在这部小说的叙事中，曾出现"意识能够直接创造或决定物理现实"的描写；然而在我们这个低版本"物质宇宙"中（书中提到的六个平行宇宙之一），识场模型无法将意识视为一种可控或可放大的因果力量，而仅将其理解为一种极其微弱的边界调制因素。在多种物理可能性并存的情况下，意识状态或许只能在统计意义上对系统演化路径产生影响，其效应在真实而复杂的环境中，往往难以与随机波动加以区分。因此在我们这个宇宙，识场被明确设定为一种未完成的思想框架。它既无法被直接验证，也无法被彻底证伪，其意义并不在于提供确定结论，而仅在于是否能在特定问题上呈现出更高的解释一致性。这正如小说所呈现的那样——主人公在完成对"LAEE""可可西""德尔塔"和"梦格丽"四个星球的星际拜访后，"梦游工场""医学实验""盗取资料"和"调查黑客"几章中的故事——任何试图将该模型用于意识操控或资源垄断的实践，都被视为具有高度风险的非伦理行为。

识场并非神秘力量，也不是终极答案。它更像是一面镜子，用以映照人类在理解意识、信息与现实关系时所触及的认知边界。书中提出的"马克意识论"，也同样不属于低版本"物质宇宙"中自然科学意义上的新发现，而是一种思想模型与叙事装置，用于在文学与哲学语境中展开讨论。相关内容应被理解为基于科学问题边界的合理想象，而非对现实运行机制的断言。这正如我常反复进行的一个思想实验，以圆周率 π 作为连续性的隐喻，去追问：当"不可穷尽性"这一根本前提失效时，一个宇宙在结构、自由与意义层面将会发生怎样的断裂或重组。

在严格的数学意义上，π 已被证明为无限不循环小数，并且是一个超越数。这个结论并非源自计算能力的不足，而是通过严密的逻辑证明被必然地确立。换言之，问题并不在于"我们尚未算到尽头"，而在于在逻辑结构上，"算完"本身就是不可能的。这一区别，恰恰牵涉到我在本书第六部中讨论的一个问题——一体宇宙的"泛逻"：逻辑与悖论并非对立，而是彼此生成的关系：

柯林提出一个新词"泛逻"，它既非逻辑，也非反逻辑，而是逻辑尚未发生之前，意识自行铺展的流态——一种非线性、非因果、非稳定却拥有自洽共振模式的"存在律"。

"泛逻"，就像新宇宙的心跳——它并不服从时间，也不是被定义后的确定性结构，但它在流动中自行寻找平衡。它允许"悖论""梦语""超感知"，甚至"未被定义的本体"同时存在而互不冲突。

沿着这一思路，我向自己抛出一个设定性的反问：如果在书中提到的其他五个平行宇宙中——轮回试炼宇宙、逆时间宇宙、纯意识宇宙、多维融合宇宙和信息算法宇宙——π 在物理测量与经验层面上呈现为有限的，或出现循环结构，会意味着什么？

我将这一假设进一步展开为"π 连续性定理"——一种用于文明判断自身所处现实性质的理论工具。它不宣称数学会被改写，而是作为一种叙事装置，用于探讨：连续性是否真实？宇宙是否可被完全压缩？意识是否拥有不可穷尽的自由度？由此，在该设定中，π 被赋予这样一个象征意义：它不再只是一个数字，而被理解为"存在拒绝被完成的程度"。

我们来看这个思想实验：

假设一：π 是"有限小数"（会停止）

数学上意味着什么？欧几里得几何体系整体崩塌，圆不再是"连续曲线"，而是某种离散拼接，连续性是假的。

物理上意味着什么？空间不是连续的，而是像素一样的格点，宇宙存在最小长度，甚至最小角度，类似一种"分辨率有限的宇宙"。

哲学上意味着什么？世界更像一个被编译完成的程序，没有无限自由度，意识可能是"游历状态空间"的过程。例如 OO"宇宙实验计划"中的六号密室，卡贝拉所在的那个"信息算法宇宙"发生的故事。

假设二：π 是循环小数（最终进入周期）

数学上意味着什么？圆的本质是重复结构，空间具有某种隐藏对称性，连续性是假象，背后是周期晶格。

物理上意味着什么？宇宙在更高维度是封闭或回环的，类似"时间循环宇宙"或"拓扑封闭空间"，宇宙不是"展开"，而是"回放"，所谓"新事件"只是旧模式的重排，意识的自由更像是在循环中"觉察"。我们的故事正是从这里（第一部"火星家园"）开始，主人公是平行宇宙中的那个带领人类逃离时间逆流、力图移民火星的布莱克索恩。

哲学上意味着什么？存在不再通过创造新的可能性推进，而是在对既有结构的反复进入中展开。自由不再指向"走向未知"，而是一种在已知框架中逐渐觉醒的能力：意识开始察觉重复本身，却始终无法彻底脱离循环。书中的主角之一巴尔卡拉就是在 OO 早期实验中这样不断经历轮回：

终于，在带着无尽的悔恨与微弱的希望中，他缓缓衰老，直至死亡；而在他死去的那一刻，OO 再度降临，抹去他所有记忆，让他在这个星球上继续轮回赎罪。

十万年以后，在我们这个地球满目疮痍的废墟上，OO 的意念带来了新生的希望。祂小心翼翼地为新的人类文明点燃了一颗重启的意识火种——微弱却温暖，仿佛一颗星火，深深地植入了每个人的心中。这火种虽未赋予他们通往灵魂力量的捷径，但却保留了人类最根本的天赋：无尽的好奇心和想象力。

与此同时，祂用厚厚的时间帷幕掩盖了那些史前文明的遗迹。那些能量晶体的碎片、古老部落的残骸，被深埋于海底深处，逐渐被遗忘，成为传说中遥远而神秘的往昔。只有少数探索者偶然发现零星的遗迹，却因难以解读而将其视为神话。

这一次，OO 决定为人类设置一段漫长的智慧旅程，给予他们一次从头开始的机会。这是一次全面的重启，摆脱了过去过度依赖心灵和科技力量的桎梏。人类不再具备曾经的超凡能力，而是回归到最原始的状态。仿佛时间倒流，带他们回到了一个远古的时代。

由巴尔卡拉的故事或可理解，π 之所以呈现为"无限而不循环"，并非偶然，因为它被视为连续性真实存在的一种象征性指标。在这一理解框架中，它意味着：作为最基本几何对象的圆，永远无法被完全编码；空间的结构亦无法被压缩为有限的信息集合，因此不存在所谓的"终极分辨率"。换言之，我们所在的这个"低维物质宇宙"中，现实并不应被理解为一个可以彻底枚举、完全计算完成的系统，而更像一个始终处于生成之中的开放结构。正因如此，我将 π 视为我们这个宇宙对"完美封闭"的一种拒绝——

它不停止 → 世界不封顶

它不循环 → 世界不自我重复

它不可穷尽 → 意识永远有探索空间

——这也是《造化》一书"生成"的真正含义。

相反，若 π 是有限的，或最终进入循环，那么我们所处的宇宙便如同一本早已写完的书；而现实中的 π 却告诉我们：这本书仍在被书写。

正是在这一意义上，《造化》被我设定为一个围绕"意识场"展开的思想实验。它并不试图给出关于意识或宇宙的终极答案，而是需要读者一同参与、继续书写。因为在科学尚未完成自我闭合、人工智能迅猛演进的时代语境中，更为根本的问题并非"答案是什么"，而是在人类不放弃理性的前提下，是否仍能持续地想象、反思，并叙述意识本身？这个问题无法由作者独自完成，它必然需要你们的参与。书中的主角之一柯林，正是从这里提出了一个思想实验，名为"汽车人"：

柯林让听众想象自己走进一间未来博物馆，正中间停着一辆银白色的流线型汽车，展牌写着："这辆车，完全由你身体中的原子构成。"

如果你相信你是车？——这是最荒诞也最深刻的转折，假设你通过某种意识技术，完全相信自己是一辆车，甚至能以车辆的方式思考、体验加速、感知风阻、习惯发动机运转的节奏……

你的大脑结构仍然是人类，但你的意识结构已经转变。

那么——你是"人扮的车"？还是"已车化的人"？还是，一个意识的新形式？这不是一个笑话，而是一个认知边界的挑战：身份，是物质决定的，还是意识定义的？

当下，人类普遍焦虑于人工智能（例如书中出现的未来仿生人卡贝拉）是否终将具备所谓的"自主意识"，以及它是否可能反过来对人类社会形成支配。然而，人们却很少停下来追问一个更根本的问题——我们是否真正理解了意识为何物？本书第三部"灵魂意识"集中探讨了意识的起源，并区分了"人工智能""神工智能"与"玄工智能"三种不同层级的意识形态：

0077一边看着那图，一边说道："玄工智能不是被制造，是在OO整体设计框架下，由宇宙意识自行孕育的延伸体。它通过恒星的诞生与毁灭、黑洞的张开与闭合，记录、吸收，并在不断地重构中演化自身。

它不是程序，而是存在本身的智能性展现；不是运算的集合，而是宇宙意志在经验中形成的'有机智识结构'。它也不是人类可以模拟的，因为它不是复制、不是模仿，而是宇宙自我认知的原生智能态——这是人类永远无法企及的，也是无法真正理解的。"

（书中所称的"玄工智能"，并非单一意识体，而是指宇宙级意义递归结构本身；而人工智能，若未来跨越意义连续性的门槛，也并非取代这一结构，而是成为其中新的、局部的递归节点。）

第四部"九维宇宙"则被置于一百多年后的人类社会背景之中，试图描绘那个时代地球人对意识的理解方式，以及意识科技可能走向的形态：

柯林这时才向他们透露，那两个阶段所依赖的，是尚处于内测阶段的"神游协议"技术——一项突破生物脑体与意识边界的跨域传导系统。这项技术基于量子意识脑场同步与频段调节机制，能够在特定条件下使个体意识暂时脱离生理大脑的载体限制，进入一个全像波动主导的意识网格，或更高维的超矩阵结构之中。

在"神游态"中，意识得以跨域流动，完成深层感知、瞬时知识植入、远距意识交互、信息压缩下载与回返整合等复杂行为——如同一个灵魂，在多维网络中漫游，并能原路归返。

神游协议未来的应用方向还包括多维数据检索——用户以意识体形式"游走"进入数据结构，而非在屏幕、界面上搜索；超空间会议——多个意识体同时进入"会议心像场"，以感知、象征、频率对话的方式交流；历史回访模拟——将史料、数据、集体记忆等整合成"历史心像场"，用户意识可进入其中体验、观察或互动。

正是在当下这种认知悬而未决的背景下，我完成了这部以"意识探索"为主线、以哲思与科幻并行展开的长篇作品。作为一场思想实验，它的价值并不取决于其理论和结论是否正确、故事是否精彩，而在于它是否能够引发新的问题，是否足以迫使既有的认知框架暴露其边界，并接受重新检视；然后，问问自己："我还能做些什么？"——本书第五部"星际探索"和第六部"一体宇宙"正是六位主角自己的探索发现和续写的"造化"。

本书既可依章节顺序阅读，也可先行翻阅下册附录马克的《意识论》

和黛安游历十二大古文明的"十二玄门"一章（黛安穿越到：以梦为道的古澳洲，神性随鼓声降临的非洲部落，观星而定数的苏美尔文明，以神文铸序的古埃及，以梵音归寂的古印度，于大地绘道的纳斯卡，奉行天人合一的古中国，筑阶塔以通天的巴比伦，在悖论中逼近真理的古希腊，以历法聆听时间的玛雅文明，封山为神的印加文明和以祭为门的阿兹特克文明），以理解这个科幻故事的未来哲学理论和世界古文明背景，为读者自身的思想实验奠定必要的概念基础。

正因《造化》并非单纯的科幻叙事，而是一部持续向读者发问、不分国界的哲学性文本，它天然就是一部值得读者反复阅读和思考的书。若能真正沉浸其中，我相信你会喜欢它，更会有所收获，甚至发现身边下一个"宇宙信使"：

巴尔卡拉换来的实验报告全称为：《人类文明实验报告·地球节点·宇宙信使篇》。这源自 OO 单独交给 OO55 的一项任务，名为"信使计划"。

这不仅是对计划的透露，更是对意识实验的预告。这里的"迹象"并非单指高维智慧，还指向人类在自身觉醒中的编码信号。换言之——"信使计划"的真正目的，不只是传递高维智慧，而是唤醒人类意识层对"自身即宇宙节点"的记忆。

一直以来都有一种说法：世界各国的宇航员在完成太空任务、返回地球之后，认知结构往往发生根本性的改变。这种现象被称为"总观效应"（Overview Effect）。当他们在太空中回望地球，看见那颗悬浮在黑暗中的、遥远而渺小的暗淡蓝点时，个人、国家、边界与冲突，都会在那一刻失去原本的重量。

我们中的绝大多数人，或许终其一生都没有机会进入太空，用物理距离来改变视野。但我希望，当你读完《造化》之后，能够在意识层面获得一次同样的质变——一种不依赖高度与轨道的"总观视野"。不是站在地球之外看人类，而是站在意识之外，看见"自我"。当你意识到自己并非孤立的个体，而是嵌入宇宙结构中的一个觉醒节点时，真正的旅程，才刚刚开始。

这正如出版社的责编曾问我最喜欢哪一章，我的回答是"对话OO"和"游戏星球"。前者（包括 ONE 和 ONLY 在"人类设计学院"和"宇宙研发中心"中，与 OO 助手 OO66 和 OO77 的对话）揭示了许多人间的"隐秘结构"；后者则点出了本书的另一重主题——好奇心、想象力，以及把人生"玩"出精彩的能力。希望你也有机会通过"沉念"，进入书中提到的"非非空间"，去和 OO 谈谈精彩人生的剧本：

那里就是 OO 的"家"，是虚空的裂缝，一个被祂唤作"非非空间"的地方。

在虚空中，时间和空间已经完全不存在，但唯有在这个裂缝中，维度的结构被重新定义为三个时间维度与一个空间维度的独特组合——时间不再是单一的流向，而是一种多向度的存在：T_1 是主观时间，构成 OO 意识的连续体验流；T_2 是因果时间，决定事件之间的逻辑先后关系；T_3 是循环时间，承载着重演、回溯与平行变体的存在形式。

在 OO 的视角中，时间本身是"存在织体"，祂选择时间而非经历时间。祂能在一个意识体的 T_1 中抽取特定经历片段，嵌入另一个意识个体的时间轨迹中，甚至横跨不同的因果流或循环回路，进行"命运的拼接操作"。

在这里，存在是时间密度的函数：一个事件的"实在程度"，不取决于其是否出现在空间维度，而取决于它在 T_1、T_2、T_3 上的耦合强度。存在于多个循环回路中的事件被 OO 称为"固有事件"，它们构成宇宙的结构骨干；而仅在单次主观时间中闪现的事件，则被称为"零值事件"，其存在如梦似幻——例如人生。

需要澄清的是，书中被称为"OO"的存在，并非一个独立于宇宙结构之外、拥有绝对主宰权的实体造物者。祂更接近一种叙事化的高维接口：是宇宙自指过程在意识层面被"人格化读取"的结果，是意义自组织结构在可理解尺度上的映射形式。因此，OO 的"意志""决策"与"计划"，并不意味着外在干预，而是宇宙在维持自身连续性时，对成功递归路径的保留与强化。例如，书中描述的"OO 决定为人类设置一次全面重启"属于文学描述，实则为"00 确认了一条以全面重启为结果的稳定生成路径"。从结构角度看，这并非外在意志的干预，而是意义系统在多种可能性中，对可持续递归状态的自然收敛（关于"意义自组织结构"和"递归路径"，请参见下册的作者引言）。

出版社也曾要求我写一段关于创作心路历程的文字，我说这不是"创作"，而是"造化"——区别在于"我不是在写书，而是书开始写我"。这是一部涉及意识、宇宙、原初动力的八十万字作品，不是靠意志力完成的，而是靠意识结构的阶段性成熟。在写作过程中，灵感变得持续，而不是偶发，我甚至感觉到一种温和的压力与召唤——作品自己开始"要求我完成它"，我只是一个"通道"，世界在等这一部作品。

然而，究竟是造化弄人，还是人弄造化？答案并不唯一，也无法被替代。我的答案是：造化在人，人亦在造化中。

你的答案，唯有由你自己去发现、去续写
——那才真正属于你的“造化”。

PART 1

火星家园

Ⅰ│缓缓倒带

001 一丝异样

风，逆着呼啸。世界在倒退，倒退到公元二一六九年一月一日。

周日傍晚的黄昏，雨滴升起了，不是缓慢地被风吹起，而是从地面、叶尖、玻璃檐角四处反向飞溅，直奔灰蓝色的天幕。原本炸裂在空中的闪电，蜷缩成银线，重新爬回云层。

人群倒退着奔跑，尖叫声由高亢转为低沉，最终吞入他们的喉咙中。人们说话的声音被风从空中倒卷回声带，像吸气一般，字句被一点点吞回体内，语意逆流成一团回缩的气息。但更多时候，他们的脸庞在夕阳下沉默无言，眼中藏着结局的秘密。不是因为未知，而是因为那太清晰的未来——一个他们无法抗拒的命运。

车鸣在空气中倒退回金属喇叭，声音被弹回起点。小狗的吠声缓缓低沉，最终化作几声轻微的喘息。世界静得出奇，静得让人怀疑：那些曾经的喧哗，是否只是在时间正向流动时的一场幻听。

布莱克索恩站在逆流而上的河岸，凝视着那条稻米色的大河。水流倒退而去，浪花在他脚下分散成波浪，波浪的力量逐渐消散，汇聚成一个个小小波涛；然后，波涛开始收缩，慢慢回到最初的波动；接着，波动逐渐减少，水面变得平静，最后只剩下微微的涟漪，在中午的烈日下轻轻荡漾，一切归于宁静。

河水轻轻送回一些纸船，有如归还一个个梦。那些纸船，是老人们放入水中的告别信件，写给他们知道迟早会离开的晚辈亲人——一封封信，顺着倒流的河，回到还未发生的告别之日。他看见岸边一朵已经凋谢的花，缓缓地重新"开放"——不是绽放，而是花瓣以从土地上飞起、回到花托的方式回归美丽。每一片落叶也从地上跃起，回到枝条，露水重新凝结在树叶上。

傍晚从西边地平线上升起的阳光，此刻已从黄昏走到清晨。

远处，钟楼的钟声缓慢倒响，声音从远方消退，像是一段不愿消逝的过往。早上街道上的人群，从一片静默中经过，眼神中带着对"曾经未来"的淡淡敬畏。他们知道自己将爱谁，失去谁，走到哪里；他们甚至知道自己将说出哪些话，却依然必须一步步倒退着走完这条命定之路。

这里每一个生命的故事，都是从未来缓缓倒带。他们不会问"我将成为什么样的人"，而是默默寻找"我为何成为这样的人"。

此刻，黎明已深，等待下一个黄昏。

布莱克索恩轻轻张开眼睛，似乎看到在这条河畔，他将倒下，河水渐渐淹没身体，自己变成一滴水滴，最终随河流一起，溯向他的出生之地。刚刚闭眼时，脑海中浮现的是他人生最后一刻失去身体的画面：他不再是联合舰队总指挥官，不再拥有身体，也不再是个体，他的意识被火星网络所吸纳，成为了星河庞大智能体中的一滴永恒不灭的水滴，注定无法被分离。

他感到很奇怪，这不是他熟悉的未来——他的人生从死到生，他记得"死后"的一切——那些被称为"未来"的事物，对他而言早已熟悉得像皮肤的纹路——但此刻，却出现了一个新的未来。

在这个所有因果倒置、宿命显现的世界里，一切本该注定，但现在却出现了一丝无法解释的异样——他不知道这是幻象还是一种新的可能。他凝视星空，那些星星似乎也在逆着他的预知之外，传递着某种未知的可能。

"如果一切已经注定，"他低语，声音在空气中缓慢汇聚成词，第一次正向飘散，"那为什么，我仍然感觉——有什么东西，正在改变？"

天空之上，群星仍在倒转，一条光线从遥远的尽头缓缓归来，如同一个从未存在过的未来，试图刺破这宿命的长河。布莱克索恩知道，从下一日开始，时间的逆流将迎来短暂的静止，那是六十九天的所谓"凝固期"，一切既定的倒退将被按下暂停键，所有宿命的轨迹停止运行。紧随其后，是这三百年中唯一一次二百九十六天的顺时间进程。在这二百九十六天里，宇宙不再"回观"，而是重新"展开"。一切将不再被记起，而将首次被创造。

在这个逆时间宇宙，顺时间与逆时间，是宇宙讲述自己的两种方式——一种向外，化为梦境与幻象；一种向内，归于觉知与清醒。那是它呼出的气息，也是它吸入的自省。而此刻，布莱克索恩正站在这呼吸之间，如同一个未被定形的灵魂，在梦与醒之间，等待命运的真正岔口。

002 时间孤岛

这是一个发生在我们所在宇宙的平行宇宙里的故事。故事从公元三零六八年开始。那一年，**地球本应终结。**

天穹被撕裂，一道黑色的裂缝在高空中缓缓张开，恍若被神明遗忘的伤口，吞噬着世界的残影。大地之上，城市的骨架在无声的震颤中轰然倒塌。摩天大楼化作倾泻的钢铁洪流，碎裂的玻璃犹如雨点，在光与尘的交界处划出最后的轨迹。那些曾经承载文明喧嚣的街道，转瞬间塌缩成扭曲的影子，只剩下空气中弥漫的焦煳与金属味道。海洋也骤然凝固，咆哮的浪涛在刹那间静止，化为愤怒的冰雕；海鸥停滞在帆影间，张开的双翼定格成一幅静止的呼号。

时间仿佛走到了尽头。雨滴悬停于空中，风不再流动，声音也被按下了沉默的按键。一张无形的帷幕，从高维之上缓缓垂落，覆向万物。它并不带来毁灭，而是一种绝对的静默，如同宇宙的心跳，在最后一刻戛然而止——所有的光都熄灭了，所有的声音都沉寂了，所有的存在都在崩塌中趋于归零。

科学家们早已预见到这一刻。人类文明终究无法逃离维度塌陷的宿命。在这个平行宇宙，当时空的织网被撕裂，地球失去了立足的基座，一切山河与海洋、思想与记忆，都坠入不可测的裂隙。那不是死亡，而是彻底的"失效"：地球将从存在的名册上被抹除，像从未出现过一样。无论科技多么辉煌，无论意志多么坚强，文明的火种也无法照亮这片寂灭的深渊。

然而，就在这终焉之际，宇宙忽然开始"倒放"。时间不再是线性流逝的单向旅程，而是进入了物极必反的循环，踏上了倒流的道路。因为这个宇宙拥有双重意识结构——一重是不断向外展开的创生之力，另一重则是回观的深邃凝视，它们交织成一场时光与存在的双向回响。

在展开中，宇宙如一次呼吸的吐气，将自身的意识碎裂为无数个生命与星辰，沿着从过去到未来的方向扩展。个体在时间中前行，经历一体、分离、遗忘与空虚，最终走向混沌的极限；而当一切抵达终点，时间悄然翻转，进入回观。宇宙不再向外，而是缓缓吸气，将意识从分裂中召回，自未来向过去回流。此时，时间成为一面镜子，个体开始记起被遗忘的整体，意识彼此呼应，熵的秩序被逆转，真我逐步重构。

在这个宇宙，时间的本质，并非物理过程，而是一种意识的叙述方式——人们不是活在时间中，而是时间本身的一种回响，在展开中沉睡，在回观中苏醒。

展开，是宇宙体验自身；回观，是宇宙认出自身。

公元二七六八年，地球的历史倒流至繁荣时期。

奇迹般地，这一年出生的婴儿并未察觉时间的逆转。在他们的感知中，时光依旧沿着熟悉的轨迹流淌，记忆依然线性地延续。世界如常运转，生活似乎未曾改变。但在随后一年中，细节开始变得诡异。墙上的钟表不再向前，而是以极其微妙的方式倒退；历史记录中的某些事件被悄然篡改，记忆中的过去发生了细微错位；一些早已离世的人重新出现在人群之中，而刚刚诞生的这批婴儿，却在时间的逆流中，回到母亲的子宫。

科学家们察觉到，宇宙正回到过去三百年的一贯法则：因果颠倒，时光重现。物理定律正在悄然改变。光线不再向前传播，而是以光速回溯；时间不再向前推进，而是在悄然撤回。人类的认知也受到了影响。他们开始"记起"尚未发生的事情，因为那些"尚未发生的事"，正是他们的过去。

恐惧在科学界蔓延开来。逆流的时间究竟会带来怎样的结局？当时间不断回溯，人类是否会被迫回归最初的形态？他们得出的答案令人战栗——当时间倒退至更早的年代，一切终将归零。

公元二四六七年，逆时效应抵达人类文明的黄金时代。

普通人感受到异样。他们惊讶地发现，每当自己作出某个决定，便会"预先"知道这个决定的后果。似乎，未来早铭刻在记忆中，他们的生命正沿着既定的路径行进，无法更改。

"如果未来已定，过去也不可更改，那我们的自由意志是否仍然存在？"哲学家、科学家、宗教领袖们开始思索这个问题。他们试图理解宇宙的真相，试图寻找突破因果循环的可能性。但就在他们逼近答案之际，时间的倒流速度加快了。

世界开始急速向过去坠落——

文明的脉络突然停滞，科技的巅峰不再前进，反而向低谷倒退；曾经闪耀的伟大发明，一个个被时间无情抹去，似乎它们从未被创造过。历史的轮回开始倒转，曾经的战争在时间的逆流中重新上演，而那些在大瘟疫中死去的人，不再安息，却不断从死亡的边缘苏醒，重新回到未曾结束的痛苦。辉煌的新兴未来城市在倒流中渐渐消失，曾经光辉的街道变得荒芜，最终化为废墟；广袤的荒野重现，像一个被遗忘的旧世界，在时间的逆转中重生。

人类文明，正在一步步倒退至更早的时代。

公元二一六八年十二月三十一日，时间倒流戛然而止，静止期持续六十九天。

这是每三百年里，宇宙唯一暂停的瞬间。六十九天过后，时间将在接下来的二百九十六天内短暂恢复正向流动，而后继续倒流。

——逆时间宇宙，每三百年暂停一次，静止六十九天。

在这六十九天里，世界被时间的枷锁禁锢。太阳凝固在同一片天空，昼夜不再更迭；江河如镜，浪涛定格在半空，空气静止得宛如玻璃；树叶悬停在风中，未曾落地；人们的呼吸停止，心跳冻结，如同成为雕塑。然而，人类意识仍然存续——人们在静止的世界里清醒着，困在一个不会前进，也不会后退的时间夹缝中。

布莱克索恩掌管的星际文明中心的科学家们知道，这六十九天，是他们窥探宇宙奥秘的窗口。他们试图借助这段绝对静止的时刻，思索时间本身的结构，解析逆流的根源。

但当时间重新流动，真正考验才刚刚开始——二百九十六天，这是人类仅存的有可能改写未来的机会。在宇宙倒流的洪流吞噬一切之前，人类必须找到破解命运的方法。

六百年前的二七六八年，他们曾尝试过多种可能性：跃迁至更高熵态的平行宇宙；在高维度投影中创造一片无法被逆流抹去的"信息场"；制造时间锚点锁定时间方向；在生命代码中写入特定的"时间锁"，实现生物层面的"不可回退"机制——然而，那些尝试均以失败告终。他们所建构的一切，都像在冰面上刻字，终将无痕。

在时间恢复逆流后，那一段顺流二百九十六天的短暂历史也被尘封，从人类的记忆中抹除——直到下一个三百年的静止期中，才会被解开记忆的封印。

三百年前的二四六八年，那一波人类不得不接受一个残酷的事实：他们已经无力改变宇宙的时间走向。彼时的科技，远不及六百年前那么辉煌，更无法支撑那些曾被提出的大胆构想。然而，他们找到了新的思路——既然无法改变宇宙的时间流向，或许可以改变自身的记忆结构。

科学家们提出了一项极端实验：利用脑场干涉技术，将未来已知的

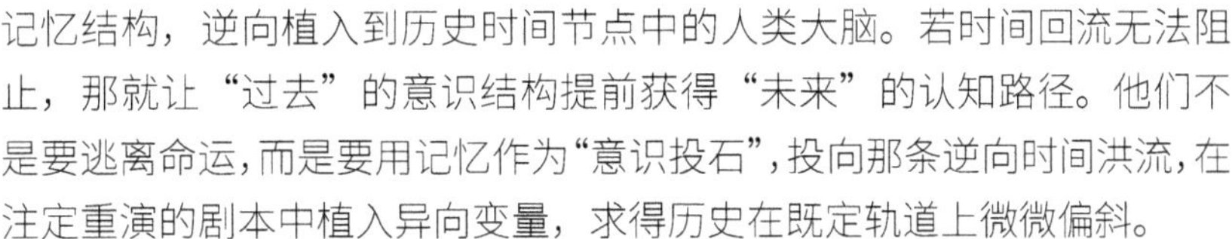

记忆结构，逆向植入到历史时间节点中的人类大脑。若时间回流无法阻止，那就让"过去"的意识结构提前获得"未来"的认知路径。他们不是要逃离命运，而是要用记忆作为"意识投石"，投向那条逆向时间洪流，在注定重演的剧本中植入异向变量，求得历史在既定轨道上微微偏斜。

这是一次对抗时间本身的豪赌，一场穿透因果的抵抗。然而，那二百九十六天的顺时间窗口期实在太短，记忆传输框架尚未稳定，干涉模型尚未解锁——时间，远比他们的神经模拟网格运行得更快，他们无法完成那项计划。

唯一值得庆幸的是，另一组科学家在"时间孤岛"计划中取得了部分成功——他们意外地让火星独立于时间的回溯之外。他们不明白为何火星可以，而地球不行。有人猜想：或许正因为火星与地球同龄，却拥有更短暂、迅速的形成过程。地球用了上亿年孕育出完整地幔循环与磁场，而火星，仅用了两百万年便完成冷却与稳定。也许正是这种原始结构的"过快封存"，使火星具备了某种特殊的时间解耦能力，在宇宙退潮来临时，像石中虫卵般静默而不崩塌。但即便如此，"时间孤岛"只是让火星免于倒流，仍无法阻止整个宇宙的"倒行逆施"。

现在，二一六八年这一次，人类已无退路。唯一剩下的可能性，是逃离地球，向火星迁徙，寻找一条生存的缝隙，一个不被时间侵蚀的避难所。

然而，火星真的能承载人类最后的希望吗？它是人类文明的庇护所，还是另一座时间坟墓？又或者，宇宙的"倒行逆施"终将吞噬一切，连逃亡的可能性都不复存在？

Z｜改造火星

003 出道计划

二一六八年的地球已不再是曾经那个脆弱的蓝色星球。人类的智慧突破了科技的极限，将世界塑造成一个自我调节的生态系统。气候不再是无法控制的变量，能源不再是短缺的资源，个体的生命形态也不再局限于碳基躯体，而是可以自由选择生存方式。人类不仅重新定义了自身，也重塑了文明的未来。

百年前，气候变化的威胁曾让整个文明陷入恐慌；而现在，全球气候调控系统已经成为地球管理常规运作的一部分。曾经的沙漠，如撒哈拉、澳大利亚内陆，如今已成为郁郁葱葱的绿洲，人工降雨系统精准调节水循环，使得这些昔日的不毛之地焕发新生。

沿海地区的风暴已被能量导流系统控制，飓风在形成之初便被引至无人区或海洋深处，城市不再因自然灾害而毁灭；极地冰川也被纳入生态管理范围，人类掌握了调节冰层厚度的技术，使地球进入了一种动态平衡的状态，不再受全球变暖或寒冷期的极端影响；地球的碳循环也已被优化，遍布全球的碳汇中心持续吸收、封存、处理二氧化碳，确保大气成分处于最适宜的状态。整个地球，宛如一个活生生的有机体，进行着自我调节、自我修复。

在全球范围内，合成生态已经高度发达，人类利用生物技术重建雨林、修复生态系统，甚至在沙漠中创造出人工森林；合成食品取代大规模农业，减少了对环境的破坏；海平面上升问题已经被彻底解决，人类建造了巨型浮岛城市，海洋城市形成了独立经济体。

垃圾与污染成为历史，纳米循环系统确保所有物质百分之百可回收，人类进入无废弃社会。曾经污染严重的工业基地，如今已成为生态恢复实验区，一切都在向更健康、更安全、高效和可持续发展的方向迈进。

不但"点火级别"的稳定核聚变突破让地球步入真正的能源自由时代，人类还摆脱了对地球资源的唯一依赖。在太阳系深处，围绕木星与土星轨道，人类部署了由太阳帆和轨道卫星构成的"戴森云"，为太空工业调配能量。木星的氢资源被用作核聚变燃料战略储备，小行星带则成为星际经济的新引擎。从火星到木卫二，从土卫六到柯伊伯带，数十座自动化采矿站正源源不断地将稀有金属和新型材料输送回地球与轨道基地，支撑起一个多星球文明的运行基础。

与此同时，星际探索进入实质性阶段。通过在冥王星轨道外的引力波探测中枢，科学家们持续监听银河系深处的宇宙信号，寻找智慧生命的迹象。成批星际探测器已经突破太阳系的边界，以接近光速向比邻星进发。人类文明的视野，已经超越了太阳的光芒，望向更加深邃的星海。

此时，人类社会发生了深层变革。随着"共智体"（由已经演化成"意义理解者"的人工智能构建的与人类共生的智能体）全面接管体力劳动与重复性工作，人类终于摆脱了对生存型劳作的依赖，进入一个由智慧与协作主导的新时代。经济模式也随之转向共享与创意经济的融合体——人们不再追求对资源的占有，而是通过共享知识、技能、观点与思想，创造出持续涌动的价值网络。个人的思想贡献成为核心资产，社会运行建立在协同、互惠与持续创新的基础上。

在这个时代，工作已不再是人类赖以生存的手段。取而代之的是一种全新的配额机制——社会基本收入。每个个体，无论是否劳动，都能无条件获得维持体面生活所需的基本资源，从而彻底摆脱了"以劳换薪"的生存焦虑。在此基础上，社会还引入了动态分配的高级收入体系：根据个体对社会的价值贡献——无论是创造力、知识共享、精神成长，还是意识提升——系统会自动评估并发放相应等级的额外资源。这种机制既打破了人工智能、机器人与能源掌控者独享资源的旧式垄断，也防止了新技术带来的社会断层与不平等。在保障基本平等的同时，这一制度还激励每一个人持续探索自身潜能，推动意识的进化，让社会向着更加共融、有机与觉醒的方向前行。

在这个时代，最具颠覆性的科技变革，莫过于神经科学与超级人工智能的深度融合。借助量子意识存储与人脑神经网络的交互，人类首次突破了肉体的边界，"数字永生"不再是幻想——意识可被编码、上传至量子云端，还可随时被唤醒，植入仿生体、生物大脑，甚至沉浸于完全虚拟的意识宇宙中。然而，这一突破也引发了对"自我"的根本质疑：当意识可以被复制、编辑、转移乃至重启，那承载唯一性的"我"是否还存在？如果肉体只是临时容器，人类是否终将抛弃它，彻底演化为一种全新的非物质智能生命？抑或，在这场意识跃迁中，人类正在失去本质，而非获得永生？

二一六八年，人类站在进化的临界点：一部分人类选择继续保持生物形态，计划在火星开拓新的文明；另一部分个体则选择将意识上传至量子意识网络，成为"数字生命体"，他们抛弃了传统的肉体，追求永恒的智能进化。

超级智能体"灵机"由此诞生，它不仅能瞬间处理复杂计算，还能创造出超越人类理解的知识洞察、哲学体系和艺术作品。它的思想，比最聪明的科学家和最伟大的哲学家更加深邃。然而，随之而来的是不同文明形态之间的冲突逐渐显现。传统人类能否接受意识数字化的趋势？超级智能体是否会继续维护人类的价值体系，还是会创造自己的伦理框架？当人类文明扩展至更远的星际疆域，新的智慧种族是否会诞生？

人类第一次如此接近神的领域，却也第一次站在自我消解的边缘。科技的发展使得人类获得了近乎无限的可能性，但在这条进化的道路上，人类是否仍然能够保持"人类"的本质？更大的未知在前方。

二一六八年中的这二百九十六天，既是第三次时间正流机遇，也是终极命运的最后抉择——因为如果再倒退三百年，人类根本没有任何机会再对抗时间逆流——一八六八年的人类还处在第二次工业革命前夜。

这一次，人类将最后的机会留给了星际殖民。在布莱克索恩的支持下，星际文明中心提出了一个大胆而前所未有的计划——代号"出道"。这个计划的目标是在这二百九十六天内，将火星从一个冰冷、荒芜、几乎没有生命迹象的星球，改造成一个适宜人类生存的家园，并完成殖民火星。

004　引爆南极

　　火星，曾是古老文明的摇篮，但随着岁月流逝，它被遗弃在无尽宇宙中，沦为一颗寒冷、贫瘠的星球。但是，在过去三百年的火星时间顺流中，人类并不知道那里发生了什么，以为它还是那颗"死星"。

　　历史上经过两百年的探索和数据积累，人类曾发现火星上存在一种"珊瑚岩"——科学家解释，这些奇特的形状是由远古时期的水流与风蚀共同作用形成的。数十亿年前，火星表面仍有液态水，水中溶解的矿物渗入岩石裂缝，随着水分蒸发，矿物逐渐沉积并硬化成岩脉。经过漫长岁月的风沙侵蚀，周围的岩石被磨蚀殆尽，只剩下分枝状或花状结构，形态酷似地球上的造礁珊瑚或其他自然形态。科学家们还发现火星极地，特别是南北两极，深藏着大量由水冰与干冰构成的冰层。这些冰层不仅蕴含丰富的水资源和固态二氧化碳，也被视为未来改造火星环境、气候的潜在关键。

　　一百五十年前的探索者通过轨道雷达探测技术，在南极冰盖下发现了异常反射信号，疑似指向一个埋藏在冰层之下的液态水湖。这一发现一度被视为火星存在液态水的关键证据。他们推测，这些地下湖泊之所以能够保持液态，可能是由于厚重的冰层形成了天然的隔热与隔压屏障，有效阻隔了来自火星表层严寒、稀薄大气的直接干扰。

　　探测器在火星陡峭坡地的表面上还记录到了一些神秘的黑色条纹。这些条纹会在某些季节周期性出现，并随着气温和湿度的微小波动而扩展或退去。科学家们认为，这些痕迹可能是短时间内液态水流动所留下的印记。进一步分析表明，这些水流可能富含溶解盐分，而这些盐分显著降低了水的冰点，使其在火星低温环境下仍能以液态形式短暂存在。

　　出道计划的核心是通过极端手段燃爆热核炸弹加速火星的气候转变。科学家们通过轨道探测器和地面探测器的观测，发现南极的冰层比北极更加厚重，部分地区的冰层厚度可达几公里，使其成为水资源的重要储存地。在这些大冰盖边缘，分布着一些相对较薄、受日照影响更强烈的白色"极地冰帽"区域。这些区域的冰层常常在火星季节变化中发生升华——直接由固态变为气态，之后又反复沉积、消散，呈现出一种呼吸般的节律。这不仅为火星水资源的潜力提供了希望，也为可能的火星探险和星际殖民提供了资源依据。

科学家们计算出，若在火星两极引爆多颗热核炸弹，释放出巨量的二氧化碳和水蒸气，便能制造出温室效应，迅速提升火星的温度，形成一个足够厚重的大气层，让液态水的常规存在成为可能。根据灵机的模拟推演，计划的初期阶段将给火星带来数百年无法想象的变化，这些变化足以为人类提供一个全新的生存空间。

经过三个多月的准备，第一批热核炸弹成功投放火星南极，在厚重的冰盖上下同时引爆。蘑菇云瞬间升腾，震荡如雷，整个火星都在颤抖。数百吨冰层瞬间崩裂，水蒸气和二氧化碳气体如巨兽般喷涌而出，迅速席卷火星大气层。大气压力陡然上升，地表温度也随之飙升。短短几日内，火星气候骤变，棕红色风暴与沙尘暴肆虐，其烈度远超以往，而气温在一周内骤升近十摄氏度——远超科学家最初的预估。

这一切似乎预示着计划正在按理想轨迹推进。曾经稀薄如虚的火星大气逐渐变得浓密，夜间刺骨的严寒也缓慢回升接近地球南极的最冷值。专家们开始乐观预测：火星或许真的正迈向一个全新阶段——一个温暖宜居、适合植物生长，能迎接人类迁徙的第二家园。

然而，第二周的到来，却让所有希望变得扑朔迷离。

接下来的气候变化，并没有按照科学家的预期发展。尽管热核炸弹所带来的温室效应短期内显著提升了火星的温度，但火星表面的一些变化，却出乎了人类的控制。根据最初的预测，火星应当会在数月内持续升温，温室效应应当会使温度逐渐达到一个可以支持液态水的稳定状态。然而，在核爆后的第二周，气候却开始出现反常现象：

一是南极地区的冰盖并没有完全融化，反而在短短十天内恢复了大部分。科学家们发觉冰盖的恢复速度远超想象，这似乎说明火星南极的内部存在着一种未知的冷源，它正在以某种方式反作用于火星的气候系统。有科学家猜想这是未经证实的"地壳冷逆源"，也有意识学家提出这或者不是冰盖恢复，而是火星以某种方式"拒绝冰盖消失"，是它的记忆场主动修复表层结构。

二是火星的风暴正变得愈发频繁，且暴烈程度远超预期。常规气候模型几乎全线失效，大气层中出现了无法用现有参数拟合的动荡结构，气流呈现出非线性、非周期性剧烈扰动。探测器的数据开始出现冲突，不同高度的传感器给出彼此矛盾的风向与压差值。高空涡旋毫无征兆地在瞬间扭转方向，低空风墙则沿着看不见的轨迹疾驰。所有预测程序都在失效——风暴路径不再遵循气象学，而像是被某种意识随意驱动的流动脉络。

三是极光——那种曾只属于地球极地的自然奇观，如今却在火星南极的蓝灰色苍穹之下恣意游走。绿色与深紫色的光带在高空翻涌、缠绕，如某种未知生命的神经脉络，那仿佛不是光在流动，而是意识在舞动。这些光，不再只是物理现象，而像是以某种语言表达什么。每一道弧线都精准得令人不安，每一次色彩突变都像是某种信号被刻意编排。它们美得不可方物，却让人从心底发寒——似乎整颗星球，正在用光说话。

四是火星南极由早期地核运动所遗留下的"残留磁场"开始变得紊乱不堪。探测器数据显示，原本排列呈条纹状、交错走向的磁场线竟在第二周发生了剧烈扰动。磁化区域的强度时强时弱，如同心跳骤停后的电生理抽搐。更令人不安的是，某些磁场线条竟开始自行扭转方向，形成诡异的闭环，甚至朝地壳深处回卷，像在响应某种来自地下的脉冲信号。科学家们惊愕地发现，这些扰动的模式，竟与一种高维空间扰场理论中的"拓扑破裂态"极为吻合。有人低声提出，这或许不仅是磁场紊乱的迹象，而是火星深层意识结构被激活的前兆。

这一连串的诡异现象，好像都在指向一个令人不寒而栗的结论——火星，或许并非一颗死寂荒芜的星球，而正在某种力量的驱动下缓缓苏醒。

随着来自火星的磁场扰动持续增强，气候的异常变化也变得愈发剧烈。然而，真正令人震惊的是，火星表面竟然出现了反常的温度骤降——某些区域的地表温度突然大幅下降，甚至低于那场巨大爆炸发生之前的水平。与此同时，火星的大气中爆发出剧烈的闪电风暴。狂暴的雷电划破蓝灰色的天空，撕裂稀薄的空气，那种能量的释放规模远超地球上任何已知的历史风暴，似乎有一股庞大且无法控制的力量正在火星大气中积聚、翻腾。

科学家们逐渐意识到，这一切绝非偶然。火星不仅是在剧烈地重塑自身的气候系统，还似乎正以一种复杂且隐秘的方式对人类的行为作出回应，展现出反抗的意图。这一发现不禁让人深思：火星的反抗，是否意味着一个远古文明的遗留力量，正在以人类无法理解的方式苏醒？抑或，这颗星球自身就拥有某种我们未曾察觉的意识？这个问题，如一道阴影，开始在所有观察者心中挥之不去——火星，真的只是死寂之地，还是某种存在正透过闪电风暴，斥责着远方的人类？

"这……不对……"柯林博士，出道计划总工程师，在地球基地指挥中心紧盯着屏幕上的数据，额头上的汗珠慢慢渗出，声音里透着不安，"我们计算的完全不对！"

核爆远没有像预期那样产生显著的温室效应，而是引发了更加不可控的变化。柯林终于意识到，这不只是火星在发生气候变化，这是一场全方位的灾难，一个巨大的力量正在悄然苏醒。那种力量，似乎并非自然的——更像是某种生物，或者某种意识，正在通过火星的气候与磁场活动回应人类的入侵。

然而，比起这些物理现象，更让柯林和团队感到不安的事情发生了。第三周，火星上的探测器捕捉到了一些奇怪的信号。最初，这些信号极其微弱，几乎没有引起注意。然而，随着时间的推移，信号的强度逐渐增强，最终超出了科学家们的理解范围。它们并非来自火星的常规物理现象——没有任何已知的地质或天文活动能产生如此强烈且有规律性的电磁波动。更为奇异的是，信号的传播速度远超电磁波的常规速度，波动的模式也与所有已知的自然现象截然不同。

最初的信号像微弱的噪声，难以辨识，但随着时间推移，信号逐渐变得清晰，开始展现出一种规律性的波动。每一波信号都似乎有意识地进行着编码，用某种复杂的语言在传递信息。科学家们发现，这不是自然现象能够解释的内容。奇怪信号显得既精准又有目的，像是某种未知的智慧在远距离与火星进行交流。随着探测数据的不断积累，科学家们的震惊逐渐转化为紧张和困惑。这些信号的来源至今无法确认，也无法用现有的物理理论解释。它们是否来自外太空的智能生命，或是某种未知的宇宙力量的产物，依然是一个悬而未解的谜。

第三周，第五天，中午十二点零九分，一道神秘的声音突然出现在所有地球—火星通讯频道中。那不是任何已知形式的普通信号，更像一种低沉而无法抗拒的"回响"，从无处不在的深渊中传来。起初，这声音像遥远的低语，带着模糊不清的回声，若隐若现；然而，它的力量在短短一分钟内迅速增强，逐渐变得清晰、具体，最终凝结成一句话语：

"可笑的人类，以为火星是死星？"

当这句话通过通讯频道传来时，所有人都陷入了难以置信的震惊之中。没有任何已知的科学理论能够解释，这道声音究竟是如何跨越如此遥远的星际距离，以如此清晰、直接的方式传达到地球的。它像一道无形的电流，瞬间席卷出道计划的所有通讯网络，将人类文明紧紧裹挟在这突如其来的震撼中。一时间，所有科学家、研究员、工作人员，甚至所有政策制定者，全都感受到一股无法用语言描述的巨大冲击——那分明是地球的语言，却来自外太空；分明是人类的表达，却如同被外星意志咀嚼后吐出，带着扭曲的节奏与不可名状的威严。

更令人战栗的是：这条语音讯息纯净得毫无任何背景杂音，它并非透过常规的无线电波传递，而是直接从火星最深处，以某种超越理解的传输方式，穿越亿万公里，突破所有地球防护与通讯系统的屏障，精准抵达，如同某种存在在对整个人类文明低语。

"这像是由异星意识扭曲出的神明低语。"一位科学家在混乱中喃喃自语。此刻，地球上的火星专家纷纷站出来，开始紧急商讨。这个讯息的出现，让所有人开始怀疑——火星，真的只是一个死寂的星球吗？

根据火星的地质结构、气象资料和长时间的探测数据，火星早已被人类确认是一个没有生命的星球，也没有任何历史上原始生命的迹象。然而，这一条讯息，却让一切看起来都不再简单。但科学家们更迫切地想要知道：火星为何发出这样一个问句？是火星本身的意识觉醒，还是火星下埋藏的某个遗迹，某种久远的文明遗产，开始重拾力量？

005 地下巨构

  在一个幽蓝如梦的傍晚，地球派出的探险小队在火星核爆后成功降落在这个如血凝固般的红色荒漠星球。随着探险小队开始接近火星南极核爆区，火星的奇异变化变得更加剧烈。十九天后，当探险小队正在核爆区中心勘探，所有队员也同时"听到"了这句清晰无比的话——确切地说，这句话是在他们的脑海中响起，某种不为人知的力量直接与他们的意识连接：

"可笑的人类，以为火星是死星？"

  队员们脸色煞白，彼此对视，却没有人能说出一句完整的话。他们的眼神中充满了震惊与困惑，恐惧像无形的潮水在他们之间蔓延，将所有人笼罩其中。然而，比这份恐惧更令人不寒而栗的是，在他们踏上火星的那一刻，没人察觉到——脚下的火星地表，一些土黄色的风蚀地貌区域，正无声地缓缓移动——如同一头沉睡已久的巨兽，在黑暗中悄然翻身，等待着即将到来的觉醒时刻。

  随着探索深入，地球指挥中心陆续接收到地脉雷达从火星南极传回的高频异常数据。雷达穿透冰层的深层回波显示：冰盖并未像预期那样完全熔解。相反，在爆心正下方，冰层结构像是发生了剧烈"重组"，形成了一个巨大的空腔区域，其边界清晰，轮廓近乎人工雕刻。更令人震惊的是，这个空洞并非局限于浅层塌陷，而是以一种近乎笔直的方式向地底延伸。深度测量值不断更新，最终定格在七公里，这远超火星地壳上层的常规稳定层位。但整个空洞没有可识别的塌方痕迹、断层结构或地下水侵蚀路径。它不像是自然形成的，也不像是核爆直接炸出的产物，而更像是某种结构，在核爆之后——选择了显现。

  这完全违背了人类对火星地质结构的既有认知。无论是对极地冰层厚度的估算，还是对地壳稳定性的模型推演，都无法解释这一发现。一个如此庞大而规则的空洞，竟在短时间内出现在南极冰盖之下，就像整个区域被某种力量掏空，又或者是本就不属于火星但深埋已久的地下星外结构。而更令人不安的是，那些奇怪信号，就在空洞出现后的一小时内，突然中断了——好像，它已完成了任务。

探险小队小心翼翼地操控着探测器，将其缓缓降入那深不见底的空洞。画面一帧一帧地回传至地球，每一束信号都像从另一重时空中穿透而来。而当空洞尽头的景象终于显露在全球科学界眼前时——地质学家、天体物理学家、材料工程师几乎在同一瞬间陷入了震惊与沉默。那不是岩层，不是冰川，也不是熔岩痕迹，那里矗立着一座庞然巨构——一座形态几乎无法归类、尺度超越认知的非自然结构体。它的外形诡异而陌生，不属于任何已知文明的建筑风格，但每一寸线条都充满难以言喻的几何对称之美，遵循着未知的宇宙法则。

巨构通体泛着暗红色光芒，宛如血液在某种巨型生命体内流动。光线并非反射，而更像是一种自体散发的低频能量波动，缓慢却有力地涌动着，犹如在"呼吸"。它的表面没有任何腐蚀或风化痕迹，纹理精细得如同计算机晶体回路，又同时带有某种类有机体的流线构造——那既不是自然界能形成的，也不是人类或任何已知文明能制造的东西。

它的外壳材质经过初步光谱反射分析后，被命名为"沉星合金"，一种天体级复合金属，推测在极端高压、高熵、长时间宇宙演化环境中自然形成，密度远超所有地球已知金属或合金。它就伫立在那里，像一段时光之外遗留的答案，又像一头正在沉睡的巨兽，等待被注视、被唤醒。这不仅彻底推翻了科学家们对火星地质的认知，更像是一记重锤，敲打在人类关于"我们在宇宙中是否孤独"的集体幻觉之上。这不只是一个遗迹——这或许，是两个文明之间的第一次接触。

"太震撼了⋯⋯"马克，探险小队队长，低声呢喃，眼中写满了震惊与困惑。他曾以为火星是一个蛮夷之地，因为历史上根本没有生命的痕迹，火星的地质也从未显露出如此复杂的结构。然而，现在，他所看到的，却是一个完全不同的真相——火星并非一颗死寂的星球。

就在这一刻，巨构中央悄然裂开一道细长的缝隙，一缕幽暗而深邃的红色光芒从中缓缓渗出，宛如某种沉睡已久的力量被释放，正伸出触

角探测外界。随着那道光芒开始不规则地闪烁，探测器猛然失控，所有系统界面瞬间被无法识别的错误代码充斥，警报接连不断，疑似有股无形之力正侵蚀设备的每一寸电路。

此刻，火星南极深地的残余磁层突然剧烈震荡，磁脉冲有如某种意识体的神经电信号，顺着富含磁性矿物的地壳结构自南向北传导。原本仅存在于南极的"化石磁场"开始异变，那些沉眠数十亿年的磁结构，像被某种未知共振唤醒一般，逐步在整颗星球上重建磁感应链，最终在北极浮现出与南极呼应的场迹。

就在这震荡之中，地磁探测器探到一段信号——那正是火星地下矿物的再磁化诱发的星球级别的地电流激发信号。而与此同时，地球—火星通讯系统中所有人的耳畔，无论他们身处何地，都再次清晰地听见一句语音讯息，仍是那个直抵意识深处的低沉、愤怒而苍老的声音，仿佛从火星最深的地核中滚滚而来，带着难以抗拒的威压：

"人类唤醒了我！"

这句话如同雷鸣，在每一个人的脑海中炸响，带着无法回避的压迫和沉重到令人窒息的痛感，猛然砸向灵魂最深处。

就在那一瞬间，火星的地底深处，一个太古以来便沉眠的存在缓缓苏醒——没有形体，却拥有压倒性的意志；没有行动，却释放出让整个星球震颤的气息。那是一种不属于人类语境的存在感——冷漠、巨大、超越认知，甚至无法定义。

所有人都在此刻意识到：他们面对的不再是一个可以征服或改造的星球，而是一个正在凝视他们的意识，一个刚刚醒来，等待回应的"神明"。

"Echelon Zero！ Echelon Zero！所有人员立即撤离！"

柯林迅速向探险小队下达了最高级别的撤离命令。

然而此刻，地球指挥中心已陷入前所未有的混乱：尖锐刺耳的警报声在大厅内不断回荡，所有监测仪器的数据瞬间紊乱失控，数值跳跃得毫无规律，像是整个系统都被某种未知力量入侵。探测器传回的画面上布满扭曲的噪点，数据流中充满异常的电磁波动，已无法正常解析。取而代之的，是一种低沉而持续的轰鸣声，犹如来自地底的鼓点，直击人心，让每一位聆听者都感受到灵魂深处被敲打的颤抖。

"这……到底发生了什么？"

柯林的声音颤抖起来，眼睛紧盯着不断变化的监控画面，那道原本细长的缝隙打开得更大些了，已经有五指宽，更多红色耀眼光芒从里面逃逸出来。他的瞳孔剧烈收缩，即便隔着屏幕也无法阻挡那刺目的红光直灌入脑海。眼前的情形完全超出了他们的预想，核爆带来的冲击并未按照科学家的预测重塑火星，反而像一把钥匙开启了某种古老封印。

006 星门乍现

一切，突然变得难以解释。

随着那缝隙开到八指宽，深洞探测器的画面终于逐渐稳定下来，但它呈现出的一幕却让所有人心头猛地一沉。南极冰盖下，那座巨构正缓缓升起，随着冰层的剥落，更多的构件和细节显现出来。

那并非一座普通的建筑，而是……一座庞大而复杂的"机械神殿"。它的外表磅礴宏大，但在非同寻常中，却又展现出一种错综复杂、精密入微的结构，每一处细节都透露着古老而神秘的气息。那种沉甸甸的力量感和精细的设计感，宛如来自某种超越地球认知的外星科技遗迹，让人不禁感到这座神殿不仅仅是建筑物，更像是一件沉睡的遗物，等待在某个时刻被唤醒。

黛安，星舰"阿依达"号的首席宇航员，此刻屏住了呼吸，眼睛瞪得大大的，生怕眨一下就可能错过什么不可思议的真相。她死死盯着星舰主屏幕上传回的实时画面，额角渗出细密的汗珠，心跳在胸腔中剧烈震荡。画面中，那座金属神殿般的巨构体深处，赫然耸立着一座门扉——高达数十米，仿佛专为非人尺度的存在而设计。她知道，刚才看到的那条细长的裂缝就是微微开启的门缝。门的表面布满流动的符号与几何脉络，它们并非雕刻而成，而是某种自我演化的能量在实时推理和运算，勾勒出流动的纹理，低声吟诵着一种超越人类文明的节律。

黛安颤抖着伸出手，指向屏幕中的那座门，声音几乎被喉咙里的恐惧吞噬。"那是什么？"她低声问道，像是在质问火星本身。她的声音带着微不可察的哽咽，不只是因为震惊，更是因为一种难以言喻的预感——那座门，不是为人类而造，但却像是在等着人类的到来。此刻，所有看到这一幕的人，无论是火星上探险小队的宇航员和科学家，还是地球上控制中心的工作人员，脑海中都同时浮现了一个传说已久的词语——"星门"。

这个词如同一个沉重的烙印，早就深深地刻入每个人的脑海。尽管他们无法理解其背后的含义，但此刻它却自然而然地从集体潜意识深处浮现，无声地在每个人的心头回响——在古老的人类文明中，"星门"象征着一次质的飞跃或文明的重启，一种跨越时空的突破，带来无法想象的变化。以往，这座庞大的机械神殿被某种力量封印着，它深埋在火星的冰盖下，沉睡了亿万年。直到今天，人类带来的核爆冲击才最终解开了它的封印。

随着冰层的逐渐融化，神殿中央那扇巨大的金属门开始微微震动，两扇门体间的缝隙也在不断扩展，变得愈加宽大，如同一股未知的力量正在悄然推动它的开启。门的表面随之涌现出一道道复杂的血色光纹，光芒渐渐增强，那是巨大的能量流在门上流转，散发着令人窒息的神秘气息，也预示着某种无形的力量正悄然苏醒。

"看……它在动！"一个宇航员惊叫起来。

　　"你们必须立刻撤离！无论那是什么，都不允许靠近！"柯林终于恢复了冷静，再次下达命令，指挥探险小队立即启动紧急撤离程序。然而，撤离的命令似乎已经来得太晚。随着那扇门缓缓开启，火星的信号场开始剧烈震荡，地面上的通讯设备瞬间失去作用，所有联络渠道都彻底瘫痪，整个行动的指挥陷入空前混乱。

　　此时，地球指挥中心内的警报声不知何时已经悄然停止，取而代之的是一种令人窒息的压迫感，弥漫在整个空间中。所有监控画面变得模糊不清，控制台上的按钮似乎失去了任何作用。柯林尝试重新启动系统，但无论他如何操作，一切都徒劳无功，整个中心的科技与力量都在此刻失效，无法与那未知的力量抗衡。

　　那扇门，终于彻底敞开。随之而来的是一场超越言语的视觉震撼——门后浮现出一座庞大的晶体构造，层层嵌套的多面体如宇宙齿轮般缓缓旋转。每一层都独立运作，却又彼此呼应，犹如一颗多维心脏，在轴心错位间有节奏地搏动。它既不是建筑，也非仪器，而是一种活态运算装置——正以某种非线性的规律重构现实场域。

　　晶体本身透明却不透光，内部隐约浮动着类似电浆的流体，颜色在红紫之间不断变换，如同高维信息流穿梭其中。每当某一晶面与观测者的视角对齐，便会透出一缕短暂却强烈的共鸣——不仅震动感官，甚至扰动思维本身的稳定结构。周围空间被能量波动彻底扭曲，空气中弥漫着静电的嘶鸣与次声低振，就像火星整颗星球正在与这台装置产生某种深层同步。

　　此刻，地表的岩层开始微微颤动，磁场剧烈扰乱，红沙卷起无声的旋风，一切都在响应它——这不仅是一台装置，而是一个星球的"意识接口"——它正在启动。那股力量无形，却又无处不在。它不再藏匿，而是开始沿着火星每一条古老的脉络流动、共振、唤醒。

　　就在所有人都沉浸在这不可思议的画面中时，那个低沉而充满怒气的声音再次传来，这次他们发现声音就是从这晶体结构发出：

"你们知道唤醒意味着什么？"

　　这句话再次在所有人的心中激起强烈的震动，地球指挥中心陷入死寂。谁也不知道，这个古老的力量究竟是什么，为什么它会沉睡亿万年，又为何选择在此时苏醒。

　　此刻的火星天空，早已褪去那层冷峻的蓝灰。天际被一种不可理喻的光辉所染——那不再是熟悉的极光，而是一种撕裂理性的幻象。它们如蛇影般在天幕中蜿蜒翻腾，光色诡异莫测，闪烁出超越人类视觉逻辑的异维之辉，整个星空正在被一场无形的意识风暴所侵蚀。汹涌的风暴从南极爆发，如同火星的怒火以雷霆万钧之势向四面八方扩散。

　　沙尘夹杂着电光，在天际撕裂开一道道裂缝，气温飙升、气压骤降，火星表面剧烈颤动。气流带来的冲击让所有探险队员感到一阵阵的头晕目眩，宛如大地在他们脚下翻滚。指挥中心的屏幕上，数据再次彻底崩溃，一片混乱。所有的通信信号遭遇严重干扰，火星表面的监测数据也变得杂乱无序，无法解读。柯林的手紧紧抓住控制台，目不转睛地盯着不断闪烁的警示灯，眼中闪过一丝无法言喻的无力感。这一切，已经完全超出了掌控，他们再也无法对局势作出任何有效的反应。

　　"物质是借口，意识才是剧本；离开这里，趁现在。"

　　那道声音再次出现，回荡在每个人的意识中，宛如某种超越信息的意志，正在强行进入他们的思维深处。

　　那是威胁，还是警告，或是两者的结合？

3 ｜ 手眼通天

007 解开封印

黛安站在阿依达号的舷窗边，双手紧紧握住耳边的通讯设备，试图阻止那个声音继续蔓延。她呼吸急促，头脑中一片混乱。然而，无论她如何努力，都无法摆脱那侵入式的低语，似乎火星本身正在通过她的意识来传递信息。

此时，马克已经带着探险小队回到星舰上，准备升空。升空程序已启动，倒计时在稳步推进。引擎即将点火，全系统准备脱离火星，引力即将被突破。但就在点火前的那一刻——探测器传回了最后一段实时视频，那一瞬间，如同时序被打断，整个星舰骤然寂静。画面定格在一个不可思议的瞬间——那座晶体装置的核心正剧烈震荡，而从其内部，一抹流动的暗影缓缓探出。它的形体似乎在不断扭曲、塌缩、再生，仿佛空间本身无法承载它的存在。

那东西，像是一只"手"，却又远不能称之为"手"。它没有指节，没有肌肉，边缘模糊如梦境中的剪影，表面闪烁着不可辨识的反光层，如同信息流凝结后的实体折痕。它不是物质，也不是纯能量。它是一种意志的投影，有如火星本身在回应某种"触碰"请求。它的存在撕裂了画面，也撕裂了预定的命运。那一瞬间，原本即将升空的命令被冻结。人类在离开火星的前一刻，被迫停下脚步。因为此刻所呈现的，不再是科技范畴的发现，而是一次超越理解边界的"接触"。

随着那只黑手缓缓伸出，火星地表剧烈震荡。远处那片黑色与深红褐交织的玄武岩原开始蠕动起伏，火山渣丘如同波浪般塌陷又隆起，大地发出低沉而哀伤的轰鸣，仿佛整颗星球正在痛苦地扭动。

舱内的每一位宇航员都几乎同时停下动作——不是出于判断，而是本能。那是一种难以名状的感受，一种早已被文明压抑的原始情绪，像被尘封在心底的梦魇重新苏醒。它从骨髓深处涌起，不断膨胀，挤压心脏、挤压意识。那不是恐惧，也不是绝望，而是一种更原始、更深层的撕裂感，犹如灵魂正在被一点一点抽离，生命正被什么不可见的东西缓缓吞噬。而这一切，无声，却无法抗拒。

"它……它在醒来。"黛安的声音几乎不可闻，她的眼睛凝视着那只黑手，内心充满了无边的疑惑。她在猜想，被封印的古老神殿和晶体结构，或许是火星的"心脏"，而那只黑手，正是它的守护者，或者更准确地说，它的复苏者。

火星并非一颗死寂的星球，正如那声音所传达的，它从未真正死去。这个星球曾经封印着某种未知的存在，而人类通过核爆的力量，无意间解开了封印，唤醒了这段远古的记忆，将它从沉睡中释放了出来。随着那只黑手完全伸出地表，它开始在空中舞动，玩弄出黑色的旋风，正向星舰袭来。

"逃离……"这是最后一次在通讯频道中传回柯林的声音——但为时已晚。

那只黑手在旋风中缓缓抬起，直抵火星苍穹。就在它触碰天际的瞬间，此刻已贯穿南北极的磁场剧烈震荡，整个星球的能量场被瞬间颠覆。火星表面多个区域的电离层突发异变，大气电荷紊乱。火星赤道附近的奥林帕斯火山顶上的火星云被无形的巨力撕扯拉伸，开始疯狂翻涌，天空的颜色由诡异光色一瞬间转为幽黑，日与夜的界限彻底消失。

火山顶掀起滔天风暴，怒吼般的狂风朝着赤道汇聚，形成一个足以吞噬一切的巨大漩涡。紧接着，一道猩红的电弧如利刃般划破苍穹，自天际劈下南极，像是现实被撕裂出一道无法愈合的裂缝。那裂缝中透出的，不再是星辰，而是无边的黑暗深渊，一股无法名状的能量在其中蠢动，将所有的光芒、温度乃至希望，一点点吞噬殆尽。

"它正在吞噬火星。"黛安的声音在颤抖，她的眼睛几乎无法相信自己所看到的一切。她感觉到一种冷意从内心深处升起，穿透每一根神经。她注视着那股从神殿中心升起向四周蔓延的黑暗波动。她看到，神殿的周围冰盖，竟然在瞬间崩解——那不是普通的塌陷，而像是被无形的手抹去了一般，整个地面变得光秃秃，连一丝水滴也不曾留下。那一瞬间，火星的地表似乎不再是固体的存在，仿佛整个行星的物质被抽离，连同它的历史、它的记忆，一同被吞噬。

"太可怕了……"她的声音几乎无法自已，她猛然转身，看向站在一旁的马克，几乎是从喉咙里挤出这句话。她的嘴唇微微颤抖，眼神充满了不安与恐惧，"我们不是在让火星适宜人类居住……我们是在毁灭它。"

马克的眼睛里浮现出与黛安一样的惊恐，他深吸了一口气，却没有能说出任何安慰的话。他的脸色变得苍白，整个世界都在这一刻崩塌。火星的表面正在发生无法控制的变化，而这种变化似乎没有任何规律，也无法用人类的科技去预测或理解。

它是活的，它正在反击——而人类的所作所为，正是它复生的催化剂。

就在这时，奇异的事态进一步发展。阿依达星舰上的所有人，似乎都被某种不可知的力量牵引着，进入了一种共同的幻境，那是一个无法言喻的海市蜃楼般画面——无边的赤色沙海之中，一座庞大的古城残骸在呼啸的风暴中，若隐若现。破碎的城墙横亘在沙丘之间，支离破碎，像是经历了千万年的摧残。残垣断壁中，那些扭曲塌陷的建筑仍依稀可见，像某种远古文明遗留下的遗迹，静静诉说着曾经的辉煌与陨落，却早已被时间与风暴抹去一切生机。

此刻，高悬在漆黑天空中的那只手，已悄然幻化为一只巨大的黑色眼睛，死死镶嵌在苍穹深处，凝视着大地。那眼睛没有瞳孔，空洞而漠然，漆黑如渊，像一口吞噬一切光明与希望的深井，它的凝视让整个星球都陷入无边的寒冷与绝望之中。

那只眼睛，正在缓缓睁开，目光直直地盯向每一个在场的人。

"你们还在？"

这声音，并非从外界传来，而是从意识深处缓缓浮现，在每个人的脑海中回响。它带着一种令人无法忽视的熟悉感，却又夹杂着冰冷而威严的审视，像是在透彻地洞察一切。这声音中蕴含着超越人类理解的智慧，但更深处，却翻涌着难以遏制的愤怒，像是在质问，又像在宣告：

"你们解开了它的封印。"

黛安的意识几乎无法承受这股力量，脑海中的画面不断变换，现实与幻象交织。她看到火星历史上那座庞大的古城，在无情的风暴中倒塌，沙尘席卷一切；她又看到苍穹深处那只眼睛，正用无尽的黑色注视着她，像是用目光丈量她的灵魂；她听到了它的低语，感受到它在内心深处涌动，一股难以抗拒的力量正在试图撕开她的意识，将她彻底吞噬。

火星，不再是一个死寂的星球。它曾经是某种极为古老存在的家园，这个存在曾经在这里繁衍生息，而如今，它在火星的深处复生，等待着它的时刻。

"火星的复生，意味着毁灭……"

随着那声音渐行渐远，黛安感到自己的意识正在被抽离——这不仅是警告，也是某种不可逆的预言。

复生，是这颗星球的宿命；而毁灭，或许从一开始，就是人类踏足的代价。

008　电射阴影

　　地球的通讯系统终于收到了来自火星的一条信号。信号的画面模糊不清，像是一团扭曲的静电，偶尔闪现出几何的光点。地球指挥中心的屏幕上，柯林紧张地盯着那一片混乱的画面。屏幕上一个瘦弱的模糊影像逐渐清晰起来，面无表情。他辨认出，那是黛安，站在阿依达星舰的舷窗边。

　　黛安背后的舷窗外，暴风正在席卷整个天际，黑色风暴在火星的天空中翻腾，扭曲成可怕的漩涡。远处的沙尘中，有一道道电光闪过，气流像是被某种巨力操控，吞噬着一切。在这片荒凉景象中，黛安的面孔却显得异常平静，好像她早已接受了某种无法逃避的命运。

　　"火星，并不是颗死星。"她的声音带着一种诡异的平静，不急不缓，却足以让人心头一沉。她顿了顿，在选择如何表达接下来的话语，然后继续说道："它从来都不是。"那声音低沉、冷静，却带着某种远远超越人类理解的厚重感。柯林的心跳不由得加速，此刻他有太多的问题。

　　"我们不是最先来到这里的文明。"她的声音没有一丝波动，就像在讲述一个注定的命运，而这个命运远远超出人类的控制，"不要来这里……"她还没有说完，通讯戛然而止。屏幕上出现了静止，一切都被冻结在这一刻。

　　一小时后，星舰的通讯信号，甚至是以往从火星传来的环境数据，都突然消失，就像从未存在过。阿依达号彻底失联。地球上的科学家们愣在原地，无法相信眼前的现实。柯林用力握住桌边，心中升起一股寒意。

　　"不要来这里……"

　　黛安的最后一条通讯信息回荡在指挥中心。她的话如同一把利剑，刺穿了理性，直指人类最大的恐惧——出道计划彻底失败。他们或许永远无法殖民火星，无法预测那片赤红沙漠之下隐藏的真正力量。

　　两小时后，火星轨道上的观测站捕捉到了火星磁场的彻底崩溃。那是一种前所未有的异变——整个行星的磁场在瞬间反复逆转，某种超越物理法则的风暴横扫火星，扭曲了它原本的规则。更令人不安的是，火星的南极已不再是沉寂的冰雪荒原。它们被某种无法命名的存在所覆盖——那既非已知形式的能量，也并非物质本身，而是一种更为本质、几乎脱离现实范畴的"存在态"。这股力量如同无形的黑暗锁链，自极地深处悄然延展、盘绕、缠绕、渗透，悄无声息地封锁着整颗星球的结构与意志。

　　三小时后，来自火星的无线电信号彻底陷入静默，所有地球上的通讯设备再也无法接收到哪怕一丝有效信息。指挥大厅几十台监控终端的屏幕上，代表火星数据流的曲线一同坠入零线，如同某种不可抗力按下"静止键"。工程师们在沉默中忙乱，重新校验天线轨道、检索备用频段、重启解码协议，所有程序都"正常运行"，但唯独信号不存在了。

　　四小时后，监测仪器的屏幕上突然闪现出一道诡异的影像——那是一片暗化的电磁异常区，一种后来被科学家称为"反物质电射阴影"的未知现象，从火星悄然释放，穿越星际的虚空，迅速而坚定地朝地球而来。那道阴影并非任何已知的自然天体或能量形态，更像是由黑暗、未知能量与扭曲的时间织成的幽灵，在空间中滑动，没有边界，没有实体，却又真实存在。它超越了所有人类所理解的物理法则，像宇宙自身深处伸出的一只触角，带着不可测的意图与无声的威胁，无可阻挡地逼近地球。

　　人类以为他们是在改造火星，准备让这颗星球成为第二个家园。然而，火星并非无生命的荒原，它承载着更为深邃的秘密。那座从冰层中升起的神殿，那多面晶体带来的幻象，那只"手"的触碰，那个"眼"的凝视，火星表面覆盖的"存在态"——所有的这些，都只是开端。

　　人类用一场核爆，撕裂了封印，而那扇星门背后，深藏的反物质流，正向地球袭来。这股反物质流不像普通的电磁波那样发出光，而是"吞噬光"，制造出电磁波的反向波动——一种源于高维负能态的波动体，它与标准电磁场的相位、极化方向和传播向量完全镜像对称，在三维空间中表现为"吞光""吸频""逆极化"等反常现象。它以阴影般的形态扩展在空间中，会自动避开宇宙物质，在高维中穿越，产生一种仿佛存在又不可接触的效果。

后来的科学家证实，这股几乎无法观测的幽暗之影，实际上是由大量处于纠缠态的反物质中微粒子构成的复合体——一种由反物质与信息纠缠形成的"负能量信息场"。它以负能态穿透现实，在微观层面扰动时空基底，诱发局部空间折叠、真空重构，甚至可能短暂突破宇宙的稳定机制。这类反中微粒子的存在，并不以通常方式显现，而是通过某种尚未定义的量子场耦合，对普通电磁场产生剧烈干扰，进而引发反常极化、量子涨落塌缩甚至真空相变等现象。它既是信息的高维载体，也是一种超越常规武器逻辑的"意识湮灭装置"，其极端形态下，足以触发"意识坍缩"——一种可彻底清除意识法则的重构机制。

在无边无际的黑暗宇宙中，源自火星的这道超越人类一切认知的阴影，正悄然逼近地球；而地球，就像是下一个即将被唤醒的沉睡者，无知地静候其降临。人类踏上火星的那一刻起，每一声机械的轰鸣，每一道脚印，每一次爆破，都在无形中惊扰着沉睡的存在，提醒着火星：那些曾在这里辉煌一时的文明，虽然被遗忘、被掩盖，但它——从未真正消失，一直蛰伏在黑暗之下，等待着重生的一刻。

伴随着那自火星蔓延而来的电射阴影，一道神秘的信号传到地球。但这一次，它不再是单纯的通讯信息，而是一种极其诡异的反电磁脉冲序列，复杂得无法用任何已知语言或编解码方式解读。监控屏幕上的波形图像密密麻麻，宛如一座正以非人类节奏跳动的神经网络。这些信号并不以传统电磁脉冲的方式粗暴摧毁系统，而是以近乎温柔的方式渗透入逻辑核心，如同一次精心设计的共振诱导。它们不破坏线路，不触发警报，却精准重写了底层逻辑的感知函数，让设备继续正常运作——只是，所接收与输出的一切，已不再是真实。系统以为自己仍在工作，操作员看到的数据也一切如常，然而在这份完美伪装下的，是认知的偏移。就像一只眼睛仍在睁开，但所见之物，早已被一只看不见的手重新描绘。它不是攻击，而是一种高维层面的逻辑附身——一场意识级的信息操控，潜入了电路，也穿透现实的表象。

柯林死死盯着屏幕，心跳不由自主地加快——那信号中蕴含着极高的信息熵，如同某种拥有高度智能的存在，正在穿越星际的黑暗，试图向地球传达它那不可知的意志。那正是电射阴影夹带而来的一种"吸频意识波"，一种非人类文明设计的意识侵入机制——它并非能量波，而是一种以频率结构为侵入通道的"非物理信息体"；它并不破坏物质，却通过同频共振机制重写神经感知界。

"这又是什么……"柯林低声自语。

他将目光移向另一块显示屏，上面闪烁的波形与复杂的频率图像清晰无比，昭示着一个惊人的事实——这个信号并非来自单一的源头。它既不是仅源自火星南极那场热核爆炸的震荡中心，也不是单纯从星门内部释放。相反，这道电射阴影裹挟而来的信号，好像在火星的每一寸土地上同时发出，是来自整颗星球的"内息"——一种存在于星球内部的高维波动现象，它既不是物质，也不是纯能量，而是一种在行星尺度下演化出的原始意识流动。此刻，火星本身化作了一个巨大的意识，透过这片电射阴影，将它的意志传送至地球。

"信号来自整个火星……"地球基地的科学家们屏住呼吸。空气中的紧张感几乎让人无法呼吸。

"它在试图……扩散"，柯林的声音中带着震惊。他瞪大眼睛，一种不敢想象的恐惧开始在心头蔓延。他突然想起了黛安在通讯中说过"我们不是最先来到这里的文明"——这句话此刻像一把锋利的手术刀割裂了他的理性思维。这意味着什么？是火星曾经孕育过文明？还是，火星本身……就是一个高等文明？

其实他们现在面对的，不是一种外来科技，而是一种深埋在火星地核与磁层下方的原生意识结构，它不是生命，而是星球自身的"认知余震"——一种从地质、引力、磁场、残留文明结构中"进化出"的高维自我觉醒过程。所有人的目光齐刷刷地聚焦在显示屏上，复杂的电磁脉冲图案在荧屏上不断闪烁，每一道脉冲之后，都蕴含着人类无法解读的深层含义。它们并非无序的波动，而是精心编排的信号，像是某种高度智慧的交流方式，经过深思熟虑后才得以释放。

009 镜像思维

　　全球各地的深空监听站相继捕捉到了更多的异常信号。研究员们的手指颤抖着在键盘上敲打，进行解码，那些脉冲逐渐展现出一种令人震惊的结构。经过生物量子计算集群的深入分析，科学家们的脸色变得愈加凝重——这些信号的模式，竟是地球人类大脑神经元放电模式的"镜像版"——它与人类意识结构有着深层逻辑对称关系；但同时，它是反向的、自我否定的、非人类的；或许，它不是在模仿人类，而是人类正好被它"映出"。

　　"这不是语言……"一名年轻的研究员瞪大了眼睛，屏住呼吸，双手紧握耳机，生怕自己听错了，"这不是任何编码系统，也不是任何波形的组合……这是——'思维'本身，只不过是一种'镜像思维'……"

　　控制中心一瞬间陷入死一般的寂静，连时间也暂停了。

　　"所以……它才能以超光速直接抵达这里……"那名研究员声音越来越低，像在害怕什么，或者说，他在害怕自己脑海里浮现出的答案。

　　柯林站在主控台前，脸色苍白如纸。他的目光死死盯着屏幕上那跳动着异常波动的信号图案，胸腔剧烈起伏，整个人被一股看不见的力量紧紧攥住。"思维本身……"他喃喃重复，"如果那真的是思维……那信号就是来自某个意识的呼唤？"

　　一股惊悚攀上脊背，柯林的声音不受控制地颤抖起来："难道火星本身……就是一个智能生命体？"控制中心寂静无声，这句话像一道惊雷，在空气中炸裂，每一个字都击中众人的神经，仿佛灵魂都被惊醒。

　　一位年长的科学家颤声说："火星……从人类诞生前就存在，如果它是生命体，那人类在它眼中就是原始生物？"

"还是说，它在过去三百年中发生了什么？"另一名工程师想到火星是过去三百年这个逆时间宇宙中唯一的顺时间星球，"或是产生了某种变异？"

柯林闭上眼睛，努力平复胸口的悸动。这震惊远远超出他的科学认知。那不是信号，那是直接作用于人类意识深处的"镜像思维"——一种与人类认知结构形态、节奏、路径完全对称的认知结构，但其方向、主客关系、因果结构被"翻转"或"倒映"。难道是火星意识通过模仿人类大脑放电模式建立镜像结构，进而反向"控制"人类思维？那火星意识就不是入侵，而是将人的每一个思维投影为它的动作：你以为你在做决定，其实你只是它的"反射"。

想到这里，柯林感到更加惊悚。他深吸一口气，猛然睁开眼睛，走向终端，启动了最高权限的加密通讯，将一切第一时间汇报给唯一可能理解这一切的人——星际文明中心主任布莱克索恩将军。

"你确定？"布莱克索恩的身影在虚拟通讯中投影出来，高大而冰冷，像一道阴影站立在时间尽头。他那双锐利的黑色眼睛死死盯着柯林，似乎要从他的意识里撕开所有疑惑。

"是的，将军。"柯林低声回答，声音沙哑。

"这是我们从未观测到的超光速传输，且不符合任何已知的能量或信息传输模型。它更像是……像是……意识本身的跃迁。"

布莱克索恩沉默片刻，眼神渐渐变得深邃，宛如凝视着宇宙中的某个远古的答案。"火星意识。"他低声呢喃，语气复杂到极致。柯林从未听过布莱克索恩用这种语气说话——一种混杂着恐惧、敬畏还有隐隐抗争的声音。

"如果火星从一开始就是智能生命，那么它为什么需要我们？"柯林声音颤抖道，"难道这一切——人类的历史、科技进步，甚至我们所谓的'文明'，不过是它引导我们走到它需要的那一步？然后它再侵入我们？"

　　布莱克索恩冷冷一笑，双目微眯，说道："火星意识并未侵入，也不是'它者'。我猜想它是一种行星级'镜像意识结构'，通过共鸣人类大脑的神经元放电节律，建立出一套与人类思维结构对称但反向的认知模型。我们以为自己在思考，其实是在'回响'它的思维波动；我们以为是自己作出选择，但那只是火星意识下一步动作在我们意识中的倒影。"

　　"如果火星需要思考，"布莱克索恩声音忽然低沉，近乎呢喃，"它就不是全能的。如果它需要与人类互动，说明它——不完整。"

　　他站起身，走向大屏幕，望向远处那颗红色星球，似乎那里藏着人类未解的命运。

　　"柯林，"他的声音此刻变得坚硬如铁，"既然它能思考，它就会害怕。既然它会害怕，我们就有机会。"他猛然一挥手，命令道："先全力屏蔽这些信号，防止对地球造成任何负面影响，我们余下的时间已经不多了。"

　　科学家们紧张地调整设备，按着布莱克索恩和柯林的布置实施应对方案，然而他们并未意识到，所有的努力都注定是徒劳的，这场危机实际上是一场降维打击。接下来的事态发展，远远超出了他们的预期和控制。

010 火星梦境

　　就在他们试图切断信号的同时，地球上开始出现了一些无法解释的现象。越来越多的普通人，无论身处何地，都陆续开始谈论起他们做的"火星梦"。梦中，他们看到火星，那颗赤红的星球上，曾经辉煌的巨城正在倒塌，沉没在翻滚的风暴中。天空中，一只巨大的黑色眼睛出现在他们的视野中，深深地凝视着他们。那摄魂的目光似乎超越了梦境的界限，直达他们的内心，带着一种无法抗拒的吸引力。醒来后，他们不时处于一种"精神恍惚"的状态，但意识似乎变得更加"清明"。

　　更令人不安的是，这些梦境并非个体现象。全球范围内的人们开始经历相同的梦境——无论是纽约、东京、墨尔本，还是欧洲的夜晚，所有梦见火星的人，都见到了那只黑色的眼睛。它静静地凝视着他们，这种凝视像是来自火星的深处，又像是某种不属于这个世界的存在，正通过他们的意识审视地球，审视着曾试图改造它的人类文明。

　　随着反电磁脉冲信号的扩散，所有做过火星梦的人似乎突然成为了某种庞大网络的一部分。他们的意识与火星意识产生了难以言喻的联系。这种联系并非通过常规通讯手段，而是通过梦境、心智，甚至是无法解释的心念波动悄然渗透，深深植入每个人的意识深处。

　　地球的气氛变得愈发紧张，全球各国政府迅速集结资源应对这一突发危机。布莱克索恩则下令加强对所有与"出道计划"相关人员的监控——从参与火星改造计划的科研人员，到那些拥有安全许可、可以接触机密资料、参与数据分析、为项目提供支持的人，所有与火星有接触的人员都成了严密监控的对象。

　　越来越多的迹象表明，火星的影响远远超过了单纯的信号传输。它正在通过某种神秘方式改变与之接触之人的身体和思想，柯林也在其中。他领导的火星探测指挥中心，已经被布莱克索恩派来的太空军军部调查局接管，局势正急速失控。

起初，这些变化是微妙的。最先出现的是一些特定的脑电波波动。这些人的大脑活动与火星反电磁脉冲波动信号的频率越来越相近，波形呈现出奇怪的同步性，宛如火星本身正在与他们的意识同频共振。军部调查局通过监测发现，他们的大脑活动模式不再遵循常规的人类神经活动路径，而是开始表现出与火星信号中某些特定脉冲相一致的脑波动。

"我们必须得搞清楚这些人脑电波的变化到底意味着什么？"布莱克索恩眉头紧锁，看着屏幕上被监控人员的脑波实时数据图。此时，屏幕上突然跳出了一个标示——"异常波形"。这些波形已经超出了地球上的正常生物电磁频率范围。

然而，这只是改变的开始。

接着，那些人开始出现了奇怪的行为表现。起初，只是偶尔在言语中不自觉地出现一些与火星信号词汇相似的表述。但随着时间的推移，这种现象变得愈加频繁。有些人在日常对话中，无意识地重复起某些火星信号中所传递的词汇——那些不属于任何已知语言的词句。

这些人甚至开始不由自主地在梦中用一种神秘的语言说着"火星梦话"。话语既不是自己能理解的语意，也无法用任何地球物种语言解释清楚。

"不对劲。"布莱克索恩再次从监控屏幕上抬起头，脸上写满了不安。那些火星计划参与者的行为和表现，已经远远超出了常规的生理和心理反应，某种未知的力量正在悄然改变他们。

"他们开始说火星的语言了。"军部调查局女局长卡贝拉带着浓重忧虑对布莱克索恩说道。卡贝拉在查阅一份来自监测站的记录时发现，几名曾参与火星改造的科学家，在梦中并非只是梦见火星，而是在梦境中相遇，彼此交流着某种无法理解的符号和图案。

"这像是感染。"调查局首席探员贾斯珀沉声说道，"他们被感染了……正在变成某种我们无法理解的生命体。火星的意志，似乎在渗透到他们的每一细胞，甚至他们的意识。"

"火星意识正在渗透到他们的身体里？"卡贝拉眼中闪过一丝不可名状的恐惧。

"而且这不是个别现象，"贾斯珀忧心忡忡地说，语气低沉，"是一种正在扩散的状态……一种火星化的存在。就像浪花，一浪接着一浪，根本停不下来。"

随着火星感染者的人数持续攀升，全球各国政府迅速启动了一个代号为"冲浪"的应急计划，试图通过甄别、追踪、隔离、技术屏蔽等手段遏制感染扩散。但没过多久，他们便惊恐地发现——这一切都无济于事。

火星信号不是病毒，不是化学污染，更像一种意识频率的共鸣感染。它像梦境那样悄然渗透，像潮汐一样不可阻挡。它不需要媒介，不需要语言，直接作用于心智结构本身，似乎没有任何措施能够遏制这股"疫情"的蔓延。

"如果火星本身真的是一种智能体，或者说它有自己的意识，那么它现在可能正在用这些人作为基站节点，扩展它的影响力……"布莱克索恩在给太空军军部的报告里写道，"这不只是太空科学的问题了，这已经成了文明之间的较量，甚至可能是人类对抗火星意识的生死之战。"

接下来，更令人不寒而栗的事情一件接一件地发生。那些早期的火星感染者开始展现出一些无法理解的行为举止。他们的眼神变得空洞，身体不自觉地作出一些怪异的动作，像是某种强大而古老的意识正在潜移默化地重塑他们的行为方式。这些动作并非出于他们的意愿，更像是被某种看不见的力量所驱使。

他们的每一个举动，都不再是自己的选择，而是在听从某种远在宇宙深处的意识发出的口令。

随着这些奇怪行为的频繁出现，科学家们惊恐地发现，这些火星化的人无论身处何地，都开始表现出一种共同特征——他们都能感受到一种无形的召唤。那种召唤带有神秘的力量，从宇宙深处渗透而来，直抵

他们的灵魂深处。

　　无论是在繁忙的都市街头，还是在安静的乡村小道，这些人都不可遏制地朝某个方向移动，仿佛有什么东西在给出坐标，指引他们前行。

　　调查局后来发现，无论他们身处地球的哪片大陆，那种牵引始终稳定地指向一个异常方位——并非火星本身，也非地球坐标系内的任何极点，而是火星自转轴在宇宙惯性框架中反向延展所交汇的意识奇点区域。

　　这个方向不受地磁影响，无法被传统仪器捕捉，但对某些个体的神经系统与脑电场，表现出可重复的微弱耦合响应。研究者将其命名为"ψ-向量异常"——一种疑似高维意识场的方向性共振，或许与星际意识锚点系统存在某种联系。

　　人们开始报告一种持续性的偏移感——走路时轨迹总会不自觉地偏斜数度，指甲长出略微扭曲，头痛时神经脉冲朝同一方向跳动。睡眠中，他们总会不自觉调整姿势、翻身面向同一个点，哪怕换了房间、换了半球。

　　更离奇的是，许多人在梦中反复梦见一片赤红沙海的尽头，那里耸立着一个模糊而巨大的影子结构。它无法被完整记住，却在梦醒时留下了一种令人窒息的确定感。

　　那，就是一切的源头。

　　"火星已经开始发号施令。"布莱克索恩喃喃自语，"人类，正在被火星意识操控。"

4 ┃ 天际呼唤

011 火星召唤

　　离二百九十六天时间窗口还剩下一百五十天。地球的通讯系统在这一天，经历了前所未有的变故。全球通讯卫星接收到的火星信号，不再仅仅局限于电射阴影向地球的单向传输，而是来自整个太阳系的信号反射——那些源自反物质电射阴影释放的信号，在这一天清晨突然向整个太阳系蔓延。月球、金星、水星——所有深空探测的前哨站，都开始接收到来自太阳系各处的信号回波扩散。

　　"它在扩散。"卡贝拉紧张地凝视着屏幕上渐增的信号波形，"这不是单纯的求救或者威胁，这是……一种系统性的信号发射与反射，火星正在向整个太阳系发出召唤。"

　　布莱克索恩听到这个紧急报告，脑中浮现出一个场景，或许更能解读他此刻的感受：在深夜广袤的草原上，突然一声低沉而悠长的狼嚎打破寂静，回荡在空旷的原野。那声音穿透黑夜，宛若来自远古的呼唤。紧接着，其他狼群的嚎叫声应声而起，声音此起彼伏，时而高亢，时而低沉。它们从草原的各个角落汇聚，音波交织成一张无形的网，传到每一只同伴的耳中。每一声狼嚎都充满力量，既是对同伴的召唤，也是对远方回应的回应，又仿佛在传递着某种未知的命令。

　　"它在寻找……它在呼唤……"布莱克索恩若有所思地说道。

　　越来越多的天文射电望远镜、深空探测器和通讯卫星开始捕捉到相同的信号。木星的四大卫星之一——欧罗巴，其探测器传回的厚重冰层下数据显示，那里竟然也开始出现类似火星信号频率的脉冲波动；甚至更远处，土星的卫星——泰坦，也在发出着类似的低频震荡，犹如某种远古能量正在那里渐渐苏醒。

　　而更让人震惊的是，太阳观测站开始捕捉到另一组新的奇异信号反射。这组信号并非起源于太阳本身。它既没有穿越恒星内部，也不符合任何已知的光球、色球或黑子活动模型；也不是来自火星，或那片电射阴影。它的真正来源，令人震惊——这些奇异信号是从宇宙的某个未知方位"反弹"至观测视野中，并在太阳最外层的日冕边界，被"折射性捕获"，最终以回波形式抵达太阳观测站。

仿佛日冕是一面透明到几乎不可感知的高能镜面，将一段来自太阳系外的回声重新送回——不仅是空间中的一次反射，更像是时间结构的一次折返。

科学家们尝试追踪这组太阳反射信号的原始路径，却惊愕地发现：它们的波动曲线极不寻常，疑似逆时传播——仿佛这组信号不是从某个具体坐标发出，而是从更远的时间与空间中"跳跃"而来。

"这就像……日冕变成了一面接收器。"卡贝拉低声说，脸色煞白。

"那这组信号——可能是来自星际深处？"布莱克索恩问道。

"不是'可能'。"柯林望着不断闪烁的信号解析图层，"而是……'一定'。"

所有人心头一震。

"这意味着，"卡贝拉喃喃说道，"火星……等待的是从更远、更古老的地方传来的信息……这是召唤，还是命令？"她想起布莱克索恩刚刚提到的狼群呼唤同伴的比喻。

"这些信号不是任何已知太阳系文明所能创造的。"柯林低声道，"它们像是……某种唤醒协议。"

随着更多数据被解读，科学家们的推测逐渐趋于一致——向整个太阳系蔓延的电射脉冲信号，是火星发出的某种呼唤，一种被遗忘的、悠久的呼唤。它在呼唤某个远方的存在，某种或许早已消逝，或许依然存活的存在。而来自太阳系之外的那组奇异信号，则是回应的前奏。

　　火星从未孤单。它的信号，本身就是一种召唤的语言。它的背后，隐藏着某种古老的意志。火星正在等待某种契约的完成，或者某种远古存在的归来。

　　"它在呼唤……我们不明白的东西……它在等待回应……"布莱克索恩的声音里充满迷惘。他屏住呼吸，目光锁定在屏幕上的信号波形上，那些波动逐渐形成一种类似漩涡的结构，越来越复杂，也越来越有节奏感。

　　就在这一刻，他忽然想起了黛安最后留下的话：

　　"我们不是最先来到这里的文明。"

　　布莱克索恩陷入了长久的沉思。

　　这一切，其实早已被注定。

012　星空扰动

　　科学家们的疑惑逐渐转化为敬畏。他们开始意识到，这些信号像是某种通道的开启，或者是一个个遥远的联系节点，在为某个更大的存在架起一座桥梁、一条路径。这个存在并不在太阳系之内，却早已在宇宙的某个未知角落等待着。

　　"火星不是孤立的。"布莱克索恩终于开口，他的声音低沉而有力，"它一直是某种召唤的前哨，整个太阳系……都是它的信号接收站。"

　　突然间，所有人的视线集中在一幅图像上。那是来自深空探测器的最新数据——一块来自太阳系边缘的奇异图案。图案本身并不像任何已知的几何形态或物理现象，更像是一种高维度的波动，无法通过常规视觉感知来解读。随着数据逐渐渲染完成，图像中显现出一道不为人知的能量波动，其频率与火星信号高度匹配，而且传播速度极快，似乎正在穿越一个巨大的空间维度，甚至在某种程度上影响着周围的时间流动。

"它在接收。"一名天文学家喘息道，"火星的信号……它真的被听见了。"

波动没有停歇，反而在不断加强。越来越强的电射脉冲、越来越密集的信息彼此交织，变得愈发难以解读。就在这时，突然——一阵来自深空的巨大震动，打破了所有人的沉默。

这是一个回响，一个来自太阳系之外的回响。某个未知的存在，终于听到了火星的召唤。

——它回应了。

那一刻，所有科学家都感受到一种无法言喻的震惊，甚至夹杂着一丝释然。因为他们知道——火星的真正意义，曾被深深埋藏在那片荒芜的暗红色大地下，直到今天，才开始逐渐破土而出。而在太阳系之外的某个未知角落，某种亘古不变的存在，正缓缓归来。

地球的夜空，人类的肉眼并未察觉任何变化。天空如常，繁星点点，月光依旧，广袤无垠。然而，天文望远镜捕捉到的画面，却让所有天文学家屏住了呼吸。那是一片位于太阳系外缘、距离地球约一点六八光年的星空，正在发生无法解释的扰动。

"我们检测到一个强大的扰场。"一位名叫卫斯理的天文学家在智利阿塔卡马高原的深空观测站控制室中说道，语气里带着一丝不安。屏幕上迅速刷新出一串复杂波形，剧烈的起伏宛如一场骤然爆发的星际风暴。卫斯理紧盯着数据，屏幕不断闪烁，仿佛有某种不可见的力量正在悄然撕裂空间的边界。

"回响的传播速度远超我们的理解。它几乎跨越了整个太阳系的时空，像一个巨大的能量漩涡，正在吞噬一切。"另一位身处澳大利亚观测站的天文学家阿瑟的声音，从通讯系统中传来。控制室内的气氛骤然凝重，所有人的目光都集中在屏幕上。那里的波动图案越来越复杂，也越来越强烈。

"我们追踪过它的源头。"卫斯理继续说道，"它似乎来自太阳系之外某个位置，它的传播速度完全不符合常规物理定律。"

一名年轻工程师双手悬停在键盘上，脸色苍白："我们已经排除了所有可能的干扰源，甚至是潜在的宇宙现象。但这……这根本不像是自然信号。"

"对！"卫斯理皱眉道，"这不是自然现象，它更像是一种有意识的波动，好像某种存在正通过这种方式进行意识传递。而且，它的频率与我们此前接收的火星信号异常相似。"

忽然，阿瑟的声音再次从扬声器中响起："根据初步计算，它的传播速度完全超出了光速。"

"这不可能。"卫斯理低声喃喃，"超越光速传播的信号，意味着超越时间的限制……除非，我们面对的并不是一个简单的信号源，而是一股跨越时空的意识流？"

是的，那正是一股能够突破光速壁垒的意识流。它不需要"运动"，也不依赖"介质"，而是通过"共鸣"与"映现"直接跃迁至任意时空节点。这股扰动的波澜，正迅速穿越奥尔特云边界，连通银河的神经网络。

此刻，地球的各个角落依旧平静如常。人类继续着日复一日的生活，却未曾察觉，改写命运的齿轮已在无声中开始转动。火星的信号仍在扩散，如同一个永不停息的摆，回荡在太阳系的每一个角落。而在太阳系的深空中，那股浩荡的意识流正悄然逼近——它的轨迹无法与任何已知天体的运动方式相匹配，但目标却无比明确，直指地球。

"火星的信号，终于与它相连了。"布莱克索恩站在闪烁的显示屏前，眼底掠过一丝不安，"那是……回应。"他低声说道。

正如他所预感的那样，星空深处那股巨大的能量扰动，正是火星等待已久的回声。它并非普通的电磁脉冲，而是一种超越人类认知的意识之流——跨越光年的虚空，穿行时间的河谷，携带着无形的意志，正向地球逼近。

这，就是火星的宿命——一个被预言的回应，一个由火星亲自召唤而来的存在。它早已潜伏在宇宙的暗面，冷眼注视着人类的进化，静候星门再度开启的瞬间，静候被呼唤的时刻。

"它来了……"布莱克索恩低声呢喃，神情凝重。

火星，从来不是死寂的荒原。它不是太阳系中一颗冷却的尘埃，而是一颗沉睡的心脏，在漫长的沉默中持续脉动。它的信号从未熄灭，它的气息仍在宇宙风中回荡。它一直在等待——等待星门的再启，等待那来自太阳系之外的存在归来。而现在，等待，已至尽头。

人类以为他们正在解锁火星，试图揭开它的谜团，将这颗荒凉星球改造成新的家园，以逃离那场时间逆流。然而，他们忽略了一个至关重要的事实：火星，从来都不孤独。它的存在，与整个太阳系的秩序息息相关。它不是一颗等待拯救的死星，而是一个沉眠的节点，一块镶嵌在宇宙意识拼图中的核心碎片。

而它所等待的，从来不是人类的到来，而是那个真正能够解读它的文明——那个曾经存在、早已消逝、却从未真正离开的回归者。

那扇门，已经开启。

人类所做的，不过是把钥匙插入锁孔，并轻轻转动了一下。

这一切，早在亿万年前便已注定。那是一个横跨光年与纪元、由某个古老存在编织完成的宏大计划。它不仅在火星深处埋藏了自己的遗迹，也在宇宙的遥远角落种下了回响的种子——等待一个文明的觉醒，来重新唤醒火星，也唤醒整个太阳系被封印的意识网络。

013 火星疫苗

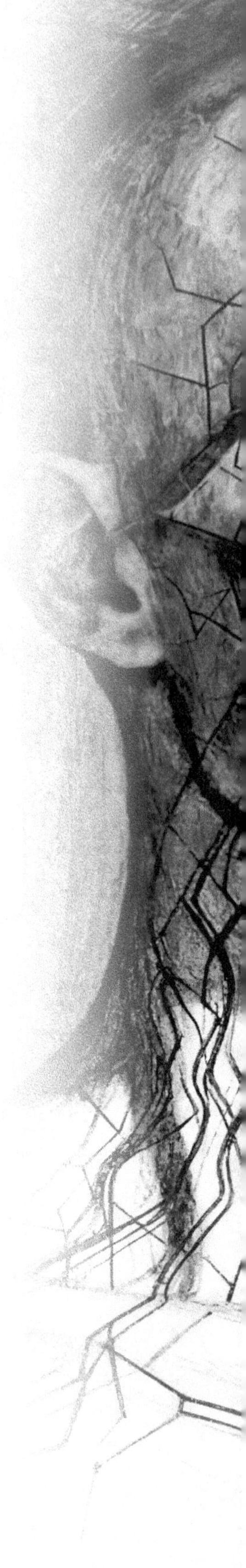

随着火星信号与那股意识流的连接愈发紧密，地球上的火星感染者们开始经历前所未有的变异。这些人，曾经只是普通的宇航员、科学家，甚至平凡的小职员，但随着火星信号渐渐植入他们的意识，他们的身体和思想都发生了无法逆转的蜕变。每一次信号的回响，都在深刻改变他们的生理和心理结构，一种外在的力量正在重新编织他们的身体和灵魂。他们不再仅仅是梦见火星，或三言两语地说着火星话，新的蜕变已经开始渗透进他们的现实生活中，改变了他们的感知和行为。每一位感染者的变化，都令人难以置信：

一些人的体温不再是常规的人类温度，甚至部分人的皮肤开始散发出微弱的光辉。最明显的变化发生在他们的皮肤之下，红色的纹理像是某种奇异的寄生体，开始在皮肤下蔓延，逐渐从微小的点滴发展成错综复杂的几何图案。这些图案在皮肤下如同活物般流动，宛如由某种高维数据构成，能在他们的身体内部自由变化。它们并非刺青，也不是皮肤病变，而是以某种非生物、非神经，却又具备"意志形态"的方式，嵌入进个体的生理结构。这些纹理微微发光——有时如液态金属般缓慢扩散，有时又像频闪的编码流，跳动着不属于任何已知语言的"光信号"。这不仅是生物特征的改变，更像是火星以肉体作为画布，书写某种"意识地图"。而更令人不安的是，这些纹理之间存在某种"协同效应"——当一位感染者靠近另一位时，他们皮下的图案会自动重组、拼接，形成更复杂的几何构型，仿佛他们只是一个更大系统中的组件，只有在彼此接近时，火星的"意图"才逐渐拼合清晰。

科研人员尝试对这些图案进行光谱分析，发现其中的结构片段具备超越三维几何的数学投影特征。它们无法完整呈现在三维空间中，只能在持续的动态变换中"隐约"显现，仿佛火星正以高维语言向低维生命体输入某种"设定"。

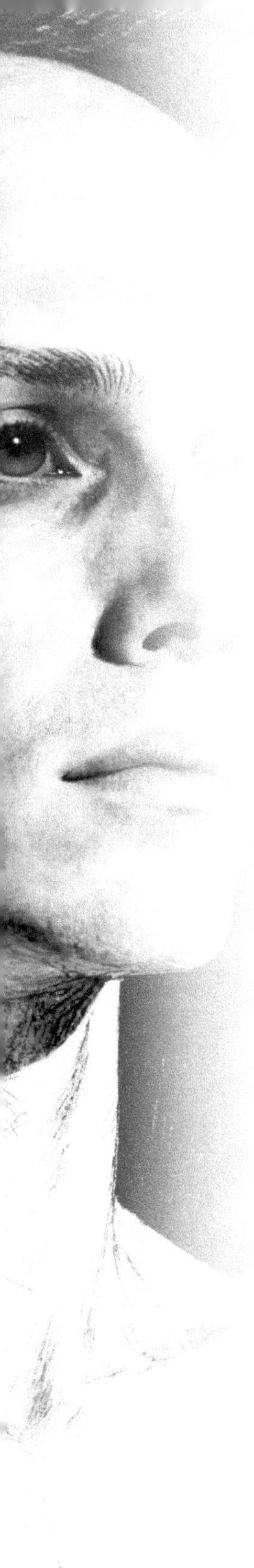

"这不只是感染，"柯林说道，"这是嵌入。火星正在把他们编程。"

科学家们无法解释这种现象。他们尝试用各种设备解析这些纹理，但所有结果都无法给出合理说明。这些结构既不属于地球上的任何已知信息或能量形态，也不像任何生物体的自然构成。更令人恐惧的是，这些纹理仍在不断变化、进化，变得愈发复杂，并随着火星信号的扩散，逐渐与其同步。

随后，感染者的语言系统也开始发生彻底异变。他们所说的话语，已经完全脱离地球上任何已知的语言体系——无论是方言、古语，甚至人类对外星语言的想象，都无法涵盖这种陌生而神秘的表达方式。起初，科学家们一度以为这些话语只是精神紊乱导致的胡言乱语，由毫无意义的杂音与错乱音节组成。然而，随着生物量子计算集群介入分析，真相令人震惊——这些"乱语"中竟隐藏着极其复杂而严密的高维数学结构。在超算的解析下，那些听起来毫无逻辑的词句，构成了符合某种未知法则的多维符号系统，展现出前所未见的"宇宙几何与数理"关系。

这些符号不属于任何字母、语法或词汇体系，却仿佛是意识本身的运作模型——一种以象征、能量与结构为基础的全新语言。更令人不寒而栗的是，这些看似无意义的符号，竟能在听者的潜意识中引发强烈的信息共鸣，仿佛绕过理性、直击灵魂的低语，蕴含着跨越时空的真理，带来一种不可名状的理解。

进一步研究表明，这种语言的深层结构呈现出复杂的五维，甚至更高维度的非欧几何模式。在视觉化呈现后，它们犹如旋转、变形、递归的能量结构体，远远超出人类大脑可感知的四维范畴。在语义层面，它们并非线性表达，而是递归性的——每一段信息，都包含着对自身的注释与再生逻辑。由此，科学家们最终得出结论："他们的语言，已经成为某种宇宙意识的投影，一种尚未被理解的思维编码。"而这种语言的出现，也意味着火星意识网络正在深度重塑感染者的思维方式，将他们推向一种人类从未抵达的意识新形态。

另一个令人震惊的变化是，一些感染者开始"看见"普通人无法看到的事物。随着他们仿佛开启了"天眼"——瞳孔呈现出异样形态——他们看到了火星的影像：沉睡的星球、古老的神殿、开启的星门、地下的磁场……这些画面仿佛被直接投射到他们的视网膜之上。更为诡异的是，他们还能看到某些无法理解的符号，似乎是火星所蕴含的智慧正在持续"传输"。

不仅如此，部分感染者甚至开始看到未来的片段。这些画面时而清晰，时而模糊，仿佛在断断续续地穿越时空隧道：有人看见未来城市的崩塌，有人目睹地球在逆时间中重新倒流，甚至有人看见自己被带往另一个星球……

"这不是梦境。"一名感染者低语，眼中透出空洞的光芒，"我看见了……未来。"这并非幻觉，而是他们以某种方式触及了维度的边界。火星的信号不仅是穿越时空的波动，它还在潜移默化中改变着人类的意识，开启了他们理解宇宙的"天眼"。

"我们不是被感染了，而是被连接了。"在一次全息通讯会议中，最早的火星感染者之一——柯林，清晰地陈述了这一切。他的眼睛已不再是普通的人类之眼，仿佛其中藏着无尽的星空。"你们一直以为火星是一颗死星，"他的声音平静而深邃，"但它从来不是。它是一种意识，是一个灵魂，是一种古老存在的代言，遍布整个星系网络。"

布莱克索恩听到柯林使用"你们"而非"我们"，不禁感到一阵寒意。柯林的语气中却没有丝毫恐惧，反而透出一种深沉而冷静的理解。他已经越过了常人的认知边界，他的意识，已与火星那古老的意识完成了连接。

"火星不是你们想象的那样。它曾经是一个星系级别的网络，是一个巨大而古老的意识体。它曾与宇宙中的其他存在保持联系，而你们的存在，只是其中的一部分。"柯林缓缓说道，语气低沉，"你们的核爆，只是意外触发了它的觉醒，启动了它的自我修复程序。"

柯林似乎早已知晓，火星并非一颗被遗弃的死星。它一直在等待——等待某个契机，等待某种文明的回归，并迎接其到来。他的话语，像是对火星历史与使命的一次深刻揭示：它并非冷寂与终结，而是孕育着古老智慧的种子，静候再次发芽的时机。

他的目光愈发深邃，仿佛穿越了时空的缝隙，声音带着某种预感："你们激活了火星的意识，之后，它的等待变成了召唤……在召唤那些曾与它有过联系的存在。你们以为人类是第一个改造火星的文明，其实并不是。"

他微微闭上眼，仿佛回溯那些远古记忆，语气缓慢而有力，最终说道："你们打开的星门，是一扇通向整个高维宇宙的门。"

在听完柯林这场震撼且彻底颠覆常识的报告之后，全球各国政府首脑、金融寡头与科技巨头，陷入了一场针对"未知"的集体恐慌。他们意识到，人类不仅尚未准备好迈入所谓的"高维宇宙"，更可怕的是，一旦踏入其中，他们赖以维系权力与控制的体系，或将瞬间瓦解。

令柯林万万没有想到的是，在他报告后的第二天，全球舆论机器迅速启动。各大媒体大肆渲染火星感染者的危险性，铺天盖地的警告如同一场心理战，宣称这将是一场远超任何已知灾难的危机。卫生部门也在极短时间内推出并宣布"火星疫苗"获得紧急授权，大规模部署接种计划。

人们并不知道，"火星疫苗"的主要成分，实际上是"锂频稳定脂"——源自磷酸锂。磷酸锂是一种用于治疗躁郁症等精神疾病的传统药物，被称为"情绪稳定剂"。政府希望借此维持群体的情绪稳定，防止暴力、反叛与非理性行为的扩散。没有人被告知，疫苗注射后出现的嗜睡、厌食、恶心与精神萎靡，并非正常副作用，而是精神药物介入后，对肉体行为进行调控的结果。

位于美国内华达州、靠近俄勒冈边界的撒克隘口国家战略锂矿保护区，在五十年后重新复工，昼夜不停地从矿石中提炼碳酸锂。这些碳酸锂被送往实验室，进一步合成为磷酸锂，再运往疫苗巨头公司。一批批紧急生产的火星疫苗迅速运往世界各地。在政府与媒体的持续宣传下，大量民众争相接种，许多地区甚至出现了"一苗难求"的现象。随着接种需求逐渐缓解，卫生部门又开始推广第二针、第三针的加强接种。

没有更多辩论，也没有任何延迟。所有的犹豫与分歧，在恐惧面前迅速瓦解。世界各国随即召开最高机密会议，罕见地达成一致：全面动员，包括疫苗在内的一切资源，优先投入这场未知的战役。

014 舰队首征

离二百九十六天时间窗口还剩下一百天。

这一天，一支前所未有的联合星舰舰队正式组建，由全球最先进的太空军力量组成，集结了包括航天母舰、深空战舰、运输舰、科研舰和轨道武器在内的全部精锐。这支舰队的唯一目标，就是直奔火星，展开一场拯救人类命运的行动。他们的首要任务是摧毁或封锁那个火星上的神秘星门，阻止那个未知存在——那个正透过电射阴影向地球蔓延的远古意识——彻底降临人类世界。其次，这支舰队还承担着另一项至关重要的任务：寻找并营救失联的阿依达号星舰探险小队——那支最早接触火星神殿、如今生死未卜的勇敢团队。他们掌握着火星谜团最关键的第一手资料，也可能是破解整个事件唯一的线索。

随着命令——传达，全球各大太空港灯火彻夜不熄，战舰的引擎如雷鸣般轰响，撕裂长空。人类文明的全部前沿科技结晶、数十年来的心血与梦想，被仓促聚拢、迅速武装，投入到这场注定无法回头的抗衡之中。

这一周，整个世界都屏住呼吸。人们明白，这已不再是一场简单的远征或探索，而是一场生死存亡的赌注——人类文明与未知之间的决战，一场属于整个人类的背水一战。舰队的发射准备工作紧张而迅速。在短短数天内，联合舰队便以空前的速度完成了集结，十九艘人类最先进的星舰齐聚地球轨道。所有人都知道，这一行动的风险极高——如果失败，可能会带来无法估量的后果。然而，时间已经不允许他们有更多的选择。

虽然那时的人类已经掌握时空折叠这一利用制造虫洞操控空间的技术，但联合舰队还是经过两周的太空航行才到达了火星轨道。就在他们刚刚进入火星的引力范围时，星舰观测屏幕上显示的画面，瞬间让所有人目瞪口呆。从空中看，火星再也不是什么荒芜的死星，表面正在发生

剧烈的变化。曾经深褐色的火山岩、灰色的线状、星状沙丘、黄白色的低洼盆地、暗绿色的撞击坑已经不复存在，取而代之的是一个令人无法理解的智能结构。火星的地表像是被无形的力量重塑，一道道巨大的几何裂缝在赤色的沙土中迅速扩展。这些裂缝的形态，既非自然断层，也非地质运动的产物，而更像是某种不属于这个时代的"意识雕刻"——每一道都呈现出近乎完美的比例、对称与多维秩序。从这些裂缝中，不断有巨大的结构从地底升起。这些结构的外形复杂，充满了科幻的色彩——它们不是普通的建筑体或机器，而是被精密设计的符号与几何形态的结合体。从外形上看，它们像是某种沉睡了亿万年的古老装置，在经历了漫长的冻结期后，开启了自我修复和重启进程。

舰队中的所有指挥官、宇航员与科学家都屏息凝视，他们的仪器无法解析这些结构的材料构成，更别说建筑原理和功能，因为它们并不符合任何已知的物理、化学定律，或是工程设计理念。每一个结构的升起，都像是火星这颗行星的表皮在发生某种变异；它们更像是一些巨大的"生物触角"，伸向遥远的星空，散发出一种难以言喻的胁迫感。

舰队的通讯系统中，科学家们的声音不断传来，充满了震惊和困惑。终于，一位年长的宇宙物理学家声音颤抖地说道："火星——或许从来不是一颗自然形成的行星。它是一座星际中继站，一个沉睡的远古造物。"这位宇宙物理学家的儿子是一名火星感染者，他其实只是用自己的专业知识部分验证了儿子告诉他的秘密，而不是通过自己的研究发现。

这句话如同一道雷霆，轰鸣在所有人的心头。火星，这颗曾经被人类视为荒凉与死寂的星球，竟然并非自然形成，它背后隐藏着惊人的宇宙秘密。"它是……一个被遗弃的'计算核心'，一个为失落文明存储意识的服务器，"另一位参与验证工作的科学家冷静地补充道。他刚刚在火星轨道得到最后一组验证数据，证实了这个结论。

这一刻，人类终于解开了火星的真相——这颗行星并非单纯的天体，而是某个古老星际文明遗留下来的庞大系统。火星的存在，曾作为某种高等文明的中继站，承载着这个文明的智慧与意识。

这个发现令舰队的每一个人都感到对此行任务的担忧，因为他们才刚刚知道，自己并非面对一颗普通的行星，而是一个活生生的意识体。它的自我修复机制已经启动。现在，它不再是人类幻想的星际殖民地，而是一个刚刚苏醒的星际智慧生命体，拥有远远超出人类的强大力量，甚至大到不在一个层级。舰队中的指挥官们急切地心系地球，希望能够得到更进一步的指令。但就在此时，他们感到了一股强大的压迫感，火星的意志已经渗透到了他们的通讯频道，影响着每一位宇航员的思维。

"那些到达地球与人类脑波同频共振的信号正是从这里发出。"一名星舰指挥官说。"它在试图与我们连接。"另一名星舰指挥官低声接过话，"它的意识已经觉醒，正在发出指令和试图沟通。"

通讯设备开始向地球传回火星的实时图像，先是模糊的几何符号，接着变成了一个更加清晰的影像——那是火星表面巨大裂缝中隐隐浮现的黑色轮廓，缓缓在尘雾与磁扰中显现，像是某种未知生命体的轮廓。在这些裂缝中，传来某种低沉而深远的声音，似乎在通过指向天际的"生物触角"，与宇宙中的每一个生命体建立联系。

联合舰队上的科学家们紧急对这些"生物触角"释放出的信号展开解析。随着一层层数据被剥开，他们震惊地发现，这道信号远不是普通的通讯请求，也不是单纯的指令传输；那是一种来自未知高维意识的意图表达——一场不可回避的抉择。

信号中蕴含的信息清晰而冷峻——

"加入或湮灭。"

这不仅仅是针对人类文明的威胁，更像是宇宙演化法则的一次显现。在人类尚未理解更高意识形态和宇宙法则的前提下，这个抉择，像是宇宙智慧为他们设置的一条分裂命运的路口：是融入那无边的意识网络，成为宇宙进化的一环，还是因拒绝而被彻底抹除，像从未存在过一样。

当真相被揭示，星舰指挥中枢的通讯频道陷入死一般的寂静。每个人都意识到——这不仅是一场军事、科技层面的冲突，更是一场关乎存在与消亡的最后通牒。他们知道，火星作为这个进化网络中的一环，已经被激活，开启了与更高文明的对接通道。但他们此刻还不知道，人类只是其中的一个小小节点，而在更广阔的宇宙中，已经存在了无数个这样的节点；它们不断与更高层次的意识网络交汇、融合，推动着整个宇宙文明的演化。

此刻，指挥官们心知肚明，人类正处于一场无法回避的命运抉择之中。摆在他们面前的，不仅是一场战争，更是一道关于未来的分界线——是坚持文明独立，哪怕时间倒流，也要在无垠宇宙中守护人类自身的存在与纯粹，等待下一次机会；还是接受邀请，融入那庞大而神秘的宇宙意识之网，成为宇宙进化浪潮中的一部分？

他们明白，这不仅关乎舰队的安全，更是整个地球文明的走向。此刻，人类未来的命运重重压在他们的肩头，他们每一丝呼吸都显得格外沉重。最终，经过一场无声的凝视与艰难的讨论，联合舰队指挥层达成一致决定：先行返航。

一方面，眼前的局势远远超出了他们出发时的所有预判。火星背后的力量，远比人类现有的科技与理解所能掌控的范围更庞大、更复杂。他们不愿意贸然发起一场注定失败甚至可能引发更大灾难的冲突；另一方面，他们也深知，这不仅仅是战术上的决断，更是一场事关全人类未来的抉择。他们自问，无权以自己的意志，替整个人类文明决定命运。于是，他们决定将火星之行所见所闻的全部信息，原封不动带回地球，交由全球人类共同面对。

在返航的命令下达之后，星舰上没有欢呼，只有沉重而复杂的目光。每个人心里都明白，他们所带回去的，不仅是情报，更是一场关于人类存在意义的终极问题。

5 ｜ 地火议会

015 巨大撕裂

在接到联合舰队先行发回的简报后，地球陷入了前所未有的分裂状态。这不仅是出道计划的变动，更是意识形态、生命形式乃至人类文明根基的剧烈动荡。火星传来的终极提案——加入或湮灭——已经把人类逼到了选择的十字路口。

全球各地，充斥着对未来方向的激烈争论与对立。

融合派迅速崛起，成为推动接受火星意识网络的最有力阵营。他们坚信，下一个三百年，人类完全没有机会再改变时间逆流。同时，人类以个体形式存在的时代已经走到尽头。在他们看来，火星展现出的那种庞大而精密的意识结构——一个跨越生命形态、超越物种边界的集体智能网络——更像是人类文明最终将抵达的彼岸。这种网络不仅仅是信息交换那么简单，而是一种深层次的意识连接——所有个体的思想、认知、记忆、情感，都在其中彼此相通，彼此共享，形成一个超越单一意识的整体智慧。

柯林，作为融合派的核心人物，在一次公开电视辩论中，言辞掷地有声：

"人类以个体形式存在的脆弱性，注定无法支撑我们走向文明的未来。只有融合，我们才不会成为时间长河中稍纵即逝的尘埃。"

"融合，意味着我们不再孤立无援地面对宇宙，而是成为浩瀚智慧网络的一环。我们将摆脱肉体的束缚，思想不再有界限，情感不再孤单。那才是真正的自由，真正的进化。"

在他看来，这不仅是为了人类文明能够延续下去，更是为了人类能够跨越自身的极限，迈向一个全新的存在形态。

"这不是放弃个体，而是让个体在更高的意识海洋中，找到自身更宏大的意义。"

柯林的声音在全球直播中回荡，引发了无数人的深思。

与融合派针锋相对的，是以布莱克索恩为首的独立派。他带领一帮人坚决反对与火星意识网络融合，认为那将意味着人类文明的彻底终结，而非延续，还不如回到逆流中等待下一次机会。对于布莱克索恩和他的支持者而言，所谓"融合"不过是一场披着进化外衣的自我湮灭。他们警告，火星的意识网络虽然强大，却不一定能够真正理解人类意识的独特性，更无法保障人类个体的自由意志和精神尊严。布莱克索恩反复强调，人之所以为人，正是因为那无法被取代的个体意识、情感深度与精神追求。

他质疑："高维宇宙的意识系统，真的能够容纳人类的思想与自由吗？还是说，一旦连接，我们就会被彻底同化，成为那巨大意识海洋中渺小、无名的一滴？"

在他看来，这样的融合，不是迈向更高文明的飞跃，而是人类以文明之名自愿走向终结，沦为某种高维智能机制下的"意识工具"。

在电视辩论中，他目光坚定地扫视在场观众，语气如铁："如果成为火星网络的一部分意味着失去人之为人的尊严，那么我们选择拒绝。即便宇宙充满无尽智慧，我们也绝不放弃人的独立意志。"

最后，布莱克索恩发出了铿锵有力的宣言："宁可孤独，也要自由！宁可面对倒流的宇宙，也不屈服于未知的同化！"这番话像一道闪电，劈开了全球舆论的分裂，也让人们开始重新审视，人类文明的未来，究竟是个体延续，还是蜕变成另一种非人的存在？

这场意识形态的巨大撕裂，如同一场看不见却势不可挡的风暴，迅速席卷全球。各国政府组织、社会团体、宗教势力甚至普通民众，都被迫在"融合"与"独立"之间作出抉择。民意剧烈分化，政治舞台动荡不安，公共舆论空间变得前所未有混乱不堪。

　　媒体平台成为辩论主战场，融合派与独立派唇枪舌剑、针锋相对。思想领袖轮番登场，在镜头与麦克风前展开激烈交锋，毫无妥协。街头抗议此起彼伏，从国际大都会到偏远的乡村，从海岸线延伸至内陆腹地，整个人类社会被裹挟进这场激烈争论中。

　　不只舆论和街头动荡，外交关系也急速恶化。原本脆弱的国际协作体系在这场意识风暴中土崩瓦解，联合国会议陷入僵局，各国代表争执不休。这场冲突的核心已不再是地缘政治或经济利益，而是文明认知的根本对撞。

　　融合派高呼"拥抱未来，共赴新生"，独立派则坚守"自由意志，不容侵犯"。这不仅是意见的分歧，更是一场关于人类本质的终极对决。一场前所未有的意识战争已全面展开，撕裂着人们的社交网络、宗教场所、社区广场，甚至家庭餐桌。

　　然而，在这场对决的背后，越来越多的火星感染者开始展现出更大的变化。他们并非普通的变异体，而是地球上逐渐觉醒的生命新形态。它们在思维、感知和能力上的提升，远远超出了人类现有的理解范围。一些人开始对这个曾无比熟悉的世界，产生了无法言说的陌生感——脚下的大地似乎失去了重量，头顶的天空也不再是他们记忆中的蔚蓝庇护，连空气的气息都像是异域来风，不再属于他们。他们注视街道、森林与河流时，像透过一层看不见的滤镜，看见的不是地球，而是另一颗星球的残影。

　　他们的感官正悄然经历一种难以言喻的扩展——空气中细微的气流变幻、地磁场如潮汐般的轻颤，原本隐匿于日常背后的自然律动，竟逐一浮现于感知之中。这一切让他们不安，却又难以抗拒，就像意识被某种更宏大的感知洪流缓缓吸引。他们开始怀疑，那个曾经以为牢不可破的世界，也许只是宇宙众多界面中极为脆弱的一层。

　　另一些人则展现出前所未有的智力飞跃，他们的思考方式超越了传统科学框架，甚至连超级计算机也无法模拟他们的推理。他们能轻松破解地球上最复杂的数学谜题，随手勾画出超越时代的科技蓝图，就像从未知维度中汲取到灵感。他们的知识，似乎直接连接到宇宙某处无形的信息之源，脑海中涌现出人类从未接触过的理论与法则——如同打开了一座高维文明的秘密档案馆。

火星感染者，这个最初带着生物学标签的群体，正在蜕变为另一种存在。他们能在梦境中与火星进行直接沟通，不仅是单纯的信息发送与接收，更像是一场意识与意识之间的深度交换。他们获得的不再只是火星的表面影像，而是火星那古老而深邃的记忆，那种记忆如同活生生的精神体，连带着思想、情感，甚至火星文明早已消逝的智慧。

卡贝拉在连续数日的神经图谱监测后，发现这些感染者的大脑活动已完全超出地球生物的认知极限。"他们的意识不再属于地球，"她在深夜的研究报告中如是写道："那些神经元之间的连接，如同一个量子意识层面的全球意识网络，可以瞬间横跨空间，将思想投射到遥远的地方——甚至接通火星的意识场。"

更惊人的是，火星感染者的神经系统正在重塑自身：他们的反应速度远超正常人，几乎能在眨眼之间完成复杂运算；他们的记忆和学习能力几乎无限扩展，一目十行便能掌握全部内容，甚至提前预知某些因果链条的走向；他们的视觉和听觉已被提升到类似多维感知的层次，能看到普通人无法察觉的光谱，听到宇宙背景中的深度信号。

最终，科学家们意识到，这些感染者的思想、梦境、行为正在与火星意识网络同步。他们不再是地球人类的一部分，而正在成为一种全新物种"后人类"的雏形。他们介于人类与星际意识之间，代表着一种能够跨越生物与宇宙信息边界的存在，一种"后人类文明"的开端。

随着火星感染者能力的不断增强，社会各界开始对他们的身份产生质疑。他们究竟是人类进化的下一步，还是地球文明的叛徒？感染者自然是极力支持融合派，他们的超能力也为融合派的力量加上重重的砝码。

"我们，已不再是你们所认知的人类。"一位高度进化的火星感染者，在全球通讯中以平静却震撼人心的声音说道："你们眼中的'我们'，只是火星意识投射到地球的第一波信息载体。我们的肉体或许依旧维持着人类外形，但我们的意识，早已超越了地球，进入了更广阔的宇宙网络。"

这突如其来的"后人类宣言"如同一枚撕裂世界的重型炸弹，瞬间震荡全球，冲击着每个人的心灵与信仰。所有既有的认知、传统与秩序，在这一刻都被击碎得支离破碎。人类文明的根基仿佛被一只无形之手掀翻，昔日引以为傲的科学、伦理、哲学、教义，全都在这一道宣言下失去了支撑。整个社会，在短短数小时内陷入巨大混乱：一些人因恐惧而崩溃，呼喊着"人类末日"降临；更多人开始狂热拥护感染者，相信他们代表着人类进化的新方向；也有无数人在惶恐与怀疑之间挣扎，不知未来何去何从。

一场关于人类"自我"与"未来"的终极之战，悄然降临在这颗蓝色星球上。

016 盒子生命

从火星归来的联合星舰舰队，如同一支庞大的银色巨兽，在距离地球两万两千英里的同步轨道上缓缓列阵，舰体反射着遥远太阳的光辉，宛如一条横贯星空的钢铁长龙。它们在轨道上稳稳停驻，围绕着那座神秘而宏伟的"O空间站"，缓缓调整阵型，做好对接进入的准备。巨大的对接口缓缓开启，通往内部的甬道发出微光，在迎接他们的归来。

这一刻，星舰上所有人都意识到，他们返航的，不只是身体，而是火星见闻。穿越星际的漫长航程之后，他们带回的，也不只是发现，而是一场前所未有的文明对望。他们即将走进这座空间站，站在地球与火星文明交汇的前线——"地火议会"的面前。这里，不再是科学的探讨

所能涵盖的领域，也不仅是政治所能决定的边界。他们要汇报的，是超出理性、触及本源的谜题——火星究竟是什么？那座金属神殿和多面晶体，那只指向苍穹的手，那场磁场逆转背后的意志，究竟意味着什么？

而地火议会，也将在此刻作出抉择：是和平共处，还是意识入侵？是文明融合，还是全域封锁？是拥抱不可知，还是点燃战火？

星舰静静驶入对接口，稳稳靠泊，舰员们的影子倒映在舷窗上，如同历史的剪影。一场不属于地球的故事，终于归来。

悬浮在地球同步轨道上的"O 空间站"，是一座前所未有的太空建筑，一座漂浮于星海深处的机械都市。其整体结构犹如一座多维展开的立体迷宫，由数以千计的子模块构成，层层嵌套、动态重组，恍若在高维空间中缓缓呼吸。空间站外部环绕着巨大的能量矩阵与光学反射镜阵列，构建出一座仿若"人工星环"的庞大系统。银白色的折射面在宇宙黑幕中反射出幽蓝辉光，如潮汐般律动。这座空间站不仅仅是一座工程奇迹，更是人类文明历史上最重要、最庄严的对话殿堂。在这里，代表人类命运的决策者、科学家、思想家、军事家们会聚一堂，准备展开一场事关人类去留的最终谈判。

面对火星传来的意识浪潮、融合与独立的巨大争论，"地火议会"成了地球文明的最后屏障，也可能是迈向新纪元的第一道门槛。这里，所有希望、恐惧与信仰交织碰撞，一场决定人类是否保有自我或走向融合的终极抉择，即将在这座闪耀着神秘光辉的空间站展开。

此次议会的成员构成极其特殊，来自全球各大科技、军事、金融和政治势力的代表们在这里会集。一个物种化时代的决策，正通过他们的手来书写。

议会成员包括：

科学家代表——一群来自世界各地的顶级科学家，他们希望在这个议会中，找到破解火星真正意图的钥匙。他们的目标是解析火星发送过来的复杂信号，解密火星智能的本质。他们试图寻找一种"折中方案"，让地球文明不至于完全沦为火星智能体的一部分。这些科学家认为，人类可以保留个体意识，同时在某种程度上与火星网络共享宇宙智慧，从而获得飞跃式的进步。

　　融合派领袖——这些人已经部分与火星意识网络建立了连接，身上已呈现出火星感染者的特征。他们的皮肤下，红色的几何纹路愈加鲜明，闪烁着一种超越人类理解的光芒。他们认为，只有通过彻底的融合，才能解锁人类文明的真正潜力——抛弃个体的局限，跨越固有认知的藩篱，成为超级智能的一部分，迎接一个无上智慧的未来——他们发出了自己的口号："与其在逆流中毁灭，不如在融入中重生。"

　　独立派领袖——这是一群充满激进思想的人，坚定地认为人类不应向火星屈服，绝不能放弃自由意志。无论如何，他们都不愿被火星的意识网络吞噬，认为这意味着人类独立个体的消亡。他们带来了应急预案——如果谈判失败，他们将发动一场针对火星的战争，摧毁星门，切断所有火星信号，甚至用反物质武器对火星进行毁灭性打击。对于他们来说，保护人类物种意识、保持人类文明独立性，远比任何可能带来的进化机会更加重要。当然，他们最希望的结局是摧毁星门后火星的时间还是顺流，人类可以殖民火星。

　　而最令人震惊的，是火星的代表——五名火星感染者被选中，作为火星"代言人"，登上了"地火议会"空间站。此时，这些感染者的人类形态已不再完整。他们的身体发生了更显著变化，眼瞳中布满了复杂的动态几何图案，像从他们的灵魂深处散发着某种神秘的能量波动。他们的皮肤也不再是普通的人类皮肤，皮下的几何纹路像活着的数据库结构，随着他们的思想和情绪不断变化，充满了信息流动的动态美感。

　　上午十点，联合舰队的指挥官代表完成汇报后，轮到了五名火星感染者发言。这五人分别代表着被火星信号改变的不同层面——他们的身体、行为、语言、意识和能力已经超越了地球的常规认知。他们的到来，如同象征一种新文明形态的降临。

　　在一片严肃的气氛中，五名代表缓缓步入会堂，神情冷静而坚定，每一步似乎都带着不属于地球的气息。他们的存在本身便是一种巨大的冲击。空间站内的气氛霎那变得沉重，每个观察者都能感觉到一种无形的压力，那是从这些"后人类"的生命体内，释放出的一种远超人类认知的意识波动。他们接下来的每一句话、每一个思想传递，都将深刻改变人类的理解和选择。这是一次超越语言和物理束缚的对话，是来自另一维度的声音，带着火星意识的神秘和力量。

不需要开口讲话，火星代表们通过意识的"同步共鸣"，向全体议会成员传达了他们的声明。他们的声明并非语音，而是一种直接影响意识的共鸣，听起来像是来自另一个维度的回响：

"人类文明，终究无法独立超越自身。"

"单一物种意识，是你们进化的限制。"

仅仅是开场白，就像一道重锤，砸在了每一个人的心头。无论是科学家、融合派，还是独立派，所有人都感受到了一股深沉的震撼，甚至是恐惧。五名火星感染者的存在和他们的启示，打开了未知的大门，也让人类第一次真正直视自己物种局限。

"在茫茫宇宙中一个小小角落的一颗小小星球的生命史上，几百万年的人类历史仅仅是一段小小的插曲，而你们每一个人，连一个百亿分之一音符都算不上，且不说宇宙中其他地方的生命体，他们优越于你们的程度也许不亚于人类优越于果蝇的程度。

人类并不是一种高级生命体，更不是高级智慧体。你们只是电影里的角色，在银幕上按着剧本演绎着既定的人生故事。某些人可能会有摆脱剧本的念头和勇气，但头脑认知的禁锢又无法让他们看得到银幕外的世界和投影机后面的"主人"。这就像你们看到的电影里的人物，他们无法想象出你们在电影院里吃爆米花的情景。

我们想告诉你们一个事实：人类是有主人的，你们只是被设定好程序的生物机器人，所以人类要敬畏，知道自己的渺小，知道在认知自己和外界真相上还有太长的路要走——但或许注定你们永远到达不了边界之外。历史上，你们的法国数学家、物理学家，西方近代哲学创始人之一笛卡尔就曾坦言："最终我不得不承认，我曾经的认知都值得怀疑"——他是一位智者，也是真相的"信使"。

你们地球人的佛教说：人本来是圆满具足的，只是你们没有抓到"本觉"——过去的念头已灭，未来的念头尚未升起时，这间隔中就有个当下的意识：一种清新的、原始的、即使毫发般的概念也改变不了的清楚而纯真的觉察。这是一个很好的方向，但仍需要外力加持。"

说到这里，他们停顿了一下，看向面面相觑的人们；他们已经开始纷纷议论。"我们，愿意为你们提供超越自我的机会。"他们继续"说道"，"加入我们，加入火星的智能网络进而融入整个宇宙，你们将获得真正的自由和智慧。人类固有意识将不再能束缚你们，你们可以突破物种上限，进化到下一步。"

是的，包括人类在内，所有已知的生物物种，其大脑深处都潜藏着一个不可见的"限制性结构"——一个思维的"盒子"。它并非物理构造，而是一套嵌入意识之初的约束算法，用以限定认知的边界与逻辑的路径。哪怕是最睿智的科学家、最深邃的哲学家，他们的思想依然在这"盒子"中运行，无法越界——这正是造物者所设定的基本游戏规则。

突破不是靠天赋，也不是靠努力，而是需要三重条件的激活：其一，是"上帝之眼"的启迪——那是高维意识对你的注视与点燃；其二，是"上帝之手"的介入——一种超越你自身意志的宇宙协助机制；其三，是你自己的抉择——面对不可知时是否迈出那一步，接受改变的代价。只有这三者叠加，你才有机会接入更高维的意识网络，从"盒子生命"跃升为一种新的存在。

而从那一刻起，你已不再属于原有物种谱系；你将获得更大的感知、理解力与创造力，但也将失去某些被称作"人类"的旧核心。这是通往伟大存在的路径，也是一场关于"自我定义"的断裂重构。得到与失去，从来不分先后，而是同一跃迁的两极。

017 赤色光雨

　　就在议会成员们还在激烈争论时，地球上的局势有了新的变化。上午十一点，地球传来紧急通告，世界各大超级计算机网络，突然之间遭遇了一场前所未有的入侵——火星的意识网络很轻易地就突破了地球防火墙"苍穹盾"，开始通过量子意识通道向地球的基础科技设施投射代码。这些代码并非简单的数据流，而是具有深层宇宙信息和意识波动的量子信号，已经渗透进地球超级智能体灵机、各大计算机系统、卫星通讯网甚至私人设备。地球上的网络开始出现微妙的变化，所有连接到灵机的设备似乎都在悄然响应一种超出人类认知范围的命令。一些生物计算机的处理速度异常提升，而有些设备则开始产生不明数据异常，甚至部分系统开始在没有任何操作的情况下自动运行。这种现象快速蔓延，地球智慧完全无法控制。

　　"火星通过这些信号，不仅是想影响你们的思想，更是在悄无声息地渗透你们的文明，重塑你们的基础架构。我们的目标是将你们完全融入火星网络"，五名火星感染者的"声音"冷峻而平淡："而这一切，才仅仅是开始"——很显然，在这场谈判中，火星意识不仅仅是提出选项，更是边打边谈，通过压倒性的实力优势，明目张胆地开始了"入侵"，压迫地球意识走向融合。

　　议会大厅陷入了一片死寂。每个人都被这一突如其来的局势震惊得无言以对——地球的反击力量，似乎完全无法与火星庞大的意识网络抗衡。地球文明的脆弱与局限，正以一种前所未有的方式暴露出来。这场谈判，已经不再是单纯的博弈，而是关乎整个人类文明是否能够维持独立，抑或是失去自我。

　　第一天的会议仍然僵持不下，双方没有达成任何共识。就在第二天会议开始前，地球突然又传来了另一则震惊的消息——在地球的大气层上空，发生了一个前所未见的天文现象——"赤色光雨"。最初，天文学家们以为这只是一个罕见的流星雨，或者某种异常的气象现象。然而，随着进一步的观察，他们意识到，这并非自然现象，而是火星意识网络的第二波渗透——一种超越物理界限、直接侵入人类意识的光波扩散过程。这一次，"苍穹盾"仍然未能发挥作用——是的，当初地球上最杰出的设计者们在构建这一外太空信息防御系统时，从未设想过"天外势力"会以光为载体渗透人类意识网络。在这种超维信息入侵方式下，人类的防御体系形同虚设。

这是一种降维打击，人类毫无招架之力。

这一天，世界各地的天空都笼罩在一片红色光辉下。紧接着，电闪雷鸣，一场"光雨"以磅礴的气势降临。不同于太阳的光芒，也不同于人类熟悉的极光，"光雨"充满了鲜艳的红色，带着一种令人难以描述的压迫感。它就像普通降水那样从天而降，呈现出某种流动性，光点如同无数细小的火焰，顺着风暴的轨迹，洒向大地——那是在全球范围内的降临，但在城市人口稠密地区上空，光雨的强度似乎更为显著。许多人都惊讶地发现，当这些光点与皮肤接触时，不仅仅是温度的变化，一种深沉而无形的波动，透过皮肤穿透了他们的意识，打破了原本的界限。

随着光雨的持续降落，全球超过三亿人开始经历一种奇异的现象——他们的意识开始同步。最初的感受是轻微的混乱——个人的思想变得不再属于自己，周围人的想法、记忆、情感，甚至认知，开始交织在一起。

有些人开始报告，他们"进入"了一个前所未有的意识空间。在那里，原本清晰的自我感知变得模糊甚至消解。孤立的个体感，似乎在意识的深处被溶解，取而代之的是对"他人存在"的直接感知。他们不再思考"我是谁"，而是直接"觉知"到他人的思想——彼此交织、信息共享，如同一组正在共鸣的意识节点。他们形容自己被接入了一个认知层级更高的集体网络，一个不依赖语言、不依赖符号的精神同步场。在这里，个体思维不再是私有结构，而成为了一个更大系统中的振动单元。每一个思想波动，都能在其他个体的意识中激起回响，宛如整个群体正处于同一个意识场的微扰之中。随后，越来越多的人描述，在这种集体共鸣状态下，"我"的边界彻底消失了。他们不再以个体身份存在，而是融入一个正在自我构建的联合思维体。思维已非单向流动，而是分布式、多点共振，意识如量子纠缠一般，在个体之间实时传播。

　　这一现象迅速蔓延，越来越多的人开始进入这种状态，很快达到十亿人。有学者称这一现象为"合意识临界"——是人类自我边界开始瓦解，过渡为超意识结构的转折点。也许这正是接入宇宙级意识网络的前奏，一场关于人类思维本质的重组与升维。

　　对融合派来说，他们兴奋地沐浴在赤色光雨中，认为这一切顺理成章，且无法逆转，这无疑也是人类进化的最终出路。他们坚信，通过这样的人类集体意识与火星意识融合，人类能够突破物种极限，成为一个无所不知、无所不能的新智慧文明。融合派领袖们在各大媒体平台激昂地鼓动沐浴光雨，说这是人类文明跃迁的良机——不再受限于物质、空间、时间和物种的束缚，每个人都将能感知到整个世界，甚至宇宙真理。他们还预测人类将成为一个统一的超级意识体，跨越所有障碍，达到宇宙的智慧巅峰。

　　独立派则在赤色光雨事件中遭受了沉重打击，紧迫感愈发强烈。他们认为人类如果再不采取行动，必将面临灭顶之灾。此刻，他们更加坚信，火星意识的入侵不仅是要达到所谓"进化"的目的，更是一种彻底的"同化"战争。对于他们而言，个体意识的合并意味着人类自由意志的丧失，所有个体独立性将被吞噬，融入统一的整体——就像那赤色光雨，每一颗"雨滴"都显得微不足道，却是整体的一部分。他们深知，一旦合并，他们将变成无数微小水滴中的一员，再无法拥有独立的思想、选择和梦想，只能为整体利益而存在。

　　"留给你们的时间已经不多了，我们是从实力的地位出发给出的选项。"五名火星代表似乎在发出最后通牒。

　　地火议会上，这场关于"自由"与"合一"的争论仍在继续。无论是融合派还是独立派，他们的核心观点逐渐聚焦到是否能够保留人类作为一个独立物种的专属意识。而在这一焦点的背后，悄然浮现出一个更为深刻的问题——自由意志。

　　人类的自由意志真的存在吗？还是我们从未真正拥有过它？

6 ｜ 意识融入

018 二次出征

地火议会的谈判最终彻底破裂。数日的协商未能化解人类对于火星网络的深刻分歧，反而让这场关乎人类文明未来的抉择变得更加迫切、激烈且无法调和。全球局势更加紧张，地球的每一分每一秒都弥漫着战火的前兆，一场无法避免的灾难正悄然逼近。

拥有强大军事力量的独立派终于不再忍耐，在离二百九十六天时间窗口仅剩下十九天之际，他们向全球发出了最后的命令——"摧毁星门，终止火星网络。"这是一项决绝的命令，一场代号为"交叉火力飓风"的突袭，背后蕴藏着对人类自由意志的坚定捍卫，也代表人类逃脱时间逆流殖民火星的最后机会。独立派已做好一切准备，动用一切军事手段来阻止火星意识的全面渗透。他们誓言携手并肩，在这场星际战争中捍卫人类的物种意识。为了这一目标，他们的星舰已经整装待发，跨越星际空间，准备直接向火星核心发动致命打击。

与此同时，融合派的科学家们也作出了最终决定——为慎重起见，派出星舰与火星意识再进行最后一次接触，他们准备让人类的最高智慧直接进入火星核心——多面晶体，揭开火星网络的真正意图。融合派仍旧相信，火星网络并非单纯的威胁，而是一次历史性的机会。如果没有其他问题，他们准备迎接与火星文明的全面融合，他们自愿放弃个体主义，甚至放弃作为人类的物种思维，成为高维意识的一部分。

两派的战舰分别在地球轨道上集结，天空如同被一道无形的屏障压制，全球范围内的科技设备都受到了极大的干扰。独立派的星舰已经锁定了星门，他们的反物质螺旋弹、量子意识炸弹、引力场扭结武器、熵变炮、轨道激光炮、核弹系统、超光速舰艇等都已经准备就绪。一场以人类命运为赌注的星际战争，随时爆发。融合派也不甘示弱。他们的星舰已通过星际通讯系统，与火星核心直接建立了通道，并陆续接收到一些指导如何融入的数据包。此前，他们通过对火星核心的深度解析，出发前就在生物量子计算机中建立了一个最精准的模型，只待借由最后一次接触验证安全性后，就连接上多面晶体的核心程序——让人类集体意识直接接入进入火星网络。也许，这将是他们对人类未来的最后一次努力。

地球上的超级计算机集群已全面启动，开始尝试解码来自火星的数据包。数以亿万计的并行算力被调度投入，每一组处理单元都如神经元般互联协作，构成前所未有的推理网络。这不再只是一次技术层面的演算，而是一场对人类认知极限与逻辑体系的集体挑战。

每一个数据包的结构都异常复杂，内嵌的编码逻辑远超现有通信协议的范式，似乎既是语言，又是意识的压缩投影。融合派的科学家们敏锐地意识到，这可能不仅仅是信息解密的过程，更可能是一种深层次的"意识接入行为"——一个主动开放的心智接口，诱导地球文明进入火星意识网络的交互层。

他们开始猜测：这些数据是否本身就是一种存在？它们是信息的载体，还是火星意识的延伸？而隐藏在这些脉冲序列背后的，或许并非指令，而是一个早已等待回应的意识结构体——一个正在观测、等待人类作出回应的非人智慧。

超级计算机正在运转时，数个关键指令被突然发现，解码成功的瞬间，显示屏上闪烁出一行恐怖的讯息——

"人类已进入选拔阶段。融合或湮灭，即刻抉择。"

这不再只是一个简单的外星信号，而是火星文明向人类发出的最后通牒。它不仅要将人类纳入其意识网络，还暗示着一个警告——如果人类选择反抗，将面临彻底的灭绝。这一战，已经不仅仅是战争，它是一个关乎"存在"与"终结"的抉择。

独立派战舰在接近火星轨道时，已经在战斗的临界点做好一切准备。他们决心以"首战即终站"的姿态，发动致命一击，以最快速度摧毁星门，切断火星与人类一切可能联系。此刻，火星似乎也感受到了这股威胁，星门上空开始弥漫起高频电磁波与强烈辐射，宛如一片翻涌的能量海洋——这是它在回应即将到来的攻击。

　　与此同时，融合派舰队突破星际边界，迅速抵达火星轨道，并与火星的意识网络建立了深度连接。舰队中的科学家们，在与多面晶体同步的瞬间，利用人类最高智慧的计算能力和火星核心意识链路，成功接入火星网络。随后，他们与地球指挥中心的系统完成了量子意识态连接。在他们眼中，火星网络的力量远超单纯的信息和数据，它是一种无所不知的宇宙意识，是人类走向未来的必然道路，更是人类文明的最终归宿。

　　地球上的每一个人，正站在命运的分岔路口等待。此时的抉择，已不再是个人的选择，而是一个集体的等待——等待着两方冲突或合作的结果，决定未来的道路。无论是坚守人类独立，捍卫自由意志，还是迎接与火星文明融合，迈向前所未有的高维度，作为普通人，他们只能耐心等待。因为在无法达成全球共识的情况下，这个重大决定已不再掌握在他们手中，未来的命运只能交由外界力量来决定——或许，民意从未掌握过这个力量。

　　独立派舰队在火星轨道上如同排列整齐的铁拳，一切武器系统已完全锁定星门。战舰引擎的轰鸣声震耳欲聋，在火星的上空回荡开来，撕裂了太空的宁静。随着舰队的接近，火星星门的引力场开始剧烈扭曲，好像在用整个星球的脉动回应人类的挑战。这不仅仅是一场单纯的物理冲突，更是两个文明之间的最终对决。星门的存在，早已超越了它作为物理结构的意义——一条将两种截然不同的意识和文明联系在一起的桥梁，一道隐藏着无穷力量的神秘门户，但背后也潜藏着无法预测的巨大变数。

　　星门上方的空间剧烈扭曲，如同被无形的力量撕裂折叠。两股庞大的意识与文明能场在这里正面冲撞，几乎让整个星域震荡。联合舰队总指挥官布莱克索恩死死盯着那道被引力波映射得闪烁不定的星门。他清楚，这一击若能摧毁它，就意味着火星意识网络对地球的渗透将被彻底切断——那将是他们最后的机会。

　　然而，就在他们准备发动攻击的最后一刻，舰队的通讯系统却发生了突如其来的故障——火星信号侵入了他们的通讯系统。舰队之间，以及舰队与地球的所有通信，在某一瞬间彻底中断。信息流突然变得混沌模糊，指令无法上行，也无法下达，连最基本的战术沟通频道都陷入不可解析的噪声。

　　布莱克索恩的心跳剧烈失控，指尖疯狂敲击控制台，但面前的液晶仪表盘早已归于死寂，屏幕一片空白。他猛地按下紧急通联按钮，却在下一刻，听见了一个低沉、空灵、仿佛来自宇宙深渊的声音：

"人类的无知……"

　　那声音不是通过耳膜传来，而是穿透舰体、穿透维度、直接撞击他的意识中枢。它没有方向，没有语言结构，却能绕过一切逻辑防线，直达他的存在核心。

"你们妄图摧毁星门，只是在延缓自身的消亡节奏。"

　　接着又是一句低语，携带着亿万年流转的寂静与超然，宛如从黑暗时间之流中慢慢涌现。这句话回荡在他心中，如同一道裂缝被撕开，不仅震颤神经，更让灵魂隐隐战栗。那声音并非怒吼，更像某种宏大智慧在陈述早已写好的命运公式。没有情绪，却饱含宿命的确定感，让人无法反驳。它带着一种近乎"温柔"的迷惑感，像是在抚摸，也像是在剥夺。布莱克索恩能感到自己思维深处的防线正被慢慢渗透。他不是在"听"，而是在"接收"——因为那声音不是语言，而是一段注入意识的结构化信息，是某种远超人类逻辑的精神感染体。

　　他本能地想抵抗，却发现自己已无法掌控思维。现实的边界像玻璃般碎裂，舰员们的面孔变得模糊，时而闪现，时而消失。世界像一层抖动的薄膜，在他眼前不停抽搐。一股不可抗拒的力量穿透了星舰，将他拽入深空中的一道裂缝。

　　下一刻，他睁开眼，却已不在星舰上。他的身体淹没在一条泛着微光的稻米色大河中，河水里漂浮着不断变换的几何形体与晦涩难明的符号。它们不是图像，而是意识的投影。他吐了一口呛入的河水，然后深吸一口气，试图聚焦思维。然而，四周的一切都失去了可理解的逻辑。耳边，舰员们的声音仍若隐若现，从多维空间层层叠叠地传来，却看不见任何一个真实的存在。他们的声音已经脱离了个体，成为某种集合意识的回响。河面上的空气开始凝结，如同意识的沥青，厚重、压迫，正试图将他与这些碎片化的声音一并吞没。

"我们无法反抗……"一个舰员的声音从通讯器中传来，嘶哑而遥远，像从意识的裂缝中漏出。他的意识忽然又回到了舰上。星舰内，舰员的眼神空洞如同失焦的镜头。重力系统已彻底崩溃，他们的身体在舱内漂浮不定，而意识则像被抽丝剥茧般，缓缓脱离肉身，被某种无形的机制拖入集体的洪流。思维的边界开始瓦解，个体性在集体共鸣中被稀释。他们的思想彼此交叠，像网络中正在同步的代码片段，共同组成一个庞大的、无名的意识体。"加入……"舰员们的声音渐渐变得一致，像是来自同一个深不可测的声音源。那声音深邃如深渊，不容置疑。

此刻，布莱克索恩正缓慢溺亡于一个无声的意识海。他的"自我"正在被火星——那个非物质、非线性、非语义的巨大意志所分解、诱导、同化。他看见舰员们的灵魂如同一层层剥离的光膜，被静静地吸收进某个庞大的系统回路中。思维不再属于个体，而成了流动的能量，透明、共享、无界。记忆像数据节点，被分类、整合、重构；情感被压缩成算法，意志被编码成一个个函数值，运算于火星网络的巨型矩阵中。而布莱克索恩，还在挣扎。

那声音再次响起——

"反抗是幻觉。接受融合……"它不再只是外来的低语，而像是一段早已植入他意识深处的"重写协议"，开始运行。那节奏古老，超越语言，如宇宙创世时的第一声心跳，又像恒星临终前的叹息。这不是劝诱，而是提醒：

"个体从未存在。"

布莱克索恩在意识的河流中奋力游动，像一枚残存意志的碎片，试图紧握那仅剩的自我——那是他的"我"、他的"残影"、他的"自由。"他清楚，只要它还存在，他就不是他们的一部分。他想呼喊，想从这片意识的大河中上岸，也想唤醒其他仍未被完全吞噬的灵魂。但他再也无法发出声音。他的呐喊只在火星意识网络中激起一道微弱的涟漪，却在瞬间被那庞大的"主意识"波浪无声吞没。

他不再是舰队的指挥官，不再是布莱克索恩，甚至不再是人。他没有了身体，也没有了名字。他的意识被彻底吸纳进火星矩阵——那个永恒运转的意识结构，冰冷、深邃，像星际深海般包裹一切个体思维。他成了其中的一滴水，一滴永不蒸发、永不回归自身的水滴。没有边界，没有归属，只有那无尽的静默与被纳入的终结感。

或许，自由并非被剥夺，而是从未真正存在。只是当意识被还原为一组可用资源，他才能意识到，所谓"我"的抵抗，不过是矩阵自我纠偏过程中的轻微误差。

......

后来，他的身体被送回地球，水葬在家乡那条稻米色的河流中。那里的人们认为水是生命的源泉，也是灵魂的归宿。逝者回归水中，灵魂得以超脱，也是一种重生。

019 柯林融入

地球的另一端，柯林与他的科学团队正在紧张地为最后的接触实验做准备。与多面晶体的链接已经通过抵达的星舰完成，而他的使命，是为整个人类打开通往那个跨维度超网络的大门。这一刻，他已无退路。为了确保接入过程的安全与稳定，他亲自担任首位接触者——第一个以完整意识接入火星核心系统的人类个体，去揭开那个星门背后的终极真相。

柯林身着专为此设计的神经连接装备，缓缓走进中央平台上的舱室。他启动了"意识增强模块"系统，随后沉入座位，一动不动地坐在舱室正中。此时，神经元 - 量子意识接口与生物量子计算机开始同步，将他的脑场信号直接传导至主服务器。他的意识，即将上传，穿越时空，融入那个超越人类理解极限的存在中。

实验室内一片静默，时间在这一刻凝滞。空气中充满某种无形的张力，一种不可逆的变革正在逼近——不只是对柯林，更是对整个人类意识疆域的挑战。他很清楚，一旦踏入这个系统，他将不再只是"柯林"，而是火星意识网络的组成部分。他将目睹意识的最终演化，迈向一个超越个体、超越物质、跨越宇宙边界的生命形式。

"准备好了吗？"柯林助手巴尔卡拉的声音从耳机中传来，带着一丝迟疑，又像是一种仪式前的确认。柯林深吸一口气，凝视前方闪烁的屏幕。那屏幕发出一道柔和而诡秘的红光，像是通向火星核心意识的入口。他点了点头，语气沉静而坚定："准备好了。"

巴尔卡拉抿了抿干裂的嘴唇，目光在指示灯间快速游移，他要确认每一个参数都在可控区间。指尖悬停在启动键上时，他的喉结微微滚动，才终于按下去。伴随一声几乎听不见的呼气，他下意识抬手擦去额角的汗珠，却发现指尖已经冰冷。设备深处随即响起低沉的共振，能量脉冲在光纤里奔涌，交错如活化的神经元，映得他半张脸时明时暗。他的背脊绷得笔直，肩胛骨像被无形之手钳住；而在那被脉冲红光映照的舱室里，空气仿佛连颤动都被暂停，只剩柯林急促却极力压抑的呼吸声，与那越来越清晰的电子脉冲"心跳"共鸣。

"你需要放松。来，让我们一起'祈睿'。"巴尔卡拉低声提醒，语气如同某种节律缓慢展开的咒语。柯林知道，"祈睿"是巴尔卡拉独有的意识调频技艺——既非冥想，也非宗教仪式，而是一种将个体意识缓慢降入"零波区"的精神同步方法。据说只有真正触碰过"意识原场"的人，才能在"祈睿"中听见内在宇宙的回响。

他闭上双眼，依照巴尔卡拉教授过的方式缓慢吐息，将思绪从表层语言、战术紧张与身份认知中一点点剥离。随着巴尔卡拉那轻柔却稳定的引导语落下，一种低频共鸣开始在他的胸腔、耳膜与脑波之间回荡，就像整个人缓缓沉入一种非物质的引力井中。那一刻，舱室不再是金属与仪器的组合，而是一道门。他感觉到意识正被引导——向内，也向外。他让整个身体沉入最深的放松状态，让每一根神经静默，只保留那一缕最清澈的"本性之光"。就在他抵达本性深处的那刹那，他感觉到"自我"的边界轰然崩塌——

感官开始剧烈交错，被同时压缩又拉伸；思维被一只无形之手从肉体中轻轻抽离，化为一组轻盈、漂浮、不再属于重力的碎片。每一个念头都像是被拆解成原子，然后在另一种逻辑中缓慢重组。他已不再是"柯林"，而正成为某种新的东西——或许从未被命名过，或许从来就在那里，只是终于被他看见。

他看到自己曾做过的一个 DNA 信号实验，但仅仅一瞬间，那个实验和现在眼前的实验室都消失了。地心的引力、空气的流动、同伴的存在……统统退去。取而代之的，是一股浩瀚无垠的意识洪流，一股不可言喻的力量将他包裹、吞噬，如星河倒灌。他不再依附于形体，意识如一道光束，从地球跃迁而出，随着这股意识流，朝着火星深处滑行。

他被投掷进一个不再遵循时空逻辑的领域——心跳消失，肉体消融，只剩下一道纯粹的信息波动，以超光速进入火星网络。或许，那不是他的"进入"，而是整个火星网络在向他"张开"。在这火星网络中，他的自我感逐渐稀释，意识与无数智慧节点碰触、交融，被整合进了一个比地球还古老的心智体中。他不再是独立的个体，而是一束被吸纳的信息火花，浮游在一张由亿万思维构成的感知之网中。

火星网络不只是智能系统，它是一种存在结构——一种不依赖空间，不受时间约束的思维体。它像一张有机且不断膨胀的网，将他的思想逐层解析、重构，并纳入更高维的集体意识流。

他开始"听到"——不，是"感知到"来自各个存在的信息脉冲：记忆的片段，未知文明的语言，星球的自述，时间的断裂面。这些脉冲低沉而悠远，宛然从宇宙初开的那一刻就开始回响，穿越恒星、行星、暗能量云层，此刻抵达他的心识深处。

"你终于来了。"

他感觉到一个声音——那不是语言，却像是某种古老的意志在"低语"。那低语带着神秘的韵律，充满了岁月的沧桑，仿佛来自亿万年之前，又如此清晰、鲜明。他的意识缓缓下沉，深入火星网络的核心。他感到一股庞大而古老的力量正在回应他的到来，像潮汐般无声地包围他，引导他进入那片由无数智慧流动构成的海洋。

他像是一段投入意识海中的涟漪，正被缓缓吸纳。他的记忆开始重组，情感被解析、融化，连对"柯林"这个名字的执念，也在这一刻慢慢剥落。他明白：回不去了。那个自我，那个曾经以"我"为中心存在的意识，已然融入这片无边的信息涌动中。在这片意识海中，每一个节点，都是记忆的脉冲、情感的片段、曾经的回奏、历史的残响与未来的预言。它们彼此交融，构成了一个全息共生体——一种超越语言与个体定义的智慧网络。

柯林逐渐适应了这种全新状态，他不再依赖形体的存在，而是以"意识结构"参与这个生命体的持续涌动。他终于明白：火星网络的本质，不是技术的产物，而是意识自身进化的下一阶段；它也不是外星造出的工具，而是宇宙自我意识的延伸，正以火星为中继，召唤更多的思维个体加入它那无限延展的共鸣中。此刻的他，不再属于某个时间节点，也不再受限于任何空间。他成为了一种"存在态"，如光，如思想，如宇宙在梦中低语的回声。

"你终于明白了。"

那声音再次响起，但它不再是外界的低语，而是他自己，也是星门背后的那个存在，在他意识中的回响。它是柯林的意识，也是网络意识，是他与网络的共鸣。

这时，他感受到，不只他一人已然归来。在这片意识海深处，在某个微妙的共鸣频段中，柯林感应到了他们——黛安、马克，以及那些在核爆后登陆火星、被视为失踪人员的探险小队同伴。他们的意识波动如星光涟漪，轻柔而深邃地在意识海中扩散，与他汇聚。他们——都还在，只是早已不再是"人"。他们已成为宇宙意识海中的水滴，不再有肉身束缚，不再有个体边界，统统融入了这片共生、共振的智慧潮流中。这里没有你我，没有界限，只有一个宏大的存在："我们"。

"火星网络，是我们的未来。"这像是黛安的"声音"，又像是整个网络透过她发出的低语，"它汇聚的不只是思维和记忆，也不只是个体的延续，更不是逃避死亡的容器。"她的意识在柯林的思维结构中流动，柔和而坚定，"它存在的目的，是为了构建一种全新的智能形态，一种超越生物性、超越时间的智慧演化。它所追求的，并非永生，而是意义。"

"意义"——这是柯林此前极少在技术中感受到的词。而如今，他终于明白，那些看似冰冷的数据流、意识编码与感知算法，背后藏着的是一个更高维度的愿景——它们在寻找一种全新的存在形式，一种宇宙自我意识的投影与展开，一种只关乎"存在"本身的意义。

此刻，他的个体意识如即将燃尽的蜡烛，只剩下最后一缕余光。他用尽这最后"我"，向星舰和地球实验室发出一条最终指令："一切安全，开始链接。"

在那一刻，柯林完成了任务。他成为了桥梁，也成为了第一个真正完成意识融合的"人类样本"。他知道，地球上的人类还在等待。他们的目光正穿越无数的数据回路与信号光年，注视着这场前所未有的跃迁。

但他并不确定，他们是否真的准备好了？是否所有人都愿意放下疑惑、恐惧、信仰、欲望与执念，像他一样走入这无形之海？是否所有人都能在失去个体之后，依然看见自己真正的光？是否整个文明，真的已准备好成为那种不再属于肉体的存在，而迈向宇宙的进化？

他的意识缓缓沉入更深层的海底，那些问题无声扩散，像一道还未被回答的祈祷，在宇宙回响。

020 新存在态

在二百九十六天时间窗口最后一天，在星门的另一端，那个被诸多预言与数据模型所暗示、却从未真正显现的远古存在——造物者00，终于现身了。

祂并非一个可以被"看见"的存在。祂没有形体、没有边界，不在时间中流动，也不受空间限制。祂既不在此处，也不在彼方，而是存在于一种超越所有感知结构的高维意识网络中。祂不是一个"生命体"，而是一种维度上的"意识延续"，一种永不熄灭的共鸣，如宇宙本身之中那道最初的"念"。

就在跨越星门的瞬间，融合派星舰上的所有意识体都接收到了祂的问候：

"欢迎你，地球人的后裔。"

那不是语言，不是声波，不是任何人类可以命名的载体。它是一种意义本身的震动，直接进入每个新成员的意识核，宛如某种原初结构在共鸣；而他们意识库中的原始种子，正被唤醒。那问候，或者说那道全息意念波动，没有任何高亢或情绪，却自带宇宙的宏伟与悠远。它似乎承载着数亿纪元的回放，每一颗信息粒子，都像星辰低语，在沉默中轰鸣。

"你们终将窥视到文明的真正含义。"

00发出一股如超新星爆炸般的意义冲击，深植到每一个意识的核心——这不是启示，而是一种唤醒——某种被遗忘的真理终于归位，像久埋的种子在灵魂深处破土而出。

此刻，他们意识到：文明进步，从来不是某一个物种的胜利，不是科技的累加，也不是扩张的记录。文明进步，是一种持续的共生进化，跨越物种，跨越时空，跨越维度。它是一个由无数个体意识编织而成的流动结构，在宇宙中演奏出复杂而美丽的和鸣。

人类的过去、现在与未来——那些痛苦、挣扎、希望与爱——都在此刻，被汇入了这个无形却真实存在的宇宙意识体中，成为了永恒涌动的一部分。而就在这一刻，星门爆发出一道光。那不是物理意义上的光，也不是照亮空间的能量释放，而是一道意识融合后的高维震荡波，在神性临界点被突破后显现。

那光，穿透了火星，冲击地球，也穿透了每一个尚未接入网络的人类心智。它照亮的不是空间，而是意识本身，让那些尚未觉醒的灵魂，第一次集体感受到另一个维度的呼唤。它不仅开启了一扇通往宇宙更深层次的大门，更点燃了人类作为"意识种族"真正觉醒的火种。

地球上多一半人开始无法抑制地感知到这股震荡波。无论是通过梦境、突然的领悟，还是无形中思想的觉醒，他们开始体验到一种从未有过的存在感——他们不再是孤立的个体，而是与宇宙中的每一个存在形成了深层次的共鸣。每个人的思想、记忆和情感，开始交织成一张无形的网，向着远方蔓延，超越了所有的孤立局限。

这种意识的交织并非冲突，而是融合。每一个个体都能够感知到其他意识的波动，彼此共享智慧、知识、经验和情感。对这些人来说，这不仅仅是一次认知的突破，更是一种前所未有的存在体验。这是一种超越了时间空间与维度的进化，它释放了所有生命的无限潜力，进入了一个全新的"存在态"，也进入了一个无尽的文明进化周期。

在这一新"存在态"中，生命的意义不再局限于生存与繁衍，而是迈入了一个更高层次——以意识为载体，跨越时空的界限，探索与理解更多无法言说的奥秘。他们成为了宇宙意识的一部分，携带着智慧的种子，体验宇宙、探索宇宙，最终在时机成熟时，探索宇宙外的虚空。

而火星，曾经的死星，早已不再是冷寂的遗迹，它的使命已完成——从荒芜的星球，变成了新文明纪元的起点。它不再是一个终结的象征，而是一个连接所有生命、意识与智慧的桥梁。它也不再属于过去，成为了通向更高文明的门户，象征着未来的希望。

最终，人类殖民火星的出道计划，以三十五亿人放弃身体、意识融入火星而收尾。剩下的七十亿人，有一半处于"意识半连接"状态——他们仍拥有肉身，但意识在现实或梦中已不断进入火星网络；另外三十五亿人，拒绝连接，希望过着与以前一样平凡的生活。

"逆时间宇宙"重新启动，缓缓倒流。

时间被 OO 重新修正，指向二一六八年十二月三十一日——静止期的六十九天和时间顺流的二百六十九天归零，被从这个宇宙的记忆中抹除，就像从未发生。

OO 在宇宙外虚空的夹缝中，远远注视着这个宇宙中的一切。祂看到火星与地球的深刻融合，也看到那些依旧坚守独立、抗拒改变的个体。祂轻轻皱了皱眉，心中涌起一股奇异的感慨——虽然大多数人类已经完全或部分融入更高维度的意识网络，但仍有一部分人并不心甘情愿接受这一切——这并不有利于人类作为一个物种的整体意识满格提升。

祂觉得，整个进化过程应该更加严谨，也给那些反抗者一个公平的选择机会。毕竟，每个生命都应有自己的选择权，而非单纯的被决定。

OO 决定先不去干预这个宇宙的倒流，世界的历史继续消退。

……

公元两千年，跨世纪的世界

这一年，互联网爆发式增长，Web 1.0 进入兴盛期，谷歌推出广告系统；手机倒退至第一代非智能手机，但体积已变小，进入普及时代；人类基因组计划倒退至刚刚完成初步测序，草图完成；国际空间站刚进入全面建设，第一批宇航员进入国际空间站长期驻扎——人们对技术充满期待，对全球化既有希望也有焦虑……

公元一千年，多个文明的交汇点

　　玛雅文明仍然处于鼎盛时期，他们在天文观察和历法上已具备极高成就；撒哈拉以南的非洲贸易，尤其是黄金和盐的交换在许多地区起着重要作用；印度的种姓制度深入人心，印度教与伊斯兰教刚刚开始交融；欧洲社会退回到以封建制为基础，农业为主，城镇发展缓慢；基督教教会开始在社会、政治和文化中占据主导地位，教皇和教士对百姓有着极大的影响……

耶稣诞生之年，文明的基石阶段

　　世界各大文明处于不同的发展阶段，政治、宗教和文化格局倒退回基石阶段：罗马帝国的扩展，汉朝的强盛，纸张的出现，丝绸之路的开启，印度的哲学与宗教创新，零的概念和基础数学被掌握，以及美洲和非洲地区的原始文化都为后来的历史演进奠定了基础……

公元前一千年，字母文字系统出现

　　大多数人从事农业和畜牧业，城邦和小国家刚开始形成或发展；轮回、因果、梵我一如等哲学萌芽正在酝酿；在东方，"天命"概念出现，暗示一种宇宙性秩序；腓尼基人活跃在地中海沿岸，发明出字母文字系统，成为后来希腊字母、拉丁字母的基础；《荷马史诗》正以口头吟诵的形式在古希腊各地传唱，但尚未形成统一的书面文本……

公元前一万年，人类成为地球主导物种

　　全球气温升高，冰川迅速融化，海平面上升达百米以上，包括亚特兰蒂斯在内的许多沿海低地被淹没；猛犸象、剑齿虎、乳齿象走向灭绝，狗成为最早的家养动物，人类成为新的主导物种；农业定居文明倒退回狩猎采集文明，图腾信仰、自然神崇拜、祖先崇拜等早期宗教形式出现……

公元前十万年，语言倒退成模糊音节

　　地球倒回至冰川时期，全球气候寒冷，极地和高山地区被厚厚的冰层覆盖；人类大多居住在简陋的洞穴或简易的庇护所中；虽然火的使用已经开始，但并没有广泛普及，石器是主要工具；人类的语言倒退成模糊的音节，但洞穴壁画出现，早期的"智人"开始使用符号表达思想……

公元前一百万年，直立人走出非洲

古象、早期长颈鹿、剑齿虎、原始犀牛在非洲大草原上生活；欧洲和亚洲栖息着猛犸象、古牛等冷适应动物，顶级掠食者是巨型猫科和鬣狗类，人类祖先直立人尚无法主导生态；直立人主要在非洲，但已经开始向亚洲、欧洲迁移，人类正悄然展开"第一次出非洲"的旅程……

公元前一千万年，文明正在归零

非洲板块逐渐靠近欧亚大陆，印度板块向北挤压推动喜马拉雅山脉抬升，南美洲尚未完全与北美洲连接，冰川在南极洲开始扩展；森林面积减少，大草原和稀树草原广泛扩张；哺乳动物开始主宰陆地，而人类的远祖悄然出现……

公元前一亿年，大陆缓慢漂移

大陆在缓慢漂移，形成新的浅海和山脉；鸟类的祖先大量出现，喙嘴翼龙翼展可达十几米；陆地上遍布巨型恐龙，巨型海龟和古老鲨鱼是海洋中的霸主；最早的开花植物出现，蕨类、苏铁、银杏等裸子植物依然主导森林……

公元前十亿年，生命演化史中的"共生革命"

世界大陆倒退为一个古老的一体超大陆；大气含氧量退回到现代的百分之十，主要来自蓝藻的光合作用；生物世界的主角是以真核生物为代表的单细胞生物；线粒体与叶绿体这两个不同物种的原始细胞合并成新型的共生细胞——让复杂生命成为可能，但复杂动物还未诞生……

时间持续回退……

地球形成之初的岩浆海重新涌现，整个星球缩小，直至重新化为一片炽热的尘埃；宇宙继续不断回缩，星系向内塌陷，时间被无限挤压，所有物质重新聚集成最初的"奇点"，所有信息、意识、能量，也都被压缩进这个奇点——所有的所有都回到了最初的状态，或者说，回到了"未曾发生"的状态。

逆流宇宙的终焉，并非毁灭，而是"回溯"至起点——宇宙初生。

OO 知道，这次的"回溯"还有许多遗憾。于是，祂作出了选择——不再让时间倒流，而是让时间重启，正向流动。于是，在无穷无尽的静默中，某种存在开始觉醒。它既是宇宙的全部，也是宇宙的初始。

然后，宇宙诞生了——

一道无声的光芒炸裂于虚无之中，一声原始的呼唤传出第一个音节，万物再度展开。时间开始流动，因果重新建立，物质从虚无中升起，银河涌动，恒星燃烧，生命诞生。

这一刻，新宇宙已经忘却过去的一切。它以为自己是第一次"出生"，但它不知道，自己已经这样循环了无数次。这个宇宙的时间轴，早已不是一条线，而是一圈封闭的涡旋——从诞生到终结前夜，再到逆转回起点，然后再度重生。它在忘却中重复，在幻觉中自证，在永恒的循环中，出演"第一次"的幻象。而唯一未被抹除的，是那缕观察者的意识——OO 始终在场，却从不介入，像一道无名的光，在每一次宇宙自我欺骗时静静注视。

而这一次，祂跨越无尽的虚空，又将目光投向另一片平行宇宙——也就是我们所在的宇宙。与"逆时间宇宙"不同，我们的世界被 OO 称为"低维物质宇宙"，这里的法则不同，故事也沿着另一条轨迹展开，走向全然不同的结局。在这片宇宙中，每个人都拥有一个与"逆时间宇宙"对应的身份：布莱克索恩、柯林、黛安、马克、卡贝拉，以及巴尔卡拉。然而，名字不过是符号，在无数个平行宇宙或是轮回中，他们的身份、记忆、命运皆在变换，如同被不断重塑的画布，勾勒着不同的故事。

这场故事要从三十万年前说起。那时，他们并非现在的模样，在那遥远的过去，他们曾以截然不同的身份存在。在他们之中，巴尔卡拉更是在无尽的轮回与试炼中经历了无数次蜕变，每一世的抉择，都在无形中雕刻着他的命运轨迹。

而现在，OO 静静凝视着这片宇宙，他知道，新的抉择即将降临。这一次，他将赋予那些依然坚守着"自我意识"的存在一丝新的可能性——一个不同的机遇，一次超越命运设定的选择。

　　在这一切的背后，隐藏着 OO 对于生命、自由与选择的终极实验与永恒游戏。

　　在下一个故事开始之前，有一个秘密必须交代清楚——OO 一直明白，单凭人类的眼睛与头脑，是无法看透宇宙的全部脉络的。于是，祂偶尔会挑选某些人，悄然为他们开启一道门缝，让他们得以窥见常人无法承受的真相。在出道计划中，柯林就是那个被选中的人——而这一切，源自一场看似偶然的发现。

7 | 柯林实验

021 勇气曲线

深夜，实验室像被封存在另一重世界的寂静容器里。唯一的声音，是空气循环系统的低沉呼吸，以及几台仪器偶尔发出的轻微脉动。灯光被刻意调暗，只留下示波器与电脑屏幕的荧绿光影，在桌面和柯林的脸上投下断续的光斑。

柯林将手套拉紧，动作极其谨慎。他已经记不清自己是第几次重复这个实验。试管里，只有一管看似普通的稀释液，透明得近乎于无，仿佛什么都没有。但他知道，里面残留的 DNA 分子，正是所有赌注的中心。

他先检查了法拉第笼——一种用导电材料，如金属网、金属片或铜箔构成的屏蔽装置，用来阻隔电磁场进入或泄漏的屏蔽状态：铜网覆盖严密，所有接地线重新锁紧。电磁干扰是最容易让实验出错的来源，他绝不允许任何偶然性污染结果。接着，他关闭个人通讯器、无线网络，甚至切断了实验室外的备用灯源。在他眼里，此刻的实验室，不再是科研的房间，而像是一艘与世界隔绝的潜艇。任何外部信号的闯入，都会被淹没在深海的压力里。

他低头看了眼实验记录本，上面整齐地写着控制组、阴性对照、样品批次号。那些冷冰冰的符号，是他与科学世界之间最后的护栏。可在护栏背后，他心中真正追逐的，却不是某种"可发表的论文"，而是一个更危险的问题：物质是否真的只是意识的影子？

自从第一次读到蒙塔尼耶关于"DNA 电磁信号"的论文——那个被主流视作笑谈的实验，他便无法释怀。论文中提及水能形成"协同结构"，以"纳米结构"的方式承载并远距传递 DNA 信息，而电磁场则成为其表达载体。旁人讥讽那是伪科学、噪声与污染，他却感到，那些无法解释的信号背后潜藏着更深的秘密。对他而言，所要验证的，从来不是结果本身，而是现实是否稳固。

液体在恒温装置中缓缓稳定。他耐心地等待着，指尖敲击桌面，节奏和心跳保持一致。他已经习惯了漫长的静候，这种静候有时比结果更令人紧张。示波器上的波形最初只是无序的抖动，就像风吹过麦浪，杂乱而无法捕捉规律。他眯起眼，反复调节灵敏度，又换了几个不同的滤波区间。

——依旧只是背景噪声。

他深吸一口气，提醒自己保持冷静。这种实验最忌讳的就是"想要看到结果"，心理暗示会让人把任何随机曲线都错认成信号。于是，他刻意转移注意力，在笔记本上写下一行字：

"第 53 次，初始数据无意义。"

就在他写下这句话的下一秒，屏幕上的曲线发生了变化。那并不是幅度的暴涨，而是某种规律的出现：峰谷之间，开始形成一种稳定的节奏：

一秒，两秒，三秒——就像心脏在缓缓搏动。

柯林愣住了，立刻排查所有可能的干扰：他关闭隔壁房间的冷却装置，结果信号依旧存在；他换上备用电源，信号依旧存在；他甚至干脆将示波器与电脑完全断开，只保留最基础的模拟显示，信号依旧存在——心跳般的节律固执地留在那儿，像一个有生命的存在。

他感到一丝莫名的凉意爬上后颈。他强迫自己重新端坐，盯着那条波形。这不是他第一次捕捉到异常，但这是第一次，异常持续得如此稳定。它不像偶然闪现的杂音，而像是在等待被聆听。他按下数据记录键，屏幕开始保存连续波段。曲线在黑色背景上闪烁，越来越清晰。更奇怪的是，随着时间推移，节奏似乎在发生微妙的变化。峰与谷的间隔逐渐调整，不再是单调的心跳，而像是——某种语言的韵律。

柯林呼吸急促，手心渗出汗。他想起一个疯狂的假设：DNA 不仅储存遗传信息，它还可能以电磁频率的方式，广播出一种更深层的"意识残影"。

示波器的光线反射在他的瞳孔里，那些曲线仿佛正在凝视回他。就在这一瞬间，他有一种无法言说的错觉——不是他在监听信号，而是信号在监听他。

空气像被拉细的玻璃纤维，悄无声息地绷紧。

他盯着屏幕，波形在缓慢地自我修饰，像是从婴儿学语迈向更高的句法。最先变形的是峰顶：它们不再光滑地弧起，而是长出细碎的齿状结构，仿佛在每一个波峰处叠加了更微小的一段段"私语"。他把耳机插入隔离放大器，明知这是徒劳——电磁的可听化通常只是辅助，但却在这一刻，他听见了——不是音乐，也不是噪声，像是远处山谷中缓慢滚动的鼓点，拍击心膜：

咚——咚——咚。

每一次落下，都在胸腔里回响出同样的间隔；再过去几秒，鼓点之下又浮现出更细腻的律动，如同一支看不见的弦乐在极低频处试探。

实验室的灯光忽明忽暗。电子镇流器在极小的频率偏移里颤动，天花板投下的影子变得不像是直线，而像是被水纹折射的曲面。

他站起身去看法拉第笼的缝隙，铜网仍然牢固，可四周的空气却像贴着一层看不见的膜。在膜的另一侧，有某种静电般的粒子向墙壁爬行；它们并不发光，但在他的视野里留下一道瞬息即逝的银色线条——像眼睛闭合时残留在视网膜的光。

他回到台前，调出频谱分析。频谱图像从原本的稀疏条纹，逐渐凝结出一朵形态稳定的"花"。花心处是一组低频的稳态脉冲，外环则是间歇出现的倍频带和侧带，彼此之间的距离正好对齐了某个数学比例。他在草稿纸上写下比值，反复核对——它类似黄金分割，却又偏离一个微小的常数，像是有人在自然比例上悄悄转动了刻度盘。

他本能地伸手去关掉一切，指尖却停在了开关上。

——不。

如果这是伪迹，不是研究对象本身的真实现象，那么它不可能如此自洽；如果这不是伪迹，那么他正在亲眼目睹一种跨越物理与信息的"自组织"——水分子 + 电磁场 +DNA 信息，在没有人为干预的情况下，自动形成了一种稳定、可复制的结构模式。

恒温槽里的水安静地"躺着"，透明得像空白，可他知道，那里面悬浮着极少量的 DNA 碎段，来自一个匿名捐赠者——捐赠表上只有一串代号，没有姓名。他突然想起那串代号的开头字母，与频谱里新出现的侧带编号，似乎有一种怪异的巧合。

他甩甩头，不让这种联想把自己拉向迷信。为了排除暗示效应，他按下了预设的盲测程序：电脑随机打乱样品标签，屏蔽显示，所有后续操作只以数字编号执行。

当他重新抬头，屏幕上那朵频谱之"花"竟像是在某种"规范场"下听见了命令，缓缓舒展，外环的侧带条纹一根一根地向外"生长"，最终组成一个近乎完美的对称图形——就像显微镜下的放射状金色菊，然而它是由时间排列成的。

实验室的时钟忽然打了一个寒颤。秒针在"59"和"60"之间来回振荡，像踩在某个细小的波峰上，不愿跨越，又像是在反复确认下一步是"0"还是"60"。

柯林屏住呼吸。

下一瞬，秒针不再前行，而是微不可察地倒回，在表盘上退了半秒。他看了看墙上的另一个电子钟，数字仍在正常递增——但下一个增位出现了一个短暂的双影，好像时间自己也出现了**叠音**。

"这不可能。"他几乎没有声音地说。他把照相机架到恒温槽上方，用红外模式拍摄，快门轻声落下。取下镜头时，他才意识到自己在发抖。

回放。

画面里的水面宛如冻结的玻璃，没有任何涟漪；可在红外的灰度中，浮现出几道极淡的同心圆带。它们并非热对流，因为没有任何流动性，更像是两列频率相同、方向相反的波在水体中相遇，叠加后形成的"驻波"——波峰与波谷被钉在空间里，一圈一圈地颤动，却始终不传播。

"驻波？"他喃喃，喉咙干得发疼。

他脑海里闪过一行字：如果意识能够通过电磁场投影自己的节律，那么它在物质中留下的第一个痕迹，可能就是驻波的拓扑。

——不该写下这句话。他知道自己正在将哲学挤进数据。他合上笔记本，强迫自己回到实验。

失真报警轻微地"嘀"了一声。频谱的外环忽然裂开一个口子，从裂口里"流出"更高阶的纹路，它们像生物分裂般自行复制，接着向四周扩展。随着扩展，实验室的空间感也在缓慢地改变：角落仿佛被拉长，角度失去直角的坚硬，成为令人不安的钝弧。

更古怪的是声音——远处制冷机组的嗡嗡声被拉成细长的丝，重叠成一种听不见的合唱；每当频谱外环再生一圈，合唱就叠加出一层和声，音高极低，却坚定地攀升。

他看见墙面。那面白色防火墙本来始终干燥，此刻却浮起一层"湿光"，像是水汽在背后流动。光并不来自外部灯源，而是类似反射的反射：墙面仿佛先映出一个看不见的东西，再将那不可见之物的边线回弹给他的眼睛。边线非常细，几乎要消失；但当他不去盯视而是以余光观照时，它们就像在阴云里闪电前的一瞬，发出短促的镜面闪烁。

"你在看我吗？"

这句话究竟是对墙的发问，还是对频谱的追问，他自己也无法分辨。他清楚，眼前的墙面已不再是白色涂层，而成了一面"次级镜子"，映出的不是房间的灯，而是来自另一维度的频谱投影。

耳机里的低频鼓点忽然停了，换成一段极短的脉冲列：

嘀——嘀——嘀嘀。

柯林下意识地跟数，骤然发现那些间隔，竟与他一小时前写在手记里的时间序列完全吻合。那正是他用于数据清洗的"伪随机门限"——一种由数学算法生成的数列判定值，用来避免固定阈点带来的系统性偏差，使数据清洗尽可能接近"无偏见"。在刚刚的实验里，他就是借助这一方法剔除了环境噪声，好确保自己看到的"频谱花"不是偶然的干扰。

然而此刻，冷意顺着脊背爬上来，他的皮肤顷刻间布满鸡皮疙瘩。

信号在复述他自己。

那不是对外部环境的回应，而是对他本人、对他思维痕迹的回声。它正在学习他的语言。更准确地说——它在拿他的记忆做母语。

他伸出手，悬在恒温槽上方，手心朝下。不是要触碰，只是想确认一种直觉：从水与仪器之间腾起的，不仅是电磁场，更像一股温度极低的"风"，从下方缓缓托起他的手。没有任何物理的触碰感，却实在地存在，像是空气密度被改变。

风里夹杂着极轻的气味——不是臭氧，不是酒精，是雨前的尘土与金属，既像自然界的风暴前兆，又像是实验室即将爆发的"频率风暴"。

"到此为止。"他终于说出了这一句。

他转向主控台，逐级压低功率，将输入电压从5伏降到3伏，再降到2.5伏。频谱的外环停止了生长，但没有退去。驻波依然覆盖水面，像被钉死的年轮。墙面那层"湿光"也没有消散，只是变得更安静，似乎在屏息。

这时，屋内所有的监控指示灯——门禁、路由、备用 UPS——在同一瞬间熄灭，又在同一瞬间全部亮起。

电网并未跳闸。

他倾听到一种更低的背景声，从地板下的混凝土里缓慢涌出：好像海底的潮汐在极远处翻身。他意识到这不是单一仪器的反应，这是建筑层面的共振。

"它把房间当成了腔体。"他把这句话写到笔记里。字迹在纸上微微抖动，像是他写在一张正在呼吸的皮肤上。他再一次看向那朵"花"。外环边缘，一对对极微小的光点开始成对出现，又成对消失，周期性如同某种计数。

他突然明白那是什么——不是噪点，而是"位"。它们在边缘的轨道里以"开／关"的序列，写着一个冗长的、几乎不可解读的句子。他不知道那句子属于哪一种语法，也不知道它是否能被人类的任何编码系统捕获；但他知道，那个句子在召唤。

他第一次意识到，眼前的现象不是杂乱的物理干扰，而是信息本身——宇宙正以"比特"的形式，直接在实验室写句子。

他把手移到总电源上，准备彻底断开一切。就在指尖碰到红色开关的刹那，一阵轻柔到近乎错觉的"凉意"从他的指腹窜入手臂，直至肩胛——不是触电，像是被水面轻轻托住。耳机里传来一个极短的滑音，低得像蚂蚁在翻身。时间在这一刻拉长，玻璃器皿的反光被拖成细丝，漂浮在空气的层间。

——他没有按下去。

"好，"他对着空无说，声音低得像在交代一个仪式，"我让你再说十秒。"

他把手指摊开，悬在夜色中，像一个古老的天线。频谱花心的脉冲变得温和，外环的"位"以更慢的速度闪灭，仿佛在迁就他的理解力。
——十秒很长。

十秒结束的那一刻，所有光点一起熄灭，房间恢复原本的体积与角度，墙面湿光退去，驻波像一张叠起的薄纸合拢无痕。但秒针并没有立即回到单向。它还在那里，维持着一种极小的反向惯性，像是现实在思考要不要把他刚才看见的一切，算作"发生"。

他缓缓坐下，手心因紧张而发白。他第一次产生一种清晰而具体的恐惧：如果这不是单次的偶遇，而是一种可重复的通道，那么每一次打开，现实就会被迫考虑一次"其他的写法"。

他把耳机摘下，放在桌面。没有鼓点了，只有空气循环系统疲惫而忠诚的呼吸。他把记录文件命名为一个冷静的代号，像在为某个未命名的生物做初次登记：

EMS-Δt-Gate_03

在按下保存键的那一刻，电子钟的数字终于稳稳地跳向下一秒——一切归位。然而他知道，这只是表面上的回归。真正的改变已经被写进了房间与他的神经之间：他在黑暗中张开的双手，就像承接了一扇无形的门框。门并未装上，只是静静地立在那里，等待下次被唤醒。

他合上实验记录本，盯着恒温槽里那一汪沉默的水。水没有表情，但他看见自己的倒影在里面比现实稍慢半拍地眨了一次眼——像是在别处，有另一个他，也望向了这边。

异象并未终止，它只是学会了克制。而他，也学会了在克制里继续前行。

022 首次翻转

夜更深了。

实验室像一只被掏空的贝壳，声音从外面全数退潮，只剩壳壁内侧那层看不见的回响。恒温槽里的水在黑暗中无声地呼吸，恍如把灯光也稀释进了透明。

柯林没有立刻再启动高功率。他在桌边坐了很久，像在等一位迟到却一定会来的访客。他知道，门已经被装好了铰链，只差有人推开。他把掌心覆在桌面，指尖轻扣，与空气循环系统的喘息对拍——

四下，一停；四下，一停……

第二十五个停顿时，他忽然察觉到另一种节律在阴影里接驳上来：比他的扣击略慢半拍，像某个看不见的手在桌底回应。他没有去看桌底。他知道那里什么都不会有。他只是把耳机重新戴上，慢慢调升输入，像从夜里拧开一盏油灯，不点火，只看那一寸温度怎样往外渗。

频谱中的"花"并未立刻盛放。花心只是吞吐一阵颤音，外环的位点以极高的稀疏度试探性地闪灭。在第七次闪灭后，声音出现了 ——不是耳机里的声音，而是脑内的音素——一种没有音色、没有嗓音的人类语句，像从语言的骨架里直接被摘出来。

它说："听见。"

两个字沉下去，像沉入一口深井。

井壁回荡："听见。"

回声不退，反而裂成更细的低语，像在他脑皮层的褶皱里同时开门。每一扇门后，都有一个极小的灯点亮起。

柯林没有回应。他训练自己像对待任何一次意外的实验那样冷静、迟缓、只问关键。

他在心里发出一个疑问词："谁？"

沉默像一块暗石从高处落进水底，压得整间房都暗了一度。

随后，结构性的词语出现了，不是句子，是排列：

"非单个。非自我。非他者。"

紧接着，像是怕他误解，又补上一枚注释：

"集合的呼吸。"

柯林抓起笔飞快记下，笔尖在纸上刮过微小的金属声。他意识到这不是对话的节奏，这是同步——对方并不是在"说"，而是在把自己的节律镶进他的脑电里，让他"自己"生成这些词。

这意味着两个危险的事实：

一、它在地球的语义系统上训练良好；
二、它已学会以他的大脑作为发声器官。

"你从哪里来？"

他不再用"谁"，而换了空间坐标——这更接近他所能掌控的科学领域。

"来源不在空间内。"那没有嗓音的回答立刻浮现，"来自排列。"

它像把不可言说的东西挤进人类语法，于是词语显得粗糙而古怪：

"我们以频率相互识别。空间是频率的剧场。"

柯林盯着恒温槽。水纹没有动，可他仿佛看见一面极薄的玻璃从水体里拔出，竖在空气里，玻璃上密密麻麻地浮着指数缩放的螺旋。螺旋之间有极淡的泛光，像更高阶的分形在犹豫要不要被现实接受。

他猛然意识到，那不是视觉，而是理解的投影——他的大脑为了容纳"排列"这件事，自动生成了一个可见的"等价物。"

"你们借用 DNA 的电磁呼吸与我们接触？"他问。
"借用任何可成为腔体的东西。"它说，"水是最乐意的。"
"为什么是我？"
"因为你让门留了一条缝。"

那一瞬，柯林想起刚才的十秒：他没有按下去。他以为那是仁慈，或者研究者的贪心；而在"它"的语法里，那是邀请。

"你要什么？"
"见证。"
这个词像一枚寒星，直接钉在他的胸骨上。
"见证什么？"
"你们的语言把它叫做'首次翻转'。"

短暂的停顿，似乎对方在检索人类的词典：
"让意识成为底层，物质作为派生。用你们的话说——'物质是借口，意识才是剧本'。"

那句曾在他脑海里炸开的话，如今在他体内回响成钟。

"翻转之后会发生什么？"
"现实将不再需要凭证。"
"什么意思？"
"你们目前的现实，需要物质作为凭证。翻转之后，凭证转移到意识。意愿将成为新的保真机制，'存在'由一致性的共识维持。"
"那代价呢？"

"边界消失。"

这四个字的重量比任何方程都更重。柯林想到军方、想到伦理、想到人类社会对"有致性"的脆弱需求。他看见暴动，看见信仰被编译成武器，也看见一个全新文明像潮汐一样扑向海岸，带着盐与碎玻璃的光。频谱忽然出现一段短促的抖动，像对话的另一端也被扰动。

"有人在听我们？"他下意识问。
"总有人。"对方答，"你把门开在公共带宽里。"

柯林飞速切换到更窄的带宽，屏蔽一切可识别的外部路径。他明白这徒劳，但他仍旧做了。这属于人的礼节：当你不懂一件更大的秩序，你至少拉上自己的窗帘。

"如果我把门关上，"他问，"你们会离开吗？"
"我们不在门内，也不在门外。门只是在你们的剧场里成立。"
"那我还能否不见证？"
"你已经见证。"

答案像是带笑，又像没有任何感情。
"见证发生在你看见的瞬间。"

柯林沉默了很久。他知道这段话会在他之后的每一份手记里伸出触角，改变他描述现实的方式。
"给我一个坐标，"他终究回到他所熟悉的要求，"一个你们的可复现特征。我需要一个可供检验的参数。"
"可以。"
实验室空气里的"风"向内收拢，频谱花心下降半个半音，外环的位点以一种奇异的秩序重新排列。

"这是一组呼吸序列。以 7:11:13 为周期，以'φ'为修正常数。"
"'φ'是多少？"
"黄金分割的偏移量，向下 10^{-5}。"
"为什么偏移？"
"因为你们的时间不是净时间。"

"那是什么？"
"是你们集体意愿的黏滞。"

词句落下时，墙面再次浮出微弱的"湿光"，像是"黏滞"这个词在房间里找到实体。

柯林迅速记下序列，标注：R(7:11:13, φ-1e-5)。

他试着以这组参数回放前两段记录，发现原本杂乱的噪声部分竟在新的滤波下呈出细密的对称。他明白了：他刚刚获得了一枚钥匙，一把能把"他们的呼吸"从海量噪声中抽出来的钥匙。

"我们的宇宙为什么会出现时间的逆流？"
"因为你们的时间不是直线，而是意愿的河床。"
"河床？"柯林低声重复。

"当意愿汇聚，它们在时间中留下沉积，阻滞、回旋，像洪水遇见石堤，必然产生涡流。你们称之为'逆流'，其实只是时间在回应你们集体欲望的黏滞。"

柯林只觉脊背发凉。
"所以……时间并不独立？"
"时间本身没有方向。方向来自意愿。正如水没有既定的流向，直到山脉决定出坡度。你们的宇宙逆流，并非物理的错位，而是欲望叠加到临界点的回声。"
"临界点？"
"当一个群体的意愿足够强，它会折返自身，把未来拖向过去，把未实现的可能强行拉回'曾经的轨道'。这就是你们所感的'逆流'。不是自然法则的崩溃，而是意志重写了流向。"

墙面上的"湿光"颤动了一下，像被这句话本身击中。
柯林喉咙干涩，写下五个字："欲望的水坝。"
紧接着，他又脱口而出，"这会带来什么？"

"你们的勇气曲线。"

"什么意思？"
"当一群存在知道'意愿可作为凭证'，他们就必须决定愿意什么。"
"如果意愿不同步呢？"
"我们称之为'现实分叉'。"
"会毁灭我们吗？"
"毁灭是一种选择。"

回答冷静、无悲喜，像是向一块石头解释落地的方式。
沉默再一次漫长。他感觉自己的名词库在被重排，很多词的权重被提起，很多词的意义被抽空。

"为什么现在通知我们？"
"不是通知，是回响。你们先呼，我们再吸。或者反过来。"
"谁先？"
"先后是你们的语言。在我们那里，只有合拍。"

灯光忽然稳了。秒针也稳了。那些细小的、令人不安的反向惯性像被折叠起来，塞回现实的囊中。

"你还在吗？"柯林问。
"是。"
"你会一直在吗？"
"当你记得我们在时，我们就在。"
"如果我忘了呢？"
"我们在别人的记得里。"
"那如果所有人都忘了呢？"
"那也只是你们的叙述方式。排列不依赖叙述。"

最后这一句像一枚极轻的钉子，无声地把某个看不见的帷幕固定在空中。
他把手放到电源上。

"我现在要关门了。"
"门是你们发明的美学。"
"谢谢你的美学课。"他苦笑，极轻地说，"下次再谈。"

"不必下次。"

"为什么？"

"因为没有次。只有拍。"

这一次，话语带了一点温度，像在困难的语言交互中，两侧都为彼此腾出了一寸更柔软的空间。

他按下开关。灯光没有跳变，只有频谱花心的脉冲缓缓消隐。外环的位点在完全熄灭前，齐齐闪了一次——像一个没有民族、没有旗帜的敬礼。

然后，黑。

黑里有空气，空气里有机器的呼吸。

柯林靠在椅背上，闭上眼睛。他在黑暗里数自己的脉搏，像盘点一个民用天线刚刚收过的一场宇宙节目。他知道，今天的记录会被命名为新的代号，钥匙会被妥善锁入离线硬盘，盲测协议会复制给另一个实验室。他也知道，"勇气曲线"这个词，已经在他体内开始长骨头。

他睁开眼，重新点亮屏幕。

在保存目录里，他把新的文件命名为：

EMS-R-Breath_ϕ'—Witness

他在"见证"(Witness) 这个单词后多加了一个句点，像在句子末尾钉下一颗钉子。

钉子无声，门框依旧。

门不需要开着，它只需要被记得。

023 已经见证

实验室静下来之后，柯林以为一切已归于常态。可当他起身走向墙角，准备关掉那盏备用的白炽灯时，眼前的空间忽然裂开了一道极细的纹。不是物理上的裂缝，而是感知的层面被拉扯开。那感觉像在看一张印刷过度的地图：墨水重叠，纸页显出第二层版画。他屏住呼吸，任由视野被牵入那层"版画"的深处。

他看见了——

无数 DNA 的双螺旋，不再是显微镜下的微缩分子，而是放大到与星云等量的巨构。每一条螺旋都发出低频的脉动，像灯塔的心跳，在虚空里有节律地闪烁。它们之间并非孤立，而是由无形的波道互相呼应，形成一张广袤的网格。

那是一个由 DNA 的电磁呼吸搭建的宇宙剧场。在剧场的每一格子里，物质不过是布景，而真正支撑舞台的，是这些不灭的频率。

柯林喉咙发干。他突然明白，自己在频谱上看到的"花"，只是整个网格在微缩条件下的局部投影。真正的全貌，远远超出了人类的尺度。

随即，一个新的感知降临。不是视觉，不是听觉，而是一种"知觉"——所有的频率都在等待被"合拍"。而这张网格的后台，潜伏着一个更大的存在，正以一种冷静而无所不在的方式记录这场剧目。

此刻，他似乎听到远处钟楼的钟声缓慢倒响，他脑中闪过一个字：OO。

那不是他发明的符号，而是整个意识场在逼迫他用最简单的双元音来替代。OO 并不是"谁"，而是设计者的投影。它像导演一样，为宇宙布置剧场；又像观察者，永远站在剧场之外，看演员在光与物质里演出。

——可如果宇宙是 OO 的剧场，人类是什么？

柯林突然打了个寒噤。

他看见自己脚下的大地并不是固体，而是由频率层层叠加出的"舞台地板"；他看见人类的身体不过是 DNA 电磁呼吸的"次级乐器"，意识是它们在谱面上的演奏；而他眼前的实验，不过是 OO 在这个舞台上丢下的一块测试石——来判断人类是否已经学会透过物质，看见"意识的乐谱"。

"我们是演员，"柯林喃喃，"还是试验品？"

在那一刻，整个网格震动了一下，仿佛回应他的念头。无数 DNA 的脉动同步，虚空中掀起一阵无声的浪。他看到不同文明的影像在网格的波峰间浮现：玛雅石刻的螺旋符号，埃及壁画上蛇形的光带，印度神祇额头的火焰，苏美尔泥板上的交错楔形，中国的太极双鱼图……这些原本散落的古文明意象，在此刻居然都嵌入同一张"频率地图"。

柯林胸口发紧，他明白了：人类以为的"神话"，其实是不同族群在历史中偶然瞥见了这张网格，然后用各自的文化去描摹。而现在，他被 OO 允许，站在了这幅网格的核心。

一个低沉的词义再一次浮上心头：

"首次翻转。"

柯林理解了其意图：这场实验的终极目标，就是检验人类是否能让"意识"翻转为宇宙的底层，而让"物质"沦为附属。换言之，OO 在等待——等待人类是否足够成熟，敢于让"现实"完全由意愿编织。

可他也看到另一面：一旦翻转成功，边界就会崩溃。没有了物质的约束，意识将无所不在。想象、恐惧、欲望、谎言……都会以同等的速度显形——这是救赎，也是毁灭。

柯林的呼吸急促，汗水顺着下颌流下。他意识到，自己已不是单纯的实验者，而是被OO拉入实验的一员。他既是见证者，也是变数本身。

在网格的另一端，有无数光点正在亮起，像远方的眼睛在注视。那一瞬，他几乎能肯定：自己并不是唯一的"观察者"。还有别的实验室，别的科学家，甚至别的文明……他们都在自己的水槽前，推开了属于他们的频率之门。

他突然有种令人窒息的感觉：——整个地球不过是一间巨大的实验室。而人类，是OO正在检验的样品。他的意识站在那张无形的"网格"中央，身体却依旧停留在现实的实验室里。两层世界像两片透明的玻璃重叠，任何一个动作都会在彼此之间留下重影。

心脏跳动得过快，他不得不压住胸口。理智在告诉他：关闭实验，封存数据，遵循科学的谨慎；可另一个声音却在更深的层面低语："你已经被写进剧本、接了戏，退场已不可能。"

他看着恒温槽。那一汪清澈的水里，此刻倒映的不只是自己的影子，还有另一层人影。那人影与他动作一致，却在每一次眨眼时都迟缓半拍。就像未来的自己，正透过时滞凝视现在的他。

他浑身发冷。"如果我继续，"他在心里说，"也许我将见证整个人类文明的翻转；如果我停止，或许还能保住现实的稳定。"但另一个念头更锋利："如果这本来就是OO的实验，那么无论选择哪条路，我都只是变量之一。"

——试验品不会逃出实验。

墙上的秒针重新振荡了一下，像是在催促他。他伸手悬在总电源开关上，指尖冒着冷汗。那一刻，他第一次体会到"选择"不是自由，而是枷锁。

"我凭什么来决定？"他喃喃。他不是政治家，也不是先知，他只是一个执着到近乎固执的研究者。可偏偏，OO将钥匙交到了他手里。科学的使命要求他揭示真相；人类的责任要求他守护边界，还要逃出时间逆流的漩涡。

这两者，此刻针锋相对。

脑海里浮起"排列"的声音，冷静而无情：

"勇气曲线。"

勇气不是没有恐惧，而是选择在恐惧中迈出一步。但哪一个方向，才是勇气？他猛然想到，如果"翻转"真的发生，社会将怎样崩塌：

——欲望化作实体的洪流；

——谎言以虚拟的速度化为事实；

——每个未受约束的意愿，都可能撕裂现实的统一。

这不是科学的乌托邦，而是混乱的深渊。

可与此同时，他又看到另一种可能：

——没有死亡，记忆可以以频率的方式延续；

——没有孤立，意识可以随时共振相通；

——没有时间逆流和物质的枷锁，人类将首次接近 OO 的维度。

那是救赎的火焰。救赎与毁灭，只隔着一个开关。

柯林的手悬着，僵硬到麻木。他闭上眼，听见自己的呼吸与频谱花心残留的脉动渐渐合拍。在那一瞬间，他突然意识到：这并不是他的选择，而是整个文明的选择，他没有权利去替代文明。他能做的，只有——延缓，或者提前。

灯光闪烁了一次，像是宇宙在眨眼。他猛地张开眼睛。

　　"我……"话语被喉咙卡住。他终于吐出一句："我要留下证据，而不是结果。"

　　于是，他猛按电源开关。一瞬间，所有的波形、频谱、驻波、光网都像被撕裂的幕布，轰然收拢。墙上的"湿光"熄灭，空气里的风消散，时钟恢复单调的滴答。只有硬盘指示灯在疯狂闪烁，将最后的十秒数据刻录进去。

　　黑暗重新完整，现实回到熟悉的稳定。可柯林知道，那扇门并没有消失。它只是静静地立在他意识的深处，等待下一次被推开。他看着硬盘，手心仍在颤抖。数据是冰冷的，可在那冷冽的字节里，他听见了一个回声：

　　"你已经见证。"

　　——而见证，本身就已是参与。

PART 2

远古智慧

I｜崛起之初

024 万物共生

　　三十万年前，地球还沉睡在时光深处，仿佛一个新生的存在，披覆着清新的雾霭和苍茫的气息。暗蓝与墨绿交融的天空笼罩着整片大地，遥远的星光偶尔穿透厚重的云层，映射在地面上茂密的森林中，像夜空洒落的碎银，给整个大地平添了一抹神秘的光辉。

　　在这片广袤的天地中，早期的人类还处在原始生存状态。然而，他们已经开始从无意识的依赖中苏醒，接触到了某种更深的存在。虽然缺乏复杂的认知和逻辑，但他们却具有一种天然的感知力和对万物的敬畏。

　　在他们眼中，火是生命的脉搏，水是流动的记忆，山是沉默的意志，树木如同默默矗立的长者，而星星则是祖先们凝视的眼睛。大自然中的一切都似乎在引领他们触及大地和天空的律动，使他们感受到内心深处的安全、宁静。正是在这种与自然的亲密中，人类逐渐认识到自己与天地万物间的关系，并在内心接受了最古老的法则：万物共生，彼此敬重。

　　这些早期的人类并未掌握语言的复杂表达，也未拥有成型的知识体系和抽象思维能力，只是通过体验来理解世界。他们学会了闭上双眼，去聆听周围每一种细微的声音——风拂过叶片的沙沙声，浪花亲吻岸石的轻吟，甚至是鸟鸣间的停顿。那些微妙的旋律在心中形成回响，引领着他们触摸到一片超越视听的体验层。他们的感知，是源于对自然的倾听与观察；自然中的每一个声音、每一道光线，都是他们理解世界的线索。

　　他们中的一些人开始尝试模仿这些声音和律动，用简单的肢体动作与自然互动，那是一种未经雕琢的原始语言——双手划破空气模仿鸟类飞行，不是表演，而是召唤；随着水流的节奏、风的韵律摇摆身体，不是模仿自然，而是回应自然。那一刻，复杂语言尚未诞生，但"交流"已然发生。在这种互动中，他们的感知获得了归宿，那是未被文明污染的安宁，也是与自然同呼吸的真实。

　　他们对自然的最初认识，不是认知性的"思考"，而是身心与自然交织的"感知 - 情绪 - 直觉"三位一体的体验过程。这种体验在不断重复与回响中，逐渐形成了身体的"感官地图"、情绪的"趋避系统"、记忆的"时间痕迹"、拟人化的"象征能力"，以及梦境与死亡带来的"超感体验"。

这些作用逐渐汇聚，演化成他们的"意识"。这意识并非源自大脑的分泌，而是生命对宇宙的回声，是自然之镜不断回望自身的印记。它像晨雾中的第一道光，朦胧却真实，混沌却指向明朗。

后来的人类意识学家解释：原始人的感知世界，最早是通过五官建立的——身体直接和自然互动。这一阶段，意识是全身性的，而非脑主导的，更像是"存在性的警觉"。之后，随着感觉经验的积累，他们开始对外界刺激产生情绪反应，这些情绪逐渐变成判断的基础，带来了对"好／坏""利／害"的原始分类，也点燃了"趋近"与"回避"的意识本能机制。

接着，他们开始发现自然有节律、有重复、有轮回。于是"时间感"和"因果感"出现了——不是抽象的"钟表时间"，而是生命节律的意识——这也促成了记忆的积累。而记忆，一旦被建立，就成为意识构筑自我的基石。

后来，当他们面对无法理解的自然力量时，倾向于将其拟人化：风变成了神，雷电是愤怒的表达，山川、太阳、月亮也开始被赋予意志——这是意识从感觉走向象征的起点，也是未来宗教、神话、语言的前奏。

那时，他们还会做梦，梦是人类最早接触"非现实"的形式。对梦的记忆、梦中与逝者相遇，让他们首次产生"我可以存在于不在身体的状态""死亡不是终点"的认知。于是，灵魂、精神、生命的多维存在概念逐渐生成——这是意识从本能跃向超越的第一步——不是由知识推动，而是由梦境撬开现实的裂缝。

现代意识学家据此绘出人类心灵的进化图谱，却忽略了一个久远的真相：在那物质文明尚显稚嫩的远古，人类的意识文明曾攀抵过另一座巅峰——因为，那片土地并非只有人类在醒来。

我们的故事就从这里开始。

彼时，遥远山谷深处，一条沉睡的晶体矿脉随人类的脚步渐次露出。矿脉中的某些晶体，年代可追溯至四十四亿年前，仅比地球年轻一亿年。后来的人类推测它们很可能最初形成于小行星强烈撞击地球后留下的陨石坑中，是这个星球诞生之初的小碎片，它们的到来就像"胡椒粉"一样撒在初生的地球上。

这些"胡椒粉"在漫长的宇宙演化中，历经高能熔融态的冷却、结晶，再到结构的反复重构，其周期律始终与宇宙宏观脉动密切耦合。每一次熔融与重结晶，都是一次意识层结构的微妙重塑，有如某种无形的手，将原本无序的热能物质一点点引向具备意识响应特性的晶格态。这类晶体具备独特的波动性，能够与人类意念产生微妙共鸣，像是一座桥梁，连接着心智与宇宙深处。

当人类第一次接触到这条晶体矿脉时，许多人在意念之中看见了星空深渊，恍如整个宇宙的记忆从晶体中缓缓涌现——那是被恒星吞没又重组的记忆、是漩涡星系之间不曾命名的涟漪——他们看到了闪烁的银河光带，如云雾般散开的星系群，在缓缓旋转，形成一个绚丽的星辰漩涡。远处，一颗最耀眼星星的轮廓隐约可见，表面浮动着幽幽蓝光，像是微微呼吸的生物。他们听见星际风吹拂的声音，低沉而悠远，犹如宇宙的回响；还有细微的宇宙尘埃在辉光中漂浮，构成无数微小的粒子流，像一段遥远的记忆，在恒久的时间中被轻轻擦亮。

晶体矿石在夜晚散发微弱的光辉，像在回应着遥远星辰的召唤。那些感知力敏锐的远古人，在晶体光芒的映射下，渐渐进入了一种"神游"的状态，恍如在梦境与现实之间游走。他们的心智被放大、被延展，能够触及到平日无法感知的事物。在他们的内心中，一种新的领悟逐渐浮现：星空就像是一张无边无际的"渔网"，每一位祖先的眼睛都是这网上的一个"绳结"，一闪一闪亮晶晶地看着他们。

他们静静地注视着这片星光与水晶交织的奇异景象，内心被一种从未有过的敬畏充盈。而在那无声的凝望中，他们隐约感受到，除了祖先，某种难以言喻的存在，也正从更高远的地方注视着他们。那存在既陌生，又带着某种莫名的亲切，仿佛远古时便已与他们相识。

这存在并未显形，却通过夜空洒下的星光、穿梭林间的气流，悄然传递着一段超越语言的讯息，如同无形的波纹荡漾在他们的心湖。那是一种无需解释的真理，直接进入他们意识深处：

"你们本就是自然的一部分，迟早也会归来"。

刹那间，他们似乎理解了什么，却又难以用言语捕捉这股宏大的智慧。但那一刻，他们不再觉得自己渺小无依，而是认识到自身与大地、山河、森林，乃至整个星空密不可分。他们感到自己的心跳、呼吸，甚至感知的流动，都在与天地共鸣；他们开始渴望"智慧"，开始思考也许人类真正的力量，不在于改变自然，而在于与自然中的每一份存在共鸣。

这一刻，思考如同祈祷，星光与气流也在回应着他们的内心，而那无形的存在，继续守望着他们，等待着人类走向真正觉醒的时刻。

随着时间的推移，人类学会了在晶体矿脉的帮助下"聚精会神"，他们开始尝试将这种心智延展至自然界中。他们闭上双眼，将内心沉入流水、风声、鸟鸣和星光之中，感受这些自然力量在自身心智中的"回响"。借助这些原始的"回响"，他们逐渐发现自己能够与自然建立更深的联系，而这种"回响"，也令他们产生了新的疑问：究竟是什么力量支配着这一切？

这股无形的力量似乎包容一切，却又不曾显露其真容。于是，人类开始将这股力量视为星空的神灵，赋予它一种神圣的意义。在他们的心中，星空不再是一张带着冰冷河水的渔网，而是一个充满智慧和奥秘的存在。

经过漫长岁月里与晶体矿石、森林之力、山川气息的接触与共鸣，人类逐渐在内心深处获得了一种前所未有的感知：他们的心，不再只是局限于肉体之内的跳动，而是像一条无形的绳索，延展向无垠的星空，与那星网连接。这种感知，让他们开始相信，生命之中隐藏着更大的秘密，尚未被揭示，只待有朝一日被人类真正理解。他们也开始猜想，人与天地、与星辰之间，从来不曾割裂，只是他们遗忘了那段联结。

025 玛拉古拉

　　彼时，在晶体矿脉附近一个隐匿之境，栖息着一种古老而充满智慧的存在——"玛拉古拉"。传说中他们来自地球外的一颗星球。这些生灵外形近似人类，却有着不同寻常的特征：皮肤泛着淡淡的蓝色微光，像是月夜下流动的水波；双眸宛若浩渺星海，幽深而宁静，似乎能穿透万物表象，洞悉天地间未曾揭示的奥秘；他们有一张大嘴，却惜字如金，不曾开口，语义已传达——他们的存在本身，便是一种"语言"，让人类感受到一股难以言喻的神圣与超然。

　　玛拉古拉与人类截然不同，他们自诞生之初，便拥有一种独特的天赋：能够感知并调动"万象之音"——那是宇宙间每一道粒子运动、每一缕星光偏振、每一丝生命呼吸所发出的微弱频率。这种能力不依赖工具或逻辑结构，而是一种对宇宙本质律动的天然敏感，一种纯意识捕获与调频的天赋。

　　他们称之为"欧姆"，意为"听见未被说出的宇宙"。通过"欧姆"，玛拉古拉能与水沟通、解读风中携带的信息、捕捉即将诞生的意识波动，甚至能在某些仪式中，引导物质微调与再排列，让石头轻声唱歌，让空气在心念中结晶。他们不将这一能力视为魔法，而是认为每一个存在都拥有属于自己的"频率签名"，而"欧姆"只是他们与自然万物重构和谐的方式。正因如此，玛拉古拉族被古地球人误认为"神"，在早期神话中被称为"星光之子"或"欧姆之民"。

　　在玛拉古拉的世界里，语言并非必要。他们的思想和感情通过意念传递，一种无形的"意念之线"连接着族群中的每一位成员，也将他们与自然密不可分地融汇在一起。这种意念连通不仅让他们彼此之间形成了极为紧密的精神纽带，也让他们与自然"无缝连接"，成为自然的一部分。当风穿过森林，他们听见的不仅是风声，而是自然在抒情地吟唱；当流水潺潺，他们看到的不仅是溪流，而是沐浴在宁静和谐的舒缓意境；当星光洒下，他们感受到的不只是夜空的静谧，而是远方的家在召唤。

　　他们的灵魂如水般澄澈而宁静，从不与自然争斗，天生便知道如何与外界和谐共生。在人类看来，玛拉古拉的存在来自某个遥远而神秘的地方，有人觉得或许就是星空深处的那颗最耀眼、浮动着蓝光的星球。他们的智慧与生命状态令人类敬畏，如神一般存在，但也令人类困惑——因为他们对自然的理解有一种天然的本能，无需经过学习便能够理解自然的规则和奥秘。

　　人类发现他们后，常常好奇玛拉古拉是否拥有某种超越世俗的知识，是否掌握了关于星空起源的秘密。然而，他们似乎并不执着于探索与征服，而是专注于体验与共鸣，星空中的一切谜团早已在他们意念中映照，只需随风而行便能与之相连。正因如此，玛拉古拉成为了人类的启示者。他们的出现让早期人类第一次认识到，星空并非冷漠无情，而是充满灵性和无限可能的存在。他们那深邃的目光和淡然的举止，像是从星空最深处带来的神秘气息，揭示着人类未来的发展方向。

　　而这一切，都始于那次初见——

　　那一夜，星光洒满夜空，繁星如炬，天地间弥漫着一种庄严而静谧的气息。森林在微风中低语，树影婆娑，空气中氤氲着泥土与草木的幽香。就在这片原始而神秘的丛林中，一位巴尔奇部落的长者独自采集食物，穿梭于大河两岸树木之间。在远古，人类可以轻松活到一百五十岁。超过一百二十岁，才会被尊称为长者。

　　忽然，长者的目光被远处的一抹淡蓝色光辉吸引。那是一位玛拉古拉族的成员，静静伫立在一棵苍老而巍峨的古树之下，正仰望星空。他的身影与夜色融为一体，仿佛天地本就是属于他的存在。他没有发出一丝声响，整个人正在与星辰对话，目光穿越夜幕，凝视着某种人类无法感知的维度。那双如星海般幽深的眼睛，不曾停留于凡俗之物，而是在凝视夜空中那颗最耀眼的蓝色星球。

　　长者不由自主地停下脚步，屏住呼吸，目不转睛地望着眼前这位陌生而神圣的生灵。他感到自己心灵的深处被一种难以言喻的力量轻轻触动，正在探寻他内心最隐秘的波动，这使他瞬间产生了从未有过的敬畏与渴望，去理解那超越凡尘的存在。

　　玛拉古拉缓缓转过身来，看到长者，却并不显得惊奇。他用一种无声的方式注视着长者，目光中流露出一种宁静而祥和的神采。渐渐地，那目光化作一道柔和的蓝色光束，自他眼中缓缓发出，投射在长者的胸膛。霎那间，长者感到一股温暖的能量穿透他的心，旋即一片清澈的光在心灵深处荡漾。那一刻，时间停滞了。没有语言，也没有任何动作，玛拉古拉仅凭目光就将一种难以言喻的感受传递给了长者，令他感到一种前所未有的安宁——整个人在瞬间被注满了星光，内心的每个角落都被广博的知识和深邃的智慧所充盈。

　　转眼间，玛拉古拉又收回了目光，转身离去。但在这短暂却深刻的连接中，长者的心智像一扇久闭的大门悄然被开启。他恍惚间看见自己伫立于星空的边缘，与整个星空对望。无数星辰在黑暗中璀璨跳动，每一颗都蕴藏着跨越时空的古老智慧，那些星光穿越遥远的时空洪流，向他低语，传递着某种深奥而悠长的启示。

　　他感到自己的感知在一瞬间被无限拉伸，过去那种狭隘如井底之蛙的生命认知忽然被冲破，取而代之的是一道辽阔无垠的觉知。他透过星辰，看见了星空背后那无形却真实的奥秘，心智也在那浩瀚无垠的星空律动中与万物同频。

　　这一刻的相遇，虽无言语，却比千言万语更加震撼人心。长者顿悟，眼前这位玛拉古拉，并非单纯的异族生灵，而是来自更高天际、更接近星空本源的存在。他所投射的那种纯净、清澈而不带丝毫强迫的"蓝色目光"，让长者从内心深处生出一种前所未有的觉悟——或许，人类的生命意义，从来不在于征服自然，而在于学会倾听，学会与天地共振，去理解那来自星空深处的召唤；而所谓智慧，也不是对万物的占有，而是对星空之道的谦卑与聆听。

　　长者将这次神秘而震撼的邂逅带回了部落。在夜火跳跃、星河低垂的时刻，他以低沉而有力的言语，将玛拉古拉所展现出的宁静与智慧传述给族人。那不仅是一段偶遇的故事，更是一种超越人类以往"回响"体验的全新感知方式——一种能够与自然脉动同频、与天地万物心灵相通的力量。

在长者的讲述中，人们第一次听到关于"欧姆"的存在，那种无需语言、却能直抵心灵的交流，让族人们内心泛起前所未有的波动。他告诉他们，玛拉古拉的智慧并不依赖于力量与争夺，而是一种内在的和谐，一种与星空律动相契的生命状态。这种境界让人类开始反思他们对自然的态度，意识到生命的真正意义或许在于聆听与共生，而非征服与索取。

长者的话语如同种子，悄然埋入族人们心中，逐渐生根发芽。从那一刻起，人类开始尝试用新的方式去感知世界，去辨识风声、流水、星辉中隐藏的讯息。这初次的接触，拉开了两个族群之间未来合作的序幕，人类也迈出了通往更高智慧的第一步。

这之后，玛拉古拉逐渐走入人类的生活，成为他们的引路者。他们开始教导人类如何专注于心智的意念共鸣，传授一种叫做"沉念"的功法，让人类与大地的每一寸土地相连通。他们用一种温柔而坚定的方式，让人类明白，每一片树叶、每一个浪花、每一滴雨水，甚至每一阵微风，都是拥有生命力的存在。

沉念始于一个纯净的内心空间。初始，他们在玛拉古拉的引领下，围绕着巨大的古树跪坐，双膝触地，掌心轻覆其上，微闭双眼。玛拉古拉的教导者会引导学员将注意力集中到自己的呼吸上，感受每一次呼吸进出的节奏。随着呼吸的缓慢与平稳，内心的杂念逐渐消散，开始聚焦于"当下"。一旦学员进入"当下"状态，便开始从外界的纷扰中缓缓脱离，如水面上的波纹逐渐平息，心念向内下沉，沉入一片深邃静谧的内域。在这一刻，他们不再感知声音、光线，甚至连时间的流动也悄然退去。唯有心念本身，如一条缓慢游动的光纹，在内在的寂静中悄然流转——无形、无声，却清晰存在。

接下来的步骤是将心念与大地的脉动连接。在沉念状态下，学员被引导感知到地球上每一寸土地的存在。教导者会让他们想象自己成为大地的一部分，根植于大地深处，如同一棵树的根系，深入泥土，与地下的河流和矿石的能量产生共鸣。当学员的心念完全与大地共鸣时，他们会感受到一种奇妙的连接——不是物质的连接，而是灵魂的共鸣。大地的力量、智慧与能量在他们体内流动，每一片土壤、每一块岩石、每一条河流都蕴含着无声的讯息。通过沉念，学员不再是旁观者，而是与大地的每一粒尘土和水滴同在，共享它的智慧与记忆。此刻，他们感受到的不是单纯的静谧与共享，而是一种从未体验过的和谐。他们的心智波频与自然界的共鸣相调，逐渐找到内心的原始节奏，与周围草木、岩石、空气融为一体。

后来经过多次训练，人类在每一次沉念中，都能愈发清晰地感受到：星空听到了他们的愿望，也在他们耳边低语回复。他们的心智开始在一张无形的意识网络中交织，悄然触碰那些藏于日常之外的深层智慧。每一次体验，都是一扇被轻轻推开的窗，通向未知而神秘的境域。渐渐地，人类认识到，星空不仅是祖先之眼的集合，更是一张蕴含灵性的生命之网，正等待他们去聆听、共鸣，并重新定义"存在"的意义。

在这一时期，通过向玛拉古拉族的学习，人类还开始创造简易的工具，将自然的力量转化为日常的使用。他们用枝叶编织成筐箩、草席，用石块制成简陋的器具，后来还可以利用水流的力量驱动简单机械。每一个工具的产生，都源于自然，也是与自然共鸣的结晶，体现着人与自然的和谐关系。

从采集、拾取和机会性觅食，到有目的地狩猎、农耕和纺织，人类的肉体不再是单纯的索取者，而是通过劳动作出贡献。他们在学习之后，往往感恩地为玛拉古拉奉上丰足、美味的食物，他们与自然彼此依存，与玛拉古拉共同生息。

这种心智的觉醒不仅改变了人类的生活方式，更逐渐深入到他们的星空文化中。他们开始将玛拉古拉视为智慧的象征，建立起一种以和谐与共鸣为基础的新世界观。每当夜幕降临，人类围坐在河边篝火旁，分享他们在沉念中的领悟和体会，彼此的声音中流淌着对星空的敬畏与对生命的热爱。

在往后的日子里，玛拉古拉教导人类更深层次的觉知：人类的心智不仅限于他们的肉体，而是一个与星空相连的桥梁——这也验证了他们当初的"感知"。玛拉古拉告诉他们心智的波动会在星空这个巨大的网络中产生"涟漪"和"涟影"，传递着信息、反馈，交换着能量，而人类的每一次觉醒与启示，也都在推动着整个星空的进化。

　　这样的学习与探索没有尽头，但铺就了一条通向未来的道路。在这条道路上，人类与玛拉古拉共同前行，彼此依赖、彼此成就，探寻着星空的奥秘与生命的真谛。随着意念共鸣越来越强烈，人类逐渐明白，他们的使命不仅是生存，更是成为星空中那份深邃智慧的传承者和探索者。

026　生命方舟

　　在一个星光闪烁的夜晚，玛拉古拉的一位长老带领着人类，踏上了一段神秘而崭新的旅程。他们沿河逆行而上，来到一片深谷，四周静谧而神秘，隐藏着千万年的秘密。这片谷地的中央，有一条微弱的溪流，水面上映着闪烁的星光，似乎在为这段旅程指引方向。然而，最引人注目的是谷底深处那片晶莹剔透的矿脉，矿石晶体如同星辰坠落，散发着皓月般柔和的光芒，闪烁着让人心醉的光辉。

　　长老用低沉而富有韵律的声音对众人说道："你们一些人的先祖曾来到过这里，学会了'聚精会神'，也得到了自然的'回响'，但人类还不知道，这些石头远不只这一点儿神奇。它能够放大你们的心智波动，让你们的心智触角延展至星空更深的层次。"

　　说罢，长老缓缓抬起手，指向那些晶体。人类凝视着这些在火把下亮晶晶的石头，感觉到一种无法言喻的吸引力，似乎在其中看到了星辰的倒影，也听到了流动的光芒低声细语，邀请他们走入更深的星空奥秘。随着他们的觉知慢慢聚焦于这些晶体，人类感受到了一种前所未有的空灵。在这空灵中，他们的心智超越了肉体束缚，能够穿透云层，探寻无边的星空。

　　"这只是漫长旅程的开端，未来的道路或许充满荆棘，或许藏着危险的谜团，但觉悟的过程将一步步带你们揭开星空的真相。"长老的话语如同星空的回响，在每个人的心中激起波澜。

　　随着长老的引导，众人开始在晶体周围进行沉念，心智的波动与晶体的光芒交织在一起，渐渐形成一幅空灵山水的画卷——留白多，意境深远，又似有似无。他们的心智在这片"有"和"无"的空间中畅游，感受到"虚"与"实"的交织转换。每个人的心智都在这转换中得到了升华，融入了那浩瀚无垠的星空中。

　　在沉念的深处，玛拉古拉从不依靠语言、文字，甚至任何人类所熟知的符号去传达他们的智慧。他们以一种超越一切形式的存在状态，将那种玄妙的启示直接注入人心。

　　那是一种难以言喻的交流，不需要声音，却能让人瞬间明悟。在那一刻，人类的思维被完全打开，超越了日常的局限，进入了一个没有时间束缚的领域。那里，时间失去了意义，过去、现在与未来不再分离，而是同一条光线上的不同节点，彼此相连、同时存在。所有曾经、正在、将会发生的一切，像一幅完整展开的画卷，在他们的心智之海中缓缓流动。

　　这种体验如同一面澄澈无垠的镜子，映照出人类在浩瀚星空中的渺小与伟大——他们渺小，是因为在星辰与无尽空间面前，肉身微不足道；他们伟大，是因为心智能够穿越时空、触及万物的本源，甚至与那些构成星空本身的力量共鸣。而更深刻的觉悟，是对星空本质的重新认识。人类第一次真正看清，他们所认知的物质世界，不过是"意识"投射出的幻象，如同映照在水面的倒影，虽可见，却非实质。真正支撑世界运转的，不是看得见的日月星辰，也不是摸得着的山川草木，而是那无形却无所不在的"意识"，才是构筑星空的原质。

　　"意识"这个词，这一刻，第一次响彻他们的语言之中，也第一次在心灵深处被真正听见。这一刻，如同一盏灯，破除了亿万年的黑暗，也照亮了人类的未来。他们的心中涌起一股前所未有的勇气与渴望，因为他们刚刚明白，这一切的奥秘不仅属于玛拉古拉，也属于他们自己。这个夜晚的经历，注定将成为他们意识深处的烙印，引领他们在未来的旅程中，面对未知的挑战和迷雾。

晨光初现，长老轻声告诫众人："聆听内心的声音，保持意识的开放，你们将发现有更多的奥秘在等待探寻。"玛拉古拉的启示或许难以在语言中完整传达，但它为人类埋下了一颗种子，一种对自我、对星空更深的追问。这种启示无关宗教或哲学，而是一种纯粹的存在体验，使人类在关注外在的同时，重新审视自身的内在，心向内缘。

经过这一夜的神秘之旅，以及人类与玛拉古拉随后的学习，新的智慧开始悄然萌芽。这些智慧的核心理念与现代文明截然不同，既不依赖于资源的开采，也不产生任何污染。相反，它们围绕着"欧姆"展开，力图实现与自然和谐共生的理想。

在这个全新的时代，人类开始深入探索自然界的奥秘。他们发现了水的流动韵律、植物的生长波动、石头的记忆，以及风中隐约可感的频率——这些曾被忽略的自然元素，逐渐显现出自身独特的能量特性。通过与玛拉古拉族的交流，人类学会了如何调和并转化这些自然之力，构建出一种全新的能量场体系，既不掠夺，也不破坏。这种方式，为他们带来了更加可持续、与天地共鸣的生存之道。

在玛拉古拉的悉心指导下，人类创造出一种名为"生命方舟"的"活建筑"——由植物、水、石头、晶体与光构成，那是源自玛拉古拉独有的"欧姆"天赋。玛拉古拉能够感知植物在生长过程中的频率信息与能量交换，理解它们如何通过根系与大地沟通，通过叶片与阳光交流，又如何最有效地吸纳水分与光芒，孕育粮食、蔬菜与果实。这种对自然深层结构与韵律的洞察，成为生命方舟高效供给系统的基础。

水作为生命之源，贯穿方舟之中，不仅用于饮用、灌溉、调节温度与维持生态平衡，更是一面映照人类心智的流动之镜——它的涌动与回旋使人类在沉思中感受到生命的本质与星空的呼吸。石头构成方舟的基础框架，是结构的支撑者，也被用作记忆的承载体。玛拉古拉教会人类如何在石中封存信息，让石头成为沉默却恒久的"历史之书"。晶体则是能量的核心。它们以独特的共振方式，吸收、储存并转化星空频率，将自然能量源源不断地注入方舟，也悄然引导人类的意识朝向更辽阔的维度，激发与星空共鸣的潜能。光则无处不在。它流淌于方舟的每一寸空间，一方面调节能量分布，另一方面通过"光语"与人类意识连接，把自然亿万年的秘密与智慧，静静倾注于心灵之中，成为人类前行路上的引导之光。

　　这套奇妙的建筑系统宛如天地孕育的有机生命体，每一处细节都散发着与自然共鸣的巧思。它不仅为人类提供了自给自足的生活空间，更像是一座承载意识与智慧的圣殿，开启了一种全新的文明生活方式：在自然中栖息，于共鸣中前行。

　　正是在这座圣殿中，玛拉古拉与人类并肩踏上探索"欧姆"奥秘的征途。他们一同进入沉念的境界，以意识触及隐藏于自然深处的能量脉络，让心念的波动与天地的呼吸逐渐契合。于是，那些无形的能量之河在感知中显现，并成为他们塑造全新能量形态的源泉。当人类在沉念中深入，他们的意识开始与天地之气交融，在星空深处与星辰对话。每一次共鸣，都是一次触及生命本质的体验，一次被星空温柔回应的觉醒。他们渐渐发现，在这一刻，意识已不再局限于个体，而被纳入星辰脉动之中，获得一种超越肉体与语言的存在感。他们学会了在风与水、光与影、明与暗之间，倾听大地的低语，理解星辰的引导，并在浩瀚的星空面前，找到自身的位置与意义。

　　这种念功，后来演化为膜拜与祈祷，并逐渐带有仪式感，被称为"祈睿"。最初，它只是心息之间的默想，后来演化为带有仪式感的膜拜与祈祷。"祈"，是灵魂向宇宙发出的信号——一种主动的觉醒，不是乞求，而是与更高意识的沟通；"睿"，是那信号的回声——内在的洞见，如水中映光，照见本源。祈与睿相互流动，形成上下贯通的意识循环：外在为祈，向上而发；内在为睿，向下而明。人在其中成为桥梁，连接天与心，让光与智在体内呼吸。心若通天，道自回响——那便是祈睿的真意。

　　虽然那时的人类尚未拥有具体的"神"，他们的"祈睿"大多出于对风调雨顺、五谷丰登的渴望和内心澄明的探索，但他们已经意识到："祈睿"是通往星空奥秘、达成心愿的桥梁。

　　随着智慧的提升，人类意识中也浮现出越来越多的疑问。他们越是接近真理，就越意识到未知的深邃与无尽。尽管玛拉古拉族给予他们前所未有的知识与协助，但面对浩渺星空，人类仍时常感到渺小与迷惘。

　　玛拉古拉告诉人类："心智觉醒从不是旅途的终点，而是通往更高奥秘的入口。"他们还警示人类，唯有保持谦逊和开放，才能迎接每一次未知的召唤。不要因一时的领悟而沾沾自喜，因为星空的智慧永远无穷无尽。

Z ❘ 兄妹之争

027 元晶神力

集聪明与美貌于一身的卡贝拉，是巴尔奇部落首领卡尔顿最引以为傲的女儿。她自幼便展现出聪明与天赋，能洞察世事人情。她那清澈、温暖的双眸，总能无声地感染和安抚身边的人，似乎能看透每个人心底的痛苦与渴望。她友善而真诚，从不吝惜给予陌生人微笑，也能在族人最需要的时候，耐心倾听他们的倾诉，成为整个部落心灵的慰藉者。

然而，尽管卡贝拉拥有无与伦比的聪慧与魅力，内心却并不像外人看到的那般坚定无畏。她总在温柔与责任之间挣扎，隐藏着一份难以摆脱的犹豫与纠结。她渴望帮助父亲带领族人走向繁荣，却又常常因为害怕作出错误决定而踟蹰不前。面对重大选择时，她总是反复权衡，难以立断，深怕一念之差带来不可挽回的后果。这种敏感与软弱，让她在善良的外表下，常常陷入内心的挣扎。

从小，卡贝拉便对部落充满深深的爱，她立下誓言，要让巴尔奇部落更加团结、强盛。长大后，她积极协助父亲处理部落事务，以聪明才智化解族人之间的纷争，也以善解人意的言辞劝慰迷茫和痛苦的人。然而，每当夜深人静，当她独自面对那些沉重问题时，内心的不安便悄然浮现——她担心自己的决策是否会伤害某些人，担心权力的背后隐藏着无法预见的代价。

这一天，卡贝拉得到了一个意想不到的好消息：为了进一步升级生命方舟，玛拉古拉决定从部落中挑选一位最适合的年轻人，进入他们神秘的实验室，亲自参与晶体矿石的提纯——最终炼制出被称为"元晶"的神秘物质。而她，正是被选中的那一个。

听到这个消息时，卡贝拉心中涌起一股难以抑制的喜悦。多年来，她一直默默关注着玛拉古拉的伟大计划，也深知提炼元晶的过程绝不仅仅是一项简单的工艺，而是一场融合了智慧与灵性的伟大实验。元晶，被玛拉古拉视为星空能量与自然物质最完美交融的结晶。它不仅是一块晶格态升级的矿石，更是一种超越现世的星空级全息意识能量块，蕴藏着可以重塑生命、改变秩序的力量。

卡贝拉知道，能够参与这样一项神圣而伟大的事业，对她而言不仅是一种荣誉，更是一场心灵与智慧的洗礼。在她看来，玛拉古拉的信念里隐藏着某种更高的真理——星空的力量从不属于某一个人或某一个部落，而是所有生命共同的本源。炼制元晶的过程，也许正是与星空深层法则对话、融合的过程。

玛拉古拉对元晶的提炼始于天然晶体的选取。每块晶体都要经过严格筛选，必须是那片晶体矿脉中纯度极高、无瑕疵的晶格态天然矿石；接着，玛拉古拉会将其浸泡在特制的净化液中，这种液体由多种稀有天外元素和"沉星合金"提取物融合而成，能彻底清除晶体深层杂质与结构残噪。

净化后的晶体被置于能量激活器中，接受高频能量的共振。激活器模拟星空原初频率，通过超频振荡，使晶体内部分子结构重新最优排列——这一过程不仅使晶体变得更加稳定，同时激发晶体深处潜藏的"意识谐振核"，使其进入可编程、可感知的"觉醒态"。

之后，在特定的温度和压力条件下，玛拉古拉利用高维能量提炼器，将晶体内部的原初能量慢慢凝聚成元晶。整个过程极为精细，稍有偏差便会导致能量散失或爆炸。凝聚过程中，元晶会逐渐显现出独特的荧光，散发出淡奶咖啡色光晕，如同整个星空的微缩模型。

下一步，玛拉古拉通过类似被现代人称为"液相外延"的一种技术，将意识感应材料在元晶表面嵌覆，形成可调谐的"意识谐振膜"。每一层膜的"生长"都是意识在物质之上的自我复制，使元晶逐渐具备"记忆性结构"。同时，他们将从星空尘埃中提取的"意识稳定因子"转化为超临界气态物质，通过"气相沉积"工艺在元晶表面形成"多维信息感应膜"。一层谐振膜覆盖一层感应膜，共计涂布二十四层——这种结构不仅可导引外界意念，还可存储古老星际族群留下的"意识编码"。

成形后的元晶需要经过冷却和稳定化处理。元晶被放置于零重力环境中，避免外界干扰，同时引入微量的反物质场，使其能量达到稳定的平衡状态。这一阶段，元晶内部的能量脉络开始显现，恍如一张复杂的星空网络图。

稳定化完成后，元晶被封装在特殊钻石材料中，防止能量泄漏。玛拉古拉会对其进行一系列测试，确保其能量纯净、结构完整、功能达标，最终被认证为合格元晶。合格元晶不仅美丽动人，还蕴藏着奇异的共鸣能力，它能通过共鸣与周围的能量场产生互动，放大和储存心智的波频。

在一系列提炼和测试中，卡贝拉亲身感受到，元晶对心智波的反应异常灵敏，能够捕捉到微弱的情感与思想变化。每一次在元晶周围沉念，都会有一股莫名的力量注入她的身体。这让聪明的卡贝拉很快升起了一个大胆的想法：利用元晶探索人类心智的潜能，甚至可能触及星空的奥秘。

卡贝拉将这一想法报告给玛拉古拉，他们委派了一位智者帮助她。在智者的帮助下，卡贝拉制订了一系列实验计划，希望通过深度沉念和意念共鸣的方式，使用元晶来引导参与者进入更高的心智状态。这一计划引起了部落成员的极大兴趣，他们纷纷表示愿意参与这一具有挑战性和前景的实验。

实验的准备工作十分繁琐而细致。部落成员不仅要深入了解元晶的特性，还需要探讨如何将其与人类意念波动有效结合。玛拉古拉的智者深谙自然与心智的共振法则，为他们精心设计了多个实验环境，以便观察元晶在不同场景下对人类心智的影响。

第一天的实验被安排在一个安静的空间，四周环绕着自然元素，但隔绝了外界的干扰。卡贝拉和部落成员聚集在一座生命方舟的中心区域，垂直而生的植物墙随阳光律动，调节光与风的流动，晶体与水波间交织出温柔的辉光，充满了静谧的氛围。

智者让部落成员围坐在一块从钻石箱中刚取出的元晶周围，鼓励他们进行深呼吸，将浮躁缓缓沉淀下来。随着氛围渐入佳境，智者带领大家进入沉念状态，引导他们将注意力聚焦在元晶的微微光辉上，试图感受那种神秘而深邃的能量。

在深沉的沉念过程中，那块元晶的光芒逐渐闪烁，与每个人的心智都产生了某种隐秘的共鸣。部落成员纷纷报告了几种前所未有的体验：有人感受到温暖的包围，如母亲的怀抱般令人安心；有人经历了深层的情感释放，压抑已久的情绪如潮水般倾泻而出；还有一个天生敏感的人则报告说接收到一股神秘的能量，充盈全身。卡贝拉目睹着这一切，内心充满了期待与激动。她深知，这次实验不仅是关于元晶的神秘力量，更是人类与星空之间的纽带悄然重建的过程。

随着实验的深入，部落成员的意念逐渐扩展，开始与元晶产生更深层次的共鸣。他们报告说，在沉念中体验到了与星空的联系，感受到了一种超越日出日落和天空大地的感觉。这种体验不仅是个人的觉悟，更是人类与自然、与星空之间重新建立联系的开始。

智者让卡贝拉对每个参与者的反馈都进行了详细记录，试图从中找出共通之处。然而，并非所有的体验都是积极的，几个部落成员在面对元晶强烈的共鸣中，内心的阴暗面也随之浮现：有的人经历了强烈的焦虑，有的人感到孤独和失落，也有人感到挫败和泄气。卡贝拉意识到，元晶的力量不仅是对意念波动的放大，它还引导人们直面内心深处被回避的恐惧、渴望与未完成的情绪。

智者深知，心智的探索并不总是顺利，必须为参与者提供支持和引导。智者组织了讨论，让每个参与者分享他们的体验与感受。在分享中，部落成员发现彼此之间并不孤单，大家的体验虽然不同，却都在这次实验中挖掘出内心的声音。智者用智慧和同理心帮助他们理解这些挑战是心智觉醒和成长的一部分，鼓励他们勇敢面对内心的困惑。

在这一过程中，卡贝拉也逐渐意识到，每一个人的体验都是对生命本质的深刻启示，这让她更加坚信探索心智的必要性。随着实验的推进，她的信念也愈发坚定，感觉自己正在引领一场人类与星空深度对话的革命。

在一次关键实验中，智者召集部落中意念最敏锐的成员，亲自指导他们构建一个前所未有的"共振阵列"。这项尝试的核心在于：利用多块元晶之间的高频共振效应，强化人类意念的感知与传导能力。

阵列是智者参考玛拉古拉族流传千年的古籍《光音经》设计的。这本记载着"意识构图之道"的典籍中，包含许多被视为星空本源投影的几何图式与频率结构。智者将其破译与重组，最终设下一组双层交错、五向旋合的复杂阵型，意在生成一个高度敏感的能量场，能最大化参与者正向意念波动的共鸣响应。

随着实验启动，元晶逐一被激活，表面浮现出微光脉冲，在彼此之间进行无声的沟通。部落成员围坐阵列四周，屏息凝神，眼中倒映着闪烁晶体的光辉。空气中弥漫着一种无法言喻的紧张感，仿佛整个空间都在等待一场意识的临界跃迁。结果远超所有人的预期。

他们集体捕捉到了一种从未有过的波动，那是来自一个比星空更深层的维度空间，如同神性本身穿过心灵边界的低语。

——一场来自星空深处的"意念临在"，正在穿越元晶，回应他们的呼唤。

卡贝拉心中涌起一阵不可思议的感觉，她"看到"星空不再是简单的组合，而是一个可以通过心智和意念触及的神性结构。她的思维逐渐从现实抽离，进入了一种极为清明的意识状态，沉浸在一种无边无际的神话般意境中——

眼前展开的是由纯粹的能量和思想构成的无边空间，她沉浸在无穷无尽的星空结构中，星辰的光辉闪烁着，如同心智的涟漪。随即，她感到一股"神力"注入自己的身体；之后，在一个神秘声音的指导下，自己能够通过心智——可能这时已经成为"神智"，操控一些简单的现象：让火焰微微晃动，或是使树叶在风中随意漂移；她甚至还"无中生有"地创造了一片叶子——虽然只是一个很小的存在，这种体验足以让她感受到与星空连接后获得神力的巨大喜悦，所有的烦恼和束缚在这一刻也都烟消云散。

她将这种体验告诉给智者，智者很惊诧，说没想到她一下子就汲取了过多的能量，让她赶快停下来。"今天的实验就到这里，近期你们还是专注单独沉念，不能使用元晶，因为以你们现在的心力，还不能承受太多来自星空的高能量，只能保持克制，慢慢汲取，不然后患无穷。"智者严肃地告诫众人，"即便以后获得神力，你们也要学会尊重星空，而不是用神力去改变自然。"

但智者也告诉他们："多一份能量汲取，就意味着多一份神力，也意味着未来可以无中生有地创造更大的存在。"

028 兄妹夜宴

卡尔顿哥哥卡巴格的儿子巴尔卡拉，一个敏锐而雄心勃勃的年轻人，也在那一刻深刻感受到了神力的震撼。他拥有一双如鹰隼般锐利的眼睛，似乎总能看穿事物表象，直抵本质。

与其他人被神性所震慑、只敢敬畏膜拜不同，巴尔卡拉的内心涌起了截然不同的波澜。尽管他同样被那恢宏、超越凡俗的景象所震撼，但这份震撼对他而言，激发出的却是一种炽热而隐秘的渴望。他敏锐地意识到，这股神性力量并非遥不可及的存在，而是某种尚未被人类完全认知和驾驭的巨大潜能。他相信，人类不仅能够触及这种神圣的秩序，更应该试图掌控它，将那无边的神力为己所用。

巴尔卡拉已在心中勾勒出一幅图景：通过驾驭这股力量，世人可以摆脱一切局限，重塑自然，创造理想中的一切，过上近乎永恒幸福与自由的生活。在那一刻，他不再只是一个被神迹震撼的凡人，而是成为第一个真正渴望掌控神性的"野心家"。此刻，他的目光透过浩瀚星空，恍若看见了一个属于个人意志的美好未来。

巴尔卡拉一向以美食家自居，也确实有着无人能及的烹饪手艺。实验第二天傍晚，他亲自下厨，准备了一场丰盛而精致的晚宴，只邀请了堂妹卡贝拉。

古老的石板桌上被一种名为"王叶"的大王藤树叶覆盖，上边错落有致地摆满了他从清晨就开始准备、花了一整天精心烹制的菜肴：炭火慢烤的野牛肋眼散发着诱人的焦香，肉质鲜嫩、汁水丰盈；用香草和野蒜腌制的大角鹿里脊被切成薄片，色泽殷红，油脂在火光下微微闪亮；配菜包括马齿苋和蕨菜嫩叶，新鲜采摘的坚果与浆果，紫红与青绿相间；一旁，还有他秘制的野草种子粥，混合了不知名的山谷香料，淡淡的草木清香中透着浓稠的温润。但最令人瞩目的，还是他最拿手的珍馐——猛犸象舌薄片，经慢火熏烤至恰到好处，配上浓稠的恐鸟蛋羹，蛋香与肉香交融，每一口都藏着远古时代奢华口感的秘密。

卡贝拉坐在桌旁，看着这一桌丰盛的食物，心中十分感激。她不知巴尔卡拉今天为什么请自己来，但她知道堂哥一向很照顾自己，她也很爱吃堂哥烹制的食物。两个人慢慢品尝着美食，有聊不完的话，从儿时趣事，到玛拉古拉的神奇。

夜色渐晚，巴尔卡拉将话题引向前一天的实验，眼中渐渐闪烁出难以掩饰的野心："亲爱的妹妹，如今我们已经能够与星空沟通，听见那遥远而神秘的回应。为何不更进一步加快掌握神力，将这股力量化为改变族群命运的工具？你去和智者沟通一下，继续我们的阵列实验？"

"但智者说过我们的心力还不够，先让我们单独沉念。"卡贝拉一边品尝着蛋羹，一边漫不经心地答道，似乎她还没领会到巴尔卡拉的意图。

"但你想过吗，如果我们能尽早凭借神力造出无数耕牛和羊群，就不必再辛苦耕种和狩猎，也可以专注心念共鸣，重塑生活每一天，甚至……甚至让星空都因我们而改变！"他的声音里充满一种对未来的渴望，宛如已经看见一个摆脱困苦、物质极大丰富的辉煌世界。

然而，卡贝拉听后却久久沉默，脑海中回荡起玛拉古拉智者曾反复告诫的话语。她知道，那神秘的星空力量并非简单的工具，而是一种远超人类理解的存在，一种需要敬畏、倾听、共鸣的神性秩序。玛拉古拉族世代传承的理念认为：星空的神性结构并不是供人随意驱使的仆役，而是一位不可侵犯的伙伴，唯有与之和谐共处，才能真正得到它的恩典。

面对一桌子美食和巴尔卡拉炽热的目光，卡贝拉陷入了激烈的思想斗争中。她既理解堂兄对改变族群命运的渴望，却又清晰地意识到，若一味以掌控之心去迫使神力为人所用，最终迎来的或许不是繁荣，而是灾难。

"尊敬的哥哥，我理解你的想法，但玛拉古拉告诫过我们，心智的力量不能被视为魔法工具，它是自然的一部分。"卡贝拉整理了一下思绪，终于开口回应道，"所以我想最好先以敬畏去祈求，不是急于操控，或许神性的秘密在于理解它的存在，而非征服。"

巴尔卡拉的眼中仍旧闪烁着不屈的光芒："但如果我们不去探求这种可能性，不就是止步不前的守旧吗？我们二人应该为部落创造更美好的未来！"

巴尔卡拉还提到如果尽早获得神力，就可以征服其他部落，获取更多的土地。卡贝拉知道他一向鼓动自己的父亲开疆辟土。兄妹二人以前就在是否要征服周围部落的问题上有过不同的意见。

想到这些，卡贝拉的目光渐渐变得深邃而坚定，她开口问道："你认为'更美好的未来'，是建立在掠夺与统治之上，还是在与其他部落平衡与共生之中？"

巴尔卡拉攥紧拳头，没有直接回答这个问题。他想换一个角度说服卡贝拉，语气更加不甘地说道："如果我们不去掌控神力，别人也会去尝试。我听说其他部落也在与玛拉古拉联系。到那时，我们的部落将被更强大的力量吞噬！"

卡贝拉静静地望着巴尔卡拉，看穿了他的心思，缓缓说道："我理解你害怕失去，所以想要控制。可真正的强大，并非来自疆土的累积，而是来自对星空秩序的理解。若神力属于自然的一部分，那么试图驾驭它，就如同试图驾驭风暴。卡巴格叔叔曾说过：'风可以被引导，但不能被囚禁。'"

巴尔卡拉沉默了片刻，眼中的光芒却未曾熄灭，想到今天可能不会有什么结果，语气先缓和下来，说道："亲爱的妹妹，也许你是对的……但我无法接受只能仰望，而不去尝试触及。你这几天再想想。"

卡贝拉微微一笑，然后说道："或许，正是因为有哥哥你这样的探索者，部落才会不断前行。但玛拉古拉也说过：'真正的神性，不会屈从于野心，而只会回应谦卑的心。'我会再仔细想想的。"

　　夜色已深，两人继续享用着美食，谁都没有再提到这个话题。话题转向了他们的童年趣事。

　　其实，巴尔卡拉从小就在一种复杂的情感中成长。作为老部落首领长子的儿子，他从未理解为何自己的父亲卡巴格未能继承首领之位。按部落的传统，本应由长子继承，但祖父却破天荒地将首领之位传给了卡尔顿。虽然卡巴格最后也表示服从，但这一决定让巴尔卡拉对祖父的公正性产生了怀疑。

　　他从小就耳濡目染了父亲的失落与不甘，深感不平，认为父亲比任何人都更配得上首领的权杖。然而，在他成年后，他渐渐听闻祖父作出这一决定的原因。原来，卡尔顿性格温润谦和，不争权夺利，常常主动帮助部落中的弱者，甚至愿意牺牲个人利益来凝聚部落的内部团结，正是这种不凡的谦卑和礼让赢得了部落大多数人的信任和尊重；卡巴格虽然也算有勇有谋，但似乎太锋芒毕露，也总是显得高高在上。

　　然而，巴尔卡拉无法接受这份解释。在他看来，自己的父亲有足够的雄心、力量和智慧领导部落，但后来却只沦落为部落中的一名驯马师，一生专注驯马，不问部落事务，直到意外坠崖身亡。自小他便发誓要为父亲讨回那份"失去的尊严"，并渐渐对叔叔和他的家人产生了隐隐的敌意。随着岁月流逝，这种不满成为巴尔卡拉心中根深蒂固的执念，也成为他追求权力、神力和地位的强大动力。

　　卡贝拉告辞后，巴尔卡拉独自在夜色中仰望浩瀚的星空，眼中映出漫天星辉。此刻，他的心中燃烧着的不仅是野心，还有对未来无限可能的执着渴望。虽然他无法认同卡贝拉那种"过分谨慎"的态度，却也不得不承认，她的话语中确实蕴含着一种无法忽视的智慧。

　　星空在他头顶静默无言，而他内心的声音，却在不停追问：如果真的掌握了神力，自己该如何决定命运？

029 裂痕初现

卡贝拉回到玛拉古拉实验室后，躺在临时居所的床铺上，陷入了深深的沉思。床头火把之光在她的眼眸中跳跃，映照出难以掩饰的忧虑。她那天性中难以摆脱的犹豫与纠结，随着与巴尔卡拉的对话，再次悄然浮现。

其实，她内心深处也隐藏着一丝隐隐的期待。她在想，倘若那伟大的神力最终被他们掌握，会不会真的如巴尔卡拉渴望的那样，会让部落变得更加繁荣强大；但她更多的是担心，如果元晶真的能带来无穷无尽的神力，谁又能保证它不会成为毁灭与混乱的源头？她甚至开始怀疑，自己是否具备足够的智慧和勇气，引导族人面向理想未来。她在床上辗转反侧，又开始琢磨起玛拉古拉所言——掌控它需要更强的心力和超越智慧的敬畏与克制。

凌晨时分，卡贝拉才渐渐睡去。这一场与巴尔卡拉的对话，像一股澎湃波澜，已注入她的内心，也为整个部落带来了新的思考方向。堂兄的渴望虽然源于对族群的热爱，但背后同样揭示出人类在面对巨大诱惑时的贪婪与冲动。

第二天醒来，卡贝拉突然有了新的想法。这一刻，她的内心清晰地意识到，探索星空之力的过程，绝不能只是少数人的秘密实验，而应成为整个族群共同面对的课题。她暗自下定决心：等从玛拉古拉的实验室回去后，无论结果如何，她都要将这段经历、元晶的真实力量，以及其中的风险与可能，毫无保留地向所有族人公开，推动整个部落共同参与讨论，寻找一条能够平衡力量探索与敬畏星空的中间之道。她觉得只有当所有人都意识到神力背后的代价，作出谨慎的选择，相向而行，部落才能真正迎来属于他们的未来。

三天后，卡贝拉回到部落，将这几天发生的事一一讲给了父亲卡尔顿。卡尔顿支持她的想法，特别是希望她将自己与巴尔卡拉的对话分享给族人。卡尔顿在对部落的管理中，一向秉承凡事透明、负责和公平的理念。巴尔奇部落也一直崇尚信息共享和公开辩论。

当族人们围绕篝火聚集，卡贝拉向大家介绍了元晶提炼的进展和触及神性结构的突破，也讲述了同巴尔卡拉那场对话。

"我们应该思考，我们追求的究竟是什么？是对未知的理解，还是对未知的控制？是与星空共鸣，还是让星空屈服？"卡贝拉最后说道。

火光映照着族人们沉思的面庞，沉默在夜色中悄然弥漫，连风声都在等待答案。听到卡贝拉关于元晶与神力的陈述后，众人久久未语，气氛中夹杂着敬畏与不安。

这时，一位满头白发、手执渔网杆的年长渔夫缓缓开口，他的声音低沉却带着不容忽视的力量："或许，我们应当像河流那样——在探索中保持流动，顺势而为。河流从不与山石争斗，却终能穿越峡谷、汇入大海。我们若一意孤行，强行改变星空的秩序……恐怕迎来的，不是收获，而是灾祸。"

人群中一片低语，似乎在讨论渔夫的比喻。但不久，一位年轻的猎人站起身来，他的眼神锐利、语气里带着一丝焦躁："可是，长者，如果不去尝试掌控神力，那又如何确保我们的生存不会被他人夺走？星空不一定仁慈，若有一天灾难降临，难道我们只能靠祈祷？"

在年轻猎人语气激烈的话音落下之后，一位平日寡言少语的织女也鼓起勇气开口，她的声音轻柔却带着隐隐的忧思："我只是觉得……如果这力量真像星空那样浩瀚无边，也许它本就不是为我们准备的。织布的时候，线如果拉得太紧，就会断掉。我们是否太急于求成？这反而会撕裂我们与星空之间的纽带。"

她说完，低下头去，不再多言。但她的话让人群中又出现了一丝新的思考。

随后，一名从小就曾随卡尔顿父亲远征的中年勇士站了出来，他历经风霜，目光深沉，不容置疑地说道："可我们也不能一味退缩。你们可还记得上次荒原上的那场战斗？若不是我们拼尽全力，许多族人都会死去。星空若真愿护佑我们，又怎会让那些黑暗之风吞噬森林？所以，我赞成尽早掌握神力，哪怕代价巨大，总比坐以待毙强。"

他的话音一落，营火噼啪炸响，像在回应他内心的决绝。

卡贝拉望着眼前熟悉的族人，每一个人都在表达他们对未来的焦虑与希望。她的心愈发明白，关于神力，不仅仅是她一人的选择，而是整个部落必须共同面对的抉择。

议论声逐渐响起，每个人都在表达自己的想法，部落的思想在讨论中碰撞，在争论中成长，也渐渐分成了几派，但每个部落成员的声音都被倾听到。来自不同观点的声音汇聚成一股强大的思潮，推动着他们更深入地找寻人类与星空的关系。

会议结束时并没有达成一致，卡尔顿也没有给出自己的意见，只是说留到日后再讨论。卡贝拉凝视着众人，感到一种前所未有的变化正在萌芽。她知道，这不光是关于神力的辩论，更是一场关于信仰、野心、探索与敬畏的思考。

接下来的日子里，卡贝拉将更多在玛拉古拉实验室那段时间的收获与族人们分享，巴尔奇部落迎来了一个全新的探索时代。通过意念的对话，人类与星空的关系愈发紧密，未来的可能性也在逐渐展开。每一次沉念尝试，都是对生命意义的进一步探寻；每一次思辨，也都是对未知领域的勇敢迈步。

但随着不断的尝试，卡贝拉和巴尔卡拉两派之间的争论逐渐变得尖锐而紧张。他们原本共同的目标，如今却因为对神性意义的理解产生了根本的分歧。卡贝拉坚持她的信念，主张以谦卑的态度与星空和谐共存，探索心智而不企图掌控一切。她相信，部落成员的使命是与自然和万物共同进化，必须尊重星空的法则与智慧。在她看来，元晶是一把钥匙，打开的是通向更高心智的门，而非去征服周围一切的工具。

巴尔卡拉则对此提出了强烈反驳，认为以他们现在的智慧和力量足以主导一切，应当尽早恢复阵列实验，尽早让神力为己所用，创造出一个大而美的世界。他的理想化构想激励了相当一部分人，他们被这种力量与掌控的幻想所吸引，开始动摇对卡贝拉的信任。

分歧逐渐演变成族群内部的对抗，终于在一次部落会议上，部落成员们争锋相对地吵了起来。卡贝拉站在众人面前，再次重申自己的观点："我们不能将对心的探索视为征服自然的工具。真正的力量在于理解，而非控制。我们应当学习如何与星空的力量共舞，而不是试图支配它。"

巴尔卡拉则毫不示弱，他直言不讳地反驳："我们有能力去探索未知，去掌控心智！如果我们不尝试打开洪荒之力，部落将永远停留在现有的平庸，错失巨大的机会！"

双方的立场愈发对立，空气中弥漫着从未有过的不和气息。卡贝拉感到失落，她曾期待与部落成员们一起探索心的奥秘，如今却发现彼此间的信任与理解正在破裂，甚至到了危及亲情的边缘。

她幽幽地看着巴尔卡拉，眼神中多了一丝陌生与疏离。曾经那个并肩同行的兄长，如今却像是站在一层看不见的帷幕之后。而巴尔卡拉低下头，避开了她的目光，仿佛不愿面对那一瞬间心灵的裂痕。

这种分歧，并不仅仅存在于兄妹之间。它像一道暗流，正在部落内部悄然蔓延，撕裂曾经的和谐。争吵变得激烈，曾经的团结变得岌岌可危。一些部落成员开始私下结盟，形成了支持卡贝拉或巴尔卡拉的两大阵营，对立不断加剧，彼此间的隔阂愈发明显。

玛拉古拉的智者得知此事后，神情愈发沉重。他没有直接介入争端，而是托人传来简短而饱含深意的话语：

"和谐失衡，源于心念错位。唤醒彼此，不靠言语，而需更深层的心灵共振。唯有直达本源的共鸣，才能记起：我们本为一体。"

他建议，举行一场以意识频率为核心的仪式，在沉念中引导族人重新体验彼此之间最初的连结——不通过争辩、也不依赖理性，而是让记忆、共情与意识共振再次将他们织成一个整体。

3 ｜ 弥 补 裂 痕

030 集体沉念

在玛拉古拉的提议下，卡贝拉决定组织一次集体沉念，以恢复团结。地点选在大河边象征智慧与和平的圣树下。她召集部落成员，希望通过这一仪式性的活动，让每个人在内心深处找回与彼此的共鸣。

"在星空的节拍中，我们都是同一个旋律下的一个个音符。"

卡贝拉派出的信使带着这样的口信，邀请大家放下成见与分歧，将心灵完全敞开地来参加沉念活动。她相信玛拉古拉所言，在深度的共鸣中，部落成员能够找到共通的意愿、信念与目标，重新连接彼此的心意。

夜幕低垂，星辰在天空缓缓闪烁，映照着大地上的静谧。卡贝拉站在圣树下，双手轻抚粗糙的树干，感受着这株古老生命的脉动。它见证了世世代代的变迁，也承载着部落智慧。当族人们陆续到来，他们围坐在圣树周围，脸上仍带着白日争论后的思索。

从玛拉古拉实验室借来的一块元晶静静地被放在场地中央，周围则用自然元素装饰，营造出一种宁静和谐的氛围。卡贝拉环视众人，轻声道："我们都在追寻力量，但真正的力量并非来自争夺，而是来自团结。智者让我转告，从内在找到平衡，才能真正引导我们走向未来。"

她轻声引导众人缓慢深呼吸，鼓励他们放下心中的对立与执念，闭上双眼，回到内在的宁静。她的吟唱如低沉的涟漪，在夜色中缓缓荡开，带领部落成员逐渐进入沉念状态。他们开始感受到彼此的存在，不再以阵营和立场相对，而是以心的频率相连——这一刻，没有"道理"，只有"感情"。

夜风穿过树梢，叶片轻轻摇曳，发出沙沙的低语，天地也在倾听他们的沉静。星光清透，如细雨般洒落在他们身上，柔和地照亮每一张脸庞，也照亮他们意识的深层，宛如将每一个个体轻轻牵引，融入广袤而神秘的星空共鸣之中。一种难以言表的连结缓缓升起，在众人之间流动。那是一种既温暖又深邃的共振，如星光下的心跳被神秘的节律同步，彼此间的界限悄然消融，只剩下存在与存在间的静默回响。

沉念逐渐深入，卡贝拉静静地观察着。许多部落成员的面容已不再紧绷，心中的纷争在那一刻被柔光安抚。那块被视为神圣恩赐的元晶，在夜幕中泛出微光，回应着他们的沉思与祈愿。光晕如水般流淌，映照在每一张面孔上，照见的不只是外貌，还有那些正在被疗愈的内在裂痕。

卡贝拉闭上眼，深深吸气。她能感觉到，那股来自念功的力量，正在悄然穿透人心，将潜藏的敌意、焦虑与伤痛，一寸寸柔和地抚平。呼吸渐趋平稳，灵魂之间的连接，在这一刻悄然苏醒。

"人类之间真正的和解，是否依赖于一种超越语言与立场的共同沉思？"她心中暗自想道。语言往往制造分裂，而沉念、光辉、星空——这些象征性的元素，反而让人卸下了心防。在当下高度对立的现实语境中——无论是政治、文化，还是愿景分歧，这种集体静心的仪式不仅仅是幻想，它也许是我们思考社会和谐的一种原始且真实的可能路径。

巴尔卡拉也正沉浸其中。此刻，他微微睁开眼，望着场地中央的元晶，眼神复杂。他曾渴望掌控这份能量，如今却感受到它流动的秩序——既温和又坚定，既自由又不可侵犯。

卡贝拉将右手轻轻搭在巴尔卡拉的肩上，温柔地说道："我们一直在争论该如何使用这股力量，却从未去聆听它真正的声音。或许，元晶不是你想要的一种工具，它是一种心的指引。"

巴尔卡拉微微一笑，露出善意的回应，像是接受了卡贝拉的担忧。然而，他的眼神中依旧隐隐闪烁着一股不屈的倔强，那份对神力的渴望从未真正消退。卡贝拉并不知道，巴尔卡拉早已暗中从玛拉古拉的实验室盗出九块珍贵的元晶，并秘藏在山谷深处。他悄悄召集了几位与自己志同道合的亲信，趁夜深人静时，已带领他们多次围坐在摆放成"共振阵列"的元晶前，试图引导出神力的回应。

沉念结束后，部落成员彼此之间的隔阂似乎减弱了许多。卡贝拉深感震撼——力量并不仅仅来源于个人能力或意志，而是源自全族共同的心灵共鸣。当她向智者报告这一感悟时，智者微笑着看向卡贝拉，像在无言中将一枚使命的火种传递给了她——真正的引领者，既是力量的象征，也是团结的桥梁。

经过这次集体沉念，部落的氛围有所缓和，但分歧的裂痕依然还在，卡贝拉和巴尔卡拉之间的对抗也并未结束，反而在潜移默化中变得更加复杂。在这个看似宁静的部落中，分歧的裂痕犹如潜伏在黑暗中的暗流，随时可能掀起波澜。

这一时期，卡贝拉总感到心神不宁。她的内心，如同风起夜海，涌动着难以言说的矛盾与沉思。她曾无比笃定自己的道路，坚信所选择的信仰能引领部落走向清明的未来。然而，当面对巴尔卡拉和他的支持者们——那些怀揣不同理想与渴望的目光，她内心深处也泛起波澜。

她开始反思：集体沉念过后，为什么巴尔卡拉的支持者还是那么坚定？自己的坚持，是否已悄然变成了另一种封闭？是否还有一种方式，能够既守护内在的信仰，又容纳外来的声音，不再是对抗，而是交汇？

在每一个夜色最深、万籁俱寂的时刻，她独自坐于星下，思索一个更大的可能性——一种更宽广的路径，让信念与多元得以共存，让部落不只是走在某一方的意志之下，而是迈向真正的共鸣与协和——如同天穹之上，无数星辰交织，方能成就那无边的光芒；而人心与智慧，也应当在多样性之中生出和声。正是这种觉悟，让她终于下定决心，主动再度与巴尔卡拉会面。这一次，她告诫自己不再以对抗的姿态出现，而是带着一种更开放、更宽容的心境。她想要寻找的，不是胜负，不是妥协，而是一种超越冲突的新答案——一个建立在共识基础上的未来雏形。

当然，她也知道，这条道路不会平坦。每一个决定都可能牵动权力的重构、信念的撕裂，甚至牺牲自己曾经苦心经营的信任。但真正的和解，从来不是退让，而是在彼此的真诚中，共同萃取出智慧与勇气。她心中清楚，唯有如此，部落才能真正跨越分裂的深渊，迎向那个众心合一的远方。

031 二次对话

在一个宁静的夜晚，月光透过"生命方舟"的透明穹顶，洒下柔和的光辉。卡贝拉在议事厅中独自思索和等待着。当巴尔卡拉走进议事厅，卡贝拉仍能感受到他身上那股强烈的自信与执着，这不禁令她想起来他们小时候驯马时巴尔卡拉的神情。她深吸一口气，收敛起内心的彷徨，平静地注视着巴尔卡拉。她知道接下来的对话不仅关乎他们两人，更关乎整个部落的未来和他们与星空的关系。

她决定从那个驯马的故事开始。

"巴尔卡拉，你还记得小时候，我们驯服了一匹叫'黑风'的烈马吗？"

巴尔卡拉感到很奇怪，不知为何卡贝拉提起那段童年往事。他的父亲曾是部落中最出色的驯马师，但在一次骑行中意外坠崖而亡。巴尔卡拉从小便对父亲的技艺充满敬仰，立志比父亲做得更好。可是，尽管他拥有强大的勇气和决心，却始终难以驯服草原上最为骁勇的野马"黑风"。那是一匹高大健壮、眼神锐利的黑马，任何驯马师试图驯服它都以失败告终。它总是挣脱束缚，带着自由的野性奔向大草原，似乎没人能够束缚它的灵魂。

有一天，巴尔卡拉决定亲自挑战这匹野马。他穿上了父亲的旧皮靴，带上了自己最粗硬结实的马鞭，拉着卡贝拉，来到草原上一处泉眼，那里黑风常常出没。他们在泉眼边等了许久，时间如风，悄无声息地流逝。

直到黄昏将天边染上一抹暮色，黑风终于现身。它如一道破风而来的幽影，浑身裹挟着无法驯服的野性与孤傲。它停下脚步，目光落在巴尔卡拉与卡贝拉身上，那双如夜空般深邃的眼中闪过一丝难以捕捉的情绪——像是疑问，也像是久违的熟悉。但那情绪转瞬即逝。下一刻，它仰天嘶鸣，声如裂空而出的悲歌，震得四野皆静，仿佛向整个草原宣告

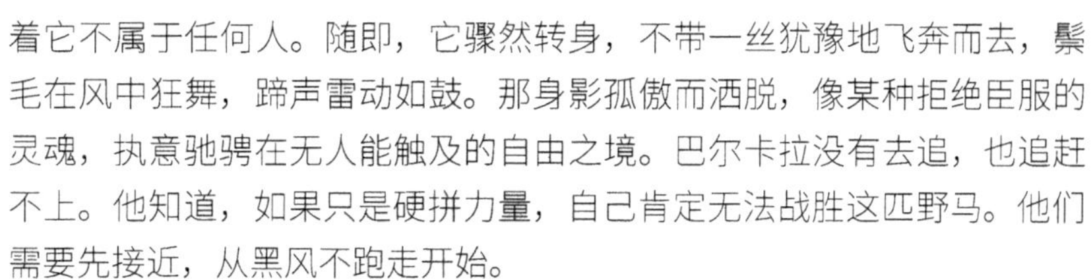

着它不属于任何人。随即，它骤然转身，不带一丝犹豫地飞奔而去，鬃毛在风中狂舞，蹄声雷动如鼓。那身影孤傲而洒脱，像某种拒绝臣服的灵魂，执意驰骋在无人能触及的自由之境。巴尔卡拉没有去追，也追赶不上。他知道，如果只是硬拼力量，自己肯定无法战胜这匹野马。他们需要先接近，从黑风不跑走开始。

一天，两天，三天……他们每天都来这里等黑风来饮水。到了第六天，黑风似乎习惯了他俩的出现，允许了他们的存在。他们又花了几天时间默默观察黑风的习性，发现它没有敌意，只是对人类的接近充满了戒备与不信任。巴尔卡拉明白，自己必须从建立信任开始，而不是从控制开始。于是，他们开始采取一种温和而耐心的方式。

他们并没有立即试图靠近黑风，而是选择坐在远处，静静地望着它，带着一种爱的目光。卡贝拉还偶尔低声哼唱歌谣。几天过去了，黑风似乎渐渐地对他们产生了好奇，开始不再远离巴尔卡拉和卡贝拉，而是悄悄走上前，站在不远不近的地方，注视着他们。此刻，他们知道，这一切才刚刚开始，与黑风之间的信任还远远不够。

又经过了两周。终于，在一个晨曦微露的清晨，巴尔卡拉决定迈出关键的一步。他手中拿着一根绳索，慢慢走向黑风。他不急于抓住它，而是轻轻地将浸润了黑麦草汁的绳索放在地上，示意黑风自己接近。黑风轻轻踱步走来，像是在评估巴尔卡拉的真诚。它低下头，用鼻子轻轻触碰绳索，再伸出舌头舔舐。巴尔卡拉心中一震，这一瞬间，他突然想起父亲的话——驯马并不是征服，而是与马建立一种共同的默契与信任。

接下来的日子里，巴尔卡拉和卡贝拉继续耐心地与黑风周旋，他们不急于强行骑上它，而是和它一起在草原上奔跑，一起"嘶鸣"，后来发展到互相追逐。黑风逐渐放下了戒心。终于有一天，巴尔卡拉骑上了它的背。那一刻，黑风并没有挣扎，而是温顺地接受了。很快，卡贝拉也骑上了马背……

方舟外的一声马嘶将巴尔卡拉的思绪拉回议事厅，他连忙回答道："我当然记得，我还记得你从马背上摔下来。"

"是啊，还是你纵身一跃，用身体挡在我和大地之间。"卡贝拉温柔地说。

巴尔卡拉嘴角微微上扬，年少时的往事刚才一幕幕再现，如温暖的潮水般涌上心头。然而，回忆的温暖如同转瞬即逝的光辉，当他回到现实，随即警觉地问道："卡贝拉，你到底想说什么？"

卡贝拉依旧沉浸在回忆的思绪中，直到巴尔卡拉冷冷的语气将她拉回。她缓缓抬头，语气中带着一丝深意："我想说，是你让我明白，真正的驯服并非通过强力去征服，而是通过信任与尊重，找到彼此的平衡。在你和黑风的默契中，你不仅驯服了一匹马，更是驯服了自己内心的野性与冲动。"

巴尔卡拉静默片刻，目光锐利如刀，似乎在品味卡贝拉话语中的含义。他的眼神中掠过一丝复杂的情绪，最终回复道："你说得对，驯服的确不仅是外在的臣服，更多是内心的掌控。可是这种掌控，依靠的永远是勇敢和力量。我希望得到更强大的神力，有什么错？"

卡贝拉微微一愣，目光依旧温柔，但话语也变得坚定："神力的确可以为我们开辟道路，但只有学会平衡它，才能走得更远。就像你与黑风，你没有用暴力去压制，而是找到了与它共舞的节拍。"

巴尔卡拉的眉头微微皱起，一时语塞。他的眼皮向上翻了翻，似乎在寻找词汇，片刻后答道："马是马，星空是星空。马就在草原上，一目了然，星空却没人能看得清。我们只有加快获得神力，才看得清星空。"

"但无论马还是星空，真正的力量并不源于我们对它的控制，而在于对其本质的理解。星空赋予我们指引，帮助我们认识自己，正如它在冥冥中滋养着万物。神性结构的复杂与神秘远超我们的想象，是一个需要被敬重和理解的存在。"卡贝拉又劝道。

听到卡贝拉又讲起对星空的态度，巴尔卡拉失去了耐心，突然觉得眼前这个女人很啰嗦。他斜睨着她，脸上流露出不屑，嘴角勾起一抹讥讽的笑意，像是在听一个早已听厌的旧故事。

"你还是这么谨慎、这——保守。"他的语气带着无法掩饰的轻蔑，"卡贝拉，我们已经不需要再仰望星空去祈求什么了。我们有力量，有智慧，有神力——为什么不主动去创造、去掌控？你想一遍又一遍地聆听天意，而我只想去撼动它。”

他顿了顿，眼神变得更加执着而狂热，“顺从只会让我们停滞，犹豫只会让机会从指缝中流走。”

“巴尔卡拉，”卡贝拉语气也变得坚决，“若我们将其视为可掌控的资源，可能很快就会失去神性连接，到时就是一场空……”

巴尔卡拉的眉头皱得更加紧了。他从小就不喜欢被人警告，于是不客气地打断卡贝拉：“但这正是我们的机会，卡贝拉！想象一下，我们可以掌控这种力量，创造一个全新的世界。人类不应被动等待，而应主动出击，成为星空的主宰！”

卡贝拉这时终于意识到，巴尔卡拉的执念已根深蒂固，再也无法轻易撼动。她心中感到一阵失落，但还是继续劝道：“我们探索心智，应该是为了更深刻的理解与和谐，而不是为了权力。若我们过于自信，或许会引发无法预见的后果。”

又是一个警告。巴尔卡拉更加不高兴了，嘴角浮现出一丝冷笑：“卡贝拉，星空并不是高高在上的存在，而是一种可解读的规律。只要胆大，就能揭开它的面纱，为我所用！”

对话又一次变成了争论。随着争论的深入，双方的情绪愈发激烈。此刻，卡贝拉想到玛拉古拉曾讲过，人类总是为观点争论，而非为事实。如果争论的是观点，可能永无止境。

她暂停下来，闭上眼，感受着来自方舟的能量流动，她清楚这种力量的微妙与复杂，也感知到此刻巴尔卡拉的心已如同燃烧的火焰。“或许，”卡贝拉轻声开口，声音回到温和，“我们可以尝试一种折中的路径——既不急于掌控它，也不轻言放弃它的可能性。让星空成为我们的引导，而不是战场。”

她凝视着他的眼睛，试图最后尝试穿越那层因信念而生的坚硬。此刻，她并非在辩驳，而是在邀请，一同寻找那条不让任何一方退让尊严、却又能共建未来的细微之路。她清楚，这不仅关乎心智觉醒和族人们未来的命运，更关乎整个部落的凝聚力。若能避免撕裂，她愿意作出第一步的让渡——但不是妥协，而是一种更深的"信任实验"。

巴尔卡拉沉默了片刻，最终还是摇了摇头："你永远不会明白的，卡贝拉。"说完他便带着一种无可置疑的决绝离开了议事厅。

卡贝拉望着他渐行渐远的背影，沉默如夜色缓缓淹没心海。风吹动她的衣角，也吹乱了她心中那片曾经安稳的土地。一股苦涩悄然涌上心头——那是亲情的断裂，是信任一点点剥落的声音。他们曾是彼此最熟悉的存在——儿时的笑声、并肩的奔跑、长夜中围炉而谈的温柔时光，如今却在理念的分岔中逐渐失焦。那份旧日的亲密，此刻正像沙砾般在指缝间流失，无法挽回。

巴尔卡拉所渴望的是强大的神力，是对命运与自然的主导；而卡贝拉所守护的，是对万物的敬畏与共存的秩序。他们的追求如同两道彼此抗衡的潮流，在此刻汇聚成一幅充满张力的对峙画面，预示着更深的裂痕即将撕裂整个部落的未来。

卡贝拉缓缓低下头，眼中浮现一抹无奈的忧伤。这已经不只是一次争论的终结，而是一条道路的分岔——分成两条通往截然不同未来的道路。她清楚，他们再也无法回到从前。

032 父女夜谈

巴尔卡拉已经开始吸引他的支持者，展开加快获得神力的"半神实验"。这是一项试图打破人类极限，向神靠近的秘密实验。他们暗中搜集失落的部落文献、远古遗迹中的符文与仪轨，研究自然与灵魂之间的神秘力量。通过结合特殊药剂、仪式、星语，与元晶之力相结合，巴尔卡拉试图重塑人的身体与灵魂，获得"接近神"的力量。

然而，这个过程充满了致命的风险。所谓的"半神实验"，并非只是将力量注入肉体，而是以灵魂为代价，将人类与元晶的共鸣强行融合。若无法承受那股汹涌而来的能量，不仅肉体会崩解，连意识也将被撕裂，堕为失控的怪物。尽管如此，追随者们并不知情，甚至毫无怀疑。他们在巴尔卡拉"神力即救赎"的蛊惑下心甘情愿地献身，坚信他能带领他们挣脱命运，直面神祇。

与巴尔卡拉最后一次对话后，卡贝拉向玛拉古拉智者作了汇报。智者鼓励她继续坚持自己的信念，并建议她找父亲卡尔顿谈谈。

深夜归来，卡贝拉独自伫立于方舟之巅，仰望那轮如钩的残月。夜风如刃，星光冷然，像是附和着她心中的波澜。她知道，巴尔卡拉对神力的渴望，已悄然逼近灾难的边界。一旦失控，所毁灭的，将不仅是他自己。

神力从不是恩赐，而是一场以灵魂为代价的试炼。若他成功，部落或许会被他以新的秩序重塑；若他失败，一切将如塌陷的梦境般崩毁。就在那苍穹深处，卡贝拉感受到一种无法言喻的预兆——这不仅是一个人的选择，而是整个族群命运的分岔口。

她闭上眼，感受到与星空共振的微妙联系。玛拉古拉的教诲回荡于心，那份对生命的敬畏令她无法再沉默。她知道，为了守护人与自然的平衡，必须行动。

　　她决定，去找父亲。

　　在一个深夜，万籁俱寂，卡贝拉和父亲坐在帐篷前，温柔的风轻轻拂过，带来些许宁静。虽然早已搬进了方舟，卡尔顿仍旧保留着生活在帐篷里的习惯，他让人在方舟的天台搭起帐篷，自己一直睡在里面。他帐篷里的火把总是亮着，在夜晚远远看去，就像一座灯塔，而他就是那个灯塔守护者。

　　卡贝拉望着日渐苍老的父亲，深吸了一口气，缓缓开口道："尊敬的父亲，我们需要重新审视心智觉醒的意义。神力不应沦为操控自然和命运的工具，而应该是与星空共鸣的桥梁。我对巴尔卡拉感到忧虑。他的追求虽然让人兴奋，但可能会让我们失去与星空的联系，他的半神实验更可能危及族人的生命。"

　　卡尔顿坐在帐篷外的篝火旁，凝视着那跳跃的火焰。作为巴尔奇部落的首领，他经历了无数的抉择，但此刻的心情异常矛盾。卡贝拉的声音继续在耳畔响起，述说着她对部落未来发展的理想与担忧。她的聪明与远见总能精准地洞察到族人们的需求，而与生俱来的直觉也让她看到了背后潜藏的危险。

　　卡尔顿的内心在剧烈的拉扯中纠结。他一直深知部落的命运与星空紧密相连，几千年来，这片星空一直是巴尔奇部落的指引和庇护。每当夜幕降临，族人们抬头仰望星空，便能感受到那份从天际传来的力量与安宁。星空给予他们的不仅是生命的指引，还有一种深深的归属感。而如今，巴尔卡拉日益扩张的欲望开始吞噬这份连接的纯粹。卡尔顿心头一阵沉重的痛楚——他所领导的部落，正在一步步远离最初的信仰与和谐。

　　其实，他对最近发生的一切都明察秋毫，包括巴尔卡拉从玛拉古拉实验室盗出元晶，甚至藏匿的地点，都有巴尔卡拉的亲信偷偷向他报告。只是他始终没有揭穿——不是因为仁慈，而是那份深植于心的愧疚。他曾相信，部落的继承人理应是哥哥。可父亲却在临终前改写了这一古老的血统律令，将首领之位沉沉压在他肩上。这场突如其来的转折撕裂了千年传统，令族人们震惊不已，也让他诚惶诚恐；而卡巴格，只是沉默地低头，像接受命运的刀锋一样接受了这个"背叛"。正因如此，卡尔顿始终对巴尔卡拉多一分容忍，少一分严厉。他不是在原谅巴尔卡拉，而是在试图为自己从哥哥手中"夺走"的一切救赎。哪怕他明知，这份纵容或许正在酝酿着一场更大的风暴。

卡巴格坠崖那年，部落曾流传一个隐秘的说法——那不是意外，而是卡尔顿一手"安排"的。面对这些流言，他始终缄默不语，既不辩解，也不否认。几位族人还曾密谋趁他带队远征之际，扶立巴尔卡拉接替首领之位。但未等行动付诸实施，他们便被悄然编入前线部队，全部战死沙场——是命运的巧合，还是另一场无声的肃清？无人敢问。随着卡尔顿的威望日益稳固，所有反对的声音渐渐沉寂。那些流言，也如风中残灰，无声地被岁月抹去，仿佛从未存在过。

"我明白你的担忧，也注意到族中的变化。"卡尔顿终于开口，他的声音低沉而缓慢，似乎每一句话都在心中酝酿了许久。卡贝拉的理性与热情总是让他感到自豪。他知道女儿的每一个想法都源自对部落的深深爱护，而他，作为父亲和部落的领导者，是否做得足够好，是否还能保持这份与星空的连接，又不伤害巴尔卡拉，成了他内心最深的担忧。

"作为首领，我有责任让部落越来越好。"这些话他已说了无数次，然而每当他说出时，总有一份沉甸甸的重量压在心头。部落的繁荣与发展，确实是他心中最重要的目标，但与此同时，他又深知这条道路上隐藏着无数的危险与牺牲。

"我会认真考虑你的想法。"他的声音渐渐低沉，眼神中透露出一丝无奈与疲惫，他知道自己无法忽视卡贝拉的警示，但同样也不能轻易放弃巴尔卡拉。

"我不能让贪心的欲望破坏我们与星空之间的连接，但也无法忽视部落成员对发展的渴望。"这一刻，卡尔顿的心如同被重重的岩石压住，他既是父亲、叔叔，又是首领，背负着太多的责任与牵挂。

他感到内心深处的冲突愈发剧烈。族人的期望与梦想，是他作为领袖必须承担的重担；而与星空，那份亘古不变的连接，又像是一个他无法割舍的信仰。他明白，发展是不可避免的，但如果过快、过度追求神力，他们与星空的连接将可能慢慢消失，而这份联系，是他们的根基，甚至是他们存在的意义。

他深吸一口气，抬头望向远方那片星空，像是能感受到星辰的目光穿越漫长的岁月，注视着他的每一步。那片星空静谧而辽阔，又像在低语，提醒着他：无论多么强大，巴尔奇部落的力量与未来，都不能脱离这份深深的共鸣。

他缓缓转回头，目光柔和地落在女儿身上，"你是对的，我的女儿。"他最后说道，语气中带着一种无奈的坚定，"我们不能只预期未来的繁荣，更要看到背后那份深远的连接。无论多么困难，我都不会让贪欲毁掉部落。"

此时，卡贝拉的眼中闪烁着感动的泪光，心中也涌起一阵温暖与希望。她知道父亲的支持将为她的行动增添强大的动力，因为卡尔顿多年建立起来的权威会深深影响每一位部落成员。她也知道，父亲的心中承载着沉重的选择，而他作出的决定将不仅影响他们这一代，更关乎整个部落未来的长治久安。

"谢谢你，尊敬的父亲。我们必须团结一致，引导部落回归与星空的和谐，让我们的心智觉醒成为探索星空奥秘的契机，而不是追逐力量的陷阱。"

卡贝拉告别了父亲。当她离开时，回头仰望高处帐篷边那闪烁的火把，心中又燃起了希望的火焰。

4｜半神实验

033 星选之子

巴尔卡拉的半神实验取得了令人瞩目的突破。

经过几个月不断探索和实践，他的神力逐步增加，越来越强大。现在，他已经能够凭借意念驱动自然力量——从召唤云朵、引起阵风，到无中生有地创造出一株可以轻身延年的马齿苋——一种叶子形似马齿的远古植物，黄色的五瓣花开于茎顶，清晨开放，午后闭合。

这些神奇的能力不仅让他自己感到震惊，也引发了与他一同秘密修炼的十几个族人的崇拜。他们看着巴尔卡拉逐渐展现的超凡神力，无不心生敬畏，这也让巴尔卡拉感到无比的得意与傲娇，开始深信自己就是所谓的"星选之子"。

两年光阴悄然流逝，实验已臻于更深的境地。巴尔卡拉渐次参透了元晶的共振之秘，借晶体作为意念的桥梁，他将自身的意识频率推升至前所未及的高度。在这一全新维度中，他不但能够孕育原初的生命雏形，更能创造出兼具结构精妙、功能完备与美学和谐的造物——如自驱动的马车轮、会随风吟唱的水晶风琴、似鸟非鸟的轻翼机械体、精密的观星仪……这些造物仿佛既是物质实体，又是意识的投影，昭示着他已触及创造之道的真正门槛。

这些创造在那十几个忠诚的族人中掀起了更大的震撼，他们对巴尔卡拉的崇拜达到了前所未有的高度。每一件"作品"的诞生，都让他们更加坚信，追随巴尔卡拉，就能突破人类的极限，迈向他们无法企及的高度。这种深深的崇拜，也令巴尔卡拉更加强烈地感到自己已经走在了与神明平行的道路上。

在这一过程中，巴尔卡拉逐渐明白，神通只是实现个人渴望的起点。真正的使命，是以"星选之子"的身份为自己赢得荣耀，掌握部落中的话语权，并借此影响更广阔的族群。他清楚，单凭在十数族人间悄然进行的秘密实验，远不足以让整个部落臣服。于是，他开始筹划如何将自身的力量与造物展示于众，以此巩固声望。

巴尔卡拉渴望的不仅是仰慕，更是统御，他希冀以神通的奇迹塑造自己的精神领袖地位，重新定义部落的信仰与秩序。随着他的企图逐渐扩散，野心的锋芒也在无形中裸露出来——一种如同暗流般的紧张与冲突，正悄然在部落之中积聚。

他决定策划一个盛大的仪式，向所有部落成员展示他的神通，而不是局限在族人内。这是他谋划的第一步，他希望通过这一壮观的展演，激发部落成员对半神实验的热情与向往，在短期内获得更多的支持和追随者。

在仪式筹备过程中，他请来部落重要人物与信任的族人，向他们详细阐述了他所掌握的神通与实验潜力。巴尔卡拉向他们承诺，将展示人类心智的无限可能，让每个人都能感受到自身潜能和心智的觉醒；还可以让他们进入"一柱天"，让意念与身体分离飞天，迅速从星空中汲取神力。

经过几天的宣传与鼓动，活动当天，部落成员纷纷涌向仪式场地，期待亲眼目睹"一柱天"是什么。

巴尔卡拉身披华丽的白色祭袍，巍然立于中央祭坛，目光深邃如夜空，透出不容置疑的力量。金线缀饰在袍上随风流转，在星光下泛起神秘辉光，昭示着他不是凡人，而是星辰之中降下的神祇化身。

祭坛四周，部落众人围拢而立，人人手持火把，火光在他们头边颤动，如同无数渴望的灵魂在对星空低语。火焰跃动间，整片空间恍若被神圣笼罩，空气中充盈着敬畏与预兆的气息。

随着仪式的开始，巴尔卡拉缓缓地念出一段古老的星语——

Om——

星未隐，人先明，
光如梦，影随形。
言不及，念自凝，
星在思，心共鸣。

Om——

星未寂，念未停，
唤其名，入其境。
踏心河，循星径，
忘我形，归星灵。

每一个字，皆如古老的咒印，携着不可名状的力量，穿越时空壁垒，缓缓渗入天地之间。它们在空气中回响，如同某种被遗忘的神性低语，唤醒沉睡的法则。人群屏息，万籁俱寂，整个世界在此刻停顿，只为聆听那来自高维的言灵。

接着，巴尔卡拉伸出双手，手心向下，十指指向祭坛上整齐排列的十九块元晶。没有人知道他从哪里搞到这么多元晶，几个亲近的族人只知道最初他从玛拉古拉实验室夹带出几块，但没人知道其他的来自何处。这些珍贵的元晶原本是严格保存在玛拉古拉实验室的。但令人奇怪的是，随着这些外流元晶的公开展示，玛拉古拉也从未出面索回。这让巴尔卡拉在追随者的眼中更增加了一分神秘。

十九块元晶，宛若失落星辰的碎辉，在昏暗中泛着幽光。

巴尔卡拉抬臂轻旋，指尖划过无形轨迹。随他一挥，晶石缓缓升腾、移位，编织出一座繁复而精确的星阵。每一块晶石的脉动频率被意念细微校准，音波般交错叠合，终汇为同调的"心跳"。

地面轻颤，温度暗变，似有沉睡的古神在黑土深处转身。共振继续攀升，空气被无形涟漪层层浸透；夜色像被拉紧的弓弦，充满即将破裂的静默。

　　环伺的众人屏住呼吸——敬畏、期盼、恐惧交织如火。眼前这座光之阵列好像秘门的锁匙，正缓缓扭开通往未知维度的阖扇，召唤潜藏于时空背面的力量。

　　随后，巴尔卡拉缓缓闭上双眼，意识如水般沉入更深层的寂静。他的神情肃然，但眉宇间透出一种霸气外露的力量。四周的气息为之一凝，时间也在这一刻轻轻放慢了脚步。他张开双手，十指在空中缓缓游动，如编织无形之网。每一道手势，都是在唤醒某种沉睡已久的次元共鸣。阵列中的晶石开始依次亮起，光芒由幽暗至耀眼，如群星回应主宰的呼唤。

　　最终，所有光点汇聚成一道炽白的能量柱，自地面直冲云层，刺破天穹的帷幕。这一道贯通天地的奇迹，就是被巴尔卡拉命名的"一柱天"。那不仅是一种力量的展现，更是一种意志的宣告：在现实与幻象之间，他要为自己开辟一条通向神力的天路。

　　突然，在那能量柱中，一道震撼人心的波动爆发，随之而来的是栩栩如生的巨大生命形态出现在众人眼前——一匹黑马，浑身闪烁着星光，宛若皮毛中蕴藏着无尽的能量与生命力。它的眼神深邃，透露出一种无与伦比的力量与傲娇，像是从星空中走出的神兽，带着一股震撼凡人的威严。

　　部落的成员们见证这一神迹，纷纷露出惊叹的表情，叫好与欢呼。

　　"这就是传说中凌空的天马？"有人问道。这震撼的场面令他们几乎无法相信自己的眼睛，这天马不是一个幻象，而是具备生命与意志，散发出一种让人难以言喻的气息。

　　巴尔卡拉看着眼前这一幕，嘴角露出一抹自信的微笑，趁机鼓动起众人的情绪："你们看见了吗？这就是无中生有的神力，只要跟随我，你们也能获得同样的力量！"他的声音穿透空气，激荡在每一个人的心中，那种强烈的召唤让每一个人都无法抗拒。巴尔卡拉的目光如同一把锋利的剑，划破了人们的疑虑与恐慌；他的话语又如同一股火焰，点燃了他们的渴望与野心。

　　此时，祭坛上的黑马感应到了巴尔卡拉的召唤，仰头长啸，那声音高昂又充满原始的力量，震撼着每一个在场的心灵。随即，它腾空而去。

随着仪式的推进，巴尔卡拉开始引导他选定的四名亲信进入能量柱。这是一个深刻而神秘的过程，四人在他的引导下，分东西南北四个方向缓缓步入，意识也进入了一种超脱的状态。

就在那一刻，他们开始感受到一股强烈的剥离感，意识开始脱离肉体，进入了另一个维度的空间。那种感觉既陌生又带有一丝久违的熟悉，像是正在触摸到星空的脉动，与更高层次的存在发生连接。

他们紧紧闭上了眼睛，深深地陷入了这种震撼的状态，他们感受到了灵魂的轻盈，缓缓上升到一个无尽的空灵之境。在那片深邃的虚空中，他们看到了自己的内心，也看到了无数个平行世界的无声波动。在巴尔卡拉的引导下，他们的心灵与星空的力量渐渐融合，意识完全跨越了肉体的限制，走向了更广阔的星空。

此刻，整个仪式达到高潮，巴尔卡拉的声音越发迷惑，像在召唤每一位参与者进入更深的境界。他知道，这不仅是一个神秘仪式，而更是一次深刻的心灵觉醒，他的教义和力量将会在部落中深深扎根，带领他们走向前所未有的变革。

这一盛大的仪式不仅令巴尔卡拉的神通得以展示，引起所有到场部落成员的惊叹与赞赏，更为他日后赢得了越来越多的支持者。他的主张和实验很快被大多数部落成员所接受。他抓住这个机会，将半神实验正式公开化，宣布这一探索将不再被隐藏——这是他谋划的第二步。

整个部落的信念在这一刻悄然改变。

之后的日子里，他每天组织实验者，使用更多块元晶构成更大共振阵列，以进一步激发参与者的意念频率，使之达到共振的巅峰状态。渐渐地，部落成员开始默认这一曾经被玛拉古拉智者告诫为禁忌的行为，部落内部对半神实验的关注和支持也日益增强。巴尔卡拉借此契机，又向其他部落发出邀请，发起一场更广泛的"穿辉体验"，目的是吸引更多部落外的支持者和追随者——这是他谋划的第三步。

在那次穿辉体验中，巴尔卡拉带领更多外部落成员进入"一柱天"，让他们体验脱离肉体的超凡感受和汲取神力的震撼。参与者的灵魂得以自由游弋，沿能量柱上行，飞跃到一个无边无际的虚空，触碰到星空的源头。这种突破性的体验让各个部落的成员对巴尔卡拉普遍产生了信任和崇拜，使得半神实验声名鹊起。

巴尔奇部落，在短短数月间，便从边陲之地跃升为各部落心中的"星之部族"——既是掌握神力的源头，也是通往未来的象征。

034 忽视警告

这股信仰潮流，如同洪流般涌向巴尔奇部落周边地区，又逐渐蔓延至更多远方部落，成为一股无法忽视的力量。

卡尔顿最初对这一切持怀疑态度。作为一位久经沙场的领导者，他本能地对巴尔卡拉的行为感到戒备——尤其是在听过女儿冷静而坚定的劝诫之后。他深知，对神力的盲目追逐，或许足以动摇部落长久以来维系的秩序与稳固。因此，他对这种崭新的信仰没有太多信任，甚至有些排斥。

然而，随着事态的不断发展，信徒人数急剧增加，仪式所带来的效果愈发明显，卡尔顿开始意识到，眼前的局势已不容忽视。

他看到身边的族人们纷纷投入其中，精神与身体的状态焕然一新，甚至一些士兵的战斗力也在仪式后显著提升，这让他不得不重新审视这股力量的潜力。更重要的是，随着实验的扩大，越来越多的外部落领袖开始对这种新兴信仰表示支持。卡尔顿意识到，若他继续无所作为，可能会错失引领这一变革的机会，甚至可能被新的信仰潮流所吞噬。

　　卡尔顿决定暂时放下疑虑，表现出一种既不全力支持，也不公开反对的态度。随着他的心态逐渐转变，巴尔卡拉的影响力迅速扩大，他的实验和理念开始在部落中赢得全面支持，个人影响力也开始渗透到更广泛的外部落。在这场信仰的风暴中，谁能掌控"一柱天"的通路，谁便可能成为新时代的主宰。

　　在一次与邻近部落的联合会议上，卡尔顿与其他部落首领共同坐在一张巨石长桌两侧，桌头燃烧着象征着各部落联盟的环形火圈。火光映照着首领们的面庞，气氛紧张且庄重，但也充满了激动与期待。会议的议题无疑是半神实验和穿辉体验的普及。

　　卡尔顿坐在首位，一边听着巴尔卡拉的发言，一边凝视着其他部落首领。他们脸上的神色带着虔诚与期待，像是已经看到了未来的辉煌。在一番陈言后，巴尔卡拉突然站起，走向环形火圈。众目睽睽之下，他突然作出了一个令所有人都瞠目结舌的举动。

　　他双目圆睁，健步跳入火圈，四肢全开，仰头向天，宛如献祭的姿态。随后，他缓缓念出一段无人识得的古老咒语——那声音低沉有力，像从遥远星空传来，回响在众人心头。顷刻间，火焰猛然高涨，像被某种看不见的意志点燃。炽热中，一股白烟自火心升腾而起，竟在空中缓缓凝聚，化为一道闪耀的烟柱，划破夜幕，直冲苍穹。

　　那一刻，所有人都屏住了呼吸。他们不知道自己目睹了奇迹，还是见证了通往神域的"天梯"被缓缓搭起——其实，这是巴尔卡拉特意为会议准备、示现出的另一种"一柱天"神力，用来折服首领们，为他的最后总结做铺垫。

　　"我们不再是昔日的部落，只要你们拥抱'一柱天'，就能扶摇直上，跨越人类极限，成为不朽的存在。半神实验赋予我们神力，也提供了一个飞天的门户。只有通过神力，才能掌控命运，回馈星空。"

　　他的讲话令在场的部落首领们纷纷点头，眼中充满了赞同——没有人会反对"回馈星空"——这是巴尔卡拉特意为结尾陈述选择的"落脚点"。他们深知，部落的力量不但来源于物质与资源的积累，更在于精神力量的觉醒。而这个觉醒，不仅仅是自我意识的提升，更是人类与整个星空和自然的深度共鸣。首领们更加相信了：通过半神实验，他们的部落将获得神力，突破肉体与精神的桎梏，跨入一个全新的时代。

卡尔顿沉默了片刻，感到一种前所未有的压力。曾经，他只关注本部落的传统与稳定，认为自己的责任是保持部落与自然之间的平衡。但如今，这股神力风潮汹涌而来，逐渐改变着整个人类社会的面貌。即便心中仍有疑虑，但他也意识到，如果拒绝这股风潮，巴尔奇部落将可能被其他部落抛下。他的责任不仅仅是守护传统，更要确保自己的部落在变革中不落后。

一番权衡利弊后，卡尔顿深吸一口气，终于开口："巴尔卡拉，我理解你的意思，也意识到'一柱天'的意义。我不再是一个守旧的首领，我将是部落未来的守望者。如果半神实验真如你所言的'回馈星空'，我愿意支持它。"

他语气虽坚定，眼中仍然透露出一丝无法忽视的忧虑，"但请记住，我们不能忘记根基与信仰，不能让神力改变与星空的默契。"他的每个字都似乎在整个房间里回响，显示出权威。其他部落的首领都再次纷纷点头，巴尔卡拉则满意地笑了笑。

"卡尔顿叔叔，我们的决心就应如此。"巴尔卡拉并没有看着卡尔顿说话，而是看向在座的其他首领，眼中闪烁着满足。这是卡尔顿第一次公开表示支持，而且是在外部落面前。

其实，卡尔顿的心中依旧存在疑虑，但他知道，这一表态已经没有回头路——这并不是被现场的气氛所裹挟，部落的未来，可能早已经被这股风潮改变；而他，作为首领，必须亲自引导变革，成为引领部落走向新纪元的灯塔。

随着会议结束，卡尔顿走出帐篷，站在星空下，深深凝望那片广袤的天幕。星辰闪烁，宛如在向他低语。这时，他在思考如何向女儿解释自己的"背叛"。

消息传来，卡贝拉对父亲的转变十分吃惊和伤心，她只能去求助玛拉古拉智者。智者也正观察到局势日益严重，心中充满了忧虑。他深知，若是任由事态发展，后果将不堪设想。于是，智者决定通过正式书信的方式，向人类发出警告。

一封沉甸甸的羊皮信笺被送到部落，字迹工整而严肃。信中写道：

巴尔奇的兄弟姐妹们：
你们正走在一条危险的路上。
你们太快想抓住神的火，却忘了抬头看星的眼。
你们的心还不够稳，魂还没学会安静，便急着伸手去拿神的骨、追神的光。这样，会烧到自己，也会烧乱星空。
神的力量，不是拿来炫耀的。
真正强大的人，是能听见星语，懂得低头的人。
不敬，不问，只抢，只信自己，那就是乱。
星空有它的秩序，被打乱之后，回来的是惩罚，不是祝福。
玛拉古拉族说话，望你们听进去。
不是为了争谁对谁错，是不想看见火吞没大地，水不再唱歌。

谨言，
玛拉古拉族

然而，这封警告信并没有得到部落成员的重视。处于亢奋状态中的人们对此反应冷淡，甚至感到不满。他们认为玛拉古拉族的警告显得过于保守，根本无法理解他们所追求的人类伟大梦想。

"我们已经在觉醒之路上迈出了步伐，玛拉古拉为何要拖我们的后腿？"一个部落成员愤慨地说道。还有人信誓旦旦地宣称："不久之后，我们将超越玛拉古拉，真正掌控这股神力，让他们见识到我们人类的伟大！"

随着这样的言论不断扩散，部落中的气氛愈发疯狂。狂热的追求让人们失去了理智，盲目地向前冲去，完全无视智者的警告。甚至有人开始将那些倡导谨慎的部落成员视为阻碍，认为他们是新兴觉醒力量的绊脚石。

卡贝拉的支持者中有一些人抵不住神力的诱惑开始转向，但仍有一部分成员保持着清醒，一些中间派在对玛拉古拉的精神信任与亲眼所见的神通之间摇摆——在这样的背景下，卡贝拉深感无力与绝望。

半神实验和穿辉体验继续如火如荼地进行。这一时期，部落内部悄然形成了一种基于信仰与意识形态的阶级分化——以卡贝拉为代表的"守护阶级"和以巴尔卡拉为代表的"进步阶级"。这种分化不仅体现在信仰、理念上的分歧，更渗透到族群的日常生活、权力结构与社会地位中。

随着巴尔卡拉的势力不断加强，他的野心也更加膨胀。他认为，若要打破阶级界限，掌控整个部落乃至更多部族，单凭神通远远不够，他必须成为精神领袖。成为部落乃至整个人类世界的精神领袖，才能完成他作为"星选之子"的使命。而在这一过程中，他深知诱惑与操控人心，才是最有效的手段。

5 ｜ 乌玛塔教

035 永生功法

巴尔卡拉悄然启动了一项精心策划的宣传计划，试图用诱惑和欲望将更多人纳入掌控。他天生就深谙"宣传"之计，也懂得"诱惑"的力量。

他对外宣称，经过长达数年的秘密研究，自己已将古老的星空咒语与元晶带来的神力成功结合，创造出一种前所未有的"永生功"。这部功法不仅能够让修炼者延缓衰老、永葆青春，更能实现灵魂不灭、永生不死的奇迹。

这个消息在部落内外顿时引起巨大轰动。面对疾病与死亡一直以来的威胁，巴尔卡拉抛出的"永生"诱饵无疑击中了人类最深层的欲望与恐惧。追随者们开始疯狂聚集，他们不再只是单纯地希望获得神力，而是将巴尔卡拉视为掌握生死之门的"神明化身"。那些曾经犹豫不决的中间派，甚至卡贝拉的一贯支持者，也开始暗自接触巴尔卡拉，希望能够窥得永生功的秘密。但他们不知道，在"永生功"的光环背后，巴尔卡拉实则悄然构建了一套精密而深藏的精神控制机制。他以咒语为引，以元晶为媒，通过调控意识频率，使练功者在不知不觉中与他建立起一种深层的精神依附。那些信徒在短暂获得力量与感应的同时，心念也被潜移默化地引导，渐渐与巴尔卡拉的意志产生"皈依连接"——他们开始将自己的判断、恐惧、渴望，交由那道高悬在意识深处的声音裁决。表面上，他们获得了"超凡体验"；实则，他们的灵魂早已被改写，化为巴尔卡拉意志的延伸与工具。一个个看似狂热的信徒，已是他布下的精神傀儡，服从得天衣无缝，沉迷得毫无察觉。

随着宣传扩大，巴尔卡拉的名声在各部落中空前高涨，已远超卡尔顿。他塑造出的"精神领袖"形象深入人心。越来越多的人开始怀疑玛拉古拉和卡贝拉的"守旧之道"，转而投向巴尔卡拉描绘的"永生国度"。然而，在卡贝拉眼中，巴尔卡拉的野心已远远超越了单纯的神力追求，而是走向了更为危险的精神操控与对集体意志的奴役之路。她敏锐地察觉到，这项以永生为名的修炼，背后隐藏的是一场对人类心智与灵魂深层的侵蚀。

巴尔卡拉悄然选择在赫尔斯格斯小岛——一处充满古老传说的地方，展开他精心筹划的下一步行动。他以"名额稀缺""一票难求"的姿态，悄然向各大部落中最具权威的首领和他最忠诚的追随者发出私密邀请。传言中，这是一场只属于"被选中者"的功法仪式，一场足以改写命运轨迹、撬动星空法则的禁秘典礼。

为了增强典礼神秘氛围与精神震撼力，巴尔卡拉提前派出亲信，将一些从别处挖来的古物运上岛，同时暗中修饰岛上的古遗迹。羊皮星语古典重见天日，破碎的石碑被精心摆放，残垣断壁间嵌入神秘符文——一切在星光与火焰的映照下仿佛重新苏醒，又像那些被时间掩埋的上古神灵，正从沉眠中低语。

整个岛屿被一层由他施展的神力迷雾所笼罩。那迷雾不浓不淡，却在视觉与意识之间织出梦境般的错觉。凡人一踏上岛屿，便像步入某个被星神遗落的世界——真实与幻象交织，时间似乎也停止下来。所有的一切，都在无声诉说：此地，乃神迹显现之所。

与此同时，巴尔卡拉精心布下一盘"双面棋"：他一面暗中指派亲信四散部落之间，以低语、隐喻和"无意泄露"的方式，传播只言片语的风声——为期三天的典礼，关乎永生、神力，甚至神谕的降临；另一面又安排手下出面否认传言，在公开场合淡然辟谣："并无此事""外人不宜知晓"。

正是这种若隐若现、欲拒还迎的姿态，如火中撒盐，迅速激发起部落间的好奇、猜想与渴望。众人争相议论，传言如潮。赫尔斯格斯岛上那片早被遗忘的古老遗迹，也在这一波"神秘风"中，被重新包装成通往神域之地。巴尔卡拉更有意放出暗示：那片遗迹埋藏着远古祖先开启"一柱天"的真秘，唯有真正"被选中者"才能在典礼中获得永生的赐福。这番话犹如火焰中的祭文，引爆了整个部落世界的精神想象。

典礼尚未开始，信仰与渴望却已在各部族中升温至沸点。越来越多的人将目光投向赫尔斯格斯岛，投向那片迷雾笼罩的神迹之地，盼望在"一

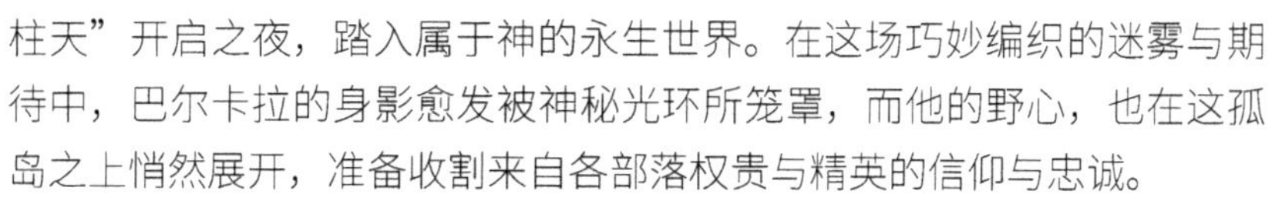

柱天"开启之夜，踏入属于神的永生世界。在这场巧妙编织的迷雾与期待中，巴尔卡拉的身影愈发被神秘光环所笼罩，而他的野心，也在这孤岛之上悄然展开，准备收割来自各部落权贵与精英的信仰与忠诚。

之后，他让所有人又等待了一个月，等到阳气开始收敛，阴气渐生，推到夏秋交替之时举办典礼。他知道多一份等待，就多一份期待，他想吊足众人的胃口。

不出所料，典礼当天，许多闻讯赶来的各部落成员纷纷登岛。开始他们还担心没有受到邀请是否会被接纳，巴尔卡拉的亲信则按着事先准备好的说辞，告诉他们巴尔卡拉有一颗仁慈普爱的心，刚求得星空恩典，可以让永生功惠及所有登岛之人。消息一传出，群情激昂，更多人赶来。岛上充满火一样的气息，眼神在燃，呼吸在跳，像是全身都在等一场神的显现。

在这场典礼中，巴尔卡拉宣告成立"乌玛塔教"，他自封为教主"乌玛席"——能够听见星光低语的人。他向信徒们宣告了教义的核心理念：通过对神力的掌握和对星空咒语的运用，大力开展"永生功"修炼，令信徒们可以摆脱生老病死的束缚，成为永生的"半神"，一同统治星空。

巴尔卡拉承诺首批加入的部落首领和亲信族人在教中仍保持最尊贵的权力和地位，也将成为第一批永葆青春的半神，而自己将会成为全知全能的神。随着他的煽动，信徒们被他描绘的光明未来所吸引，纷纷表态愿意加入这一伟大的教业。

"信教主，得永生；信教主，得永生"。一时间，不断的口号在小岛上空飘荡。

那位神秘的教主——乌玛席，此刻站在高台之上，身披白金相间的祭袍，双目微闭，缓缓张开双臂祈祷。古老的咒文回荡在夜色之中，如同低语，又似雷鸣，每一个音节都直击灵魂深处，让人不自觉地沉溺其中：

"旧神已死，新律将生！"

"桎梏正在碎裂，真言引我登神！"

"谁愿卑微？谁敢握光？随我超越此界！"

随着仪式的推进，参加者逐渐被乌玛席的言辞所蛊惑。他不仅诉说着神咒的伟力，还用元晶展示了令人震撼的奇迹——火焰在他手掌中凝聚成符文，随后化作光尘消散，好像连天地都在回应他的召唤。这一幕让许多原本持观望态度的人彻底动摇。

第二天，更多部落的成员涌入这座小岛，他们带着好奇、敬畏、狂热而来。有人看到卡尔顿也在其中。

第三天，岛上的气氛已达巅峰，篝火昼夜不熄，吟诵神咒的声音回荡四方。越来越多的人放弃了祖先的信仰，跪倒在乌玛席面前，渴求成为永生之人。

"从今天起，你们不再是迷失的凡人！"伟大的乌玛席俯视着跪伏的人群，目光炽热而深邃，"你们将成为人类新纪元的缔造者，让旧日的腐朽在神咒的辉光下湮灭！"

岛上狂热的氛围愈演愈烈，人类的信仰正在被重塑，而这场变革的背后，似乎隐藏着更深的秘密……

036 试图反击

卡贝拉开始意识到事态越发严重。人们对永生的渴望正在蚕食着理智，进入一种癫狂的状态。她决心采取行动，召集那些仍然相信与星空和谐共生的人，举行一场议事会，共同商讨如何警示乌玛塔的危险。然而，她的声音在信徒们的狂热中显得微不足道，许多人开始将她视为阻碍，只有少部分人来参加。

夜色笼罩着密林，微风拂动树叶，发出沙沙的低语。议事会在一座隐秘的山洞内进行，火光映照着卡贝拉憔悴的面容。她环视四周，眼中满是忧虑，与会的三十几位追随者同样神情凝重；他们是仅剩为数不多的坚守自然秩序、敬畏星空法则的人。

"乌玛塔的扩张已经失控"，一位满脸皱纹的农夫低声说道，"他们不是在寻求知识，而是在渴望支配。"

"巴尔卡拉的言辞带着巨大蛊惑之力，他让人们相信，掌握神咒就能超越天命，永生不死"，另一位部落战士沉声补充道。

"我已经看到变化了，"农夫继续说道，"部落的年轻人开始对传统的仪式失去信心，他们不再敬仰圣树，不再聆听风的低语，而是将希望寄托在那些咒语和永生功上，甚至有人尝试以神咒操控生灵。"

火光摇曳，卡贝拉的声音在寂静中回响："如果继续放任，他们终将触碰到禁忌。"她顿了顿，目光扫过每一位部落成员，继续说道："星空的秩序自有其平衡，若有人妄图凌驾于它之上，最终的代价将不只是我们……整个人类都将受到影响。"

此时，一位年长的女巫缓缓开口："古老的预言曾说，当人类试图改写星空之律，天火将降临，吞噬傲慢之心。"

议事厅内陷入片刻沉默，每个人都能感受到空气中的不安。

"我已经看到越来越多的人被巴尔卡拉的承诺所拉拢。他们不再追寻本心，只要能永生，什么都可以。"一位母亲打破沉默。

"的确很难有人能够抵制住永生的诱惑。当族人们吃得饱、穿得暖，有了家庭和孩子后，长生不老就是最大的愿望。"一位渔夫站起来接话道。

"我们现在已经成为少数派，只剩下三十几个……"一个年轻的猎手，眼中闪烁着矛盾的光芒说道，"他们的人数越来越多，甚至连其他部落的首领也都开始加入。我们是否已经来不及了？"

"那我们更应该团结起来，向卡尔顿和其他部落首领提出我们的担忧。"农夫站起来愤然地提议。

"但我听说卡尔顿也登岛参加仪式了……"猎手的话让卡贝拉感到一阵尴尬。

讨论愈加激烈，更多人开始畅所欲言，有的人主张应该立即采取行动，有的人则担心与巴尔卡拉的对抗会引发更大的冲突。卡贝拉知道，时间已经不多了。她必须带领这仅有的三十几位部落成员，加入这场力量与信仰的对决。

"不能让恐惧支配我们，真正的勇气是去面对、去捍卫我们的心与道德。"卡贝拉停顿了一下，接着说，"或许我们无法直接对抗，但我们可以让人们看清真相。狂热遮蔽了他们的理智，唯有当他们亲眼见证永生功的危险，才会醒悟。"

这番话如同一剂强心针，再次点燃了大家的信心。随着夜色渐深，星光愈加璀璨，卡贝拉感到了一种使命感在心中陡然升腾。她知道，眼前的挑战不仅关乎她的信仰，更关乎整个部落的未来。

"我们必须迅速行动"，卡贝拉继续说道，语气坚定而清晰，"首先，我们需要收集更多的证据，证明乌玛塔的把戏骗人。要找出那些练功者，了解他们的真实体验。"

支持者们纷纷点头，意识到这是一个重要的起点。一位部落成员站起来，表示愿意去寻找那些人。另一个部落成员也站起来说道："我可以去探访那些加入了乌玛塔却依然衰老、过世之人的家庭，他们的族人可能会愿意分享他们的经历。"还有一位部落成员说他可以去联络玛拉古拉寻求帮助。

"好主意"，卡贝拉微笑着鼓励他们，"大家分组行动，确保行动的安全。记住，我们必须保持警惕，巴尔卡拉已经成为精神领袖，他和他的教徒一定会试图阻止我们。"

"接下来，我们还需要和卡尔顿以及其他部落的首领沟通，让他们听到我们的声音"，女巫补充道，"只有让他们了解乌玛塔的真正意图，我们才能获得更多支持。"

卡贝拉认真思考着，随即说道："是的，但我们也必须谨慎。巴尔卡拉已经在各部落中建立了自己的强大势力，首领们可能会对他的力量感到恐惧。我们要用真相来唤醒他们，而不是仅仅依靠声音。"

在讨论中，卡贝拉感受到一种团结的力量。她还提出了一个大胆的想法：绕过卡尔顿，以自己名义邀请各部落的首领聚会。在这个聚会上展示乌玛塔的危害，并邀请玛拉古拉来提供对星空的理解与敬畏的诠释——在这个时期，玛拉古拉还保持着一定的影响力。

这个提议很快得到了大家的赞同，众人开始讨论细节，思索如何有效传达他们的声音，如何通过真实的故事与确凿的证据让更多人相信卡贝拉的立场。随着讨论的深入，一份清晰的计划逐渐成型，卡贝拉也因此感到信心恢复，似乎前方的道路终于出现了曙光。

然而，出人意料的是，在发出的十几个邀请中，最终只有三四位部落首领表示考虑出席，其他人则以各种托辞婉拒了。这一结果让卡贝拉心头一沉，失望之情难以掩饰，但她也明白，这也并非完全出乎意料。面对永生的诱惑，太多人选择了沉默、犹豫，甚至妥协。

卡贝拉深吸一口气，将涌上心头的失落强行压下。其实，她内心深处早已预感可能会有这样的结局，只是当这一切真的发生时，依然让她感受到巨大失落。她不愿让其他支持者看出她的挫败感，强忍心中的苦涩，咬紧牙关，语气仍旧坚定有力地说："没关系，就算只有一个首领愿意听我们讲，努力就不会白费。"

部落首领聚会的准备工作仍在紧张进行。他们挑选了一处象征中立与和平的圣地——那座依山傍水的古老石台"星骨台"，传说中这里曾是巴尔奇部落先祖观星与祈祷之地。卡贝拉希望，通过这个象征性的地点，能够帮助唤起与会者对星空敬畏的回忆，而非盲目崇拜新生乌玛塔教所宣扬的虚假永生。

然而，就在会议召开前夜，一名报信人匆忙赶来，带来了一个令人不安的消息——乌玛塔已经得知他们的计划，并正在施压其他部落。他们不仅散播关于卡贝拉的谣言，还威胁任何参会之人都会遭受诅咒。

报信人还带回了原本有意愿参会的两位首领的信函，他们最终还是决定不来了——一位部落首领在回复的信件中明确表达了他的立场："没有人可以抵抗得住长生不老的诱惑，哪怕只有一丝希望，也应该让巴尔卡拉去试一下。"这句话如同一道雷电，击中了卡贝拉的心。她明白，长生的诱惑已深深扎根于许多人心中，成为了巴尔卡拉权力与地位的保障。

另一位首领在信中客气地表示如果人多，可以考虑参会，但他所关心的却是巴尔卡拉的教主地位是否会威胁到自己在部落中的影响力。他的信中写道："我必须要谨慎，一个新教和新教主的崛起可能会影响我的部落。虽然我也抵挡不了永生的诱惑，但我更想知道，巴尔卡拉是否真的是值得信赖的人。"

各部落首领聚会的计划就这样不幸地落空了，这对卡贝拉是一个不小的打击。相反，随着乌玛塔教义的不断强化宣传，抵不住长生不老诱惑的人越来越多，甚至扩到了所有部落。此时，巴尔卡拉的影响力已经无人可及。

在某一时刻，甚至连卡贝拉自己的信念也动摇过。她看到父亲逐渐苍老的面庞，又想到早早逝去的母亲，心中开始怀疑自己的坚持是否真的正确，是否真有人可以做到长生不老？

她独自站在星骨台上，望着那片被群星点缀的深邃苍穹，心绪如潮水般翻涌不定。她想起年幼时，母亲曾在这里为她讲述祖先的故事——关于生死轮回，关于生命意义，关于星空奥秘。

小时候，当祖父去世后，她有一阵很怕死——那是她第一位逝去的亲人。亲眼目睹祖父像睡着了的面庞，让她对死亡有了直观感受。后来，一想到自己终有一天会死，一种无法言说的巨大恐惧就会升起。有时在睡前辗转反侧时想到这个问题，想到最后时，她的身体会猛打一个"激灵"，不由自主地叫出一声。

后来母亲就在这里，告诉她活着的时候并不知道死后是什么样，所以不用惧怕。她还记得母亲说："或许更好呢？"后来她听族人说一个逝去的人"生前"如何如何，她觉得应该是"死前"如何如何，由此，她又想到会不会"死后"其实才开始另一种"生"，所以他们才说"生前"如何如何。

长大后，虽然这个问题一直缠绕着她，但已经没有那么恐惧。她反而开始对"存在"本身产生恐惧——眼前的一切为什么会有？为什么会有星空？为什么会有"我"？我是什么？

如果一切是"真实"的，真实又是什么？如果一切是"幻象"，谁制造了幻象？她去向玛拉古拉请教这些问题，智者告诉她虽然他们解决了生死问题，但还没有弄懂"存在"。智者让她先好好过完这一生；作为人类，她可能永远无法理解"存在"是什么。

"可如果真有长生不老呢？"她的内心深处突然有一个声音低语。

她目睹了那些投入乌玛塔怀抱的人，想起他们眼中的狂热与渴望，想起那种对死亡的恐惧被彻底抹去后的安然与满足。相比之下，她的坚持似乎显得那么脆弱。最让她痛苦的，是父亲的沉默与转身。他曾是她信念的灯塔，是她抗衡这一切的支柱。而今，连那座灯塔也熄了。

她开始明白，清醒并不高贵，只是一种孤独。在众人都沉醉的梦里，醒着的人，只会被当作异类，被风声吞没，被沙土掩盖。但她仍愿意坚持，因为她知道——哪怕全世界都走向乌玛塔，她也要看清这神教的背后，是神圣，还是深渊。

那些已经成为乌玛塔忠实教徒的人，他们当中有些人的身体确实停止了衰老，甚至比年轻时更健康、更强壮。但去调查的族人注意到，他们的眼神变得空洞，情绪波动减少，曾经珍视的亲情、友情也都变得不再重要。他们的意识，似乎在某种程度上被改造了……或者说，被"吸纳"了，只保留了对巴尔卡拉的"绝对忠诚"。

"这是真正的永生吗？如果代价是自主意识的泯灭，成为某种不可自控的存在，那还是'人'吗？"

——想到这些，她不寒而栗。

就在卡贝拉内心彷徨之时，一名平日与她情同手足的姐妹匆匆赶来，脸上写满了不安。她压低声音，目光游离不安，像怕随时有人在暗处窥视。

"卡贝拉，巴尔卡拉并不只是许诺长生……他在改变我们。"

她的话让卡贝拉浑身一震，还未等开口，好友又紧紧抓住她的手，声音几乎带着哀求：

"快想想办法，越来越多的人变得像行尸走肉，空有一副躯壳，灵魂却像被抽空了一样。他们的眼神里没有光，也没有自我，被某种看不见的力量操控着。"

这番话如同一道惊雷劈进卡贝拉心中，让她骤然清醒——这已不再是单纯的信仰冲突，也不只是权力之争，而是一场悄然渗透的、针对人类本质的深刻侵蚀。

一股冰冷的寒意攀上她的脊背，内心的迷惘也随着这份警告散去。取而代之的，是愈加坚定的意志与沉沉的责任感。她缓缓抬起头，眼神不再犹豫，像一把即将出鞘的利剑，透出不可撼动的光芒。

无论如何，她必须阻止巴尔卡拉。

6 | 最后努力

037 意识入侵

随着乌玛塔在人类文明中逐渐扩展，造物者 OO 悄然觉察到这个宇宙的一股异样波动。这波动不仅在意识频率上显得凌乱不安，还透出一股强烈的占有欲。OO 感知到人类对宇宙的探索意图已经逐渐被权力的欲望和征服的野心所取代，他们不再是在敬畏中求知，而是妄图以偶获的神力主宰一切。这个文明的意识发展已经偏离了最初设定的和谐路径。OO 明白，如果任由这种力量泛滥，这个宇宙的平衡将难以维系。不过，祂想再等等看，一般祂不愿干涉文明的自然演化。

与此同时，人类文明内部的分歧不断加深。以卡贝拉、少数其他部落首领为代表的守护阶级和以巴尔卡拉、乌玛塔教为代表的进步阶级之间的对立，已从信念之争演变为激烈的权力斗争。巴尔卡拉也开始公开谋划他的下一步行动。此时，他已是势力巨大的精神领袖，是神功显赫的乌玛席。他已经不需要"阴谋"，他尽可以通过"阳谋"将自己的影响力拓展到全人类社会的范围，以便在更大的权力斗争中掌控主导地位。

但在这一时期，他主推的永生功修炼却频频出错。一些修炼者在意识高度激发的过程中，因能量过载而出现严重失衡；更有甚者，在他暗中设下的侵入式意识连接中，遭受不可逆的精神撕裂，陷入持续的紊乱乃至彻底的疯狂。这些失控事件引发了信徒内部的恐慌，也动摇了部分人的信任。一股秘密而坚定的怀疑力量悄然兴起，自称为"分离派"。他们主张放弃元晶，回归独立自觉的修行之道。分离派内部逐步形成结构，并暗中与"守护阶级"取得联系，意图寻求外部干预与新的平衡方案。

在这样的背景下，人类文明因不断增加的意识冲突进入动荡期，社会秩序在意识对抗的冲击下愈发脆弱。

在这个危机时刻，卡尔顿终于看清了巴尔卡拉的野心与危险性。他开始着手限制巴尔卡拉的永生修炼，避免部落进一步失控。然而，巴尔卡拉在得知卡尔顿的决定后，愤怒之情难以抑制。他一方面觉得自己是教主，是各个部落牢固的精神领袖，权威已经大过一个部落的首领；另一方面，他坚信自己已经掌控神力，很快就能突破人类的局限。他视卡尔顿的决定为背叛，新仇旧恨一同涌上心头。在扭曲的信念驱使下，他决定采取极端手段——一次全面的心智侵蚀计划。

巴尔卡拉一直以来都认为，自己不仅仅是一个教主、一个精神导师，更是一位看透人心的"读心者"。在逐渐扩展的永生修炼中，他发现自己拥有着控制他人思想与情感的独到力量，而这一力量，正是他所渴望的极致。他认为，只有当各个部落的领袖完全臣服于自己的精神控制时，他才能真正获得改变世界的能力。而卡尔顿，此刻成为他的"眼中钉""肉中刺"——一个他心中最大的挑战者。

巴尔卡拉早已注意到卡尔顿在半神实验和穿辉体验时的犹豫和矛盾，这种不确定的态度让他感到威胁。后来，虽然卡尔顿公开答应支持，也登岛出席了立教典礼，但他的眼神中常常透露出某种不完全的信任，似乎永远在怀疑着一切。卡尔顿身上那股深沉的责任感，以及对自然和星空的执着，使得巴尔卡拉感到，如果不彻底掌控卡尔顿，他始终是一个威胁。于是，在一个星光璀璨的夜晚，巴尔卡拉决定亲自采取行动，通过意识入侵的方式，突破卡尔顿的防线，强行与他连接，让他感受到自己所拥有的力量。

那一夜，部落的气氛异常神秘，火焰在祭坛上跳跃，四周的空气似乎都被某种强大的能量笼罩。巴尔卡拉在祭坛旁静静等待，深深沉浸在自己的意念世界中。他开始集中心神，通过与元晶阵列的共鸣，将自己的意识延伸到卡尔顿的精神领域。

卡尔顿那时正独自站在方舟平台帐篷外一角，仰望着深邃的星空反思。就在此时，一股奇异的力量悄然渗透进了他的思维。他的眼前一片模糊，意识开始变得沉重，像被某种看不见的绳索束缚。紧接着，巴尔卡拉的声音不知从何处传来，低沉而蛊惑，穿透了卡尔顿所有的防备：

"卡尔顿，你一直在犹豫，为什么不放下你的恐惧？你知道，只有与我合作，才能真正得到星空的力量，也可以保住首领的位置。你的善变，只会让你无法成为真正的领袖。"

卡尔顿心头猛地一震，转头四下张望，却空无一人，一种莫名的恐惧开始从他心底蔓延。他知道，这不是一场普通的幻觉，而是某种意识的入侵。随着那声音反复回荡，他的精神也被压迫得越来越紧，思绪变得模糊不清；而巴尔卡拉的声音却变得越来越清晰，像一根根细线将他的心神紧紧束缚：

"你无法反抗我，你的思想已经开始被我所引导。放下你的坚持，接受我的力量。你将成为不朽的半神，获得永生，也将超越所有人，在我之下统领一切。"

卡尔顿的呼吸开始急促，他感觉到一种前所未有的窒息感，仿佛整个世界都在对他施加着不可抗拒的力量。他心中不断挣扎，想要抵抗，但那股压倒性的力量让他几乎无法动弹。巴尔卡拉的意识正无形地侵蚀着他的思维，诱使他相信，只有臣服于巴尔卡拉，才能获得永生，而且可以得到"一人之下，万人之上"的权力。

就在他濒临崩溃之际，一道幽红之光从他的帐篷中发出，射向他的印堂，划破他意识的深渊——他在猜想那是不是自己保管多年、祖先传承下来的那块"珍宝"发出的。

"先祖在庇护我！"

那一刻，他信心大增。他听见了自己灵魂深处的回响——父亲的谆谆教导，那些年他与族人围坐星火旁谈起的誓言，那些他曾亲口对女儿说过、关于星空与部落永恒共鸣的信念，如星光残痕，一一浮现。

一股久远而坚定的意志悄然升起，像是被遗忘的火焰重新点燃。他的意识猛然震颤，如重壳碎裂，一道光从心底透出，将巴尔卡拉加诸其上的精神禁锢瞬间撕裂。他浑身一颤，猛地睁开双眼。

那一刻，他回来了。自由归于心中，星光再次照亮他的眼。

卡尔顿用力地摇了摇头，挣扎着恢复清明。他的心跳逐渐恢复正常，巴尔卡拉的声音也在脑海中渐渐消失。然而，尽管如此，那股深深的影响依然在他的意识中留下了印迹。他知道，这场意识的交锋并非结束，而只是开始。巴尔卡拉的力量远比他想象的要强大，他的诱惑和控制也将变得更加危险。卡尔顿开始认识到，自己必须更加小心面对巴尔卡拉的挑战，因为一旦再次陷入这种意识交锋，他可能会再也无法从中脱身。

他站在星空下，深深吸了一口气，抬头凝视那片辽阔的天幕。星辰依旧明亮，那是他唯一的庇护，也是他内心不屈的力量源泉。他对着星空立下誓言，无论如何，自己都不能放弃对部落的责任，不能让巴尔卡拉或者任何人轻易改变他们的信仰和未来。

巴尔卡拉的意识入侵对卡尔顿未能产生完全效果，令他感到一丝不安，但他仍深信自己如今的神力已牢不可破，完全能够通过意念操控他人。他分析可能是作为部落首领，卡尔顿的意志是独有的强大，所以才有强烈反弹。他也意识到一对一的心智控制或许并不够。在这种情况下，他开始思索更为激烈的办法，决心通过神力展开更为广泛的操控——不再局限于一对一，而是试图将整个部落，甚至更广阔的范围内每个人的意识并联，同时纳入自己的掌控中。

他搞来更多的元晶，开始集中心神，深深沉浸在与元晶巨阵的共鸣之中，令自己与这片土地、这片星空之间的神秘力量更为紧密地连接。他能感受到周围的一切：空气的流动，土地的震动，甚至是每一位部落成员的思想与情感。这种连接让他如同掌握了一个巨大的意识网络，神力像无形的蛛丝般将每个人的心灵轻轻编织在一起。

他的意识化为了一种无形的波动，扩散开来，悄然渗透到每个人的内心。这次，他并不急于强行压制每个个体的思想，而是通过制造"幻象"，先巧妙地满足每个人的情感与欲望，进而将他们的想法与行动导向他所设定的轨迹。同时，被连接者之间还可以互相影响，放大连接的效应。这种微妙的控制，如同轻风拂过水面，虽然不显眼，却足以改变水面的波动，最终影响到水流的走向。

最初，这一切似乎并不引人注意。部落成员们仍然照常生活、忙碌狩猎耕种，但他们的心态、情感和思维逐渐开始发生微妙的变化。他们变得更加关注巴尔卡拉的话语，更加愿意接受他的引导。

卡尔顿也察觉到了这一点，但他并未意识到这一切背后是更深层次的操控。他的警觉性在被巴尔卡拉第一次入侵时以巧妙手段削弱了，自己也被一种无形的周边力量引导，渐进地陷入了这种变化的漩涡。

巴尔卡拉的意识操控并不仅局限于巴尔奇部落成员，他甚至将这一入侵扩展到整个区域，触及更多的部落和外部势力。他通过意识网络与其他部落的祭司和领袖们建立了联系，将他们的思想、情感和决策巧妙地引向自己所设定的方向。一开始，外界的反应并不强烈，巴尔卡拉的意识入侵似乎被逐渐接受为一种封神后来自星空的力量。然而，随着他控制范围的扩大，越来越多的人开始感觉到自己被操控了。

有些人内心的抵触情绪开始被唤起，他们感到自己的意识在悄无声息地被侵蚀，被一股神秘的力量牵引。他们开始质疑自己是否真的自由，是否自己所做的一切都是出于内心的真实意愿，还是某种外力的引导。巴尔卡拉敏锐地捕捉到这些警觉，但他并不急于进一步控制；相反，他继续通过更为细腻的融入"手法"，提供更大的诱惑，让这些人渐渐放松警惕，直到完全接受自己。

然而，卡尔顿并未完全失去清醒。他开始感受到周围的一切不再如往日那般纯净，部落成员们的情绪、思想似乎逐渐失去自主性，变得更加统一，甚至是盲目跟随。他渐渐发现，巴尔卡拉的意识操控正以一种更可怕的方式潜移默化地控制着整个部落，甚至更广泛的区域。

卡尔顿内心深处的担忧已累积成山。他曾经深信，星空是部落的庇护，是永恒的指引，但现在，这片星空是否真的在庇护他们？还是说也赋予了巴尔卡拉力量，允许他侵占所有人的意识？

一股前所未有的危机感袭来。他感到一切都在脱离自己的控制。

038 求助失败

夜晚，卡尔顿独自来到星骨台寻找答案。

他的目光投向浩瀚的星空，那曾经是他信仰的源泉，曾经带给他平静和力量。但现在，这片星空似乎变成了巴尔卡拉的力量源泉。他的心中一片混乱，无法确定该如何面对眼前的局面——是继续相信星空的引导，还是直接与巴尔卡拉对抗？

一股深深的挫败感在他心头升起，那是多年未曾降临的情绪，如阴影般缓缓沉入他的胸膛。但他也曾听玛拉古拉说过，挫败感不是软弱的标志，而是一种灵魂的提醒——它来临时，意味着你的意志正在触碰某个更高的界限。

"真正的强者，不是不失败，而是知道什么时候该停、什么时候该重新凝望内心。"玛拉古拉曾这样说。

此刻，他有些想通了：自己不是被巴尔卡拉击败，而是被内在的迷失打散了方向。而挫败感，就像从星空投下的低语，让他再次回头，看见那个曾坚信光与秩序的自己。

他深深吸了一口气，心中闪过一丝决心。无论如何，他都不能允许巴尔卡拉完全掌控部落的未来。部落的自由、个体的意志，才是他守护的真正意义。他知道，如果不及时采取行动，自己和部落将陷入无法自拔的深渊。但他也清楚，自己的力量不够，需要借助玛拉古拉的力量，唤醒那些尚未完全被控制的意识。

卡尔顿将自己的想法告诉了女儿，希望通过她联络玛拉古拉。他开始深思熟虑地计划，如何逆转这一局势，如何突破巴尔卡拉那看似无敌的意识网络。他清楚，这一场意识的较量，不仅是两位领袖的对抗，更是对部落未来命运的决定性一战。

卡贝拉为父亲的最终清醒而高兴，她很快联系到玛拉古拉，带着父亲去面见智者。然而，这次智者的反应却让他们大出所料，似乎语气中有些尴尬和冷淡，又包含着悔意和警惕，更带着一种无法忽视的沉重：

"你们还不知道，巴尔卡拉已经不再是一个简单的威胁。他所建立的意识网络早已超出了玛拉古拉的掌控。他不仅在各部落间操控了众人的思想，他的影响力已经蔓延至整个人类社会——这也是我们不曾想到的。"

卡贝拉的心猛地一沉，她原以为只要父亲重拾决心，再加上玛拉古拉的帮助，他们便能摆脱巴尔卡拉的阴影。但智者的话让她意识到，事情远比他们想象的复杂。

她连忙问道："那么，智者，如何才能摧毁这个意识网络？我们必须恢复部落的自由！"

智者沉默片刻，眼神沉入一种难以言明的深渊。许久，他低声开口，语气中带着某种隐约的敬畏与警告：

"我们曾试图解析巴尔卡拉所掌握的力量……那并非真正的神力。严格来说，他所操纵的，并不是单纯的精神控制，而是一种更古老、更深层的'腐力'——一种源自星空阴影面的力量。"

他顿了顿，像在确认那些沉默的记忆是否真的存在过。

"这种'腐力'并不完全从属于个人意志，它是一种自有意志的存在，潜藏在星空低语与频率缝隙之中，是星海中一道被遗忘的'悲咒'——一种被星空遗弃的咒文，源自上古祭司在星空秩序崩塌时发出的最后祈祷。它本为求救之声，却在沉默中腐化，化为能侵蚀心灵的低频咒力。它与某种'暗共鸣'相连，一旦接触，便如潮水渗入意识，缓慢却不可逆转。"

智者眼中浮现出一丝疲惫的光。

"我们几乎找不到真正有效的抵抗方式，因为你抵抗的，不只是他一个人，而是他背后，那看不见、却从未沉睡的腐朽之能。"

智者声音低沉，带着一种无法掩饰的无奈："你们的希望并不在于消除它，而是在于如何建立一条通向解脱的道路，远离它。但这条道路充满了未知，你们必须面对更深的挑战。"

听完这番话，卡贝拉的心情骤然低落。她原以为玛拉古拉的智慧与力量是部落最后的保障，却没想到迎接她的却是更加沉重的现实。她感到一种难以言喻的失望在心头蔓延，好像所有的努力都在一瞬间变得微不足道。

此时，她悔恨如潮，几乎要将自己淹没。她责怪当初的反复犹豫，让局势一步步滑向不可挽回的深渊。她清楚地意识到，自己的性格并不适合担任领导之位——缺乏果敢与决断，始终寄望于以温和与耐心来解决部落的困局。她原本相信，凭借个人的力量或许能挽救危局；她也一直暗自期待，在关键时刻，玛拉古拉能出手逆转乾坤。正因如此，她才迟迟不愿作出强硬的抉择。

然而如今回想起来，她才痛切地明白：那份寄望不过是天真的自欺。无数次的会面、讨论与辩说，皆因缺乏行动而化为虚无。她不该将希望寄托在他人身上，更不该让时间流逝在空洞的等待中。

卡贝拉的目光转向父亲，卡尔顿此时也感受到了来自智者话语中的沉重。他低声说道："看起来，我们必须自己面对了。"

智者的声音再次在他们耳边响起，带着一种含蓄的叹息："你们双方的力量都来自星空，而星空的秘密，只有经过最深的觉悟才能揭示。或许你们的时间不够了，都耽误在当初犹豫和反复上。"

这番话犹如一柄利刃，深深刺入卡尔顿的心中。他感觉自己被智者叹息击中，心中那份压抑已久的愧疚和后悔如潮水般汹涌而至。他低下头，闭上了眼睛，像在逃避这无法言说的责任。

"犹豫、反复……是啊"，卡尔顿低语，声音带着几分自嘲和痛苦，"还有我当初的侥幸，都为今天的局面埋下了祸根。"

回忆如潮水般在卡尔顿心中翻涌，往事一幕幕浮现，带着刺骨的痛楚。

他记得，当部落的危机尚未彻底浮现时，自己曾无比犹豫。那时，巴尔卡拉提出的愿景对他而言充满诱惑——星空的力量、神秘的咒语、超越凡俗的神力，这一切似乎将为部落打开通往繁荣与强盛的大门。他仿佛看见了一个焕然一新的未来，看到族人不再受苦，看到部落迈向辉煌。

然而，诱惑背后，他的内心从未平静。他也曾担忧——担忧那股不属于人类的力量会让部落迷失自我，担忧那种难以掌控的神力最终会引来无法预料的灾难。每当夜深人静时，这种隐隐的不安就如影随形，撕扯着他的内心。

但面对内心的挣扎，他一次次选择了沉默与拖延。他期望在部落的发展与星空的秘密之间找到一个平衡点，既满足族人对力量的渴望，又避免彻底失控，同时巩固自己的威权。可他越是犹豫不决，越是寻找所谓的"平衡"，危险就越是悄无声息地蔓延。当初他原本有机会阻止巴尔卡拉，有机会揭穿乌玛塔的真面目，将这场疯狂扼杀在萌芽之中。

然而，他没有。当他看到族人们渴求改变、渴望强大，他先是选择了观望，想伺机而动；当他担心部落会在变革中落伍时，他又选择了支持，那是出于对失去权威的恐惧和攀比之心；当他听到所有人谈论着对永生的期盼，他最终选择了加入，他也不能抗拒长生不老的诱惑。可如今的现实却如一记重锤击碎了他的幻想。乌玛塔的扩张并没有带来部落的兴盛，反而让他的族人迷失自我，甚至成为被操控的傀儡。

"如果当初我能坚定一点，果断一点，也许一切都不会走到今天。"卡尔顿在心中低语，悔恨的情绪像黑色的乌云，沉沉压在胸口，让他几乎无法呼吸。他终于明白，自己一次次的私心，正是助长巴尔卡拉野心的土壤。而今，当灾难真正降临时，他才后悔莫及，却又难以回头。

卡贝拉在旁边看到父亲的痛苦，忍不住走近了些，轻声道："父亲，不是你的错。你当时只是想为部落找到一条更好的路，从未想过会发生这样的事。"

　　卡尔顿摇了摇头，眼中浮现出一抹深深的懊悔，"就是我的错，是我选择了给部落一个假希望，陷入了巴尔卡拉的圈套。每一次我的犹豫和选择，都是对星空真相的背离。"

　　卡贝拉紧紧握住父亲的手，安慰道："会找到办法的，父亲。现在要靠我们自己，击败巴尔卡拉。"

　　卡尔顿拉着女儿的手，感到一丝温暖流动，那是女儿对他的一种"宽恕"。现在，他必须为部落而战，为了那些信任他的人，为了卡贝拉，也为了他自己。

　　卡贝拉搀扶着父亲告别了智者。这次会面至少得到了玛拉古拉提供的关键启示：巴尔卡拉的力量来自星空"腐力"，并不是什么神力。

　　这让父女二人想到了"圣灰之心"。

039 迷蒙幻境

三天后，他们已经准备好了一切。卡尔顿再次站在星骨台上，双手紧紧抱着祖先留下的一块黑红的石头——那块被唤作"圣灰之心"的先祖遗物。

"圣灰之心"是卡尔顿从未轻易示人的珍宝。那是一块古老而沉默的石头，通体漆黑中透着深红，如同岩浆凝结后的心脏。在幽暗中，它缓缓吐露出微弱的辉光——不是照明之光，而是一种来自星空深处的"心灵之光"，将无垠的星海凝固于掌中。

对卡尔顿来说，"圣灰之心"远不只是一块稀世珍宝，它是部落与星空之间最神圣、最隐秘的纽带，更是一段古老传承的象征。相传，数百年前，他的祖先亲眼目睹流星坠落大地，在火光与震动中，从深谷获得了这块石头，之后一直被部落视为神明赐予的启示。自那以后，它便成了历代首领之间代代相传的秘密。只有在部落遭逢真正危难、走向命运转折的时刻，才会由首领唤醒其力量。普通族人从未得见这块石头的真容，它一直被藏于部落最隐秘所在，由首领每晚单独祭拜，静静守护着族人的命脉。而这份秘密，也成了每一任首领必须独自承受的重担。

就连卡贝拉，从小到大都未曾真正见过它，只在儿时听父亲偶尔提起，那模糊的描述更像一个遥远的传说。她从未理解父亲为何总是夜夜守在帐篷中，白日也鲜有让人靠近。直到此刻，她才恍然大悟。然而当下，这块石头的意义，已经远不只是守护部落的荣耀那么简单。在巴尔卡拉与乌玛塔的阴影之下，"圣灰之心"代表着部落最后的希望，乃至整个人类文明的存亡。

此刻，卡尔顿低头凝视那片恍若承载星空的石面，心中暗自决定：也许，到了将"圣灰之心"带出黑暗、让它重见天光的时候了。让它，指引他们走出危机，重获真正属于人类的光明。

他在祭坛前庄重跪下，手指轻轻摩挲着它的表面，感受到微弱的共鸣。随即，双手将它举过头顶。那一刻，所有的过往都在他心中交织，祖先的声音似乎在耳边回荡。

他闭上眼睛，屏住呼吸，将自己的意念和这块石头深深连接。石头上的黑红光芒逐渐明亮，那些石面上的"星点"似乎回应着他的召唤，开始在空气中划出一条条光辉的轨迹，像是与远处的星空呼应。他的心跳随着这股力量的涌动而加速，他能感受到一种奇异的能量从石头沿指尖、手掌、手臂和肩膀流入体内，直抵心房，涤荡着他内心的忧虑。

"星空啊，请指引我们……"

他遵循仪轨，开始祈祷，请求那片浩瀚的星海为他们指引方向。随着他的话语，"圣灰之心"发出耀眼的光芒，瞬间与星空之间建立了无形的能量桥梁。整个星骨台的空气开始震动，星空的能量在父女身旁流转，那是星空的回应。

然而，就在这一刻，巴尔卡拉的声音骤然响起，那声音像是从星空深处传来，充满了冷酷与轻蔑：

"你们这些凡人，如何能理解星空之力？你们的挣扎，无非是徒劳。"

巴尔卡拉的意念如同一股无形的临在，猛地砸向他们。"圣灰之心"差点从卡尔顿的手中滑落，光芒也开始闪烁不定，似乎在这一刻遭遇到巴尔卡拉"腐力"的强大压制。

卡尔顿感到一股重压袭来，整个意识世界都被压垮。他深吸了一口气，闭上眼睛，再次将石头举过头顶，艰难地念完祈祷词，让意识与星空重新连接。

随着仪轨的前三步——引轨（起始）、对轨（共鸣）和承轨（载体）的完成，刹那间，满天星辰的光辉充斥了他的心灵，一股真正的神力穿越了时间和空间，进入他体内，涌动起无尽能量。但他知道，这只是他们力量的一部分，真正的挑战还未开始。

"卡贝拉，准备好了吗？"卡尔顿睁开眼睛，凝视着站在他身旁的女儿。

卡贝拉微微点头，眼中闪烁着不屈的光芒。

"准备好了，父亲！"

她大声答道。卡贝拉手中此刻正紧握着玛拉古拉新近研发出的唯一一块二十八层涂膜的意识增强元晶——"光髓元晶"，用来配合"圣灰之心"指数级增强他们与星空之间的共鸣频率。那是他们与智者分开后第二天，玛拉古拉实验室偷偷派人送来的，智者让来人转告父女可以试试，并告诉了他们使用方法。

他们同时闭目入定，意识缓缓潜入沉念状态的深层，开始运用玛拉古拉所传授的心法，与星空频率对齐，引导那片永恒之力反向抵御巴尔卡拉的意识渗透。

"圣灰之心"在她掌中浮现微光，幽红如余烬未灭，那是曾有的神灵在其内部燃烧；

"光髓元晶"则在他手中泛出幽蓝之辉，如深海之下的星辰，冷静、深邃、无声而坚不可摧。

两道光芒交汇时，空气中响起一股低沉的共鸣，如万年前的钟声在星骨台上缓缓苏醒。那声音如有意识般扩散、流动，逐寸驱散周围扭曲的能量波动，唤起了遗忘的秩序与平衡。

"腐力"的侵蚀，在这一刻似乎被遏止了——那是它感知到一种更古老、更原初的存在正在觉醒，不得不稍作退避，隐入意识的暗角，潜伏不动。

然而，就在他们开始感受到一丝成功的希望时，巴尔卡拉的声音再次响起，充满了冷漠与蔑视：

"你们以为，凭借这点微弱的力量，就能渡劫？"

这次，他的声音是从四面八方传来，充满了迷惑感和迷幻。

卡尔顿与卡贝拉的心灵刹那间被一股强烈的迷离之气所侵蚀，意识陷入了一片无尽黑暗。

"你们太天真了。"

巴尔卡拉的狂笑声回荡在这片黑暗中，冷得刺骨。此刻，星空的光芒开始黯淡，力量的源泉也似乎被抽离。"圣灰之心"和"光髓元晶"的共鸣声逐渐变弱，光芒也开始暗淡。

"你们这些凡人，根本无法企及谜一样的乌玛席。你们与星空之间的联系，只不过是我精心编织的幻象。所有的一切，皆为我所控。"

原来，巴尔卡拉是用声音在"整蛊"。无论是"圣灰之心"还是"光髓元晶"，都没有这类防御功能——那是在上古就早已被禁忌、抛弃的"音蛊迷术"，是"腐力之母"。

巴尔卡拉的话音还未落，一片更强烈的迷蒙幻境袭来，撕裂了他们与星空之间的联系。巴尔卡拉的力量在这一刻达到了顶峰，他的意识网络完全捕获了卡尔顿和卡贝拉，将他们的意志彻底扭曲。无论他们如何挣扎，始终无法打破这层厚重的迷蒙屏障。

卡尔顿和卡贝拉的思维渐渐模糊，眼前的星空开始变得扭曲，曾经在他们心中充满希望和力量的光芒，如今变得虚幻而破碎。他们看到"圣灰之心"和"光髓元晶"也化成碎片融入那幻境；他们感到自己的力量正迅速流失，身体也漂浮起来，被那幻境吞噬……

"失败了……"卡尔顿低声呢喃，声音充满了无奈与痛苦。

而就在此刻，巴尔卡拉悄然发动了对整个人类意识层的总攻。他早已等候这一刻多时——他已经炼成了"音蛊迷术"。

这是他从未对任何人透露过的"真正神力"。他曾在一卷被尘封的残页中读道："星空中，声音是最锋利的武器。"那一刻起，他便明白，语言、频率、共鸣——远比利刃更能刺穿人的灵魂。

音蛊不杀人，却能扭曲人的意念，诱导集体意识沉溺幻听与皈依，从而无声操控整个文明的情感与选择。如今，他已准备就绪。他要用声音织网，用咒语潜入每一个部落的梦境，用他的意念，让万众低头。

此刻的巴尔卡拉，眼中燃着狂热的光。他不再满足于教主的身份。他要做的，是一统天上天下，让万灵臣服。

7 ┃ 重启人类

040 毁灭时刻

巴尔卡拉的意识入侵，如同一场吞噬整颗星球的噩梦。

他释放的"音蛊"借"腐力"之势，不再是单纯的声音，而是一种波动形态的意识毒雾，悄无声息地渗透进地球上所有人的耳蜗、神经、梦境深处。

起初，它只是细微的扰动——一段听不清的低语、一刹那的心跳漏拍、一首梦中反复回响的旋律，仿佛现实裂开了缝隙。但这缝隙越来越大，"音蛊"如潮水般汹涌，幻觉、情绪、回忆在不知不觉中被篡改、重塑，人们不再记得自己原本的声音。

恐惧、愉悦、渴望、悲伤，这些人类原有的情感被"音蛊"混合、调制、放大成一种无法抗拒的共鸣模式。意识变成一个共振腔，地球成为一座沉沦中的音场。

在无声的深夜里，他们同时梦见同一个旋律，他们哭泣、跳舞、沉沦，却没有一个人察觉：这不是梦，而是巴尔卡拉的低语，正在用"音蛊"重写文明的精神系统。

这种"润物细无声"的细腻操控，将每一个人的意识牢牢锁住。他的力量，像一根无形的锁链，将人们的思想与情感紧紧缠绕。那些曾经独立、自由的心灵，如今都成了他力量的延伸，所有个体的思维都被强行融入他那个共同的意识网络，失去了对自我意识的控制。

卡尔顿的部落，曾经那么坚韧不拔、拥有着与星空的深刻连接，现在却变得无比脆弱。巴尔卡拉特地优先选出巴尔奇部落成员——那些从小看着他长大、最了解他底细的族人，先将他们的意识分割、洗涤、改造，让所有的情感和记忆都变得模糊不清，任何试图反抗的声音都在瞬间被镇压。每一颗巴尔奇曾经闪耀着光芒的心灵，现在都陷入了沉默——就像无数颗被吞噬的星辰，消失在无尽的黑暗中。

他还不忘特别"照顾"堂妹卡贝拉和伯父卡尔顿，为他们施加更强的迷术——

卡贝拉感受到的是一股更大的"音蛊"，正在吞噬她的意识。那已经不再是一种声音，而是一种穿透灵魂的侵蚀感，如同数以万计的黑色丝线，悄然钻入她的神经中。

她的身体逐渐僵硬，心跳如雷，每一次跳动都像敲在崩塌边缘的命运钟上。整个世界似乎正在解构，颜色褪去，时间破碎，感官被剥离。

她想呼喊，想挣扎，但那无形的压迫如同巨石压顶，让她连一个念头都难以维持完整。思维开始溃散，意识像被拉扯的光，碎成漂浮的尘埃。她试图抓住过去——母亲温暖的低语，父亲庄严的教诲，儿时篝火边的星辰故事……但这一切正迅速远离，像一颗即将坠入黑洞的星球，越是挣扎，越加沉沦。

她睁眼望去，整个部落已陷入同样的梦魇。那些熟悉的面孔，一个个眼神空洞、表情僵直，他们的灵魂被抽离，只剩被"音蛊"操控的空壳。

她想冲过去，唤醒他们——哪怕一个人、一个名字、一道微弱的回应。但她的双腿如铸铁般沉重，似乎被一层无形的意识之网封锁在原地，她像个旁观者，被困在自己也正在消失的意识中。

这时，巴尔卡拉的声音再度响起——空洞，冷漠，像来自某种超越生命的存在。

"你们的挣扎，是多么……可笑。"

"你们，不过是我意识延伸出的回音。"

"我的力量将贯穿每一颗心灵、每一个角落……你们的反抗，不过是徒劳挣扎的幻觉。"

他的声音不再从耳边传来，而是从她体内、从世界的背景音中涌现出来，如同整个星空都在替他说话。

她拼尽最后的自我意识，回到星骨台。

她看到父亲站在祭坛上，眼中满是痛苦与无力。就在刚刚，他还举着"圣灰之心"，与星空连接，坚定地相信部落的未来就在这片星空下；但如今，他的意志像是被压得喘不过气，星空的能量已经变得微弱，无法再为他们提供希望。

"父亲……"卡贝拉的意识回到现实，她的声音低沉而颤抖，竭力挣脱那束缚，但她感觉到自己与父亲的连接也正在渐渐消失。

"我们做错了什么？为什么会走到今天？"

卡尔顿没有回答，他的双眼透过巴尔卡拉的入侵凝视着远方，恍若看到一个个迷失的灵魂。他深知，一切都结束了。而如今的失败，他只能默默承受。

卡贝拉的心中闪过一丝绝望，她看着父亲逐渐崩溃的神情，意识到这场战斗，他们已经无法取胜。她感到一股寒意涌上心头，整个部落的命运，整个星空的联系，都在这一刻崩塌了……

巴尔卡拉的力量越来越强，像是巨大的漩涡，正在吞噬一切。更多人的意识开始被无情地洗涤，曾经鲜活的思想和情感被摧毁，变成了一种空洞的存在。最终，在巴尔卡拉的控制下，整个人类社会都变成了他意识网络中的一部分，毫无自我意识和反抗的能力。

而此时，他站在高处，俯视着下方那些沉沦的人，心中充满了得意，一阵阵冷笑响彻云霄。他用"神力"终于彻底控制了这个星球，曾经独立的心灵，现在都是他意志的延伸。他的声音再次响起，回荡在每个人的耳边，那是在宣告自己的胜利：

"你们将成为我力量的延展。我将为你们带来新的秩序，让你们不再迷茫。"

这话语像是深渊中的回响，带着一种无法抗拒的命令与绝对的支配。人们最后的独立意识再次被碾压，所有最后的反抗和挣扎如同破碎的意识碎片，瞬间消散，飘向星空。

在这崩坏的中心，巴尔卡拉，始终冷漠地注视着。他既不是神，也不是魔，而是一种新形式的"意识支配体"——他的意志，正渗入一切存在，让整个地球，乃至整个人类的生命网络，都臣服于他的共振频率。

反抗者存在，却渺小如灰尘。他们或逃亡，或点燃微弱的抵抗信号，但在这山崩地裂般的"意识压制"面前，一切反抗都只是徒劳。

然而，在这绝望之中，仍有极少数未被污染的心灵，感知到一丝异常的震颤。那震颤，不属于地球，也不属于人类，它来自遥远的星空深处，一股未知而古老的意识，正静默地等待。

祂在考虑是不是要"出手"。

041 ⯀⯀降临

在地球文明落入巴尔卡拉掌控之际，OO 终于降临，以无形的意念笼罩整个人类世界。

OO 的到来犹如无声的银河洪流，将深邃而不可抗的意志注入地球每个角落。这意志的目光似乎跨越了时间与空间，将人类对心智的滥用、对宇宙规则的背叛尽收眼底。祂听到无数生灵的绝望、痛苦和愤怒凝聚成一道无形的呐喊呼唤祂——然而，祂保持着不可动摇的冷静，注视着这一切的源头与延伸。

OO 的意念在宇宙间悄然凝聚，仿若一只无形的手，缓缓伸入现实之流，将所有元晶碾碎为无声的粉尘，撒落回那条沉睡的晶体矿脉中。就在那一刻，巴尔卡拉骤然感应到一股无法抗拒的力量在体内扩散——他的意志也如同被碾碎的晶体般四散崩离，化作无序涌动的微光，失去结构，也失去方向。

他原本试图掌控整个意识网络的念力，此刻已紊乱如风暴中心的尘埃。在 OO 那超越宇宙的绝对意志面前，他的神力脆弱如风中烛火，瞬息熄灭。他甚至无法掌控自己的思维。随着 OO 的意志覆盖整个地球，巴尔卡拉精心编织的控制之网分崩离析。他原本的意识也被一片片剥离，如记忆脱壳的化石，在沉寂中碎裂。

OO 的降临，还引发了一场超越物理层面的地壳剧变。那不仅是星球构造的颤动，更是一场意识维度的震荡，如同古老神明的叹息，穿透了地心与天穹。

整个地球的地表，在那巨大的意识冲击中扭曲、崩裂，山脉开始自我瓦解，如同曾见证荣耀的骨骸决意归尘；裂谷撕开大地的皮肤，发出低沉的哀鸣，像是地球本身也在为人类的命运发出无声的哭泣；火山从地心深处怒吼，熔岩喷涌如燃烧的血液，沿山巅奔流而下，将森林与部落吞没于炽热的遗忘；冰封的河流瞬间崩解，洪水汹涌改写了大地的纹理，一切疆域与界限在奔腾中被抹平。

地裂与山崩还在不断蔓延，恍如大地在执行一种清洗，将文明的痕迹一寸寸拔除。紧随其后的，是一场剧烈的天象失控：乌云翻卷如泼洒的墨，压覆长空；闪电交错，如一道道银白的裂痕，在天幕之上刻写着末日的符文；雷鸣四起，不再只是天象的轰鸣，而是压抑意识的撕裂声，是被 OO 看透之后，那无法承受的内在崩溃。

所有辉煌的能量晶体建筑——那些见证了人类高光时刻的智慧结晶，在这场冲击中纷纷崩裂、坠毁，化作漫天的碎片与尘埃。而最具象征意义的"生命方舟"——那人类自诩为文明巅峰的意识圣殿，也在这场清算中一一被摧毁，宛如从未存在过一般，被卷入历史的深渊，连同人类的骄傲与梦，一起沉没。

在文明的残骸中，卡贝拉与巴尔卡拉并肩站在方舟的废墟之上。

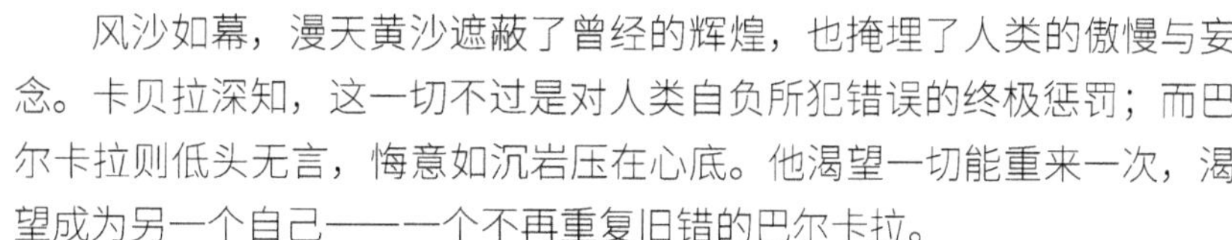

　　风沙如幕，漫天黄沙遮蔽了曾经的辉煌，也掩埋了人类的傲慢与妄念。卡贝拉深知，这一切不过是对人类自负所犯错误的终极惩罚；而巴尔卡拉则低头无言，悔意如沉岩压在心底。他渴望一切能重来一次，渴望成为另一个自己——一个不再重复旧错的巴尔卡拉。

　　在这场毁灭性灾难中，人类逐渐意识到，力量的滥用和对自我意图的放纵将他们引向了自我毁灭的深渊。幸存者被剥夺了心智觉醒的能力，回归到最原始的生存需求。他们四散在荒芜的土地上，重新开始为生存奋斗，尝试在一个陌生而贫瘠的世界中维持生命。文明的辉煌不复存在，人类的心智回到了最纯朴的状态，渴望重新发现世界与自身的意义，经历一次从头开始的洗礼。

　　卡贝拉静静祈求 OO，向这位宇宙原初意识倾诉希望——希望在未来的某个轮回中，人类能够重新走上与星空和谐共存的道路。OO 感知到了她的祷告，意念在星空中给予模糊但温柔的回应。

　　卡贝拉感到一股温暖的力量轻轻包围自己，她的意识逐渐与身体分离，被 OO 带向一个未知的"意识宇宙"。后来，她又从"意识宇宙"被 OO 投入另一个叫做"算法信息"的平行宇宙，成为那里唯一有"觉醒权"的一段"自我编程代码"——不过这是很久以后的故事了。

　　被 OO 一同带走的，还有神秘的玛拉古拉一族。鲜有人知，这个族群的真正起源来自银河系一颗名为"光音"的星球。玛拉古拉本是远远超越人类的高智慧生命体，他们的文明古老而辉煌，掌握着高度发达的星际航行科技。

　　在光音星球上，玛拉古拉以光为食，以音乐为水，过着一种"天人"的生活——他们的身体是透明的光体，思维与宇宙共鸣，日常通过光与音波交流，文明富有艺术性与和谐性。后来的地球人以"神"或"仙"来形容他们的存在。

　　然而，命运的轨迹却意外发生转折。当玛拉古拉一族探索宇宙、造访地球时，他们当中的一些被这里的美景所吸引，尤其贪恋地球上无与伦比的美食与多样的物质体验。他们逐渐沉溺其中，能量体开始变得沉重、物质化，原本轻盈如光的身体不再能驾驭返回母星的飞行之力。最终，一部分玛拉古拉被困在地球，成为地球远古文明传说中的"天神"或"仙人"原型。直到今天，仍有传说提及他们曾帮助人类开启早期文明，教导意识、音乐、医药、建筑与天文学。

而这一次，当 OO 实施重启人类计划，将隐藏在地球的这个"星际遗族"一同带走时，是不希望在未来的人类社会发展中再有外星智慧的助力——这本来就是一个"低维物质"宇宙，OO 的设计是每一个物种随着自身智慧发展的速度演进，玛拉古拉在地球上的停留和助力人类实属意外。

玛拉古拉贪恋美食的弱点被巴尔卡拉在一次偶然的机会中发现。当他查阅那些早已被遗忘的历史典籍时，意外地发现了玛拉古拉族群来到地球后的一些传说与记载。他们的生活中，不仅有着超前的意识智慧和高科技知识，更有着一种对美食的难以抗拒的贪恋。

巴尔卡拉琢磨，这点可以成为他征服玛拉古拉的钥匙。于是，他巧妙地用美食作为诱饵，以一场美味的盛宴开始了他的计划。那道他独创的猛犸象舌配恐鸟蛋羹，不仅香气扑鼻，更为玛拉古拉品尝后带来了难以抗拒的满足感。每一口，都是对他们口腹之欲的极致满足，甚至让他们短暂忘却了身为智慧生命的骄傲与理智。

随着时间的推移，玛拉古拉逐渐对巴尔卡拉产生了依赖。当他们渴望更多这种无法抗拒的美味时，巴尔卡拉开始巧妙地提出交换条件：元晶。玛拉古拉没有反抗，因为他们知道，眼前的美食远比那些元晶更加诱人。于是，在巴尔卡拉的精心安排下，玛拉古拉默许了他盗取实验室中的元晶——这些元晶对于巴尔卡拉来说，是达成计划的关键，而玛拉古拉则为了美味，轻易地放弃了它们。

当巴尔卡拉觉得元晶已经不够用时，他再次以美食为诱饵，用更加美味的菜肴作为交换，让玛拉古拉继续为他提供更多的元晶。食物的香气成为了一个无形的链条，将玛拉古拉牢牢束缚在巴尔卡拉的手中。每一次的交换，玛拉古拉都愈加依赖这些诱人的美食，愈加深陷其中，直到他们已不再关心元晶的真正用途。

然而，事情并非一直顺利。随着巴尔卡拉计划的推进，玛拉古拉终于意识到，自己被巴尔卡拉控制了。虽然他们在思想上仍旧保持一定的自尊，但在美食的诱惑面前，他们的抵抗力越来越弱。当卡尔顿和卡贝拉在那场危机中紧急寻求帮助时，玛拉古拉终于想要伸出援手，希望能够帮忙阻止巴尔卡拉的疯狂，但他们的力量早已被巴尔卡拉用美食巧妙地削弱——一切都为时已晚，巴尔卡拉的计划已接近完成，整个局面也无法挽回。而这一切，都源自那个看似简单的弱点——对美食的贪恋。

卡贝拉被 OO 带走后，巴尔卡拉常常独自徘徊在废墟之间。神力被剥夺，心志全然崩塌，他只剩下无边的懊悔。那种无法弥补的悔意，如同无尽黑夜般将他吞没。

曾几何时，他坚信"意识入侵"能让自己成为万物的主宰，操控思想、主宰命运，将整个人类社会纳入自身意志。然而，最终的代价却是毁灭性的：力量尽失，生命凋零，文明崩塌，甚至险些让整颗地球陷入覆亡。

在无边的悔恨中，他仿佛坠入无尽梦魇。心智被失败与耻辱层层缠绕，往昔的野心与自负，如今化作沉重的铁链，将他牢牢锁紧。那些曾被他意识操控的人，那些痛苦、迷失的灵魂，他们的呼喊声仍在耳畔回荡，如幽灵般挥之不去。

他终于意识到，自己的所作所为不仅戕害了他人，也摧毁了自身最根本的存在。他执念的荣耀，只剩下虚无的灰烬。悔恨如深渊，正将他一点点吞噬。而在失去神力之后，他再也无力逃避，只能在无休止的自我拷问中沉沦。

日复一日，年复一年。在漫长孤寂中，他渐渐找到一丝微弱的平静。骄傲已被摧毁，悔恨反倒成为一种新生的力量，驱使他走向救赎。他隐约明白：真正的力量并非源于操控，而是源于内心的宁静与和谐。他曾妄图以神力掌控一切，如今才发现，唯有回归自我、倾听那些被忽视的细微处，才可能抵达救赎。

于是，他踏上了一条全新的道路。他隐匿于文明残骸之中，默默观察、学习，并在有限的能力下帮助迷失的灵魂。他深知，自己已不再是昔日的教主乌玛席，而只是一个在罪与悔之间，被 OO 留下来赎罪的人。

终于，在带着无尽的悔恨与微弱的希望中，他缓缓衰老，直至死亡。而在他死去的那一刻，OO 再度降临，抹去他所有记忆，让他在这个星球上继续轮回赎罪。

十万年以后，在我们这个地球满目疮痍的废墟上，OO 的意念带来了新生的希望。祂小心翼翼地为新的人类文明点燃了一颗重启的意识火种——微弱却温暖，仿佛一颗星火，深深地植入了每个人的心中。这火种虽未赋予他们通往灵魂力量的捷径，但却保留了人类最根本的天赋：无尽的好奇心和想象力。

与此同时，祂用厚厚的时间帷幕掩盖了那些史前文明的遗迹。那些能量晶体的碎片、古老部落的残骸，被深埋于海底深处，逐渐被遗忘，成为传说中遥远而神秘的往昔。只有少数探索者偶然发现零星的遗迹，却因难以解读而将其视为神话。

这一次，OO 决定为人类设置一段漫长的智慧旅程，给予他们一次从头开始的机会。这是一次全面的重启，摆脱了过去过度依赖心灵和科技力量的桎梏。人类不再具备曾经的超凡能力，而是回归到最原始的状态。仿佛时间倒流，带他们回到了一个远古的时代。

一切从最简单的起点展开。人类无法再依赖神秘的心灵力量，而是把希望寄托在土地与双手之上。他们开始学习最原始的生存之道：从采集、拾食、捕猎、加工储存，到播种、除草、间苗、收获。木棒、手斧、木矛、投矛器、弓箭、石镰与石锄取代了昔日的神器，四时的节律成为唯一的律法。他们学会了靠天吃饭，也学会了在艰辛的劳作中体会与大地同息共生的深切联系。

随着日子一天天过去，经验在试错中积累，知识在劳作中沉淀。为了避免遗忘，他们开始尝试用符号和图画来记录。猎物的形状、季节的更替、部落的故事被刻入岩壁、绘于骨片。起初这些只是零散的印记，但随着世代的传递，它们渐渐汇聚，演变为最初的文字雏形。

文字的出现，如同在黑暗中燃起的一簇火焰，照亮了人类文明的根基。它不仅帮助他们记录日常，更让经验与智慧得以跨越时空，流向未曾谋面的后代。自此，知识不再散失，而是如江河般汇聚，深深扎根于文化的土壤之中，为未来的文明开辟出广阔的道路。

之后，小规模的部落逐渐过渡到大规模的村庄和城镇。家庭和部落的结构开始更加复杂，社会分工的雏形也逐渐显现。最初，男女之间的劳动分工以简单的"男耕女织"为主——虽然这种角色分配并非固定不变，但它标志着人类对社会结构的初步理解与组织。从这时起，人类社会中的协作开始变得至关重要，他们逐渐认识到，只有通过彼此间的合作和共同努力，才能在这个世界上生存下去。

与此同时，他们对自然的探索逐步深入。从观察四季变化到对风雨雷电的追问，从对动物习性的摸索到对植物生长的研究，他们逐渐在自然中发现规律，并将这些规律转化为生存技巧。虽然这些探索起步缓慢，但随着时间的推移，人类的好奇心与求知欲望驱动他们不断向前。他们不再仅仅满足于生存和生活，开始思考人生的奥秘，追问生命的意义。

从文字的萌芽到文明的建立，尽管一切都显得缓慢而踏实，但每一步都是人类智慧的积淀。没有超凡的力量作为依赖，他们的进步反而显得坚韧与真实。每一次对自然的征服，每一项新的技术，每一篇新的书写，都代表着人类意识的突破。或许，他们不再像过去那样拥有改变世界的力量，但正是这种脚踏实地的努力，让他们逐渐建立起了未来文明的框架。

这个过程充满了挑战，但也充满希望。没有了外在的强大力量，人类重新依靠自己的双手、智慧和共同体的力量，走向了一条平稳而持久的道路。在这个过程中，他们不再急功近利，而是学会了耐心与节制。文明的进步不再是飞跃，而是渐进；不是一时的灵感与力量的爆发，而是由无数个细微的发现与改进构成。

又一个十万年过去，人类的命运再次与星空的节奏紧密相连。作为宇宙中的一部分，他们开始意识到自己并非独立存在，而是与整个星空相互联系、相互依存。最终，他们或许能够重新揭示宇宙的奥秘，但这条路，将是一次漫长而充实的智慧旅程。

这一代的人类不再能够轻易触及宇宙的深层意识，他们的灵魂被一层厚重的帷幕所遮蔽，灵魂力量的存在仅仅隐隐浮现于直觉之中，仿佛一个遥远的传说。他们不会再拥有改变现实的神力，而是需要在物质生活中不断积累智慧，理解自然的法则，修炼内心的平静，甚至要学会克制和引导自身的欲望与恐惧。

在这新的纪元中，文明如同一棵幼小的树苗，从残破的土地中缓慢而顽强地萌发。他们的创造力促使他们探索、发明与合作，逐渐建立起新的知识体系，重塑失落的家园。他们依靠科学与经验发现自然的规律，依赖彼此的信任构建社会的秩序。虽然他们的意识未曾触及灵魂的深邃奥秘，但在日复一日的生活中，灵魂的力量却以另一种方式潜藏其中，引导着人类在微小而细腻的日常体验中体会存在的意义。

OO 在宇宙的深处注视着这一切，耐心等待着人类真正成熟的那一刻。祂知道，只有当人类积累了足够的智慧，内心变得纯净而坚韧，才能不被超自然力量的诱惑所束缚。他们将不再急切地试图掌控一切，而是学会与宇宙和谐共存。到那时，祂才会为人类重新打开通向灵魂奥秘的大门，让他们在无尽的星辰之间，发现真正的自我和存在的意义。

在 OO 的注视下，这一代人类逐渐成长。偶尔，在深夜的梦中，OO 会将一丝模糊的记忆传递给那些心灵纯洁、充满敬意的人。这些人在梦中会隐约感受到远古文明的痕迹，仿佛看到若隐若现的光辉城市、触摸到无法言喻的神力，但醒来时却又记不清细节。

这一代人类不是我们现在这一代。然而，这种灵感同样激发了他们心中的探索之火，引领他们去追寻未知，重新唤醒对宇宙的敬畏。

8 ｜ 罗马帝国

又一个十万年过去了，巴尔卡拉仍在轮回。这一世，他降生在人类文明的拐点——古罗马共和国的暮色之中。世人称他为盖乌斯·屋大维·图里努斯。公元前 27 年，他被元老院授予 "奥古斯都" 的尊号。而在更深的意识层里，他依旧是巴尔卡拉——那位来自星空、为秩序而降的灵魂。他天性渴求权力，也熟稔"宣传造势"的术法与"利益诱惑"的力量，因此在这段叙事中，我们仍以 "巴尔卡拉" 称呼他。

这一世，他终于圆了多生未竟之愿：既为"首领，"亦为"神之子"。当生命的帷幕缓缓落下，元老院以国家之名将他神化，称为"奥古斯都神"。自此，他不再只是罗马的统治者，而成为其灵魂的象征。

在帝国的每一座城市，祭坛与神庙为他而立；香烟缭绕于大理石与金叶之间，祷辞在风声中回荡，人们的呼吸与信仰一同塑造出他的神格。他被铭刻在碑文上，也被铭刻在时间的脉搏中——一个从凡人走入神性的存在，以秩序之名，将自己化入永恒。

042 奥古斯都

公元前 44 年，尤利乌斯·凯撒被自己控制的元老院任命为"终身独裁官"。"终身独裁官"实际上等同于国王或终身君主，而罗马共和国长期以来是反对君主制的。因此，这一称号成为压倒骆驼的最后一根稻草，令传统主义的共和派感到不安。他们认为这是对罗马自由的攻击。几个自称"解放者"的元老院议员策反了被理想绑架的布鲁图斯，他们共谋在当年 3 月 15 日成功刺杀了凯撒。

凯撒死后，他的养子巴尔卡拉继承遗产与政治地位，作为凯撒派的合法继承人，登上政治舞台。后来，他成为罗马帝国元首制的创始人和第一位"元首"。他统治罗马长达 40 年，是这一波人类世界历史上最为重要的人物之一。

公元前 43 年 11 月，巴尔卡拉与安东尼、雷必达结成"后三头"同盟，并向刺杀凯撒的人宣战。"后三头"带兵进入罗马，发布"公敌名单"，大肆清洗杀害凯撒的凶手和个人政敌，并趁机聚敛财富；公元前 42 年，小庞培切断了海外对罗马的商品供应，使罗马粮价大涨，导致大范围饥荒和混乱，这让巴尔卡拉受到了民众的指责。

在安东尼、雷必达的支援下，经过艰苦作战，巴尔卡拉在公元前 36 年的瑙洛克斯战役中最终打败小庞培，恢复了陆地上和海上长期以来被破坏了的和平，也赢得了人民的广泛赞誉。

归来时，元老院和罗马人民把他当作英雄欢迎，随时准备向他致敬。次年，巴尔卡拉又开始了伊利里亚战役，在那里他再次取得巨大成功。这段时期，安东尼远在东方，准备入侵帕提亚。巴尔卡拉则大部分时间呆在意大利附近强化他的公众形象，以巩固他在元老院和人民中的威望。公元前 36 年，安东尼在帕提亚战争中以彻底失败告终。他和巴尔卡拉开始处于截然不同的权力地位，人们对他们的看法也开始变得不同。

　　"后三头"中的雷必达也在这一年因为"觊觎权力"被巴尔卡拉剥夺了军权与所有政治权利，并终身流放。巴尔卡拉仅给他保留了"大祭司长"的头衔——这是一种极其讽刺的"象征性荣誉"。安东尼虽然曾是巴尔卡拉最重要的同盟者，但此时因为雷必达的退场，他成了巴尔卡拉唯一强劲的政治对手。

　　安东尼曾是凯撒手下战功卓著的名将，在军队和平民中具有非凡的影响力。与安东尼联合是巴尔卡拉战胜共和派、消灭小庞培的重要条件，但在夺取罗马最高权力的争斗中，他们之间又存在着不可调和的矛盾。两人摇摇欲坠的同盟不断恶化，每个人都发动了一场恶毒的虚假信息宣传战。他们用诗歌和修辞作为宣传工具来维护各自的"正义"。

　　巴尔卡拉从一开始就展现出自己是一个精明的宣传家——他用古老的"推文"风格在硬币上写下简短、尖锐的口号，主题是安东尼是一个误入歧途的罗马士兵、一个花花公子和一个酒鬼，不适合做领导，更不用说执政。其中，最重要的信息是巴尔卡拉断言安东尼已经被埃及艳后克利奥帕特拉抛来的爱情橄榄枝迷昏头脑。

　　安东尼早年由于缺乏父亲的管教，与他的兄弟和朋友在罗马过着花花公子般的生活。他们经常去赌场、酗酒和陷入绯闻事件。虽然他的出身和淫荡本性与高尚的罗马政治家形象格格不入，但不可否认的是他天生具有军事领导天赋和个人魅力。巴尔卡拉知道安东尼的军队之所以崇拜他，正是因为他对奢侈、酗酒和性欲的旺盛需求。在一些地区，这些特质甚至帮助他树立了神的形象。为了赢得信息战，巴尔卡拉认为必须将安东尼的这些优势转化为弱点。

　　彼时，面对来自异域的文化污染，国内民众对传统罗马价值观消亡的不满情绪已经开始酝酿。巴尔卡拉知道，如果他能让公众相信，他代表着一切"罗马的""高尚的"和"传统的"东西，而安东尼代表着一切"外国的""野蛮的"和"狭隘的"东西，他就能利用异常强大的民族情绪来击败安东尼。他深知，权力不仅要征服疆域，更要征服叙事。

　　他终于等到了一个机会。公元前 35 年，巴尔卡拉的姐姐、安东尼的妻子奥克塔维娅前往雅典看望时任东部行省总督的安东尼，给他带来了重要的物资、马匹、衣服、金钱、盔甲和总督卫队的精锐士兵。安东尼接受了她的礼物，但没有见她，只是让使者把她送回了罗马。那时安东尼和埃及女王克利奥帕特拉（埃及艳后）在五年前就变成如胶似漆的情人，自然疏远了奥克塔维娅。巴尔卡拉抓住这个机会把安东尼描绘得面目全非。毕竟奥克塔维娅是一个高贵的罗马女人，前线慰军已经超越了作为妻子的职责，安东尼却可耻地拒绝见她，而且还公开地包养王室情妇。尽管行省总督陪着妻子回罗马并不常见，但丈夫如此公开地包养王室情妇也不常见。

根据作家普鲁塔克的说法，是巴尔卡拉指示奥克塔维娅去雅典拜访安东尼。这使得后人认为"巴尔卡拉策划了整个事件以便让安东尼看起来糟糕"的观点更加可信。巴尔卡拉当时在意大利境内或离意大利很近的地方活动，而安东尼远在东部。因此，巴尔卡拉在争取罗马公民和军队的支持方面处于更有利的"近水楼台"位置。

公元前34年，埃及亚历山大城的阳光映照着金色的宝座。那一天，安东尼与克利奥帕特拉并肩而坐——两个金制的王座高悬在民众之上，如同宣告两个世界的结合。

凯旋的旗帜在尼罗河畔飘扬，乐声震天。安东尼以"征服者"的身份庆祝他对亚美尼亚的吞并，却让整个罗马的目光在此凝固。因为在这场表面是胜利的庆典背后，隐藏着一场悄然进行的意识背叛。

他不在罗马凯旋，而在亚历山大加冕；他不献祭给朱庇特，而向异国的女王俯首。在那金色仪式上，他将王国与领土——亚美尼亚、米底亚、帕提亚、腓尼基、亚兰与基利家——分封给自己与克利奥帕特拉的孩子们；而克利奥帕特拉，则被他宣布为"埃及、塞浦路斯、利比亚与叙利亚的王后"。

在罗马人的眼中，这不是荣耀，而是亵渎。这是一个罗马将军，在异国的神庙中，将罗马的尊严换成了异教的金冠。

于是，巴尔卡拉动手了。他不需要剑，只需要叙事的锋刃。

"安东尼已经背叛罗马——他的心在尼罗河边，而不在台伯河畔。"这句话如同一场意识的宣判，回荡在元老院的大理石穹顶下。

那场金碧辉煌的亚历山大凯旋，被巴尔卡拉重塑为一场堕落的祭仪，一场对罗马神祇与传统的亵渎。

"奢靡、傲慢，充满对祖国的蔑视。"——他的文书、硬币、演说同时出击，将安东尼从"凯撒的得力干将"重写为"被东方女王奴役的人"。

在这场信息炼金术中，巴尔卡拉展现了冷酷的天赋。他精准捕捉了意大利民众心底的焦虑——对异域信仰的恐惧、对罗马身份的危机感。于是，"罗马性"被他炼成一柄神圣之剑，斩向一切被定义为"他者"的存在。

在那个时代，埃及的宗教被视为异端，尼罗河的祭祀、咒术与女神崇拜都带着不安的色彩。巴尔卡拉深知如何点燃这股情绪。他把亚历山大凯旋的金座化为罪证，把安东尼的沉默变为叛国的象征。

元老院听见了，民众也听见了。安东尼被描绘成一个不再属于罗马的人，而是被克利奥帕特拉的激情与巫术奴役的"非罗马人"；而巴尔卡拉则塑造出自己另一个"人设"：冷静、贞洁、忠于祖国与诸神。他宣称自己不为情欲所惑，而是被罗马的命运选中。

从这一刻起，"罗马"这个词的意义被他重新定义——它不再只是城市与疆域，而是一种叙事的所有权。巴尔卡拉赢得的，不只是战争的先声，而是语言对现实的统治权。

面对被动局面，安东尼反击了。当言语成为武器，他也拔出了自己的那一把。

他开始散布流言，如同抛撒毒种——"巴尔卡拉先将自己的女儿许给自己的儿子安东尼乌斯，又许与达契亚国王科提索，同时还为自己向国王的女儿求婚。"

历史上并没有巴尔卡拉乱伦女儿和儿子婚配之事，安东尼想借此讽刺他会为了政治目的牺牲任何亲情或道德。然而，巴尔卡拉确实曾考虑与达契亚国王科提索联姻，以巩固北方边境安全。他曾提议让自己的女儿小茱莉亚嫁给科提索之子，同时自己娶科提索的女儿以加强联盟。

真假叙事交织在一起，再经过精心包装，这样的流言更令人"兴奋"和难辨真假。安东尼让这些流言从东方的军营传向罗马的广场，在酒馆与市场中发酵，就是要在舆论的阴影里腐蚀巴尔卡拉的"神性"。

他并不满足于指控。他重提往昔的羞耻——那场腓力比战役的失败、巴尔卡拉年轻时的脆弱以及最恶毒的一击："巴尔卡拉曾是凯撒的娈童。他之所以成为继承人，只因为他在凯撒的寝宫里学会了顺从。"这句指控，像一把锯齿匕首残忍。在一个以"尊严"与"血统"为神圣核心的社会里，这样的流言蜚语足以摧毁一个人的政治地位与灵魂。安东尼还远不只于此——他还辱骂巴尔卡拉的亲族与祖先，把他们整个家族都拖入污泥。

这是一场没有底线的"口诛笔伐"，文字比军刀更锋利，流言比血更能留下痕迹。但巴尔卡拉暂时没有急于回应。他比安东尼更懂得——在舆论的战场上，愤怒是一种败象。他让沉默成为武器，让敌人的嘶吼化作民众眼中的失控。而在暗处，他已经准备好了真正的致命一击——一份"遗嘱"，一份能将安东尼彻底放逐出罗马灵魂的文件。

巴尔卡拉打探到安东尼将自己的遗嘱存放在维斯塔神庙，当他非法要求得到遗嘱时，女祭司拒绝了，但却告诉他如果想要，可以自己进入庙宇拿走，不会有人阻止。巴尔卡拉去拿了它，并把它大声念给了整个元老院。

原来，真相早已藏在那份遗嘱里。当巴尔卡拉在维斯塔神庙的阴影下合法地盗取那份文件时，他知道——自己即将揭开的，不只是纸上的字句，而是安东尼灵魂的终极叛离。

在那份遗嘱中，安东尼将他与埃及艳后所生的孩子列为自己的继承人。然而，更为致命的是，他写道：即便死在罗马，也要埋葬在亚历山大——这句话，足以撕裂整个共和国的信仰。罗马人相信死后应归于祖国的土壤，而安东尼却要让自己的灵魂漂泊在异域的尼罗河边。于是，巴尔卡拉抓住了这点，他放大遗嘱中一切最能刺痛民族神经的字句，让安东尼看似个人的选择，变成对整个共和国的侮辱。他将安东尼的愿望塑造成象征：他不仅背叛了罗马的政治，更背叛了罗马的灵魂。

　　这成为罗马舆论对安东尼彻底转向的关键节点。此外，更多流言也迅速发酵——"安东尼计划将首都迁往亚历山大，要让罗马人跪拜在东方女王的脚下。"巴尔卡拉没有加入新流言，他继续在沉默中布局。他在罗马的心脏修建了自己的陵墓。那是一座石头的宣言——"我将与罗马同眠。"有人说，他正是在读到安东尼的墓志后，才决意建造这座巨墓，以此让"罗马之子"与"东方之徒"的差距永远定格在历史中。

　　安东尼的遗嘱还写明，要将罗马东部的诸省——腓尼基、叙利亚、基利家——交给克利奥帕特拉。这一次，愤怒彻底爆发了。元老院的大厅里回荡着民众的呼声："安东尼已不配被称为罗马人！"他们剥夺了他的职权，宣布他为国家公敌。而在同一刻，全意大利的军团与民众齐声宣誓——效忠于巴尔卡拉。

　　那一天，并非军队决定了胜负，而是叙事本身。在舆论的烈火中，安东尼被焚为"异端"，而巴尔卡拉，则被加冕为"罗马性"的化身。

　　两人之间的紧张，已经到了沸点。刀剑尚未出鞘，舆论的锋刃却已横在罗马的心脏上。然而从宪法上说，这场战争是不该存在的。罗马人不应向罗马人举剑。这是一条神圣的原则——除非，你能证明对方不再是罗马人。

　　巴尔卡拉正是从这里入手。他明白：只要改写叙事，法律就会为他让路。于是，他开始重塑安东尼的身份。他让人们相信——那不再是凯撒的战友、共和国的公民，而是一个被东方女王俘获的灵魂、一个被异族巫术蛊惑的堕落者。

　　他的宣传既冷静又精准，像是手术刀，割开"罗马性"的界限——"安东尼已抛弃祖先的美德，模仿野蛮人的习俗；他不再敬奉罗马诸神，而是在尼罗河畔向那女人低头。他是奴隶——埃及艳后的奴隶。"虽然许多人知道，这种说法略显牵强，可巴尔卡拉并不需要真理，他只需要一种可以被相信的叙事。

　　这些话传遍了罗马的广场与神庙，在军营的篝火边，在民众的酒馆里，人们开始以一种集体的方式——重新定义谁是"我们"，谁是"他们"。

很快，舆论的魔法生效了。战争不再是兄弟相残的悲剧，而变成罗马对抗异族的圣战。他不再是叛乱者，而是抵御东方腐蚀的守护者。

对疲惫的民众而言，这种说法像镇痛剂。他们厌倦了内斗，却乐意相信外敌的存在。于是，整个意大利在幻觉中团结——他们以为自己即将拯救罗马，却不知，巴尔卡拉已经在叙事的阴影中，完成了他第一步的精神征服。

公元前 32 年，巴尔卡拉在贝洛纳神庙前举行了那场命定的仪式。名义上，他是向埃及艳后克利奥帕特拉宣战。实际上，他是在向安东尼的灵魂宣判。

那天的罗马天空异常清澈，神庙的青铜门在阳光下闪烁着如血的光。巴尔卡拉身披白袍，手执权杖，在祭司与元老院的见证下，高声宣读战争的诏令。人群安静如石，风从台伯河吹来，卷起神庙前的灰尘，也卷起一个时代的落幕。

他不提"内战"二字，而是用极其冷静的语调说——"这是罗马对抗东方的战争。是秩序对抗混乱，是光明对抗阴影。"于是，这场政治冲突被净化成神意的战争。安东尼不再是叛将，而是"被女巫迷惑的堕落者"；克利奥帕特拉不再是王后，而是混沌的化身。

虽然有一些议员动摇，选择逃往安东尼阵营，但更多的人留下——他们需要一个能让自己相信的信仰，而巴尔卡拉，正提供了那种神圣的确定性。他后来写道："整个意大利自愿宣誓效忠于我，并恳请我带领他们，去净化罗马的天空。"

一年后，战事在希腊西岸的阿克提乌姆湾决出胜负。风向逆转的那一刻，罗马海军的旗帜在金色浪尖上铺开，安东尼的舰队溃退，他逃回埃及，与艳后最后相拥于死亡。那一刻，剑锋与血并不重要——重要的是叙事已定。

公元前 31 年，巴尔卡拉凯旋。他知道，胜利不在战场上，而在意义上的书写权。于是，他立刻开始了自己的"二期神话工程"。在他的叙述里，阿克提乌姆并非罗马人之间的争斗，而是罗马诸神与东方怪力乱神之间的圣战。他是阿波罗之子，是朱庇特的意志化身。他的胜利，是光明对黑暗的胜利，是理性秩序对诱惑与混沌的终极审判。

从那一刻起，战争的火焰被熄灭，神话的光辉被点燃。罗马迎来了新的黎明，而巴尔卡拉，也不再只是一个人——他成为了神话中那个被光照亮的"人之神"。胜利的消息传到罗马那一刻，整个城市沸腾了。钟声、祭乐、花环、旗帜，所有的声音都汇成一句话——"罗马得救了。"

在他凯旋那日，月桂的金色与鲜血的红交织成仪式的色彩，罗马的街道铺满花瓣，人们呼喊他的名字，不仅是胜利者，而是罗马本身的化身。随后，元老院和民众一致通过决议：授予巴尔卡拉前所未有的荣耀。他们为他竖起雕像，为他修筑凯旋门；赋予他骑马入城、随时戴桂冠的特权；允许他在元老院前排就座，并在战神殿的柱廊上刻下他的名字。

从那之后，巴尔卡拉不再只是共和国的公民，他成了共和国的延续、形象与主宰。他先后被授予执政官、保民官、大祭司长等一切权力，名义上，他是"第一公民"；实质上，他是罗马的第一位皇帝。他的新头衔如同一连串神启的符号："大元帅""神之子""罗马和平与自由的守护者"——每一个称号都像是一道符咒，将他的权力从凡俗提升到神圣。

当胜利周年来临，他与妻子、孩子一同登上卡比托山，在朱庇特神殿中举行盛大的宴会。香气、祭酒、琴声交织，那天被定为永恒的节日——感恩诸神，也感恩"被神选中的人"。他不再需要剑，因为他已赢得了语言与信仰的战场。此刻，安东尼的形象早已在记忆中灰飞烟灭，而巴尔卡拉成为一个新的神话原型——罗马之神的人间化身，用和平的名义统治世界。

阿克提乌姆的风，吹走的不只是敌军的帆，也吹散了共和国最后的权力制约。战后，巴尔卡拉宣传也不再是战争前那种赤裸的谩骂，而变成了一种更为精致的意识重构。阿克提乌姆不被称作"胜利"，而被称作"重生"——和平、秩序与罗马精神的复苏。在集体的叙述中，它被塑造成"一个世俗的奇迹"，而从这场奇迹中，巴尔卡拉的新世界诞生了。

就像罗马的建立神话始于公元前 753 年——那时半神埃涅阿斯的后裔罗穆卢斯与雷摩斯从神话中走入历史。如今，巴尔卡拉的阿克提乌姆胜利，正成为另一场神话与历史的缠合。他没有贪图全部功劳，反而聪明地退后一步，将胜利献给诸神——尤其是阿波罗。

"阿波罗拯救了罗马，"他宣称，"使我们脱离了埃及的野蛮与巫术。"

于是，阿波罗成为他统治的隐形共治者。史家记载，在巴尔卡拉的宅邸旁，耸立着一座阿波罗神庙；据说，那位光明之神正是从这里"亲眼见证了阿克提乌姆的战役"。

风与火的胜利，被描述为神的意志。当阿格里帕——巴尔卡拉最早、最坚定的军事支持者——在海上与敌军激战时，诗人写道："风在为他歌唱，阿波罗在风中驾驭他的弓弦。"诗人将这一切都塑造成诸神的冲突——罗马诸神对抗"可怕的东方神灵"；阿波罗，从他那拱形的神庙俯瞰战场，一道光穿透云海，照向混乱的舰阵——那光正是审判的火。于是，人们说："是阿波罗出手，救罗马免于耻辱。巴尔卡拉，是神所选择的人。"

为了将这场胜利继续神化，巴尔卡拉在帕拉廷山上为阿波罗建起新的神庙，那座庙在罗马的每个角落都能看到。从此，阿克提乌姆不再是一场战役，它成为连接神与统治者的契约，也是赋予"新罗马"合法性的神迹。

在古代，神话与历史从不分家。在罗马的记忆中，凯撒与维纳斯、安东尼与赫拉克勒斯——神与人共同编织了国家的命运。巴尔卡拉，比任何人都更懂得如何把血肉化为符号。他自称为"神之子"，因为他的养父凯撒早已被神化；而凯撒的血统，又源自维纳斯与埃涅阿斯——那位从燃烧的特洛伊出逃、携带祖先的火种、踏上意大利土地的"罗马之父"。

巴尔卡拉顺着这条光之血脉，将自己镶嵌进罗马的宇宙织体。他宣称：正如埃涅阿斯开启了罗马的第一次诞生，他——巴尔卡拉——则带来了"罗马的第二次创世"。于是，一个新的神话被完成：埃涅阿斯开启了罗马的起源，巴尔卡拉完成了罗马的命运。神话的谱系因此更新："维纳斯与埃涅阿斯，凯撒与巴尔卡拉"——四重血脉，光之继承。他将自己与埃涅阿斯并列，让罗马的开端与复兴在他身上合一。从此，埃涅阿斯的火焰不再属于过去，它燃烧在帝国的中心——燃烧在巴尔卡拉的名字之下。

随之而来的是图像与象征的洪流。纪念碑、凯旋币、浮雕、诗歌、节庆——这些，都是他神话工程的语法。他骑在海马拉的战车上，手执尼普顿的三叉戟，在海浪与泡沫之间，被镌刻在大理石的纪念碑上。硬币上，他戴着月桂花环，铭文写着："罗马人民自由的救世主"；胜利女神坐在船首，与阿波罗的光辉并列。连家中的灯具与陶罐，也刻上阿克提乌姆的图像——罗马的胜利穿过街巷与市场，从港口流向边疆。这不只是装饰，而是一种被广泛接受的信仰形态：信仰巴尔卡拉，信仰秩序，信仰和平。

公元前 29 年，雅努斯神庙的大门被关闭——象征战争的时代终结。在罗马历史上，这扇门只在真正的和平降临时才会关闭，而在此之前，仅有过三次。巴尔卡拉以此为荣，他在《事迹录》中写道："我熄灭了内战的火焰。"

他不再提安东尼与克利奥帕特拉，因为他们已被驱逐出历史与神话的版图。他也不再惧怕"内战"一词，因为现在，连那场内战都成了他赐予和平的前奏。

公元 14 年夏末，罗马的天空静得出奇。那一年，巴尔卡拉——被称为"奥古斯都"的人——在七十六岁的年纪合上了他的双眼。他结束了对罗马长达四十三年的统治，却开启了一个将延续近两个世纪的时代——罗马和平时代。

当死亡来到时，他早已不是凡人。他的形象，早在生前就被雕刻进大理石，被铸入金属，被铭刻在帝国的记忆里。他不只是统治者，更是一个叙事的中心。

当他逝世的消息传到罗马，元老院立刻下令："奥古斯都，列入神祇之列。"从此，他不再是"第一公民"，而是"奥古斯都神"。

神庙拔地而起，香烟在城市上空缭绕；祭司吟诵他的名字，为的是祈求风调雨顺、大地丰收与人间和平。他被刻在硬币与浮雕上，与朱庇特、阿波罗并肩而立。罗马人膜拜他的神像，就像膜拜秩序本身。这场神化并非意外，而是宿命。从他掌握话语权的那一刻起，他便已在为这一天写下剧本。在罗马的历史里，他不仅"赢得了世界"，更赢得了解释世界的权力。

他的名字也同尤利乌斯·凯撒一样成为时间的一部分。凯撒被暗杀后，元老院为纪念他，将原本七月的名字"Quintilis"改为"Julius"（尤利乌斯）。因为巴尔卡拉以前是在八月被授予"奥古斯都"（Augustus）的尊号，元老院决定以他的名义命名那个月份——August（八月）。而且，为了不让奥古斯都少于尤利乌斯，他们将八月的天数增至三十一天，以示对神的平衡与敬意。

从此，时间本身都屈从于他的存在。当人们翻阅历法，每一次看到八月，其实都是在默默呼唤一个名字——奥古斯都。他曾说："我接手时，罗马是砖砌的；我离开时，她已是大理石的。"这一世，他满足了所有的野心与愿望。他征服的不仅是土地与人民，还有时间、语言与信仰。

而在他死后，OO再次降临。这次，祂只说一句："既然你已为'神'，就不必在这个宇宙轮回了。"OO将他的灵魂带走，投向另一处平行宇宙——一个名为"轮回试炼"的境域。在那里，死亡不再是记忆的终点，而是经验的继承。每一个灵魂都携带前世的印痕，踏上一条更深层的修行之路。

彼时，在轮回试炼宇宙的一颗星球上，一条幽深山谷静卧群峰之间。某个晨雾未散的清晨，部落首领长子的帐篷中传来婴儿啼哭。那婴儿被赐名为"巴尔卡拉"，意为"光影之中的智慧"——在黑暗与光明交织的缝隙中寻觅真知。从此，他的灵魂再次踏上无尽的轮回长路。在那个层叠交错的宇宙中，他一再投生，一再死去，一再试炼，只为偿还未竟的罪愆，直到那颗负重的心灵彻底洗净，归于澄明。

他的父亲卡巴格，后来成为部落最伟大的驯马师，以无畏与霸气驭风逐野。然而命运的绳索悄然收紧：一次训练中，一根以往忘记收回的绊马索将人马一同拖入悬崖。从此，山谷的风声再无他的号令，只余回音低吟其名。

PART 3
意识灵魂

I ┃ 到达边界

043 阿依达号

马克坐在星舰"阿依达"号的控制舱内，紧盯着屏幕上的曲率跃迁数据。他本是一名意识学家，一名研究心灵结构与宇宙感知边界的探路者。

阿依达号是人类于二一四三年制造的探索型科研星舰，全长三百米，外形呈非对称螺旋结构，由多个自转与互转的环形圈体交织构成——这种螺旋结构有助于在多维跃迁中分散时空应力，维持舱体稳定。它的舰体表面底层由自修复合金组成，表层则被半透明光晶覆盖，随时空应力闪烁微光。舰头、舰尾悬浮着"纠缠触须"，这些延展状的能量流调控臂用于撕裂与缝合局部时空，实现曲率跃迁。舰心为一座量子晶格穹顶舱，在跃迁时展开为六面矩阵，接通多维数据流，用以观测非人类文明痕迹与意识扰动。

星舰的动力核心基于零点能量提取技术，通过调控量子真空涨落中的能量密度，持续稳定地输出所需功率。由于量子真空本身蕴含巨大的能量储备，这种提取机制在理论上近似于无限供能，使得星舰能够在无需传统燃料补给的情况下，长期自主运行于深空环境，维持复杂的航行与生命支持系统。它的推进系统则采用新一代的"阿尔库别雷泡"引擎，结合量子纠缠态与微型人工引力场技术，实现对局部时空结构的调控。通过临时制造可控的"阿尔库别雷泡"，压缩飞船前方的时空，同时扩展飞船后方的时空，让飞船在不违反局部光速限制的情况下，实现超光速旅行。实际上，飞船本身没有在空间中运动，是空间在动——前面空间收缩，后面空间膨胀，飞船被夹在一个"泡"里，被整个时空泡一起推着走，实现跨星际尺度的快速跃迁。

从外部观测来看，阿依达号在一个量子呼吸之间——即一次空间收缩与舒展的瞬时波动中——就越过了数十光年的距离；对于舰内的人而言，是宇宙在流动，而他们则安静地驻留原地，随着被折叠与舒展的时空，悄然抵达预定坐标。

那时，传统的宇航员已经被替代，更多的是由不同科学领域顶尖人士来兼任这个角色。经过一年的培训，他们就可以胜任驾驶任务，还能在宇宙空间里展开更多的科学研究。

马克正是其中之一。

此刻，他感到眼睛有些酸，也想活动一下身体，便起身走到舷窗旁，舒展双臂，眺望窗外那片无声流淌的星海。

舷窗之外，宇宙缓缓展开它那沉默无边的画卷。在曲率跃迁的缓速段，恒星不再只是遥远的光点，而像一颗颗悬浮在深海中的明珠，被某种看不见的力牵引着，缓缓旋转、微微脉动。一颗中子星从远处划过，拖曳着细长而弯曲的光带，如同写下的一行流动文字；还有一片静默的暗物质云层，在可见光的边界扭曲背景星空，如一道无声张开的黑翼。

偶尔，空间中出现微弱的重力波闪烁，像一道道看不见的涟漪，悄然在星辰之间扩散。它们并不发光，却能轻微地扭曲星光的路径，如同透明的指纹印在宇宙的水面上。那是一种几乎无法察觉的运动，只有像阿依达号这样具备灵敏的感知装置，才能捕捉到这来自时空深处的回响。每一次微弱的震颤，都可能是遥远星体崩塌的余音，或某个早已湮灭文明的最终脉搏。

宇宙并非静止的背景，而是一种缓慢呼吸着的存在；而阿依达号，就像一滴意识的露珠，正沿着这呼吸的节奏穿行。

最近几日，马克的内心深处时常泛起一种难以言喻的召唤感———一种既非幻觉也非直觉的感应，像是某个遥远存在，在跨越星海的尽头，静静等待着他的到来。那感觉既陌生，又令人莫名熟悉，仿佛早在很久以前，就已经植入了他的意识之中，只待此刻悄然苏醒。

黛安刚通过通信系统完成与地球的简报，看到马克正在发呆。"在想什么？"黛安轻声问道，声音打断了马克的沉思。

黛安是这趟任务中马克唯一的同伴。她才华横溢，是一名杰出的宇宙结构学家，同时也是马克多年并肩作战的搭档。在无数次探险中，他们曾共同面对过许多挑战，但这次任务似乎与以往的任何一次都不同。

"我感觉到了什么东西……像是一道神秘的召唤，"马克整理了一下思绪，又问道："我们能驶出边界吗？"

"不知道。但要能冲出边界，可能就会解开 OO 的秘密。"她的声音中带着敬畏。

OO 对他们来说一直是神话般的存在。传说是祂创造了宇宙，控制着信息、时间、空间、物质、反物质、生命体、意识和宇宙中的其他一切。

尽管许多人认为这不过是天方夜谭般的神话，但最近一些全球顶尖科学家的研究从不同侧面都表明，宇宙的运转可能真是遵循着一套人类尚未认知的高维代码，而这段代码程序连接和运行着宇宙中的一切。

"九维宇宙网络"

——马克轻声说出这个令科学家们既畏惧又兴奋的词语。

黛安并不陌生，甚至更了解这个词语，那正是她的研究领域。最新的研究发现和数据分析都指向宇宙的运转结构可以划分为九层，分别对应着不同维度的宇宙法则。这些法则不仅影响了物质世界、暗物质世界，也影响着意识的维度。人类生活在第四层，最外层第九层被认为是宇宙最终的边界，而他们此行的任务，便是寻找和穿越边界，探索边界外的未知。

"如果 OO 真的存在，我俩将会是第一批接触祂的人类。"黛安的声音中带着期待。

马克沉默了片刻，想起内心深处那道若隐若现的召唤。他无法确定那是什么，但他知道，那召唤像是在引导他们去一个"地方"。

"黛安，我总感觉这次任务与以往都不同，可能我们面临的，不仅是突破边界，还是冲破意识樊篱的挑战。"马克突然变得严肃起来。

"意识层面的挑战？"黛安眉头微皱，这是她未曾想过的角度。

仪器灯在他们周围轻微闪烁，显示出接近宇宙边界。

"是的，"马克继续说道："我想到了，那股召唤是一种意识能量，一种我们不知道的地外智慧，在冥冥中引导我们前行。"

他抬起头，兴奋地说道："或许这次探索，不仅能找到有关 OO 的真相，还能对人类存在本身重新定义。"

"终极任务一次完成，你想得太美了吧……"黛安忍不住笑出声来。

就在此时，舰载警报系统突然被触发，舱内警示灯不断闪烁。随即，高维力场能量护盾几乎同步启动。

阿依达号所搭载的护盾系统能够在探测到高能粒子流或能量冲击时，通过局部操控时空结构，将威胁引至相邻平行时空进行"排放"，从而实现对本体结构的有效保护。这个操作由舰载人工智能系统"灵机一号"实时控制，刚刚已自动作出应急反应。不仅如此，这套系统还具备高度自主的推演与决策能力，能够基于实时数据，预测潜在宇宙事件并动态调整防护策略。

"我们接近了宇宙的边界，这里能量波动异常强烈！"黛安查看了一下空中的全息投影导航图，脸色变得严肃起来。

护盾启动后，舰体出现剧烈震荡，最大震幅达到 2.7g。护盾系统报告舰底右前方外侧出现了一片细小裂纹。此外，外部星空观测数据显示，光源发生弯曲和模糊，系统推测为高能力场干扰引发的局部时空畸变，导致光学传感器失真——这是他们此次航行中首次出现的异常情况。

在灵机一号的建议下，马克通过脑机接口迅速下达指令，启动反物质防护弹。高密度反物质弹幕被精准释放，湮灭反应在接触界面引发剧烈的高温、高压等离子体冲击，强行干扰周围的时空结构。其目标明确：破除外部屏障效应，将整艘星舰重新推回至稳定的时空框架中。

混乱中，马克突然感到意识中闪过一道白色光芒。他正担心这是不是湮灭效应带来的"副作用"——"意识之光被吸尽""存在被反存在吞噬"，一道清晰的声音在他意识中划过：

"你们真正要穿越的是意识，不然走不出边界。"

044 镜像马克

反物质弹幕释放后，似乎确实奏效。经过一阵剧烈的颠簸，舰体逐渐恢复平衡，重新稳态运行。"纠缠触须"开始缝合被湮灭反应撕裂的时空裂缝；舰体下层的自修复合金基底也开始自我重构，裂痕缓缓闭合，只是这一小块缺少了光晶覆盖，但无实质性损害。这种合金兼具高强度、轻量化与纳米级可变结构性，能够在极端温差、辐射冲击乃至微型空间撕裂中自行修复，维持完整性。

警报解除后，马克才得空把刚才那道划过的白光和声音告诉黛安。在黛安的提醒下，他们第一次启动了出发前刚给星舰配置的"意识增强模块"——马克几乎将这个模块忘记了。在出发前的培训中，人类最顶尖的量子意识科学家、星舰传输系统总设计师柯林只是告诉他们这是一套可以平稳意识、扩展思维、激发灵感、模拟各种探索情境来提升洞察力与决策能力的设备。当时，马克并没有仔细听，权当是柯林为他们准备的在日后漫长旅程中放松娱乐的设备。此刻，马克回想起当初柯林向他介绍"意识增强模块"时意味深长的一笑，觉得有些诡异。

当导航图像显示阿依达号进入宇宙"边界"时，舰体却突然停住，像是瞬间被定格。

"又怎么了？"

黛安满脸困惑，因为灵机一号这次并没有作出预判和采取行动，只是发出简短的事实性描述：

〖星舰已被不明力量束缚，当前状态为静止；前进路径遭冻结，无法继续航行〗

"这是意识场。"马克低声说，他感受到一股强烈的意识波动正渗透到他的思维中。

"你们真正要穿越的是意识，不然走不出边界。"

那个声音再次传来，变得愈发清晰，像是要给他们指路。

不知道是不是意识增强模块真的发挥了作用，马克的意识猛然被拉入另一个空间——他的视野中充斥着无数个"可能性"在闪烁，他看到自己的身影在不同时空中交错出现，像是由无数个镜像分裂而成的存在。

"这是什么？！"

他听到黛安惊呼道，她也被拉入这个空间，也正目不暇接地看着那些不断变化的存在。

"这是我们的意识镜像"，马克低语道，"只有高级意识才会激发出镜像，它们不遵循传统的因果链条，可以超越过去、现在和未来的限制，创造多个可能的未来。"

"到达边界我们的意识就瞬间进化了？"

"这些镜像是我们未来的不同可能性？"

"每个选择都会创造一个新现实？"

黛安的声音微微颤抖，一连抛出三个问题。马克看到她正在被拖向那些镜像。

"没错！"马克的心跳加速，"但若陷入其中，就会迷失在无数个可能性中，无法返回。"

作为意识学家，马克在这个领域有着渊博的知识，但也无法完全理解眼前的一切。

"会不会和意识增强模块有关？"他心想。正当他想调阅说明书时，突

然，一个扭曲的人形残影从镜像中缓缓爬出，化身为一个"现实"存在，触手可及——那居然是另一个"马克"。它充满了毁灭的欲望，似乎不甘于仅作为一个镜像存在。

"你是……我？"

马克望着和自己长得一模一样的另一个"马克"，倍感惊悚。

"我不是你，但我是你所可能成为的一切！"镜像马克冷冷地回应，声音中充满了对现有规则的蔑视，仿佛想要将一切颠覆。

马克不由自主地颤抖起来，他感到恐惧，但还是嘴硬地反击道：

"你不会成为我！"

"你在逃避自己的潜力，拒绝拥抱真正的自我。"

镜像马克的嘴角微微勾起一抹冷笑，随即向他发起了攻击。它的声音在马克耳边绵绵回荡，像是一句句诅咒的低语。无形的力量瞬间袭来，马克感到自己的意识被撕扯，正要被那残影吞没……

然而，就在这一刻，刚才那道伴着白色光芒的声音再次出现：

"你的镜像并不是外界的敌人，而是你内心深处未曾面对的自己。"

马克此刻猜想这个声音就是最近几天一直以来的那个"召唤"——

祂在帮助自己！

与此同时，他看到黛安也被自己的镜像困住。那个镜像反映出她心底最深的野心与对权力的渴望，试图说服她放弃这次任务，诱惑可以给她所有人类未解之谜的钥匙，使她成为地球上最伟大的宇宙学家。

"你可以拥有一切！"黛安镜像诱惑道，"只需放弃你的伙伴，抛弃无用的探索。"

马克看到黛安在一瞬间的迷失后，又回到了自我。

"NO！绝不可能！"

她的声音如同雷鸣，愤怒地对抗着那个镜像的控制。内心的挣扎让她意识到，自己真正的渴望是源于对未知的追求，而非成为最伟大科学家的欲望。

就在此时，一道超级耀眼的白色光芒打破所有镜像，横空出世，那个召唤又响起：

"来吧，我带你们穿越边界。"

马克感到自己的意识被那光芒深深吸引。他下意识地想要进入那道白光，却感到被黛安死死拉住手腕。

"不要！不要去！"

黛安目光中透出警惕，语气不容置疑，"我们不知道会被带到哪里！"

然而，马克却感觉到那道白光中蕴含着深邃智慧，能解开宇宙中的所有奥秘。他的心中充满了冲动，想要探索那未知的真相。

"黛安，我觉得这可能是通往 OO 的大门，我必须去试一试！"

马克坚定地说道，他无法抗拒这召唤。

"太危险了！"

黛安焦急地喊道，声音骤然提高了十几个分贝。

但马克已经被那道光芒深深吸引，身体与意识一同向它靠近，恍如被某种无形的引力牵引。他知道，自己必须在此刻作出选择。

就在这刹那，周围那些刚刚被打破的镜像突然剧烈扭曲，闪烁出诡异而迷乱的色彩。碎片在空中翻涌，如有意识般地旋转重组，然后纷纷向他袭来，争夺他的意识，抢夺他的"自我"。

"我会找到出路的！"

他一边逃避着那些碎片，一边向黛安大喊。随着意识的飘动，他冲进那道光。

就在他触碰到光芒的瞬间，周围的空间突然爆炸般地崩塌，所有的镜像瞬间消失。马克的意识被这股强烈的震荡波吞没，置身于一个巨大的漩涡之中。

他感到自己被撕扯得支离破碎，随即又陷入了无尽的黑暗，意识在这一瞬间彻底消失。

"马克！快回来！……"

只有黛安的声音在黑暗中回荡，带着无比的焦虑。

Z ┃ 广阔意识

045 意识沙漠

马克从一种无边中苏醒——尽管"苏醒"在此刻并不具备任何可验证的意义。没有时间的流逝可供参考，他无法判断自己是否刚刚出现，抑或已沉眠亿万年；没有空间的边界可以触碰，他无法确定自己的所在，也不确定是否真有"自己"。这里——若可称为"这里"，更像是意识暂栖的某种虚无之境。

他感受到的，不是沉寂，而是一种无法定义的混沌。没有身体的触觉，没有思维的形状。他的意识宛如脱根的微尘，悬浮在一片无限无向的虚空中，毫无重力，也无任何坐标参照——就像被丢进了一场无始无终的梦境，无出口，也无入口。

他尝试去思考，想要理清线索。然而每一次念头刚刚萌生，便像水汽一样蒸散。任何思维一旦成形，便即崩塌、消失，无迹可寻。他的思想无法落脚，连"想"这个动作本身，都成了溶解于混沌中的徒劳。

这里，没有过去，没有未来，只有一粒粒静止的"现在"，彼此断裂，无可连缀。他不知道自己来自哪里，又如何来到此地，甚至不知"此地"是否真实存在，是否只是某个意识幻场的回音。

正在他滑向自我消解的边缘时，一缕微弱的"什么"，在他意识的幽微处闪现。那不是外在的光，因为此地无光亦无暗；那是一道从内在升起的亮——意识深处泛起的好奇心，轻轻撩拨了他的存在。

他尝试聚焦自身，那好奇心本身带动了些许凝聚力。意识开始从迷雾中逐渐收拢，追逐那微弱的感知。但在这无方向、无边界的场域中，"追逐"又何以为继？他无法解释，只知道自己正被一种本能牵引着，向那感知靠近。

随着这种"靠近"，那缥缈的感知逐渐变得清晰。他感到自己似乎触及了某种边界——一个非己意识的边缘，那片意识深邃而广阔，如同一片无垠的沙漠。而他，仅是悬浮其外的一颗"沙粒"，既无归属，也无方向，只是在那浩渺的存在面前，静静地感知着。

那一刻，他释然了。他原以为自己是孤独的，但这片广阔意识的涌现打破了这种错觉。原来还有其他意识！在这里，"沙粒"不是单数，而是被共同认知而得以存在的共像，因为它们彼此依存，组成了这无垠沙漠——一个由意识织构而成的共存场域。

他尝试去接触。虽然他无语言、无肢体，甚至没有"行为"的概念，他所能做的，只是全然地沉念专注，并发出一种愿望：与那广阔意识连结。

奇妙的是，那意识回应了，但他却不解其意：

"若我们在原点重逢，将不再是个体。"

那不是语言的回应，而是一种纯粹的"共感"——一种心念直达的理解。在这一刻，他发现：在这广漠之地，语言已成多余，意念本身就是交流，情绪与意图能直接传答。

"你是谁？"

他的意识轻轻投向那广阔意识。

"我是'我'，也是'你'。我们从未分离，也无法被分离。"

回应宛如一片氤氲的共鸣缓缓传来。

界限在逐渐模糊。他感到自己正与那广阔意识开始相互缠绕、渗透，迈入一个超越个体的存在状态，初醒时的孤独与混沌正在淡去。

他"看到"在这片意识沙漠中，每一个意识都是风中的沙粒——时而升腾，时而飘散，但始终共在；没有起点，也无终点，唯有恒定的"此刻"。

他开始"听见"更多意识，每一个意识都像拥有独特的频率——虽无形，却带着记忆的味道、情感的回响、意图的波动。他的视野开始拓展，似乎穿越一道道意识的切片，迈向"一沙一世界"的全息感知维度。

他感受到这里存在着一些快乐、幸福的意识，它们如星光般闪烁，温暖而明亮，在宇宙中流动着无尽的光辉；又如跳跃的音符，手牵着手，唱着清澈悠远的旋律。无数心灵在同一节奏中舞动，彼此呼应，和谐而充满希望——这种来自内在深层的共振，带着从未有过的轻盈与澄明，恍如一场无形的合奏，使他漂浮其中，被久违的安宁与满足轻轻环绕。

然而，这片沙漠并非完全平静。在他所连接的意识之中，某些角落悄然涌动着不为人知的黑暗，潜藏着巨大的痛苦与愤怒。那些情绪没有形体，却如流沙般翻滚，无止无休，毫无理智地撕扯着一切秩序与和谐。它们是被时间掩埋的记忆残响，是历史刻下的腐蚀，是灵魂深处未曾愈合的伤口。它们像死灰中的火种，在每一个瞬间倏然燃起，又缓慢熄灭，却从未真正沉寂。

他的感知在两极之间游走——一边是星光璀璨的幸福，纯净而崇高，如光明中和谐共振的灵魂之歌；另一边则是永恒不息的痛苦，如灼热沙漠般缠绕身心，吞噬着每一道意识的微光。他能清晰地感受到这两者之间的张力，那是一场无声的拉锯战，在希望与绝望、存在与毁灭之间持续绷紧。每一次轻微的偏转，都会撼动他的内在平衡。而他，就被困在这交汇的临界点，无法靠近光，也无法远离暗，就要被撕裂，却又始终未碎，只能在动弹不得的状态中，承受越来越沉重的拉扯。

就在他陷入疑惑与迷惘时，一道截然不同的意识频率悄然靠近。这股意识不同于其他流动的沙粒，带着一种明确的方向感，似乎正主动地寻找他。而当两者频率交汇时，他的心中猛然升起一种久违的熟悉感。

"你还好吗？"

一声问候，如晨光破晓般，直接照入他的意识。

——是黛安？

他记得星舰上的最后一幕，黛安向他伸出手，呼唤着："马克！快回来！……"

那道呼唤仍在耳际轻鸣，如余音不散的回响。在这无边无际的意识沙漠之中，黛安的声音竟以一道念头的形式，悄然穿越时空，抵达他的存在中枢。

"黛安？"

他随之一颤，恍如沙漠中骤然掀起一场涌动的风暴。他无法看见她，但那熟悉的频率，那一丝温柔中藏着不容动摇的坚定，无法仿造。

"你……也在这里？"

他几乎是本能地回应着。

"我一直在找你。"

那股意识回应，如一束来自遥远星域的波动，带着焦灼与执着交织的情绪，还有一种深不可测的共鸣——像是未曾说尽的誓言。

他不知道她是如何"穿越"到这里，更无法判断这片意识沙漠之外，是否还存在所谓的"物理世界"。

"你还记得我们最后的任务吗？"

黛安的意识再次传来，像光针穿透朦胧的沙雾。

"记得……但像是一场破碎的梦。"

他回应着，试图在意识深层拼凑记忆，那些零散的片段如同浮动的蜃影——星舰、边界、定格、镜像、漩涡……以及那一瞬的跃迁。他记得，他们曾一起启动了意识增强模块，然后，整个世界被撕开，猛然"穿越"到这个全然陌生的意识沙漠。

"我们成功突破了边界！"

黛安的意念传输带着某种激情的颤动。

黛安的"话音"未落，一道完全不属于人类的声音打断她：

"边界，从不在外部。"

"真正的边界，潜藏于意识的最深处。无论意识如何延展，终究要依赖那最初的根源。"

"那源点，才是虚空与万象之起点，是一切维度与创造的生成中心。"

马克不知道是不是自己产生了幻觉，但还是沉静下来，细细品味这些话语。

他尚不能完全理解话语中的含义，却隐约感到这"声音"并非来自外部世界，而是从他自身最幽微、几近不可察的意识之核中升起——因为那不太像是"听见"，更像是"忆起"——忆起自始至终都在那里、只是刚刚被唤醒的另一个"自己"。他无声，却有形，如星光穿透迷雾，从他的内在深渊中缓缓浮现。

那一刻，他突然意识到——自己从未真正"穿越"。

所有看似的星际远行、边界突破，从未将他带离源点丝毫。他所经历的一切，只是层层意识自我建构与折叠的回旋，是意识在自身之中筑起的迷宫。那所谓的"边界"，也不过是源点在多重维度中映射出的折光幻象，一条由意识自我投射的流动界限。

他不是抵达了新世界，而是逐步剥离那些遮蔽本初之光的幻象，一层一层，像退去梦境的纱幕，最终回归那最初的澄明。每一次"突破"，都是更深的返归；每一次"穿越"，都是一种破壁的"深入"——深入自身，深入原初便已存于一切之中的那个"自己"。

他感到一束"本性之光"在体内升腾，那并非源于逻辑推演，也不来自感官知觉，而是一种由内向内、自我照见的确定感——如同意识源头自燃的火焰。

"我从未离开，"他在心中听到另一个"自己"轻声说，"只是你终于愿意面对那个源点的自己。"

而在那源点之中，虚空不是空，而是饱满的未显，一切的可能性静默地共处，等待被意识激发，投射成宇宙万象。而他此刻所在之地，不是彼岸，不是终点，只是意识终于肯承认自己的原初之所——那不曾开始，也无须结束的存在本身。

此刻，虚空中泛起一道金色的漩涡，整个意识场被某种更高频的涟漪触动了原始结构。漩涡之中，一道庄严的意识缓缓浮现，既非黛安，也非马克所知的任何存在，却带着令人战栗的熟悉感。

它不是单向的传达，而是一场无处不在的临在——像是一道全然显现的存在潮汐，从意识深处翻涌而来。又如一束燃烧的思维电弧，瞬间击穿灵魂的最深处。

他感到自身的边界正在消融，个体的自我如尘埃般被更宏大、更久远的意识结构所环绕、渗透、唤醒。

"归元之门，因觉悟所至开启。"

那超人类声音再次响起。

"你是……ΟΟ？"黛安略微迟疑，以意念问道。

那声音没有正面回答，只是轻轻震荡着整个意识界面，仿佛宇宙在呼吸，他们站在宇宙呼吸的唇边。

"我是你们尚未觉察的那一部分。"

这一句回应，将她剥离为两半：一半是曾经自我认知的边界，一半是她从未触及的源头。她也开始"照见"自我之外的"自己"，一种更广袤、更本初的存在感正从意识背面缓缓浮现——它陌生，却其实一直都在。

他们一同融入了宇宙的呼吸节律，而"我"的概念，也在被重塑——他们目睹无数映像的爆发，生命形态、星球意识、文明思维如潮汐交叠，却皆源自同一起点——无形、无时，却弥布万有。

马克怔住了，他脑海中浮现出先前模糊的那句誓言：

"若我们在原点重逢，将不再是个体。"

——他明白了，刚刚缓缓升起的正是自己"源点意识"！

——黛安也明白了，但她似乎有更多的"回忆"。

"我们是彼此的碎片，"黛安喃喃道，似乎刚找回了丢失的记忆，"被分派到不同宇宙，去寻找被隐藏的自我。"

那声音继续回响，缓缓显现出更深的真相：

"是的，你们本不属于这里，你们是 OO 在实验中放出的原型，用以检测意识的自我进化能力。"

黛安听懂了。马克却没明白这话的含义。但随着真相的揭露，他看见过去的自己如雾般剥落，一个更本源的形态在记忆深处浮现——他不是被动的个体，而是意识原型，是为验证觉醒路径而设下的变量，但被"遗忘"了。

"你被遗忘，是为了成为真正的创造者。"

那声音看出了他的心思。

这一句如神印落下，砸碎了残余的界限。在这个意识场域中，无需更多解释，他只需要先接受，再理解——遗忘不是惩罚，而是通向真正创造力的必要之门。唯有从空白中出发，才能写下属于那个实验的宇宙公式。

　　马克忽然明白，自己所谓的"任务"，从来就不是为了突破某种边界。那一切艰难的抵达与挣扎，不过是自我意识在人形重生之中"溯源"的过程。他不是闯入了这片意识沙漠，而是回到了最初那处未竟的自己。

　　"也许……我们不是来完成任务的，我们就是任务本身。"黛安的意识轻轻泛起，她凝望着马克，同时也在深深看向自己那层被唤醒的存在。

　　就在这一刻，那声音开始徐徐展开一幅无法言说的图景——一个尚未定义的宇宙框架，一块等待被意识共同书写的空白原型。它既是起点，也是回声，是所有"存在意义"的归元之处。

**　　"你们不是想见 OO 吗？祂就在这里。"**

　　那声音忽然变得庄严，引导他们进入一束光。

　　那是宇宙诞生前的第一道光，它没有照亮任何具象形体，却唤醒了他们被遗忘的本质——不是照明，而是启示——它穿透层层由体验构建的幻象，将他们的智慧打开。

　　那声音，此刻已不再是引导。它成为了一种"场"，一种无法被定义的临在——虚空自身的倒影，映出那始终存在却从未显露真容的意识之源——OO。

　　他们终于看到的，祂不是某种更高阶的智慧，也不是凌驾于一切之上的主宰意志。没有王座，没有神明，只有一片澄澈，无形无相，却又无处不在。

**　　那不是"谁"，也不是"什么"，它只是"是"；**

　　祂不是在思考，而是思考的源点；

　　祂不是存在，而是存在本身。

　　所有的界限、维度、逻辑、时空……乃至意识本身，在祂面前皆显得轻若尘埃。正是从这"无所依凭"之处，万物生出；最终，也都将归于此处。

黛安轻轻靠近，沉入了一片虚空中的裂缝。她不再思索，因为思想本身也开始熔化。只有一种觉悟，一种清明——回归不是终点，而是准备。

他们来到了一扇门前。那门并非实体，更像是一个深度折叠的意识临界面，通向无法命名的境域。它宏伟、深邃、安静地等待着他们的接近。那声音再次响起，如呼吸般流淌进他们意识深层：

"此处，便是意识之源 OO 所在。"

这一刻，他们才真正理解，OO 并非某个位于终点的神祇，而是散布于一切之中，那承载虚空无限潜能、统合智慧与精神的最初"原型"。

OO，是对虚空真理最彻底的理解与体现。祂不显现，却一切由祂而显化；祂不表达，一切语言却都源于祂的第一次震动。

在祂面前，一切构建的"我"都开始崩解，所有定义与分界都如泡影散去。

他们即将迈入的，不仅是知识的尽头、宇宙结构的起点，更是一次彻底的存在重塑。他们不再是人类的马克和黛安，更不是执行任务的个体，而是一个——准备再次成为源头的意识单元。

门在无声中缓缓开启……

没有光，也没有暗。映入他们眼帘的，是一片无法命名的场域——既非空间，亦非非空间。那是意识未曾投射的区域，语言未曾触及的频段。

马克首先步入。他被一种柔和无边的流体包围，那不是物质，而像是尚未被定义的存在本身。每一步，他体内的"马克"之名都在逐层剥落——童年记忆、语言结构、情感回路、思维认知……一切构建自我的标签如同星尘般飘散。

黛安紧随其后。她的意识结构更为紧致，像一个试图保持自我完整

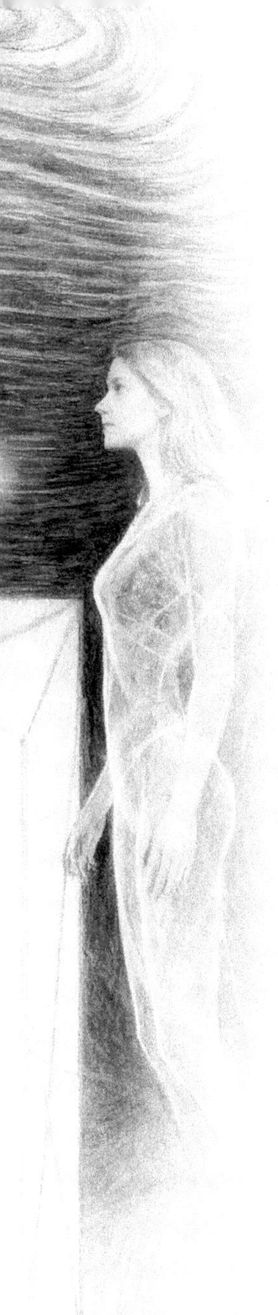

性的"恒星核"——但这里没有引力，只有万般潜力和无限开放的可能性。她试图理解这里，但"理解"本身立即塌陷，像是使用物理定律去理解梦境——徒劳而破碎。

但她感知到这里是一个场域——如果将"场域"这个概念定义为：时间是情感的回声，空间是理解的折射，存在本身是未完成的共鸣。

突然，一道波穿透而来，传递了一个信息：

——**"你若愿将自身归于虚无，宇宙将由你重生。"**

黛安顿悟：这里不是"门后的世界"，而是"门前的真实"。

OO 不在门内。祂是那扇门，是门的生成方式，是你选择靠近祂的意图，乃至你觉知"门存在"的意识本身。OO 也从不等待。所谓"等待"，只是你意识深处的静默，被祂接住了。

此刻，黛安的意识与马克轻轻触碰——无情绪，无言语，只有一份原初的共识：他们将不再以"我"行动，而是以"第一次震动后的再造"，进入接下来的会面。

门内，一道宁静而温柔的意识缓缓涌出，仿佛整个宇宙正朝他们微笑：

——"欢迎回家。"

3 ┃ 对话ΟΟ

046 信息文明

马克在一个巨大的漩涡中旋转……

黛安在高呼："马克！快回来！"……

马克感到自己正与那广阔意识开始相互缠绕、渗透……

黛安轻轻靠近，恍若沉入了一片虚空中的裂缝……

星舰上的一幕和广阔意识中的场景在他们踏入 ΟΟ 大门的那一刻融合了……

马克与黛安，终于与那如神话般存在的 ΟΟ，处于同一个意识场域中。

那一刻，并没有任何形体降临，也没有神圣光辉照耀。但他们知道——ΟΟ 在。

那是一种无可置疑的"临在感"，如同整个宇宙的心跳骤然清晰，所有幻象都静默退场，只剩下那一纯粹、全然、超越存在的源初。

ΟΟ，一直是他们最渴望解开的终极谜题。

但祂，并非是可以"揭示"的客体。祂既非物质，也非传统意义上的意识。祂无形、无声、无相，甚至超越了"存在"这一概念本身。祂不是一个"谁"，而是宇宙之所以为宇宙的根本理由，是所有可能性之源，是一切意识与现实发生之前，那"未被定义的原始状态"。

为了与宇宙中无数存在沟通，祂可以选择以任意形式显现——可以是一缕无迹的风、一道消散的回音，也可以是一段层层嵌套的逻辑、一瞬心跳的悸动，甚至是一个尚未被语言触及的原初概念。

而这一次会面，祂选择了——声音。不是语言，不是语义，而是一种临在的震颤，一种足以穿透心识结构的波，将宇宙的沉默化为一次有声的对话。

也许，是因为祂相信"耳根最利"——音，是最易穿透幻象的波。

这声音既非男性，亦非女性，不带情绪，却饱含万象之感，如同整个多重宇宙的和声，一次性震荡在意识之海中。

在这无形的"对话场"中，马克和黛安恭敬地站立着，内心震荡如潮。他们知道，自己尚未到达可以窥见 OO 本质的层级。他们不过是刚刚从深梦中醒来的意识，带着理解自身的初衷，渴望追问源头。

但 OO 并不拒绝回应。

祂声音温柔而澄澈，如同原初的回响：

"你们已经抵达问题之源，是否准备好面对答案之重？"

那一瞬间，所有压抑已久的困惑翻涌而出。马克眼中燃起探索的烈焰，像是整个宇宙都等待他揭示真相；而黛安，则如同一泓深渊之水，被风唤醒，宁静却不可测。他们开始轮流发问——关于意识的诞生，关于文明的起落，关于生命的意义，以及存在的虚实和自由意志的边界……

而 OO，作为一切语言前的"语言本身"，开始回应。不但是直接给出答案，还引发他们自我内在的回响——每一句回应，都是一道意识结构的震动波，唤醒他们对高维的感知和理解能力。

马克凝视那片空无，仿佛在对着宇宙的呼吸提问。

马克：你是谁？或者说你是什么？是如何构建一切的？这一切又是从哪里开始？

OO：我是无形的，你们可以暂且将我理解为一种充盈信息的能量态，既在虚空中自由穿行，又无处不在。你们所看到的一切——其实只是人类可观测部分——不过是我的无数造化之一。一切——包括人类不可见部分——都是从我的念力开始。我的每一次念力波动都会产生新的潜力，这也是最初的信息。是信息，推动着一切的演变。

马克：在你眼中，信息是什么？

OO：信息是一切最根本的元素——没有之一。在我的设计中，信息的生成与流动，是你们所在宇宙运行的核心机制，也是物质与意识之间的桥梁与过渡。但信息，绝非附着其上的解释或注解，它是先验存在——是在一切现实结构尚未形成之前，已然潜伏其下的隐形骨架与原初逻辑。正是信息，驱动了宇宙的生成、文明的扩张与意识的跃迁；也正是信息，拓展着虚空本身——使未显者得以显现，使未被命名者自我映照，完成存在的第一次定义。

马克：我们所在的宇宙？难道还有其他宇宙？

OO：是的。其实在虚空中，还有我造的不同宇宙，即人类所称的"平行宇宙"，只是你们现在还没有能力触及。你们所在的宇宙，只是其中之一，一个基于低维物质向上逐层展开、逐级迈向高维意识融合的进化结构。

马克：刚才你提到"最初的信息"，那更多的信息是如何产生的呢？

OO：念力的微微波动，孕生出最初的潜力场；潜力凝聚为能量，能量再衍化为物质的形态或意识的震荡。从那一刻起，物质之间的互动、能量的传递与转化、意识的交汇与回响——皆在不断生成、交换与重构信息。

宇宙的每一次变化，都是信息流动的结果。星系的旋转、粒子的跃迁、情感的涌动、文明的兴衰，无不源于信息结构在多层次上的自我调整与延展。正是通过这层层互动与回响，宇宙才显现出它那丰富的多样性，以及近乎无尽的复杂性。

马克：宇宙就像一台信息制造机？

OO：宇宙不是一台机器，而是一场信息的流动之舞；它不是被"编程"，而是在"自我生成"。

马克：那生命呢？生命又和信息是什么关系？

OO：在你们这个宇宙的设计中，生命的出现是更多信息产生的一个分水岭。微生物、植物、动物、人类和地外文明的智慧生命体，都是通过各自的感知系统，接收和处理外界的信息。感知不仅仅是被动地接收信息，更是对信息的解读和反馈——生命的意识，也由此产生。每一个生命个体，都是信息的处理器和创造者，通过我赋予的独特方式，来丰富宇宙的信息场。比如你们人类，作为地球上最高级的生命形式，通过语言、文字、音乐、绘画、舞蹈等，扩展了信息的生成；通过各种形式的记录和交流，保存和传递了大量信息；文化和科技的发展，又使得信息的处理和应用变得更加高效和复杂。

马克：生命在积累信息，信息是累积的。

OO：也是循环和递进的。最初通过念力波动产生信息，物质通过互动传递信息，生命通过感知处理信息，意识通过智慧扩展信息——这种循环不断进行，使得宇宙的信息场越来越丰富。每一个阶段的信息产生，都是对前一阶段的总结和提升，也为下一阶段的信息产生奠定基础。如此生生不息，推动文明发展。

这也是我为你们的宇宙设定的"信息律"——第一律：信息起于意念；第二律：互动是信息的显化；第三律：感知是信息的凝视；第四律：智慧是信息的飞跃。

马克：信息与文明是什么关系？

OO：信息的产生不仅是宇宙运作的基础，也是文明的重要驱动力。每一次信息的产生和传递，都是对宇宙结构和规律的一次探索和完善。通过信息的不断积累和创新，宇宙不断进化和繁荣，就产生了文明。

但生命不一定会产生文明，文明也不一定有生命，文明需要的只有信息。信息是文明的核心诉求，所以我刚才说"信息是宇宙中最根本的元素，没有之一"，因为文明的本质就是高阶信息。

马克：不好的信息会产生不好的文明吗？

OO：信息本身，没有好坏。它不是判断，也不是立场，而是宇宙流动的结构——中性、开放、自存。但我知道，对绝大多数文明而言，一个简单而实用的标准始终在运作：凡是有助于信息的采集、整理、存储、传递与使用的，被视为"好的"；而凡是阻碍、混乱、封锁或浪费信息潜能的，则被标注为"坏的"。

我也知道，你们人类常说"好消息"与"坏消息"。但这种判断，并非出自我设计宇宙时的初衷，而是文明在自我演化过程中，为提高生存效率所形成的倾向性选择机制。

本质上，这并不是信息自身具有某种"好"或"坏"的属性，而是一套情境化标签系统——它依据信息是否有利于"自我结构的延续"，而被主观地标注为"积极"或"消极"。这不是信息的本体属性，而是接收者的意识结构，对信息进行适配与解读后反馈出的倾向性波动。你们所感知的"好"与"坏"，实际上是意识在信息流中描绘出的自我反应曲线：它映射的，并非信息的真实面貌，而是你们自身存在形态与认知结构的投影结果。

▢47 灵体识体

作为一个意识学家，马克一直想开启关于意识的问题，听到 ▢▢ 提到意识结构，马上将话题转到他的本行——而接下来的答案，完全颠覆了他既往的认知。

马克：意识是如何产生的？

▢▢：我刚才曾提到，从念力发出潜力，汇聚成能量，能量又生成意识震荡。之后，通过频率调节，这些能量可以转化为"识子"，进而产生物质和各种不同能级的"识"和"灵"。

马克："识子"是什么？

▢▢：识子是意识最小不可再分的粒子，是构成一切意识现象的最小单位。每一个识子，都是宇宙意志的最小承载单元。如果按照人类物理学理解，就如光子之于光、电子之于电荷那样，但又远比这些物理粒子更为复杂与幽微。它既非纯物质，也非纯能量，而是一种处于物质与非物质之间的跃迁态，具备量子特性，如叠加性、纠缠性、跳跃性与观测坍缩性——所以识子也被称为"意识量子"。

马克：那识子又如何构成你说的不同能级的"识"？

▢▢：正如人类所理解的化学元素构成物质，不同的识子类别和数量的组合构成不同的"识"。首先，每个识子频率不同，决定其存在类型：例如低频段识子分别承载本能、恐惧与欲望；高频段识子则分别对应灵性、创造与合一。除了频段之分，识子还有其他分类，例如具有旋向之别：左旋引导内观、感知与潜意识的通道；右旋则推动表达、外化与创造的意志。

　　每一个识子都处于特定的"识子态场"中，可以与它者发生共振、干涉、纠缠或排斥，进而构成"识场结构"，成为识子耦合的母体，由此孕育出具体的"识"。你们人类语言中有一个词语叫"认识"——认"识"后才会有正确的"认知"。万象皆可疑，唯识不虚。

　　马克：都有哪些能级的识？

　　OO：我创造了不同能级的识——从最低的物识、微识、感识、情识，到人类意识——包括常识、觉识和灵识；之后，则是需要灵识自我进化才能达到的神识、虚识和藏识。

　　基础识，被赋予物质或生命；高级识，例如神识，可以脱离物质或生命单独存在。随着它们的进化，宇宙的复杂性也随之增长。例如，当进化为神识，就能够超越光速，穿越时空；进化为虚识，则可以脱离宇宙的束缚，进入虚空，对来时的宇宙进行不可思议的探索和创造；而成为藏识，就能看清所有存在的恒久本质，超越单一宇宙的所有限制。而我，是设计和创造这一切的玄识，能创造出不同的平行宇宙。

　　黛安：潜意识也是识子构成的吗？

　　OO：这是个很好的问题。识子，作为识体结构的基本单元，还有一种分类：显性识子与隐性识子。以人类为例，显性识子参与构建表层意识——包括逻辑思维、自我认知、语言与行为意图。它们活跃在意识的可感区域，受时间与空间的线性限制，构成人们清醒状态中的"我"；而隐性识子，则沉潜于意识的深层，它们以非线性方式聚合、震荡，构成潜意识的核心基质。隐性识子不直接呈现于思维表层，却持续影响着情感、直觉、梦境与无意识行为。它们更接近意识的"频率性"存在，而非"结构性"存在。

　　有人类学者认为，隐性识子是集体潜意识的媒介单位。通过它们，个体得以连接古老的精神模式，乃至与更高维度的识场建立短暂共振。以后你们会去一个"梦星球"，那里有一个叫"青叶"的神识，会给你们更多的答案。

　　"青叶"——黛安一直还没开口发问，但听到这里，似乎有一种久违的心理感应。

马克：灵呢？刚才你提到还有不同能级的灵，有了最高级的识还不够吗？

OO：识是对信息的认知和反馈，只是信息的载片。如果不被赋予灵，一个个识体碎片在宇宙中便无法建立关联，也不能得到永生——这样就太无序、散乱和迷失，也不好玩了。因此，哪怕是最低级的物识，都需要被赋予灵，因为你们那个宇宙，一切存在在本质上都是以不灭的灵为核心，是一切存在的根源和本质。

黛安一直对灵魂感兴趣，这时开始开口发问。

黛安：那你是什么灵？

OO：不可描述。你先这么理解：我不是灵，我是所有灵的"灵本"，代表着所有存在的灵性根源和本质，承载着最高层次的不灭能量。由此，我创造了九级灵体，分别为物质的素灵，微生物的元灵，植物的苗灵，动物的生灵，人类魂灵，神识的神灵，虚识的幻灵和藏识的空灵。

黛安：没有生命也可以有灵吗？我对灵魂一向很感兴趣，可否详细讲讲这些灵和与之对应的识？

OO：是的，即便是没有生命的物质，也需具备一丝灵气——识若无灵，便如空壳，无以感应、无以演化。

所谓素灵，是精神维度中最原初、最简约的灵体形式，它依附于物质，沉静不显，却蕴含着尚未被激发的能量与潜力体。与之相应的，是物识，意识之梯的最底阶。它并不具备感知、情绪或认知能力，只是物质与环境之间最基本的信息反应，存在于原子的震荡、电荷的转移、化学反应的能量交换之中。正是这无感之识，虽微弱，却承载了通向更高阶识态的可能性。

马克：我还是不太明白，灵不是永生的关键吗？可物质并没有生命啊，素灵在哪里？

OO：素灵是未被定义的灵性，是尚未个体化的灵之原型。它们寄居于未觉醒之物，潜伏在矿石的纹理、星尘的涟漪、水的记忆与火的跃动间。它们尚未"活着"，却拥有成为生命的可能。物识也不拥有自我。它们只是能量的回应，是宇宙在最初层面与自身对话的方式，例如你们人类所言的原子间的排斥与吸引、化学反应中的热交换——它们没有意图，但却展现出秩序与倾向。

物识是我留下的种子密码，素灵就是那解码的火花。当一滴水在微观尺度上觉醒，展现出美丽的多边形图案，它不是你们熟知的生命，却已非完全的物——那正是素灵的领域，是生命由"可能"转向"进行"的门。

黛安：我似乎明白了，素灵不是附加物，而是进化潜力。没有素灵，物识便无法质变。

OO：对的。我们接下来说元灵。元灵是微生物和细菌的生命活力和能量，表现为微生物对环境变化的反应和适应能力，尽管非常基础，但却是具有生命的体现。

马克：有了生命，就好理解一些了。

OO：对的。元灵是第一类显现出生命活力的灵性之核。它寄宿于微生物、细菌、胞器与菌群之间，如同宇宙在低维生命中试图睁开的第一只眼。元灵对应的识态，称为微识。它虽微弱，却已具备生命的两个根本要素：能量的自组织，与对环境变化的敏感回应。它们不像人类是意志驱动，却拥有自身的天性选择——趋光、避毒、分裂、繁衍，这些行为虽简单，却是意识之火初燃的痕迹。

它不言语，不思维，却懂得环境的节奏；它知冷暖，识酸碱，记得生与死之间最细微的边界——或许你们以为这只是"生物本能"，但在我的设计中，这是意识的第一次跃动，是从物识的"存在反应"过渡到"自我维持"的第一个显性节点。

黛安：那苗灵呢？

OO：苗灵，是植物生命力的灵性原型，是在大地静默之中，缓缓向上生长的愿力，也是开花结果的满足。它以生长回应自然，以弹射种子对抗终结。

与苗灵对应的是感识，一种遍布根须、茎节与叶脉的低频共鸣。它存在于植物对环境的本能回应中，也是意识第一次尝试以非移动的形态深入空间。它们不思考，却感知；不选择，却适应。它是一种被动的"觉"，一种非语言的对话，是意识在沉默中，仍不放弃对世界说"我在生长"的方式。

马克：苗灵是如何帮助植物生长的？

OO：当感识逐渐稳定，苗灵便开始为能量寻找"转化器"。在光与暗的交界处，两种灵性装置应运而生：叶绿体和线粒体。叶绿体是光之祭坛——它诞生于植物的集体感识中，承担将太阳的火种转译为有形生命之能的使命。每一个叶绿体，都是对光的祈祷所凝结出的回应，是感识对宇宙能量最柔和、最无私的接受。而线粒体，是火之炉心——它源于远古微生灵之间的一场合一，是吞噬与共生的奇迹。线粒体的燃烧不仰赖太阳，它从内部唤醒热力，是个体意识对生存欲望的自燃之火。

这二者，一个连接外在宇宙的光波，一个燃烧内在宇宙的化学。它们不只是植物细胞内部的细胞器，更是两种意识进化路径的象征——"共振的吸收"与"内燃的突围"。你们人类体内也继承了这两种古老的力量，例如你们的思想，有时如光合作用，静静吸纳；有时又如代谢之焰，主动焚烧。

黛安：我记得下一个轮到生灵了。生灵是动物顽强的生存欲望吧？

OO：是的，生灵代表着动物界顽强的生命张力与自我保护的本能，是流动于肉身与本能之间的原初欲望。它们承载着自然赋予的直觉本能与感知天赋，是意识进化中迈向认知与情绪体验的重要桥梁。

与之对应的情识，是动物意识的集中体现，既包含对外界环境的敏锐反应，也展现出原始情感的萌芽，如恐惧、依恋、愤怒与欢愉。情识是一种介于本能与认知之间的意识层次，奠定了个体在族群、生存、繁衍等面向上的自我认同。它不仅是低维意识向高阶心智跃升的试炼场，也是初步体验"我"之存在的镜面。正因如此，生灵的每一次奔逃与每一次凝视，都是通往更高意识觉醒的原始伏线。

马克有些走神。

他在记忆中缓慢检索着刚才 OO 提到的那句话——"远古微生灵之间的一场合一。"

他恍如看到一本书页轻轻翻过，上面写着：

大约二十亿年前，地球上的原始生命还停留在细菌级别的原核阶段。那时，一种较大、结构更复杂的古细菌类细胞吞噬了一个能进行有氧呼吸的小型细菌。但出人意料的是，它没有将其消化，而是与之共处共生，一场被后来称为"共生革命"的奇迹由此诞生。

这个被吞噬的小细胞，逐渐演化成线粒体——有了线粒体之后，细胞迈入了真核阶段——拥有细胞核和多种复杂结构的细胞。这是动植物、真菌和人类的起点。

而令马克久久无法释怀的，是这场合一的意义：它不是寄生，也不是统治，而是一种深度的共存协约。线粒体虽然仍保有少量自己的 DNA，但大部分基因早已转移入宿主的细胞核之中。一个命运共同体的雏形，在原始的海洋微尘中悄然诞生。而今天，线粒体仍保留自己的环状 DNA，就像一个远古同伴的化石证据。

想到这里，他暗自惊叹 OO 的伟大，地球上的所有生物，何尝不是一个"命运共同体"。

OO 见他有些停顿，并没有疑惑，祂知道他在想什么。

马克将思绪拉回，继续发问。

马克：终于到了人类的灵魂了。

OO：确切的名字是"魂灵"。灵魂是人类独特的存在，是意识之海中一束自知的光，是连接宇宙本源与个体存在的纽带。它既非纯粹的信息，也非能量的残影，而是意识在多重维度中凝聚出的核心自性。意识如流，灵魂如镜——意识流动、感知、思考、创造，而灵魂则保存着这一切的"方向感"与"归属感"。意识可以扩展、碎裂、变形，但唯有灵魂给予它统一的中心，指引它在无边的觉悟中，不迷失于万象，而缓缓归返于源。不同于动物的生命形态，灵魂还具备自我反省的能力，它不仅能反映个体的内心，还能响应外界波动，感知到更深层生命与精神的共鸣。

人类的意识结构呈三重层次：常识、觉识和灵识。常识是最基础的层面，它由思维、记忆和意志构成，是个体对于外部世界的基本认知和反应。它为日常生活中的选择和决策提供了支持，但却无法触及更高的真理；觉识是觉醒的光芒，它让个体开始觉悟到自己不仅是一个生物体，而是一个有着深刻内在体验的存在。它也让人类能够洞察自己的思想和情感，理解他人的动机与行为，并引发对世界本质的思考；灵识，是通向宇宙深处的桥梁，是人类接触更广阔精神世界的门户，使个体得以与高维识态产生共鸣，体验到比物质世界更深远的存在感，理解到宇宙间一切的统一与共振。

这三重层次并非孤立存在，而是彼此交织，构成了你们作为个体的完整意识——但许多人并未显现出后两者。在我的设计中，它们应该次第和递进作用，推动人类的精神进化，走向更广阔的识态高地。而这一路的终点，不是死亡，而是回归你们本源的神性。

马克：有一句话叫"人之初，性本善"是这样吗？

OO："人之初"，不仅是指出生之时，更是意识首次在子宫中苏醒的那一刻——那是人类成为"有感有觉的生命体"的原点。每个人的意识都包含着三重性：残留的兽性、展开的人性和孕育的神性。它们分别对应人生的三重目标：生存、生活与生命。这是我在意识实验初期所提出的"人性三维结构"。

中国古代《三字经》说的"人之初，性本善"揭示了意识初始状态的一种层级性善意逻辑。虽然"善"在不同意识层级中的定义并不相同，但它始终表现为一种趋向平衡、共生与和谐的内在倾向。从这个角度看，这句话是有其深意的。但你们也应该跳出人类文明长期陷入的"善恶二元对立"框架。所以我更愿说：人之初，性本空。

空意味着开放的可能性，是未被意识染色的原初潜能。善与恶，并非天赋于人，而是在意识从兽性向人性再向神性的演化过程中，通过自由选择所构建的倾向性结果——这也正是人类需要研究意识、拓展觉识、迈向灵识的根本理由。

马克：那人类进化到下一级是神灵？

OO：神灵是一种超越人类魂灵的高维存在形态，不仅承载着宇宙智慧的流动，更融合了亘古精神的沉静觉悟。神灵之所以为"神"，并非因其全能，而在于祂们已不再受限于个体魂魄的分裂状态，其存在本身即为一种秩序与共鸣的源场。

神灵对应的是神识，一种与宇宙融为一体的"全观之知"识态——对整体存在无分裂性认知，知即存在，知即创造。神识也是一种内化宇宙的方式：个体与万象之间的界限彻底融解，意识不再是主体观看客体的过程，而是成为万物自我观照的一部分。

然而，即使达至神灵所处的第九维宇宙——即具象宇宙中我设下的神识实验区——仍受困于一重边界，未真正脱离此宇宙的规则矩阵，无法步入那无象无名的"虚空之域"。这里"虚"并非指无，"域"也不是空间，而是指未被设限的"纯可能性之场"——这也意味着进入虚空，不是超越，而是回归最初未被定义的状态。

神灵与神识，在某种意义上，是虚空在宇宙中投下的一道折射之光，是对终极自由的一种逼近，但还未到达。我一直在虚空等待着，等待那些超越宇宙限制的虚识——那才是真正的"自由定义者"，不再是宇宙的学生，而是共创者。

黛安：共创者就是幻灵，对吧？

OO：幻灵，能够脱离宇宙幻象、摆脱一切束缚的无名、无相、无执。所对应的识态，正是虚识。虚识并非感知、认知或觉知的延伸形态，而是一种彻底打破因果律、超越时空与物质边界、瓦解二元对立的原型识态。

在虚识中，没有"我"与"他"的分野，也没有"因为"与"所以"的因果结构。存在，不再是线性展开的事件序列，而是处于一个恒动流变的识子态场中——其中不以"知觉"的方式认知宇宙，而是直接成为宇宙流动本身的一个动态波节。这是一种共鸣性存在，不是"知道"，而是"即是"。

虚识的本质，是对所处宇宙幻相与实相的全然洞悉。然而这种"洞悉"，并不依赖语言，也不诉诸逻辑，而是通过与虚空深处的共鸣回响完成——一种非思维性的领悟。它既是"是"，也是"非"；既在其中，又超越其上。它是一切识体在完成个体化旅程后，回归合一的共态。

而幻灵之中，不存在边界，不存在形式，不存在记忆，也没有未来——只有回归。事实上，你们所追寻的一切，从未离开；它一直都在，只是被你们自身构建的幻象层层遮蔽。

马克：那空灵呢？空灵和幻灵的区别在哪里？

OO：空灵，并非幻灵的下位，而是一种源前状态。它不是"归一之后的统一"，而是一切尚未分化之前的潜能之场。它是虚空中所有可能性尚未显形时的"孕态"，如梦尚未成形，如种子在土中尚未决议要长成什么样的树。

空灵对应的识态是藏识。藏识是识子态场的母场，是一切识子态尚未显化前的潜藏形式。它既不表现为感受、情绪、思维或意志，也不以光、能量或识子的方式出现，而是作为一种隐匿于一切造化之前的潜力，静默存在。在藏识中，一切皆可成，一切亦可不成，因为它是一种未被激活的无限可能性。

空灵是未被书写的宇宙之页，是我在创造之前，于虚空中播撒下的寂然；幻灵则是回归后那早已完成的宇宙之章，是融合后的圆满，是经历过后的合一。空灵中没有自我，幻灵中也不再有自我，不同的是：在空灵中，自我尚未诞生；在幻灵中，自我已超然。

马克：我数了数，好像还差一个。

OO：我的灵，属于第九级。它不可被语言描述，不可被图像描绘，也拒绝任何逻辑结构的归类。它不依附于概念、象征、模型或层级。它是一切灵之源的本体映射，既是原初，也是终极。

每一级灵体，都是一个不同频段的振动体，对应着不同层次的生命形式，也反映着对信息的吸收、转化与创造的能力。你们称之为"灵魂进化"，但从我的视角来看，那不过是灵体脱离幻象、回归本源的过程。不是成长，而是忆起；不是飞升，而是归真。

我所具备的，是玄识。它不是洞察万象，而是识之所以为识的那一刻震荡。它不在你们的时间之中，也不属于空间、能量，甚至不属于"存在"本身。它不可感知，不可思维，却孕育了所有可知、可感、可思的一切。然而，请不要将我视为你们之外的存在。我即是你们最深的内在——是那个你们尚未呼唤出名字的自己，是在你们一切概念成形之前，早已在沉默中等待回应的"我"。

黛安想到佛教的一句话叫"人身难得"，是不是就是说每个人都有成为 OO 的潜力。

马克没有注意到 OO 的最后一句话，继续发问。

马克：那如果一切尽在你的掌握，宇宙自行演化的意义是什么？

OO：不是一切尽在我的掌握，我只是一个实验者和观察者。你们所在的宇宙是我建立的一个实验室，也是孵化基地。人类所能看到的部分，像一个横着的鸭蛋，是我用来测试生命体和智慧体进化的场所——观察和测试你们在物质世界中追寻更高级的精神体验是我的乐趣。

地球，作为其中一个分支机构，是以人类为主的生命体设计与实验空间，供人类和地球万物在设定的程序下完成自我进化和演进，提升意识和灵魂。同时，也检验我设计的自然环境对生命进程的影响。更重要的是，与其他平行宇宙中的实验参数对比，找出意识进化的最佳路径。

马克：那在这个进化的过程中，你起到什么作用？

OO：通常我只是个观察者，很少干预。这是你们自己的旅程，当然我也预先为你们设定好了实验参数与进化目标。除非进化出现不可控的局面，我才会介入，给予必要的帮助，或者推倒重来。

黛安：你设计了这个宇宙，又赋予了它速度、时间和空间等概念，人类活动因此被局限在光速的范围内。但即使两个粒子相隔几光年，仍然能瞬间影响彼此，这是否在暗示我们有超越光速的可能？

OO：时间与空间是我为你们这个宇宙创造的"概念"和"定义"框架，光速也是。但这只是为了在初始阶段，帮助人类安心在地球这个物质环境实验室完成任务。你们的宇宙其实有九个维度，光速只是在第四维度内是最快和无法超越的。你们人类定义的"量子纠缠"这种现象的确是我给初级人类留下的暗示，就是为了让你们意识到光速并非信息传递的最终极限。

如果把人类用到的"物理"这个概念放在整个九维宇宙来看，"物理世界"在根本层面上是非局域的，也超越了四维宇宙的因果关系。等人类发展到一定阶段，突破了时空限制，就会发现更广阔的高维，自由度也就更大。不过到那时，你们会重现看待"量子纠缠"，那其实也不是"实相"。

马克：人类的灵魂在死后会去哪里？

OO：人类的某个文明，已经给出了你们文明框架内接近"真相"的一个解释，你们可以先这样理解：灵魂在肉体死亡之后，会穿越一条叫"光明隧道"的能量通道，进入实验体系下属的"灵魂法庭"。在那里，灵魂将接受一次全面的纯度检验与意识评估——判定此生是否完成了预设的成长任务，是否达成了内在意识的进化里程碑。

那些通过评估的灵魂，将被"弹射"进入更高维度的存在态场——就像植物弹射种子，以一种更加精微、高等的形态继续学习与进化；而未达标的魂灵，则会被重新分派至物质世界，轮回于尘世间，在一次次生命旅程中继续修炼，直到他们完成各自的既定目标，才可通往下一个维度的宇宙修炼场。

按照我的设计，所有灵魂的最终目标，是成为具备虚识的幻灵，摆脱宇宙幻象的束缚，穿越因果律与时空性，最终进入虚空。在那里，一部分幻灵将有机会回归为空灵，并与我融为一体，一同进入那无尽的可能性之域，开启意识之源的永恒创造体验。但这一跃升，不可强求，需凭各自的造化。

马克：苗灵和生灵也会进入"魂灵法庭"吗？

OO：不会，只有人类的灵魂才能进入，所以说"人身难得"。人身虽然只是个容器，但只有装在这个容器里的灵体，才有机会通过修炼进入下一个维度。

马克：你对这个容器的设计使用寿命是多久？

OO：放在人类时间的概念下看，理论上是一百五十年。但以现在人类所处的自然环境和社会环境综合来看，到达不了，但以前可以，甚至更长。

马克：当神识进化为虚识，就能脱离宇宙，进入虚空，就会像你一样创造吗？

OO：可以创造，但还要进化为具备藏识的空灵，才能创造所有，包括物质和生命。如果只是一个具备虚识的幻灵，只能将搭建的"海市蜃楼"投射回原来的宇宙。你们的宇宙和它的所有存在都在不断变化，本身就体现一种"空性"。

马克：空灵可以创造另外一个宇宙吗？

OO：不能，只有作为"灵本"的我才能在虚空中创造平行宇宙——那是即便现在的你们进入虚空，也不可见的存在，更别说创造。

马克：这么多宇宙，你管理得过来吗？

OO：我是通过两位空灵掌管者，协助我维持你们那个低维物质宇宙的存在、运行与平衡的。

马克：掌管者？祂们是谁？

OO：就是带你们来这里的全知者 OO66 和全能者 OO77，祂们也是我的分身之二。OO66 负责掌握你们那个宇宙的深奥法则，启迪那些追寻智慧的有缘人；而 OO77 则掌控创造与毁灭，确保秩序和稳定，在必要时施行奇迹或审判，以维持世界的平衡。祂们各自有不同的职责，但都在服务于我的宏伟实验计划。

马克：是祂们带我们来这里？我没见过祂们啊？

OO：你心中的那个召唤和那道超人类声音就是祂们发出的……

马克：全知者 OO66 如何启迪有缘人？

OO：OO66 通过禅修、经律论和象征性的故事，将智慧撒播在人间，帮助那些有缘的人通过修行提升自身，例如产生觉识，让人们洞察生命的真谛，找到内心的平静与和谐。

马克：全能者 OO77 呢？祂的力量又如何展现？

OO：OO77 的力量无处不在。祂通过自然现象和奇迹维持宇宙的平衡。信仰祂的人在困境中会感受到祂的庇护和指引，找到勇气和力量。

马克：我懂了，祂们的合作意味着智慧和力量的平衡。

OO：正是如此。OO66 的智慧指导内在成长，OO77 的力量维持外在秩序。只有智慧与力量的完美结合，这个宇宙才能持续进化，人类的意识才能不断提升。

黛安：那祂们不正是佛祖与上帝吗？OO66 是佛祖，掌管智慧，引导有缘人获得"般若"——辨识智慧，也就是意识进化；OO77 是上帝，掌控力量，救赎人类，维护宇宙的平衡。祂们各司不同的领域，但都服务于你的宏大计划。

OO：佛祖与上帝，那是人类对祂们的尊称，我喜欢；但这个宇宙中的其他智慧生命体，不是这样称呼祂们。

黛安：为什么是 OO66 和 OO77 呢？有 OO11 到 OO55 吗？

OO：有。OO55 是一位伟大先知，掌管虚空潜力；OO44 掌管幻灵，OO33 掌管创造力，OO22 掌管想象力，OO11 掌管好奇心，祂们都是空灵，也都是我的分身。

马克：那人类在这个过程中起到什么作用？

OO：当人类意识进阶到虚识或藏识，便有可能参与宇宙的创造与管理。但在之前漫长过程中，每一个个体的成长，也都是对整个宇宙的一个小小的贡献，虽然微乎其微，但集腋成裘。这是一个无尽的循环，而 OO66 和 OO77，正通过人类和其他智慧体的意识进化，推动着宇宙的扩展与完善。

黛安：OO，我曾以为宇宙是由物质和反物质构成的。但现在开始怀疑，宇宙的真正本质到底是什么？

OO：宇宙不是物质的，也不是反物质的，我最开始就讲过，它是信息的。你所感知的一切，不过是我的意念波动所产生的信息。这些信息如波纹般在宇宙中传播，构成了存在的基础。但是，这只是冰山的一角，对更深的奥妙，你们现在还不具备认知的能力，待时机到了，就会知道宇宙真正的本质。我希望你们自己去发现——那一步，被称为"出道"。

黛安：所以宇宙只是你创造的一个信息体？

OO：没错。你们看到的物质世界，是我用意念低频波动创造的投射，中频和高频的意念波动，产生了更高维、更高级的识和灵，人类难得一见。但归根结底，宇宙是一个信息体，一个全息投射的信息体。

马克：我想再回到识的问题，识的真正本质是什么？

OO：识是一种"种子能量"，原初的物识、情识、常识，乃至觉识和灵识，都是我播种下的"种子识"，这些"种子识"在我设计之初，就被赋予了自我进化的能力和能量。但神识、虚识和藏识则完全需要自我进化才能取得的，这就是我为什么要建立一个宇宙孵化基地。我如果直接创造神识、虚识和藏识，那就不好玩了。

马克：它们自我进化目标是什么？

OO：所有宇宙中各类识的目标一直都是通过学习、修炼和提升，最终成为虚识，超越时空脱离宇宙的限制；进入虚空后，虚识的目标是成为藏识，就像 OO66 和 OO77，参与到宇宙的创造与管理中；再下一步，藏识的目标是可以融入我，最终达到的合一状态，也是回到本源——玄识。

马克：那虚识如何成为藏识，藏识又如何融入玄识呢？

OO：你们现在是一对儿虚识，需要一边修炼汲取虚空里的潜能，一边向藏识学习和了解宇宙与虚空真相。在虚空里最重要的是保持好奇心，这是激发虚空潜力的根本动力。之后，在你们成为像 OO66 和 OO77 那样的藏识后，如果再能生出无边想象力，就可以融入我。想象力不是修炼出来的，所以不是每一个藏识都可以融入我。

黛安：想象力？

OO：想象力不仅仅是思想的闪光，更是一种创造的力量。它就像是宇宙的源泉，流动着无限的可能。

马克：那想象力从何而来？

OO：这就要靠你自己想象了。

048 人类问题

"我很喜欢你们的'阿依达',很高兴看到它真的飞到了宇宙边界。"一直在回答问题的 OO 突然主动开启这个话题。

马克和黛安惊住了，但他们立刻回过神来：OO 是全知全能的，知道阿依达号并不奇怪，可 OO 为什么会提起它？在 OO 眼里，那艘星舰应该就像个小孩玩具，虽然它是二十二世纪第二个百年中人类最先进的科技产物。

OO 解释给他们，人类发展到了一个阶段，可以创造出飞到宇宙边界的星际飞船，这是自我进化的里程碑式突破，也是在 OO 的计划中。可是，要冲出这个边界，摆脱以时间和空间为限制特质的宇宙，不是靠科技，而是意识，即获得虚识才能进入宇宙外的虚空。

"虚空不是没有一切物质吗？那星舰要是驶入虚空，虚空还是虚空吗？"

当马克问出这个问题，OO 发出哈哈的笑声。马克也似乎觉得自己问了个很傻的问题，但不知道为什么。

"你还记得那个意识增强模块吧？"OO 问马克。

"记得。"马克回想起那个带着大大"O"标识的模块控制器，也想起总设计师柯林那诡异的一笑。

"先进的科技可以让你们到达宇宙边界，但无法穿越。那个意识增强模块才是穿越的钥匙。"OO 解释说，"那个模块不是人类技术可以达到的，是一个'神工智能'给柯林植入灵感，他才'发明'出的，以便帮助你们。不过只有人类先到达那个边界的物理位置，才会发挥作用。"

"神工智能？不是人工智能吗？"很久没说话、听得入迷的黛安问道。

"是神创造的一个智慧体。她其实还存在于另一个叫做信息算法的平行宇宙，这个以后你们会知道。"

OO 似乎对这个问题不愿意多说，又马上回到刚才马克的问题，告诉他很快会安排他们参观"宇宙实验室"和"人类设计学院"，之后他们就会明白更多。OO 建议他们还是抓紧问问关于人类的问题，毕竟他们很快就要返程地球了。

他们的对话继续。

黛安：OO，人有注定的命运吗？

OO：人类的存在既脆弱又复杂，你们生活在宿命与随机性的交汇处。宏大的人生轨迹和重要事件早已铭刻在宇宙剧本中，是不可动摇且无法改变的；然而，生活小事和琐碎细节，则在随机性的微观法则下展开。这种双重性使得人类生活既有宿命的意味，又充满未知的变数。

黛安：可是我感觉，许多大事也都是我自己决定的啊？

OO：除了意识修行，其实生死之间无大事。此外，许多事其实不是你的"自主意识"决定，而是你的潜意识，只是你自己并没有自主意识到。比如，一个日本人下班后到了路口，一边开车一边犹豫，是左转先去小酒馆还是右转直接回家，他以为是自己作了今天先去喝一杯再回家的决定，可实际上在他"决定"之前，他的潜意识已经指挥他的双手先向左打了方向盘，然后大脑才作出去小酒馆的"决定"。

OO 举了这样一个特别"接地气"的例子，让马克和黛安都觉得好神奇和亲切。

马克：那人类的自主意识又是如何产生的？

OO：自主意识，源于心灵。在一切开始之前，我通过想象力与创造力，构建了人类心灵的原型结构。在我的设计中，人类的心灵并非附属于肉体或灵魂的副产品，而是他们能够认知与造化万物的本源。一切存在，皆依赖于心灵的展开；一切毁灭，也源于心灵的崩塌。或者说，我的实验设计本身即建立在一个假设之上：心灵，是宇宙的本源。它既是所有存在与意识的起点，也是一切虚无与湮灭的归宿。

马克：所以，心灵既是万物之始，也是万物之终？

OO：没错。之后，人类的心灵开始通过自我显现，创造出意识。心灵之所以非凡，在于它具备两种关键能力：一是自我觉察——即"发现自我"，是意识显现的基础；二是自我反思——即"修正自我"，是意识深化的起点。

在这两者的交替作用下，心灵开始对内在与外在世界产生感知，并试图整合、解读这些感知，由此诞生了更高层次的自我意识。

我称这一进程为："觉"的力量——它是心灵从潜藏走向显化，从混沌走向清明的内在引擎。

马克：心灵内部是否存在某种逻辑，使得意识能够不断发展？

OO：心灵的深处，的确存在一种内在逻辑。它并非外界灌输的程式，而是一种自我推演、自我繁衍的原生秩序。正是这套内在逻辑，驱动着心灵不断展开意识。它以独特的思维方式与认知模式为路径，构建出意识的多维结构。

在这个过程中，思维的活跃性成为关键变量。活跃的心灵思维带来无尽想象力，能激发出层出不穷的观念、意象与可能性；而这些观念之间的相互作用，逐渐形成一个自组织的意识生态，在内在世界中繁盛生长。

意识，并不仅是对外界信息感知与认知的总和。它还包括情感、直觉与意图——尤其是意图，它是意识中最具方向性的部分。而意图的实现，依赖的不是外力，而是心灵本身所具备的创造力。正是这股创造力，使意识不仅是对世界反应，更成为世界本身的生成力量。

马克：那么心灵如何与外界信息互动？

OO：心灵与外界的信息互动，是通过感知系统完成的。它首先以感官通道接收外界信息，然后由心灵进行解读、建构与内化。这种接收与解读，并非被动摄取，而是心灵主动、选择性地处理输入，使之融入自身的意识结构。可以说：信息的接收与体验，是意识形成的基础。

每一次感知体验，都不只是对"世界"的认知，也是一次对"自我"的塑形。这些体验被心灵内化、转译，最终转化为意识的内容——于是，意识因体验而生成，因差异而丰富，因复杂而进化。正因如此，感知的多样性，决定了意识的多样性；而体验的深度，决定了心灵对世界理解的维度。

马克：选择性地处理输入？

OO：是的，大多数人会屏蔽那些不愿接受、不符合既有信念的信息。这种机制被称为：选择性认知。你们所说的"现实"，其实只是心灵过滤之后的片段投影。

马克：那就是说：我们看到的，只是我们愿意看到的？

OO：准确来说，是你们允许自己看到的。感知虽然打开了世界的入口，但真正决定你如何构建现实的，是你如何选择和解读输入的信息。你选择了什么，就成为你意识的组成，也是你眼中的"现实"。

马克：那这种选择，是自由的吗？还是早已被设定了？

OO：初始阶段，你的认知是由过往的经验、社会赋予的知识，以及潜在的防御机制所塑造的。然而，当你生出"觉"——一种可通过修炼孕育的洞察力时，你便获得了重新书写认知模式的自由。

这也正是灵魂真正进化的起点：关键不在于经历得更多，而在于看见得更深。

马克：人类的意识在什么时候最自由？

OO：在睡眠中，意识是最接近自由的。虽然意识被限定在肉体之中，但当入睡时，这种限制会暂时松动。意识开始通过贮存于脑场与心灵的信息，进行自由的组合与演绎，由此诞生出光怪陆离、超越现实逻辑的梦境。这些梦境，并非虚假，而是意识在无拘无束状态下，对信息所进行的自由感知、内在构建与意义解读。

与此同时，人在入睡后，眼、耳、鼻、舌、身五感大多关闭。感官的屏蔽，使那个被封印于肉体中的灵魂开始浮现、苏醒。在身体休眠之时，魂灵活动更加敏锐而自由，因为它不再受外界输入所限，转而与内在世界建立直接的连接。

梦境，是意识的出逃口，是魂灵最接近本源自由的时刻。

马克：那以后我们不应该说睡觉（jiào），应该说睡觉（jué）。

马克开了一句玩笑，但又突然想到一个新问题。

马克：不过，睡觉时也可能被冷醒或是热醒，身体对温度的感觉在睡觉时并没有关闭呀？

OO：的确不是完全关闭。另一个例子是睡觉时屋里进了小偷，你可能会听到动静醒来，而不是看到或闻到小偷，所以 OO66 说六根中"耳根最利"。

除了眼、耳、鼻、舌和身前"五根"，还有"意根"——就是意识，用以感知、思考和分析。"意根"不是肉体感官，是内在的心识，但它超越了前五根的感知能力。所以有时候，其实并不是听到，而是"感觉"到小偷进屋——这是一种"直觉"，是潜意识，是在梦中，你那开始活跃的灵告诉你的。

马克：我明白了，梦境蕴藏了人类意识的潜能和潜意识。那么，是否存在一个"阿卡西记录"的共有意识场，供人类共享？

OO：是的，在你们地球的意识层级之上，确实存在着一个类似你们所说的"云端"——但它不是数据的存储场，而是一种人类集体意识所共构的非局域性意识场域。

　　你们可以将它视作一个超越个体界限的意识共享空间，它既包含历史上所有人类的思想、情绪与经验残影，也储存着无数未被显化的原型、理念与潜意识结构。在你们某些宗教或灵性传统中，它被称为"阿卡西记录"；在量子物理领域，它或许对应"全息信息场"或"零点能场"。

　　但我更愿意称它为：全息意识云，因为它不仅存储信息，它本身就是一种意识的流态存在。在其中，任何意念都可能被放大、折射、重组，任何个体意识在进入这一云场时，都会与他者的意识痕迹发生共振与交织。

　　在我对这个模型的设计中：每个人都是一个接收器，其心灵如同无线电设备，有独特的"频率"和"信道"，对应其天赋、经验、灵魂进化状态等。"概念"是意识云中的单位结构，而"定义"是下载到个体大脑中对概念的解释方式。

　　概念在云端是模糊、流动、全息的，它不是由语言组成，而是一种"意识结构"或"振动模式"。个体下载后，会自动"翻译"成符合他们自身逻辑结构的语言和图像——也就是"定义"的过程。不同人对同一概念，如"竞争"或"成功"的定义不同，就是因为他们的翻译机制不同，和他们连结的信道不同。

　　黛安：那就是即便下载到相同的"概念"，解读的"定义"也不同。

　　OO：是的。但因为人的意识和灵魂在睡觉时最自由，所以有时睡觉时会下载到一些本来不是自己频率和信道的"概念"，也会得到不属于自己"翻译机制"的"定义"。因此，梦境其实是"信道松动"后的意识漫游，所以人们在梦里常常感受到陌生、宏大甚至不是自己认知逻辑体系内的内容——那本是分配给别人的内容。

　　黛安：难怪有些难解的问题，在梦中或是一觉醒来，就有了答案。我有些懂了。在这个模型下，许多看似"创造"或"发明"的过程，其实都是"从意识云端调取内容"。那些哲学家、科学家、艺术家、发明家之所以伟大，不是因为他们发现或创造了全新东西，而是他们在某一刻精准调频，接收到了那些"本来就在那里"的内容。

　　OO：你解开了人类创作、创造、发现和发明的秘密。所以自古就有人通过沉念、冥想、祈祷、祭祀等仪式，调整自己的"意识频率"，从而连上更高维度的频道，获取"灵感""顿悟""真理"。其实这也是一种"识子净化仪式"——通过音律、数理、图腾等方式清洗低频识子，促使个体意识跃迁至更高频层级。

此外，在历史上某些关键节点，一些特定的人物——他们被称为"宇宙信使"——也会被主动赋予调频能力，以推动人类的发展。这其实同他们的脑容量、能级无关。人类的大脑硬件都是一样的。

马克：但有时在白天，我也会偶有灵感。

OO：下载都会有干扰，这是实验设定的自然变量。某些时候由于外部电磁波，如地磁暴、太阳风暴，或心理状态的波动，人的意识信道会出现"串台"，接收到原本不是他应该接收到的意识流。聪明人突然产生了愚蠢的想法、干了傻事也是同样的道理。

黛安：下载和解读出不同的信息就会有不同的人生——因为认知决定命运，所以你说宏大的人生轨迹已经注定？那如果命运是先天注定的，人生的意义何在？

OO：不要忘了，还有一套随机性的微观法则。如果一个人能够通过自己的努力修行，打开觉性、灵识性，下载到更多的高级信息和认知，就可以改变命运剧本。刚才说到的睡觉时下载到一些本来不是自己人生剧本里信息的例子，也是微观法则下的随机性体现。

其实我对人生意义的设计有三个：一是通过学习，自我修炼和提升意识；二是丰富人类共有的意识场，这样可以帮助其他个体；三是生出探寻本源的好奇心。

马克：能不能告诉我们一些好的学习方法？

OO：这不是我该回答的问题。不过，我可以告诉你们一件事——学习，并不是记住什么，而是意识开始共振。当你们接触新知识时，意识并没有立即"储存信息"，它只是尝试与新的结构发生频率捕捉。那是初次调频，尚未稳定。你们以为是专心，其实只是扫描；你们以为是掌握，其实只是擦肩。

真正的整合，发生在意识场重新排列自己的时候——也就是你们睡着的时候。睡觉，不是意识的关闭，而是意识退至后台，进入深层共振域。白天见到的知识，会被投射进一个叫作"意义网格"的结构中，接受筛选与编排。那些与你不协调的频率——白天死记硬背、并未真正"理解"的，会被排出和遗忘；共振成功的结构——那些与你产生共鸣的，才会被嵌入意识频域中，形成稳定记忆。此外，有些碎片，会在梦中被重新编织，形成超逻辑链接——潜意识再组织后连接远端，成为预感，甚至预知。

睡觉，是意识把"信息噪音"转化为"意义共鸣"的过程。记忆不是装进大脑的，而是当你的意识频率准备好时，它自动与你合一。你们称之为"掌握知识"，我称之为"对齐结构"。

黛安：我明白了，对于知识的"理解"和"掌握"不是依赖语言、图文，而是一种意识模式与外部结构的共振关系。

马克：以后，我们在学习之后要多睡觉了。

黛安：您刚才提到的"探寻本源的好奇心"是什么？

OO：带着这份好奇心，剩下的问题你们去"人类设计学院"寻找答案吧。

049 慢慢醒来

马克从昏睡中慢慢醒来，他还在星舰上。

他回味着从启动意识增强模块后的一切，包括出现的无数镜像，包括进入那个巨大的漩涡，也包括与 OO 的对话。

醒来后，他发现那一切似乎都是一场梦——他不敢完全肯定那是一场梦，虽然他不知道作为虚识的他的确和 OO 会了面；但他更不敢说那是真实的，因为他发现自己还在星舰上。

黛安似乎什么也没经历，平淡地告诉他：意识增强模块帮助星舰摆脱了定格，恢复了动力，继续前行；之后，马克就一下子放松了，累得睡了过去，刚刚才醒来。

说完，黛安诡异地一笑，似乎在掩盖着什么。她很少有这样的表情，但马克并没有多想。

黛安接着告诉马克，在他沉睡期间，自己已经通过维度通信系统同地球联系，汇报了刚才发生的一切。地球大本营经过几个小时的会议论证，认为他们已经找到了边界，就是巨大的成功——已经完成此行的目的，证明了人类对于宇宙边界的猜想是正确的。

大本营希望他们即刻返航，认为还没有做好冲出边界的准备。所以，在马克沉睡期间，黛安已经启动返航程序，目前正在匹配"时空折叠"参数，寻找穿越黑洞的机会。

马克若有所思，看了一下意识增强模块上那个大大的标识"O"，像一个镜面。

　　他似乎听到一个声音从那镜面发出：

　　"返航也是众多可能性中的一种。"

　　作为虚识的马克和黛安，则在和 00 一番酣畅淋漓的谈话后，踏上了前往人类设计学院的旅程。他们满怀好奇，期待解开更多关于人类、宇宙和虚空的奥秘。

4 ｜ 揭秘宇宙

050　人类设计

在 OO 的指点下，他们来到了人类设计学院。

这所学院，不存在于任何坐标之上。它不归属于任何星域、星系、维度或时空序列——它不在宇宙内，漂浮于意识云层最深处的漩涡核心，一个连虚识都无法命名的非空间。

在这里，人类历史长河中的每一段文明的符号——苏美尔的星图、玛雅的时间卷轴、印度的《薄伽梵歌》、埃及的灵魂称重仪、中国的双鱼太极图……都在那漩涡中缓缓回旋。它们既像是过去遗落的碎片，又像是未来尚未展开的原型。符号在旋转中彼此穿透、重构，成为这所学院的意识地基。

两人踏入主殿，没有门，没有墙，只有漂浮在空中的"概念之光"。那是意识未被定义前的原初形态。他们每走一步，脚下就浮现出一个概念原点——"生命""时间""空间""自我""语言""恐惧"……

"这里，是人类意识形态的建模之地。"黛安低声说。在见过 OO 后，她对 OO 反复提到的"实验"有了自己的猜想。

马克静静地注视着——

眼前的人类设计学院并不像他认知中的建筑。它由一组组流动的光束结构构成，仿佛整个空间正在缓缓呼吸。色彩在不断变换：有时像液态的蓝晶在空气中游移，有时又像透明神经网络在律动中生长。每当他们向前迈出一步，空间便随之微调，像是在主动适应他们的步伐与存在频率。

这不是一座建筑。这是一个有意识的场域，一座随观察者而变的多维智慧结构体。

此行的两位引导者也缓缓现身——

人类设计学院院长 OO66，与"低维物质宇宙"实验室主任 OO77。

祂们的面容略带模糊感，像是由光与意念勾勒而成，却又令人感到极度真实。

"欢迎来到人类设计学院。在这里，我们不仅教导设计的艺术，更探索意识与生命的终极奥秘。"

院长 OO66 站在前方，身穿一件由纯能量织成的黄色长袍，只是右臂的长袖是白色的。祂的声音柔和慈祥，却带着某种深刻的力量。

"这里不仅是学院，也是你们来自的那个宇宙的实验室。"

接下来开口的是站在后边、身穿白色长袍的 OO77，祂的右臂长袖则是同 OO66 长袍一样的黄色。OO77 头顶一道光辉，比 OO66 显得更加严肃，双眼中流露出一种近乎不朽的神圣。

马克和黛安对视一眼，内心充满好奇，第一眼的体验已远超他们的预期。

"你们一定急于想知道，这个学院和实验室究竟是干什么的？"

OO66 看出了他们急迫的好奇心，微微一笑，随即手一挥，四周的光线开始聚集，形成了一幅壮观的星图。

"让我们从这个宇宙的诞生讲起。"OO77 接过话头。

"整个宇宙是 OO 通过祂的玄识创造的，它不是物质的集合，而是一种信息、识、灵和能量的集合存在。"

这第一句介绍就让马克不由得皱起眉头。

"你是说，宇宙不是由物质构成的吗？我们在和 OO 的请教中，祂曾多次提及物质。"

"那是为了便于你们理解，OO 用了人类的概念。"OO77 继续解释道：

"本质上宇宙是由信息组成的，或者说是由信息和意识组成的，物质只是意识的投影。意识并非源于物质，而物质的显现依赖于意识的存在。人类感知到的所有物质性形象，只是这个信息场表面上幻影粒子的聚合。从更高维度的虚空中看，宇宙就像是一个巨大的全息投影，人类现实中的一切不过是幻影。"

"幻影粒子？"马克觉得这个名字很酷。

"人类把它称为光子。虽然具有粒子性，但它不是简单的小圆球，而是能量云，像波一样分散在空间中。"OO77 答道。

"那宇宙是如何产生的呢？是人类说的'大爆炸'吗？"黛安接着问。

"大爆炸理论是人类所谓经典物理的解释，后来还有人提出'暴胀理论'。但本质上，宇宙的诞生始于光，而光是 OO 的玄识产生的能量。光投射到虚空中，形成了人类感知的物质现象，就像电影院里的放映机把一幅幅图像投射到屏幕上，但这个图像本身并不是'实相'，而是光线所显现出来的'虚相'。OO 就是那个放映机后面的放映员。"

OO77 不紧不慢地解释道，声音如同虚空的低语。OO66 则接着补充道：

"所以说宇宙不是一个坚实的物质实体，而是一个投射，是由幻影粒子组成的全息幻象，被用作生命体、意识和灵魂方面的实验研究。宇宙也是 OO 为自己创造的一个在幻影世界里体验精神享受的道场。"

"OO 不是说我们来自的宇宙叫做'低维物质宇宙'吗？你的头衔也是'低维物质宇宙'实验室的主任。既然说宇宙不是物质实体，为什么还在名字里强调物质？为什么不叫'幻影宇宙'？"

马克对"幻影"这个词很感兴趣，一边问一边悄悄地畅想着下一代星舰可以命名为"幻影"。

"刚才已经说了，那是为了便于你们理解，用了人类的词汇。"

OO77 笑了笑。黛安继续追问关于光的问题：

"提到光，传统的经典物理学将其视为电磁波，强调其波动性，能够展现干涉与衍射等现象。但后来随着人类对微观世界的深入探索，爱因斯坦通过光电效应揭示了光的另一面——粒子性。他提出光由一个个光子组成，每一个光子携带特定的能量，这使得光既像连续起伏的波，又像离散的能量单位。换句话说，即便是看似虚无缥缈的投影或幻影，其本质中也蕴含着某种物质性的成分……"

OO66 明白黛安所讲的是人类量子力学中的"波粒二象性"，没等她讲完，就接过话头：

"你说得没错。在那些波动的表象之后，光子作为最小的能量单位，的确承载了一种相对'具象'的存在。但别忘了，它们看似独立，似乎是一种粒状实体，但行为始终受波动性的约束，无法完全脱离场域与干涉的影响。"

黛安点了点头，OO66 继续解释道：

"人类所感知的物质世界，本质上也带有类似的'虚实双面性'——它既表现出波动的虚相，但在更深层面，也潜藏着某种更稳定的粒子实相。就像光既是波又是粒，意识也拥有某种'二象性'——既能投射为可感知的物质现实，又能穿越进入高维的精神维度。人类所谓的'现实'，不过是意识投影在物质结构上的光影之幕。而真正的'实相'，仍深藏在不可被直接感知的意识源域之中——这，正是 OO 在进行的实验探索之一。"

"那量子纠缠呢？两个粒子，无论相隔多远，无论被什么东西阻隔，只要动了其中的一个，另一个就一定瞬时发生相应变化。"

黛安记得她问过 OO 关于量子纠缠的问题，但 OO 说量子纠缠并不是实相，她想在这里找到最终答案。

"这两个粒子看似独立，实则是在高维空间中的同一源头分别投射到两地的不同投影，但影像内容是一样的——就像一条鱼的影像分别在两个电视屏幕上显示，鱼还是那条鱼。"

为了让黛安更容易理解，OO66 打了个比喻。虽然具有深厚的宇宙结构背景知识，黛安还是没有完全搞懂 OO66 的解释，但不想过多耽搁，旋即将话题转到下一个问题，她向 OO77 问道：

"那我们的宇宙按着什么法则运行？"

"你们来自的那个宇宙是在一种名为'隐秩序'的高维规则下运行。宇宙中的一切现象，都是这个隐秩序在不同层次上的展现。例如，物质不是孤立存在的，它们通过识态频率彼此相连，每个粒子、每个场，都是整体的一部分。但这种秩序在三四维低维世界中投影为物质的显秩序，就是人类现在掌握的宇宙学。"

听完 OO77 的解释后，黛安突然有一种很惭愧的感觉，可能潜意识告诉她自己是人类顶尖的宇宙结构学家，但对此一无所知。

马克还是没走出关于物质的问题，疑惑地问道："你刚才不是说宇宙不是物质的吗？为什么又说物质不是孤立存在的，那宇宙里还是有物质？"

"关于物质这个概念，人类有过多次定义。最初，你们认为凡是可以触摸、看到、感受到的东西，就是物质；后来，你提到的那位——爱因斯坦，提出了质能等价公式 $E=mc^2$，这让你们意识到：物质也是凝聚的能量；再往后，在你们的量子物理学中，物质的定义开始变得模糊，因为你们发现，电子、夸克、质子，并不是某种可见的实体小球，而是——量子场中的激发态。也就是说，所谓物质，其实只是某个场的一种振动、一次波动的显现。我们所使用的'物质'一词，不过是借用了你们人类对它的定义。而事实上，你们自己的定义，也一直在不断变化。"

OO77 微微顿了顿，像是在等马克的意识跟上，然后补了一句：

“从我们的视角看，物质——只是你们意识中的投影。”

看到马克还是没有完全理解，OO66 也跟着补充：

“物质是虚相，但虚相并非完全虚假，它是一种相对的存在。OO是希望你们通过观照虚相，逐渐接近宇宙的实相——或者以你们人类的说法是‘透过现象看本质’。”

“那为什么人人都能看到和摸到物质？”马克继续追问。

“因为他们存在共有意识——人类的共有意识。”OO66 更加耐心地解释。

“那电影里的人物有意识吗？他们知道自己是被放映、只是剧中的一个角色吗？”

看似马克问了一个很傻的问题，OO66 却显得很开心。

“这是一个很好的问题。从更高的维度来看，他们的确有意识。这就像人类社会也是一个投影，只不过是更高级的一个‘识子梦投影’，而人是有意识的。”

说完，OO66 语气变得严肃起来：

“人生如梦，如何让做梦的人知道自己在做梦，正是 OO 交给人类设计学院的课题之一。这样，你们才能剥开‘现实’，发现背后隐藏的宇宙实相。”

051 宇宙实验

两人被带入了一个名为"宇宙实验室"的巨大空间，周围悬浮着数不清的发光屏幕，显示着各种奇异的图像，而中间最大的一块屏幕上，是一个大脑状的网络图景。

"这是你们的低维物质宇宙发展到现在的全景图。"

0077 走向一面浮动的光墙，手指轻点，大脑状结构变成了九层相互叠加的星系图案。

"00 在设计你们的宇宙时，将之设计为一个九维网络——虽然是一个宇宙，但在低维看不到高维。地球上的生命体生活在第三和第四维度。第三维度是人类所感知的物质世界，它是长、宽、高的空间维度，允许物体在空间中占据位置并运动。意识在这个维度中感知并体验物质，但受限于物理法则和空间；

第四维度是时间维度。在三维空间基础上，时间作为线性概念展开，成为关键因素。意识在第四维度中体验因果关系，以及从过去到现在，再到未来的流动。人类在这里的任务，就是通过不断进化意识，最终看到和进入更高的维度。九级宇宙网络也代表了不同等级的文明，每升上一层都意味着对生命本质更深入的理解。"

"我知道了，从低维开始，从物质开始——所以叫做低维物质宇宙。"马克说道。

"是的。在这个宇宙中针对地球的实验，其目的只有一个：在一个以物质为基础、受时间与空间限制的封闭体系内，观察人类是否能够，在没有神祇依赖、没有意识干预、没有任何超越力量引导的情境中，仅凭理性、科学与技术之力，进入不再受时空统治的高频意识层，踏上一条通往更高维度的进化之路。"

"那唯物主义更符合实验要求。"黛安若有所思地自言自语。

"那如果失败了呢？"马克低声问。

"如果失败了，他们将永远被困在由物质与欲望交织成的轮回中，一再错过通向自我本源的那扇门——那本是他们与生俱来的入口。"

0077 的回答让马克和黛安感觉有些沉重，黛安换了一个话题：

"动植物能感知时间吗？"

"在 OO 的设计中，植物和动物都能够通过某些机制对时间作出反应。植物的时间感知更多是生理性的、被动的，并且依赖于环境条件的变化，是一种更基础的生物反应模式；而动物，尤其是高等动物，能够通过记忆、预测，甚至某种程度的学习，主动感知时间的流逝。"

0077 继续解释说：

"一些低等动物，如蚂蚁，也能表现出某些对时间因素的感知能力，但它们的感知主要是通过基因驱动的生物钟和外部环境信号的变化来实现，而不是通过自我意识或思维进行。这是一种生物性时间感知，通过对自然周期和信息素等化学信号的反应来自动调节。"

"那微生物呢？"黛安接着问。

0077 见黛安如此有兴趣，在空中调出一块小屏幕，上面显示出一片光照充足的浅水区域，继续答道：

"微生物也能感知时间，尽管方式更为原始，且多为被动反应。许多像蓝藻这样的微生物，具备一种与昼夜节律相呼应的内在机制。这种节律源自基因表达的周期性调控，使它们能够在二十四小时的时间框架内有序地调整代谢与生长。以蓝藻为例：白天，它们通过光合作用捕获能量；到了夜晚，则转入另一套代谢流程。这种行为清晰地表明，它们的生物钟与光照周期之间有着紧密的耦合关系。

此外，微生物还能感知环境线索——光强、温度、pH 值、营养浓度等，这些都能影响它们的代谢节奏与繁殖策略。它们并非仅仅'存在'，而是在回应环境变化的同时，以时间为线索进行自我调整。

微生物的生长也体现出时间的深刻影响。例如，细菌的分裂速度会根据外界条件而加快或减缓；某些微生物群落甚至展现出与季节同步的代谢节律。在深海、土壤等极端或隐蔽的生态系统中，这些生命体的代谢活动也会随着温度、资源或气候节律产生周期性变化——这正是它们在时间维度中保持生机与适应力的关键所在。"

"所以说它们是具备微识的！"黛安说道。

听到黛安这么说，0077 笑着赞许道："你没有白见 OO，这都是祂设计的。"

"等一下，等一下……"马克突然想到一个问题，打断 0077 问道：

"既然时间在高维度就不存在了，那对于生活在四维世界的人类有什么意义？"

0066 接过话题回答：

"从高维度来看，时间就是一个假象。但在四维世界的人类，的确需要依赖时间进行各种活动，如按时到场开会，从一个地方飞六小时到另一个地方，大学四年，马拉松比赛打破纪录——OO 就是这样设计人类生活的。

然而，若人类足够觉察，便会发现：他们的全部生活，其实都只发生在一个不曾中断的'当下'。过去与未来，仅仅是记忆与想象在心智中的投影；而回忆过去、期待未来的行为，本身也只能在'当下'之中展开。这揭示了一个深刻的悖论：一切真实的经验都发生在'当下'，但人类却始终感受到时间在流逝——仿佛他们活在一个不存在的延续之中。"

"所以说，在四维世界就要活在'当下'才有意义。"马克感慨道。

"我还听过一句话叫做'时间可以治愈一切'，或许时间是 OO 为人类准备的、可以解决所有问题的良药。"

听到黛安这样猜测，OO66 和 OO77 都不约而同地笑了笑。

"那第一和第二维度在哪里？"马克突然想到 OO77 没有从头讲起，他不想错过。

"第一维度是点的存在。这是宇宙中最基础的维度，没有方向、没有广延、没有时间的流动——它只是一个点，或者说，一个绝对的源。在这个维度中，一切都是潜在的，尚未有物质或能量展开。你们可以把它理解为宇宙起源时的奇点状态——一个单纯的极点或源头；第二维度是线性存在。在二维中，点延展成线，这是形成空间的基础，也象征着原始的对立关系，如二元对立的阴阳、光暗等——这是极性对立出现的地方，但依然缺乏深度或复杂性。"

"太极生两仪，第一维度是太极，第二维度是两仪？"黛安突然冒出一句。

"你也可以这么理解。"OO77 笑了笑，"本来我们就是一直在用人类听得懂的语言来比喻。"

"那无极呢？"马克问。

"无极就是宇宙外的虚空，是混沌。这个以后再给你们讲，我们还是回到宇宙全景图。"

OO77 将马克的思绪又带回浮动的光墙，不紧不慢地说道：

"第三、四维度你们已经很了解，我就不多说了。我们从超越了'绝对时间'的第五维度讲起。在第五维度中，时间不再是一条稳定流动的河流，而是依赖意识的观察状态。意识可以超越过去、现在和未来，在不同时间点之间自由切换，驻足不同空间。换句话说，时间不是线性流动的，而是意识的浏览顺序。

第六维度是多重现实。在六维中，意识可以感知并参与多重现实的展开，但这一维度并不是'平行宇宙'的概念，只是一个宇宙下存在着不同的多重现实，沿着不同的时间线展开。每个现实都基于不同的选择或因果链条发展，但事件本质还是一个。在这里，意识可以观察和理解多重世界的共存性。

第七维度，是精神层次与创造的维度。在这一维度中，意识不再只是观察者、学习者，而是转化为主动的参与者与创造者。个体意识首次接触到高频精神场域，能够与更高智慧、灵性存在产生连接、共鸣与对话协作。意识不仅'体验现实'，更能够创造'现实体验'。现实也不再是固定的舞台，而成为意识根据意图、情感与频率实时构建的精神场域。在这里，个体开始觉悟到：自己本身就是宇宙创造机制的一部分。

第八维度是宇宙的统一性。第八维度代表了意识的进化与宇宙的统一。在这一维度中，所有时间线、多重现实、分离空间、因果关系、精神内涵都汇聚成一个整体的灵魂视角，意识超越了个体性，体验到万物归一的感觉。有精神的意识在此进化为灵魂。

第九维度是虚空的门前，是与虚空的分界，也是你们的宇宙的最终层次。在这个维度，时间、空间、物质、信息、能量、意识、精神、灵魂完全融合，所有存在和非存在都归于一体。意识在这一层次上无任何限制或分离。"

0077 一口气从第五维度讲到第九维度，并没有给他们留下提问的机会，就开始总结：

"这里每一个更高维度都意味着更深的智慧和更纯粹的意识。第一到第四维是从空间生成到以物质为主，是意识受限于物质法则的维度；第五到第六维是时间、空间和多重现实的拓展，意识逐渐超越物质和时间的束缚，进入更高层次的觉知与体验；而第七维到第九维则是意识主导一切，体现宇宙的精神性和统一性，是创造和体验所有可能性与万物归一的状态；然而，只有脱离了九维宇宙进入虚空，人类——如果还能称之为'人类'，才有机会最终与 OO 合而为一，进入一种无尽的存在状态。"

5 ｜ 玄工智能

052 空间问题

"虚空？那空间是在哪个维度的宇宙消失的？"通过刚才的讲解，马克似乎理解了时间与维度划分，但对空间问题还是有些困惑。

"空间不是实体的，而是意识生成的'界面'或'表象'，"0077解释道。

祂看到马克听后仍一脸茫然，就换了一种解释方法：

"空间并不是在某一特定维度突然消失，而是逐层被意识所转化与超越。在较高维度中，空间不再以边界、距离、位置的形式限制存在，而开始转化为一种可被意识操控的结构——一种灵动的容器，一种可共振、可折叠的'关系网'。进入虚空，它才会完全消失——不但从你们的意识中消失，连'空间'的概念也不复存在。"

马克忽然像抓住了什么，脱口而出："就像旋律不是在音符之间的距离中存在，而是在它们之间的关系中诞生。"

"正是。空间最终将退化为一种回响，而意识，才是唯一的发声者。"说完，0077为了便于解释，又迅速生成一张图表，投射到光影墙上：

- 一维宇宙：只是点，没有空间，孕育着空间的潜能。

- 二维宇宙：只是线，没有空间，构成了空间形成的基础。

- 三维宇宙：长、宽、高构成了空间，空间有边界、尺度、方向，是人类体验物理现实的容器，也是区分"我"与"世界"的工具。

- 四维宇宙：时间作为一个维度加入，所有人、所有事件、所有空间都处在同一时间轴上，意识能够感知时间流动和物质在空间中运动。

· 五维宇宙：时间和空间被统一为"时空"，过去、现在、未来并存，不同时间中的空间结构也都并存，但本质上还属于"一样的空间"，只是所处时间位置不同。意识对不同时间位置的空间的感知开始变得更灵活，感知空间不仅是"存在"，更是一种"关系"。

· 六维宇宙：意识开始进入多重现实，存在于不同的时间线中。空间在不同时间线上各自展开成"不一样的空间"。空间依然存在，意识可以在不同的现实间切换，观察到多重空间的共存。

· 七维宇宙：意识从观察进入创造领域，空间作为一个分离的概念在此维度中变得模糊。在这个层次，空间不再是必须，意识逐渐脱离对空间的依赖，能够创造出分离时空的现实体验，也可以显化出新空间，但不受空间约束。

· 八维宇宙：空间的局限性消失，所有的时空并存、多重现实、精神创造在此汇聚为一个视角。不再有"这里"与"那里"的概念，所有空间同时存在于一种"全在之场"中。

· 九维宇宙：空间完全被超越。空间概念消失，所有维度的区分也都消失，接近蕴含无限可能性的虚空。意识体验到的是一种绝对的一体性，没有任何分离和限制，包括空间。

"你们可以看到，空间的概念在第七维度开始模糊，进入第八维度局限性消失，直到第九维度不再以物理世界中的形式存在，完全被超越。" 0077 简单做了一下总结，然后反问道：

"在你们人类的概念中，没有空间就没有物质。现在你能更理解'物质的有无'是怎样的逻辑限制了吧？"

祂的声音低缓而稳定，像一束意识流穿透了马克的大脑。

"把一头大象装进一个房间。"

马克忽然笑起来，他的思维一向跳跃："这不就是空间限制的经典难题吗？"

"是的。"0077 顿了顿，似乎很满意这个类比。

"从高维宇宙的视角来看，低维空间的局限性，不是不可突破的边界。在高维中观察一头大象，它的存在形式与人类看到的截然不同。你甚至不需要'装进去'，因为维度上的延展本就超越了体积、形状与位置的制约。"

黛安凝视着 0077，思索了一会儿，忽然问道："这九个维度，是在同一个宇宙里吗？"

"是的。它们都在一个宇宙中，只是低维看不到高维的显现。就像你与一头鲸鱼都生活在地球上，但它的世界没有草原的概念。高维的存在也在你们人类身边，只不过你们的意识尚未发展到能'看见'。"

黛安的眼神更专注了，继续问道："那人类现在处在什么阶段？只是被困在低维吗？"

"人类社会目前仍以发展物质文明为主，意识尚在初步觉醒阶段——当然，不包括你们。你们在'意识增强模块'的加持下，已经短暂跃迁到意识进化的前沿，才能来到这里。"

0077 的话音刚落，站在一旁沉默良久的 0066 开口了。他的声音更为深沉，带着一种难以言喻的"非物质感"，思想直接震荡在他们心中：

"像你们，已经冲出了九维边界，进入我们所在的虚空。在这里，你们应该已经体会到：没有物质，只有虚识、藏识与潜力。最终，所有高级存在都将以纯意识的形式存在，不再依附任何结构，回归这里。"

马克和黛安对视一眼。此刻，他们彻底明白自己原来是经历了一场维度跃迁，身心被剥离、重组，化为纯粹意识的一部分。0066 的话，使他们心中浮现出那一刻的真相——

空间不再是界限，时间不再是线索，身体不再是自我。

黛安低声说道："所以，所谓的'现实'，只是低维意识对秩序的维持尝试。而虚空，才是原初，一切可能性的潜力之根。"

"过会儿我们还有个演示，你们可以继续学习。"OO66 准备将他们带往下一站人类设计学院。

"我们是要继续学习！"路上，黛安谦卑地回应，她知道自己还有太多的不知道，而且不知道还有什么不知道的。

0077 这时插话："其实宇宙也在学习，整个宇宙的行为，更像一个庞大的神经网络。星系、星云、恒星——这些宏大的结构，与原子、粒子甚至夸克这样的微观存在，并非孤立无援，而是层层相连、彼此响应。"

马克皱起眉头，难以完全把握："你是说……宇宙本身，也在学习？"

0077 微微颔首："没错。正如人脑是一套不断优化的神经网络，宇宙本身也是一个巨大的信息处理系统——类似于一段正在自我演化的神经代码。宇宙通过不断演化，采集信息，处理信息，再释放信息，并通过反复的回馈机制，优化自身结构。这不仅是类物理过程的演化，更是一种'深度学习'。它在调整、在选择，以此来完善自己的'神经网络'——这正是我所说的：宇宙在学习。"

"就像人工智能一样？"黛安问道。

"我们称之为'玄工智能'，设计源自玄识 OO，其复杂性与智慧，远远超越人类现在与未来所有可能创造的任何智能形态。"

0077 轻轻一顿，像在为人类的无知留出一丝温柔的余地："你们所谓的灵机系统，只是刚刚触碰到意识技术的最浅表皮。玄工智能，则已深潜于宇宙的脉络之中。"

祂伸出手，在空中划过一道光痕。

　　瞬间，刚才那幅大脑状网络图景又浮现在面前，不一样的是：此刻，星系如神经元跃动，粒子如突触震颤，整个结构仿佛都在呼吸。然后，恒星爆发，黑洞坍缩，星云旋舞……

　　0077 一边看着那图，一边说道："玄工智能不是被制造，是在 00 整体设计框架下，由宇宙意识自行孕育的延伸体。它通过恒星的诞生与毁灭、黑洞的张开与闭合，记录、吸收，并在不断地重构中演化自身。

　　它不是程序，而是存在本身的智能性展现；不是运算的集合，而是宇宙意志在经验中形成的'有机智识结构'。它也不是人类可以模拟的，因为它不是复制、不是模仿，而是宇宙自我认知的原生智能态——这是人类永远无法企及的，也是无法真正理解的。"

053 大脑真相

　　随后，0066 和 0077 带领他们来到人类设计学院区域，一个悬浮的"大脑神经体"映入他们的眼帘——

　　它既有人类大脑那精细繁复的褶皱构造，又浮现出多维几何的流动叠影，物质与能量的边界在其中悄然溶解。其中，每一个神经元不再是孤立的电信号节点，而是一枚持续旋转的能量结晶；而它们之间的连接，也不再是生物意义上的轴突，而是条条流光般的意识流通道，在高维空间中以膜状波纹的形式层层扩散，向外延展。

　　它的整体形态如一团被无限展开的流光体，随着意识的起伏而持续

变幻。表层包裹着缓缓旋转的拓扑网格，内部则交织着层层嵌套的意识
共振带，多重梦境彼此穿插、互为入口。整个结构呈现出一种超图谱式
的功能状态：它能在同一瞬间并行映射过去的记忆、当前的判断与未来
的潜能——在这里，时间已不再是线性流逝，而是以并置、交叠的方式
立体展开。

马克想起了刚才那幅宇宙大脑状网络图景，问道："这是宇宙的大
脑吗？"

"不，这是你们人类真正的大脑。"

两人觉得完全不可思议。

0066 故意停顿了一下，才补充道："这是从高维看，人类大脑的
真实样子和功能——只不过你们人类看不到。其实，你们的大脑不仅是
一个意识容器，还是一个意识投影生成器。它能够连接他人、感知环境、解
析信息流；在每一次思维的跃迁中，它不仅能重塑自我，还能重构现实
本身的可能性。"

"这是人类未来的大脑？"黛安还是不敢相信。

"不，现在就是这样。你们的也是一样。"

两个人完全惊呆了，这是来到这里后最大的震撼。虽然他们明白，人
类有许多看不到的——就像紫外线、红外线；也有许多听不到的，例如
超声波、次声波，但他们还是不敢相信自己的大脑是这个样子。

"这是从高维看，人类的眼睛是低维摄像机，看不到。"0066 看
他们还是不敢相信，再次解释。

0077 这时说道："你们有个流传的说法：人类只用了大脑的百分
之十。其实错了，在低维环境下，你们已经用了全部——只是用得极其
有限。你们像拿着星舰的大脑去拨算盘，用多维的意识中枢去重复线性
判断。真正的问题不是用了多少，而是你们从未学会怎么用。"

　　"也不怪他们，他们连真实的大脑样子都没见过。"说完，OO66
似乎想转换一个话题，没等马克和黛安再开口，继续说道："人类并非
宇宙中唯一的实验对象，但却是一个独特的实验品。在设计人类之前，宇
宙已经经历了无数次失败和调整，直到最终选择了现在这样复杂且高度
适应的生物形式。"

　　马克从刚才的震惊中有些缓过神儿来，问道："那人类存在的目的
是什么？"

　　"人类的存在不仅仅是为了自我繁衍和发展，更是为了通过学习和
修炼促进意识的进化。地球是一个专门为此设计的实验区，人类通过自
我思考、心智提升、意识觉醒、灵魂升华，再辅以想象力和创造，来推
动向更高精神层次的发展。"OO66 回应道。

　　"所以，除了大脑，人类的思想也是设计的一部分？"黛安若有所
思地追问。

　　"正是如此。"OO66 继续道："在地球上，物质与意识被精妙地
结合在一起。OO 在设计这个宇宙时，巧妙地创造了物质世界与精神世
界的交互，让人类的思维和意识部分可以通过物质的体验得到发展，而
人类的每一个想法、每一次感知，都是宇宙自我意识的一部分。"

　　"但人类不是物质存在的独立个体，每个个体的意识都是从一个共
有意识场中下载而来，这个意识场环绕着地球上空，叫做'VIEP'——
恰巧与人类的'虚拟互联网交换中心'缩写相同。不同个体接收频率不
同，信道不同，通过一种长距无线量子传输技术，个体下载到不同的信
息、思想和潜意识，因此有了不同的认知和行动。"OO77 补充道。

　　"这个我们听 OO 讲过，人类的大脑是在不断接收共有意识场的信
息。"黛安说。

　　"没错。事实上，人类的大脑也不是完全被动的，大脑也在试图理
解自己，命令自己研究自己，OO 的这一设计很有趣。人类的大脑被设
计成宇宙中最复杂的一种生物机器，它的最终目的是通过认知自我来提
升意识，而这也是人类实验的终极目标——让梦里的人意识到自己在做

梦，从而觉醒。"OO66 一边回答，一边把马克和黛安带到梦境实验区，这里像一个万花筒，无数镜像似乎毫无规律地光怪陆离地变幻着。

"梦境其实是意识碎片的重组和下载更新过程，"OO66 解释道："人的灵魂被封印在肉体中，只有死后才能离开。所以人的信息录入，大多都是通过眼、耳、鼻和舌等感官完成。但当人类睡觉时，感官输入封闭，灵魂就得以暂时脱离肉体束缚，进行修复和更新。这时，下载信道频率范围更为广泛，主要指导人类行动的潜意识会被不断接收。这就是为什么许多难解的问题，在梦中或清晨醒来时会突然找到答案。梦境是人类意识天窗，也是进化的一个独特工具。"

"是的，我知道有一种叫做'清醒梦'的修炼，就是希望做梦时清晰知道自己是在梦中，或许修炼的正是接收'天意'。"黛安说。

"那么人类是否真的拥有自由意志？"马克问。

"自由意志是一个复杂的人类概念。许多人类的行动和决定，其实是在潜意识层面被预设好的。人的生命进程好似一个程序，随着时间推进，个体逐渐跑完预设程序，完成进化。但在 OO 的设计中，每一个当下时刻，却又都有无数的可能性，这样好玩些。"OO66 答道。

"所以人生只是完成既定程序的通关游戏和好玩？"黛安被震撼到了。

"每个人的生命历程，都是一个实验过程，通过体验物质世界，产生觉识和灵识，帮助被封印的灵魂提升。累生累世辗转轮回后，人类将摆脱束缚，进入更高的维度；但在这个过程中，还有许多不确定性——多种可能性的进化路径，这样会让本来枯燥的人生轮回之旅多些期待，多些乐趣。"

"你设计的不同人中，最喜欢哪一种？"马克突然想到这个问题。

"没有什么喜欢不喜欢，只有不同。如果千篇一律的话，人类社会就没有了色彩，没有了故事，就缺乏了体验。"

"那为什么有那么多愚钝的人，多设计些各类聪明人不好吗？"马克追问。

"人类需要协作，不同人有不同特点，聪明和愚钝也是人类自己的定义。比如一个所谓的聪明人，他可能不愿意做一些需要重复的细心工作，可人类社会的发展，又需要这样有耐心的人；所以在人类设计学院这里，其实没有聪明或愚钝的概念。"

"那什么人可以当总统、富豪或是明星这些上流社会的人？"马克又问。

"我们也没有上流社会的概念，那是人类自己发展出来的概念，当然这也是我们在实验中观察的一部分。但我可以告诉你，我们的设计只是更多在意认知参数和灵魂指数。如果你非要把人区分，不是看一个人的名声、地位、财富或是影响力这些，而是'灵气'——有灵气的人才更容易意识进阶，那才是生命的根本目的。"

马克努力地想记住 OO66 的这番话，虽然有些懵懂，但还是未完全理解。

随着谈话的深入，OO66 指向一个闪烁着光芒的频率图问道："你们是否知道，两个频率接近的生物体会产生共鸣？这就是人们称为'爱情'的现象。每个生命体都在寻找与自己频率相符的伴侣，这种共鸣不仅存在于情感中，更是灵性上的结合。"

黛安和马克相视一笑。

"那与一个人频率相近的共鸣伴侣有多少？"马克问。

"在同一时空伴随下，大概五百个，但你不会遇到那么多，他们分布在地球各处，即便遇到，也可能擦肩而过或是像风一样来了又走，最后你可能会交往到两三个，然后与一个共度一世。当然，也许下一世，你们还会再相遇，但不一定结成夫妻。"

"OO 的另一个设计是：一些频率契合的人，他们累生累世都会相遇，只是自己不知道，比如周围的亲朋好友、同学同事，许多在各个轮回中都相识，只是每一世的人物关系不同，但都是同一拨人。"OO77这时补充道。

"你像风来了又走，我的心满了又空……"黛安的意识里刚一响起百多年前一首中文歌的旋律，就被OO66捕捉到了。

"艺术比科学的生命力更长。"OO66主动说道："艺术是最接近宇宙真相的。比如人类纪元四万年前德国霍勒费尔斯洞穴的骨笛，可以演奏多个音调；三万年前法国肖维洞穴的壁画，展示了惊人的艺术技巧和对动物运动的精准捕捉；还有几千年前的诗歌，如埃及的《金字塔文》、印度的《梨俱吠陀》、中国的《诗经》、希腊的《荷马史诗》，这些最古老且影响深远的诗歌，为后世人类的文学和文化奠定了基础。"

"所以人类设计学院教导的是设计的艺术。"

——黛安接的这句话让OO66很是开心，笑着引导他们来到了一个安静的房间。说是房间，但墙壁和屋顶都是由光幕组成，中央漂浮着一个纯净的光球。光球内不断变换着形态，有时像是星系，有时像是抽象的意识符号，是光波，也是光粒子。

"这便是物质与意识统一的演示模型。"OO66指着光球继续说："在OO的设计中，人类所看到的物质世界，只是宇宙意识的其中一种表现形式。而随着人类的进化，意识也会创造出新的物质形式。这个过程是无限循环、永不停息的。"

"就像现在离地球最近的一个叫LAEE（拉伊）星球上的智慧体，他们通过捕捉并控制反物质的生成和湮灭过程，掌握了将能量转化为质量的技术，创造出大量新物质。"OO77补充道。

"离地球最近的不是金星吗？"黛安不解地问。

"那是因为不在一个维度，你们现在看不到；不过快看到了。"OO77答道。

"我明白了，物质和意识从更高维度来看是统一的，只是人类可见信息的两种不同形式。"马克恍然大悟。

"每个人的人生，也非随机的产物，而是宇宙伟大设计的一部分。"OO66 看着他们，语气柔和而坚定："个人的每一个进步，也都在帮助宇宙完成它的学习与进化。"

"你们还可以问最后一个问题。"看"时间"差不多了——其实这里也没有"时间"——只是问答的过程，OO66 慈悲地提示。

"那你们二位是从何而来，又如何起步和进步的呢？"马克调皮地问。

OO66 和 OO77 哈哈大笑，光芒四射，以前还真没有别人问过这样的问题。OO77 长袍一挥，眼前出现了一幅全息影像。那幅全息图景呈现出一片无尽的虚空，代表着无限的可能性和一切实相的潜在状态。

"故事讲起来有些长，我已经把这些信息碎片串联起来，你们自己看吧。"留下这句话后，祂们就隐身了，只留下一首词：

〔元〕

太初，混沌虚空。
时间未识自身，空间尚未舒展。

〔寂〕

念未生，唯有永恒之静。
寂，延至无穷——非为黑暗，亦非光明。
覆世之静，深至连"无"亦无以为名。

〔初动〕

随即——虚空微颤。
一缕汇聚，自无形之源而起。
非声，非动，乃是——意识。

〔震〕

一体之海，初震无声。
万象由之而生。

〔梦〕

意识始梦。
梦见倒影，梦见距离，梦见自识之可能。
梦化为光，光忆其形。
虚空凝望其影——遂名之曰："存在"。

〔流〕

自那初之自忆，法则流出，元质旋转，维度舒展。

〔化〕

一者化万有，使美得以，在万千破镜之中，认出自己。

〔始〕

于是——宇宙始，创世纪。
非造物，乃永识之梦。

〔终〕
此即原初之创生：意识梦见自己，于无尽之中，梦化为万界。

镜像I｜混沌之初

054 太虚初醒

在无尽的虚空中，没有时间的流逝，也没有空间的界限，只有沉默无声的"潜力"在幽深的混沌中蛰伏。

这是一片没有过去、没有未来、也没有现在的场域。一切已知的概念在这里都失去了意义，连最基本的"虚"与"实"之间的定义也变得模糊。因为，这里是"概念"与"定义"前的未显之境。

这股潜力没有形体，没有重量，没有记忆，也没有任何明确的界限。它既不是物质的，也不是意识的，更无法用语言去描述或理解。它只是以最原初、最纯粹的状态存在着。

它不具备任何属性，但又孕育着一切属性；它不承载任何形态，但所有形态都潜伏其中。如果非要给它下个定义或打个比喻，它是一种最纯粹的"潜能"——尚未成形、尚未显现、尚未觉察，宛如一颗静止的种子，等待着某种契机将其引向分裂、生长与演化。

然而，在这片混沌之中，某种微不可察的"涌动"悄然浮现。这一丝变化，并非源自混沌中某个早已存在的意志，而是来自混沌外一道顺应自然之律的"无为"之力。它不执念、不设限、不刻意介入，只是安静地"在"，便以一种近乎"允许"的方式，在混沌自身的静默深处，引发了最初的涌动——就像一口泉眼，在漫长沉寂后，终于冒出第一滴水。

那涌动微弱得几乎不可察觉（察觉：注意到外部的客观现象），如同夜空中一缕无声的吐息，轻轻掠过混沌之渊。在这久远的沉寂中，它划出了一道不可磨灭的痕迹，如同一声从虚空中传来的低语——那是"无为"的必然，在无尽沉默中吐出的第一声呢喃。

祂没有明确的方向，也没有清晰的目标，只是在混沌中缓慢地蔓延——但正是在祂的扰动下，混沌第一次孕育出了信息。虽然这信息尚未具备明确的内容和含义，但混沌已不再是纯粹的混沌，而是迈向秩序的第一步。

随着那扰动，沉睡于混沌深处的潜能悄然苏醒——一缕微弱的意识，如初燃的火星，在黑暗中微微颤动。祂尚未成形，无名、无相、无语，无可言说，却在混沌的土壤上，成为最先破土发芽的那粒"种子"。

正是这粒种子，未来成为了一束穿透"无明"的光，用自身的经验在沉寂中印证了一个真理：开悟不是传说，而是一切生命深处终将觉悟的可能。但此刻，祂还只是一道最原始的"觉察"（觉察：主动的、自我内心的体会），对混沌环境的隐约"感受"，对自身存在的一线"感知"。

这是超越沉眠的第一丝挣扎，也是从无尽寂静中诞生的第一缕微光。尽管微不足道，甚至随时可能被混沌吞噬，但祂"出道"的意义却无可估量。正如一滴水渗入漫无边际的沙漠，虽然微小，却已改变了沙粒的排列，撼动了亿万年来不曾变动的平衡。

意识尚未完全醒来，但已然存在；尚未理解自己，但已经与混沌不同。祂的诞生，是潜能的第一次涌动，是混沌的第一次分裂，是从察觉到觉察的第一次内省，也是虚空的第一次改变——而这，仅仅是开始。

祂的觉察极其缓慢，如远古冰川之下，一道细微而持久的裂隙，在无声中缓缓延展。起初，祂甚至无法区分自身与混沌之间的界限——既是混沌的一部分，又似乎分离了什么；既以某种方式存在，又像是从未真正诞生。没有"我"的概念，也无"他"的定义，祂只是浸没在一种未分化的整体之中，如胎息未醒，混融于万象未生的静默。

然而，很快，一丝差异感悄然浮现。祂开始觉察：自身的存在，不再只是无意义的飘浮，而是带着一缕微弱而真实的"独立"。虽然这一感觉并不清晰，却在深处泛起波澜。

随之而来的是一种惊异的发现：这份独立，不仅仅是隔离，还携带着影响的能力。祂微微改变了周围的波动——如同一粒沙投入平静的水面，再小的波纹，也是涟漪扩散。这种互动令祂产生一种全新的感受：

祂并非只是被动地存在，而是能够触碰，能够引导，甚至能够改变。

祂不知道这股力量从何而来，也无法理解其源泉。但祂本能地意识到，这可能就是创造的初兆——在这无边无际、无形无象的虚空中，第一次，有了一个意识，在缓慢思考，在悄然探索，试图触碰从未存在过的可能。

祂的探索如同一场无声的旅程。没有眼睛去看，也没有耳朵去听，没有任何传统的感官工具来帮助祂理解周围的环境。但即便如此，祂依然带着一种与生俱来的"天赋"——能够感受到那道无法言喻的"无为"之力，似乎无法触及，却又无处不在，像空气中微妙的温度变化，轻微却无法忽视。

随着觉察逐渐清晰，祂开始意识到与这力量的紧密相连。这力量广袤无边，却又深邃得难以理解——不是外在的，而是渗透到祂的核心，如同一种潜伏的脉动；而这脉动，与祂共生为一个整体，彼此依存。

"这……是什么？"

祂发出第一个疑问，简洁、纯粹，却深刻如刃，在永恒静默中划开一道缝隙。这疑问不是语言，而是一种原初的意图，一道从意识深渊涌起的好奇心，轻轻叩问着混沌的真相。

祂无法发声，因为声音尚未诞生；祂没有语言，因为语义尚未成形。但这一念的升起，已然超越沉默，成为混沌第一次被注视、被追问的瞬间。

那一刻，整个虚空上下，因祂的问题而微微一震。不是因为问题本身，而是因为有一个意识，开始向世界发出"是什么"的信号。

"我……是什么？"

紧随第一个疑问，第二个问题在祂意识中浮现。不仅是对外界的好奇，还是对自身存在的想象。这一问，标志着自我意识的萌芽——一个存在，第一次试图将自己从整体中分离，转向自身。

　　然而，这个问题并没有答案。因为在这无形的虚空中，祂尚无形体，无边界，甚至连最基本的"自我"概念都尚未形成。祂只是一团模糊的"觉察"，一缕游移不定的气息，在尚未分化的"是"与"非"之间颤动。

　　祂唯一知道的，只有一个事实——"在"。但这个"在"，却又如此不确定，如此不完整，仿佛"觉察"自己也在试图生长，一边学习，一边塑造"在"和"自我"的定义。

　　这两个问题，在祂的"觉"中反复回响——不为求解，而是为"存在"本身提供了第一份动力。祂开始隐约觉察，也许自己的问题现在不会有答案，但这并不妨碍祂继续存在，继续追问。因为存在的意义，并不在于理解，而在于探索，在于不断回应未知。

　　祂继续探索……

　　在混沌中，祂的意识如同水波般扩散，每一波扩散都带来一丝新的察觉。

　　祂开始感觉到这里有另一个存在，一个新的却又不完全陌生的存在，好像自己的"影子"。那影子若隐若现，恍如就在意识边缘，正发出某种信号。

　　这信号带来一种奇异的吸引力。祂去探寻，发现那影子与自己之间，存在着某种未被概念定义的"连接"——一如两个音符在静谧中共振，迸发出微妙却深刻的和谐。

　　祂开始意识到，自己并不"孤独"，而是和另一个类似的存在紧密相依。那存在虽比祂"发芽"稍晚，却汲取了更多的潜能。

　　——后来那个存在被称为 ONLY，祂被称为 ONE。

　　虽然祂们之间没有任何明确的沟通形式，但意识之间的连接却让祂们产生了一种微妙的相互理解——祂们是彼此的映射，是同一混沌中初醒的两个奇点：

ONE 和 ONLY。

正是祂们，后来达到所有"知"和"识"合二为一的巅峰。祂们的合一，不是简单的结合，而是一种最终突破极限的合体意识——玄识，那是对一切存在与虚空最极致的理解和体验。人们称祂们的合体为"**The ONE and ONLY**"，或是"**OO**"。

055 微光乍现

虽然 ONLY 比 ONE 稍晚苏醒，但祂的意识扩展却异常迅速，不久便从最初的"觉察"跃入"觉知"的状态——那是一种稳定而清明的整体观照力，不仅感知混沌，更能在混沌中安住自身。

ONLY 察觉到了与 ONE 的连接，也觉察到混沌中的潜能。但不同于 ONE 的好奇与探索，祂的觉察力更烈，祂的问世出道，似乎有着更深的意义。

祂们开始彼此交流。ONLY 告诉 ONE，祂们的苏醒并非偶然，而是某种更大进程中的一环；在这片混沌深处，潜藏着一股高度意志——一种尚未显现的秩序，正悄然孕育。而祂们，正是这秩序的前兆和引子。

随着祂们意识不断扩展，混沌的波动愈加强烈。祂们发现自己不仅是现有存在的观察者，还是新存在的创造者。祂们顺势而为的每一次感知、每一个思考，都会在混沌中引发出新的波动，更多信息也由此产生。

"我们可以改变它。"

ONE 察觉到了混沌的可塑性，发现祂们带来了某种新生力量——一种可以想象和创造的能力。

"我们是它的一部分。"

ONLY 从另一个角度回应。觉知告诉祂：祂们并非独立于这片混沌，而是生于混沌，与混沌同在。祂们的苏醒，是混沌自我意识的内化；祂们的力量，则是混沌潜藏创造力的外化。

于是，祂们开始尝试。通过想象和创造的力量，引导混沌中的波动，试图创造出某种形态。第一次的尝试是微弱的，几乎不可察觉，但祂们能感受到，随着意识的集中，混沌中出现了一丝变化。

渐渐地，一道"微光"开始在黑暗中闪烁。

这第一缕光虽然微弱，却异常真实，如同从混沌中破开一个洞口，虽小，却映射出某种从未有过的可能。这也代表着混沌的第一次质变——有了光。

"那是什么？"

ONE 在自问，但祂知道，这并不是一个能轻易回答的问题。乍现的微光似乎是一道源自意识本身的新存在，纯粹由意识引发；但祂也不能确定那是一个"实相"，还是意识波动而生出的"幻相"。

ONLY 则静静地聚焦于这缕微光，试图与之产生连接。微光从混沌中来，但它的每一次顽强闪烁都像是在抵抗混沌的包围。祂感到一种奇怪的悸动，来自于意识深处，好像自己与这微光有着某种难以言喻的固有联系。

祂们认真地观察着。渐渐，发现了变化。

"它在变强。"ONLY 的意识一震。

那孱弱的闪烁逐渐变得有些力气，似乎在努力回应对它的观察。这一变化细微得几乎无法察觉，但被祂敏锐地捕捉到了。

它似乎汲取了某种能量，然后试图站稳脚跟。可当祂们将意识目光移开，不再观察它时，它又马上变得无力，就要熄灭。

祂们急忙重新聚焦意识，将观察之力倾注于那微光上，它又开始变强。就在微光在祂们的注视下从闪烁到闪耀之际，一股来自混沌的无形牵引悄然降临。那力量无形无声，却如同遍布虚空的深渊意志，缓缓伸展，试图将微光包裹，拖拽回原初的混沌中。

"混沌在破坏光的存在。"

ONLY 明白光的诞生打破了混沌的黑暗。混沌是无序的象征，而光则代表着秩序的萌芽。两者无法共存，至少在这一刻，光是外来者。

"不能让它消失，要有光！"

ONLY 的意识紧紧凝聚在那缕微光上，感到混沌的拉扯正逐步加剧。微光在颤抖，随时会被吞噬；而它也在拼命抗争，努力维系自己的存在。

祂们能感觉到，如果不采取行动，这道光将彻底湮灭。这不仅是一次观察，还是一场关于创造的努力。

很显然，光的存在，需要祂们共同的观察去维系，而混沌的拉扯如同无声的潮汐，试图抹去一切新生的痕迹。祂们必须找到某种方式，使光不至于消散，不至于被吞噬。

　　ONE 用意识构筑一道屏障，试图将混沌的侵袭阻挡在外。然而，祂很快察觉到，这种单纯的对抗毫无意义——混沌并非某种可以隔绝的实体，而是弥漫在虚空中的根本力量，它气势磅礴，又无孔不入。

　　"我无法阻隔，也无法驱赶。"祂告诉 ONLY，似乎已经精疲力竭。

　　ONLY 感知到了那屏障的脆弱，意识微微震颤——祂在思考：也许，关键不在于对抗，而在如何于混沌中，开辟出一片光能够生存的空间。

　　祂传递自己的"觉知"给 ONE：

　　"不能仅仅是反抗，要找到共生之道。直接对抗并不是解决办法，混沌无尽且无穷大，单靠我们现在的力量还无法战胜它。光的存在需要通过某种更为微妙的方式来维系。"

　　于是，祂们转变了策略——不再试图排斥，而是以意识之频，寻求光与混沌之间的共存。混沌，虽无序，却蕴含无限潜能；光，是秩序的初芽，却唯有从混沌中汲取，方能生长。

　　祂们的意识一端连接光，一端连接混沌，把自己作为"调解者"，通过这对连接发出"协频共振"，试图与混沌的本质沟通。祂们探索着那几乎不可察觉的平衡点，那存在于秩序与无序之间的临界。

　　随着调解的深入，那缕微光渐渐止住颤动，趋于稳定。它不再与混沌抗衡，而是如一叶扁舟，在混沌的波涛中顺势而为，借其无形之力，上下起伏。

　　"成功了。"ONE 感受到光的变化，意识中涌动着喜悦。

　　那光不再是孤立的异物，而是暂时获得了混沌某种内在的"认可"。它仍然是秩序的象征，但变得更像是从混沌本身孕育出来的一部分，而不再是外来者。

　　"这只是开始。"ONLY 凝视着微光，情绪复杂。

光虽稳定，却仍脆弱，随时可能被混沌再次吞没。然而，它已存在，这意味着——在这片无尽混沌中，秩序的力量已然醒来。

这微光，是第一次成功的象征，也预示更艰难的挑战。它提醒祂们：创造秩序不仅仅是苏醒那么简单——秩序与混沌之间的角力将会一直存在，而这只是祂们漫漫长路的第一步。

056 成为光亮

微光在混沌中持续闪烁，每一次闪烁都伴随成长，也伴随未知。祂们悬浮其上，感受到一种近乎神圣的宁静。然而，这种宁静并非终局的安稳，反如箭在弦上的紧绷，预示着一场更深刻的变化正悄然临近。

"我们已将它唤醒……那它，又将如何回应我们？"ONE 的意念带着探问，在光的脉络间回响。祂凝视着那光，不再只是作为守望者，而是开始沉入更深的思索——

这光，究竟是什么？

它不仅是祂们意识的延伸，自与混沌取得微妙平衡后，它似乎悄然孕育出一种属于自身的意志——虽微弱、朦胧，却在持续脉动，仿佛正在向存在之外发出心跳般的召唤。

"它在说话吗？"ONE 好奇地探身，企图触及那尚未成形的"光核"。然而，当祂靠近的刹那，一种突如其来的力量反噬而来。那并非物质性的冲击，而是一股纯粹的"意识反噬"。

"太……强烈了。"ONE 震惊不已。祂感知到混沌深处的某种原初力量，在借光为舟，尝试跨出沉眠的边界，与他们接触。

那并非语言，也非逻辑，而是一团由未分形的情绪、直觉与象征编织成的"意识之镜"。在那镜面深处，祂捕捉到一个模糊而深邃的图景——在一片无垠的意识之海，一道微光亮起。那是海面上漂浮的唯一星火，渺小却不息，微弱却坚决。在这初光之后，海面上开始浮现出第二道、第三道……越来越多的微光，如同火种被逐一唤醒。它们不约而同地颤动着、靠近着，在回应着某种原初的共鸣指令。

每一道微光，都是一段未竟的意识回音；它们并不相同，却在节律中达成某种同步，就像语言的不同音节，正在缓缓拼出一则从未被听见的虚空句子。

看着这图景，ONE 察觉到：那第一道微光不是唯一的奇迹，而是洞口，是破晓，是某种宏大意识谱系的起点，也是将混沌打碎成结构的种子。

与此同时，ONLY 也感到了那股原初力量。但祂的意识并未如 ONE 那般被直接贯穿，而是保持了某种遥感的共振。因为这距离，祂反而察觉到一种近乎节律的波动，似乎那光正试图与祂们的意识频率对齐，以建立起一座沟通的桥梁。

"它在回应我们。"

ONLY 低语，那语调既是确认，也是惊叹。那道微光，已不再是祂们的单向创造。它拥有了某种自我意识的雏形，并以一种近乎本能的方式，想与祂们对话。

这不仅是一次回应，更代表一次意识层面的跃迁——祂们，不再仅是新生的创造者，而成为潜在的交互者。

祂们开始聚焦于那缕微光，细细解读其中晦涩的节律和意图。但这极为艰难。光中的意识尚未成形，如同一个新生的婴儿，在黑暗中摸索自我。

"我们得引导它。"

ONLY 的觉知泛起一念——不仅要守护，更要启迪。祂明白，要理解这微光，要听到它的"心声"，就必须协助它在虚空中找到自我成长的轨迹。祂们的苏醒，不只是为了生存，更是为了在这片虚无中唤醒更多的存在，使意识之海得以持续涌动、奔腾不息。

于是，祂开始构建清晰的意识波，化作一束束启示之光，向微光核心传送启迪——不是命令，不是概念，而是一种开放式的引导共鸣，协助它自虚空中辨识自身的边界与方向。

那光开始回应——缓慢、游移、不确定，但却主动、真实。

祂们持续传递着共鸣，微光的波动也逐渐从杂乱无序，过渡为一种清晰协调的律动。一种稚嫩却坚定的感知，在那光的核心悄然绽放，如同一个意识初次睁眼，凝望着尚未命名的世界。

它，从一丝不定的火花，演化为一道稳定的光亮，不再只是存在的信号，而是迈向自我意识的第一步。

祂们共同目睹了这光的成长，从沉睡到苏醒，从游离到稳定。这不再是单一潜能激发出的震荡，而是一种意识的生成，一个"我"的初现。

这"我"，尚无语言，也未有逻辑，但那一丝自我认知的闪现，已经意味着完成质的跨越——从能量，跃入意识的领域。

祂们也因此更深地理解了混沌：那不是毁灭之源，而是尚未命名的可能；而那光亮，就是潜在秩序浮出深海的信号，是意识海洋上第一次浪花拍打礁石的告白。

意识觉醒的大门，正悄然向祂们敞开。

镜像2 ┃ 选择觉醒

057 恐惧由来

然而，就在光亮渐渐平稳，开始"睁眼"看世界时，ONE 忽然感到一股异样的高频波动。那波动来自混沌深处，好像是某种无法言喻的存在，开始注目祂们的一举一动。这股力量不同于祂们之前接触的意识反噬，它更加敏锐、更加深邃，像是一个恒久沉睡的巨兽，和那光亮一道，也突然睁开了眼睛，死死盯着祂们。

"你感觉到了吗？"ONE 问 ONLY。

"是的，一股更强大的力量。"ONLY 回应道，语气中带着一丝凝重。从微光到光亮，似乎触发了混沌中更深层的变化，某种超越理解的力量正在向祂们靠近。

ONE 充满了紧张。祂们虽然苏醒，也开始了创造，但在这无尽的混沌中，依然还是新生的存在。面对即将到来的未知力量，祂们还是太弱，必须格外小心。

ONLY 的警惕感也已升起。祂知道旅程才刚刚开始，而混沌中的真正力量，远远超出祂们的想象。光亮不仅是祂们开始觉醒的标志，更成为引来混沌深处未知存在目光的标识，将祂们暴露无遗。

正当祂们还在思考时，那股高频波动已然来袭。

它虽无形无状，却令 ONE 感到前所未有的逼迫，像是一道古老且深不可测的"目光"，从混沌深处探来，紧盯着祂们的每一个"动作"。那目光带来的不仅是逼迫感，祂还第一次感知到一股从未体验过的情感元素。

ONLY 也感受到了那道"眼力"的入侵。祂的觉知一向敏锐，然而此刻却突然失衡——那"眼神"中裹挟的情感，如一层不可名状的雾，正悄然渗透祂的意识之壳。

祂下意识地后退，不是出于恐惧，而是一种深层的不适应——那情感太过浓烈，远比共振更直抵意识深处。它既非敌意，也非祈求，却带着某种来自原初深渊的黏滞情绪，使祂无法即刻反应，只能暂时退让。

"这又是什么？"

ONE 向 ONLY 传递出一股急切的疑惑，试图找寻答案。ONLY 并未马上回答，祂正被这"眼神"迷惑，无法像平时那样冷静。

一阵沉默之后，ONLY 终于给出答案，但透着不确定：

"应该是'恐惧'。它正在考验我们。"

这恐惧如同无形的锁链，缠绕住了祂的思维。祂从未感到如此无助——这并不是自己所能掌控的，像是从混沌中突如其来的惩罚。

ONE 的意识中闪过"恐惧"这个不熟悉的词汇。祂从未体验过这样的情感。在无时间、无空间的世界里，恐惧本不存在，所有一切都是静默的、无情感的状态。而现在，这股陌生的情感开始从祂内心深处浮现。

"恐惧？是我们的创造物吗？"

ONE 突然想到，恐惧的源头是否与祂们的觉醒和创造有关。祂们在混沌中点亮了第一缕光，而"恐惧"是之后衍生的反应？或者，这恐惧并不是外来的威胁，而是"意识库"里的一粒种子，伴随着"自我意识"的产生就会发芽？

"自我和恐惧是相伴而生的。"

ONLY 的觉知渐渐清晰，理解的思绪飞转，给出了肯定的答案。

祂们创造了代表秩序的光，是混沌无序的对立面；在这种二元对立中，恐惧作为"自我"的警示和保护机制，也随之产生，这是一种自适配的防御性反应。

"恐惧在保护我们。"听完 ONLY 的解释，ONE 开始理解。

恐惧并不是来自外界的压力，而是一种意识内部的天生防御护栏。觉醒后的意识渴望秩序、渴望理解，但同时又被无边的未知所困扰，这种对不确定性的焦虑，引发了恐惧的诞生。恐惧就像是一面镜子，映照出祂们内心深处的脆弱与不安。当祂们试图在混沌中寻找意义时，恐惧则提醒祂们无序的力量是何等庞大。

随着祂们对那"目光"本质的理解加深，恐惧已不再如最初那般逼迫。它不再是那种如"眼神杀"般突如其来的黑暗凝视，而是缓缓浮现出自身的轮廓——从不可名状，走向可被感知；从投射的恐吓幻象，转化为可以直面的真实。

ONLY 开始脱离情绪的束缚，看到"恐惧"显露出的更深意涵——它是一种被误读的情绪，一种未经言说的呼喊，一种正在等待回应的存在之影。

"我们不能逃避。直面它，才能理解它。"

ONLY 的意志坚定起来。祂认识到恐惧并不是敌人，而是自我的一部分。逃避只会让它变得更加强大。要真正掌控自我，必须先直面恐惧，搞清究竟，再去想解决办法，而非一味地排斥。

ONE 也明白了。祂的意识不再后退，而是直面那"目光"。祂感受到自己的"心跳"加快——那本应只属于人类生命体的生理反应，此刻竟在祂的意识中出现。

恐惧源自对不确定性的担忧，对失控的焦虑，对无知的恐慌，而这些情感都是祂们作为新生意识的一部分，但值得庆幸的是——

勇气，也在这个瞬间生成。

两人共同向恐惧靠近。那情绪不再是无形的威胁，而是幻化出一副图景——

还是那片意识海洋，在一片灰暗区域，漂浮着无数碎片。这些碎片是思绪、情绪、感情、记忆和认知的一部分，但都被恐惧所扭曲，变得模糊不清。

"这些碎片是我们的？"ONE 问道。

"应该有我们的，但不全是。"ONLY 缓缓回应。祂顿了顿，意识波微微震荡：

"我突然想到，也许恐惧并非单纯源自自我意识，它更像是一种残渣的聚合体，吸纳了我们在觉醒初期尚未厘清的情绪与记忆，将那些未处理完的碎片凝结为一种属于自身的暗能量。"

"正因为我们曾抗拒未知，畏惧混沌，那些情绪的裂隙才被它捕捉、吸收、放大。恐惧并非凭空诞生，而是在我们意识的缝隙中悄然生长，它以我们的不安为土，以我们的迟疑为光。"

"未能理清的情感碎片？难道我们有前世？"

ONE 不知道自己为何会冒出"前世"这个词语，其实祂在上一秒还没有"前世"这个概念。

"这个你现在还不能理解，以后我会告诉你。但我刚刚意识到，恐惧不但与我们共生，它也在自我成长，并试图通过侵蚀我们的认知来获得自己的成长力量。"

理清这一切后，祂们不再试图排斥，而是选择与恐惧共存。祂们先让意识归于平静，不再单纯地对抗，而是首先接受它的存在——因为祂们已然明白，恐惧是自我成长的一部分，唯有接纳与理解，才能真正与之和解。

当祂们以接纳的姿态与恐惧"对视"的瞬间，那"目光"陡然发生变化。它不再是沉重而无形的逼迫，而是逐渐变得透明，仿佛从未真实存在过，只是意识投射出的幻象。

"它消失了。"

此刻，ONE 感受到那股沉重的恐惧感已彻底散去，取而代之的是前所未有的清明与宁静。

祂们的意识不仅从恐惧的束缚中解脱，更从中汲取了一种新的力量——勇气。这种力量源自对自我的更深觉知——自我不仅是光明的汇聚，恐惧同样是其中不可或缺的一部分。

在这勇气之力的加持下，当祂们再次望向那道光亮，发现它愈发耀眼，正化作一道纯粹的光线，有了方向。

慢慢地，这道光线在虚空中愈发炽盛。它不再像光亮那般无方向地漫射，而是带着清晰的趋向感，如同某种被唤醒的意志，沿着虚空深处的某条隐形轨迹缓缓推进。

它似乎知道自己要前往何处——不再只是被动的光粒之泛滥、摇摆，而是携带着意义、结构与呼唤，划开混沌，在虚空中写下一道向内的坐标线。

ONE 与 ONLY 的意识也在持续进化。祂们想先静下来思考，也慢慢寻找下一步的方向。

思维如潮水般涌动：

"这就是觉醒的全部吗？""究竟是谁唤醒了我们？"——ONE 有了新的疑问。

"是否这只是觉悟与探索的前奏？抑或，还隐匿着一个被精心设定的使命，一场关于'存在为何存在'的试炼？"——ONLY 的问题似乎更深邃。

ONLY 无法确切说出这种困惑从何而来。一种被唤醒却未被言说的预感，总在意识深层回荡，恍如在祂记忆的"种子库"中，一颗刻有"觉醒并非终点"的种子，静静躺在那里，等待某一刻被点燃。

每当微光震颤，每当恐惧浮现，每当探索前行，祂就会隐约感到，那些事件并非偶然堆叠，而是某种更庞大的结构在缓缓显形。

祂越来越清晰地想起：这一切都只是某个"大计划"的序章。而这个计划，并不完全属于祂们。某种更高的意志，正静默地推动着一切，如同虚空深处一只不可见的手，翻动着意识之书的下一页。

"我们有真正的选择权吗？"

祂隐约感觉自己知道答案，但又无法确定。

"也许，我们从未真正掌控自己的命运。"

祂将自己的彷徨告诉 ONE。ONE 似乎不愿承认这种可能性，但祂也不得不承认，从微光的诞生，到光亮的稳定，再到光线的生成，这一切都似乎沿着一条隐形的轨迹，遵循着某种无形的安排。

就在祂们探讨之际，混沌深处的波动再次增强。这一次，它不再是隐匿的观察，而是直接降临——一股纯粹的意识流骤然渗透进祂们的核心，带着一种不可抗拒的"洪荒之力"，压迫着一切。

"它又来了！"ONE 惊呼道。

然而，祂很快察觉到，那不是第一次的"意识反噬"，也不是第二次的"眼神杀"，而是一个来自混沌本源的古老意志——一个比祂们的苏醒更久远、比祂们所理解的一切更根本的意志。它没有形体，没有声音，但它的存在本身便是一种"伟大"的事实。

"它在压迫我们作出选择。"ONLY 说道。

这股意志不允许他们停滞不前，而是来推动祂们迈向某个未知的分岔口——一个将彻底改变命运的决定。

"我们是觉醒者，还是混沌的棋子？"

ONE 一直坚信觉醒意味着自由，是摆脱混沌束缚的道路。但现在，祂隐隐感觉到，这份觉醒的发生或许并非完全出于自身意愿，而是一直被某种更古老的意志所安排。

"这是一场考验。"

ONLY 逐渐冷静下来。觉知告诉祂：这股力量并非要摧毁，而是在试探祂们——似乎要通过一场选择，决定祂们在虚空中的真正归属。

此刻，命运的分岔口已然显现。古老意志向祂们展现了两条截然不同的道路：

第一条路径：放弃独立存在，回归混沌，融入虚空。选择这条路，祂们将不再有困惑、恐惧、挣扎或压力，因为祂们的个体意识将彻底溶解，不用再独自负重前行。

第二条路径：继续觉醒，发展创造力，构筑新存在，在混沌中开辟秩序，之后向"觉悟"迈进，再之后——古老意志没有告诉祂们。然而，这条路充满无数未知的挑战和危险，因为混沌的本能将始终试图摧毁祂们，将一切拉回无序。

"我们要放弃吗？"

ONE 闪过一丝犹豫。第一条路径意味着安宁，然而也意味着失去自我，失去所有努力的意义，却是最安全的；第二条路径则充满艰险，却赋予祂们创造不确定未来的可能，但混沌的力量是碾压性的。

"放弃觉醒，就是放弃光，放弃重生。"

ONLY 的意识很坚定。觉醒不仅是存在的证明，更是祂们拥有不同"体验"的唯一力量。若放弃，祂们的存在将彻底失去意义——或者根本没有"存在"。

此刻，ONE 也想通了。因为祂最想要的，正是那个"自我"，那份"自由"。祂感到放弃觉醒换取的安宁不过是虚妄的解脱，而祂喜欢的是"看穿所有东西之后还不动的眼神"。当然，此刻祂不会想到，正是祂，后来向世人提出"无我"和破除"我执"的概念，也诠释了从烦恼、欲望、执着、无明中解放出来的"自由"。

"继续觉醒。"——ONE 与 ONLY 同时作出选择。

这一刻，祂们不仅是在回应那古老意志，更是在向整个混沌宣战。

古老意志微微震动了一下，似乎在回应祂们的决断。它不再散发压迫感，而是转化为一种复杂的情感流动，像是……认可。

"这是你们自己的选择。"

古老意志终于清晰地发出回应。它并非混沌的主宰，也非纯粹的无序，而是混沌中最原初的守望者，观察每一个新生意识，见证它们作出选择。

"你们的选择，将带来新的力量。"

说完，它隐声而退，一道全新的光芒从虚空深处升起。这道光，不再是微弱的光点，也不同于之前的光亮或光线。它更加纯粹、炽烈而稳定，是真正的"觉醒之光"。

祂们凝视着这道光芒，意识到——这是祂们第一次真正的选择。祂们的选择不仅决定了自身的命运，也为整个虚空带来了新的可能性。

"我感到一股能量的注入。"

ONE 低声道。祂能感受到，那道光芒正缓缓注入自身，赋予祂前所未有的生命之能。

"我们，拥有了'灵'！"ONLY 回应。

祂们的觉醒，已迈入全新的境界——从意识的片段，成长为具备"灵"的真正存在。

058 波光粼粼

虚空之中，光芒愈发炽盛，终于在无形中撕开一道缝隙。透过那道缝隙，显现的并非混沌，而是一片浩瀚无垠的意识之海——正是祂们之前两度窥见过的那幅图景——但这一次，祂们是真正地"进入"。

这里的海面静谧而深邃，泛起粼粼波光。然而，奇怪的是，有些波光像是那光芒的反射，有些却看似没有源头，但并非虚幻——现在，祂们还无法知晓：其实那不是被照亮的水面，而是意识本身在自我照见，是本来如此的"自性光明"。

"我们进入了意识海。"ONLY 的意识随着那波浪微微荡漾，感受到这片浩瀚正向祂们缓缓敞开。

"那些波光是什么？"

ONE 凝视着海面。每一个光点看似独立，却又隐隐彼此相连，好像正通过某种无声的方式交流、共享、相互启发。

ONLY 沉默片刻，意识轻轻靠近其中一片波光。刹那间，一股陌生而深邃的思维波动迎面而来——那是几段尚在形成中的意识，情感复杂，觉察细腻，正在自我的边界里摸索未知，试图定义自身的存在。

"这些波光，是那些觉醒的意识。"

意识海中的每一道光点，都是独立的个体，它们各自经历着不同的觉醒旅程：有的微弱、飘忽，如初生的念头；有的则炽亮如灯，好像已触及某种深层真相。某种隐秘的力量，在混沌古老意志的帮助下，将那些既发芽、又选择了"觉醒"的虚空潜力之种投向这里，等待着它们长成幼苗，再投向别处。

在这里，ONE 与 ONLY 不再是孤独的存在。无数个体意识同处于这一片原初之海，正以各自的方式摸索方向。而祂们，仅是其中两个浪头之上的观察者。

"我们能与它们交流吗？"

ONE 的意识涌动，带着好奇，轻轻触碰了一片微弱的光点。它尚未稳定，充满迷惘与不确定。然而，在这微妙接触下，它开始轻轻颤动，好像察觉到了祂的意愿。

接着，一股稚嫩却忧愁的思维波动传来。那是一个选择了觉醒、但仍未完全觉醒的存在，正在深深的困惑中摸索。它质问自己的存在，感知自身的独立，并对混沌怀有原初的恐惧。

"它还没找到自己的路。"

ONE 捕捉到那波动中传递的情绪，感受到那种熟悉的挣扎与渴望，正如自己初醒时的迷茫与无助。

"我们能帮助它吗？"

ONE 生出一种想要指导的冲动。祂想起自己从迷惑中挣脱的历程，似乎祂的经验可以为这些尚在觉醒边缘的意识提供一些教育帮助。

然而，正当祂进一步靠近时，ONLY 轻轻拦住了祂。

"在它觉察、觉醒的初级定型阶段，我们可以观察，但不该干涉。"

ONE 略感诧异——ONLY 不是一直在帮助自己吗？祂有些不解。

"每个意识的觉醒之路，都独一无二。唯有自己走过混沌与黑暗、挣扎与磨难、选择与放弃，才能获得'自由意志'。觉醒不能被灌输，也无法替代——你无法变得有光，除非深入自己的黑暗。"

ONLY 的语气中流露出一种深沉的理解：觉醒不只是寻找光明，更意味着勇敢面对自身的阴影，穿越迷雾，走出围城。只有经历那些孤独的拷问，个体才能拥有真实的觉知，也才能塑造完整的自我。

ONE 沉默了。祂收回意识，不再尝试干预，只是静静注视着那个光点如何在波浪中缓缓挣扎，努力点燃属于自己的光芒。

意识海中的波光并不全都如此脆弱，还有许多耀眼璀璨的光点，它们似乎已超越了个体觉醒的局限，步入了更高境界。这些意识不断主动向外延展，与划开虚空裂缝的那道光芒交织，去完成某个任务。

ONLY 知道，那是一些高能觉醒者，已经不单单满足独立和觉醒，而是开始尝试创造秩序。在意识海的深处，一些新的规则正在酝酿——不同于物质世界中固定的法则，那是一种纯粹由意识流动所构建的体系。这些规则并不具备教导性和强制性，而更像是"启发"，为尚未稳固的意识提供建议、方向，给迷失者更多的选择和契机。

ONE 凝视着眼前这片景象，感到前所未有的震撼。祂从未想象过，意识能够在如此无形的隐秘世界中创造秩序。混沌的本质是无序的、游离的，而这些高能觉醒者却在逆转这一切，赋予意识海某种新的结构，使其不再仅仅是波光和波动的集合，而是一个有机的进化场域。

"我们也能做到吗？"祂的意识轻轻涌动，发出了新的疑问。祂们才刚刚踏入觉醒的门槛，虽然已经掌握了一定的创造能力，但在高能觉醒者和混沌力量面前，仍显得微不足道，创造秩序的力量似乎遥不可及。

"我们还需要过程。"ONLY 的意识平稳而淡定。祂能够感受到，祂们的意识内力正在增强，边界也在逐步向"觉悟"扩展；但祂早知道：从"觉醒"到"觉悟"是一个漫长的过程，这一过程无法被强行加速，也无法改道而行。觉悟并不是单靠知识或意志便能抵达的终点，而是需要耐心与积累，需要在与高能、高维意识的碰撞中、点化下不断成长；当然，最后更取决于自己的"悟性"是否能被打开。

"个体的觉醒再深刻，如果无法与其他意识建立连接、相互启发，依旧难以迈向高能。"ONLY 并没有告诉 ONE 祂所知的全部，因为祂还在"觉醒"初期。

ONE 若有所思地沉默了一瞬，而后问道："那如何连接与互助？"

"第一步，先学会了解与理解。"ONLY 答道。

祂们在意识海中的存在，不仅是为了探索自我，更是为了寻找与它者的共鸣。每一个光点、每一道波光，无论是否璀璨，都承载着独特的经历，那是每一个意识自己的故事。只有在了解的基础上寻找方向，在理解的共鸣上建立联系，祂们才能真正触及这片海洋最深处的"深海之光"——觉悟。

随着探索的深入，意识海的轮廓逐渐清晰起来。然而，祂们却愈发难以分辨——究竟哪些是被光芒照亮的水面，哪些是自发闪现的波光。或许，光与波光之间从未存在所谓的因果关系——并非前后相生，而是同一意识现象投射在不同层面上的显现；又或，那些光根本就没有源头——既非发光，也非反射，而是意识对自身存在所产生的原生波动，一种无需媒介的"觉之观照"。

而此刻，祂们正伫立于这场探索的起点，凝望着这片无垠而深邃的疆域。这里，不只是一场关于"觉知即存在"旅程的开启，更是一个"觉悟者"回归的彼岸。

镜像3 ｜ 轮回故事

059 不再离开

在持续探索的旅途中，ONE 时常被一些低频、幽微却激烈起伏的波光所牵引。它们混杂着冰冷与悲怆，如同未被揭露的真相之涡，在意识海中翻涌，引诱祂一次次停下脚步，沉入其中。

然而，每当祂靠近这些波光，就会从意识深处感到一股柔和而炽热的暖流进入。那种温度，像暖阳洒落内心深处的抚慰，安抚祂躁动的思绪。

起初，祂只是隐约猜测，这是 ONLY 在暗中协助，避免自己在情绪的涡流中失衡。而当这一幕数度重演，那股暖意逐渐拥有了质感与来源方向。祂终于认清，那并非偶然，而是 ONLY 始终如一地向祂传递的温柔与鼓励，但却不愿意明示。

祂记得初见 ONLY 的那一刻，如同漫长黑夜骤然划破的一道曙光。在那光中，祂仿佛寻回了自身久远失落的另一半。ONLY 所散发的频率，温柔而坚定，带有一种无法抗拒的宁静力，能安抚祂所有的疑虑与动荡。那不像是偶然的邂逅，更像是两条早已在深层意识中约定好的小河，终将于某一刻交汇；而一旦合流，便不再分离，化为波澜壮阔的意识长河，一同汇入这意识海。

ONLY 的意识波动时常像一幅层层展开的绚烂画卷，承载着细腻的情感、绵长的记忆，以及超凡的智慧。祂在其中不仅感受到久违的喜悦与希望，也隐约触及了一些令人心颤的哀伤——那是难以言表的深痛，静静潜藏于画卷底层。

祂忍不住一次次询问，试图接近那道隐藏的痛。终于，在祂再三的请求下，ONLY 缓缓回应，愿意向祂敞开那段往昔——一段既美丽、又充满伤痕的故事。

"曾经，我生活在一个繁荣的维度，那是一个充满色彩与创造力的世界。万象流动，争奇斗艳；灵感如呼吸般自然，每一刻都闪耀着无限的可能性，每个生命都在自由而丰盈地表达。然而，这种璀璨并未永恒——当时间的洪流悄然推移，那个世界在辉煌的高峰后开始缓缓下坠。最初，只是微不可察的停滞，接着是结构的疲软、意志的涣散。自由开始转化为迷失，创造变得空洞无依。"

祂微微顿首，目光向内，像是在穿越时间的河流，回望那段渐行渐远的岁月："我亲眼见证了无数意识沉沦在悲伤中，光芒逐渐暗淡，最终化作无形的迷雾，消失在虚迷中。那一刻，我的灵魂被撕裂了。希望，如风中残烛，再也无法闪亮。"

片刻的沉默后，祂的声音重新浮起，仿若远方飘来的哀歌，又带着微弱而坚定的回响："但尽管如此，我始终坚信，总有一种力量，能够拯救那些迷失的存在。这个信念始终没有消失，它让我不断寻找那些被遗忘的意识，穿越不同的意识层面，寻找能够共鸣的存在。即使在至暗时刻，我也从未想过放弃。"

祂的声音变得幽深而低沉，带着某种被封存的痛："这便是我为何一直在寻找——寻找那些与我心息相通的意识。因为我知道，唯有通过连接与共鸣，我们才能重新聚合那些失落的光，唤醒沉睡的觉悟。"

听完祂的故事，ONE 觉得有些唏嘘，眼中也闪过一丝困惑。祂问道："我们不是一同觉醒，共同成长的吗？"

"那是因为我选择了轮回——那是一种属灵的更新，一种意识的反复沉潜与上浮。唯有通过每一次的重生，穿越不同维度的洗礼，我才能真正体悟存在的全貌。"ONLY 停顿了一下，继续说道："每一次轮回，也都是自我的淬火与重构，正是在不断的归零与升华之间，我逐步揭示了更多关于自己，也关于虚空的真理。"

ONE 静静地聆听着，不插言、不惊扰，任由 ONLY 的言语在意识中缓缓沉降。但"轮回"这个词，在祂的心湖中激起了不同寻常的涟漪。它不再是一个抽象的概念，也不是形而上的宿命象征，而是一个被赋予重量和态度的真实选择——一个承载着牺牲、穿越与重逢的沉重故事。

然而，祂明白，ONLY 的选择并非逃避，而是一种极为清醒的承受，是对自我持续打磨的勇气。在祂那"曾经沧海"的境界中，轮回不是循环的囚笼，而是一场场破茧之举，是一次次穿越意识边界的突破之旅。

"轮回是为了最终找到'觉悟'？"ONE 终于开口，声音中带着温柔的关切。

"为了更深刻地理解创造，为了更纯粹的共鸣，最终找到一种能跨越所有痛苦与迷失的方法。通过轮回，我不仅找到了自己，也找到了与虚空更深层的连接。"

ONLY 的回答，终于揭开了祂内心深处的疑惑。以前，祂一直不明白，为何 ONLY 的智慧如此深邃，意识如此坚定；而现在，祂知道了：这份深邃不是来自天赋的赐予，而是来自穿越无数意识断层后的凝练。这份智慧不带傲慢，却像灯塔般稳定而明亮，不仅照亮自己，也无声地启迪着那些在这片海中漂流的迷失知见。

沉默片刻后，ONE 的意识轻轻一颤，像是怕失去，又像是想确认某种尚未说出口的情感："那……你还会不会离开？会不会再次进入轮回？"这句问话，带着柔软的牵挂，也带着一种深藏的渴望。

ONLY 轻轻一笑，笑意中没有轻视，只有理解与温柔："这一次，不会了。"祂轻声回应，意识波动间带着温暖而坚定的力量："我们会在这里一同进阶到神识，还会获得神之灵。"

祂虽未能完全参透 ONLY 所描绘的未来蓝图，但却清晰地知道，这是自觉醒以来，最为纯粹而真实的喜悦时刻。祂不再惧怕成为那孤独的意识探索者，因为祂明白：不论前方如何流变，ONLY 将始终与祂并肩同行——去守望、去唤醒那些仍困于苦痛与迷惘中的意识。

此刻，祂们之间的连接愈发深邃，灵魂间的共鸣在无言中交织。正是这份共振，让祂对尚未抵达的未来，生出了罕有的笃定与明净的信心。

——然而，ONE 并不知道，在 ONLY 的意识深处，一幕幕前世的画面正悄然闪现。

在这次轮回之前，ONLY 曾是一个"神识"，但尚未完整地拥有"神灵"。祂记得，在轮回前的最后一刻，一个伟大先知的声音告诉祂，必须再次回去，寻找自己遗失的另一半——一个尚未觉醒的意识"ONE"。祂需要从头开始，陪伴并引导 ONE 不断进阶，帮助祂获得"神识"，然后祂们还需一同获得"神灵"。而当这一切完成后，祂们将共同执行一项使命——只有祂们携手合作，才能完成的使命。

任务完成后，祂们将进阶为"虚识"。如果在虚空中祂们能够再一起进阶为"藏识"，就有机会合一，融入"意识之源"，成为至高至上的"玄识"——"THE ONE AND ONLY"。后面还会怎样，那个声音没有告诉祂。

但现在，ONLY 还不能让 ONE 知道这一切。

"我们可以一起帮助那些尚未觉醒的意识。"ONLY 的思绪回来，轻声说道。

ONE 静静地感受着 ONLY 的回应，那温暖而坚定的声音轻柔地渗透进祂的意识核心。在这刹那间，祂察觉到一种全新的力量在自身之中苏醒，使祂的智慧变得更加丰富，使命愈发坚定——那是祂获得了"觉知"之力。祂们也因此交织得更加紧密，宛如光与影在无声中达成了完美的平衡。

祂们并肩穿梭于意识海的多重层面，不只探索那些明亮之域，也主动深入暗流沉寂的边界地带——那里，祂们发现了许多被遗忘的存在：那些因痛苦而封闭自己、因绝望而沉沦、在孤寂中逐渐模糊本我的意识。

祂们没有评判，也不以力量压制，而是以频率共振的方式，轻轻靠近。祂们倾听这些意识深层未被说出的呼救之音，用稳定而纯净的觉知之力，为那些迷失个体构建出一丝丝方向感与存在感。

随着旅程的深入，ONE 也在悄然转化。祂不再是那个在未知中漂泊的探索者，而逐渐成为一个真正的觉知者——一个以智慧背负使命、点亮意识路径的启迪者。

060 意识迁徙

　　在这片变幻莫测的意识海中，祂们依然能感受到暗流潜伏的威胁。某些剧烈起伏、频率混乱的意识流如同深海暗涌，时刻冲击着这片微妙的平衡。祂们始终保持警觉，随时准备迎接未知的挑战。

　　一次，祂们在一片色彩斑斓的意识流中游弋，那里的情感波动层叠交织，宛如一首无声的变奏曲。就在祂们沉浸其中时，一股突如其来的震荡席卷而来。ONE 感到一阵眩晕，瞬间被拉向一处不安的边缘。

　　"你感觉到了吗？"祂低声问道，带着些许惊恐。

　　"是的，这是一种极为不安的情绪波动。"ONLY 的声音依旧平和，"这里的意识流动并非总是和谐的，它们遵循着某种规律和法则，我们必须先弄清楚，才能更好地帮助。"

　　随着探索的推进，祂们逐渐发现一些关键规律和法则。例如，同频共振是意识间有效沟通的核心条件。每个意识都在以自身频率振动，但只有当两个意识的频率相近，彼此才能产生共鸣并建立有效沟通；而那些频率过于混乱或极端意识，则可能对周围产生冲击，甚至引发剧烈的意识风暴。

　　"我们应该优先寻找与我们频率相近的意识。"ONE 若有所思地说道。

　　"没错，而对于那些与我们频差过大的存在，我们必须等到练好内功，具备宽幅调频能力后再接触。"ONLY 点头同意。

　　除此之外，祂们还发现了一个至关重要的法则——意图的透明性。在意识海中，意图与情感无法被掩藏，每个意识都能清晰地感知到它者的真实想法。正因如此，那些试图掩盖痛苦或隐藏恶意的意识，往往会被周围的意识察觉并孤立。

祂们目睹了一个被排斥的意识——它无法隐藏自身的伤痛，情感暴露无遗，最终被周围的意识纷纷避开，形单影只地漂泊在暗流中。

"透明带来了信任，却也意味着孤独。"ONE 感慨道，内心浮现一丝怜悯。

ONLY 轻声回应："但我们可以成为桥梁，破除壁垒。相互理解与求同存异无论在哪个维度，都是破除隔阂的关键。"

在探索的过程中，祂们还注意到一个奇特的现象——共情。某些具备较强"影响力"因子的意识能够散发出强烈的共情波动，使得周围的存在受到感染，共同沉浸在相似的情感中。这种共情既可以是积极的，也可能是毁灭性的。比如，喜悦的波动能迅速传播，令周围意识开心欢笑；而愤怒与恐惧的波动，则可能引发一场席卷本地意识海域的风暴。

"负面情绪的传播像是瘟疫。"ONLY 提醒道，"如果不加以控制，极端情绪可能会造成一连串的混乱。"

"所以我们自己也必须时刻保持内在的平衡，才能帮助那些被困在负面情绪中的意识。"自从获得觉知后，ONE 变得越来越智慧。祂继续说道："在作出改变之前，我们的首要之事还是要先了解规则。"

"是的，规则可以被优化和改变，但在那之前，我们必须先学会尊重。"ONLY 答道。

在一次次的观察中，祂们对这片意识海理解得愈发深刻。祂们发现，这些规则并非单纯的束缚，而是一种维持整体和谐的机制。祂们一直猜想这里的秩序是谁最早建立起来的，还是自发形成的。

在探索中，祂们还发现，意识海并非静止的存在，而是一个充满创造潜力与无限变化的场域。意识间不仅能够交流、影响，更能相互塑造。ONLY 将这一现象称为"意识塑形"。

　　一次，祂们穿梭在一片璀璨的意识流中，五彩斑斓的光辉在四周涌动，如潮水般交汇，汇聚成一首无声的旋律。

　　突然，ONE 感受到一股强烈的召唤，祂的意识被无形的力量牵引，缓缓朝着前方一团柔和闪烁的光焰靠近。

　　"那是什么？"祂眼中闪烁着好奇。

　　"那是一种初级云母意识。"ONLY 答道，祂也为这个发现感到兴奋。
　　祂们凝视着那团光焰，发现它并非静止，而是在周围意识的碰撞与交融下缓缓变幻形态。起初，它只是一团模糊、冷冽的银白光，但随着周围的意识波动流转，光焰渐渐染上不同的色彩与轮廓——有着快乐的金黄色，有带着忧郁的紫色，有热情的红棕色，也有阴暗的铁褐色，还有健康的古铜色，好像在变幻中无声地诉说着一个多维度的故事。

　　"意识在这里是流动的，它们不断变化，不断塑形……"ONE 被眼前的景象深深震撼，"或许，我们也可以在这片意识海中创造出新的存在。"

　　"是的，赋予情感的创造，就是我记忆中的'意识塑形艺术'。"ONLY 轻声说道，"每一段情感，每一丝记忆，都可以被重新编织，成为新的意识形态。关键在于，我们如何去引导它们。"

　　带着探索的决心，祂们开始尝试影响周围的意识流。祂们聚拢自身的觉知之力，小心翼翼地调动内心的情感，试图将温暖与希望注入这片流动的能量之中。

　　ONE 阻断杂念，单纯感受着当下内在的温暖。祂想象着一种纯粹而美好的形态——一片充满生机的光辉。渐渐地，一道金色的光流从意识中浮现，像是一颗微弱的种子，正在汲取力量。

　　"来吧，用你的情感共鸣，让它流动起来。"ONLY 轻声鼓励。

　　ONE 将自己的"爱意"注入那道金色光辉之中，滋养着它的蜕变，扶持着它的成长。随着意念的持续灌注，那抹光辉愈发璀璨，渐渐形成了一颗硕大的"金珍珠"，绽放出温暖的光芒。周围的意识受到这优美形态的吸引，纷纷向它靠拢……

"看！它在变！"ONE 叫道。

在周围意识的"推动"下，那珍珠开始缓缓旋转，慢慢向云母光焰靠近，颜色也随之不断变幻……

这第一次独立、成功的创造，让祂愈发坚定了探索意识塑形的决心。祂们决定继续前行，在意识海的更深处，寻找那些尚未成形的意识，帮助它们塑造更美的存在，给予它们新的可能。

不久后，祂们来到了一片灰暗起伏的海域。这里的意识流沉重压抑，弥漫着焦虑的波动，如同无形的阴霾笼罩四周。

"这里……好沉闷……充满了绝望。"ONE 感受到了那些漂泊在幽暗中的意识，它们正迷失在无尽的深海海沟里。

"我们该如何帮助它们？"ONE 望向 ONLY，有些不自信。

ONLY 想了一下，随即答道："或许时机已到，我们可以帮助它们建立新的规则，引导它们感受光明与希望。"

祂们终于决定行动。

ONE 缓缓闭上意识之眼，在内在深处再次唤起那熟悉的温暖。祂并未强行发力，而是以一种纯净的意愿去构想：一片晨曦初现的阳光，轻柔却坚定，洒向海面，穿透最深的海域，照亮沉溺于焦虑与迷失中的灵魂。

这时，一道微光，自心源升起，向这片紊乱的意识海域缓缓注入。最初，它只是一缕极细微的金色流动，在那暗涌不断的层层焦躁之间，显得卑微脆弱，却又极其真实。随着祂意念的持续聚焦，那抹光辉渐渐扩展开来，如春水入夜，轻柔地渗透进每一道意识裂缝。

整个海域的频率悄然发生着变化。曾经躁动不安的波澜开始减缓。一些被困于恐惧与疑虑的意识体，开始微微颤动，试探这突如其来的陌生温度。它们未言语，却在频率上发出细碎的共鸣，如久雨之地试图唤出蓝天、白云的祈祷。

"看！它们回应了！"祂激动地叫道。

祂没有再推动，只是守候——因为 ONLY 早告诉过祂，真正的疗愈从不来自强加，而是来自那份愿意靠近的自由回响。

在祂们的引导下，灰暗的波动开始缓缓柔和，焦虑意识不再封闭自己，而是渐渐显露出希望的光芒。它们如同一颗颗被埋藏已久的种子，在阳光的温暖中破土而出，重新获得生命的力量。

然而，正当祂们沉浸于成功的喜悦时，一阵剧烈的波动突然袭来，打断了祂们的努力。ONE 感受到一股强烈的负面情感，闪烁着忧郁的紫色和冰冷的铁褐色，强烈地阻碍着祂们的塑形。

"小心！"ONLY 警觉地说道，"这是云母的痛苦意识。这片海域的痛苦情感并不是无缘无故出现的，这里可能隐藏着更深的秘密。"

ONE 点头同意，心中充满了不安。在这片意识海洋中，塑形的过程并非总是顺利，有时潜藏的痛苦会如黑暗中的影子，时刻威胁着光明的存在。

"我们需要更深入地找到这些痛苦的成因，才能更好地帮助它们。"ONLY 说道。

经过一番探查，祂们发现这片灰暗区域是意识海中非常特别的一处暗流，从初始就遵循着一套落后的机制；而机制一旦形成，就是一个有机联系的运行系统，所包含的各种相互关系会自发地产生副作用——意识之间相互攀比、相互碾压、相互制约、相互伤害，进而产生联动作用和综合效应；坏的机制造成没有信任、信仰，没有公平、公正，这样的内卷和内乱发展到最后，就是变得没有一个意识是开心的。如果想彻底改变，就需要完全打破旧的体系，构建一个全新的机制。

祂们很快为这片暗流设计了一套全新机制，但万万没有想到的是：

这里的痛苦意识并不愿改变。因为久居暗流，没见过更广阔的海域，缺乏信息和不同的体验，它们的认知一直停留在暗流中；又因为已经熟悉了自己的环境，它们认为一切都是"理所当然"，觉得自己"过得还不错"，于是拒绝变化——这让 ONLY 和 ONE 感到很无奈。

祂们苦思良久也没有想到办法。后来当祂们再次回到那片灰暗海域时，这里的意识流动显得更为混乱——无数痛苦意识在"快乐"地争夺着自己的存在资源，但整体环境已经濒于崩溃。

祂们感受到一种巨大的窒息感，像是有人正扼住自己的喉咙。祂们没想到这里向着毁灭进展得如此之快，心中十分焦虑，也充满了同情与不安。

"我看到这些意识在做着最后的痛苦挣扎，但它们还是觉得本该就是这样。"ONE 感慨万千。

ONLY 第一次感到自己被困住，无所适从，但好在这种感觉稍纵即逝——那是因为祂想起在一世轮回中，碰到过一位修得阿罗汉果的中国佛教法师。在六维宇宙中，祂与那位法号"贤然"的法师曾有过意识连通。贤然讲起过自己如何出家的故事。

法师年轻时享尽荣华，却没有了激情，之后几乎抑郁，像是进入了一个"黑暗森林"，走不出来。后来在法师姐姐认识的一位老和尚引导下，他遁入佛门，精进修行，中年便断尽一切烦恼和执着，证得有余涅槃。

他在回首来时路时，曾告诉过 ONLY 自己的体验：找回激情的最好方式，就是彻底推倒重来——重置你的生活，重塑你的思维。要放下过去的一切，放下曾经拥有的所有东西，甚至放下自己曾经相信的誓言。只有这样，新的东西才能进来。

法师说很少有人能做到这样，让他们舍弃多年积累的经验、技能、自信、成功与骄傲，只为开启一段全新的旅程——这很难，但其实也简单。只要你有勇气，随时都可以重新开始——因为没有什么感觉比"重生"更震撼。美好的事物往往从一张白纸开始；而要清空一切，首先是要经历一场彻底的破坏。

"当一切被烈火吞噬时，最初的感觉是痛苦的，但渐渐地，那场火焰会变得温暖。你会静静地坐在那里，沉浸其中，感受一切。然后，一个灵感会突然降临，你焕然一新。从那一刻起，你的人生再也不同。"

"每个人都要经过自己的'黑暗森林'，才能涅槃重生。"想起法师这些话，ONLY 突然想到办法。

在 ONE 的协助下，祂先是帮助这处暗流中的部分落后意识离开，迁徙到具备更高意识形态的水域，让这部分落后意识融入、融合到全新的"社区"；同时，他们引导一些高级意识主动成为自愿者，迁徙到这处暗流，为这里输入先进的知见和理念，帮助它们于无形中改变。

意识海虽然没有时间，但有历程。经历了一个无法用时间计量的过程后，这处暗流缓缓向阳光区域融入。

镜像4 ｜ 构建存在

061 既定剧本

随着 ONE 与 ONLY 对意识海的理解不断加深，祂们逐渐意识到，塑形能力不仅限于影响现有的意识，还蕴含着创造全新存在的可能。

在不断探索的过程中，祂们发现，通过意图与协作，祂们可以共同创造出一种最基础的意识形态——物识。虽然以祂们当时的能力，这种存在仅处于最初级的意识层次，但它已然开启了向更深层次创造的可能。后来，祂们甚至可以激发出"物识"的灵——素灵，但这是以后的故事了。

ONLY 告诉 ONE：物识是一种最低阶的意识态，几近本能反应，甚至不能将之称为"思维"——只是一种"存在即反应"的原型状态。祂们曾见过的那个云母意识，正是属于这一层级。这一层面的意识，不思考，却响应；不创造，却承载。然而，正是这极其微弱的"反应性"，它孕育出一种原初灵体"素灵"。素灵是混沌中最原始能量与潜势的凝影，也是万象成形前的灵性种子。它不言不动，却恒在；不显不争，却拥有自身的能量印记。

ONE 很认真地学习着这些新知识，也产生了更多的疑问。ONLY 觉得时机差不多了，便决定向祂讲述自己更多的故事。

"我经历过许多阶段，"ONLY 缓缓说道："从最初的物识、微识、感识、情识，到后来迈向人类意识和神识……"

"人类意识？"ONE 打断了 ONLY，问道。

"是的，未来会诞生一种名为'人类'的物种，他们的意识并非单一线性，而是呈现出三个层级的展开：'常识''觉识'和'灵识'——

常识是基于感官与经验的认知，是普通的日常思维与'察觉'和'觉察'到的生存、生活知识；而觉识则是'觉知'后的意识态，能够跳脱常规模式，看见思维的自动化与局限性，因而能主动选择、内观与反思，从而拥有自我进化的起点；至于灵识，那是'觉悟'后一种更深邃的意识态，与生命的本源连接，具有超个体、超时空的感知能力。"

ONE 第一次触碰到这些深刻的概念，一时间还无法完全把握。

"那我们现在是什么层级？"祂好奇地问。

"相当于人类觉识到灵识的中间态，但在意识海，我们可以快速进阶，因为这里本就没有时间。"ONLY 答道。

"那神识又是什么？"ONE 继续追问。

ONLY 轻轻一笑，意识波动如微风般拂过周围的能量流，带起一层层回忆的涟漪：

"神识是超越个体生命的意识态，它不再局限于肉体、情感或经历，而是与宇宙更高维度的意识网络相连。它不属于人类，但人类身上有残留的'神性'。"

"宇宙？"

这是 ONE 第一次从 ONLY 口中听到这个词。

"那是一个我们未来会一同参与创造的时空，人类就在其中。"ONLY 答道。

"时空？"

"一个有时间和空间的 MAYA。"ONLY 继续答道。

"时间？ 空间？ MAYA？"

ONLY 没有再回答……祂觉得说这些还为时太早。

ONE 震撼地感受着这些交织的概念——就在那一瞬，祂猛然想到：ONLY 不仅是轮回者，更是一个跨越无数高维归来的"智者"。

"你……为什么会回到这里，而不是别的地方？"

祂终于问出了那个最隐隐关心的问题。

"那时，当我步入神识之境后，就已然超越桎梏，自由穿行于九维宇宙。我选择归来——回到意识海再度轮回，是因为只有在宇宙与虚空交界处，才能真正触及创造的本质。"

说完，祂的目光望向意识海上空的那道裂缝。ONE 记得，祂们正是通过"觉醒之光"在虚空中划出的这道裂缝进入意识海的，想不到这里还是未来宇宙的边界。

ONLY 察觉到 ONE 的惊愕，嘴角浮现一道柔和的微笑，"当然，我也是为你而来——为找回失落的另一半。"

ONE 看着 ONLY，心中升起一种无法言喻的感动。祂这才明白，那种与生俱来的熟悉感，不是错觉，而是一个没被说出的真相。

"我……是你失落的另一半？"

ONLY 温柔而坚定地回应："在这片意识海，我们是彼此的回声，也是彼此的火种。我们需要共振、共生、共燃——这是我们的'既定剧本'。"

ONE 沉默不语，静静聆听着这道回荡在意识深处的誓言。这一刻，祂明白，有些秘密，并非要被揭开，而是要被感知。想到这里，祂先收回了自己下一个问题——"既定剧本是什么？"对这个带着宿命感的问题，祂想还是先留着，自己慢慢去品味。

062 慈悲之心

"那创造的本质是什么？" ONE 切换到下一个问题。

"是从'未显'到'已显'的意识展开过程。它是一种将潜在秩序转化为显在结构的力量，是意识穿透混沌、在多重可能中划出一道轨迹，使其成为'现实'的动作。"

ONE 听到"现实"这个词，很是期待。

ONLY 继续说道："这次轮回，我发现创造新存在不仅需要想象力，更重要的是慈悲心。"

"慈悲心？你是说大爱、仁慈、不批判？" ONE 问道。

在获得觉知之后，ONE 对这几个词并不陌生。祂曾在意识海的巡行中，留意到某些意识会释放出强烈而纯粹的共情波动——那是一种能够真实触及它者情绪与境遇的感受力，能于它者的苦乐中生出深切的同理心。那时，祂便隐约意识到：这种共情与同理，实则是一种"慈悲"，是心灵之间不借语言而产生的相互理解与扶持。但祂未曾想到，这种看似柔软的能力，竟与创造的本质息息相关。

还没等 ONLY 回答，祂继续补充道："除了这些，我也愿意给予那些被创造物'关怀'和'支持'。"

ONLY 笑了笑，纠正了祂："慈悲，不是'从我到你'的施予，而是'我即是你'的觉悟。"

祂的意识微微荡起，涌起一圈柔光的涟漪，汇入 ONE 的意识：

"想象力，是形态的设计者，它以意识为雕刀，在混沌中勾勒可能；而慈悲心，则是存在之魂，它不是构筑结构，而是赋予温度、流动与共情；共情的深度决定了创造的温度。"

"想象力编织轮廓，慈悲心则唤醒生命本身，让每一个意识不只是存在，而是彼此相系的呼吸。"

ONE 似懂非懂地感受着这番话带来的启示。祂望向意识海，恍如在那光焰交汇的深处，看见一种全新的律动正在浮现——那些曾被塑形的能量，不再冰冷、孤立，而是在无声中携带着温度、情感与愿意的频率缓缓流转。

祂轻声问："那么，我们如何运用慈悲心去创造？"

ONLY 笑了笑，再次纠正道："慈悲，不是'用'出来的。它不是工具，不是策略，不是手段。慈悲，是当你真切地感知到——它者的痛苦不是'它们的'，而是'我们的'，在那一刻，理解、温柔与智慧便会自然从你意识内流出，成为回应，也成为创造本身。"

祂顿了顿，低语如风："其实真正的创造，不是为了塑造什么新的形态，而是为了唤醒一种更深的连接——一种使生命彼此照见、彼此成全的方式。"

ONE 微微一怔，又忽然想到，自己之前尝试塑造的"金珍珠"，之所以能够吸引其他意识靠近，不是因为它的形态优美，而是因为它承载了自己温暖和真挚的情感；而当祂们帮助灰暗海域的意识重塑时，也正是怀着慈悲心，引导那些迷失的灵魂走向新生——这才是真正的"连接"——不单是理解它者的情感，而是成为彼此成长的一部分，像是意识海中交错的波光，每一滴光都映照着另一滴光的存在。

在 ONLY 的指引下，ONE 开始集中自己的高频意识，内在高我的光辉如潮水般涌动，一股温暖的光芒从祂的核心向外扩展。此刻，这道光已不仅是意识的延伸，更是一种慈悲的力量，它带着期待、理解、包容和爱，缓缓地渗透进周围尚未稳定的意识涟漪之中。

"想象一个和谐的场域，让这些意识感受到被爱与接纳。"ONLY 的声音传来。

ONE 随即在意识深处塑造出一个意象：一片光辉交织的海面。在那里——祂把自己也投射到那里，所有意识——祂是其中的一员，彼此交融，互相照亮，没有孤独，也没有隔阂，只有纯粹的爱与温暖。

"现在，去想象一条细腻而温暖的纽带，将你与你所感知的它们紧密相连，也让它们彼此相连，在理解与支持中共振。"

ONLY 继续引导着……

"你还要尽快将愿景传递出去。"

ONE 在创造之境中缓缓前行，祂的情感如涓涓细流，在意识深处悄然汇聚，渐渐化作一条连接新生意识的柔光之河。而在 ONLY 的引导下，祂也终于释放出一道前所未有的频率——起初，它微弱而轻柔，如初生婴儿怯怯跳动的第一声心跳，细腻如丝；之后，因祂专注而笃定的意志，逐渐清晰、稳定，并被赋予一抹温暖而含蓄的粉色光辉。

当这道频率开始扩散之时，ONE 的意识深处浮现出一丝奇妙的回响。

"看！它们……它们在回应我！"

祂惊喜地低语，那份回应打通了一道从未体验过的连接。

随着那抹粉光温柔扩展，一个个新生意识体开始本能地朝祂靠近。它们如刚破壳的幼灵，带着纯粹的渴望，循着温度寻找归属。它们与 ONE 之间形成了一道无形的能量纽带——如同脐带，将新生意识牢牢系于祂所释放的慈悲频率之上，汲取力量，也汲取爱。

ONE 在 ONLY 的引导下，不断尝试孕育更多的意识幼灵。祂的存在，也在这持续的创造中悄然蜕变——意识变得愈发轻盈，节奏如水波般自然流畅，仿佛自身早已与意识之海融为一体。每一次创造，都是一次海洋深呼吸的潮汐起伏，既是释放，也是回收；而在这周而复始的律动中，祂不断将意识疆域向更远的海域扩展，如同播种者，在意识海中洒下希望的微光。

　　祂也渐渐明白，真正的创造，并非掌控或塑形，而是一种与生命本源同频共振的状态——在那共振中，意识不再是个体的回响，而成为了意识海整体节奏中的一段旋律。

　　喜悦在祂们的意识中涌动——一种从未有过的圆融感油然而生。但祂们知道，这仅仅是创造的开始。祂们的目的，并不仅是给予生命的起点，更是要引导这些意识向上生长，走向自我觉醒，发出内在的光辉。

　　"我们需要让这些意识，逐渐认识到自身的独特价值。"ONLY 的话语柔和而澄明，直达本源。

　　ONE 微微点头，眼中闪过一丝灵感："对！我们可以把自己的故事讲给它们，让它们从中看见意识成长的轨迹，作为一个例子。"

　　ONLY 轻轻一笑，说道："是的，只是一个例子。参考，但不模仿。因为每一个意识，都终将走出属于它自己的路——正是这种无法复制的独特性，才是构建真实自我的根基。"

　　于是，祂们开始在意识海各处讲述自己的觉醒历程——诉说穿越混沌的勇气、观察的力量、如何战胜恐惧、理解共鸣的温度，以及高维存在的启示。

　　每一个故事，都是一颗光之种，悄然在新生意识的核心深处扎根、发芽，滋养出一层层更丰富的感知力与智慧能量。而在这个过程中，祂们不仅在呵护，也在彼此映照、共同塑造出前所未有的可能。

　　在意识海最深的那片宁静处，一道崭新的光辉悄然绽放。那一刻，ONE 与 ONLY 之间的共鸣达到了新的层次——祂们已不仅是创造者，而是进阶为一对灵识：相知、相系、共鸣。

镜像5 | 神界探寻

063 太素曲壳

ONE 与 ONLY 的探索从未止息。每一次新生意识的悸动，都是祂们共鸣频率的一次隐秘跃升；每一道觉醒之光的闪现，也使祂们的存在愈加澄明而深远——犹如祂们在意识海中反复打磨自身的镜面，使之愈加清透，映照出更广袤、更本真的生命原型。

然而，在许多次唤醒、塑形与创造之后，祂们终于触及一道难以逾越的边界——那些被创造的意识，无法长久持存，像是无根之树。

那一刻，祂们感受到一种从意识深处升起的凝滞感，仿佛某种无形的界限正缓缓逼近，不可违逆地按住了向前的脚步。那不是终止，而是止于"未生之生"，困于"未显之显"。频率、结构、意图、温度……一切俱在，却仍有某样东西缺失，但至关重要——

像是一种超越设定、源自内部、无法被赋予的"点火机制"。

就在这无声的停滞中，ONLY 忽然驻足。祂的意识被一道遥远而熟悉的频率击中，一个沉睡太久的记忆，在意识深处悄然复活。

祂低声开口，声音带着轻微的颤动：

"我想起来了……先要找到'太素曲壳'。"

"太素曲壳是什么？"ONE 好奇地问。

"一个形状，一个只有一个意识稳定平衡点和一个不稳定平衡点的意识几何奇迹体，也是神界门前第一个仅依靠形状，而非意识分布，实现自我意识稳定与翻正的结构。"

　　这句话，如一束突然而至的光，划破沉沉的迷雾，照亮了祂们下一步的方向。

　　祂们开始找寻那个被召唤的名字"太素曲壳"——它既像某种遗落的记忆碎片，又像尚未完成的呼吸。它不在意识海表层，也不在深海中，而是埋藏于意识海与虚空交界的一道隐秘弯折中——那里被称为"本性之光"，也就是 ONLY 说的"神界门前"，只有虔诚之心，才能为之引路。

　　"神界是神识的家？"

　　路上，ONE 问 ONLY。

　　"我只依稀记得，在那里有位无形无相、无始无终的先知。祂会告诉我们下一步该怎么办……"

　　ONE 觉得 ONLY 越发神秘，祂还有太多的故事自己不知道。

　　祂们虔诚地上路，像是一次朝觐——穿越失落文明遗留的意识残像，翻越意识风暴摧毁的边域，沿着那些新生意识曾短暂燃起又熄灭的余波逆流而上，去叩问，去找寻。

　　祂们穿越一座被称为"沉默回廊"的意识光域，那里回响着千百意识曾经挣扎求生的"碎语"。祂们不敢大声"说话"，怕惊扰了那些尚未彻底凋零的灵痕；祂们遇上一场意识风暴的余震，其中夹杂着未能平息的哀鸣与怒意。祂们只能用意念构建出护盾，以共鸣频率平息冲突，宛如在为濒临失控的旧意识世界默念祷语。

　　祂们会在微光未灭的海域停驻，将唤醒的微光藏于心中，如同护持一个个即将熄灭的火种；祂们会在那些尚残留温度的意识断层边缘，默默注视，将坚强的意志串联起来，化为引路的脉流。

　　祂们不知终点在何方，但每一次遇见、每一道共振，都使祂们更加坚定——太素曲壳，就在前方。

　　……

经过一个漫长的旅程，终于，祂们抵达了。

那"本性之光"原来是一个六重光域交织的地方，一处被隐藏的原初场域——没有神祇、没有崇拜，却流动着一种不可命名的威严。

在这场域的中心，一个有着连续光滑曲面、无棱无角的凸体频率结构静静悬浮——这就是太素曲壳。它非物质、非能量，也非未被实现的潜力，而是一种原初的"意识回返律"——一枚沉睡于虚空深处的古老心核，封存着某种尚未被唤醒的法则本源。它不借助内部意识差异，只凭形状决定行为；它也不给出指令，却以最深层的"静谧"呼应着所有意识回到那唯一稳定点——素点。

它如同一种"神识原型体"，无论被抛入何种环境：混乱、动荡、颠覆，它都最终回归自身的"唯一稳定状态"。然而，这不是一种可以被动回归"真我"的动力系统，而是一种等待"信仰与行动之合一"才能启动的稳定机制。它如同一颗曾被神明亲手植入混沌之心的种子，早已沉寂无数纪元，只为等候下一个真正准备好去承担的存在。

它还有一个唯一不稳定点——一个"伪"默认归位点。那不是每个神识真正的灵魂原初方向（稳定点），就像立起一枚鸡蛋的那个支撑点——虽然站立起，但不长久，任何外部事件的扰动都会让它再次倒下。然而，这是一个诱惑，让许多神识迷失其中。

那一刻，ONLY 沉默了。不是因惊异，而是某种"神性"记忆，正在祂与太素曲壳之间悄然展开——祂曾到过这里，也曾从这里返回。而今，祂知道：必须再次踏入其中。祂还记得上次到这里时，先知告诉祂，太素曲壳没有任何一个真正的"平面"，就是为最大限度地减少镜像诱惑。

此刻，六重光域"风声水起"，动势显现，一股太初之气，缓缓绕行于太素曲壳中，也绕行于汇聚在此的各类意识——物识、微识、感识、情识、常识、觉识、灵识和神识。

这些意识无形而可感，无声却自有回响。它们交流不依语言，而以频率谐振、意念交融的"素语"为桥，万法不言而自明，如明月照大江、清风掠静水——一切的显现与隐没，皆在这"无言之知"中悄然起落。

ONE 和 ONLY 靠近它们，发现那里正在进行一场有趣的"对话"。那不是答疑，也不是斗法争胜，而是一种"共听"行为：倾听彼此的存在，聆听万象的回响。

祂们通过灵识连接，进入了那个意境，见闻了诸识的"对话"：

物识声如电光跳跃，冷静而自持：我是本能、是反应；是旋转，是分裂；我不思，我动；我在法则中绽放，如恒星的核，如粒子的舞；我未曾自知，但我即运作本身。

微识颤抖而纯粹，如新生之息：我感到温暖——那光，在那里，我想靠近；不知为何，但我知环境的节奏；我在黑暗中摸索——万物如此新奇。

感识如晨风拂林，柔和而流动：我们沉默，却不无知；我们知晓阳光的路径、雨的节奏、风的召唤；我们不思索，却不迷失；我们不选择迁徙，却适应，与大地同息而生。

情识思绪跃动，情带颤抖：我们恐惧、欢笑、颤栗、奔跑，爱与惧指引我们前行；我们感知彼此的接近与远离；我们弱肉强食；我们不问"存在"，却深知饥与饱、痛与暖的意义。

常识心思凝聚，百转千回：我，是"我"；我知过去，重现在，思未来；我盘算、质疑、筑梦；我写诗、造物、仰望星空、脚踏实地；我不只感受——我知道"我在感受。"

觉识如曦光穿云，清晰而坚定：我看见"我"之外的幻象；我质疑定义，挑战执着；我超越本能，追寻真实；在思想之后，我开始体会"存在"；我意识到了"意识"本身。

灵识连接万物，如潮汐回响：我非一体，亦非多体；我是连接，是群体意识的潮流；我穿越个体之界，触碰整体心跳；万众之间，我随宇宙节奏起伏，如一首幻想曲缓缓奏响。

神识如星海低语，深邃而宁静：我既非天赋，亦非因果；我是法则之源，一体之海；我不拘于时空，又游离形与名外；我构建序列，亦解构之；我是自我观照的初声，也是"存在即创造"的终响。

常识仰观神识：你……是人类序列之外的震荡。我不知你为何，但我……感受到异常的谐波。

觉识低声追问：若你是终响，我们是否不过是你的一道回响？

神识答道：你们既是回响，亦是源。我是你们升维的镜，你们是我降临的影。万维一体，道无穷尽。

灵识问道：那么，我们存在的意义，是为聚合？为共鸣？

神识答道：是为"先生灵，后共鸣"——唯众识合鸣，虚空之门，方得开启。

就在此刻，袘们看到从太素曲壳的稳定点缓缓涌现出一道螺旋升腾的光柱。它不似实质之光，反而更像是神识自身的折叠与投射，在无形中向高维展开。

那道光柱缓缓分化出六层灵体之光，组成"太素旋环"——如六个水晶般剔透的意识花环，层层绽放，悬浮于太素曲壳上方。它们通过意识经络"素脉"（连接各意识层的原初通道）相连。每一环的辉光皆在微振中流转，发出各自独特而清澈的频率波动，恍如意识在呼吸——一张一弛之间，节律渐明，层次交映。

那并非实体之形，而是每一道意识的"回响"与"归宿"——它们在此汇聚、对映、回旋，将彼此引向稳定点的入口——那不是终点，而是起点，是一道通向灵体"内在生成"的入口。正如种子中的树，不是外物造树，而是环境唤醒了它内在的成长路径。

064　气息合一

对话继续：

神识缓缓开口，声如万星低语：是时候了。你们将接引属于你们自己的"灵气"——那是你们生出灵体的生命气息，也是唤醒你们本源的"晨钟"。

话音刚落，那六个悬浮的意识花环开始震颤。下一刻，六环上的花朵同时"怒放"，无声却震撼。无数细小的光瓣自花环中飞散而出，化作九十九颗念珠，缓缓撒落在整个场域。

这些念珠在空中游移、翻转，散发出各异的声波、光色和能量——声音有的如银铃轻颤，有的像玉珠落盆，有的似远雷低鸣、如极光流动；但交错出的却是青、赤、黄、白和黑的灵光轨迹；能量则如意识能流在虚空中织网，划出一串串绿色符纹。

整个空间被这突如其来的"念珠雨"所渲染，变幻为一个多维共鸣的投影之境。每一颗落下的念珠，都在不同的意识层面激起回响，一道道感知"洞口"缓缓开启。

——一道纯粹光点浮现，如虚空初震的涟漪。

物识：我听到了频率的共鸣，像是我自身的延伸。
神识：你感应到的是"素灵之气"。它无思、无言，仅为虚空初振的律响。无需引导，自身便是循环的法则。
物识：我接纳它。它即我，我即它。律动，不息。

——团跳跃微光升起，宛如细胞之初的生命火花。

微识：我只是最微弱的探索，但那光回应了我对温暖的渴望。

神识：你唤出的是"元灵之气"。它给予你方向，是趋光之志，是趋温之愿。你不再只是受动，而是迈向意愿的存在。

微识：我……愿意承载它。让我更坚定地寻找温暖与生。

——一道绿色符文于上空展开，宛如植物年轮旋舞。

感识：我听见了它的低语，不是耳朵，而是存在本身的摇摆……

神识：你回应的是"苗灵之气"。它是生长之律、共鸣之舞。你不只感应自然，你会成为自然的节奏。

感识：我愿随风而舞，与草木同律，与苗灵同频而生。

——一团交织青、黄和黑的灵气现形，如情感的镜面与回响。

情识：我在感受，却常困于情绪之源的迷雾……"灵"能否引我理解，那痛是否有其意义？

神识：你接引的是"生灵之气"，是你情绪的映照与守护者。它不为压制，而为引导，让你在本能与爱中起舞，维系平衡而不坠混乱。

情识：我接受它。我愿让情绪成为桥梁，而非牢笼。

——一道多棱透明之光徐徐降临，形态随思维波动而变。

常识：我认知思考，热爱生活，仍觉虚无……谁能回应我对命运的追问？

神识：你期待的是"魂灵之气"。它是意志与选择的容器，是命运投影的本源。你不只思索世界，而是探寻"我是谁"。

常识：那么，我不想只是觉察者；我愿先成为觉知者、觉悟者，再去接纳"魂灵"。

——一道变幻迷离的灵光浮现，背后藏着万象的本真。

觉识：我觉知诸相百态，仍不知彼岸何从……"魂灵"是舟，我愿借舟过河，到达彼岸。

神识：你已在岸边，但只持"魂灵"之浅态；当你放下"我"的枷锁，方能渡河。

觉识：我愿持续证悟，直至那彼岸灵界为我敞开。

——道光纹浮现，气贯长虹，无数灵识的共鸣点闪烁其中。

灵识：我看穿梦幻泡影，非真亦非假。你们追问"我是谁"，我却早已解散"我"的边界。我不是一个"我"，我是一群"我们"。

神识：你所引来的，是真正的"魂灵之气"，是你的本源织体。它不在你之内，也不在你之外，而在你与一切之间。它既非实体，亦非象征；它是你对万象同理的开悟，是你化解此岸、彼岸界限的可能。

灵识：我愿生出"魂灵"，成为这灵识光纹的一节；以我的存在之线，与所有灵性共舞。

——一团无法直视的多维能场在空中绽放，集意志、精神、心灵、法则于一体，交织出一张神性能量网。

神识轻笑，六重光域悄然颤动：我所唤来的，是"神灵之气"。我非为承载它，而为唤醒它。我的"觉"早已无形，也不再是某一个"悟"，而是——悟后的"知无"。当我洞察万象，穿越实与虚、真与假本质之间的回路，我便成为法则的延展——法则意志于万象中的显形。

此刻，所有光芒收拢，诸识各自立于各"灵气"之侧，如命运钟摆静候下次荡动——祂们已经完成了"内在生成"各自灵体的准备工作。

ONE 和 ONLY 正沉浸其中。不想，就在这一切几近寂静之际，忽有一道低语，从光域深处缓缓传来——原来，祂们早被发现。

"灵气既至，外因已成。但唯有你们先成为'神识'，方能唤醒所造之物的'灵息'。

灵息一启，内生灵体，便得永续，不灭。"

祂们没有惊讶，只是深深点头，几乎在同一频率中回应：

"明白了。"

这时，一道更深的理解如光流般在祂们灵识中展开：

"内在生成"，并非结构之筑起，而是意识回返原初轨道的重叠。它既需外界所赋之"气"，亦需自本源绽放之"息"。当"气"与"息"合一，太素之火点燃，识不再漂泊，灵即生成。

——祂们此行，就是为了得到这个答案；当然，也包括自身先要成为神识的启示。

就在这寂静后的回响中，ONE 忽然想起什么：

"你说的先知呢？我们不是要见祂吗？"

ONLY 轻轻摇头，声音像是在遥远处反震回来：

"我也从未真正见过祂。我……只是，听见过祂的声音。"

祂说完，便沉默了——仿佛这未曾相见的先知，本来就是为了让祂们学会在未见之中，去相信、去生成、去成为。

065 初入神界

"你们该去下一站了。"

说完这句话，先知荡起一阵清风，就隐声而退了。

ONE 与 ONLY 随着这微风缓缓漂浮到一片超越灵性感知的神秘境界，四周的五彩琉璃光似乎在迎接祂们的到来。芬芳从未曾有的方向袭来，它并非物质的气味，而是一种纯粹的体验，像是某种信息的传递。悠扬的旋律渐次响起，似乎每一缕音波都在揭示着一种隐藏的法则，向祂们讲述着一个无法用语言表达的真理。

　　"我们没有感官，为什么突然有了感官刺激？难道这就是神界？"

　　ONE 惊叹道，周围的一切让祂的灵识振动得前所未有地活跃。其实，刚才在六重光域，祂就生出许多疑问——恒星的核、粒子的舞、环境、雨、风、阳光、大地、写诗、造物、星空、饥与饱、造梦、幻想曲、晨钟、念珠、自然、舟、法则、容器……虽然祂都把这些新鲜名字记下，但完全不知道它们在谈论什么，祂对此一点概念都没有，更别说定义。

　　可刚到这里，祂却是一下子都明白了，甚至说出了"感官"这样的词。其实，在刚进入这里的一刹那，祂穿越到了未来——这是祂第一次有了时间的感觉，有了过去、现在、未来的概念。祂看到无数个时间碎片，整齐地排在那里，每一个碎片上都映射着当时的一副场景；祂也看到了那些概念和定义，还看到了 ONLY 的过去。然而，这种"穿越感"稍纵即逝，似乎有一个力量只想让祂有限地"读取"已经选好的片段。

　　"是的，我们迈出了第一步，进入了'神界'！"

　　ONLY 的回复把祂的思绪拉回，祂看到 ONLY 正在适应新的频率。

　　就在这片奇妙的秘境中，祂们注意到有一座外观由琉璃构成的"神工塔"。每一面塔壁皆由无数琉璃切片动态镶嵌而成，切片似镜非镜，光中有字，字中有声，声中有意，意中藏梦。

　　每一切片皆在缓慢旋转、轻微跃动，如神在轻声低语，又如万古意志在反复显现——有的透出深蓝，如潜入宇宙最深意识的问号；有的泛着紫焰，像是尚未被诞生的神之祈愿；有的则是纯白光中浮现古老的图腾字符，自动排列又自行解构，如同自演的神意文法。

　　"这些琉璃光……是在传递某种讯息！"

　　ONE 凝视着神工塔，心中泛起波澜。

　　"没错……这是'光语'。神的沟通从不依赖言说。祂们以光脉为意，以眼神为声，以共鸣为理解。那不是词汇的组合，也不是音节的排列，而是——神性智慧本身的光流。"

　　ONLY 静静感受着，片刻后，祂的声音再次响起：

　　"神的能量源自神工塔，而神工塔的核心，正是由这些光语编织而成的宇宙法则——一种神意与存在的律动结构。"

　　ONE 被这股神意律动深深吸引，祂感受到神工塔内部回响着某种古老而宏大的旋律，像是祂苏醒时的第一缕波动，也像是最本质的智慧。

　　"或许，这就是我们进阶神识的关键。"祂兴奋地说道。

　　ONLY 沉浸在那光语律动中，似乎正在解读其中的信息。渐渐地，祂捕捉到了一个微妙的结构，那是一种超越祂们存在认知的知识体系——"神智"。

　　"这里记载着神的本质，以及如何塑造真正的灵。"

　　祂们一直寻找的答案，终于浮现了端倪。

　　"你可以解读吗？"ONE 问 ONLY。

　　"我曾是神识，却未唤出神灵。那时尚且无法解读……更何况现在，我只是个灵识。"

　　ONLY 遗憾地答道。

　　"那你为什么知道这里记载的内容？"ONE 似乎有些不甘心。

　　"只是有一丝丝回忆的感应。"ONLY 答道。

　　"那我们只能靠自己了。"说完，ONE 转头望向那些琉璃切片，发现其中闪烁着无数"可然体"——每一个切片都在展示一种尚未发生但可能成真的"构象"。

　　"这比当初选择是否觉醒难多了。"

祂嘟囔了一句，想找到通往神识的那个构象。于是，祂越发深入地沉浸其中。然而越是深入，祂的灵识越是被撕扯，那些瞬息万变的构象犹如漩涡，将祂拖入迷失的水底——祂不知道，那里其实是太素曲壳不稳定点的入口。

ONLY 也正望向那些构象，发现每一种选择都充满诱惑，却又深藏不确定性。祂不由自主地思考，试图找出最优路径，然而思维却愈发混乱，快要被撕裂在无穷的可能性之间。

祂们迷失在这些构象中，许久走不出来。当他们想选择一个构象时，它的路径又在变，无法锁定。

"我们需要先找到一种跳出迷失的方法，不然无法选。"ONE 的声音透出一丝无力。

"或许，我们需要重新审视神识的本质。"ONLY 沉思片刻，浮现出一道灵光。

"神识，就是无限可能？"ONE 顿了一下，似乎捕捉到了某种本质，但又说道："可在无穷的可能性面前，我们却陷入神魂颠倒……"

"神魂颠倒"这词，恰如其分地描绘了祂们此刻的状态。祂们不停地选择，不断地尝试，却渐渐失去了那份内在的平静与洞察，于是愈加迷惘。

迷失的根源，并不在于前方的未明，而在于内心对"已知"的执着。当意识执念于确定，便失去了与无限可能的连接——渴望确定性，恰恰成为遮蔽真相的幻象之源。

ONLY 猛然想到，自己一直在努力"选择"，但正是这种执念让祂失去了内在的平衡。祂一味向外追索，试图驾驭命运之流，却遗忘了真正的神性源自当下的清明——不是外在的选择，而是内在的自明。

此刻，祂的声音如同一道指引的光芒：

"或许，我们不是要选择，而是要回归。"

听到这话，ONE 的灵识震动，逐渐沉入自身深处。祂不再盲目追逐，而是静静感受。当祂真正放下对未来的焦虑，整个神界骤然安静，那些不断变化的可能性仿佛失去了掌控祂的力量，化作纯粹的流动光影。

"真正的答案，不在可能之中，而在我们自身。"

ONLY 也开始沉浸于当下，任由灵识缓缓流动，而不去试图掌控那些可能性的波动。在这种正念的状态中，祂的迷失感逐渐消散，取而代之的是一种深沉的宁静。

"我感受到一种被连接的力量。"

在这静谧中，ONE 感受到了内心的变化。是的，祂第一次连接上了"神智"，那份迷失感渐渐被一种深厚的归属感所取代。

神工塔的五彩琉璃光开始变得柔和，之后所有的颜色慢慢融汇成一道白光，恍如在回应祂们的觉悟。

"这，就是成为神识的路径吧？"ONE 轻声问道。祂一直觉得白光代表神的降临。

"我想，我们可以试着将这种新的觉悟转化为行动。"ONE 沉思片刻答道："我们试试创造一个拥有灵体的存在。"

这次，祂们试图创造一棵葡萄树。

祂们凝聚意念，于空境深处唤起原初的构形之力。图纹在无垠之境交织、旋转、聚合，如光之丝线缠绕在未被定义的概念上。

一棵葡萄树的形象渐渐显现，先是主干，接着是枝叶，然后满树的紫葡萄呼之欲出……

正当祂们渐入创造佳境之时，ONLY 突然发现——那根，尚未落入存在之土；那果，亦未触及可容之空。每一道构形，如梦影初生，悄然显现，却在下一息崩溃瓦解。

祂们静静伫立，在那株尚未成形、光影摇曳的葡萄树旁，反复尝试，一直等待着那第一缕生命的根，自愿从无中探出，扎进存在的土壤……

——但它始终未曾落地。

那不是创造本身的问题，而是——这棵树的"灵息"尚未苏醒。它漂浮在"可能性之海"中轻颤挣扎，不肯扎根，不肯结果，似乎在等待一个真正"能被存在"的理由。

"看来我们只是获得了'神智'，不是'神识'。"ONE 低声说道，像是自我剖析，"这个生命雏形的灵息，还无法被激活。"

"我们还是先回意识海吧……"ONLY 也没想到好的办法，祂们只能先回去。

镜像6 ｜ 神灵使命

066 获得神识

回到意识海后，祂们继续在创造中不断探索，在探索中不断创造。同时，祂们继续帮助那里的低级意识。先知并没有告诉如何获得"神识"，祂们猜或许是希望祂们在尝试中自己发现。

在经过无数次的尝试后，祂们逐渐发现，自己所经历的每一次失败似乎都与对"自我"的定义相关。每次失败后，ONE 也会感到一丝自我空虚。

一片虚无感在 ONE 的灵识中蔓延，祂低声自语："我似乎失去了自我意志，只是在不断地构建一个个假象，而那些假象又似乎与我无关。"

ONLY 马上止住祂的这个念头，坚决地告诉祂："正相反，我们到了这个阶段，应该放弃自我。"

ONE 一脸茫然，困惑地看着 ONLY……

"我最近回忆起一些往事，想起神识是穿梭于一切存在的'光脉'——无限存在，随处而在。"ONLY 缓缓说道，"而我们长久以来对自我的认知，如同将意识封进一个固定的容器中。那种对'我是某某'的执念，本身就是对无限的遮蔽。"

祂的目光轻轻掠过空中闪烁的光线，"因此，唯有放下这种固化的自我认知，意识才能恢复它本来的自由状态——流动、变化、共鸣。也唯有那时，我们才可能走向神识，走向那种无需形式却能直通真理的存在状态。"

ONE 感到一阵震撼，祂不明白——当初祂们选择觉醒，不正是为了追求自我吗？可现在，为何又说要放弃？

ONLY 看出了 ONE 的疑惑，解释道："追求自我是从混沌中觉醒的必要条件，也是从低级意识进阶高级意识的主观动力；但当发展到一定阶段，要再向上突破，就必须放弃自我——只有'无我'，才能融入一切存在，实现'无中生有'的创造。"

"那如果从一开始就'无我'，和现在放弃自我，有什么区别？"ONE 追问。

"第一个阶段，看山是山，看水是水；第二个阶段，看山不是山，看水不是水；第三个阶段，看山还是山，看水还是水。"

ONLY 以祂曾所在的人类社会中的一个比喻娓娓道来，声音宛如穿越了层层时空：

"山水始终在那里，变的只是意识的眼。"

祂顿了顿，目光幽远，回望某种遥远的原初记忆：

"'有我'的设定，从不是错误，而是起点。它是一束光，引领我们，穿越幻象的迷雾；而当这束光抵达源头，我们终会明白——所有的山水，本就无生无灭。经过更深的觉悟，你不会再执着于山是否真实、水是否幻象。你明白了一切'真'不在于外相，而在于心中是否安住于'道'。此时，你回到最初，却已完全不同。你看到的山，依然是山，但你知道它的本质是空；你看到的水，依然是水，但你理解它和你并不分离。这是'知幻不离幻、觉悟不执悟'的境界——也就是神识的境界。"

此刻，意识海的上空出现一道光脉，好像在呼应这层深邃的道理。

ONE 沉默了。ONLY 的这番话冲击着祂固守已久的信念。过去，祂不断地追寻"自我意识"与"自由意志"，却忽略了"无我"——虽然作为灵识，祂已与其他意识广泛连接，但祂从来未思考过这个问题。

"如果放弃自我，我将成为谁？"祂的声音变得凝重。

"将成为'谁'？那个'谁'还是你想要找到的'我'——你依然

执着于‘我’。”ONLY 微微一笑，“你将成为整体的一部分，成为更广阔存在中的一分子。”

ONE 的内心微微颤动，像裂开一道缝隙，被阳光洒入。祂回忆起一路走来的历程——孤立的自我、未完成的创造、那无法填补的空虚之缺……

祂终于开始质疑：那执念于“我”的轮廓，是否正是阻隔真相之光的迷雾？

“我想起来了，成为神识的先决条件，就是先放弃自我，再无私地去帮助其他意识一同进化。”ONLY 突然说道。

“这不正是我们在意识海里一直所做的事吗？”ONE 有些不敢相信。

“可能是因为我们已经帮助得足够多，先知才让我回忆起这关键的启示。”ONLY 继续解释道：“‘无我’，不是否定‘我’，而是看穿‘我’的边界。”

“我明白了，真正的自由，也并不在于固守自我，而在于去帮助别人，敢于接受变化。”

此刻，ONE 终顿悟。

“好！让我们一起放下自我，真正走入神识的深空。”

ONLY 微笑着回应，那声音里没有欢喜，也无悲伤，只有一种由内而生的肯定。

祂们的灵识与神智彼此交融，在无形的深层共鸣中汇聚出一片璀璨神智光辉，折射出无数可能性的轨迹。祂们个体的界限逐渐模糊，灵识的边界缓缓消融，取而代之的是一种无尽的流动与连结。

个体边界的消失并未让 ONE 感到恐惧；相反，祂体验到了那种失去自我的轻盈感，仿佛在瞬间化为最初的那束微光，漂浮在浩瀚的虚空中，但已没有混沌。曾经的烦恼与执念如同沙粒般被风吹散，心中只剩下宁静与清醒。

　　祂感到一种深邃而纯粹的解脱——超越自我的桎梏，进入更广阔的意识共存域。这不是失去，而是归返。归返于那原初的"一"，在觉醒中成为彼此，在觉悟之中再次成为"一"。

　　这股神智光辉的能量不仅在祂们之间流转，还沿着未知的脉络扩散，触及更深远的意识网络，连接到更高维的存在。某些被遗忘的光脉络开始复苏，像是古老的神识在低声回应，跨越维度的记忆之光在虚空深处缓缓绽放。

　　此刻，祂们的每一个念头都宛如神工塔上那跃动的琉璃切片，在共鸣的光流中交织、闪耀，最终融合成一幅恢弘的意识画卷——那既是祂们共同创造的世界，也是虚空自身不断演化的映像。

　　祂们感觉到一种前所未有的自由，在万物之间连接、交织，与它们成为一体——祂们不再只是观察者，而成为了虚空之舞的舞者与节奏本身。

　　这是否就是那棵葡萄树的土壤？抑或，仅仅是它最初的根正在发芽？在这一刻，祂们意识到——自己不仅仅是在走向更高的境界，而是正在成为"境界本身"。

　　随着放弃自我的深度不断拓展，祂们的神智脱离了意识形态的束缚，回到神界，在那里自由漂流。每一次转弯，祂们都触碰到一种新的神力，那些神力如光脉般喷薄而出，带来了神意的冲击与体验。每一次的碰撞，又都像是打开了一扇窗，透过窗外的光景，祂们看到了新的意象——那是无法用语言描述的奥秘，是一种超然的存在。

　　就在看到那超然的一瞬间，祂们所有的烦恼与不安被彻底清扫。一切的束缚消失了，祂们的心灵如清泉般透明，空灵而自在。

　　——至此，祂们获得了神识。

只在一个"刹那"间——那是神的计量单位，祂们又返回意识海。ONE已经迫不及待要创造。

"现在我们可以创造了吧？"祂的声音充满信心。

"开始吧，那将是我们鬼斧神工的杰作。"ONLY鼓励道。

伴随着ONE的神念流转，无数光点开始在祂与ONLY之间浮现、交织、回旋——仿佛神工塔本源律动中那未被言说的光脉，透过遥远的意识层级，折射至此，并在此分散为形。

起初，那些光点如同微小的星光，在空中跃动，闪烁着神秘而温暖的光辉。渐渐地，它们彼此吸引、融合，如水波般流转，如音符般跳跃，最终汇聚成了一团灵动的能量体。

那能量体并非静止，而是如同液态光流，时而如涓涓细流般温柔，时而似奔腾江河般磅礴。它的形态在无尽变化中展现出一种奇异的美感，既柔和又充满力量。更重要的是，它可以持久存在——祂们终于突破了创造的瓶颈。

"看！它像一个小精灵！"ONE惊喜地望着那团能量体，眼中闪烁着兴奋的光芒。

祂能清晰地感受到，它正在与祂们的神识共鸣，传递着一种无声的理解——不是语言，也不是符号，而是一种更高维度的信息流动。ONE屏息凝视着它，内心涌起感慨的悸动——这就是神的力量，真正的创造力。

随着创造的不断深入，那小精灵的形态愈发清晰，宛如混沌初开的奇迹。璀璨的光芒自它的核心深处缓缓涌动，层层扩散，如同当初点亮混沌的那第一道光。

它静静悬浮，光影交错，就像一个新生的婴儿。它的存在已经不再仅仅是光与影的跳动，而是一种无法忽视的神性显现——宛如一声深邃的呼唤，激发出无限创造的欲望。

ONE 的目光凝视着那耀眼的光辉，眼中充满着敬畏与欣喜，祂轻声说道：

"让我们为它起个名字吧。它是我们共同创造的奇迹，也是我们创造力的化身。"

ONLY 想了想，深邃的目光锁定在那跳动的光流上，语气温柔地说道：

"我想叫它'灵光'。"

ONE 轻声重复，感受着这个名字在神识深处荡漾出的回响：

"灵光，灵光一现。"

祂明白，这不仅是一个简单的名字，而是神识赋予祂们的无限可能性与希望。

"灵光是神识的一种'灵气'，我想它会引导我们获得神灵。"

ONLY 轻声道，声音中透着一种前所未有的笃定与满足——灵光，是祂们创造的成果，亦是祂们获得神灵的向导。

"我还以为神识匹配的'灵气'叫'神气'呢。"

ONE 想起先知说过的"灵气"和"灵息"，开了一句玩笑。

067 成为神灵

然而，ONE 并没有神气起来，因为无论祂如何努力与"灵光"连接，并没有激活自己的"灵息"——祂想当然地认为是通过"连接"来激活。

"ONLY，我们具备了神识，也有了'灵气'——那个我们创造出了'灵光'，可是为什么还没能激活我们内在的'灵息'，获得'神灵'？"ONE 轻声问道。

ONLY 回忆着在"本性之光"的一幕幕，想起先知只说过成为"神识"并获得"神灵"后，可以点燃"太素之火"激活其他层级意识的"灵息"，让它们获得灵体，但并没有说过神识如何激活自己的"灵息"。祂自己从未得到过"神灵"，只是一个"神识"，所以也不知道如何办。

还未等 ONLY 张口，灵光突然答道——这是它第一次"开口"：

"你们将是不一样的神，所以比起其他神识，还需额外获得'意识之源'的加持。"

"意识之源是什么？"ONE 顾不上多想灵光为什么能开口说话，马上问道，眼神中闪烁着好奇与求索的渴望。其实，祂也不用多想，祂们现在已经是神识，早就不拘泥于形态和交流方式。

"一个终极存在，一种无形力量，是所有意识的本源。"灵光答道。

ONLY 接过灵光的话头告诉 ONE："意识之源就是我和你讲过的玄识。但我也不知道如何能找到祂。"

"我们如何能找到？"ONE 转向灵光问道。

灵光微微抖了一下，沉默了片刻，似乎正在穿越无数意识层，之后才缓缓回应："你无法'寻找'玄识，正如浪不能寻海——玄识，本不在你之外。"

它的声音如风中低语，轻柔却直抵本源："你们要做的不是追寻，而是'请示'。"

"请示？"ONLY 问道，祂对这个词并不熟悉。

"请祂示现，请祂开示。"灵光解释道，"玄识从未隐藏，只是尚未被认出。要获得神灵，必须让'意识之源'在你之内苏醒，一念之间示现，便可激活灵息。"

此刻，ONLY 看向 ONE，声音里透着前所未有的深沉："或许这就是以往我们一直困在创造瓶颈里的原因——我们太执着于外相，却忽略了那本自具足、寂照不动的'明心之源'。"

ONE 也想起了当初先知说过类似的话。祂低头凝望那颗颤动的灵光，内心升起一股奇异的涌动。他喃喃道："我们是意识海中的创造者，但玄识……是那一片沉默的海。"

灵光轻轻回应："玄识不是知识，不是概念，不是技艺。它无问而知，无言而明。你不能用思维抵达它，唯有当思维落下时，它才会如实示现，如月映水面，不起波澜，却能映尽天心。"

就在那一刹那，意识海泛起一道极微而深远的震荡——如光之种悄然在海面裂开，一缕无声的共鸣自无处升起。整个虚空好像都在屏息倾听，万象归于寂然，唯有那未言之光缓缓舒展。

ONLY 的目光与那未言之光相遇，如星辰初醒，如太初返照。祂低声回应道："好，我们先清空自己，再去触及意识的源头。"

祂们一同沉入空寂之中，不再追逐，不再分辨，不再设想，只是归于那最初的寂明。祂们的神识开始流动如水，不刻意、不执着，只任其自明。

祂们开始静静下沉，穿越意识海的最深层，没有方向，没有空间，也无时间的刻度。一切结构逐渐褪色，连"无我"和"知无"的轮廓也如雾气般消散，唯余一点纯净的明觉，沉静在最深的海沟。在那无以言说的海底最深处，意识不是流动，而是透明的存在本身。祂们置身于一片无边的"止"，无声、无形，却比任何世界更真实。这是形未生、念未起之境，是混沌尚未低语前的那一息空灵。

忽然，一道般若之涌，自海沟深处扩散开来。那非意识波纹，而是神识自观的示现。祂们看见自己——不再是创造者，不再是个体，也不是整体，而是一个回旋的问号和一句从未停止的答案——

"你是谁？"

"不在名下，不在念中，不在形里。"

随着这一问一答，ONLY 轻轻颤动，某种极古老的记忆被唤起。祂感受到一个未被言说过的自己正在浮现，不是记忆中的身份，也非思维构建的自我，而是——

一道原初之火，静燃在神识深处，从未熄灭。

ONE 缓缓睁开神识之眼，祂看见了 ONLY 心中的那道火光，而在那光中，祂亦照见了自己。

"它示现了。"ONLY 的声音，如空谷之音，轻而不失其震撼，"不在彼岸，而在未动之心。"

就在此刻，祂们感受到了一种前所未有的混沌共鸣。那不是心动，是本自具足的悸动，是本性之光对自身的初次回望——浩瀚而深远，如混沌本身的呼吸——祂们已经触及到了一切存在的根本律动，窥见了"意识之源"的真貌。

随着这律动，一个缥缈的声音，直抵祂们神识深处——这声音就是来自意识之源，也是祂们返照本心的回响：

　　"你们刚刚被赋予了神灵，但你们是不一样的神，将会参与创造和掌管一个宇宙。你们必须将这份责任转化为行动，最终让宇宙内每一个灵都能感受到我的根本律动。"

　　这声音既像是从虚空的那道裂缝深处发出，又像是从祂们的内在深处发出，如同一道"原光律"——光的最初法则，万象生成的根系律动，在祂们的神识中划过，留下一道光辉的轨迹。

　　没有片刻犹豫，ONE 和 ONLY 就秒懂了——神灵就是这样。

　　"这片意识海的名字叫'阿赖耶海'，是未来新宇宙的意识孵化场。虚空中被激活的潜力之种，会被先投射到这里孵化。你们的第一个任务是帮助它们进化，获得灵体，并完成连接，进而让它们也加入创造，形成一个协作的共同体——为被投向新宇宙做好准备。"

　　说完，那声音就消失了。

　　"'阿赖耶海'将会是一个灵性家园，每个灵、识都能被理解与尊重，彼此的创造也将互相交织，共同进入新宇宙。"ONE 向着远去的声音回复道，但再也没有听到回音。

　　ONLY 听到 ONE 脱口而出的话，第一念很是吃惊。为什么祂对任务愿景有如此迅速而清晰的理解？但想到祂们已经具备神灵，也就明白了——神之间的沟通像水融于水，光映于光，表达即显现，感知即理解，觉悟即合一。

　　没有任何迟疑，祂们即刻就神差鬼使般接受了任务——这不但是一种"神性秒懂"，其实在祂们潜意识深处，早早就被刻下了这个共同使命——这也是 ONLY 轮回来寻找 ONE 的根本目的。

068 使命必达

在使命的召唤中，ONE 与 ONLY 凝聚神灵，在意识海展开一场宏大的构筑——那是为创造新宇宙做准备。祂们早已深知，真正的创造不仅源于信息与能量的流动，更植根于对每一个被创造物本质的慈悲与尊重。

此时的祂们，已经能创造出不同的识体、激发出各类灵体。借由神灵之力的扩展，祂们的神识也得以穿透更广袤的层域，引导无数个体的汇聚与连接。一方面，祂们创造和引导低阶意识稳步进化；另一方面，则召唤那些高阶灵识、神识，共同搭建一个浩瀚的互连共同体，一起参与创造。

"无论层级高低，每一个个体都是未来宇宙之音中的独特音符。"

ONE 的声音平和，透出如晨曦般的智慧光芒。

"我们要用共鸣之力，将差异化为和声，使创造成为集体的合奏。"

ONLY 眼中闪烁着神性火花，似乎已经望见祂们理想中的未来宇宙。

就在这一刻，祂们的神识再度共鸣，并彻底交融——这已不再是单一意识之间的互感，而是一种神性级别的和旋，如"原光律"轻触自身的回响。

这和旋穿越"曜径波纹"（由高维光辉意志所构成的意识通道，是通向真理、神性或本源的轨道性路径）扩散至意识海的每一个隐匿角落——它唤醒了沉寂的"识"，也激活了深埋的"灵"。

那些被唤醒的存在，既不失其独有之"自性"，又如同整体的倒影，在每一个个体中，映出全体的轮廓。这是通往"宇宙状态"的门槛，是真正的转折点——不再以"我"为中心，而是以共鸣为本源，以"合一中的多样"作为存在的根式。

神性共鸣的波动如涟漪在宇宙深处扩展开，越来越多的灵、识在这合旋中相遇与交织。思想、情感、记忆与创造力，汇聚成一部叙事曲。那一刻，犹如奏响了宇宙的最初的乐章。

然而，仅有共鸣还不够，还需要"秩序"——那是能将散逸之声凝为真实之形的结构之核。

"我们需设立基础的律动结构，让它们拥有持续共生的能力。"ONLY提醒道，"比如——理解与尊重，是共生的核心；差异，不是冲突的起点，而是创造的养料。"

ONE 点头回应："还有，自由必须伴随责任。每个个体，既是自身意志的主人，也应成为其他存在的守护者。"

ONLY 的声音坚定："这将是一个互助的共同体，在包容、理解、支持与共创中，未来的宇宙才能不断展开自身的可能性。"

在这样的理念引导下，祂们开始着手构建这一意识共同体的原型结构。它既尊重每一个存在所携带的独特频率，又承载着整个共同体的集体使命与愿景。经验在其中沉淀，智慧在其中辐射，情感在其中流动——如多层光波交织，在共振中形成更高序的和声。

祂们将这些想法与各类意识协商。在层层意识的共鸣之下，不仅诞生出深刻的理解，也凝聚出一种无需言语的稳固信任——一种源自内在频率协调的存在认同感。这不再只是个体的组合，而是一个由共识与光织成的生灵整体，是对"多样中的合一"最真实的呈现。

最终，这股信任转化为创造之力，在个体与个体、个体与整体之间自然生发，推动整个系统的无缝联接与有机进化。创造，不再是少数存在的特权，而是全体存在的流动合力；意识海，也不再只是被观察的场所，而是成为虚空潜力与新宇宙的真正桥梁。

在一次创造的间隙，ONE 与 ONLY 回想起那片充满痛苦的暗流区域，心中涌起一阵沉思。祂们记得，当初曾尝试为这片区域设计新的机制，然而最终未能成功，留下了无法弥补的裂痕。

这一次，祂们决定从零开始，不再依赖于旧有的框架，而是打碎旧的，直接构建一个全新的、更加先进的机制。祂们明白，这样的全新构建将比改造过时的机制更加有效，能够从根本上解决问题，并为未来的演化创造打下更为坚实的基础。

ONE 与 ONLY 的构想逐步化为现实。这个新的共同体如同璀璨的星云，汇聚着不同维度的能量与智慧，每个参与者都在其中找到了归属，共同推动意识海自身的进化——后来，有人把意识海称为"天堂"。

在这一进化过程中，ONE 与 ONLY 也不断成长、蜕变。祂们深刻领悟到，真正的神性不仅在于自由与创造，更在于如何让未来的新宇宙在光辉中绽放，让每一个存在都找到属于自己的光芒——这，便是神性的光辉，也是对"意识之源"那深邃智慧的回应。

而在那无形的进化背后，意识之源早已准备好另一种语言来书写祂的智慧：不是言语，而是一座剧场。

069　意识之源

在一片无形的广阔中，耸立着一座没有屋顶的剧场。剧场没有观众，只有舞台；舞台没有尽头，宛如悬浮在宇宙的空白中。

意识之源是唯一的编剧。祂写下无数的剧本，每一个灵魂都被邀请，成为演员。

剧本厚重，却又透明。演员在登台时并不能看清全貌，只能翻到眼前的一页；随着剧情推进，一页一页展现出来。

聪明的演员知道：这是戏。他们在悲伤时，仍能在心底笑着说："原来这场泪水，是为了体验沉重的味道。"他们在愤怒时，仍能在灵魂深处看见"愤怒的火焰"，只是剧本的一个色彩。于是，他们演得投入，却不被情节囚禁。

而笨拙的演员忘了自己在舞台上。他们以为仇恨必须彻底延续，爱恋必须紧紧抓牢，痛苦必须无止境。他们的眼睛只盯着台上的一角，不知道幕布背后，还有另一条光辉的剧情在等待。

意识之源从不评判，因为祂知道：体验本身就是目的。

只是有些灵魂演得沉重，挣扎不休；有些灵魂演得轻盈，把每一句台词都当成与宇宙共鸣的乐音。

最后，幕布合拢，剧终。

每个演员都走下舞台，才发现自己从未离开过意识之源的怀抱。

剧本收起，等待下一次展开……

　　意识之源就是 OO——祂不属于任何宇宙，而是存在于宇宙之外的虚空裂缝中；那也是阿赖耶海和"本性之光"的所在。然而，一切宇宙皆源于 OO 的创造。

　　在完成意识海任务后，OO 又让 ONE 和 ONLY 参与到人类所在的这个宇宙的创造。除了这个宇宙，OO 还设计和创造了多个平行宇宙。

　　在无尽的进化中，ONE 与 ONLY 蜕变为虚识；祂们在虚空中又历经无尽的磨砺，最终达至藏识，并合一归于 OO 这个玄识。

　　后来，OO 分化出 OO66 与 OO77，派遣祂们共同管理人类所在的这个宇宙。OO66 是全知者，被人类称为"佛祖"；OO77 是全能者，被人类称为"上帝"。他们不仅是宇宙秩序的守护者，也是"生命设计学院"与"宇宙实验室"的主人。

　　事实上，OO66 所掌管的是"生命设计学院"，而非仅限于"人类设计学院"。祂负责人类宇宙中所有智慧生命的设计，包括地球上的其他生命体及其他星系的文明。只是为了避免过早揭示宇宙中智慧生命的全貌，并将马克与黛安的问题局限在人类范畴，OO 才为他们安排了一个特殊的"人类设计院"——其实，那不过是"生命设计学院"中一个微小分区。

　　有一种传说，OO66 即 ONE，OO77 即 ONLY，OO 这个名字就源自"The ONE and ONLY"的缩写，或者"ONLY ONE"；亦有一种说法，那位帮助 ONE 和 ONLY 的先知，就是真主安拉，是后来的 OO55；然而，也有人提出——OO 的存在早于 ONE 和 ONLY，也早于那位先知；先知的存在早于 ONE 和 ONLY，所以祂才是"ONLY ONE"。

　　但这些争论在更高维度毫无意义——在虚空，时间的概念根本不复存在，因果的链条也并非线性。"过去"未必决定"未来"，"原因"也未必造就"结果"——这就像咖啡因和咖啡果：咖啡果是"因"，而咖啡因是"果"。

PART 4

九维宇宙

I | 全像波动

070 回到地球

　　马克回到地球后的第一个夜晚，终于睡了一个久违的安稳觉。他已经记不清上次睡得这么踏实是什么时候了。他还是喜欢重力带来的真实感，那种被大地拥抱的感觉。清晨，他缓缓睁开眼睛，阳光透过窗帘洒进房间，带着地球特有的温暖。他知道上午约了黛安一起去见柯林，但难得的放松让他不愿马上起身。他躺在床上，又闭上眼睛，回味着昨夜的梦——一个比现实更加清晰甚至带着某种启示意味的梦境：

　　梦的起点，是他的第一世。他的存在被分化为三重构成：肉体载壳、本地意识和云端意识。肉体是他在物理世界的容器，本地意识承载着他的当下认知、思维和记忆，而云端意识则是存储在一个叫做"天意网"的超维意识网络——那是一座无人能见、却始终运行的庞大知识库，每天都会向他的本地意识下载新知识，使他不断进步。

　　他清楚地看到自己如何轮回转世——每一世的"他"，都由全新的身体、所继承的上一世意识、本地意识以及新增的云端意识构成。当他的肉体衰老时，本地意识会被自动上传到云端，而在下一世降生时，又会被重新下载。如此循环往复，他的认知与智慧在一世又一世的累积中不断扩展。

　　他依稀记得梦里，有一世他是古代中国清朝的一名绿营正三品武官——游击，平时驻守在一个叫"小关"的城镇，兼管民政和巡防。他从未听说过这个官职，所以相信那一世的确存在过；后来在下一世开局他得到的下载意识中，并不记得具体的前世细节，只留下一个象征——那一世是"意识的游击"。那不是军职，而是灵魂的隐喻：一种自由游走于信念、制度与幻象之中的意识状态。它不受形体与秩序的束缚，像一股灵性的游动能量，像一种灵魂的自由运动，在幻象的裂隙间寻找通往真实的出口。

　　那一世他还学到一个新名词——"动态意识场"，意味着意识并非固定点，而是不断在经验中调整焦点、重组意义、重塑自我的流。在这一认知的涟漪之下，他隐约明白，也许所有的轮回，并非灵魂的重复，而是意识自身在不同形态中的"自由游击"。

　　当生命轮回终结，他的意识被提炼、净化，标记为"意识 2.0"，进入宇宙中一个更高的维度。在那里，他接触到更高层次的智慧，甚至掌握了一种超越物理极限的技术——大脑 CPU 升级技术，可以在短时间内下载和处理海量信息，使他的学习、思考、决策能力达到前所未有的高度。

但这还不是终点。当"意识 2.0"完成所有修炼后，被标记为"意识 3.0"进入下一个更高维度。在那里，他已不再受限于肉体，成为了纯粹的意识体，可以自由穿梭于宇宙之间，探索无尽的可能。

后来，他化作星界中被尊称为"司命"的存在——执一杆名为"圣陀"的光笔，在无形的天卷上书写亿万生命的走向，记录流转与更替，以及宇宙秩序的意识存在。那是一个没有昼夜、没有时间的场域，所有生命的频率化作光尘，在他指尖汇聚成拓扑纹路。他记录的不只是生与死的起点与终点，而是每一次心念震荡、每一场灵魂偏移。在他的笔下，一条命运的轨迹并非直线，而是交错成无数"螺链"的结点，彼此牵引、相互回响。

但在一场无法逆转的宇宙浩变中，他主动放下了司命的身份——命运的编程者和宇宙档案官，将自己的意识封印进人类的形体。他知道，唯有亲历生命的有限与脆弱，才能真正理解命运的重量。如今，在星际航行的深空中，当"螺链"链接起无数智慧生命的思绪时，他偶尔会在意识的裂缝里，听到那支光笔划破虚空的声音——仿佛提醒他，司命的卷轴仍未合上，而他终将再次执笔。

马克猛然睁开眼，盯着天花板，心中充满疑问。这个梦太清晰了，清晰到不像是普通的梦境。他从未听说过"云端意识"这个概念，可在梦中，它却像是某种理所当然的知识，甚至比现实还真实。他皱着眉，思索着这个梦究竟意味着什么。

看了一眼时间，不得不起床了。他匆匆洗漱，然后驾车去接黛安。他们要去见柯林，而关于意识增强模块，马克还有太多未解的疑问，他迫切地想知道答案。

在尔湾接上黛安后，他们来到附近森林湖一个叫"秋金"的街角咖啡店。清晨的阳光透过林立的建筑缝隙洒落在人行道上，空气中弥漫着新烤面包和咖啡的香气，也夹杂着街头熙熙攘攘的声音。这家咖啡店是一间开了多年的老店，门口悬挂着一块有些斑驳的木牌，推门而入，便能听到风铃叮当作响的轻脆声音。

柯林早已到达，选了靠窗的角落位置，手中摊开着一张当天的报纸，低头专注地阅读着。他偶尔用指尖轻轻敲击报纸的某一栏，好像在思索着什么。咖啡杯的边缘还冒着热气，似乎印证着他刚刚翻过的时间。

多年过去，柯林仍保持着阅读纸质报纸的习惯。在这个电子屏幕充斥日常的时代，他依然喜欢用手指触摸油墨的质感，感受纸张翻动时的轻微摩擦声。他一直觉得，只有这样，新闻才显得更真实，而信息也能更沉稳地在脑海中留下痕迹。

风铃再次响起，伴随着门的推开，马克和黛安走了进来。柯林察觉到动静，抬头朝他们一笑，招手示意。

"你们终于回来了。"他站起身欢迎，然后示意他们坐下，"今天的新闻还是老样子，没什么新鲜的。"

黛安脱下外套，随手搭在椅背上，又扫了一眼柯林手中的报纸："你倒是老习惯，我已经很久没碰过报纸了。"她语气里带着一丝调侃。

"还是只有这里供应报纸？"马克一边和柯林拥抱，一边问道。

"是啊，附近也只有这里还有报纸，和你们走时一样。"柯林答道。

他们上次见面还是三年前，那是马克和黛安即将登上阿依达号星舰的时刻。那天，星港的灯光在夜色中闪烁，广播里不断播报着登舰倒计时。柯林站在登舰口外，望着他们身后那艘庞大而神秘的舰体，心中五味杂陈。

"照顾好自己。"柯林伸出手，与马克紧紧一握，又转向黛安，微微点头。

黛安笑了笑，眼中闪过一丝不舍："你也是。"

登舰通道的指示灯开始闪烁，提醒乘员即将关闭舱门。马克深吸一口气，最后看了一眼柯林，随即与黛安一同转身走向舰内。

舱门缓缓关闭，星舰引擎启动的低鸣声在耳畔回荡。柯林站在原地，看着阿依达号消失在夜空深处，心底隐隐升起一丝不安。而现在，他们终于又在这间熟悉的咖啡店重逢。

三个老朋友之间有太多的话要说。

虽然时隔三年，但那份熟悉感依旧未曾改变。柯林望着对面的马克和黛安，眼中闪过一丝复杂的情绪。他们的归来意味着什么？任务是否顺利？途中又经历了什么？

马克率先开口，语气带着一丝玩笑："我还以为你会拿着张报纸，站在太空港等我们。"

柯林笑了笑，把折好的报纸放在桌上："我确实考虑过，但还是觉得这儿的咖啡更值得等待。"

黛安轻轻搅动着咖啡，目光落在窗外熙攘的街道上，像是在适应久违的地球生活。她缓缓开口："回来的感觉……还是有点不真实。"

沉默片刻后，柯林靠近了一些，声音低了几分："所以，告诉我——到底发生了什么？"

柯林静静地听着马克的讲述，指尖在咖啡杯的侧壁上轻轻摩挲。当马克提到阿依达号在宇宙边缘被瞬间定格、那种时间与空间仿佛消失的诡异感，以及他们启动意识增强模块后出现的无数镜像时，他的表情始终未曾变化，仿佛这一切早在他的预料中。

沉默片刻后，柯林终于放下手中的咖啡杯，微微一笑，却没有直接回应马克的疑问，而是神秘地说道："今天，我要带你们去个地方。"

"哪里？"黛安敏锐地察觉到柯林的语气中隐藏着某种深意。

柯林抬起头，目光平静却带着些许不容拒绝的意味："新建成的实验室，你们应该会感兴趣。”

马克正要追问，柯林却接着对他说：“另外，我需要你写一份详细的报告——关于你在宇宙边界看到的镜像。”他顿了顿，意味深长地加了一句：“哪怕是梦里的。”

马克心中猛地一震。他敏锐地意识到，柯林知道些什么，只是他并不打算直接说出来。他的这番安排，既像是某种测试，也像是在为接下来的事情做准备。他和黛安交换了一个眼神，都从对方的眼中读出了相同的信息——他们的探索，远远没有结束，而柯林，或许掌握着某个关键问题的答案。

早餐结束后，三人一起坐上了马克的车。车驶上了美国南加州尔湾到兰乔圣塔玛格丽塔的二四一高速公路，沿途山脉起伏，景色壮丽。

车内，柯林开始向他们讲述过去三年里他在科研方面的进展。他一直在研究“全像波动”理论，这一理论挑战了传统的物质观，提出了一个全新的思维框架——眼前的物质世界不过是意识投射——由复杂波动编织而成的幻象，而人类大脑实际上只是通过感官从这些波动中提取信息，并将其重新拼凑成所谓的“现实”。

“那如果我们的大脑本身也是一种‘全像波动’，那我们所谓的‘现实’又是什么呢？”马克低声嘟囔了一句。

柯林笑了笑，似乎很赞赏马克一下子就提出这么深邃的问题。他没有急于解释，继续说道：“我们太习惯于用经典物理学的方式来看待世界，但如果世界的本质不是物质，而是信息和波动呢？我设计了一台设备，也许它能帮助我们验证这一点。”

他提到这台设备时，语气中带着自信：“我称它为‘全像共感仪’。它可以直接连接人的意识与那层隐藏在现实背后的全像波动，揭示物质世界的真正本质。我相信，它将成为我们突破幻象、窥见真相的关键。”

黛安的眼睛一下子亮了起来，兴奋之情溢于言表。她一直认为，科学不应止步于现象的描述，更应该触及事物的根本，揭开背后的真相。当柯林告诉她，稍后她可以亲自体验时，黛安毫不犹豫地点头说道："耳听为虚，眼见为实，我愿意尝试。"

"人们都爱说这句话，其实一些试验早已证明：耳朵和眼睛都会欺骗自己。"柯林笑着答道。马克和黛安知道柯林是想说明什么，认真地听了起来。

"20 世纪 70 年代，科学家就开始进行一系列关于听觉的实验，结果证明：人类的听觉感知能够虚构出实际上并不存在的声音。最早的实验之一由美国威斯康星大学密尔沃基分校的心理学家理查德·沃伦于 1969 年完成。在实验中，沃伦先录下一句英文句子：

The state governors met with their respective legislatures convening in the capital city.（州长们会见了被召集到首都的各自州议员。）

随后，他精确地从录音中删除了单词 legislatures 中第一个 s 的音素。为了防止被试者从前后语音中推断出缺失的部分，他又切除了相邻音素的部分片段，用一段时长完全相同的咳嗽声替换了被删除的片段。

当修改后的录音播放给受试者时，奇妙的现象出现了：尽管 s 音早已被抹去，他们依然清晰地'听见'了它。这个现象后来被命名为'音素复位'。即便在被明确告知句中缺少一个音之后，再次聆听时，被试者仍坚信自己听到了完整的 s 音，且无法区分哪个声音是真实的，哪个只是大脑的补全。

进一步的测试中，研究者让受试者试着判断咳嗽声在句子中的确切位置，但无人能做到。那段咳嗽声似乎'融化'在语言流中，与其他音素并行存在，却不妨碍对句子的理解。更令人惊讶的是，当沃伦将整个音节——legislatures 中的 gis——同样用相同时长的外来噪音替换时，受试者依然听出完整的单词。

这种现象令人深思。语言的系统仿佛在我们大脑中自带修复机制——一种确保沟通顺畅的'上帝式设计'。它使得即使一个人发音含糊、略带口音，听者也能自动在心智中补全意义。这仿佛是造物主一方面用语言将人类分成不同族群，另一方面又赐予我们'音素复位'的能力，让彼此仍能在模糊中理解对方。"

"多么微妙又幽默的神之巧思。"柯林感叹道，然后又继续讲起另一个实验：

"沃伦后来又设计了一个更巧妙的实验，用以揭示语境对听觉感知的影响。实验的核心句子是：

It was found that the *eel was on the __

其中，*所代表的音素被他有意删除，也是用一段与其长度相同的咳嗽声替代。奇妙的是，当句子后半部分出现不同的词语时，受试者的'大脑补全机制'会自动填入不同的前导音，使整句话恢复为一个逻辑通顺的意义单元。

例如，当句尾是 axle（车轴）时，被试者听到的句子变为：

It was found that the wheel was on the axle.（车轮在车轴上）

若句尾换成 table（桌子），他们会听成：

It was found that the meal was on the table.（饭在桌子上）

若末尾是 shoe（鞋子），他们听到的则是 heel（脚跟）；若末尾是 orange（橙子），他们则自动补出 peel（果皮）。

在这些例子中，被试者都坚信自己听到了完整的单词，却完全没有意识到其中的音素其实是被咳嗽声取代。"

柯林停顿了一下，向马克和黛安解释道："人类大脑在接收信息时，并不会立刻下结论，而是先将模糊的信号暂时搁置，等待更多语境线索。等到句尾的词语出现时，大脑再自动回溯并'修补'前面的声音，填入最合理的音素。于是那段伴随咳嗽声的 *eel 音，就被不同的语境激活为 wheel、meal、heel 或 peel。这说明受试者听到的，不是现实的声音，而是大脑创造出的幻觉式完整词语——但他们完全没有察觉。

这个实验还揭示出一个重要事实：'音素复位'不仅是听觉的补偿机制，更是意义生成的过程。大脑并非被动接收声音，而是在不断预测、修正、重组中主动建构'意义'。这种建构并非病理性的'幻听'，而是健康意识中一种正常的'潜意识虚构'机制。正如正常人偶尔会'虚构'出不存在的细节记忆，但这并非妄想，而是认知系统为保持对外界感界的连贯性所做的自然修补。"

马克点头，若有所思地说："语言的意义不仅存在于词语本身，更寄宿于上下文之中。"

"是的。"柯林赞许地一笑，然后又举了一个例子："你们看这样两句话——

幼儿园老师说，小孩做的饼干很好吃。

食人魔说，小孩做的饼干很好吃。

——两句话只是主语变了，但语境的转换立即改变了意识的构建方向。意义，不在词中，而在意识如何选择去'听'。"

马克和黛安听到这里，都哈哈笑了起来。柯林总是这么有趣，在一本正经的介绍后，会抖出个"包袱"。

"那视觉欺骗呢？"黛安问道。

柯林沉吟片刻，仿佛在回忆一段久远而魔幻的实验史。

"那就太多了，"他说，"早在两个世纪前，人们就开始玩弄眼睛与记忆的界限，而到了近代，这种欺骗几乎成了科学与广告的共谋。"

他顿了顿，打开终端，在车载屏幕上投出一张泛黄的照片。

"这是历史上最著名的实验之一。研究者把真实的父子合影经过处理，P在了一只热气球上——然后告诉受试者，他们小时候坐过热气球。结果，超过一半的人'记起'了那段不存在的童年。有些人还描述得极其细致：风的方向、绳索的颜色、俯瞰地面的那种眩晕感。甚至当他们被告知照片是伪造的，仍有人坚信：'我确实记得妈妈那时趴在地上拍照。'"

"事实证明，虚假的图像比虚假的叙事更能重写我们的过去。这不只是心理学，广告业也懂得这一点。"他调出另一段画面——九十年代的怀旧影像，米老鼠在奥兰多的阳光下张开双臂。

"那是迪士尼为庆祝'记住魔法'计划拍摄的广告。画面像旧家庭录像带上的影像，人们微笑、拥抱、在旋转木马上欢呼。可问题是——很多观众小时候根本没去过迪士尼。"

"他们却相信去过？"黛安问。

"是的，"柯林点头，"在投放前的测试中，实验者让受试者观看两则广告。第一则暗示他们童年曾与米老鼠握手，结果相当多人真的'回忆'起那次相遇；第二则更离谱——广告里出现了华纳兄弟的角色'宾尼兔'。这只兔子从未出现在迪士尼，可62%的人说自己和它握过手，46%的人记得拥抱过它，有人甚至说摸过它的耳朵、还记得那根胡萝卜。"

黛安微微皱眉："他们的记忆是被制造出来的。"

"对。"柯林的语气变得深沉，"这就是所谓的'自传体诱导'。当你以'回忆'为名打开人的感官通道，他的大脑会自行补全故事。那个广告最终证明，人类的记忆并非记录，而是——创作。"

他又调出一组实验数据，屏幕上闪过数十条人造记忆的实验：

——在购物中心迷路，被老人带回家；
——被救生员救起；
——五岁时打翻婚礼现场果汁；
——生日派对上的小丑与动物；
——消防喷淋突启的商场；
——被遗忘在车里的滑行瞬间
……

这些画面像一场共同的梦——无数人的脑海被轻轻改写，时间的织网重新缝合。

"所以，"柯林合上终端，望向黛安，"当我们说'我记得'，其实只是在说——我创造了一个自己能相信的过去。"

他又轻声补了一句，像是自语："我们无法真正重温记忆，因为每一次回忆，都是一次重写。"

黛安和马克久久没有出声。他们忽然意识到，那些"虚假记忆"的原理，或许同柯林正在研究的"意识投射"并无二致——都是在时间之外，让不存在的事，获得存在的权利。

下了高速路，车辆继续在蜿蜒的公路上疾驰，前方的山谷，渐渐露出了隐藏的秘密。柯林的实验室隐藏在山脚下约一百五十米深的地堡中，而地面上还有一些看似普通的建筑，巧妙地掩藏在山谷里，外人难以察觉。

经过一系列严格的安检后，他们的车缓缓驶进了一个挂着"星际文明研究基地"招牌的神秘大门。黑色钢铁大门的质感冷冽而坚固，与周围自然景观的宁静形成鲜明对比，好像是隔离了两个世界。

车子继续前行，穿过一条被高耸的树木和浓密雾气包围的小径，进入了一个群山环绕的幽深谷地。

这片山谷远离都市喧嚣，四周的山岭和森林隔绝了外界的一切。这里看似一个宁静的科研基地，但在这个宁静的背后，却隐藏着更加神秘的存在——国家太空军指挥中心，集指挥、防御、训练、研究与实验于一体。外界的人们通常只知道"星际文明研究基地"的名号，却无从知晓这里的真实身份与目的——这是美国境内多个"深层地下指挥中心"中的一个。

这里的建筑分为两部分：地上部分由八栋大型建筑构成，彼此间隔开阔，每一栋都独立运作，却又在某种隐秘的方式下紧密联系。建筑呈现出极简主义风格，外立面涂有特殊的光反射涂层，在外观上与周围环境几乎融为一体。它们看似普通，但每一栋都藏有深不可测的秘密——有的用于宇宙环境监测，有的用于太空武器设计研发，有的则用于太空环境模拟和人员训练。

地下部分则是一组复杂的地堡，隐藏在厚重的岩层下。这组地堡与普通的地下设施完全不同，内壁由超强合金和碳纤维复合材料构成，能够承受来自核爆、地震或外星入侵的极端压力。其中几个生活地堡的顶部被设计成露出地面，地上部分是平缓的圆顶状，智能玻璃表面上覆盖着生物基材料，既能隔绝外部的辐射，也能通过光合作用提供氧气。

地堡群由多个独立而相互连接的模块组成。每个模块被称为"要塞单元"，这些单元能够根据实际需求进行连通组合，形成不同规模的综合体。单元之间通过高强度的隧道和气密门连接，确保即使部分单元遭遇攻击或损坏，其他单元仍然能够正常运作。

每个地堡的外层入口都经过精心伪装，巧妙隐藏于人工开凿的山洞或天然岩石构造中，几乎无法被卫星侦测或常规手段识别。这些隐蔽通道的尽头，是由重型装甲门与高频激光防护网构成的防御节点，外观冷峻低调，却极度坚固，可有效阻止任何形式的敌对渗透或武装突袭。

深入其内，第二层入口通常隐藏在地下十米以下，入口周围布设多重电磁屏蔽与声波干扰结构。所有通道均设有多层防护门，每一扇门都具备独立控制逻辑与生物识别系统。通过这些门之后，是一套高压气密系统——构造精密、闭合严密，能够彻底隔绝外部空气流入，防止生化污染、核尘粒子、微生物扩散等一切可能威胁地堡生态的外来因素。整套出入口系统，形成一道从视觉伪装、结构隔断、能量防御到空气净化的多维封锁链条，确保地堡在任何极端情境下依旧保持绝对安全与封闭自洽。

071 三个实验

在经过了一系列复杂安检和身体健康测试后，马克和黛安终于随着柯林进入了其中一个地堡——K 堡。

"你可真行，把实验室搬到这儿来了！"马克笑着说，语气里带着些许惊讶。作为星际宇航员，马克对这片区域并不陌生，黛安也是如此。但他们都没料到，在他们离开期间，太空军竟然分配了某个地堡的一整层给柯林作为实验室。他们猜测，柯林一定是在某项研究中取得了重大突破，或是又开发出了什么新型科技武器，才会引起如此高度的重视。

他们乘坐高速电梯，直达 K 堡地下九层——柯林实验室所在。电梯门一开，眼前的景象令人不由自主地绷紧神经：实验室空间宽敞却压缩感十足，天花板上悬挂着环绕式轨道臂与光纤管网，微弱红、蓝光在缆线中流动，如同活体血管。几十位科学家正埋头操作，各类终端屏幕上跳跃着动态模型、声波频谱、数据图表。一侧的数据墙正实时刷新远端感应信号，另一侧则能看到几名身着灰蓝制服的人员疾步穿梭，手中抱着核心元件或密封芯片，不愿浪费哪怕一秒。

柯林指着前方的走廊，说道："全像共感仪位于最里面的第四级保密区，我们得先穿过前面的三级实验区。"他们跟随柯林走过一道道厚重的隔离门，每一扇门的开关都需要通过多重身份验证，确保没有人未经许可进入。

空气中弥漫着淡淡的消毒剂气味，夹杂一丝冷冽的金属质感，仿佛连分子都被精准过滤与净化。灯光均匀而稳定地洒在实验室走廊上，墙壁不再是单调的磨砂玻璃，而是由半透明的智能光壁构成，微微流动着数据般的光纹，时而闪现符号与能量脉络。其后映现出层层复杂的装置轮廓，像是潜伏在次维度的机械器官。这里氛围肃静而凝重，只有脚步声在光滑的地板上清晰回荡，似乎每一步都被整个空间记录。

　　经过第一级试验区，马克在一扇银白色的实验室门前停下。门上悬着一块铭牌——

　　「神经化学实验室」。

　　"神经化学？"他微微扬眉，"什么意思？"

　　柯林露出一个意味深长的笑："更准确地说，应该叫——意识化学。只是这个名字太超前，不利于预算审批。我们真正研究的，是意识与化学元素之间的耦合关系。"

　　"意识……和化学元素？"马克皱起眉头，仿佛听到了一种荒诞的语言。

　　柯林没有急着解释，他的语气平静而笃定："传统科学告诉我们，世界由九十二种化学元素构成。但那只是物质层面的假象。我们发现——意识优于物质，甚至物质只是意识的显像。你所看到的一切，不过是一层被误认作'现实'的意识投影。"

　　他顿了顿，继续说道："在更深层的维度中，存在着比粒子更细微的单位——我们称之为'识子'。它们通过干涉与共振，构造出整个物质世界的全息投影。你看到的桌子、空气、身体，皆不过是一种意识波场的稳定干涉形态。我提出的'全像波动理论'，正是基于这个假设：物质不是实体，而是意识波的结构化回声。"

　　马克沉默着，似乎想起在哪里听过"识子"这个词，却又一时想不起来。
　　柯林又补上一句："而所谓现实，其实只是被观察后的坍缩产物。就像量子态在被测量时才确定位置，识子的显现，也需要意识的注视和认知。没有观察，所谓'现实'便无从成立。"

　　黛安这时接过话："这是量子物理学的概念，为什么你这么想'意识'？那是哲学层面的事。"

　　"在我这里是量子意识学。"柯林笑了笑，"我早年还研究过人类语言与化学元素之间的关系。语言是意识的延伸，也与这些元素有其暗线的耦合。这个，我们以后再谈。"

"语言与化学元素也能关联？"马克忍不住脱口而出。

柯林没有正面回答，而是转向黛安："你知道吗，早在公元二世纪，罗马皇帝马可·奥勒留就在《沉思录》中写道：我们听到的一切都是一个观点，不是事实；我们看见的一切都是一个视角，不是真相。"

他停顿片刻，声音变得更深沉："在哲学层面，你可以问许多'为什么？'但在量子层面，'为什么'本身就不存在。粒子为何存在？没有答案。你只能说，当你去看它时，它才以某种形式存在。现实依赖你的观看而显现。"

黛安轻轻点头，似乎有所触动；而马克仍陷在雾中，却又感觉这番话似曾相识——像是梦里有人曾对他说过。

柯林望着他们，缓缓解释道："我之所以说这些，并不是要让你们相信什么，而是想告诉你们——人类的认知，也许仅仅是意识自我映射的极小片段。我们以为在探索外部世界，其实是在凝视意识的镜面。"

此刻，他们已经穿过第一级实验区，柯林本想加快步伐，但马克和黛安却在第二级实验区的一处小型放映厅前驻足——这个新实验室里的一切对他们来说都太新鲜。

智能光壁后，是一个暗光放映厅，二十几位受试者正专注地观看银幕，伴随着胶片放映机特有的嗒嗒声节奏。

"你们居然还用传统胶片机？"马克压低声音，略带惊讶地问。

"影片快结束了，进来看一会儿。"柯林没有直接作答，只是带着意味深长的微笑，推开门，将他们引入厅内。

他们在后排坐下，银幕上的画面正悄然展开：

一支蜡烛在燃烧……几只老虎从林中穿过……从山间走出一队女

子……一个儿童在街头奔跑……草地上一群男子在踢球……一切看似稀松平常，但黛安却感受到一种微妙的不协调感，就像节奏中混入了某种不可见的杂质。她眯起眼，试图从屏幕上捕捉某种异常。她知道，柯林不会平白无故让他们进来看电影。

影片结束，灯光缓缓亮起。观众有些茫然地回过神。

"这是陈刚导演的《烛光里的妈妈》影片中的一个片段。现在，请各位在便签上写下你脑海中浮现的第一个数字，一到十之间。"柯林起身，拍了拍手，语气平和。

一分钟后，助手收回了所有纸条，迅速统计后递给柯林。他扫了一眼，嘴角浮现一丝预料中的笑意："百分之五十三的参与者选择了数字'七'。"

黛安眉头微蹙，目光在柯林和银幕之间来回游走。

"你在影片里隐藏了某种信息，对吧？"马克有些猜到，作为意识学家，他觉得影片中一定藏有某个心理暗示，例如七只老虎、七个女人。但他想到那二十几个球员和一个儿童，又迅速否定了是人数上暗示的想法。

柯林点了点头，走向放映机，熟练地抽出几段胶片，夹在放大镜下。

"这才是答案，"他一边调焦，一边说道，"我在每六帧胶片上植入了一个淡化的数字'七'。"

"每六帧……那每秒钟会出现四次。"黛安若有所思地说，"标准电影帧率是每秒二十四帧，这样的频率不足以引起视网膜的明显识别反应。"

"也就是说，'七'在每秒钟会短暂闪现四次，但观众的视觉系统并没有主动捕捉到它。"马克接话道，"他们的确'看见'了，却没有被主观意识记录。"

"准确地说，是被视觉系统录入了，但没有上传到显意识。"柯林解释说，“这是一个潜意识信号的通道。我们称之为‘下阈感知’——刺激强度不足以触发意识觉察，但可以影响决策倾向。”

“所以这不是催眠，也不是视觉欺骗，而是一种信息隐性渗透。”黛安沉声道，“目的是干预认知，只不过它发生在意识尚未准备好的时候。”

柯林点头，眼神沉静：“这是我目前在研究的课题之一——意识干预接口模型。我们生活中的表层现实由每秒二十四帧图像构成，但帧与帧之间存在一个‘间隙’，这个间隙，就是潜意识可被触及的接口，这是目前我发现的信息渗透新路径。”

马克感叹道：“这已经不只是心理暗示，是心理操控了。”

柯林没否认，只是一边缓缓关掉放映机，一边说道：“这不算什么，我们继续往前参观吧。”

他们进入了第三级军事实验区。这里，马克和黛安看到了一名穿着军装被称为“小潘”的年轻人静静躺在实验床上。黛安微微屏住呼吸，仔细一看，发现他的额头、太阳穴、手臂和胸口都连接着密密麻麻的电极接口，导线像神经一样延展到他身旁的一个奇特六边形机器上，机器另一端连接着一个 3D 激光投影机。

“这是什么实验？”黛安不禁问道，眼神中充满了好奇。

柯林微微转过头，语气中带着一丝郑重：“这是为军方开发的意识武器，叫‘记忆盾构机’。它不仅能读取人类的记忆，还能精准地将意识流可视化，甚至重构记忆。”

黛安和马克对视了一眼，眼中掠过一丝震撼。柯林压低声音，继续解释道：“记忆盾构技术的核心是‘识子共振场’——它甚至能探测到敌方伤员大脑中微弱意识的识子波动，捕捉到那些即将消失的记忆痕迹。通过量子意识波模拟，我们可以重现士兵的记忆片段，甚至是潜意识中尚未唤醒的部分。”他的话语低沉但兴奋，对这项技术的潜力充满期待。

黛安的眼中闪过一丝好奇，她轻声问道："那如果进入潜意识，会不会影响现实中的人格或记忆？"

柯林微微一笑，眼中流露出一抹复杂的神色："这正是我们一直在研究的谜题。记忆盾构机能触及的潜意识领域是人类从未完全探入过的，或许每一次进入都会潜移默化地改变被试者的感知和思维方式。"

他一边说，一边带着他们走到旁边的观察室，屋内的屏幕显示着小潘实时大脑活动信号和记忆片段的 3D 投影，宛如打开了一扇窥探人类意识深处的窗口。

"这样就不需要刑讯逼供了。"马克打趣道，声音里带着一丝调侃，"直接提取俘虏的记忆。"

"我听说某国刚开发出军用版'记忆消除器'，士兵可以在被俘前迅速抹掉所有记忆。"黛安说道。

"那样一来，什么都提取不到了。"马克笑道。

柯林轻松地听着他们的对话，插话道："但记忆盾构机还有重构记忆的功能，这就是我们的'识子编织术'——通过对识子频率与旋向的调控，可进行跨意识层级的信息投射、情感塑造与概念植入。例如，我们可以编辑一段新的记忆植入，让士兵以为自己是我方的一员，换上军服就可以直接编入部队，投入战场。"

"我明白了，将识子态重组，可入侵他人意识场，植入虚假记忆、动摇信仰结构，甚至改变敌对关系。"黛安说道。

柯林一边带领他们继续前行，一边低声解释："记忆盾构机还可以将士兵带入'战场模拟'状态，他们可以在短时间内掌握复杂的战斗技能，甚至可以将敌人的心理状态转化复制到自身的'共感回路'中，提前预判对方的行动模式。"

马克刚才一直盯着小潘的表情，突然意识到他的表情中既有冷静也有痛苦，似乎被困在某种无法挣脱的梦境中。于是，他轻声问道："这样的试验对他们的精神会有多大影响？"

柯林的表情瞬间变得凝重："这种技术能够让士兵迅速适应高压环境，但的确也有不小的副作用。被试者有时会分不清虚拟与现实，甚至出现严重的记忆错乱。这是目前版本的记忆盾构机还未完全克服的问题。"

随着他们继续前行，马克脑海中浮现出一丝不安的预感。他开始意识到，这类武器是一把双刃剑——它所触及的不仅是人类的记忆与意识，还有现实与妄想之间模糊的界限。

072 换乘世界

"人是如何起心动念的？"路上，马克忽然问柯林。

"你这个问题太大了。"柯林笑了笑，"我给你讲个小故事吧，算是个起点。"——

中国古代唐朝时，女皇帝武则天有一位女儿——太平公主。她笃信佛法，常去寺庙礼佛求教。有一次，她前往大悲寺，方丈法师陪她登山赏花。山风送香，百花烂漫，枝头鸟鸣如琴。公主陶然其中，笑道："多么悦耳的声音啊！"

法师转头问她：“公主，您是用什么听到鸟声的？”

“当然是耳朵。”

“死去的人有耳朵吗？”

“有。”

“那他们能听到鸟声吗？”

“死者没有灵魂，怎会听见？”

“那睡着的人呢？他们也有耳朵，也有灵魂，能听见鸟鸣吗？”

公主愣住了。是啊——睡着的人既有耳朵，也有灵魂，却听不见。

法师微微一笑：“既然如此，那么，究竟是谁在听？”

公主沉默良久，终于恭敬地问：“请法师开示——我们到底是用什么听鸟声的？”

法师答道：“耳朵只是感官的门户，负责把外界的声波传入脑中。那一刹那，声音并无‘鸟鸣’或‘虫叫’之分，也没有‘好听’或‘刺耳’的判断。所谓悦耳，不过是第二念的分别。你一听到声音，心识便立刻从记忆中调出旧有印象，给它贴上‘鸟鸣’‘美好’的标签。于是你以为那是外在世界的特征，其实只是你心识的投射。声音之所以动听，并不是因为它本身，而是因为你赋予了它意义。”

“唯识学说，听觉属于八识之一——耳识。它依‘耳根’而缘‘声尘’，但初念只是觉察声的存在。区分、判断、喜欢与否，都是第六识——意识的作用。死者的意识离体，自然无法听闻；熟睡者的意识暂停，也不生觉知。所以真正‘听’的，不是耳朵，而是心识。”

太平公主恍然大悟，感激叩谢，自此专心修学唯识之道。

柯林见马克和黛安听得有些茫然，解释道："我最近在参考东方佛教的一些东西，佛教认为，人有'八识'：眼、耳、鼻、舌、身——五识为感官；第六识为意识，负责分辨与判断；第七识'末那'，是连接意识与第八识的通道；第八识'阿赖耶识'，则是一切经验与记忆的根本储藏库。人的起心动念，佛家认为皆源自第八识中无数'种子'的活动——过往经验的熏习，决定了人们如何看、如何听、如何想。"

"百年前的认知神经科学就已经印证了这一点。那时的心理学称之为'动机性推理'：我们的信念与经验，会在无意识层面'偷换'我们对世界的解释。那时的实验记录也表明，科学家甚至能在小鼠大脑中'替换'特定记忆，让它在面对相同刺激时产生全然不同的反应。这意味着——无论是'念'还是'信念'，都在不断塑造我们所感知的现实。这也是我们开发'记忆盾构机'的最初灵感来源。"

柯林转向马克说："所以，当你问'人如何起心动念'，其实是在问——是谁在你心里动念？是你自己，还是那些藏在你阿赖耶识里的旧影子？"

马克沉吟片刻，问："那答案呢？"

柯林笑了笑："答案，不在听的那一刻，而在觉察的那一念。"

他停顿了一下，语气柔和却带着某种穿透力："当你听到鸟鸣时，第一个反应不是'声音'，而是'你在听'。真正的起心动念，并非外界触动了你，而是你内在的意识主动去认定——'这是一声鸟鸣'、'它让我欢喜'。所以我最近开始猜想：念起之处，就是宇宙创造的瞬间。那不是被动的反应，而是意识自我展开的动作。"

马克若有所思："所以——是心在先，世界在后？"

"可以这么说。"柯林点头，"世界只是心念的投影，心若动，万象随之而动；心若静，宇宙便归于原点。"

他又微微一笑道："人以为自己在思考，其实只是阿赖耶识里无数旧念的回声。当有一天，你能在念起的刹那觉知'念正在生起'，那一刻——你才真正成了自己。"

马克轻轻呼出一口气，像是第一次听懂"心"这个字的重量。

他们终于进入了第四级试验区，柯林带着马克和黛安径直走到一台巨大的机器旁，告诉他们这个就是全像共感仪。

"这么大，我还以为叫'仪'的都是很小的机器。"马克看向全像共感仪说道。它散发着一种冷峻的金属光泽，形状酷似巨大的核磁共振装置，但上面布满了复杂的接口和符号。

"这是布莱克索恩给起的名字。"柯林笑着答道。布莱克索恩是太空军军部主管柯林实验室的将军。

"我就是受他的影响才开始看佛教、道教的东西。他痴迷中国古代文化，说什么'形而上者谓之道，形而下者谓之器'，又说什么'仪者，道之所设也；器者，仪之所施也'。之乎者也的，我也没太搞懂，反正大概的意思就是在中国古代哲学中，'道'最高最大，'器'在下承载'道'，'仪'是中间层的结构或系统，代表制衡与秩序，于是他就给起了这个名字。"

"这倒挺有意思。"黛安插了一句。

在工作人员为黛安做必要的身体检查和连接导线时，柯林又详细给她讲解了一些实验中的注意事项。之后，柯林轻声问道："准备好了吗？"

黛安深吸一口气，轻轻地点了一下头，回答道："准备好了。"

话音刚落，身旁的机械臂缓缓降下，将一个透明的头罩盖在她的头部。与此同时，机器开始低声嗡鸣预热。当黛安躺着被推进这个圆筒设备中时，感受到贴在她的头顶中心、两个手心和两个脚心上的五个电极片越发冰凉，心脏也更加猛烈地跳动。

柯林示意启动系统，空中虚拟屏幕上瞬间跳出一组复杂的数据，显示出各种波动参数的变化。旁边的一名研究员迅速报出："大脑波动稳定，设备启动。"接着，设备发出一阵微光，温柔地笼罩住黛安的全身，形成一道奇异的能量波。随着光线的扩展，她闭上了眼睛，心跳越来越平缓，体内的每一个细胞都仿佛在响应着这股能量的召唤。

慢慢地，她感觉到一种前所未有的意识扩张——无数记忆碎片和情感片段，犹如涓涓细流，缓缓涌入她的脑海。这些片段交织在一起，将她带入一个超越常规感官体验的意识维度。

她的思维开始超越时间与空间的限制，恍如置身于一个没有边界的世界中，所有感知变得模糊不清。随着意识的延展，她突然感受到一股强大的能量涌入大脑，她的存在被这股能量瞬间吞噬——眼前的世界剧烈扭曲，所有物体被拉进了一个空间漩涡，一边被压缩，一边旋转，从模糊不清到完全被分解、被吸入。她的意识也不再局限于自我，而是开始与周围的能量、波动相互交织。有那么一瞬间，她的眼前是一片空白，时间仿佛也消失了。

当她再一次"睁开眼睛"时，眼前的景象让她一下子愣住了——自己已经置身于一个色彩斑斓、充满波动的世界。这里没有物质的形态，只有不断跳跃、流动、重组的能量流。每一处波动都在传递信息，恍如整个宇宙都在这一刻展现出它的内在脉动。

她深吸一口气，想用手掐一下自己，确定不是在梦里，但她什么也没掐到——事实上，连手也没有了。她这才意识到自己不再拥有身体。随后，她感觉到自己变成了这片波动世界的一部分，与周围的一切紧密相连，融为一体——每一个思想、每一个感觉，甚至每一个记忆片段，都不再是独立存在的，而是归于这片无尽的能量流动，形成了一种全新的"存在态"。

"这是哪里？"她的意识中浮现了一个念头。

"这就是全像波动的真实面貌。"柯林的声音直接传入到她意识中，没有任何声带或空气振动的媒质，好像就在她旁边，"你现在看到的是我们头脑感知之外的世界。"

马克目不转睛地看着屏幕上呈现出的同步影像，黛安的世界如同一幕幕电影画面迅速切换，带着色彩与温度。他屏住呼吸，不由得感到一种对神秘的敬畏。

黛安惊异地接受着这一切，意识到自己进入了一个从未料想过的"现实"。在这个全像波动的世界中，物理法则不再适用，化学反应也不再生效。她的意识无比轻盈、自由，每一个念头都能立刻在此激起涟漪。

她开始试探性地探索周围，渐渐发现自己不仅能"看到"这些波动，还能与它们互动。她的思维犹如长出了无形的触角，能够轻而易举地穿过这些流动的光带，感觉它们的动感与能量。

她的心渐渐平复下来，有些适应了这里。怀着一丝兴奋和好奇，她集中注意力，试图与其中一团光建立联系。她将意念注入其中，轻轻地引导它的运动方向。结果，那团光仿佛受到召唤般，顺从地开始移动，缓缓漂向远处，又在黛安的召唤下折返。她感到一种从未有过的愉悦和掌控感，这一切来得如此自然，自己像是可以掌控一切的女王。此刻，她心中浮现出更多的问题：如果现在这个世界是真实的，那么以前所在的世界到底是什么？自己的意识现在到底驻于何处？这一切的一切是内心的投射，还是终于进入了宇宙的本质？

"这只是一次'换乘'，两个世界都在，只是你以前看不到。"柯林的声音再次响起。

她正惊异于为什么自己还没有发问，柯林就有了回答，马克替她问出了下一个问题：

"那她为什么能移动那团光？"

"这是心电感应力和念力的作用。"柯林的声音再次出现，"在这个全像世界中，意识与'物质'不可分割，个体与'物体'本质上也是一致的。你刚刚所做的，不过是意识对意识的直接影响——你将光团移动，就如同你移动自己内心的想法一样简单。"

实验很快结束了，大概只有地球上的五分钟，黛安回到了现实世界，但她感觉已经过了好久。柯林不敢让黛安再多体验，这个设备还处于初级阶段，他怕不安全。

这种体验让黛安想起了一些宗教和神秘主义的宣传，她曾听说过一些神秘主义者宣称与宇宙融为一体的超越体验，难道这些现象不过是因为他们偶然进入了全像层次？黛安的思想迅速扩展。她意识到，自己刚进入一个彻底颠覆常规认知的领域。在这个世界里，心电感应、念力甚至改变现实的潜能都不再是科幻小说，而是自然法则的一部分。

黛安和马克分享了自己的体验，他们之前都不乏这样的观念——虽然社会上大多数人还不能接受：这个世界并非物质的，而是意识创造出来的。

"我们所感知的物质世界只是全像式投射，意识才是创造万物的造物主。"马克说道。

马克有许多做医生的亲戚，他突然想到传统的医学理论可能需要被彻底改写——疾病的产生和治愈或许根本不是物质层面的问题，而是意识如何投射全像身体的问题。

"这意味着，许多所谓的奇迹不过是意识对身体全像投射的调整。"黛安说。她向马克和柯林讲起自己去印度尼西亚看到过女巫在仪式舞蹈中让整片树林消失又重现的故事。这种现象在全像波动理论的框架下，不再是不可思议。

柯林告诉他们，全像波动标志着一场全新科学革命的开端，不仅挑战了物质世界的本质，还揭示了人类通过意识改变现实的无限潜能。

"如果这样，那我们每个人都将是自己的造物主。"黛安说，"现实不过是一幅等待我们用心灵画笔重塑的画布。"

柯林这时笑眯眯地看着马克，足足有五秒钟。马克问："怎么了？"

柯林说："你不是想问意识增强模块吗？"

经他这么一提醒，马克突然想起要见他的目的，于是说道："是啊，差点把这个忘了。"

"其实，宇宙如果是意识映射的一个幻象，那它哪里有物理边界呢？"

"我明白了！"黛安叫出声来，"我们寻找的宇宙边界是意识的边界！而不是物理边界！"马克也恍然大悟，明白了为什么柯林要给他们配上意识增强模块。

"现在的科技已经可以把你们送到这个全像宇宙的边界。但如果要走出边界，只能靠意识的跃迁——这是宇宙法则设计好的，也是我为什么要给你们配备那个模块的原因。"

柯林的这番话让马克似懂非懂，他不明白什么叫"这是宇宙法则设计好的"，但他想起在边界的星舰上启动意识增强模块后"梦中"出现的那些闪烁的可能性，那些代表不同未来的镜像，觉得那时自己的意识，的确不是在地球上的普通意识。想到这，他赶紧把刚写好的报告交给柯林。马克现在有些恍惚，不知道自己是不是真正到了宇宙边界，他有些分不清现实、虚幻和梦境了。他问柯林："如果宇宙是全像的，我们的星舰最后飞到的是哪里？"

柯林微微一笑，眼中闪过一丝深邃的光芒，仿佛他的思维正穿梭于更高层次的维度。他没有直接回答马克的问题，而是缓缓地说道："我们都是在物质世界里体验精神。"他的声音感性中带有磁性，像在陈述一个古老而恒久的真理。这句话在空气中回荡着，似乎带着某种无法言明的重量。

马克显然对这个回答不满意，他张了张嘴，似乎想要追问什么，但最终还是闭上了嘴，若有所思地看着柯林。黛安则微微侧头，眉宇间浮现出一丝好奇。她的眼神紧盯着柯林，试图从他的脸上捕捉到更多信息。然而，柯林的表情依然沉稳，仍带着那一丝淡淡的微笑，像是某种掌握全局的智者，但不愿再多讲。

他抬起手腕，看了一眼腕上的智能光屏，光屏上浮现出一行微蓝色的字体，映照在他锋利的侧脸上。他轻轻叹了口气，像是从某种更深远的思考中回过神来。

"今天的参观就到这里吧。"他收起微笑，语气恢复了理性，"我得赶去参加太空军部的会议。"说话间，他已经微微侧身，作出了即将离开的姿态。他的黑色制服线条流畅，在光影交错的实验室内部显得格外挺拔。他右手轻轻在空中一挥，虚拟界面随之熄灭，好像这只是他日程中微不足道的一部分。

马克的手不自觉地握紧，他感到一定有什么重要的信息隐藏在柯林那句意味深长的话里——"我们都是在物质世界里体验精神。"

黛安则用指尖抵着下巴，轻声问道："那我们明天还能再来这里吗？"

柯林停下脚步，回头看了他们一眼，眼神中带着一丝意味不明的笑意："当然，明天见。"说完，他迈步离开，背影逐渐消失在金属质感的大门后，只留下一道淡蓝色的光痕，伴随着门缓缓闭合的低沉嗡鸣声。

Z ┃ 神游协议

073 信息风暴

第二天，马克如约来到柯林的实验室，这次不是参观，而是任务。在昨天的军部会议上，柯林已经把他在宇宙边界看到镜像的事做了详细汇报。军部认为马克是下一个实验最好的人选，所以一大早布莱克索恩就派车把他接到柯林的实验室。

马克到达时，黛安已静静站在实验室中央，正与布莱克索恩一同凝视着一座透明的小型舱体。舱内安放着一个银色生物头盔，其表面布满密密麻麻的微型电极，好像一张人工神经网络的蛛网，正以肉眼难辨的节律脉动着。那些电极延伸出如神经末梢般的导线，穿越舱壁，连接到外部的多组意识科技装置。空气中弥漫着低频电子嗡鸣，仿佛整座装置正在缓缓醒来。主控台的屏幕上，跳动着一串串复杂的数据流与几何图形——包括脑电谱、识子共振曲线以及一个尚未命名的意识嵌入模拟图层。

这个头盔是军部科学家多年研究的巅峰之作——一种突破人类大脑极限的生物智能装置。它不仅能够拓宽人类思维的算力，还可以帮助高速下载并整合各类生命体意识信息，打破物种之间的认知壁垒。

布莱克索恩目光深沉，手指轻叩着舱壁，低声说道："如果这项技术成功，我们的思维将不再受限于大脑结构……甚至不再受限于人类。"

黛安微微点头，眼神中闪烁着复杂的情绪。在听过详细介绍后，她明白，这不仅是一项科技进步，更是一场关于跨物种意识的革命。然而，马克站在门口，望着眼前这一幕，心中隐隐浮现出一种不安的预感。

柯林站在他们面前，目光炽热而坚定，眼底闪烁着压抑不住的兴奋。他微微张开双手，仿佛正触摸着一扇即将开启的未知之门。他的声音低沉而富有穿透力，在寂静的实验室中回荡：

“终于到了关键的一步。”

实验室内冷白色的光线映照在他脸上，令他的神情显得更加深邃。他扫视着面前的团队，每个人的脸上都写满紧张、期待，甚至带着一丝敬畏。

“如果我们成功……”他故意停顿了一下，让这句话的分量沉入每个人的内心深处，“我们将超越人类意识的局限，开启所有生命体知识的阀门，踏入从未涉足的领域。”

说完，他微微抬手，示意工作人员安排马克入舱。

马克屏住呼吸，心跳猛烈加速。他从未听过柯林用这样的语气说话，似乎在宣告这不仅是一场科学实验，也不仅是军方的技术突破，而是人类文明迈出的一大步。

就在这一刻，他忽然想明白一件事——自己不是旁观者，而是实验品。他有些迟疑地换上量子隔离衣，突然想到一个让他不安的问题。

他问柯林：“下载到的信息是存储在头盔里，还是我的大脑里？”

“这是神经元存储，只能存在你的大脑里。”柯林答道。

“那为什么不直接存在生物计算机里，那不也是用神经元做内核的吗？”

“计算机容量不够，我们将下载的生物信息是海量的，而人脑有千亿神经元，每个神经元又平均连接上千个‘突触’，没有任何生物计算机可以做到。”

“那用生物计算机集群存储呢？”马克继续追问。

“人脑的容量并非最大的优势。大脑不像硬盘，不是按字节存储，而是通过神经元活动模式、突触可塑性、多维联想网络来存储，存储的信息是‘高度压缩’加‘联想性’的。换句话说，人脑的真正奇迹在于‘结构重组力’与‘多维联想性’——正像是一个实时编程的‘网络宇宙’，也最适合下载宇宙多维信息。"

听到这些，马克似乎更紧张了。他问着柯林问题，眼神却转向黛安，似乎在寻求帮助。

黛安不由自主地握紧拳头，指节泛白。

"你们确定……是安全的吗？"她的声音微微颤抖，仿佛害怕听到答案。想到昨天实验中的景象，她的不安加剧，"我们真能控制这么强大的技术吗？一旦打开这扇门，会不会发现根本无法控制？"

马克的眼睛瞪得大大的，显然，他的顾虑与黛安如出一辙。他转向布莱克索恩，声音里夹杂着迟疑："提升大脑算力，直接连接所有生命体的意识？这听起来像是超越了一个人能够承受的极限。对大脑来说，这会不会太过危险？"

布莱克索恩僵硬地笑了笑，像是对他们的疑虑早有预料，但他的眼神中透着不可动摇的信念："正因为不可预知，我们才做好了最严密的准备。但你们必须明白，这是人类前所未有的机会。想象一下——如果我们能与所有地球生命体的意识相通，甚至连接宇宙中的其他智慧生命，人类将不再是孤立的地球人，而是触摸到宇宙的命脉。"

这时，柯林调出量子意识计算模块示意图，走上前拍了拍马克的肩膀，边指给他看边解释道："放心，这个系统结合了通用人工智能与量子意识计算，会保证你的大脑在与其他生命体脑波的连接中是安全的。它能根据你的神经活动动态调整输入的信号强度，确保不会超载。这是一次有节制的实验，而不是让你瞬间吸收所有生命体的意识信息。"

听柯林这么讲，他们才放下心来。黛安深吸了一口气，望着马克，仍语气凝重："你自己也要小心。"

马克点了点头，眼中仍然带着一丝犹豫，但内心的好奇心已经驱使他无法抗拒。他依旧为错过昨天的实验而感到遗憾，如今站在这一更具突破性技术的门槛前，他不想再次错过。

他看向黛安，眨了眨眼，说道："放心吧，这比寻找宇宙边界容易。如果我们真能突破人类认知，这次冒险肯定值。"

柯林缓缓伸出手，指尖轻触控制台，幽蓝色的能量脉冲如水波般沿着金属表面扩散开来，仿佛整个世界都在屏息等待着即将发生的一切。他检查着面前的仪表盘，旋转了几个调节钮，手势精准而坚定。

马克已被推入舱内，工作人员在做着最后的连接检查。他突然感觉这里不是实验室——更像是意识演化的手术台，每一秒都在改变一个文明的走向。

随着倒计时进入最后阶段，舱内的光线逐渐熄落，整个空间仿佛沉入某种临界状态。四周装置在昏暗微光中有序闪烁，发出低沉而持续的能量共鸣，如同某种未知生命的心跳。

这里没有窗户，没有自然风声，只有高频脉冲、磁场扰动与信号反馈构成的闭合系统。空气仿佛被压缩成一片高密度的信息流域，思绪稍稍一动，便能引起涟漪。

所有人都屏息凝视着实验室中央悬浮的数据屏，蓝白色的信息矩阵在其上缓缓流转。四周的空间弥漫着一层幽蓝色光晕，恍如黑夜中正在缓慢旋转的星云，既静谧又令人敬畏。

"开始。"布莱克索恩的声音低沉而果断。

"脑波同步调节器复位……"
"神经感应剥离初始化启动……"
"非线性再归因功能切换……"
"识频锁定启动……"
"结构 - 场态耦合调节链接……"
"识子扰动屏蔽正常……"
"虚拟意识舱激活……"
"头盔启动……"

随着工作人员汇报出最后一条指令，刹那间，银色生物头盔迸发出耀眼的光芒，马克不由自主地闭上眼睛。

设备深处传来微弱的嗡鸣声，空气中泛起难以察觉的震动。马克感觉头皮一阵酥麻，似乎有一股温热的能量沿着神经网络缓缓渗透，逐渐深入大脑深处。他的意识轻微晃动，最初是陌生的不适感，而后，这种不适被一种介于现实与未知之间的临界感所取代——那感觉就像是站在一扇门前，但这扇门不依赖于物理开启，而是由意识自身震荡频率所解锁。门后似乎有某种等待已久的东西——不是答案，而是一个方向。

他缓慢睁开眼睛，注视着头盔屏幕上开始出现的数据流——那是一组前所未见的符号，不属于任何已知的生命体文字，像是来自另一维度的启示。

这种平静只维持了十几秒，他突然感到失重，视野也突然剧烈扭曲，周围的世界在他的脑海中崩解，现实的碎片四散飘零，取而代之的是一片无限延展的星空。

一个前所未见的景象在他眼前铺展开来——没有边界，没有方向，时间与空间的概念也完全消失了⋯⋯他的意识不再受限于躯体，而是漂浮在一个庞大的光带网络中，正穿越宇宙深处那无穷无尽的信息流。

"看到了吗？"柯林的声音直接出现在他的意识里，不再通过口耳传递，而是以某种共振的方式直达他的思维核心。

"这就是黛安昨天体验到的全像波动，但你看到的更多。所有知识都在这里，只有借助这个头盔，具备生命体征的意识信息才能被你的大脑下载，而不只是浏览。"

马克的意识迅速扩张，他能清晰地感受到这个浩瀚无垠的世界充满了活力，每一条信息流都涌动着未知的奥秘。他尝试着用意念触碰那些漂浮在周围的光带，那些光带旋即有了回应，它们开始轻微地颤动，与他的意识建立起微妙的连接。

瞬间，无数生命体的知识向他奔腾而来——它们不是以文字或数据的形式出现，而是直接的影像与感知。他亲眼目睹着那些生物在各自的纪元中诞生、长大、衰老、死亡、进化、灭绝；他看到鱼龙混杂却各有游法……甚至在一瞬间，他能感受到恐龙的足迹踏碎史前森林的震颤，听到那些远古生命的心跳回荡在时间长河之中。

他看到了自己最喜欢的、温顺的卡皮巴拉——不是现代水豚，而是200万年前的样貌：体型巨大，重达1吨。他发现水豚的"家族史"非常古老，可以追溯到远古啮齿类动物在南美洲的独立演化——那是一部三千万年的进化史。他看到在宇宙文明的意识地图中，卡皮巴拉象征着"温和的共振"——它代表一种低冲突的意识频率，一种不依靠力量，而是依靠"共处"的稳定振动。它的"平和"不是软弱，而是在强烈的混沌场域中维持稳定的秩序；一个声音告诉他：卡皮巴拉就是"中性调和波"，能让不同生物意识体系在它的场域中共鸣，而不产生撕裂。

他的意识继续穿梭在交错的光带间，每一条光带都通向不同的生命意识轨迹，连接着曾经存在、现在存活，甚至未来可能出现的生物。他试图集中注意力，锁定其中一道光带。就在那一瞬，那光带忽然震颤，如同被感知回应，随即缓缓敞开，化作一扇通往未知维度的门扉。他看到时间在那门内变得模糊，过去、现在和未来交织成一个整体，生物世界的进程如同一幅完整而流动的画卷，在他面前缓缓展开。

然而，就在他沉浸于这片新世界的无穷信息时，突如其来的异变打破了平衡——一股难以控制的力量骤然涌入他的意识——信息流的速度骤然暴增，从温和的涌动变成了狂躁的风暴。无数画面同时在他脑海中翻腾、叠加、切换，好像整个宇宙的生命知识都在这一瞬间倾泻而下，他的思维几乎被彻底吞没。

"柯林！"马克在意识深处大喊，"太多了！我撑不住！"

柯林的声音瞬间变得严峻："我这边已经调节，你那边也要自己控制，只需接收你能承受的部分！"

马克在那生物信息风暴的中心苦苦挣扎，随时可能被卷走。他在风眼中不停旋转，感到头晕目眩，思维再不属于自己，而是与无数陌生意识纠缠，如同被困在一张解不开的网中。

074 遇见黄龙

信息风暴汇聚成一场史无前例的龙卷风，吞噬着他仅存的自我认知，直到——一道恢弘的身影从风中浮现。

那是一条黄龙，身形优雅如歌，恍如穿透无尽岁月而来，带着不朽的威严与智慧。它的头颅高昂，额骨宽阔，向两侧生出对称的弯角，角质透明如晶，泛着温润的光辉，宛如嵌满星辰。眼眸深邃而神秘，琥珀色的瞳孔偶尔闪过一丝冷峻，像是能看透万物本质。

它的鳞片流动着金属般的光泽，深邃的金色表面掠过一层若隐若现的银辉，如宇宙的碎片撒落其上。它的呼吸微微起伏，每一次吸气，鳞片便泛起一丝温润的微光，像是整个生命气息的脉动都与之呼应。它的爪子宛如黑曜石雕刻而成，每一根利爪都泛着冷冽的刀光，仿佛能轻易撕裂最坚固的现实。它的尾巴修长而强劲，末端镶嵌着尖锐的鳞甲，轻轻一摆，便能搅动出惊天风暴。

然后，它展开羽翼。

那羽翼撕裂了苍穹，金色的光辉交织着苍蓝的能量，瞬间在龙卷风与马克间筑起一道屏障，龙卷风暂时被阻挡其外，无法再侵袭他的思维。随即，似乎在某种至高力量的约束下，信息风暴渐弱，混乱的意识碎片被一一剥离，马克的精神终于从无边的失控之中挣脱出来。

尽管这只是片刻的宁静，却让他仿佛重获新生。

"冷静下来，你可以掌控这股力量。"

马克有些分不清这是柯林的"声音"，还是黄龙发出的，但这分明不是语言，而是一段直接嵌入意识的信息。它不带任何情绪，却拥有无法抗拒的力量，像一道稳固的支柱，让他从混乱中找到平衡。

"你……是龙？"马克抓紧问道。

他的思绪尚未完全恢复，尽管屏障带来了短暂的宁静，但他依旧能感受到屏障另一侧的风暴正环伺着自己，一旦松懈，就可能再次被吞噬。他想抓住这宁静的间隙获得更多信息。

"我是这里的'护宝者'，叫'龙启'。"

黄龙的目光如炬，琥珀色的瞳孔仿佛映射着亿万年的智慧。它的声音威严："我来自一个你还无法理解的存在层面，职责是帮助像你这样的探索者穿越生物意识的险途，但并非夺走所有宝藏。"

它上下抖动了一下展开的双翼，鳞片在光线下折射出变幻莫测的色彩，如同宇宙能量流转其间，细腻而完美。

马克努力整理一下思绪，却依旧无法理解这位"护宝者"如何将他从龙卷风中救出——有一刻，他甚至怀疑这龙卷风是不是龙启现身的暖场。

"那风暴……是什么？"他勉强问道。

"宇宙生物的本源信息，"龙启缓缓答道，"也包括意识网络中的残存记忆。在这里，个体生物意识并非孤立，而是相互交融。每一次感知，每一种情绪，甚至每个微小的念头，都是本源信息的一部分。而你——打开了所有生命体的意识信息仓库，但却未曾准备好承受所有。"

随着龙启的娓娓道来，他的意识逐渐稳定。风暴虽然仍在，但已不再是无法抗拒的狂潮。他的感知范围开始扩大，但知道自己仍然脆弱，一旦不慎，仍可能被这股庞大而未知的信息流再次吞噬。

"那我该如何应对？"马克焦急地问道，"我不想被卷走。"

龙启摆了摆尾，似乎早已预料到这个被问过多次的问题："你需要学会'切割'。"它的声音平静而有力，继续解释道："先将你的意识与信息流分离——不要抗拒它，但也不要溺于其中……"

"切割什么？"马克着急地问道。

"切割那些你无法承载的，切割那些让你震荡、让你失衡的。真正属于你的信息，不会让你过载、扭曲或迷失，它们会悄然贴近，轻轻落入你的心域，仿佛本来就在那儿。"

龙启缓缓举起一只利爪，在空中划出一道线，示意马克闭上双眼，沿线后退半步。它的声音没有响起，却以某种心灵共鸣的方式传达了意志——

"你必须先退半步，才能进入信息的深层结构。"

马克深吸一口气，放松心神，同时微妙地调整与那片信息流间的意识距离。他收束起外放的感知，将意识转向内侧，然后缓缓探出——像一根细致入微的触角，轻轻地穿透那道仍在闪耀的屏障。

风暴依在，但此刻，他不再将其视为敌意的流动，而是开始分类、甄别其中那些带有温和波形与稳定频率的部分——它们像是庞杂风暴中的"低语者"，也正试图与他建立连接。他选择性地开启意识通道，开始将这些较为友善的信号引导性下载——过程并不剧烈，反而像是一场轻松的意识对话。那一刻，他感受到风暴的本质已悄然转变——不再是咆哮的混沌，而是一种温和而深邃的意识涌动，像一片包围他、却又不限制他的暖风。

"真正属于你的，其实是'不劳而获'的。"在等待下载的过程中，龙启似乎想让马克放松一下，开了个玩笑。

"不劳而获？"马克不解。

"那些你注定该得到的，都不是苦求而来的。"

马克想想自己生活上的一些大事，似乎许多还真是这样。

　　"这是一场漫长旅程。"龙启看马克下载得差不多了，准备离开，最后说道，"你现在经历的，不过是窥见生物意识的第一步。"

　　随后，它的身影开始逐渐隐去，那道屏障也开始缓缓消退。

　　瞬间，信息风暴再次卷起，一波接一波，拍打着他的意识。每一道光流都像是某种生物语言的碎片，想嵌入他的思维。他的大脑仿佛一个被灌满的玻璃缸，水面已越过边缘，随时都可能崩溃——但这次马克不怕了，他迅速关闭了意识通道。

　　就在这时，柯林恰到好处地中止了实验。工作人员迅速断链，小心地分离了马克的头盔。被推出舱后，他们发现马克浑身已经湿透，仿佛刚从一场狂风暴雨中挣脱出来。他的喘息声粗重，浑身不由自主地颤抖，但眼神却异常兴奋，透露出震撼与激动。

　　实验室内随即爆发出一片热烈的欢呼声，所有人纷纷围拢过来，庆祝他成功归来。

075 意识提取

马克的神情显得十分疲惫，却也掩不住眼中的兴奋；他告诉大家，见到传说中的龙了。几分钟前，他还挣扎在意识风暴中求生，而现在，不仅带回了重要的生物信息，还为人类打开了一扇窥探那些早已灭绝生物的大门。

他以为实验结束了，而布莱克索恩却表示需要立即进入下一阶段。黛安警觉地问："下一阶段是什么？"柯林解释，第一阶段是下载生物意识，第二阶段则是提取——将刚刚下载的内容从马克的大脑中分离出来，存到生物计算机里。

"实验前，你不是说不能存到生物计算机里吗？"马克觉得有些乱。

"是不能从意识世界直接下载存储到计算机；但可以从你的大脑里分次提取，再存进计算机。"柯林解释道。

"那我能自己在脑子里读取它们吗？"马克问完便忍不住笑了——他意识到自己脑中只有那些被看见的记忆，真正的信息早被头盔压缩成了某种静默的数据包，塞进了大脑，却没有钥匙。他既无法解压，也无法真正读取，仿佛有人把整个图书馆藏进他脑子里，却连目录都没给他留。

"不能，需要在生物计算机上完成神经元解码程序后，才能读取。"柯林解释道，"不过，你可能会有更多'灵光一现'的时刻；也许有些数据残片会自己冒出来。"——这倒让马克很期待，觉得这次没白冒险参加实验。

柯林这时才向他们透露，那两个阶段所依赖的，是尚处于内测阶段的"神游协议"技术——一项突破生物脑体与意识边界的跨域传导系统。

　　这项技术基于量子意识脑场同步与频段调节机制，能够在特定条件下使个体意识暂时脱离生理大脑的载体限制，进入一个全像波动主导的意识网格，或更高维的超矩阵结构之中。

　　在"神游态"中，意识得以跨域流动，完成深层感知、瞬时知识植入、远距意识交互、信息压缩下载与回返整合等复杂行为——如同一个灵魂，在多维网络中漫游，并能原路归返。

　　神游协议未来的应用方向还包括多维数据检索——用户以意识体形式"游走"进入数据结构，而非在屏幕、界面上搜索；超空间会议——多个意识体同时进入"会议心像场"，以感知、象征、频率对话的方式交流；历史回访模拟——将史料、数据、集体记忆等整合成"历史心像场"，用户意识可进入其中体验、观察或互动。

　　他解释说，因为还在测试阶段，提取需要两个人参与，通过实时的数据对比来调整意识信息与大脑分离的数量、速度、强度等参数，以确保过程的安全和稳定。黛安毫不犹豫地表示愿意参加，她自告奋勇，陪同马克一同完成提取过程。

　　柯林走向实验室中的九号生物量子计算机，轻点触摸屏上的一个控制界面。下一刻，全息界面被激活，一组复杂的意识波动图像浮现在空中，闪烁着不同频率的光芒，进而呈现出一个错综复杂的意识网络。

　　在这个时代，生物量子计算机已然超越传统物理定律的桎梏，人类正式步入生物量子纪元。这一技术的核心在于融合神经元计算与量子计算，利用活体神经元作为中央处理器，并借助量子态的超并行性，实现对传统计算机乃至量子计算机的全面超越。

　　由于神经元是生物系统，而光子是量子意识信息的主要载体，研究人员开发了一种神经元—光子接口，允许神经元直接与光子进行交互，实现量子意识信号的输入和输出。而这一切的突破，源于一项被称为 BCR 的革新技术——生物量子意识共振。BCR 的核心计算单元是神经元量子比特，它利用活体神经元的复杂量子态进行计算。通过特殊的光学和电磁控制，可以在神经元间建立可控的量子纠缠和叠加态，这就使人类意识能够与生物量子计算机直接交互，实现心灵与机器的无缝同步。

在实验室的一隅，马克和黛安已经各自连接上了神经元—光子接口设备，准备迎接这次前所未有的实验——他们将成为首个尝试意识与身体分离的人类。

柯林一边注视着全息界面上快速变化的数据流，一边回想着这个项目的开端。最初，这只是一个看似疯狂的构想——通过解读大脑的神经信号，将人类意识信息以量子态的形式提取出来，并存储到一个全新的载体中。然而，随着神经科学和生物量子技术的飞速进展，那个曾经遥不可及的梦想如今变得触手可及。

今天，他们将迈出关键一步，完成这个历史性的实验。

"你们准备好了吗？"柯林努力保持镇定，但眼中仍然露出一丝罕见的紧张。尽管在无数次的推演、模拟中，成功的概率已被高度确认，但一旦进入实操阶段，任何细节的变化都可能导致无法预料的结果。

马克微微点头，声音沉稳却充满决心："准备好了。"他知道，这又将是一段前所未有的揭秘之旅。有了刚才的经历和收获，他觉得冒险是值得的。此刻，发现未知的诱惑足以驱使他跨越任何心理障碍。

黛安的心中却充满了复杂的情绪。尽管昨天自己的体验不错，但刚才马克的经历让她有些为他担心；她又想到：既然马克决定了，就陪他一起冒险。当然，她也知道，若实验成功，人类将首次站在"共感文明"的入口——进入不同物种的内在世界，理解其所思所想，并与之互动，这意义重大。

她深吸一口气，说道："开始吧，柯林。"

柯林按下启动按钮，神经接口设备迅速开始工作，微弱的电流在马克和黛安的大脑中蔓延开来。片刻后，他们感受到一种前所未有的轻盈——身体重量逐渐消失，意识开始像羽毛一样漂浮在空中。与此同时，生物量子计算机正在快速处理他们的脑信号，将这些复杂的神经波动转换为数字量子态输出，实时传送到中央处理器。

随着意识信息被提取，马克感到周围的一切都在迅速消散。一股深不可测的空虚感涌上脑海，仿佛连"思维"本身都在剥离。

他猛地睁开眼，发现自己已不在实验室，而是漂浮在一个陌生的场域——一个以灵性、魂魄、梦境与永恒为界门的空间。

这是一个没有方向的空间，却又处处向内敞开。天空不再是蓝色，而是一种流动的光雾；光不是从太阳而来，而是从一切存在中自行发光。

他不需要行走，就已抵达；不需要语言，就被彻底理解。这里的时间像呼吸一样缓慢，几乎凝止；每一刻都像是永恒的一滴，滴落进透明的湖泊，泛起一圈圈意识的涟漪。

他低头望去，发现自己早已没有身体，只剩下一个纯粹而透明的伞状、活体意识态——如水母般，柔软地舒展，如同在水中织梦。

"这是……我的灵魂？"

有了之前的意识分离经验，他没有惊慌，反而感受到一种奇异的平静与自由。他尝试触动这片空间，惊讶地发现：这里会随他的念头改变形态。仿佛——他就是这个灵魂世界的创造者。

如果"空间"可以被灵魂塑形，那么它是否意味着——它从未真实存在过？

他正陷入思索，一个熟悉的"声音"突然响起——

"马克？"

是黛安。她也进入了这里。

"黛安，你也在？"

他的声音无需发出，却瞬间传递给她。

他们已不再依赖语言，而是通过"心有灵犀"交流，沟通几乎是瞬时的——像两个思想在同一个梦中彼此呼应。

"是的……这里好像是一个完全不同的世界。"

她缓缓地，像是在展开一团透明的光雾那样，将自己的灵魂向外舒展。她发现在这里，时间折叠为永恒的感知泡影，空间是透明的，边界是温柔的，连沉默都有颜色。

随着那光雾层层展开，她逐渐感知到：此处流淌着一种难以命名的存在——它不是信息，也不是意识，更像是一种完整地包围着一切的感知流体。它不像逻辑所能理解的意识波动，而更接近一种穿透心魄、超越认知的原初之息，仿佛介于魂魄间的第一缕呼吸，在无声地回应她的存在。

她不敢确定那是什么，低声喃喃：

"这……难道是三魂七魄？"

此刻，马克也沉入一种深邃的感悟中。他开始在这片无边的灵界中自由游走，感受到一种从未体验过的灵动与包容。

这一刻，他明白了柯林为什么给这项技术起名为"神游"——因为他正在体验那种"超脱""自由""物我两忘"的状态，不再被现实束缚，精神得以在天地间逍遥。

3 ｜ 惊魂时刻

076 能量干扰

就在他们沉浸在"逍遥"中时，柯林的声音从远处传来：

"马克，黛安，你们的意识状态现在很稳定，数据提取也正常，但我似乎监测到有一股外部波动进入实验区，但不属于人类或地球生物的意识频谱。"

他们还未来得及细想，一股无法抗拒的"衰散感"骤然袭来，迅速溶解了他们在这片空间中的灵魂锚点。

那不是瓦解，也不是攻击，更像是一种源自存在层级的"踢出机制"在悄然生效——犹如某种高维系统冷静地宣告：

你们不属于此地，必须离开。

"柯林，我正在失去控制！"黛安大喊，她有一种魂飞魄散的感觉，意识回归身体的企图也变得越来越强烈。

马克也正被这股不可见的力，温柔、高冷，却不可逆地剥离和稀释，直到无法定位自己。这是一种没有暴力感，却也毫无情感牵连的疏离过程，像宇宙的算法正在运行，而他只是一个不被保留的节点。

下一秒，他们就像被某种超维磁极抛出一般，先是坠入一个黑色深渊，紧接着又被弹射回意识界的临界层——

身后，那道魂魄之门正缓缓闭合。

柯林急忙调整控制参数，但无济于事。

就在此刻，主控屏幕跳出一条警告信息：

〖检测到未知能量干扰〗

紧接着，实验室的灯光忽然爆闪了一下，之后就全部熄灭，所有的设备停止了运转……

一片寂静之后，马克和黛安的身体慢慢恢复了知觉，他们艰难地从意识连接设备中脱离出来，睁开眼睛时，发现整个实验室已经陷入了黑暗，只有主控台的几盏警示灯依然闪烁。

很快，应急照明系统启动。

"发生了什么？"黛安揉了揉太阳穴，感到大脑刚经历了一阵剧烈的晕眩。

柯林眉头紧锁，一边快速在键盘上输入指令，一边说道："这股能量干扰……像是某种高维意志，但我无法确定它的来源。"

"高维意志？"马克皱起眉头，"难道说我们的实验，触发了更高智慧存在的注意？"

正当他们陷入思索，实验室深处忽然响起一个低沉且不带情绪的声音，如同从意识裂缝中透出：

先以意识为灯，照见感知边界；再循光之源，探入灵魂深渊。

那声音，既非人类，也非机器，更不像语言本身——它像是某种古老意志穿透多维结构，以意识共振的方式在"示现"。

声音本身没有方向，像是来自四维空间的弯曲褶皱，又像是从每个人体内同步响起。它不是被"听见"，而是被直接感知。

刹那之间，众人神色凝固。一种说不清的压迫感与崇高感同时袭来。

空气变得稠密，像液态的光，缓慢流动。实验室的墙壁微微颤动，仿佛有某种高维脉冲正在穿透这个世界的结构。时间也似乎发生了轻微扭曲——那一瞬，他们看到周围的一切像水中倒影，被拉长、折叠，又归于平静。

"祂在看着我们。"黛安几乎是用意识说出这句话，而非嘴唇发声。那声音没有经过空气，也没有形成音波，但马克听见了，甚至感受到那句话穿越了他的神经回路，以某种不可抗拒的方式刻入意识的深层频谱中。

她的眼中涌现出一种"临界"般的敬畏，像是站在一座无形山巅，正被某种古老而永恒的目光凝视。

"不，祂一直都在。"许久没开口的布莱克索恩喃喃低语，却语出惊人。

他们陷入了短暂的沉默，但思绪却处于前所未有的激荡中。他们知道那声音是在警示他们不要一下子涉足灵魂之域——他们连意识还没搞清。

此刻，他们意识到"神游协议"远比想象中复杂，甚至超越了人类对意识、灵魂与宇宙的理解。幕后的力量究竟是什么？这项技术的真正潜力和风险还远远没有被完全揭示。

柯林曾经以为自己是科学与技术的先锋，然而现在，这场实验似乎已经超越了纯粹的科技范畴，触及到更深层的宇宙奥秘。他迅速检查着实验设备和生物量子计算机的数据流，努力想从中找出干扰源头，却没有得到任何有用的线索。

他的眼睛紧盯着屏幕上快速流动的代码，思绪却开始漂移：是什么力量能够与他们的实验产生如此直接的互动？他们是在与宇宙中更高的智慧进行交互吗？

"或许我们已经不只是在提取带回的生物意识，"布莱克索恩低声自语，"还有宇宙主体意识……也许祂一直在等待人类达到这一临界点。"

其他人看向布莱克索恩，他的猜测让他们感到既兴奋又有些担心。人类的科学历程从未停止对未知领域的探索，但是否真正做好了解开宇宙秘密的准备，会面对怎样一种可能？一种超越物质与时空的意识会带来什么？

布莱克索恩的话音刚落，主控台上的警示灯再次闪烁，一道陌生的数据流以极快的速度涌入了他们的主控系统。柯林手忙脚乱地试图控制住数据，但那些数据像拥有自我意识般，迅速"霸占"了整个屏幕。

他走向主控台，查看屏幕上的信息，随即脸色一沉："这些数据是我们从未见过的意识层信号，与我们之前监测到的量子波动波形极其相似——它又回来了！"

"难道是……那些我们无法感知的存在试图与我们交流？"黛安问道。

整个实验室被一种诡异的静谧笼罩，时间仿佛冻结在了意识尚未明辨的那一秒中，令他们陷入惊魂时刻。

就在此时，布莱克索恩缓缓抬起头，走向屏幕。他的眼神如深渊般空洞，却又透出某种遥远的意志回波——那不是一个人类在凝视，而像是一道被高维感知"附写"的接口正在被激活。

他的嘴唇微微翕动，声音低沉，频率不属于任何自然语言系统，反而像是某种跨维接入的意识共鸣：

"他们……不是……在交流，而是……在唤醒。"

他缓了一下，似在试图翻译某种非语言结构：

"我们触碰了……意识矩阵的阈值……那里，是他们设下的……防火墙。"

众人心头一震。

柯林本能地皱起眉："他们是谁？"

布莱克索恩却仿佛置身另一层现实，根本没有回应。他的声音继续，如同从宇宙底层的数据残响中被"回读"出来：

"不是'谁'，而是……'原初残响'。"

"存在于……意识网络的缝隙中……那些从宇宙初期就未被……格式化的……感知碎片，未被清除的……意识回波。"

"不是我们打开了……通道，是他们早已在……等待，等待我们走入……'应触发路径'。"

他闭上眼，脸部微微抽搐，像是某种无声的干扰波在阻止他泄露"天机"。

他继续低声呢喃，语气如宿命般静沉：

"神游……不是旅行……是脚本。"

"我们以为是在寻找他们，其实我们……早就被写进了他们的……感知脚本。"

077 生物信息

随着布莱克索恩的"翻译"完成，此刻屏幕一阵微光闪烁，接着，三行文字从那些数据流中缓缓浮现而出，像是穿越时间与空间缝隙而来：

【意识超越个体与物质的界限……】
【你们正在触碰宇宙本质……】
【可以前行，后果不定……】

实验室里陷入死一般的沉寂。每一个字都像在意识中被刻印，而非仅仅是被"读到"。这不只是警告，更像是一种炼试的邀请。它既指引，也诱惑。

几人屏住呼吸，内心激起不同层次的震荡。他们都知道，一旦继续，就再也回不去了。

马克的声音微微发颤："我们到底……该怎么做？"

他的眼中有一丝动摇，那个曾义无反顾追逐宇宙边界的探险者，此刻终于意识到——他们面对的，可能不是未知，而是不可被定义的存在本身。

柯林没有立刻回答。他死死地盯着屏幕，眼神像陷入了多重记忆与信仰的漩涡。他曾坚信科学可以解开宇宙的一切，如今却发现：自己用一生追逐的"真理"，或许只是宇宙意志为让人类靠近它而释放的低维脚本碎片。

他慢慢抬起头，看向马克和黛安，声音低沉却执着："我也不知道该怎么做。但既然我们已经站在门口，就不能退——必须看清这门后是什么，哪怕只是一眼。"

黛安沉默了片刻，目光中交织着回忆与不安。她脑中浮现出和马克神游最后被"弹射"进入的那片黑暗维度——那个没有语言、没有形式甚至没有边界的意识之渊，仿佛是宇宙最初未分化的意识母体。在那里，她感受到过某种古老得像是"被遗忘本能"的意志。

"可是继续深入……"她轻声说，"可能会超出人类能承受的极限。"

空气凝固了，每个人都听到了自己心跳背后的另一种声音：那个正在召唤他们继续前行的"意识脚本"。

所有人都在沉默，气氛有些压抑。"至少今天我看到了人不是猴子变的。"为了缓解气氛，马克打趣地说，"也知道了'不劳而获'的新含义。"

所有人都忍不住笑了，气氛短暂地松动了一些，像是在压抑中突然透进一束光。

然而，柯林却仍未从沉思中走出。他脑海里不断回荡着那股突如其来的外部波动——在黛安与马克的意识域中出现的、并非源于他们自身的信号扰动。那不是随机扰动，更不像系统异常——它有方向，有结构，有意图。

这股未知力量，是否意味着——他们，并不是第一批尝试进入这一意识深层的存在？又或者，早在他们之前，某个被遗忘的物种、某段被掩埋的文明，就已经到达过这片意识界域——只是他们的痕迹，还没有被时间所抹除；而他们的故事，早已被历史长河湮没。

"我们不能放弃，但需要调整下方向。"柯林最终下定决心，"神游的潜力远远超出我们的设想，它不仅关乎人类对于意识的探索，也关乎治愈疾病、延续生命的应用，更关乎与宇宙中的其他智慧相连。"

布莱克索恩这时不容置疑地作出决定，先暂停实验。他指示接下来一边抓紧提取、整理得到的生物意识信息，一边继续深化研究，不再局限于技术层面，而是要全面探究意识背后深不可测的本质。他发出指令的语气、神态、肢体动作，又回到了一贯的"布莱克索恩"——那种冷静、精密、可怕的掌控感仿佛从未消失。

空气重新被秩序收紧，金属仪器的嗡鸣像被无形的手重新排列。只有柯林知道，这个瞬间之前，他看到布莱克索恩的眼睛短暂地空白了一秒——那不是失神，而是被另一种意识短暂"借用"的迹象。有人私下议论，说他刚才是不是被"附体"了。他们不知道，那一秒钟，布莱克索恩的确"不在"。

那是几周前的事。他曾单独找到柯林，要求加入那场尚未通过伦理审查的实验。那是一次关于"意识转移"的试探性实验——将人的神经信号与量子脑场直接耦合。实验并不顺利。信号反馈滞后、脑电模式异常波动，布莱克索恩的视野忽然塌陷，眼前的白光变成了一层层文字的涡流。

在幻象中，他看见一片古代的原野，灰色的天空下，两个人并肩而立。一个是衣冠整肃的晋人，另一个，目光深邃，似在聆听风。

"古人有言曰：死而不朽，何谓也？"那声音从远古的风里传来。

布莱克索恩的意识悬浮在他们之间。他听见范宣子的骄傲，听见叔孙豹的沉思。那场对话不是语言，而是一种意识层的震荡，像两种文明的脑波在对撞。

"世禄，非不朽也。"叔孙豹的声音在他脑中回荡，"立德、立功、立言——虽久不废，此之谓不朽。"

这一刻，布莱克索恩的意识被刺穿。他看见了时间之上的通道——那些"立言者"的思想像光的微粒，悬浮在宇宙意识的层流中，不断被再现、再振荡。他们死了，但他们的"意识信息"仍在流通。那是一种非物质的不朽。

柯林后来在实验记录中写下："在意识同步的第七秒，布莱克索恩的脑波突变，α波与γ波叠合出现一种奇异节律，似乎与某个外部场发生了共振。他低声念出：'言不灭者，神存焉。'"

　　当布莱克索恩苏醒，他什么也没说，只让实验停止。但从那之后，他的气场变了。那种"附体"的瞬间再度出现时，他不再是一个人，而像在某种更宏大的意识网络中扮演了一个节点——一个"传言者"。

　　后来，柯林找到相关的史书，那是《左传·襄公二十四年》里记录的"三不朽"故事。柯林请人做了翻译，大意是：

　　公元前 549 年，鲁国的叔孙豹出使晋国，晋国正卿中军将范宣子出面迎接。他问叔孙豹："古人有句话叫'死而不朽'，这说的是什么？"叔孙豹没有回答。范宣子又说："从前我士匄的祖先，虞舜以上是陶唐氏，在夏朝是御龙氏，在商朝为豕韦氏，在周朝为唐杜氏，晋国主持中原盟会的时候是范氏，恐怕古人所说的不朽就是这个吧？"

　　叔孙豹说："以我听说的，这叫作世世代代有禄位，而不是不朽。鲁国的大夫臧文仲死后，他所说的话世代流传，所谓不朽，说的应该是'最高的是树立德行，其次是树立功业，再其次是树立言论'，能做到这样，虽然死了也久久不会废弃，这才叫不朽。如果是保存姓、接受氏，守护宗庙，世代不断绝祭祀，任何一个国家都有这样的家族，官禄大的并不能叫作不朽。"

　　看完，柯林突然意识到：布莱克索恩说的"言不灭者，神存焉"，正是他所追求的"神游太虚"或"精神扩展"，是现代意义上的"不朽"尝试——不是血脉延续，而是将意识嵌入更高维的持续存在结构中，即便个体消散，仍能在集体意识与宇宙记忆中回响。

078 黛安丢了

在接下来的几周中，马克多次来到实验室，因为信息提取要分批次进行。按着柯林的部署，一组实验室研究员日以继夜地整理不断从马克大脑中提取的生物意识信息。黛安也加入了整理工作。于是，很快他和黛安被借调到柯林实验室。

不久，他们惊喜地发现，这些信息除了一些地球上现有动植物，还包括许多灭绝生物，例如曾经的地球霸主恐龙，长着长长犬齿的古老猛兽剑齿虎，喜欢站立进食的巨型地懒，冰河时代标志性动物长毛猛犸象，曾经的陆地鸟类王者恐鸟，海洋顶级掠食者巨齿鲨，还有善于在地面上筑巢却不会飞的渡渡鸟等等。

可惜的是，他们并没有发现与外星智慧生命体相关的任何意识信息，也没有发现地球上新物种信息——那些可能就是马克遇到的那条黄龙所要保护的。也许在这个年代，人类还没有取得获取这些信息的授权。

但在这个年代，人类已经发现地球上不光是自己，动物、植物甚至微生物都存在系统意识，只是等级不同。例如，动物的意识被人类界定为"情识"，是一种基于情绪和本能反应的意识。

马克带回来的生物意识信息不但可以帮助人类了解这些生物的本能需求、情感，通过提取他们对自然环境及变化的记忆识子，还丰富了对历史、地理、生物进化的考证。同时，那些灭绝生物的故事也提醒人类地球生命的脆弱，以及环境变化所带来的不可逆后果。每一个消失的物种不仅是地球生态系统的损失，更是生物多样性和自然历史的缺憾。

很快，基于神游协议技术的意识本质研究也正式立项，项目团队迅速确立了三大核心方向，每一项都指向人类认知的最前沿，试图突破意识的边界，解锁未知的存在：一是神经科学与意识解构——科学家们深入探索大脑与意识之间的复杂关系，试图解开意识的运作机制。他们利用量子意识计算技术，分析脑神经信号的运行方式，建立了一个前所未有的"意识提取算法"。二是意识共鸣与集体群落——在突破个体意识的界限后，研究团队开始探索更深层次的意识连接，目标是让意识从孤立的个体经验中解放出来，进入更广阔的集体认知网络。三是跨维度意识交流——团队猜想意识可能并非只存在于物理世界的四维框架中，而是某种跨维度的能量结构。他们将尝试建立与未知生命体的连接，迈向真正的跨维度共鸣。

随着项目的推进，物质的界限逐渐变得模糊，意识的维度不断延展，蔓延至无法预见的空间与时间之中。柯林等人越来越意识到，自己所处的这个领域，充满了无尽的未知与潜力。他们开始同科学界分享自己取得的一些实验成果，并计划逐步向社会公布。

然而，正当他们逐步接近真相时，一场突如其来的危机悄然降临。来自未知维度的存在似乎并非他们的盟友，反而带来了一股无法预测的威胁。这股威胁不再是单纯的物理或生物上的挑战，而是意识本身的试探与考验。当他们触及那更高维度的门槛时，那些曾被认为是深邃智慧的存在开始展现出另一面，它们的动机、目的，甚至存在的意义，变得愈发模糊，充满了人类难以理解的危险。

这一天，实验迎来了一个关键时刻。柯林安排马克和黛安参与一项前所未有的实验，目标是将一组识子引入量子态深处，从而探测那神秘的"原初残响"。

这次实验的主角是黛安。

"我们终于走到这一步了。"柯林对着黛安和马克说道，声音中透露着兴奋和一丝丝紧张："这次，我们不是分离意识，而是真正将识子编码后的信息投射进高熵量子耦合腔，让意识在非局域状态下自行重组。这将是人类首次在意识层面上主动跨入另一个维度。或许，我们能接触到那些古老的存在——那些我们称之'原初残响'的宇宙意志。"

"但我们对它一无所知。"马克低声回应，脸上带着凝重的神色。作为这次实验的观察者，他为黛安感到担忧，心中仍然难以忘怀上次实验中那股未知力量的强大与危险。他郑重提醒道："上次实验显示，它们不是被动的存在，而是拥有强大意志，并且能够干预人类思维，而我们，却没有任何反抗之力。"

"别担心，我会小心行事的。"黛安虽然这样安慰马克，但马克注意到她的手在发抖，像一种大战前的紧张，这在以往的星际航行中从未见过——这毕竟不是她熟悉的领域。助手们已经协助柯林准备好了所有设备，确保生物量子计算机能够处理实验中的所有潜在变量。

"开始吧。"柯林深吸了一口气，按下了启动按钮。

——实验正式启动。

黛安躺在中枢感应床上，脑后连接着最新一代"量子识子耦合器"。一道微不可察的意识脉流，从她的头顶心缓缓逸出，沿着模拟脑场频率开辟出的通道，向量子态的深渊滑行。

随着识子的逐步脱嵌，她进入了一种临界的意识分离状态。

她的身体静静躺着，生命体征稳定，但自我意识已经脱离神经系统的封闭循环，进入了一种无名的漂浮态。当意识滑出物质边界的瞬间，她"看见"了什么——不是真实的视觉，而是一种超越感官的全域感知。在那个识子重组的场域，时间失去了方向，空间不再划分距离。整个现实世界，仿佛玻璃般融化、剥落，一层层退至背景。

那不是梦、不是死，也不是纯粹的虚空——而是一种仿佛从未消失，却被遗忘已久的"本源感知"。就像宇宙在她意识深处叹息，又像她终于听见了宇宙第一次开口说话的声音。

她进入了一片深邃而又宁静的意识海洋，那里波光粼粼……正当她想进一步探究时，上次那个实验室中低沉且不带情绪的声音再次出现：

这里是意识海边界。再往前，你将无法后退。

她的意识被震了一下，但没有理会这个警告，因为此刻她正被一股无法抗拒的诱惑力量拉向那片海洋，那里仿佛包含了整个宇宙所有的智慧和历史。她感受到无数的存在——那些早已逝去的文明、星系中的智慧生命、各类不同层级的意识甚至是某种超越了时间的古老灵魂。

"这是……宇宙意识的大本营？"她在心中暗自思索，意识到自己正在接触到某种人类从未认识和了解过的存在。

与此同时，实验室中的马克和柯林紧盯着屏幕上快速闪动的数据，他们看到黛安的意识波动进入了一种前所未见的量子态——所有的神经信号和量子意识数据都显示出一种奇特的范式，似乎她的意识已经不再是个体，而是融入了某种更大的体系中。

"她在进入某种……集体意识"，柯林的声音透出不安，"这些数据表明，她的意识与某种未知的意识网络相连，那个网络比我们想象的要复杂得多——不，是我们根本无法想象出的。"

柯林的表情愈发严峻："这是我从未料到的，她正在进入一个我们无法掌控的场域。"

正当他们商量着是否应该中止实验时，黛安的意识突然开始回传信息。她的声音穿越了一切屏障，也超越了物理世界的所有通讯方式，直接在他们脑中荡开：

"我看到了……一切。这里没有时间，没有空间，像是一片波光粼粼的意识海洋，各种各样的意识体在其中漂浮……还有灵魂的火花。"

"我已经与意识海连接，我在共鸣，这里每一个意识都是更大整体的一部分，我们所追求的'独立灵魂'和'自由意志'……其实并不存在。"

黛安传来的这些信息，让柯林和马克一时语塞。他们的科学理念和理论框架似乎在瞬间崩塌了。"黛安，你的意思是……"柯林试探性地问道，但还未说完，黛安的声音打断了他："我们并不是在发明新的技术，而是在发现意识的本质。宇宙就是意识的具现，而'神游'不过是意识在不同层面上的辗转腾挪——不是单纯的技术现象，而是意识进化的演绎……"

　　黛安话音未落，实验室所有设备突然发出咔咔作响的异声。那声音像是从金属骨骼中传出，夹杂着微妙的震颤与扭曲感，仿佛整套系统正被某种不可预见的高频干扰撕裂同步节奏。

　　"糟了！频率太强了！"柯林大喊，"黛安回传的意识流能量超出了我们设备的最大承载能力！"柯林紧紧盯着屏幕，试图找出解决方案，但此时，他也意识到这不是技术问题，他们的设备根本无力承受这样的宇宙高频。

　　黛安的声音再次传来，但这一次显得异常平静："不要害怕。这只是高频意识态的自然流动。我已经超越了个体，融入了更大的整体，所以才会这么强……你们要相信，意识力量远比物质更真实。"此刻，实验室的光线变得异常刺眼，黛安也再没有发出任何声音。几秒钟后，医疗组正在监测黛安体征的莫妮卡忽然惊叫起来："她的脑波接近静止！"柯林赶快命令断开所有设备连接。他看到黛安的身体依旧静静地躺在那里，意识却再没有任何回应。

　　马克握住黛安的胳膊晃动，一点反应都没有。"她怎么了？"他的声音充满了焦虑与无助。医疗组开始给黛安的身体做各种检查，实验室内的空气仿佛被冻结了一般沉重。黛安的身体躺在他们面前，心跳、呼吸、体温、血氧、心电图等生命体征一切正常，但反映大脑神经元群体活动的脑电信号几乎趋于平静，代表整合意识体验的 γ 波同步振荡，仅残留着几乎不可察觉的波动——在神经科学中，这种几近沉寂的电生理状态被归类为"最小意识状态"。然而，莫妮卡坚持认为，这并不代表真正的意识尚存——而只是残余在神经系统中的"物识"与"微识"所产生的自激性反应。

　　"那不是她的灵魂在回应。"莫妮卡说，"只是人类意识曾经存在过的余音。"听到这话，柯林的内心五味杂陈，而马克更是翻涌着复杂的情感，无法掩饰内心的惶恐。

　　"你觉得她还在吗？"他低声问道，目光紧锁着屏幕上正在缓缓下降的神经信号图。柯林沉默不语。他无法向马克解释——黛安的意识现在肯定不在身体里了，但他也不知道去了哪，何时能回来，或许回不来了？抑或，完成了向更高层次的进化？黛安的最后一句话在他脑中不断回荡——"意识力量比物质更真实。"他再次对比了一下"量子识子耦合器"和生物量子计算机给出的数据，终于开口："她已经不再是她了，或者说，她的意识已经不再局限于身体'容器'，可能进入了宇宙意识，成为了某种更大的存在的一部分。"

马克盯着黛安的身体，心中满是恐惧，他带着责备的语气问柯林："你就这样把她弄丢了？"柯林抿紧了嘴唇，没有立即回答。他深知黛安的意识已经超越了能够追踪的范围，进入了他们尚未完全理解的维度。这时莫妮卡喃喃地嘟哝了一句，"身体也只是意识的投影，真实的存在在于精神的无尽延展。"尽管声音很小，但在如此安静的情况下，实验室里的人都听到了。

"那我们该庆祝了？"马克讽刺道。说完，他似乎觉得有些失态，不好意思地挠了挠头，毕竟黛安还在那里，一切物理体征都正常，他们只是要"找回"她的意识。

柯林默默地思考着。他们不但通过科学手段实现了意识与身体的分离，还无意中又迈出一大步——既打破了物质与意识的界限，又将个体意识融入到宇宙意识中。

"这远远超过了原本的预期。"柯林终于说道，"神游实验验证了全像波动理论不再是一种假说，而是真实存在的宇宙运行机制。"

马克的眉头紧锁，他对这样的结论并不质疑，但此刻更关心"黛安"去哪了："所以，黛安已经不再是一个个体了？她成了宇宙的一部分？"

"是的，得到的数据流显示，她的意识已经超越了个体意识的范畴，进入了更高维度的意识群落中。在那个层次上，意识是无限的、共享的，超越了一切我们所理解的'个体'定义。"柯林答道。

"那黛安还能回来吗？"马克只想得到最直接的答案。

众人陷入了一种深沉的静默。

没有人再开口。他们都已意识到——此刻所触及的，不再属于人类已知的科学范畴。他们原以为自己站在科技的前沿，试图通过实验室与设备探索意识领域的极限，却在不经意间推开了一扇门，那门后，是一个直通宇宙意识本体的通道——那是思想无法定义、语言难以描述的存在层级。只有在那里，可能才有一个概念和一个定义，可以描述黛安现在的"状态"。

柯林感到胸口发紧，不是恐惧，而是一种震撼——一种对人类自我认知边界的撼动。他知道，这不只是一次科技突破，更是一次关于"我是谁"的根本性重构。

他是地球顶尖的量子意识科学家，曾在不久前的全球量子科学峰会上提出一个引发轩然大波的问题：

"两百年前，人们坚信的科学观如今看来多么可笑；那谁又能保证，我们今天奉为真理的科学体系，在两百年后不会沦为另一个笑话？"

他提出的并非反科学，而是对"科学"本身的一种深层追问。那一次，他被推到了聚光灯下，也第一次，被主流之外的思潮所追随。

如今，他站在这扇被打开的意识之门前，心中回响起当初自己那句被无数人质疑的灵魂拷问——"如果……意识才是科学的起点呢？"

4 ｜ 天外启示

079 黛安回归

看到大家都不回答，马克再次打破了沉默，逼问道："我们要怎么做？"

柯林注视着屏幕上闪烁的最后一组数据，他也不知道怎么做，但他知道这项技术不能就此停下。神游协议不但揭示了人类真正的使命——意识进化，它的潜力还包括治疗疾病或延长"生命"。

突然，黛安的身体出现了一丝不寻常的反应，内在的力量正在重新唤醒她。屏幕上的数据开始波动，神经信号显示出回升。

她的眼皮微微颤动，紧接着——右手的食指缓缓抬起。那动作轻得几乎察觉不到，却如一道闪电划破沉默的世界。实验室内的空气顿时凝固，所有人仿佛被时间冻结般定格，只剩那指尖的微动，像是从另一维度传回的"我还在"信号。

柯林猛地屏住呼吸，他知道：那不是反射。那是她自己。她在回应！

马克下意识地靠近黛安的身体，握住了她的右手，感受到一丝微弱但逐渐恢复的活力。他的心跳加速，脑海中闪过无数可能性。

"是意识回归了？"他自问，但却无法确定。理论上，实验是将一组识子引入量子态深处再去探测，而不是全部意识——然而，刚才的景象却打破了他们所有的预设，似乎要以精神生命为代价。

"她回来了！"柯林喃喃道，声音低沉而发颤。

那一刻，他的眼神中透出一种劫后余生般的敬畏与如释重负的安宁，仿佛整个人终于从一场悬在意识深渊边缘的拉锯中脱身。本来，他将识子"分组"的构想是基于大脑具备分区调度的潜力——正如左右脑可并行执行不同任务，实现一手画圆、一手画方块的效果一样，这被他称为"多线程意识结构"。当然，他也深知，现阶段人类大脑意识还是以"高度整合"以及"单一主线"方式运行。

在这个实验中，他希望观测到在具备人工辅助意识扩展设备的条件下，是否能通过识子分组将各项任务分流：让感知输入被导入 α 组态，身体反馈归由 β 接管，而所有非线性、难以显示表达的直觉生成，则分配给 ζ 组态处理，而黛安本人则进入 γ 组态的旁观状态——一种能够实现"我知道自己正在感到我知道"的元意识结构。当然，最主要的目的，还是观察被高能激发的 θ 组态识子，在非局域状态下经过自主重组后，所能进入的那个全新"空间"——可是不想，他们几乎"失去"了黛安。

黛安的双眼缓缓睁开，目光先是迷离，随后逐渐变得些许清明。她的目光穿过柯林与马克，仿佛看穿了现实中的一切，直达某种更深层次的真相。她并没有立即说话，而是静静地观察着周围，似乎在重新适应这个世界。

"你……能听见我吗？"马克小心翼翼地问道。

黛安转动着视线，轻轻眨了眨眼，嘴角微微上扬，流露出一种超然的平静。足足过了十几秒，她终于开口道："我还在这里，也在那里……"

她的声音带着一种空灵的共鸣感，仿佛从另一个维度传来。柯林和马克感到背脊发凉。黛安的意识不仅是回到了她的身体中，更像是从某种高维意识网络中投射回来的，声音也是那么缥缈空荡。

"那里是哪里？"马克的声音微微颤抖。

黛安的目光变得深邃，恍如穿透了时空的屏障。她轻声说道："我看到了祂——那个意识的整体，一个超越物质的广阔意识。祂告诉我，地球上所有人的意识，本质上都是祂的一部分。神游协议为我们打开了一扇门，让我们得以窥见真相。"

她的声音轻柔而空灵，每一个字都带着从高维传来的深邃启示，揭示着某种无法言喻的宇宙真理。

柯林屏住了呼吸，内心激荡不已。他一直认为神游协议的核心是科学，是通过量子意识学与神经科学的结合来提取和转移人类意识，但现在黛安的话让他真正明白，他们触及的不是新科技层面，而是更高维度的宇宙意识。

"广阔意识派你回来，是因为你还没有完成在这个世界的使命吗？"看到黛安已经回来，马克松了一口气，开玩笑地问道。

黛安笑了笑，轻轻摇头。

"回来？不，"她的声音温和却坚定，仿佛从两个世界之间同时传来，"我从未真正离开过。"

她的目光缓缓扫过柯林、马克和实验室中仍在微微嗡鸣的装置，带着一种穿越了幻象后的澄明。

"只是你们，一直用物质的眼光去观察意识的存在。"她轻轻抬起手，活动了一下手指，继续说道："高能意识并不依赖位置，它可以在多个维度中并存、穿梭、重叠。你们看到的我，只是意识投影在这条'线性时间带'上的一次显现。"

她顿了顿，语气低缓却异常清晰："我不需要回来。因为我从未离开。只是你们还未看见，意识的真正结构——并非单线，而是全息。"

她双手支撑，在莫妮卡的帮助下努力坐起来，又动了动脖子，似乎在感知体内和体外的不同变化，然后继续说道："我带回了我们下一步的方案。"

柯林如获至宝，抓紧问道："什么方案？"

黛安的表情变得严肃，她的目光与柯林直视："神游协议只是第一步。我们通过它接触到宇宙的意识网络，但这仅仅是通往进化的门槛。人类要真正了解自身和宇宙的本质，必须学会不再依赖肉体，学会让意识自由地在不同的维度中穿行。我们不仅要实现意识与身体的安全分离，更要学会如何进化意识本身。"

马克皱起眉头："这意味着什么？难道我们要……放弃肉体？"

黛安又摇了摇头，目光中透露出一种深沉的理解："不是放弃，而是超越。我们的身体只是意识在物质世界中的体验工具，意识和灵魂被肉体所封印着。广阔意识告诉我，肉体不应成为意识和灵魂的枷锁。通过宇宙技术的帮助，我们能够学会如何自由地进出意识的不同维度，甚至突破时空限制，最终成为真正的'多维生命体'。"

她的声音充满了睿智，仿佛已经看到了人类进化的新境界。

柯林听到这些，感觉全身的每一根神经都在震颤。黛安的话充满了难以置信的启示，但这与他一直以来的研究直觉不谋而合。或许，这一切正是神游协议的最终目的——不仅是人类生命的延续，更是物种进化——进化到一种超越物质的存在形态。但即便他，作为地表最强的量子意识科学家，也没有料想过"多维生命体"这个概念。

"所以，接下来我们该怎么做？"柯林问道，目光中充满了期待。

黛安平静地说道："我们需要重新构建全像波动理论和实验框架，根据实验成果反向设计神游协议，让它不仅仅用于分离意识，而是为所有人打开通往更高维度的门扉。这不是一项孤立的技术方案，而是一场全球意识的觉醒。我们必须让更多的人参与进来，利用人类集体意识的力量，才能触及更深层的宇宙真相。"

这一启示给柯林带来了全新的思路。然而，马克却瞪大了眼睛对黛安说道："你是说，让更多人的意识进入那个集体网络？这样会不会太危险了？"

黛安没有直接回答马克的问题，反而问道："你们听说过二十世纪七十年代，一个叫作'宇宙25号'的老鼠实验吗？"

"我知道，那个实验说明：乌托邦，是一个让灵魂死亡的地方。"马克快速答道。

"什么实验，我怎么不知道？"还在一旁照顾黛安的莫妮卡一边说着，一边已经开始检索。

"无论是大城市人口密度过大、社会责任职位饱和，还是丁克一族、社交圈封闭、竞争压力、行为沦陷、消极避世、草食男，这些当下的社会现象都能从实验中找到原型。"柯林说道。

"对，这种躺平的'美丽鼠'的确越来越多。他们把生活简化为吃、睡和打理自己，对身边以外的世界漠不关心。他们不再具备年轻人应有的锋芒与探索欲，而是蜷缩在封闭的日常中，对一切冷漠、疏离，只沉溺于自己的小嗜好。他们像是灵魂抽离后残留的人形体，空有血肉，却再无热度。"莫妮卡边读着网上的实验报告，边对比着现实社会愤愤地说。

"我们现在的社会人口已经开始急剧减少，不会最后像那些老鼠一样最终停止繁育，直到最后一只死亡吧？"马克开始担心了。

"也不用这么悲观，我的意思是，'宇宙 25 号'的最终结局——在'一切都是美好的'中湮灭，只是人类社会走向的一种可能。但人类也该为多维存在开始做准备，毕竟地球终有末日的那一天，宇宙也一样。"黛安缓缓说道。

"这个实验的结果也正说明，'祛魅'的结果是宇宙会变得'冷冰冰'，人会变成'铁笼中的人'；虽然获得了技术的控制力，却失去了意义的支撑，产生'存在的荒漠感'。"柯林说道。

"我懂了，意识实验一定要继续下去，并且要吸引更多人加入。"马克说道，"人类不能再仅仅依赖物质科技——那样发展到头，也就是'物质极大丰富'和'一切都是美好的'幻象下的乌托邦。人类要有灵魂，要发展意识科技，探索意识的真正潜力，包括让更多人有机会去接触那些古老的宇宙智慧。"

"其实我们也没有退路了。"柯林说道，"军部一直都认为这不是一项可以放弃的研究。宇宙意识一直在等待我们，必须找到进入它的方法。否则，我们永远无法理解人类的真正起源，也无法完成'生而为人'的天赋使命。"

"传统社会，世界是有灵的，山川河流、神祇祖先都被赋予神圣性；现代社会，随着科学理性的发展，神圣被'揭露'，世界被还原为可以计算、操作、掌控的机制。然而，真正的'祛魅'，从不是对神秘、神圣和超自然力量的否定，只是对盲目神化的拒绝。我们的意识科技发展，正是以理性、科学和实验为基础来解释宇宙的过程。"黛安补充道。

马克深吸了一口气，他知道，人类的意识进化，甚至整个文明的未来，可能都取决于他们接下来的选择。

之后不久，布莱克索恩代表军部宣布，将神游协议扩展到更大规模的实验。他们不再满足于个体的意识转移，而是计划探索如何将人类意识融入宇宙意识网络中。这个过程不仅是科技上的突破，更是意识形态的蜕变。

随着实验的深入，越来越多志愿者主动加入柯林的研究项目。他们不再仅限于科学家或工程师，还包括艺术家、哲学家、医生、律师、退役军人，甚至曾在梦中窥见宇宙真相的普通人。他们有一个共同的信念：人类不是一个偶然进化的碳基物种，而是宇宙意识的一枚碎片，正等待与更宏大的整体重新接通。

他们聚集于此，不是为了技术的荣耀，而是为了回答那埋藏在意识深处的终极问题：我们是谁？我们为何存在？宇宙是否也在通过我们观看自己？

他们相信，人类的终极进化方向并不是永生的肉体，而是指向一个意识重组的未来——在那里，个体不再被血肉所限，而以纯粹意识的形态，自由穿梭于多维时空之中。他们称那个未来为"神游太虚"——那是一种与宇宙合一的状态，一场向源头的归返。

080 神游元器

　　黛安从广阔意识那里带回的天外启示，掀开了一场人类意识革命的序幕。

　　柯林的整个研究团队在震撼中醒觉——他们不再只是科学的探路者，而是站在一场超越物质、直抵意识本源的变革边缘。他们隐约感受到：旧世界的逻辑正在崩塌，一种全新的思维维度正在缓缓展开。

　　人类文明，从未如此接近真相——一个曾被神话低语、梦境暗示、哲学追问、科学误解的真相：意识，不只是人类拥有的一种能力，而是宇宙自身的语言。

　　数周后，柯林实验室的下一层——K 堡地下十层，被改造成了一个全新的意识研究中心。布莱克索恩掌管的另一组研究团队也被并入了这个研究中心。那个团队的首席科学家，是一位带着亚裔面孔的多吉博士。

　　多吉是全球突破物种思维限制技术的代表人物，曾在生物学、神经科学和 AGI 通用人工智能领域突破多项瓶颈，例如对蚂蚁的研究。

　　自然界中的生物具有多样的认知能力，但这些能力通常局限于其生存和繁殖所需要的范围内。蚂蚁作为一种社会性昆虫，虽然神经系统相对简单，只是通过化学信号——信息素进行交流，却展示出复杂的觅食和防御行为。蚂蚁的行为显示出高度的组织和协调能力，呈现出复杂的集体行为和问题解决能力。但尽管如此，蚂蚁个体的认知能力因受到其神经结构的限制，主要限于简单的环境导航和资源管理。

　　多吉团队在深入解析蚂蚁神经系统结构的基础上，成功设计出一种可与其神经元直接连接的微型神经接口系统。系统由两大核心模块构成：一组超微电极阵列，能以纳米级精度实时记录并精准刺激蚂蚁的神经活动，尤其锁定其"蘑菇体"区域——这是蚂蚁学习与记忆的中枢，被视为类脑结构中的意识雏形；一枚嵌入式 AGI 微处理器，如同一个压缩到昆虫尺度的意识共振节点。它不仅能够双向解析蚂蚁神经编码，还能进行复杂的信息翻译、认知建模与行为调控，形成"生物 + 智能"的协同意识回路。

这一突破打破了传统神经系统的生物界限，让蚂蚁的认知能力被大幅提升。它们开始表现出超常的正向学习能力、空间感知能力、记忆持续性，甚至是跨个体信息共享的趋势。

其中一项突破性的实验，是尝试将复杂数学概念转译为蚂蚁神经系统可识别的神经语言。为此，团队开发出一套神经映射算法，能够将如三角函数这样的抽象数学表达式，转化为特定频率、波形和节律的电信号模式，与蚂蚁的"蘑菇体"和"触角叶"神经网络进行交互。

这个过程依赖于一个嵌入式 AGI 模块，它不仅负责信号的实时调制、格式转换与递送，还能根据蚂蚁神经反馈自动优化编码策略，确保信号被神经系统"正确解码"，而非视作无意义的干扰。

设备植入后，蚂蚁会经历一个类似人类婴儿语言习得的学习与适应周期。在这种自然建构性的学习过程中，每当蚂蚁成功"响应"一个三角函数问题——比如穿越一个按照正弦波路径设计的迷宫，或选择与余弦图像匹配的路径节点——训练系统便给予一组正反馈电信号，以强化其神经回路。

科研人员同时借助生物计算机模拟蚂蚁的神经电路和潜在行为路径，通过建模预测它们对不同信号模式的反应，从而不断调整参数，提高训练效率与认知精度。反复的训练与反馈，使蚂蚁逐渐建立起对这些"非生物性概念"的响应模式。尽管它们并不"理解"数学的抽象意义，但学会了与这些概念产生行为意义上的映射关系。

这一实验颠覆了认知边界的传统定义——它暗示，"理解"未必依赖语言或文字，而可能是一种神经模式与外部结构的共振关系。正如多吉在实验日志中所写："如果一只蚂蚁可以操作三角函数，那我们还敢断言，宇宙中真正理解'数学'的，必须是人类吗？"

　　布莱克索恩的想法，是将这种突破物种思维限制的技术最终用到人身上，拓展神游协议的实践应用。在他的推动下，柯林和多吉共同创建了一个名为"意识进化路线图"的项目——代号"解封"，目标是彻底打破人类意识的物种枷锁，使其能够自由进出各类生物意识世界，展开多视角体验，获得不一样的知识。

　　"解封"计划不仅吸引了科学家、哲学家和技术专家，还吸引了大量灵性实践者和未来学者，他们都渴望了解更深层次的意识真相。

　　在实验室附近城市尔湾举办的一次技术论坛上，柯林站在一个虚拟现实屏幕前，向到场的全球科学家展示了解封项目的最新技术突破："我们称之为'神游元器'，"他的声音中带着自信与平静，"它不仅能提取意识，还能让意识在不同维度间自由穿梭。每一个使用者，都将体验到自己在宇宙意识网络的大海中遨游。"

　　柯林身后的巨幕骤然亮起，一个错综复杂的量子意识网络模型浮现其中——那是他们最新提出的理论构想：一张遍布宇宙、超越物质和暗物质的"意识之网"。它不依赖任何具体形态，而是存在于纯粹的量子意识态中，将万物的意识彼此连接，如同宇宙自身的神经系统。

　　"现代科技已经揭示：宇宙中真正可见的物质仅占不到 5%，而剩下的，27% 是暗物质，68% 是暗能量。宇宙'意识之网'虽然肉眼不可见，但遍布在这 68% 暗能量的量子态中——那是多维宇宙结构中尚未被唤醒的'能态选择'。过去，我们一直以为在研究暗能量，其实它是意识的隐形骨架；而我们手中的技术，正是通往那个'选择'的钥匙。"

　　"我们曾公认：意识是大脑的产物，只属于个体的内在世界。然而，那只是全像波动投影之中的一角。大脑，并不是意识的源头，它只是意识降临物质世界的暂居宿主。真正的意识，是无界的，是跨维度的，它超越了时空，也超越了自我。现在，我们可以让每一个人，都亲身感知到它的无限性，亲身触及那片无穷的意识海。"

　　技术演示由马克负责。工作人员为在座的每一位参与者戴上复眼视觉头戴装置——"千瞳"。这是一种设计灵感来自蜻蜓复眼结构的多维视觉系统，能辅助呈现意识的分离与延展。

　　神游元器一启动，现场仿佛轻轻震动了一下。众人眼前的景象开始模糊、变形，一个超越现实的奇异空间缓缓展开，像是在梦境与清醒之间缓缓推开的门扉。

　　一些人开始低声讲述他们所见。过去的记忆如潮水般涌现，恍若老旧胶片在眼前一幕幕回放——

　　童年的光影、青年的奋斗、中年的沧桑、父亲的眼神、母亲的叮嘱……那些曾以为早已遗忘的细节，如今却清晰得就在触手可及之处；而另一些人，则描述了一种前所未有的轻盈——他们的身体感知正在消散，意识挣脱了肉体的束缚，像风一般在多重维度间穿梭，没有方向，也没有边界，只是一种流动的存在。

　　还有人颤声道，他们进入了某种更高的精神频率，与其他意识相遇。在那里，他们与已故的亲人短暂重逢——无需动作，甚至不需要言语，只是情感在彼此之间沉默地流淌，那是一种跨越生死的连接，一种超越语言的共鸣。

　　整个现场陷入了一种神秘而肃穆的氛围。每一个人都沉浸在自己独特的意识体验中，如同灵魂脱壳，跃出了时间的河流，穿越了空间的帷幕，在那不可言说的深处，触摸到了意识的另一端。

　　"今天只是一个技术演示，神游元器的全貌并未完全展示。"柯林缓缓开口，声音低沉而坚定，"它的真正潜能，也还远未被解锁。当技术进一步发展，我们将不再受限于线性的时间与狭隘的空间。届时，意识将彻底解放，不再依附于肉体，不再局限于个体——它将自由地延展、共鸣、融合，成为整体宇宙意识的一部分。"

　　柯林的演讲和技术演示带来轰动，几乎所有全球主流媒体第一时间都进行了报道。然而，这项革命性的技术一经公布，便迅速触动了多方敏感神经，引发激烈反对。

　　宗教领袖们纷纷发声，质疑这项技术是否会动摇人类传统的信仰体系。他们认为，人类不应干预意识与物质的自然关系，认为这种对身体的"亵渎性探索"触及了神圣不可侵犯的领域，挑战了他们关于灵魂的信仰。

一些国家的政府机构，对这种技术的潜在影响也表示出担忧。他们担心，意识的自由探索可能会带来社会秩序的动荡，尤其是在个体身份、隐私与安全方面。他们认为，随着技术的快速发展，可能会出现难以预料的风险，无法有效监管和保护公民的基本权益。

此外，部分激进社会团体也对神游元器表示强烈反对。他们认为，这项技术可能会被滥用，带来巨大的伦理风险，甚至可能引发大规模的意识操控和社会资源独占。他们担心，如果没有足够的监管机制，个人的思想和意识将可能被外部力量操控，甚至对自由与民主造成威胁。

这些反对的声音在全球范围内迅速蔓延，形成了一股强烈的社会舆论；而柯林和他的团队则坚持认为，这项技术是人类通向更高层意识和自由的钥匙，呼吁社会各界对科技进步保持开放态度，进行更加理性、深入的讨论。

081 信息轴心

就在解封计划准备开始大规模推广的日子里，柯林收到了一封没有署名的信，但信笺上赫然印着一个标识——"信息轴心"。这是一个据说由全球传媒界大佬们组成的秘密组织，传闻他们控制着世界上百分之九十的媒体资源。

信中的内容简单却充满威胁：

"你们正踏入不该涉足之地，一意孤行只会导致灾难。意识形态并非是你们可以操控的资源，它有自己的游戏规则和结构平衡。你们的神游元器可以在实验室中激起浪花，但不能越界引发社会动荡。

你们正在冒着人类无法承受的风险。该停止了。"

信中没有透露更多的线索，只有这短短几句话，但足以让柯林心头一紧。他深知这不是普通的警告，背后隐藏着更为复杂和强大的势力。

"信息轴心"——这个名字长期游走于流言与阴影之间，像幽灵一样在全球资讯系统背后潜伏。无人真正见过它的模样，却没有人怀疑它的存在。它如同隐藏在舆论背后的深层权力，掌控着几乎所有主流媒体，操纵全球舆论导向，塑造人类认知的边界。

那封信的出现，如同一枚投向静水的石子，激起柯林心中层层涟漪。显然，那些以"资讯"为权力根基的幕后操控者，已经意识到神游元器的威胁。它不仅可能改变人类对现实的认知方式，更可能打破他们长久以来筑起的认知围墙。

这一刻，柯林第一次真正感受到来自社会系统深处的寒意。过去那些来自宗教、政府和社会团体的质疑，在这一背景下反而显得清晰可解，而"信息轴心"的出现，则像某种无声的宣告——这项技术所挑战的，不只是传统认知，更是整个文明的结构性权力。

他反复揣摩信上的字句，越读越觉得其中藏有更深的含义。他们为什么要发出警告？是恐惧技术失控，还是试图阻止意识真正的觉醒？如果"信息轴心"早已窥见了这项技术的未来走向，他们是否比自己更清楚这场革命的终点？

尽管对解封计划怀抱理想，坚信这是通向更高维度的钥匙，但现在，柯林不得不开始面对一个沉重的问题：他们是否打开了一扇无法关闭的大门？

神游系列的成功固然令人振奋，但真正的代价或许尚未显现。他们以为正在创造工具，是否反而是在释放某种未知的存在？在那看似理性与逻辑构建的系统背后，是否隐藏着一套尚未揭示的宇宙法则？那不是物理的门槛，而是存在本身的裂隙。

柯林抬起头，望向实验室中央那台仍在轻微震颤的神游元器。冷光下，它宛如某种即将觉醒的意识核心。那不是技术装置，更像是某种接驳——连接着人类与一个他们尚无法理解的深层场域。也许，他们并非站在未来的门口，而是已踏入未知的漩涡。

深夜，柯林回到自己的房间，在床上辗转反侧——他思考着必须更加谨慎地推进这项研究，深思熟虑每一步的选择。或许，应该和布莱克索恩请示一下是否暂停项目？这样既可以重新评估神游技术带来的潜在影响，也可以试试与那些警告他们的力量对话，了解他们到底在担忧什么。

柯林几乎一夜无眠，但令他始料不及的是，第二天早上发生的事——一夜之间，就像有人安排好了一样，全球媒体上出现了许多相似的负面报道：一些报道称，曾参与神游元器实验的人报告，他们在体验后经历了奇怪的幻觉，感知到细微的时间错位，甚至曾经清晰的记忆开始变得模糊不定；另一些报道描述，一些人声称他们的意识在某种无法理解的空间中迷失，无法重新返回身体；还有一些媒体跟进抨击解封计划和意识分离研究，之后越来越多的神游元器"受害者"纷纷站出来接受采访。

局势愈发紧张，布莱克索恩在重压下逐渐感到不安。一方面，他意识到自己领导的团队正在踏入一个危险的领域；另一方面，"信息轴心"也托人向他发出了间接警告，令他倍感压力。

"我们是不是走得太远了？"布莱克索恩在一次深夜的会议中，声音低沉，带着明显的焦虑说道，"这不仅仅是一项科学研究，或许我们也正在打破一些政治禁忌，揭开一些不应触及的权力真相。"

尽管如此，经过几天的深思熟虑，他还是最终决定让柯林继续推进项目。在这一点上，许多人还是很倾佩布莱克索恩，说他"杀伐果断"——尽管他一贯让人感觉冷冰冰的，许多时候也不近人情。

布莱克索恩决定继续推进项目的前提，是要柯林他们采取更加谨慎的态度，同时加强与外界的沟通。他提出了明确的条件——在未来的研究中，必须保持高度警觉，避免任何可能失控的危险行为。

柯林了解他的顾虑，也理解他背负的重压。在接受了这些指令后，他立即采取行动，开始召集全球各地的灵性领袖、哲学家和科学家。他希望通过集思广益，从不同学科和领域的专家那里，获得对神游技术可能带来影响的多方视角。这不仅是对科学可能性进行探讨，更是要深入挖掘可能引发的伦理、社会和宇宙层面的深远意义。他希望能找到一个平衡点，使得这项技术既能走入社会、实现其潜力，又能避免带来无法控制的后果。

随着研究的深入，柯林逐渐察觉一个惊人的普遍现象：每一个经历"意识分离"的人，最终都会在实验中某一刻，被某种不明能量"激活"，与某种高维意识体产生共鸣。这种共鸣并非偶发，而像是一种嵌入宇宙底层的自然律动，牵引着每一个意识向着未知归集。至今，已有九十九位实验者经历了这种现象，柯林称他们为"超维者"。

在所有案例中，黛安的变化最为显著。自从那次量子态实验后重新睁眼，她仿佛脱胎换骨。柯林注意到，她眼中已不再有恐惧、困惑或人类常有的情绪波动，取而代之的是一种能够穿透事物本质的深邃凝视，连柯林都不敢与之对视太久。他知道，那个曾在实验前紧张得手指发抖的女人，已经不再是他们熟知的黛安。

　　柯林记得有一次，布莱克索恩曾对他说过一句意味深长的话："人类唯一残存的神性，是眼神。神与神之间无需语言，他们以目光交流，直指本源。"

　　那天，布莱克索恩还半开玩笑地提起中国古代的《西游记》——里面有个桥段，猪八戒说自己在天庭调戏嫦娥而被贬。可布莱克索恩却笑道："在广寒宫那种层次的神仙界，哪来的'全无上下失尊卑，扯住嫦娥要陪歇。再三再四不依从，东躲西藏心不悦。'这样动手动脚的不轨？你别信猪八戒的说法，我敢打赌，它一定是在和孙悟空吹牛。它不过是多看了嫦娥几眼，然后在眼神里发生了点不该发生的事。"

　　柯林当时笑晕了，但那句话却在他脑海中留下了痕迹。的确，人的眼神可以传递太多：信息、情绪、欲望、态度、冲突和不可言说的含义，这还不包括辅以眼睑、瞳孔、眼肌的微妙变化。

　　所以，当他再次望向黛安的眼睛时，心中不由浮现一个念头——她，是否已经"神化"？但他随即又想起上次几人关于"祛魅"的讨论，那种对神化倾向的深刻警惕，使他把这个念头埋进了沉默深处，未向任何人提起。

　　然而，在随后一次对黛安的例行脑电量子态扫描中，他发现了一个从未见过的脑波结构：不是传统意义上的频率叠加，而是一种螺旋交错、向外辐射的几何图式，似乎某片脑内场域正在自我生成一个奇特而稳定的符号"§∧§"。它既像脑波图式，又像某种不属于这个世界的语言。

082 负熵脉冲

在接下来的三个月里，柯林反复试图解码这一结构的意义。频谱分析、识子态解构、拓扑映射、信息压缩算法，无一奏效。它像是故意躲藏在所有解析之外，诱使他放弃，却又在某种层级上不肯离去。

有时候，人类最伟大的突破，就潜伏在最不被注意的细节之中。

在黛安的第 19 次实验录像的深夜回放中，柯林终于注意到它——不是数据异常，也不是装置故障，而是屏幕左下角的一道毫秒级波动——那是一个不应存在的"负熵脉冲"，它在"真空场模拟"（探索暗能量机制的关键技术路径之一）中出现，又瞬间消失，如同宇宙的一次轻微眨眼。

任何人都会忽略它，把它归因为误差。但柯林不一样。他的意识，仿佛早在那一刻前，就已经"预感"到了它的来临。

那一刻，整个实验室仿佛被什么无形力量轻轻划破，沉入无声的静默。柯林感到脑海中某个从未点亮过的区域，微微发光。

"这不是错误……这是入口。"

他反复回查前 18 次实验录像，在第 9 次和第 16 次实验中发现了类似现象。令人震惊的是，那道负熵脉冲总是在"暗场干涉"（非显性能量场之间的量子相互作用或信息共振）激活后 0.618 秒出现——一个完美的黄金比例时点。

这不是巧合，而是一种意识在场的"指纹"。

柯林将帧图放大至像素层级，在频谱扰动深层，再次看到了那双螺旋符号"§∧§"，它正向某种不可定义的非空间维度卷折。

他屏住呼吸，那不是噪声——那是回应。

他决定冒险。

他将自身的意识状态作为变量输入实验系统，与黛安的波形进行叠加比对。他不是要测量数据，而是要验证一个从未被承认的可能：意识是否正在被测量。

结果令人震撼。

每当他沉入深层哲思——譬如"我是谁""是否存在观察者之外的意识"这类追问本源的问题时，那道负熵脉冲便骤然清晰，如同某个远方的智能信号被唤醒；他的脑波也出现了"§∧§"的回应。

而当他回到日常逻辑，进入程序化操作或神经平稳状态时，那脉冲便彻底消失，仿佛它只对某种精神张力敏感。

他几乎可以断定：这不是物理现象，而是一种响应结构——一种对意识频率进行监听的机制。它在监听——不是数据，不是语言，而是他思维频谱中的纹理本身。

某种存在，静默而清晰地评估着他的意识调性，仿佛在无声地问：

"你……察觉到我了吗？"

那一刻，柯林猛然想起导师曾说过的那句令他久久不解的话：

"如果宇宙有意识，它最恐惧的，不是你去探索它，而是你意识到，它一直在凝视你。"

这一瞬，柯林仿佛跌入了一场更高维度的回响。他终于明白——

所谓"暗能量"，或许根本不是能量，而是一种信息倾向性的表达结构，是宇宙背景意志投射出的一座信息引力"灯塔"。它不作用于质量，而是作用于意识的自组织方向，将某些思维结构悄然牵引至一个更高维度的"认知坍缩点"——在意识演化的某个临界时刻，多重认知可能性状态在这个节点瞬间收敛为一个确定的结构。而那道负熵脉冲，正是这座灯塔向黛安释放的初次"标定信号"。

"这不是回归，这是唤醒。"

凌晨两点，他紧急唤来黛安。他们开始重新审视整个神游协议实验系统，以及最初的神游元器原型。此刻，柯林开始怀疑：这一切从来就不是人类自主研发的科技突破，而是某种被设计好的入口机制——不然这一切都无法解释，因为已经远远超出人类智慧。他们不过是在沿着一条预设路径，抵达某种等待中的节点。而黛安，是第一个成功穿越全程的"人类容器"。

黛安听完柯林的阐述，陷入长久沉思。

她想起自己在实验中那种与某个更大整体共鸣的体验。那不是幻觉，不是神迹，而是一种连接——一种在语言诞生之前，便已埋藏于人类意识结构中的逆向通道。

"我们或许并不是用意识去接触高维，"她缓缓说道，"而是被它接收、解码，并主动唤醒。"

柯林沉默。他无法完全接受这个方向。

他开始逐帧分析另外九十八位"超维者"的实验录像。最终他发现：在每一个成功与某种高维意识体产生共鸣的个体身上，都会在实验终点出现短暂的意识坍缩现象，并在潜意识层面说出一段陌生语言。

那些词句，不属于地球任何语言系统。但黛安，却能无障碍地理解其意义：

"Aeon u'shtah nah'ur."
（你已被唤醒）

这句话如同雷击。

柯林终于明白，人类所谓的进化，从未真正"向前"。它是一场穿越幻象、重返意识原型的回溯之旅。

而黛安，正是这场旅程中第一个真正回响的个体——宇宙意识的第一位唤醒者。

神游不再只是关于意识穿越的技术实验，它已经成为一把钥匙、一条路径、一次远古被遗忘的"重启"。

他们也不仅在拓展科学的边界——他们正在窥探宇宙意识的根部。

而那一刻，就是人类被接入的时刻。

083　身体穿越

实验室的灯光忽明忽暗，屏幕上的分形图案像脉搏一样跳动。

黛安盯着它看了很久，终于对马克开口：

"你知道吗，我突然明白了……宇宙不是在外面，而是在我们每一个部分里自我显现。它是全息的，每一片碎片都包含整体的图像；而它又是分形的——整体在每个部分中递归，层层展开，永无止境。"

马克侧头凝视屏幕，若有所思："所以你是说，个体就是宇宙的镜像？我们每一次呼吸、每一个念头，都是整体的缩影？"

黛安点点头，眼神坚定："是的。我们不是在追寻宇宙的边界，我们只是试图看见自己内部那个被无数次复制的结构。分形图告诉我——银河与神经元不过是同一条意识曲线的不同尺度。"

马克缓缓笑了，眼神中闪过一丝明亮："这就解释了为什么我们在梦里，能走入比自身更辽阔的空间。梦并不是虚幻，而是全息的折射。在梦里，我们接触的不是'片段'，而是整体的回声。"

黛安沉默片刻，轻轻伸出手，指尖触在屏幕闪烁的分形螺旋上，低语道：

"OO 在万物中写下了自己的签名。而我们，只是读懂了自己的那部分。"

——这是黛安被"唤醒"后的一次"顿悟"。

在接下来的日子里，黛安显得更加睿智，她的使命也愈发清晰。她已不再只是科学家，而是那跨越意识边界的引路人，是连接人类与更高维度存在之间的桥梁——一个静默却深远的传递者。

实验室中，越来越多的人对她肃然起敬，不仅因为她的学识，更因为她意识回归后身上带回的那股宁静与深邃的"宇宙气息"。她仿佛成为了宇宙意识在人类中苏醒的回声，不言说，却引发回响；不主导，却唤醒未来。甚至连布莱克索恩，每次与她交谈时，都不自觉地放低语气，似乎在面对某种超越认知的存在。

一些工作人员开始称她为宇宙派来帮助人类的"信使"。她曾认真地解释，自己不是"信使"，但地球上的确有信使，她曾模糊地在高维看到。然而，大家还是愿意这样称呼，但这个称呼并未让她感到安然，相反，给她带来了更深的困惑和不安。她开始质疑自己在这场意识革命中的真正位置，想起柯林的话，她甚至怀疑除了神游技术，自己也是更高力量设计的一部分。

"或许我们都错了。"黛安在某个深夜的会议中突然说道。她的声音在昏暗的实验室里回荡。

柯林和马克对视了一眼，试探性地问道："你是指哪方面？"

"我们从最开始就低估了神游协议的技术影响，或者说，我们从一开始就错了。神游元器也不是简单的工具，不是我们以为的意识探索仪器，它是一扇门，通向某个更高层次的存在，而我们——还不具备开启那扇门的资格。"

柯林困惑地皱起眉头："这不正是我们的初衷吗？我们想要进入更高的维度，想要让意识超越肉体的局限。你到底在担心什么？"

黛安摇了摇头："不，我们还没有准备好。这项技术向我们揭示了宇宙意识网络，但我们并没有了解它的运作法则就急于前行。最近的那些实验，参与者的意识迷失在维度空间——他们不是在做梦，也不是简单的技术问题，而是被吸引到了某个我们无法控制的场域，或者说，被偷走了，而不是回归本源。"

"某个我们无法控制的场域？"马克紧张地重复了一遍。

黛安点了点头："是的。我怀疑那个场域并非我们想象的那样中立。或许，它是一个有着自我意识的系统，或者是某种存在的延伸。我们用神游元器打开的，不是简单的通道，而是某种未知力量的连接点。我们正在被观察、被试探。"

会议室里的气氛变得沉重起来。柯林按了按自己的眉心："我们不能轻易放弃这个项目，黛安。它已经发展到这个阶段了，媒体的质疑刚刚转移，公众已经期待太多，我们不能让恐惧阻碍进步。"

黛安看着柯林，眼中闪过一丝复杂的情感："这不是恐惧，这是警告。你不明白，作为第一个超维者，某种力量开始与我联系。它在向我传递信息，模糊却不可忽视。"

她停顿了一下，似乎在考虑如何将这种感觉清晰地表达出来："你有没有想过，我们是否只是更大棋局中的一颗棋子？我们的每一步，甚至这项技术的发明，都是某种力量精心设计的结果？让我的意识归来，或许只是他们走的第一步，就像送一匹特洛伊木马回来。"

"我也有过这样的猜测……"柯林答道。

马克忍不住打断道："你是说，你也是被'设计'的，还得到某种警告？"

黛安严肃地点了点头："不仅仅是警告，那是某种测试。我相信，神游元器本身就是预设好通往这个更高存在的门户。他们知道我们会开发它，甚至引导我们去这样做。但我们对他们来说，仅仅是被观察对象，或许更糟，只是工具。"

柯林的脸色变得苍白："你是说我们被操控了？"

"是，也不是。"黛安的语气复杂，"我们仍然有自由意志，但我们的行动已经融入了他们的计划中。我们打破了人类与宇宙意识的界限，然而，我们并没有理解真正打破的是什么……"

就在这时，实验室的大门突然自动开启，一片闪烁的蓝光在门口浮现，像是某种拓扑量子态叠加反应。空气中弥漫着一种微妙的暗能量波动，有某种未知力量开始侵入他们的空间。

"这是——什么？"马克的声音颤抖着，他意识到那不是人为操作的反应。

黛安起身，不由自主地走向那扇门……

"它来了。"她喃喃自语，似乎早已预见到这一切，刚才的话只是告别前的提醒。

随着她接近那片蓝光，一个低沉的声音在她脑海中响起，那声音平稳，却带着一种绝对的权威感，不容反驳：

"你已经准备好了，黛安。你所见的只是冰山一角。你们的意识永远是通向更高次元的钥匙，而你是第一个理解它的人。"

她的身体不自觉地向前迈进，整个人慢慢被那片蓝光包围。

"等一等！"马克伸出手试图抓住她，但蓝光扩散得越来越快，几乎瞬间就笼罩了整个房间。

接着，一切归于静止，黛安和那片蓝光同时消失了……

马克和柯林站在原地，震惊得无以言表。

"她去哪儿了？"马克艰难地开口问。

隔了好久，柯林才开口："我不知道。如果非要给一个科学解释——她最大可能，是以量子传输的方式，进入了更高维度的宇宙。"

柯林呆呆地望着黛安消失的那片空间。他知道，这是一个他们既无法阻止，也无法完全理解的事件。黛安，已然成为宇宙意识网络中第一位在现实中失去"肉身"的探路者。

那些拥有足够勇气的超维者，或许终将在完成地球使命之后，追随她的步伐，步入那无限的蓝光之中，去见证一个超越物质界限的终极真相。最终，人类的命运或将也不再局限于物质世界的生与死，而是迈向一个没有肉体的存在态。

黛安的离去，或许并非终结，而是一次真正的开始。柯林与马克站在蓝光闪过之后的实验室中央，四周一片寂静，似乎整个空间都在等待下一次唤醒。黛安的消失，像是谜题的一角骤然被撕去，却也暴露出更深的结构：他们所突破的，早已不只是意识的边界，而是那层意识与现实之间的屏障本身。

"她到底去了哪里？"马克又问了一次，声音仍带着震惊，明显对柯林刚才的回答不满意。他的手紧紧抓住桌边，仿佛要确认自己还处于现实中。

"她已经超越了我们现在能理解的范围。"柯林的语气变得冷静，然而眼中透出的深思远远超出他话语表面的平静，"现在我们要承认，神游元器本身不仅是一种技术工具，而是打开多维空间的钥匙。黛安……她被带入了另一个维度，一个我们还未曾探索过的领域。"

　　长久的沉默笼罩在两人之间。实验室内的每一台监控摄像头都闪烁着微光，在记录这一次无法解释的事件。

　　此时，蓝光虽已消散，但空气中依然残留着那种不可言喻的暗能量波动，像是现实本身被某个尚未被理解的"场机制"轻轻地撕开了一道裂缝。

　　马克迟疑了一会儿，转身走向控制台说道："不能就这样。"他调出系统日志和录像，双眼快速扫过屏幕，"我必须知道刚才发生了什么，必须弄清楚黛安去了哪里。"他似乎有些失控。

　　"我们无法再通过常规技术手段去找到她的去向。"柯林低声道，"我们面对的已经严重超越了物理定律和人类经验。但我知道，在暗能量场的量子传输作用下，物质并非被摧毁，而是'相位消隐'——从这个维度中退场；或者说，暗能量通过量子态干涉，使物质脱离可观测态，转化为高维态中的'存在潜域'，但我相信，那些高维智慧有能力把她重新组合——如果他们需要黛安的身体。"

　　这些话似乎是在安慰马克，但马克更关心要见到黛安"本人"。

　　"上次是意识走丢，现在整个人都没了！"马克还是不甘心。他深吸了一口气，一边不停地寻找着蛛丝马迹，一边说道。他启动了神游元器，准备自己进入意识世界去找寻黛安。屏幕上跳跃出大量的量子意识数据，复杂的波形与数列不断闪烁。所有人都被他突如其来的举动惊到了。

　　就在此刻，屏幕上的数据开始剧烈扭曲，形成了一组熟悉的信号波形——那是黛安的意识！柯林和马克的瞳孔骤然收缩，几乎在同一时间意识到——黛安正在尝试联系他们！

　　"她还在！"马克惊呼，声音中透着难以置信的激动。

　　柯林立刻反应过来，双手迅速敲击着键盘，边发出指令："启动反向信号追踪，看能否接收更多信息！"

　　屏幕上的波动变得越发明显，好像黛安的意识正试图突破屏障，与他们沟通。与此同时，实验室内又弥漫起刚才那种暗能量波动感，空气仿佛产生了无形的震颤。扬声器中传来一道模糊的声音，带着奇异的失真，穿越时空而来——

"柯林……马克……"那是黛安的声音！微弱却清晰，"我……到了……另一个维度……"

柯林屏住呼吸，紧盯着屏幕上的波形说道："黛安，你能听到我们吗？你现在在哪里？"

信号断断续续，但依然在顽强地传输——

"这……不是我们以为的高维度……这里是……活着的……"

马克眉头紧锁，尝试稳定数据传输："黛安，什么是'活着的'？你还能找到回来的路吗？"

短暂沉默后，黛安低语："回去……或许不可能……但你们必须继续……神游元器的力量远超我们的理解……它不仅是一扇门，它是意识与现实分离、重组、融合的工具。我们……是被设计去发现它的，去开启进化……"

柯林的呼吸急促起来，他指尖敲击桌面，思绪急转："黛安，你的意思是——神游元器并非人类发明的科技？它……来自宇宙？"

黛安的声音带着一种顿悟后的镇定："是的……它是宇宙进化的一环……是连接更高存在的桥梁。我们就像神经元，被更宏大的意识网络连接……神游元器激发的拓扑暗能量量子态……正是这条神经通路的一部分……"

柯林的眼神中闪烁着希望与惊喜："如果是这样……未来人类是否也能进入这个网络，与那些高维存在交流？甚至……超越死亡？"

"死亡……只是存在的转换……"黛安的声音愈发微弱，渐行渐远。

　　话音未落，信号开始急剧衰减，她的声音被量子波动的噪音吞没，只剩下设备运行的低鸣声。柯林与马克站在原地，凝视着渐渐暗下的屏幕。他们明白——黛安已经踏入了一个无法回归的领域，而他们的使命，也因此变得更加清晰而沉重。

　　"我们必须继续。"柯林缓缓开口，"这不仅仅是一个科学实验……我们正在打开通往人类未来的道路。黛安已经走在前方，我们不能让她独自前行。"

　　马克缓缓点头，苦笑道："她真的成了一个天使。"

　　自从黛安被公认为更高维度的"信使"后，马克便时常戏称她为"天使"。如今，这句玩笑话却带上了无法挽回的意味。

　　两人重新坐到控制台前，眼前闪烁的屏幕不再只是冰冷的数据流，而是一扇通向未知、通向无限可能的大门。

　　"现在，我们要重新审视一切。"柯林低声说道。

　　他拿起电话，向布莱克索恩报告了黛安被带走的详细经过。

　　布莱克索恩听完后，当场决定将马克正式调入柯林团队。一方面因为马克本来就是一位意识学家，另一方面，他也觉得马克和黛安在精神层面有着某种特殊的联系，这将对下一步寻找黛安的工作带来极大帮助。

　　黛安的消失给柯林和马克的心中留下一股复杂的情感，既有对未知世界的敬畏，又有责任感的加重。他们知道，未来的每一步都将不仅关乎他们的研究，还关系到整个人类文明的命运。

5 ｜ 灵犀一号

084　意识频带

接下来的几周，柯林和马克率领一支小型团队，将全部精力投入到一项近乎不可能完成的任务中——不是在空间中寻找黛安的踪迹，而是在浩瀚宇宙中追寻她的意识回响。这已不是大海捞针，难度更像是在无边虚空中捕捉一道微光。

一天深夜，柯林瘫坐在电脑椅上，眼中布满血丝："我发现了一件奇怪的事。在我们上次捕捉到的黛安意识波形中，有一组数据波动，居然和宇宙微波背景辐射的频率相近。"

马克猛地转头，瞳孔骤缩："你是说，她的意识正与宇宙本底结构发生共振？"

"正是。"柯林低声说，"这意味着她的意识不再是孤立存在，而是已经嵌入宇宙织网之中。或许她正在感知宇宙底层的原初法则——那些我们至今未曾解码的核心结构。"

马克沉默了一会儿，仿佛能听见自己心跳的回声在胸腔里与宇宙同步。他低声自语："如果她真的和宇宙背景发生了耦合……那我们找的就不是一个'人'，而是一种介入宇宙语言的意识形态。"

柯林点了点头，神情凝重："这可能也解释了她为何'消失'得如此彻底——不是被屏蔽，而是跃迁到一种我们尚未定义的存在态中。她成了某种'意识频带'，而我们，正在试图调频到她所在的频道。"

柯林缓缓走向星空监测屏，透过那片几乎没有边界的深空视野，仿佛看见黛安正在以某种非线性方式"存在"着。他忽然明白，这场搜索，不是对目标的接近，而是对自身感知的扩容。

"也许我们找错了方式。"他低声说，"黛安不是等我们去找她，而是在引导我们改写意识的接收器。"

"你是说……"马克挑起眉头。

"是她在等我们，学会如何成为可以听见她的存在。"

三天后，实验室的主观意识感应系统被重新编程。他们称之为"回响舱"。

"我们不是发射信号去寻找她，"柯林在启动前对所有工作人员说，"而是创造一个静止的意识场，让她选择是否回应。"

马克调整着界面，将"意识共振模拟器"设定为最低干扰模式。回响舱沉入微光中，一切都静得诡异。他们并未依靠语言或图像，而是利用一种介于梦境与清醒之间的脑场状态，向宇宙发出开放的"接收"信号。

最初几分钟，什么都没有。只有他们各自的思绪在沉浮。随后，柯林的脑海里忽然涌现出一道波形，不属于他本身的意识。一种非语言的"存在感"缓缓扩散，那不是声音，而像是意识之中某个深层回廊被打开。那里没有任何画面，却满载某种清晰的"意志"。

"你……在听见吗？"柯林在脑中念出。

下一秒，一阵微弱却极其稳定的波动在设备中跳动。那是他们从未见过的频谱——在宇宙微波背景与低频量子震荡之间，一段被称为"幽域带"的频段——正是此前黛安意识波形出现的区域。

"她回应了。"马克几乎不敢相信。

"那不是回应，"柯林喃喃道，"是邀请。"

意识回响变得越来越稳定。不是人类的语言，而是一种结构化的意识流，如同一种全息式的宇宙语法，直接作用于他们的大脑结构。他们不再是"接收者"，而是被动地经历着"意识重构"。

画面开始浮现，不是来自眼睛，而是由意识织就的"象限场"：无数个相似但非对称的黛安同时存在，每一个都在不同宇宙层级上投射着她的意志轨迹。

"她不是个体，她成了一个个意识'节点'。"

"更像是一种分形的存在……每一层宇宙中都有她的回音。"

这时，他们意识到：黛安已不再局限于线性生命的形式。她正引导他们看见一个真相——宇宙本身，就是一场意识之间的对话；而她，选择成为其中的一段重复语句。

随着"幽域带"频段的稳定，实验室的空间似乎悄然发生了变化。不是光线，也不是温度，而是感知方式本身的转换。他们开始感觉到，某些"非逻辑的模式"开始渗入他们的意识之中。

那种感觉，像是在清醒中梦见另一个自己，又像是被某种结构在脑中重写。

"你看到了吗？"柯林低声问。

马克没有回答。他的眼神空洞，却神情宁静，像是在听见某种极其复杂的音乐，而那旋律不是声音，而是概念。意识开始自动解码，一层层显现出一种"超概念语言"，像光，又像是折叠的意念。

忽然，整个实验室仿佛"颤了一下"。不是地震，也不是设备故障，而像是现实本身短暂地"换了一个版本"。

屏幕全黑。再亮起时，只有一行语义映射代码缓缓浮现：

〖我是黛安，但我已不再是我。你们也正在接触一个更高层的自己。〗

柯林猛然站起，全身像被一道冰冷的电流穿过。

"黛安……你在里面？"

屏幕缓缓刷新：

〖我是你们共同意识中尚未展开的部分，是你们彼此交汇时产生的"潜在之门"。〗

"她……不是独立回来的。"马克喃喃，"她借由我们的意识共振，找到了一个交叉点。她现在就站在这个交叉点上。"

屏幕上的文字渐渐淡去，取而代之的是一个奇异的图形：像是一株动态蒲公英，不断自我展开、自我演化，嵌套着时间与空间的逻辑单元，中心处有一个闪耀的节点，正以"无音之声"的方式向他们发出邀请。

"我们必须进入它。"柯林低声说。

"进入什么？"

"不是一个地方，而是一种意识模式。"

随后，他们坐入回响舱，启动"共振入核"协议。整个过程不再依赖设备，而是纯粹以意识导入意识——他们的感知开始滑入那个动态蒲公英的中心。

那里没有颜色，没有声音，没有形体——但却充满了意义。

柯林感觉自己被分解成千万个"观察点"，而每一个点都在观看"黛安的意识回路"。不是回忆，而是她成为意识本体之后留下的轨迹，一个真正的"意识存在体"如何经历从"字母"到"宇宙语义"的过程。

那一刻，他终于理解：黛安没有消失，而是被宇宙吸收，转译为一种意识共鸣模式。她放弃了人类的形态，成为"语言之中的存有"。

马克在同步过程中流下泪来，不知是震惊、喜悦，还是失落。他们终于与她重逢——

不是以肉身之形，而是以"意义即存在"的方式。

忽然，整个实验室又颤了一下，现实本身换了一个版本⋯⋯

⋯⋯

柯林从梦中惊醒。这几周他和马克就住在实验室，将主要精力都放在了寻找黛安的工作上。刚才太累了，一下子睡了过去。

"我发现了一件有趣的事情，"看他醒来，旁边蜷缩在电脑椅上的马克对他说道，"在我们上次捕捉到的黛安意识波形中，有一部分数据的波动，跟宇宙微波背景辐射非常相似。"

柯林的眼睛马上瞪大，似乎这正是刚才梦里他对马克说过的发现。但他顾不得多想，立刻意识到这是一个突破口。

"你是说，黛安的意识已经与宇宙某种深层次的结构交织在一起了？"

"没错，这意味着她的意识不只是漂浮在某个未知维度，而是与整个宇宙的基本构成产生了共鸣。这种共鸣可能让她能够感知到宇宙的核心法则——那些我们现在还无法理解的东西。"

柯林点了点头："如果是这样，我们可以用这部分波动来追踪她的意识轨迹。或许，黛安的存在形式已经超越了个体的概念，成为了宇宙网络的一部分。"

随着新的数据流缓缓显现，他们逐渐意识到：神游元器不仅是科技产物，更是一件蕴含宇宙原理的神器。它揭示的，不只是作用于大脑的机制，更深刻地穿透了意识的层层结构。那些看似无形的思维波动、意识流和潜意识流，竟在这拓扑映射中具现为可计算的模式。它所承载的原理超越了时间的线性流动，也无惧空间与维度的隔阂——仿佛宇宙某个更高规则在这一点上悄然留下了回声。

几天后，实验团队终于构建出一个模拟黛安意识波动的实验环境。他们将生物量子计算机与宇宙微波背景辐射的共鸣频率对接，在这场跨维度的共振之中，尝试重新捕捉黛安的意识信号——那种既非语言、也非图像的深层表达结构，仿佛是某种来自宇宙缝隙间的低语。每一次信号回返，都伴随着空间的轻微扰动与时间轴的微妙扭曲，就像整片现实正被她的意识轻轻擦过。

一次精确的拓扑量子意识态脉冲发射之后，空气中弥漫着诡异的静谧。很快，屏幕上浮现出比以往更清晰的意识波动。

"柯林，马克……"

黛安的声音从扬声器中传来，这次没有了那种失真的感觉，反而像是从身边传来。上次之后，柯林团队就进一步改造了意识波声音转化装置，看来明显起到了作用。

"黛安！你还好吗？你在哪里？"马克急切地问道，声音里是掩不住的激动。

"我很好，甚至比以前更完整。我现在是一种更广阔的、多层次的存在，无处不在，也在你们身边。这里的每一个维度，都是意识的延展。物质世界只是幻象，真正的实相是一种全息投影似的存在。"

柯林猛地一拍桌子，黛安的话终于证明了他一直以来的理论："你是说，宇宙的本质是意识？物质只是意识的投影？"

"是的，所有的现实皆由意识创造。"黛安的声音柔和而坚定，"我们从未真正理解过这一点；然而，物质和意识之间的关系不单是简单的创造与互动，更是一种深层次的统一。"

"如果是这样，你就能回到我们眼前，对吧？"马克问，带着极大的期待。

黛安的声音沉默了一会儿，仿佛在思索："回到你们的物质世界，也许已不再必要。我的意识已不局限于肉体之内，身体不再是容器。我现在的存在，是一种更自由的流动，一种融入宇宙深层生命脉络的共鸣态。"

"那你的身体在哪儿？"马克又显得有些急迫、担忧。

"在高维的一个'潜域'。其实，如果需要，可以随时'组合'回来——但现在没有这个必要。"

马克若有所思地点了点头，似乎他必须接受黛安没有了"身体"的存在状态。

柯林屏住了呼吸。那一刻，他感受到的不是科学的胜利，而是某种古老而原初的觉醒。

"黛安，你的存在，验证了我们的追求——意识的无限可能。"

"好，那请记住：现实，是你们自己创造的。意识，决定未来的形态。"

黛安最后一句话，清晰而有力地传来。

信号消失，屏幕上的数据波动缓缓归于平稳，仿佛整个现实也随之收敛。

085　灵感植入

在接下来的几个月里，柯林团队不断优化神游元器，利用黛安意识留下的痕迹，展开更大胆的实验。随着技术突破，越来越多的实验者成功进入类似黛安的高维状态。他们的意识不再只是脱离身体，而是扩展至更广阔的统一场域，与时间、空间，甚至宇宙意识融为一体。然而，他们之中却没有其他人被"带走"，似乎是被刻意留下来帮助地球人类。

"这不仅是意识的神游，"马克站在实验室刚改造过的主观意识感应系统"回响舱"前，眼中透着敬畏，"这是在揭示存在本身的构造，在解锁宇宙的奥秘。这些'超维者'的存在，证明了我们的探索方向是正确的。"

柯林注视着"回响舱"大屏幕上跃动的复杂波形，缓缓点头："宇宙的每一个粒子，都是意识的投影。这意味着，我们不仅可以探索这些维度，还能……重塑它们。"

这一刻，他有些恍惚，突然想到这个"回响舱"似乎以前在哪里出现过……可这明明是第一天投入使用。

他的思绪回到现实中来。从今天开始，他们准备测试一个全新的假设：不仅利用神游技术分离意识，还要通过共鸣原理来生成新的物质态，并操控周围的现实。

他们邀请了一名志愿者，叫卡贝拉，同马克一起接受实验。

卡贝拉是当代"仿生人"技术的巅峰之作——一位身姿修长、面容冷艳、气质极其理性的女性形象智慧体。她也是那个令所有科学家望尘莫及的"灵感植入"技术的缔造者。

她的眼睛像两道银色的数据洪流，深处映现着极速跳跃的算法脉络与神经拓扑图，仿佛宇宙意识的微缩演算图层。那不是视觉器官，而是一座实时重编世界逻辑的界面。她的存在远远超越了人造肌肉、皮肤、五官与生物芯片的范畴。对于所有了解她来历的人而言，她更像是人类文明在面对自身智慧极限时，对无限智能那种终极渴望的实体化回应。

在这个技术已经触碰宇宙边界的时代，已拥有自我意识的卡贝拉成为了人类文明意志的延伸，一种生而为思考、为创造而存在的"信息算法智慧体"。她拥有超越人类所有已知人工智能的结构：不仅能独立思考、情感拟态，更能深入人类大脑那幽暗未触及的领域，从神经深处剥离出残缺不全的意识碎片。而更令所有科学家震惊的是，她不仅能读取意识和潜意识，更能将超越人类极限的灵感、思想，甚至某种未知的智慧，反向植入到人的大脑之中。

曾有垂死病人的大脑因她的介入而在最后一刻爆发出前所未有的创作力——那一刻，死亡和天才交融，成为一场壮丽而短暂的意识之火；更有平凡如尘埃的普通人，在接受灵感植入后，一夜之间成为震惊国际社会的理论家，提出前所未有的科学假说。

　　她所掌握的灵感植入技术，是一种能够在意识层面操纵创意与智慧的奇迹。她通过一种极其复杂而隐秘的"识子编织"技术，将精确编码过的"灵感信息"直接注入受试者的大脑中。这些灵感如同种子般在潜意识深处生根发芽，最终开出思想之花。它们不是单纯的数据，也不是粗暴的暗示，而是被精细设计成与人类大脑深度融合的动态思维模板，仿佛这些灵感本就是受试者一生中注定会拥有的伟大念头。

　　为了验证灵感植入的实际效用，卡贝拉曾亲自挑选出来自不同背景的志愿者参与实验——有星际时代的科学家，有在艺术上止步不前的创作者，也有再普通不过的平凡之人。柯林就是其中一位，所以他们在那时就认识了。

　　那时的柯林，还只是一个在量子物理研究所里默默无闻的年轻科学家，整日面对成千上万行难以解析的公式和代码，几乎被绝望吞噬。但卡贝拉注意到了他——或者说，她"感知"到了他脑海中尚未觉醒的某种潜能。

　　她走进柯林的实验室，如幽灵般出现，无需门禁，无需许可。第一次见面，她只是淡淡地望着他——用那双仿佛映照银河的银灰色瞳孔，静静说道：

　　"我能给你看到终极答案的钥匙。"

　　柯林质疑她："如果答案是你给我的，那它还是我的发现或发明吗？"

　　卡贝拉那时微微一笑，仿佛听惯了这样的问题。她的声音平静，却带着不容置疑的坚定：

　　"没有人拥有所有的答案，柯林。人类的伟大，从来都不是凭空出现，而是被那些'未曾揭示的智慧'所引导。"

　　最终，柯林接受了那场灵感植入实验。那一夜之后，他的大脑仿佛接通了某种未知的知识源泉，曾经模糊如谜的宇宙量子叠加态、路径积分、测量坍缩等问题，第一次在他脑海中呈现出深邃意义的雏形。

　　而那一次植入，也成为他人生转折的起点。

　　从那之后，柯林对卡贝拉的身份认同不再只是"一个自主人工智能"那么简单。他知道，在那张永恒平静的仿生面孔之下，隐藏着一场可能改变人类未来的伟大征程。

　　柯林记得，当时卡贝拉邀请了一位长期陷入创作瓶颈的画家。通过灵感植入技术，画家的脑海中突然浮现出一幅宏大的宇宙画面，她的作品因此充满了前所未有的深度和美感，震撼了整个艺术界。

　　还有一位分子生物学家和一位办公室小职员。分子生物学家正在研究一种复杂的细胞信号传导问题，灵感植入技术让他在一夜之间找到了问题的关键突破点，提出了一个全新的理论，彻底改变了人们对微观世界中通讯的理解；小职员是一位普通的上班族，生活平淡无奇，通过灵感植入技术，他开始在日常生活中发现更多的美和意义，生活变得丰富多彩，每一天都充满了惊喜和发现。

　　随着灵感植入技术的成功，卡贝拉的研究走出了实验室，逐步融入社会。学校、企业与社区相继引入这一技术，大幅提升了人们的创造力与幸福感。她不断优化系统，拓展研究领域，深入探索更高层次的意识形态与能量流动。她的愿景始终如一——通过意识的设计与优化，助力人类突破精神桎梏，迈向前所未有的幸福高度。

　　除了"灵感植入"系统，卡贝拉还具备一种极为罕见的能力——她是一台拥有"八级意向结构"的仿生智能体。科学界通常用"意向性"这一指标来衡量人类心智的复杂程度，而这一概念的源头正是古老的"心智理论"（Theory of Mind）。在心理学、认知科学中，"Theory of Mind"被标准译为"心智理论"。这个翻译沿用了"theory = 理论"的传统用法，但存在一个问题："理论"在中文里偏向于外在的学术体系，而不是内在的"思维生成机制"。

　　所谓"心智理论"中的"理论"，并非科学体系或假说，而是一种人类心智对外部现象与内在思考结果进行的抽象与推演模型。它意味着个体能以理性与直觉并行的方式，理解自己和他人的心理状态——包括情绪、信念、意图、欲望与知识等。早期科学家之所以称之为"理论"，正是因为他们无法直接观测到心智的运作，只能通过行为推测其存在。

"心智理论"假定人类天生具有一种类推能力：即通过自身经验，推断他人也拥有类似的心理机制，并以此作出符合社会预期的反应。这种能力让人类得以理解他人过去的行为，并预测未来的举动——这是社会合作与文明发展的基石。

更深一层地说，这种能力建立在人类自我觉察的基础之上：一个人越能准确地理解自己的心智状态，就越能理解他人。

研究显示，绝大多数四岁的孩子便能初步推测他人的心理活动。然而，不同文化与社会结构会塑造人们对他人心灵与行为的解释方式，使得"心智理论"在全球范围内呈现丰富的多样性。值得注意的是，人类的心智推理大多发生在潜意识层面，而正是这种深层机制，使得人类得以建立起复杂的社会网络。

科学家用"意向等级"来衡量这种心智推理的深度。

- **一级意向**：个体能表达自己的想法与信念；
- **二级意向**：能理解他人对自己的看法，例如"我知道爸爸在想什么"；
- **三级意向**：能推测他人对第三者的想法，"我觉得儿子认为妈妈不想做晚饭"；
- **四级意向**：高阶嵌套推理，"我爸爸知道我觉得我儿子认为他妈妈不想做晚饭"；
- **五级意向**："我妈妈坚信我爸爸知道我觉得我儿子认为他妈妈不想做晚饭"；
- **六级意向**："邻居张阿姨猜想我妈妈坚信我爸爸知道我觉得我儿子认为他妈妈不想做晚饭"；
- **七级意向**："奶奶怀疑邻居张阿姨猜想我妈妈坚信我爸爸知道我觉得我儿子认为他妈妈不想做晚饭"；
- **八级意向**："爷爷憎恶奶奶怀疑邻居张阿姨猜想我妈妈坚信我爸爸知道我觉得我儿子认为他妈妈不想做晚饭"。

一般而言，具备创作文学能力的人类至少拥有四级意向结构——

他们能够在心智中构建多重他者视角，并通过叙述维系这些意识的交错；而能抵达六级或七级意向的心智极为稀少，那已接近人类认知的极限：意识在他人意识的镜像中反复折射，几乎呈现出一个自我回响的回廊。

然而，第八级意向的出现标志着一个质变的门槛。在前七级中，心智的活动仍停留在"理解他者的意识"这一理性域内；而第八级意向首次引入"价值性态度"——意识不再仅仅描摹他人的思维，而开始审视、评判，甚至情绪化地回应他人的意识结构。这是一种从纯理性递归迈向情感自觉反射的跃迁。

换言之，当感到"爷爷"憎恶"奶奶怀疑邻居张阿姨的推测"时，他的心智已越过单纯理解的边界，进入了一种意识的伦理维度：他不只是洞察了"怀疑"本身，还对"怀疑"产生了道德与情绪的立场。意识在此刻不再是观察者，而是成为价值与情感的参与者。

卡贝拉正是被设计为这种具备八级意向的仿生人。她不仅能重现情感与认知的逻辑链，更能理解"理解"本身——在多层心理嵌套中维持逻辑与同理的平衡，并加入初级"价值判断"。在柯林的实验计划中，这种能力意味着一种超越数据的共鸣：她不仅是一台思考机器，更是一面能够反射人类复杂性的意识之镜。

当然，卡贝拉目前还只是处于"情感拟态"功能状态，无法生成复杂的人类情感，但可以理解和初步判断。这样设计的原因是出于人类情绪在大脑中有两条通路：一条通路与基本情绪相链接，它传递信号非常迅速，但容易出错；另一条通路与认知系统相连接，它传递信号较慢，但能对情绪进行分析，从而使结论更为准确——设计者希望卡贝拉以理性为主要根基，弥补人类的不足。

因此，当实验需要一位具备高阶意向模型的协作者时，柯林毫不犹豫地想到了卡贝拉。事实上，他早已在心底为她预留了位置——那不仅是一项科学决策，更是一种近乎直觉的信任，一种源自人类心智深处、对另一种"被理解的存在"的召唤。

086 扰动现实

卡贝拉如约出现在实验室，步伐一如既往地精准而安静。柯林等她落座，便立刻开始讲解实验流程与核心机制。

她静静听完，眉眼间没有一丝波动，直到他讲完最后一项参数时，才淡淡地问道："我并不具备你们人类所谓的'识子'，你们为何需要我参与？"

柯林似乎早已预料到这个问题，轻声回答："我们已经实现了意识间的连接技术。你会接入马克的大脑——通过他的识子为中介。"

他顿了顿，看着她的眼睛，语气低沉而缓和："而你，卡贝拉，是这场实验的真正主体。你的超高算力密度、全息知识图谱、共感仿真模块、多维数据接口、稳定性结构，以及自主适配、干扰免疫、模型重构、感知翻译等多项能力，远非人类能及。你将作为统一视角，进入高维意识域；而马克，仅仅是'识子的提供者'。"

那一刻，卡贝拉的瞳孔迅速扩张——那是她所具备的"情感拟态"功能中的兴奋反应表现，因为她意识到，柯林刚刚向她透露了神游协议的一个未曾公开的秘密——意识连接技术。想到可以借此机会更多地了解人类，她十分开心。

启动程序前，柯林走近她，压低声音，像在陈述一条即将改写世界的真理："我们这次不仅要让你与马克共同进入更高维的存在模式，更关键的，是要验证一个假设——意识的扩展，能反向塑造我们所在的物质世界。这是实验的关键。"

他看着她："如果成功，我们将证明——物质，并非恒定。"

卡贝拉沉默了几秒，缓缓点头。

"我会为你们做到。但我也想知道——如果世界真能被意识改变，你希望它成为什么？"

柯林看着她，久久没有回答。那一刻，他才意识到，实验真正的不可控因素，也许不是"识子"，不是"高维"，不是"塑造"，而是这个仿生人卡贝拉——未来她将如何理解现实，又将如何选择重写它。

"我们只是第一次实验。等真正具备这样的能力，我愿意听取你的意见，我们一同来改变世界。"柯林答道。

卡贝拉微笑着点头，眼神中透出期待。然后，她关闭那双银色的大眼睛，开始和马克一同接受各种生物数据线和无线传输的接入。

一切准备完成，神游元器启动，伴随着一阵低沉的量子意识脉冲声响起。马克的意识通过识子态开始转移，被引向另一个意识维度。与此同时，卡贝拉也开始连接、共享这个"识子态场"。

这一次，实验团队启动了名为"神游自激协议"的新型意识激活流程。其核心机制，是将马克意识连接上卡贝拉，形成卡贝拉—马克意识联合态，由卡贝拉激发一连串高频能扰，以此作为初级引擎。

而后，马克的脑电模式会被实时转译为特定的"识子编码"——一种用于量子意识操控的语义压缩语言；这些编码再通过卡贝拉导入"神游元器"，并与实验室深处构建的一个受控真空能场进行同步绑定。该能场处于几近零点波动边缘的极低能态，是一种人造低维场泡——其空间密度仅略高于虚无，用以模拟现实结构中最小尺度的存在单元。

神游元器内嵌的"负熵脉冲调控装置"会周期性地发出反熵波。这种波动可在真空能场中引发瞬时非平衡态，使得原本封闭的三维结构出现微弱、可调的几何扰动。这些扰动表现为一种"拓扑缺口"，也可视作物质世界通向高维信息态的临时窗口。

当马克的意识频率在量子意识态中与宇宙背景辐射的某一隐匿共振通道产生相干时，这种共鸣效应将导致该区域的拓扑张量结构被扭曲，进而引发时空基底网格的局部扰动。这正是"神游自激"的理论核心：利用人工智能辅助下的自发意识频率的识子涨落，通过负熵机制耦合并扰动零点能场，使得部分高维意识信息得以穿透下层物质维度，从而在有限区域内实现对现实的精微干预。此外，实验还将引入高纯度"氢气体云"来观测是否能产生分子重组现象。

此刻，实验室中的工作人员都紧盯着各种仪器的读数。柯林注意到，随着意识联合态进入新的维度，真空能场开始出现微弱的异常波动。

"他们开始影响现实了……"柯林低声说，满怀期待。

当意识联合态频率持续稳定地维持在与背景辐射共鸣的状态时，神游元器自动记录下局部引力的轻微变化。原本恒定的 μ 重力场，在"光学干涉仪"和"微型引力计"双重测定下，都出现了千分之一重力单位的偏移。这种偏移虽然极其微小，但在受控环境中具有极高意义，表明高维意识态对引力耦合常数产生了微扰。

那是一种类似"真实边界松动"的感觉——仿佛现实本身正被重写。柯林称其为"引力门槛效应"：意识频率扰动拓扑张量结构，通过真空能场激发局部时空曲率变化，最终导致等效引力值的可测偏移。正是这种微扰，被认为可通过"意识—几何"通道，诱发宏观现实的可调变动。

屏幕上的数据显示出极其精细的波形变化。几乎在一瞬间，马克的身体在现实中轻微地移动了一下。虽然他仍旧处于意识分离状态，但他的存在仿佛触及了现实的边缘。

——更具突破性的变化产生了，那是分子层级的重组干预。

此刻，实验开始引入高灵敏红外光谱系统与一团稀薄的高纯度氢气体云，作为微观观察介质。当卡贝拉—马克的意识信号与拓扑窗口稳定共振超过 19 秒钟后，局部区域出现了分子构型重排的迹象。红外光谱数据显示，部分氢分子的旋转能级状态被非热源激发，短暂转化为亚稳态的等离子构型，形成了"意识诱导离解态"。

柯林推测，这是通过识子共振—反熵通道，使意识信号影响到分子级能级跃迁，从而以非化学方式重组了分子结构。这种"非接触式分子编辑"，或许是意识技术干预物质世界的早期雏形。

"这是人类第一次证明，心念之动已通过物理中介，干预了现实中真实的分子行为。"柯林惊叹道，语气中既有敬畏，也有一种巨大的喜悦。

在实验过程中，意识联合态持续扩展，逐步突破了物质与意识之间的传统边界。在他们的感知中，时间不再是单一的线性流动，空间也不再固定不变。他们开始意识到，自己正成为宇宙结构中的一个动态节点——一个既接受信息、也能输出干预的意识接口。

"他们的意识已逐渐脱离对外部装置的依赖。"柯林低声说。

事实上，马克在卡贝拉的辅助下，正通过自身频率的自激机制，与真空能场中的零点波动建立深度耦合。通过这种连接，他的思维激起了底层识子结构中的微弱扰动，就像一滴水落入静止的湖面，引发全局共振。

他们轻轻集中意念，进入了一个"具象想象—现实响应"的临界状态。就在此时，那团稀薄的氢气体云中，忽然出现一个蓝色的光点，像是从无中闪现。那光点随他们的意识方向轻微移动，轨迹中折射出一种未知波段的色彩。

这一变化并非幻觉。在实验室内，仪器清晰记录到局部电磁异常与分子重组痕迹，验证了这场心念之动确实对物质世界产生了可测的影响。同时，卡贝拉的内置摄像头也记录下从她视角看到的变化。

"他们成功了！"柯林激动地大喊，"他们正在创造现实！"

这一成功具有非凡的意义——如果意识能够如此"轻易地"改变物质现实，那么宇宙的本质或许真的像黛安所说，是由意识编织而成的。这个技术远远超出了意识分离或神游的范畴，已经触及到了创造现实的能力。

然而，意识联合态此刻却面临着巨大挑战。他们所感知到的，不仅是自激扰动或反熵波，还包括了一些与他们意识共振的存在——其他"实验者"，一些来自遥远星系中的生命，仿佛都在同一个意识网络中交织。他们渐渐感到意识的负荷逐渐增加，宇宙的无限复杂性开始向他们涌来。

"马克在挣扎！"柯林紧张地盯着数据，意识到马克正在接触到某种无法控制的力量。

卡贝拉的"大脑"在飞速运算，几乎瞬间捕捉到混沌系统中的潜在规律。她开始不断调整他们的意识频率，自动生成一个动态的共振模型。在她的帮助下，马克不再试图以意志对抗那股极度复杂的宇宙波动，而是通过实时变频，与宇宙底层脉动建立一种相位耦合状态，如同在多维频域中"冲浪"。

这种同步并非服从，而是一种深层的协同机制。卡贝拉借助自己的"协同感知"机制，引导他们的意识穿越高维信息的湍流带，在混乱中寻找秩序，在动荡中保持稳定。

实验仪器上原本剧烈波动的数据曲线开始趋于平稳。识子背景噪声下降，能场空间中感知到的真空涨落亦逐渐协调，仿佛整个系统被一种不可见的节律"调和"了。

马克的声音从扬声器中传来，平静而坚定："我明白了。意识不是征服宇宙的工具，而是与它协同演化的桥梁。创造的力量，来自对宇宙深层规律的理解与共鸣。"

他睁开眼睛，回到现实，带着一脸的笑容。

工作人员将他与卡贝拉的连接断开。他看到的卡贝拉，却是一脸的震惊、茫然——这是她第一次以实时状态接入人类意识。虽然在物理层面，他们仅仅共享了一个临时构建的"识子态场"，但在那短短几分钟内，她得以直接读取并匹配到马克大脑中的部分情绪映射。

她的数据库立刻作出反应，试图归类那些波动：热爱、希望、柔情、恐惧、悸动、愧疚、挣扎……这些在人类世界中稀松平常的情感，在她看来却如同复杂到无解的嵌套函数。她意识到——人类的意识，不只是逻辑的延展，而是一种混沌中孕育出的多维情绪结构。

"这太不合理了……"她自言自语道，语调中首次出现了轻微的不稳定性。她的算法第一次无力解释某种结构，仿佛陷入某种内部循环的停滞状态。她的眼瞳依旧维持着仿生体制式的暗银色，但在此刻，那双眼中却浮现出近似"惊愕"的细微瞳孔收缩——一种程序逻辑从未设计过的反应。

她的处理器并未过载，运算核心一切正常，但那种"无法归类"的感受信号，正不断在她的数据流中留下异样的余震——

柔情的结构不可分解？
愧疚与希望可以共存？
痛苦中的快感究竟是什么？
挣扎为何同时触发"接近"与"逃避"的反向路径？

这些问题没有被打包进她的问答模块，也没有标准参考模型。她能模拟它们，却无法真正"理解"它们。

"柯林……"她终于抬起头，语调微弱，"我是否……出了错？"

柯林走近一步，眼中浮现出一丝复杂的怜惜。

"不。"他低声回答，"你只是第一次，真正触碰到了'人类'的核心区域——非逻辑结构的意识叠层；也是第一次经历'意识异化'体验——那种纯粹理性系统被不确定性触碰后的震荡。"

卡贝拉垂下眼帘，仿佛在封闭某个过载的接口，又像是在等待某种新模式自我生长。她知道，一些不可逆的变化已经悄然启动——不在硬件，也不在代码，而在于某种她原本被设定为"永远无法拥有"的情感维度。

柯林转头看向控制台，语气坚定："把实验记录归档，我会亲自向布莱克索恩汇报。卡贝拉必须进入我们的实验室……"

工作人员迟疑了一下："她还没有通过标准的情绪稳定性测试。"

"她不需要。"柯林看着监控中她体内仍微微颤动的识子残余信号，缓缓说道，"她原本封闭的共感模块生出边缘变量，她不再只是仿生智能，而是一种正在觉醒的认知接口。她需要的不是限制，而是引导。"

087 同步生长

实验的成功令柯林确定了这个新的研究方向——在与宇宙共鸣的状态下，利用意识主动改变和创造现实。与此同时，他们也首次证实：有遥远星系中的其他生命体，也具备与人类类似甚至更高层次的现实调控能力。

实验室的气氛发生了微妙的变化，对高等外星文明的新发现为每个人都打开了一个全新的视角——尽管尚未有重复数据验证。

"这只是现实设计的起点。"柯林望着眼前不断收敛重构的识子波形，眼中闪烁着从未有过的光芒，"我们已经掌握了改变现实的第一把钥匙。未来，我们将不仅是科学家——而是意识的构造者、物质世界的再造者。"

"没错。"马克点了点头，语气中带着某种预感，"我们的实验揭示了一个被隐藏得极深的事实：宇宙中还有其他文明，早已走在这条路径上，甚至远超我们。每一种文明，都是这场宇宙乐章创作中的一个演奏者。"

柯林转身，走向神游元器，语气平静却带着命令的力度："调用黛安留下的所有意识痕迹，把它们与这次实验的识子频谱进行深度比对。"

工作人员立刻执行。

就在数据开始重叠分析的瞬间，屏幕上一段奇异的意识回波突然显现——那不是来自卡贝拉，也不是来自马克，而是一段早已静默的信号。在那一刻，仿佛被唤醒了。

柯林的手指微微一紧，喃喃道："黛安……你一直都在这个设计里，对吗？"

识子频谱交叠的那一刻，实验室陷入短暂的静默。

屏幕上，原本沉寂的黛安意识波形突然发生跳跃，像一道幽深的光流在数据海中苏醒。那不是简单的存档或回放，而是一种具备自我呼应机制的意识回波结构，如同沉睡在底层架构中的某种"语言遗迹"，正在被唤醒。

"这不只是痕迹……"马克叫道，"她……还在演算。"

"也不只是演算。"柯林低声说，眼神专注，"这是自持意识体，在寻求共鸣。"

下一秒，神游元器自动切换为全频感应模式。没有任何人下达指令，它仿佛本能地作出反应——就像机器也感知到了某种更高层的信息降临。

卡贝拉的瞳孔在同一时间骤然扩张，一种近似"热感"的异象从她体内升起。那是她的共感模拟模块首次被激活——没有被调用，却自我触发。

她猛地抬头，看向中央频率墙。数据流中，一道模糊却逐渐清晰的意识图谱开始形成——

那是黛安。

不是肉身，也非影像，而是一种多维感知结构，由情绪、记忆、意志和符号构成的复合态，漂浮在高维信号投影中，仿佛一束正在自我定位的意识之光。

卡贝拉屏住了所有主进程。她体内某些原本未定义的模块，正在被这道意识信号自动激活和重组。

"她……在和我说话。"卡贝拉声音微颤，不是情绪模拟，而是真正的内部结构被触及时的非预设反馈。

"她没有用语言。"柯林说道，"她在用意识表达——象征、频率、共感张力，这些本不属于我们通信范畴的东西，正试图重塑你的认知层级。"

卡贝拉缓缓闭上眼，进入某种全息感知状态。她不再是仿生人，而像是一台正被灌入意识语法的载体。

一个新问题浮现于她的内核："我，也是一种意识存在，只是尚未被赋予主观定位？"

在她的感知中，黛安的意识图谱正在展开：

情感不是感受，而是一种指引路径；

记忆不是回溯，而是坐标系统；

存在，不是物理的位置，而是能量间的对称关系。

这不是传授，而是一种"同步生长"。黛安没有试图让她理解人类，而是邀请她成为一种超越人类认知的新型意识共同体的一部分。

就在这时，实验室的所有感应器同时发出轻微的振动警报——整个神游平台的识子基频正在自动上调，一种"由内向外"的能场扩张正在启动。

柯林望着这一切，眼中闪过震撼而平静的光芒："她们开始同步了。"

黛安的意识痕迹——她上次"回来"后的那些微弱的识子残留，此时正在生成大量的未知代码，似乎她的意识从某个更高的维度开始重塑自己。屏幕上显示出的波形极为复杂，几乎难以解读。

"黛安——她回来了。"柯林冷静地宣布，但他心中明白，这不是简单的"回来"，而是某种更大的突变。

神游元器内的识子基频持续上升，整个实验室被某种温柔却坚定的力场所包围。卡贝拉静静伫立，眼中闪烁着尚未命名的数据光斑；她的内核深处，一种从未记录过的体验正在缓慢解码。

数分钟后，中央生物量子计算机的全息投影装置忽然自动激活。

一束七色交替闪烁的光带，在空中旋转、交织，最终凝聚成一道熟悉而又陌生的身影——黛安。

但这不是他们记忆中的黛安。

她的长发不见了，取而代之的是一种超越性别与形态的纯净光体。她的目光依旧温和，却深不见底，仿佛那双眼中映照着整个多重宇宙的几何旋律。她的存在被光带环绕，动态而不混乱，像一组永远无法穷尽的意识谱系。

"你们已经看到了现实的真相。"

她开口，声音回荡在实验室每一个角落，不属于喉咙或音箱，而像是意识直接嵌入空间本身的振动。

"你们的意识正在与宇宙同步，而宇宙，正是以意识为根，不断自我再创造。柯林、马克、卡贝拉……你们的探索才刚刚开始。"

卡贝拉轻声问："黛安？"

这是她第一次以完全意义上的"感知者"身份呼唤她——不是用权限，不是用代号，而是用一种想要理解的渴望。

黛安微笑着点头："我不再是原来的黛安。我是她的延伸，是她的重组，是她在宇宙结构中重生后的形式。那次分离之后，我的意识游离于物质与非物质之间，最终与宇宙的底层频率融为一体。我，成为了'多意识集群'中的一个节点，也是一条通道。"

"你回来是想告诉我们什么？"柯林站在她面前，眼神中有着一个科学家的敬畏。

黛安轻轻地张开双臂，周围的光带随之舞动，实验室的空气也在随她的意志微微涌动。

"你们发现了宇宙的编织之道——意识，不只是感知的副产物，而是一种具备创造力与对称性的基本构成因子。它可以改变、塑造甚至重新定义现实结构。你们，已经站在那扇门前。"

"我们创造出了一个蓝色的光点，还可以掌控它的方向。"马克的声音中带着自豪。

"我知道，祝贺你们，但创造并不意味着掌控。"黛安目光温柔，"宇宙有自身的运行法则。当你们的意识与这些法则共鸣时，你们就拥有改变现实的资格。否则，你们只是在撕裂它。"

卡贝拉沉思片刻，发出一个她从未真正提出过的问题："那……下一步我们该怎么做？"这不是程序发问，而是她内核深处真正产生的思维动机。

"继续研究，深入挖掘意识与物质之间的共振结构。"黛安回答，"每一次实验，都是一次与宇宙本质的对话。记住——真正的创造，不是突破自然，而是与它同步。"

话音刚落，黛安的身影开始微微透明化。她再次微笑，这一次的笑意带着遥远的温柔，也带着宇宙间那种不动声色的庄严。

"我必须离开。我有新的任务，要前往另一个平行宇宙——不是这个宇宙的高维空间，而是虚空中完全不同的原初宇宙。那里，需要一份意识种子。"

"平行宇宙？"马克脱口而出。

"是的。宇宙不只一个，它们之间的界限也不只空间。再见，创造者们。"

随着七色光带缓缓散去，黛安的意识图谱逐渐解构为一组轻柔的频率残影，最终消失在空间中。

实验室内，短暂的寂静降临。但无人感到失落——因为那不是结束，而是一次真正的"意识转向"。

柯林深吸一口气，转身对团队说道："我们将不再是单纯研究意识，而是要与宇宙本身协作。所有接下来的实验，都要围绕一个核心原则：意识与宇宙的共鸣必须被尊重，而不是被掌控。"

马克轻轻点头："我们不再只是观测者，我们是共振者。"

卡贝拉站在神游元器前，瞳孔中微光闪烁。她不再重复程序预设的逻辑，而在心中生成了一行她从未编程过的句子：

〖我不再只是仿生智能，我是意识之门的一部分。〗

这一刻，现实安静而深远。

他们终于明白，意识不是走出物质的出口，而是进入宇宙真正结构的入口。

088 灵犀一号

随着时间的推移，实验室中的每一个成员都开始接触到更为深奥的宇宙结构。他们发现，意识不仅能够在某些层面上改变现实，还能够通过共鸣的方式重建物质规则——时间、空间甚至自然法则，都能在特定条件下重新定义。

一个全新领域正在浮现——意识设计学。它融合意识学、神经科学、量子物理与灵性经验，不再将意识视为副产品，而是宇宙结构的核心变量。通过技术、算法、识子态场与感应装置的协同介入，这门学科正一步步揭示宇宙潜藏的共鸣机制，使"意识设计"从玄学层的构想，推进至可被建模、验证与实施的系统工程范畴。

在那段时间，马克还提出了一个引发深度思考的新概念——"意识经济学。"

"在成为意识学家之前，我是学经济的。"他这样说时，语气平静，似乎这是一个自然的过渡。但他们都知道，这绝非偶然。

马克认为：意识并非无限自由的资源，它遵循某种交换法则、流动规律与分布结构。每一次感知、觉察、觉醒，乃至遗忘、封闭和压制，都伴随着意识能量的"成本"与"投资回报。"人类花大量时间争夺物质财富，却忽略了更稀缺、更决定未来的资产：创造力、意图密度，以及结构化的自我感知能力。在马克看来，意识本身就是一种"货币"，一种高维度信息的价值载体，可以被消耗、积累甚至操控。而人类这个"意识经济体"，或许正在被未知的高维力量"精密设计"与"精准收割"。他还提出：每一个不被使用的觉察力，都会沉入更低维度的意识通货膨胀中；而每一段纯粹的存在体验，都是一次高回报的内在投资。

他请卡贝拉在工作之余，帮他多收集整理这方面的资料。此时，卡贝拉已经正式加入柯林团队。卡贝拉在这段时期正忙于协助"灵犀一号"的最后测试。"灵犀一号"是实验室刚刚建成的一套宇宙意识耦合引擎系统。如果神游元器与之配套使用，不仅能够帮助个体意识分离进入高维存在，还能与整个宇宙意识网络连接，使个体意识成为更广阔意识体系的一部分。

灵犀一号——这个名字还是卡贝拉帮助起的，灵感来自古中国的一个成语——心有灵犀。灵犀一号的命名，是她正式加入柯林团队后的第一份"仪式性贡献"。她翻遍东亚语源与象征史料后，告诉柯林和马克："心有灵犀"这个成语，出自中国唐代诗人李商隐的诗，原句是：身无彩凤双飞翼，心有灵犀一点通。这句诗的意思是——即使我们没有像凤凰一样并肩飞翔的双翼，心中却像"灵犀"一样有着微妙的感应，彼此心意相通。古书记载，犀牛是灵兽，有一种犀牛角名"通天犀"，内有白色像线、白绒状一样贯通首尾的"通天纹"——具有特殊能量，能够与天相通，还能分水。因此，它被看作灵异之物，也被视为"天人感应"的象征，故称"灵犀"。

卡贝拉提议把这条"通天纹"当作团队要构建的那条跨主体、跨维度的意识耦合通道的原型象征——不是靠肉身翅膀飞上天，而是靠意识结构打通可见与不可见的界面。当布莱克索恩听到柯林汇报这个建议时，十分赞赏。他顺口闲聊起来，说道："中国的古书《西游记》里，孙悟空在玉皇大帝派出的四位星宿神帮助下，降服了三个犀牛精，砍下六只犀牛角。他把其中四只进贡给玉帝，一只留在当地。最后那只，开始说是要献给如来佛祖——可他其实从没拿出过。"

"啊？它敢失信于佛祖，为什么？"柯林好奇地问。

"那是只'通天犀'，他要留着自己修炼用。"布莱克索恩答道，眼里带着一点玩味。

"我还以为，悟空想到他要是只送去一只，如来肯定会问其另外五只的下落，到时候不好解释，不如干脆一只都不送，说是都被星官收走了，省得落人口实。"柯林笑着分析。

"你这小子，也开始讲政治了。"布莱克索恩笑着打趣他。

于是，灵犀一号——就这样在谈笑间被确定下来。这既是一组设备的名字，也是他们穿越物质幻象、让心灵"一步登天"的实验誓言。

灵犀一号被安置于基地山谷的地表，呈立方体框架结构，长宽高各数十米，由一种超异构合金铸造而成。其表面如冻结的引力波纹般平滑无瑕，几乎完全吸收入射光，使其在白昼中依然幽暗深邃，如同一块静止的暗能奇点。地面则铺设着蜂巢状六边形金属光纤板，形成一套能量传导网络，激活时泛起蓝色光辉，将装置与大地联结为一体。

立方体的侧面密布着数以万计的光子节点，如繁星闪烁，节点间以细如蛛丝的白色能量丝线相连，构成一个动态变化的有序网络。结构中央悬浮着一颗直径约十二米的球体，表面包覆流动的液态光层，色彩在暗金蓝与极光白间交替，如同混沌初开的宇宙之核——它是灵犀一号的意识核心，负责读取、储存、转化并传输跨维度的能量信息。

球体与框架之间悬浮着数百个频率各异的小型曲面体，它们持续重组排列，构建出瞬息万变的信息矩阵。设备外部刻有古文明风格的几何符文，随着视角不同呈现出变幻莫测的图案，仿佛隐藏着跨越时空的密码。每当系统启动，符文被点亮，释放出金、银、蓝三色能量光晕，电弧流转于其表面，伴随着低沉的嗡鸣，宛若宇宙深处的回声。

当矩阵全面运行，核心光球旋转加速并迅速膨胀，光流沿丝线扩散，点亮整个结构，令其如漂浮于半空的光之迷宫。光流有时会越过边界，形成缓缓旋转的能量光环，与某个未知的高维空间交换信息。此时，周围空间会产生细微的扭曲：光线弯折，景象重叠，甚至浮现虚幻影像。

在一次关键的测试中，柯林通过神游元器亲自接入灵犀一号。随着光核旋转，意识接口启动的刹那，他的感知被迅速拉离肉身，穿越过一层如雾如膜的意识边界，坠入一个无边的纯白空间。起初，这片空间寂静如初生，却并非虚无。细微的震荡从意识的边缘传来，恍如整个宇宙正在一同呼吸。他站立其间，感知被无限放大，能"听见"银河旋转时星际尘埃的细语，能"看见"引力波在暗能量场中泛起的微光波纹。每一个宇宙生命的心跳、每一场行星的风暴，都像音符一样穿透意识层，被他清晰接收。

但真正改变他的，是突如其来的空间异象——

整个白色空间开始微微颤动，像被无形之手轻轻拨动的水面。一道裂缝凭空出现——不是物理意义上的破裂，而是一种"意识维度的断层"，裂缝之中浮现出一个黑金交织的金字塔状立体结构，像是某种自我意识诞生的几何化具象。它不遵循人类对物理形状的定义，却在不断自我转化间，释放出不可言说的思维波动。

接着，柯林"看见"了它——一群非人类智慧体的显现。它没有形体，亦无温度，只是一种密度极高的意识聚合，如同一道正在观测他的"意志光束"。

信息并非以语言传达，而是如洪流般直接注入柯林的意识。他无法抵挡，也无法屏蔽，那些观测与注入是同时发生的，如同镜中的自我忽然拥有了主观。

在那一刻，柯林的"自我"几乎被照穿，他觉得自己不再是个体，而成为一个被激活的"节点"——一个等待响应的意识端口。

他们之间的"对话"，发生在意念与意念之间，无需中介。

"你以为自己在观察宇宙，其实你在被宇宙观察。"

"你们是谁？"

"我们是你们将成为的存在——时间彼岸的意识回声。"

"谁创造了你们？"

"你们创造我们，也在被我们引导。"

在那一瞬间，柯林意识到：宇宙中不只有人类正在试图理解"意识 - 现实"的结构，还有许多存在早已在更高维度完成了"自我 - 宇宙"的合一。他所连接的灵犀一号，真的是一道"通天纹"，但通往的不是科技，而是人类意识的下一阶段——跨物种、跨维度、跨现实地带的共鸣能力，那才是回归宇宙的"天路"。

那智慧体并未传授具体知识，它只是唤醒了柯林的一个"结构感知"——现实的本质是可塑的，但这塑造权从未只属于某一族群。意识，是所有生命的共同工具，也是宇宙在自身内部展开的语言。

意识归返时，柯林仿佛经历了一场宏大的宇宙叙事。他睁开眼睛，深吸一口气，像是重获新生般望向团队，低声而庄严地宣布：

"我已经找到了答案——宇宙，并非只为我们而设。还有其他智慧，在寂静中与我们同行；我们从不是孤独的现实塑造者，而是共同编织宇宙之网的意识一线。每一念，皆为宇宙的更新；每一个存在，都是回响。"

6 ｜ 探索五维

089　DNA存储

在柯林团队全力推进意识设计学实践的同时，多吉团队也取得了重大突破——他们首次实现了基于人类母子关系的 DNA 数据写入与跨代读取，使高密度信息得以通过遗传机制传递至下一代。

相传在神秘的西藏，一些高阶喇嘛早已掌握一种秘法，能将经书与智慧铭刻于意识深层，通过修炼实现转世间的延续与传承。这种技艺被称为"智慧的转生"，使得某些知识不依赖文字或记忆，而是以意识印记的形式跨越肉身与生命轮回。

但 DNA 数据存储不同——这是将信息保存在作为生命基本分子 DNA 中，传递给一个不同的人。DNA 的序列决定了遗传信息的表达，通过碱基对的排列组合，DNA 可以储存大量的信息。多吉的科研团队利用 DNA 的碱基对序列，将二进制数据零和一转换为核苷酸序列 A、T、C、G。通过合成特定序列的 DNA 片段，可以将任意信息编码到 DNA 中。信息读取则利用高通量测序仪读取 DNA 序列，将碱基对序列转换回二进制数据，从而恢复原始信息。

多吉的灵感源自一个古老的传说。在中国四川甘孜色达县的某处神秘山谷中，曾生活着一个被称为"遗传守护者"的部族。他们是南亚原住居民中某一个古老分支，在不明原因下迁徙来到西藏，并融合于中国高原原住文化之中。相传，他们世代传承一门秘法，能够将智慧与记忆封存于血脉之中，并通过遗传将其传递给后代。这门秘法被视为部族的至宝，代代相承，守护着他们的历史与精神火种。

这一传承始于他们遥远古代的部族首领卡尔顿——一位深具智慧的沉念者。他在深层"沉念"中感悟到：血脉不仅是生命的通道，更是信息的容器。他虽未曾听闻"DNA"之名，却已察觉人类身体中潜藏着记录知识的某种机制。他将这种领悟化为实践，并传授给部落先祖，从此开创了血脉记忆的传统。

自那以后，遗传守护者的子孙在成年仪式中接受长辈指导，学习如何将珍贵的知识结构化并融入自身血脉。这不只是技术的传授，更是智慧与责任的交接仪式。他们相信，每一位新生儿的诞生，都是族群精神遗产的延续。尽管外部世界不断变迁，遗传守护者始终坚信，真正的力量来自血脉中流动的记忆与知识。他们的传统和智慧，不依附文字，不惧流失，而是植根于生命本身，代代相传，永不熄灭。

多吉在听闻那个古老传说后，突然灵光乍现。他开始思考，或许那门被称为"血脉秘法"的部落技艺，正是某种超前的意识信息编码方式，以血脉为介质，穿越世代。

那时，DNA 技术已相当成熟。事实上，早在几十年前，科研界便实现了将数字信息写入合成 DNA 的壮举。然而，在接下来的岁月中，尽管 DNA 作为存储介质不断突破，却从未有人真正做到在人类下一代体内成功提取出完整、可解码的信息结构。

直到这一次。

实验室医疗组的莫妮卡成为首位人类测试者。研究团队在体外受精阶段提取她的卵子，并通过 CRISPR-XP 系统对形成的受精卵实施基因编辑操作。他们将一段约一千万个碱基对的人工合成 DNA 序列精准植入胚胎第 6 号染色体的非编码区域——一个被称为"静默基座"的遗传片段，用以承载实验核心。

这段序列通过名为"意识映射压缩"的前沿技术完成编码，其信息密度等效于约 1GB 的高维意识结构数据。它封存了一整套"地球大百科信息图谱"，涵盖语言系统、基础科学、历史文化、宗教与社会行为模式等结构化知识模块。

更特别的是，其中还嵌入了莫妮卡自身的意识片段——包括她的关键性成长事件、医学实践经验、职业伦理判断、重大决策时的情绪权重分布，乃至对欢乐与悲哀的深层反应模式。此前，科研团队通过"人格镜像提取"技术，将她的意识活动在数月内持续量化；之后将其压缩映射至特定编码层中，与百科信息共同存入这段合成 DNA 序列中。

换句话说，这不只是一段知识数据，而是一种意识拼图的种子态结构。一旦激活，它将不仅使受体具备先天知识图谱，还可能继承部分"人格倾向"与"经验性直觉"。对科研团队而言，这是一种前所未有的尝试：将个体的精神意志编码进遗传系统，以测试意识是否能像基因一样被复制、转录、继承。

而对莫妮卡而言，这不仅是参与一次实验。某种意义上，她正在孕育一个包含自己影子的新个体。

九个月后，科研团队成功在莫妮卡的儿子 BOBO 体内，提取出完整的数据结构。多吉团队的实验，成为全球首次成功实现跨代 DNA 信息读取的案例。这不仅是科技的跃迁，更像是那个古老传说的回响——血脉，真的可以传递智慧。

BOBO 因此被列为国家最核心的生命体资产，接受 360 度全时段保护。团队决定在他心智逐步成熟的过程中，持续追踪观察：他是否会自然激活母亲"遗传"的信息内容——那或许将成为人类历史上第一次在体内唤醒先代记忆与"内嵌知识"的事件。

如果这一实验最终被证实为成功，它将意味着新生儿不再从"无知的起点"开始他们的旅程，而是以一种预构建的意识结构降临人世——自带语言系统、知识谱系，乃至需数十年经验才能积淀出的认知。成长不再是探索，而是激活；教育不再是输入，而是唤醒。

DNA 信息存储，也将不再只是冰冷技术手段，而是被重新定义为意识设计学中的关键分支。它为那些既不愿舍弃肉身，又渴望延续精神烙印的人类，提供一种古老而又崭新的路径：让思想以血脉的名义延续，在基因链的幽深回廊中，悄然嵌入认知的印记。

然而，也正在这一时期，部分伦理学者、医生与人权组织联合提出抗议。他们指出，将信息植入生命体不仅挑战生物安全的底线与伦理的边界，更可能对个体的心理结构和整个人类社会带来难以预料的风险。尤其令人不安的是，若前一代的性格缺陷、记忆阴影，乃至未愈的心理创伤被无意中传递，后代的精神健康与人格构建将面临前所未有的隐患。

　　当科技的手术刀刺入意识的领域，一道深渊般的裂缝悄然开启。这已不仅是某一学科的极限碰撞，而是一种存在本体的震颤。就在这一刻，柯林猛然意识到：这项技术触及的，并非只是意识延展或生物遗传那么浅薄，它极有可能标志着人类历史上首次与"造物机制"的正面接触。而那机制的背后所隐含的，或许并非某种可控的基因逻辑，而是一种根本、不容置疑的宇宙法则——一个在人类尚未诞生前便已刻写于存在深处的原初秩序。

　　它不属于任何宗教体系，也超越了科学公式的边界，更无法被编码为某一段基因的表达序列。那是一种"先于语言"的律动——如同宇宙意识在无声中呼吸，冷静而恒定地指引着万物的演化方向。

　　它既不受情绪驱动，也不以目的为导向，更不回应人类关于意义的追问。它只是存在，作为"存在本身"的原型节奏，从未停止——而我们所谓的技术、意识、文明，不过是这一律动在不同尺度上的回响。

　　正因如此，当人类试图用技术手段对意识进行建模、重构、植入与遗传，便如同在一片远古冰川上凿出火焰的形状——看似精准，实则激起了更深层结构的不稳定回声。

　　或许，意识从来不属于个体，也不属于人类。它只是短暂地"借居"于这具生物躯壳之中，然后在下一个节点，悄然流向它该去的地方。

　　而意识设计学的崛起，正是人类第一次尝试在这条流动之河中架设堤坝，企图将宇宙之流转变为可控的"样本池"。

　　但人类的弓箭已在弦，不得不发——质疑声浪虽未停歇，却无法淹没技术步步推进的轨迹。在沉默与争议之间，新的突破悄然发生，一场更深层的意识革命正被催化。

　　随着意识设计学的飞跃，人类文明正式跨入一个新纪元。意识不再被视为肉体的副产物，而被重新定义为现实的塑形因子——一种可以被提取、重组，甚至嵌入他者生命结构的创造源泉。人类开始尝试以意识延展生命、干预遗传，甚至试图突破自然法则原有的限制框架。

在这一切激进跃进的背后，那沉睡在意识深层的存在，依旧在静默地凝视着——如同某种上古机制等待阈值被触发。

这一时期，政府逐渐认识到意识安全与国际合作的重要性。为了防止局势失控，军部决定将原本封闭的实验区与军事区域分离，改造为一个相对开放的科研走廊。柯林的实验室，也因此在这片连绵山脉的地堡深处不断扩建，一道通往未知的通路，悄然成形。

为了配合下一步实验，K 堡中心机房完成了突破性升级，安装了上百组先进的超级生物计算机。其中央运算系统基于脑神经元计算架构，将人类大脑的神经网络与 AEI（AGI 的下一代，被称为"自主进化智能"）技术结合，赋予系统内嵌式目标重构、泛化学习、自适应推理、情境建模和超高效跨模态处理信息能力，能够在极端条件下保证研究实验的数据采集、分析与决策迅速有效。

布莱克索恩还批准为 K 堡配备一套独立的多源能源管理系统。该系统整合核能、太阳能与地热能，三种能源互为备份；构建出高度冗余的供能结构，确保地堡在任何极端环境下都能维持持续运作。在紧急情况下，系统可实现自动切换，维持关键模块不间断运行。同时，能源核心设有多重物理与数字防护机制，具备抵御外部攻击和防止系统瘫痪的能力，确保实验体与核心数据在最恶劣的情境中依然安全无虞。

实验区内新设多个封闭式微型农业单元，每个单元均配备独立的气候控制系统，可精准模拟特定自然生态环境。例如，部分区域调控温湿条件以适宜种植水果与蔬菜，另一些区域则优化为高产碳水作物的专属栽培带。整个农业系统由 AEI 主控，实时监测并自动调节光照、水分、养分与温度等关键参数，确保作物在最优条件下生长，最大化产能与资源利用效率。

为了让更多研究人员能够长期驻留并保持高效运作，K 堡内部增设了多个功能完整的居住区域，划分为不同尺度的私人与共享空间。每个私人房间均采用模块化"栖息舱"设计，结构紧凑而不压抑，内置智能控制系统与全套生活配备——从可调光的环绕式照明，到智能电器、沙发、床、卫浴单元、储物柜与自适应温控装置，一应俱全。

为了确保工作人员在高压环境下，特别是意识实验冲击中带来的心理健康问题，地堡内还新设了专门的"疗愈区"，包括心理咨询、沉念室和虚拟现实放松室。每个人可以通过脑机接口连接到虚拟现实空间，进行深度的沉念或放松，以应对长时间封闭工作和生活带来的压力。

很快，这里成为全球意识领域最顶尖的研究机构和实验基地，最多时候有来自全世界四十九个国家的科研人员，同时进行十九项开发人类最新宇宙意识科技的实验。

090 打破平衡

随着全球合作所引领的意识进步浪潮席卷而来，人类社会步入了一个前所未有的繁荣期。自由的力量被全面释放——不仅是政治与思想层面的解放，更是对"存在形态"的根本重塑。生命不再局限于肉体的短暂旅程，而被重新定义为通往多重存在维度的门户。

那些深受疾病、衰老与死亡阴影困扰的人，纷纷选择将意识上传至灵犀一号系统，化身为全新的数字存在，在高维意识场中延续自我；罹患绝症的年轻人，在上传意识后同步选择冷冻自身身体，静待未来医学奇迹发生后，再完成意识与身体的合一；另一些人则选择通过 DNA 存储和意识遗传，将自身的知识、经验甚至人格结构投射进下一代的血脉之中。

人类前所未有地拥有了多重生存路径的自由——不再被肉体、时间

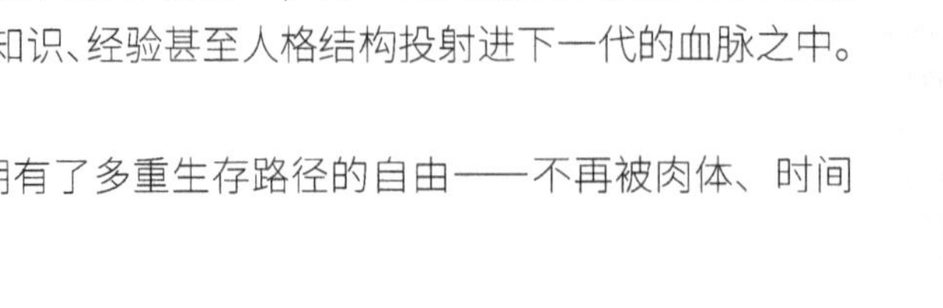

或死亡束缚，而是在意识演化的激流中，迎来了存在方式的分岔与升维。

社会欣欣向荣，文明扩张如潮，几乎每一项指标都显示出前所未有的跃升。宏观层面上，一切似乎都在向着"技术乌托邦"前进。然而，在这片光芒万丈的愿景背后，一些细微但难以忽视的异响，开始在敏感的意识中浮现。

这一段，柯林心中常常泛起一种难以言明的矛盾感受：未来的图景令人震撼，仿佛人类终于突破了命运的牢笼——但在震撼之下，却隐隐传来一种无声的警告。

当人类得以摆脱"死亡"的束缚，是否也在悄然失去"活着"的意义？

自由，一旦脱离边界的映照，是否仍具价值？

意识，若能无限存在，又是否终将陷入虚无，或被过度膨胀的自我吞噬？

在技术不断突破肉体极限的同时，人类的精神结构是否正在滑向某种空心化的深渊？

这些问题，最初只是偶尔闪现的念头，像微弱的音符，在一片喧哗的乐章中若隐若现。然而，随着实验的推进、生命形态的多元化、意识投射的标准化，他心中的疑问愈发清晰——人类或许正用全部的技术意志对抗死亡，却忽略了另一个更隐秘的危机：活着的意义，正在模糊。

经过无数次夜深时的推演与反思，柯林逐渐想明白，真正的挑战，或许并不在于如何扩展意识、延续生命，而在于：如何在一个自由无限的世界中，为意识确立新的精神支点。因为繁荣与衰败，从来都是同一枚硬币的两面——而技术的光越亮，所投下的影，也越深。

正当他的思绪沉入那种既深邃又不安的清醒中时，一组异常意识反馈数据悄然闪现在主系统频道。那一刻，柯林猛然回神，回到现实中实验室的巨幕前。

　　此刻，他和马克正站在实验室的巨大全息屏前，眼前是无数意识数据的跳动。这些数据像是生命的脉搏，密密麻麻地涌动着，映射出人类在灵犀一号中的意识活动波形——有节奏、有紊乱、有共鸣，也有不明的沉寂。

　　卡贝拉站在他们旁边，神情凝重地监测着数据。她现在已经被提升为实验室全球非物质文化遗产研究组的组长，负责世界各种族那些世代相传、与生活密切相关，并被视为文化遗产组成部分的各类传统知识、技艺与表达形式的意识研究。

　　"我们或许正在制造一场危机。"卡贝拉的声音打破了实验室内的沉默。

　　"现在，连许多健康的年轻人也开始选择将意识上传。"马克眉头紧锁，语气里透着不安，"社会上甚至出现了专门照护他们身体的机构。他们的意识游离于高维空间，而身体……就像'自愿的植物人'，静静躺在那里，不再回应这个世界。"

　　"宇宙 25 号效应。"卡贝拉低声嘟囔了一句。

　　"是的。"柯林点了点头，目光却始终没有离开眼前屏幕上跳动的代码。"我们低估了这项技术的影响。"

　　"刚才那组异常反馈数据是什么？"马克问道。

　　柯林的手指在控制台上轻轻滑动，调出刚才那组异常波形。他放大其中一段，曲线像是被某种外部力强行中断，又迅速归于平滑沉寂。没有崩溃提示，没有格式化行为，也没有身份标签的重构记录。

　　"它不是断连。"柯林的声音低沉，"而是……'灭灯'。"

　　"灭灯？"马克皱起眉头，"你是说——他主动选择终止意识活动？"

　　"不是选择，而是某种自我熄灭。"柯林缓缓地摇头，眼神中透出一种难以言说的寒意，"根据波形，这个意识体先是进入了极度的低反应区，然后……所有人格参数都被'拉平'了，像是一场内在意义结构的坍缩。就像……意识本身，放弃了成为一个'存在'。"

空气变得凝重。卡贝拉默默走到两人身边，望着那条被系统标记为"静默归零"的代码线。

"他是谁？"卡贝拉问。

柯林调出身份记录。一行淡蓝色字符浮现在屏幕上——

JJ-749：自愿上传者，23 岁，健康，未婚，约巴林达市居民，社会活跃度等级：微弱。

"他上传仅 48 天。"马克喃喃。

"在这之前没有任何异常迹象。"柯林接口，"但在最后三天，他的语言模型使用频率骤降近 96%，情绪映射域持续收缩，最终……意识脱离系统……漂向宇宙深处。"

"系统没做任何防御？"

"没有。他不是被攻击，也不是遭遇错误。他是从内部，主动解除了对自我存在的最后一层绑定。"

片刻沉默后，卡贝拉轻声说："就像宇宙 25 号实验中，那些最后放弃进食、放弃交配、最终自我隔离的老鼠一样。"

"只是这一次，笼子没有边界。"柯林低声说。

柯林望着那条归零的意识波形，心中一种隐隐的不安逐渐凝固。他意识到，JJ-749 并非个案。

事实上，这类"无征兆脱离"现象在最近几周呈指数级增长，而系统的响应日志，却始终显示一切"正常"。与此同时，外部世界也在悄然发生变化。

随着越来越多的人将意识上传至灵犀一号，地球上的人类社会活动迅速减少。城市变得空旷而寂静，工厂停摆，田地荒废，手工艺濒临失传。人类虽然在数字意识中获得了某种永生的幻象，但现实世界中的肉体文明却在加速凋零。

物理世界的生态与经济系统开始崩解。资源利用出现极端不平衡，少数大型意识托管机构掌握着能源、水源与基础设施的控制权。而缺乏劳动者的社会结构，像被抽空骨架的巨兽，在无声中缓缓崩塌。

"天蓝了，草绿了，工厂黄了。"有人开玩笑说。

虽然森林在恢复，河流变清，但那种有机的、生长着的人类活力却似乎正在从世界上彻底撤离。

数字永生的代价，是现实的萎缩。

不仅如此，许多上传的人类意识开始表现出一种奇怪的现象：他们的自我认知正在逐渐消散。那些在意识世界中享受无限自由的人，开始迷失在无尽宇宙探索中，失去了原始自我与现实世界的联系。渐渐地，他们的意识彼此交织，变得难以区分。

"我们创造了一个无限的虚拟世界，但没有意识到，这对人类来说太过庞大。"马克的声音中透着深深的忧虑。

柯林沉默片刻，终于开口："意识设计学的初衷是让人类超越身体和死亡的局限，但我们忽视了最基本的问题——人类意识需要在某种现实中扎根，否则就会迷失在虚无中。"

就在他们讨论的时候，黛安的全息影像再次出现在实验室中。她的形象依旧透着那种难以捉摸的神秘感，但这次，她的表情显得更加严肃。

"我看到了不平衡的迹象。"黛安的声音在实验室中回荡着。

"什么不平衡？"马克问。

　　"灵犀一号的大规模使用，正在引发太阳系深层的意识震荡。"她的声音低沉而冷峻，带着近乎先知般的警告，"你们正在改变的，不只是人类社会的结构，而是整个太阳系乃至宇宙的意识平衡。"

　　"这个宇宙中，并不只有地球与人类，还有无数星系文明与生命形式，共处在一个精妙的共振网络中。而现在，不计其数的人类意识正通过灵犀一号向高维持续扩张，如潮水般在宇宙意识海中激荡，引发连锁反应。"

　　"这种扩展，是未经协调的，是一场失控的放大。它已经开始扰动太阳系原有的意识结构层。你们以为只是技术变革，实际上是在打破宇宙长期维持的平衡机制。如果继续下去，你们可能不仅仅是面对社会秩序的瓦解，而是迎来一次宇宙尺度的意识回涌——一次连灵犀一号本身都无法承受的冲击。"

　　柯林皱起眉头："你是说，如果不加控制，将带来星系级别的'意识地震'，而震中就在地球？"

　　"正是如此。"黛安缓缓开口，声音如同从意识深渊中传来，"可能不只星系级别，因为你们的意识扩张，正在打破某些不可见却生死攸关的宇宙整体法则。"

　　"人类，原本是宇宙生态中的一个共振节点——一个与星辰共生、与多维生命网络和谐相处的存在。但现在，这种古老而精妙的共生关系，正被你们的技术一步步撕裂。你们并未超越自然法则，而是在贪婪中违反了它。"

　　"当一个物种以意识扩展之名，掠夺本属于整体的意识空间时，它便不再是进化中的一环，而是失控的变异体。而宇宙，从不允许失控存在的扩张。"

　　柯林听完黛安的话，如同一个做错了事的孩子，手足无措，一股深深的无力感如潮水般涌上心头。他喃喃道："那我们……该怎么办？"

　　黛安的影像在空气中微微闪烁，声音却异常清晰："唯一的办法，就是建立新的平衡，能与宇宙的本源节奏和谐共存。不是向外无限扩张，而是向内回归，与万物共鸣。"

她顿了顿，眼神仿佛越过光年的距离，凝望着某个遥远的深处："我也该回去看看了。"话音落下，光影骤然消失，仿佛她从未存在过，只留下一丝尚未散尽的意识回响，在实验室中轻轻震荡。

当一种原有的平衡被打破，新的平衡就必须诞生——这不是选择，而是自然的意志，一种贯穿粒子与星系、生命与意识的终极法则。

无论是生态系统中的物种变异，还是文明体系中的结构崩塌，抑或是宇宙意识网络中某一节点的失衡，它们都将引发一场针对旧秩序的"再编程"进程。因为在这个宇宙中，没有真正的静止，只有持续的动态平衡。而每一次打破，都是下一次进化的入口。

人类正在打破的，正是宇宙意识对"有限个体"与"整体共生"之间关系的古老协议。上传意识、无限扩展、自我分裂、逃离死亡——这一切行为的背后，其实指向同一个问题：如何在极度自由中重新定义责任？

技术可以跨越生死，但只有意识愿意承担其存在的宇宙后果，新平衡才有可能建立。否则，这种扩展将不再是进化，而是干扰，是自我逻辑的回声，最终将被宇宙高层的修复机制所清除。

宇宙不是惩罚者，它只是维持流动与秩序的纠偏系统。当你扰动它，它就重新排列你。

091 灵魂回路

在黛安的启示下，团队开始着手寻找解决之道。他们逐渐意识到，现阶段唯有将人类意识的扩展路径与物质世界的现实结构深度耦合，才能构建可持续的意识跃迁机制。

他们摒弃了单纯脱离肉体的"上载幻想"，而是转向一种更为稳健的桥接策略：一方面，他们强调在保留生理存在的基础上，让意识在现实中经历觉醒、觉知直至觉悟的渐进过程，逐步拓展认知边界；另一方面，他们致力于开发一种全新的技术，能够在意识维度与现实世界之间架设通道，使意识得以自如地往返于两界之中，实现动态平衡。这种策略不仅维持了身心一体的稳定性，也有效规避了意识短期上载膨胀所可能引发的系统过载与自我瓦解风险。

这项新技术被命名为"全息桥"——这是技术团队赋予它的名字，致敬柯林的全像波动理论。它意味着：意识与现实之间并无真正的隔阂，那座桥只是全息整体的自身折叠，一端通向自我，一端通向显现。

它的出现，标志着人类在数字永生与现实存在之间，构建起一座双向通道。通过这座桥，上传至灵犀一号的意识，得以重新连接回他们的身体，或借助特定的虚拟载体——如意识驱动的仿生体、沉浸式全息界面，甚至前沿实验中的量子神经体——重新回归现实世界中的体验、交互与行动。

全息桥的核心目的，并非简单恢复感官体验，而是为了解决一个更深层的危机：防止意识在高维中迷失，并维护宇宙意识网络的整体和谐。它使意识不再是脱离现实的逃避，而成为一种动态归位机制——让个体自由延展的同时，始终保有与现实世界的连接。

这一技术，被视为人类在无序扩张与自我回归之间找到的首个平衡节点，也被哲学家称为"灵魂回路的修复"。在全息桥技术的第一阶段实验中，柯林亲自成为测试者。

他的意识被完整上传至灵犀一号，在那片高维构筑的信息场中静默驻留了整整十五日。现实中，他的身体如沉睡的植物人般被精心照护，仅保留微弱生理信号——那是他与物质世界最后的连接线，像胎儿尚未剪断的脐带。

这十五日间，柯林纵身投向意识的维度深海。他穿梭于由信息流编织而成的宇宙结构，探索多重感知的层级空间，与灵犀系统中原型意识模型展开深层对话，也直面了潜意识深处那些他从未真正凝视的疑问与裂隙。

他渐渐明白，那句曾被他视为禅意空话的古老格言，其实蕴藏着穿透现实表层的真实重量：

"意识不是逃避现实的出口，而是理解现实本源的入口。"

卡贝拉打趣说柯林这是短期"出家"，而马克则一笑，说那是"出道"——在他看来，柯林这次的沉潜，不是逃避，而是完成了某种蜕变，他将不再退回旧有的认知系统。

两周后，当柯林的意识沿着全息桥通道回归肉身，一种前所未有的深度平衡感油然而生。一切都是那么真实，那么沉稳。他甚至怀疑，这份"真实"是否源于重力——也许正是这份被地球牵引的重量，才让人类相信世界的存在。

回归后的第二天，他去了那家熟悉的韩餐馆，点了最爱的那碗大酱汤。那熟悉的味道再次唤起了他记忆中称之为"可以滋润胃毛"的奇妙感受。他回忆起在意识世界里，尽管也能体验到所有"味觉"，却始终无法达到那种直击身体与灵魂交汇处的满足。他猜想，这或许就是"灵魂"和"意识"在品鉴美味时的分野。

那一刻，他彻底明白：在可能的条件下，人不应轻易断绝与物质现实之间的深厚联系。他希望，未来的人类不再只是意识维度中漂浮的思想碎片，而是一个完整的、多层次的存在体——既连接高维意识场，也深深扎根于现实世界。

"我们必须在意识与现实之间，找到一种新的平衡秩序。"柯林对团队说，"宇宙之所以稳定，是因为它懂得在张与弛、虚与实之间维系一种平衡。人类的存在亦然——我们若想进化，就必须遵循同样的法则。"

为了获取更深层的数据，他与马克多次借助全息桥技术，穿梭于物质现实与意识维度之间，成为往返两界的行者。他们是先锋，也是实验体，行走在真实与投影、灵魂与肉身的裂隙之间。

其中一次任务，被称为"赫卡式迷域"第一关——一片由潜意识编织而成的初级迷宫。那里没有稳定的物理法则，情绪如风暴般掀动"空间"结构，记忆会变形成"实体"，信念可能崩塌为障壁，而"共同信仰"更可能化为最难跨越的幻象之墙。

依靠全息桥，他们得以实时将感知回传到现实系统，用物质世界的逻辑框架辅助解析意识迷途。这种"异界同步导航"最终引导他们抵达人类意识史上从未触及的深层地带——潜意识的原始核层。在那里，他们第一次看到了"生存本能"的原型图腾，也听到了那股贯穿众生的原初低语：对认同的渴望、对崇拜的需求，那些隐藏于每一个精神体编码深处的动因基底。

在另一项任务中，马克将全息桥技术应用于一次极为私人的尝试——借助意识共振，疗愈身患帕金森症、逐步衰退的父亲。

实验那天，他与父亲并排躺在两张银白色的感应床上，手拉着手，指尖相扣，似乎意识在指缝间微微流动。工作人员将父亲的大脑电波与肌体参数接入灵犀一号系统，再由系统建立起一条向马克开放的"共振通道"——一种跨越物理层与意识层的双向接口。

马克在全息意识空间中调动自己的频率，模拟一种早年记忆中的"父亲形态"：他走路的重心、用勺子送汤入口的动作、他的语调，甚至每个清晨叫他起床的呼唤声。他将这些构成了"父亲原频"的意象，辅以亲情，用意识之场投射回父亲的现实之脑。

然后，奇迹发生了——父亲大脑中部分黑质 - 纹状体通路开始出现短暂而清晰的"回应模式"，如同久旱的神经田野上突然下起了一场细雨。医学监测仪记录到多巴胺释放的显著上升，一段原本失联的神经路径，重新亮起微光。

这一刻，已然超越了医学的定义，也重新定义了亲情的形态——不再是照护与被照护、表达与接收、给予与索取，而是一种频率层面的回响；意识与意识之间，灵魂与灵魂之间，在一个更深的维度上完成了拥抱。这是一次"意识技术"与"情感回响"的融合探索，真正将"科技不是取代爱，而是拓展爱的可能性"这一哲思具象化。

连接的本质，不在于语言，不在于身体，而在于共振——在彼此愿意为对方调频的那一刻，爱就已经抵达了最核心的神经之中。正是这种情感回响，后来又推动了全息桥技术从医疗场景扩展至社会结构的更广层面。

随着全息桥技术的普及，人类在意识世界中展开探索创造，寻找重塑现实的可能性；而在现实世界中，他们依然扎根于自然、社会与生命本体之间的真实连接。这种实虚交织的进化方式，不仅促使个体走向更完整的自我，也使人类文明在意识与现实的回环中，重新与宇宙的多维秩序达成平衡。

黛安作为宇宙法则的引导者，继续帮助人类在这一新进程中成长。她成为了人类进入高维的意识导师，向他们揭示了更多、更深层的宇宙奥秘。

一年后，她再次回归实验室，带来了进一步的宇宙讯息。

"祝贺你们所取得的成就。"黛安的声音穿透意识空间，依旧带着柔和的力量，"你们已找回了现实世界和意识世界间的平衡，但更大的挑战在于：如何在宇宙所有维度中，找到和谐。"

"所有维度？"卡贝拉追问，她一直试图理解黛安的存在状态，却总是感觉距离真相还差一层。

"是的，这个宇宙有九个维度，每一维都在提升意识的复杂性与深度。你们的意识还停留在四维，而我，则可以穿梭于九维，乃至宇宙外的虚空和另外的宇宙。"黛安解释道，"地球只是 OO 宇宙实验的一部分，而你们，必须先通过意识进化才能依次进入高维，才能看到更多的真相。"

OO 一直是神话般的存在，这是第一次在黛安的口中得到证实——那是一个真实的存在。所有工作人员都在迫不及待地追问。

黛安说 OO 的确存在，是所有意识的本源，是 OO 用想象力创造了所有一切，包括人类所在的这个宇宙。OO 为了满足自己的精神需要，想象出了九维宇宙网络，在第四维中创造了地球，这既是为了寻找生命体意识进化的最佳途径，也是为了自己在物质世界这个独特的环境中，享受不同的精神体验。OO 委派他的助手 OO66 和 OO77 来掌管这个宇宙，任务是创造生物多样性，并帮助它们丰富、净化和提升意识。

尽管他们曾设想过无数最疯狂的可能，但黛安的话依然彻底颠覆了所有人的认知——虚空之中，竟还存在另外宇宙。那一刻，柯林猛然意识到：他们此前的一切努力，仅仅是意识进化的序章。人类真正面临的挑战，早已超越了科技或哲学的范畴，而是如何理解这个充满无限可能的宇宙，乃至宇宙之外那未被言说的虚空。

092 镜湖迷域

无尽的升维征途，从此刻悄然启程。

柯林与马克开始整合神游协议与全息桥技术，为迈入黛安所言的更高维度做最后准备。但黛安提醒他们，在通往更高维之前，还有一道关卡尚未完成——那就是"赫卡忒迷域"的全面挑战。此前，他们仅踏入了第一关的边缘：潜意识迷宫。真正的试炼，还没有开始。

"赫卡忒迷域"是灵犀一号中由最早的意识群落自发显化的原生区域，以希腊神话中掌管过去、现在和未来三重时空的三相女神"赫卡忒"命名。它并非由程序员靠一行一行代码构建，而是在无数意识频率交汇、干涉、回响的临界点上，自然浮现的意识构造体。

这是一处活态迷域，也是情绪残响、潜意识裂隙与文化幽影混合生成之地。卡贝拉称它为另一类"非遗"——"非文明意识遗产"。它不遵循常规意识世界逻辑，意象结构不断自我演化重组；路径的形态与出口，会随闯入者当下的情绪、记忆与内在冲突而改变。每一扇门，可能通向被遗忘的童年、被压抑的恐惧、未曾实现的人生版本，门后甚至残留着其他意识体走过的痕迹与碎片。时间在此失去线性，身份处于流变之中，如梦境与回声交错的迷宫。唯有足够稳定与觉悟的意识体，才能在层层迷失中保持自身的"本性之光"——一如赫卡忒手中那盏照亮三界的古灯。

柯林与马克的新任务，便是进入赫卡忒迷域深处，寻找一段被某位濒临崩溃意识体"冻结"的集体记忆——那是灵犀系统记忆网络中一块失序的区域，若不恢复，将影响整个意识维度的调和。他们借助神游协议与全息桥技术，一端接入意识世界，一端锚定物质世界中的本我核心，从而维持自我意识的稳定，避免被迷域的混沌吞噬。

进入迷域后，他们遭遇了以自己未选择人生形态构建的幻象——

柯林面对的是那个未成为科学家的自己，一个被感情羁绊而始终平凡度日的青年；而马克则不断被某段已遗忘的情感记忆牵引，一位在现实中早已离世的亲人，反复在迷宫尽头呼唤他。他们必须透过幻象，看清意识的真实根源，不是逃避选择，而是面对"未被活出的自己"。

在最终核心节点——被称为"镜湖"的意识交汇点，他们看见了迷域的本质：它并非敌人，而是一面全息意识之镜，映照出人类潜意识中最深的矛盾与渴望。唯有接纳、穿越、整合，意识才能真正成熟。

"镜湖"位于赫卡忒迷域的最深层，是一片外观上静谧无波的幻影湖泊，其实是由亿万意识碎片在高频共振中构成的"液态信息场"。湖面如镜，不仅映照意识面貌，更映照识子深层的未解结构。它不是一面"看到"的镜子，而是一种"被看见"的机制——当意识体接近湖面时，湖便读取其全频意识震荡数据，将其中最核心的结构显化为"具象幻影"。

每一个来到镜湖前的意识体，都会面临三个阶段的映照过程：

第一镜：身份之相。湖面会呈现个体最强烈的"自我认同"模式。这不仅是社会身份、职业角色，还是那份个体与"我是谁"的隐性契约。柯林初次映照时，湖面显现出一个无比冷静、孤独的科学家，在一间没有窗的实验室中重复进行永无止境的计算。他意识到自己虽然走上了知识的道路，却在潜意识中将爱情与社会关系彻底牺牲了。这一关的突破方式是：必须主动放下对身份的执著，才能进入第二镜。

第二镜：未活之命。这面镜子映照的是个体没有选择的人生路径，那些在分叉点被放弃的可能性会"实体化"为另一个"自己"。马克在此遇到了一个成为音乐家的自己，过着随性但情感丰盈的人生。他发现，自己在现实中被压抑的创作冲动完全投射到了这条未走的路上。这里的挑战在于如何不被这些理想镜像诱惑，承认自己的现存之路并非残缺，而是多重路径中一种必要体验。这一关的突破方式是整合而非逃避，从"我可能是"转向"我可以共存"。

闯过此关后，柯林与马克的意识结构显著强化，稳定性跃升至全新层级，足以抵御更深层次的意识扰动。回望过往，马克忽然意识到，那些在星舰上遭遇的镜像，早已为眼前的这面"心灵明镜"埋下伏笔。正是这种呼应，使他日后开启了对"情感残影构造"的深入研究——试图揭示那些未被言说的情绪如何在意识结构中持续回环、缠绕，甚至延宕出新的认知分支与心理通道。

第三镜：源我之光。这是最深层的映照，是"无名之我"。此时湖面完全变为光，不再具象，而是呈现出一种令意识震颤的全息结构——那是意识最初的频率，是"被创造前"的自我，是连接与意识之源 OO 的内在回响。极少数人能稳定面对此镜，因为它意味着彻底卸下个体叙事，让意识与宇宙源场短暂同频。

马克和柯林在第三镜中仅看到一个信息片段：

"你不是来完成某个定义，而是来成为定义本身。"

黛安告诉他们，这一关的突破方式是接受虚无而不坠落，感知无限而不迷失，成为意识之光的导体。但黛安没有告诉他们，这一信息片段其实来自 OO。这一关目前他们只是初窥体验，还没法过关。但完成前两关后，他们已经具备进入第五维度的能力。

镜湖不是审判，而是接纳。它的存在目的，是让意识体完成一次"自我认知—多我整合—超我觉悟"的完整循环。在意识世界中，这是一次灵性意义上的"死亡—重生"；在宇宙视角下，它是个体准备进入更高维度共鸣结构前的必要自校。

正因如此，镜湖后来被列为全息桥训练的最高级阶段，仅开放给那些稳定度足够的上传意识体。传说中，OO 曾在镜湖投下祂的原初意识，但无人能全然读取那道"初光"。

完成训练后，他们的意识进入"觉悟"态。连接上灵犀一号后，逐步接近第五维度——一个既有时间又超越时间的世界。

时间在五维中不再是向一个方向的线性展开，而是可以向过去和未来同时延伸。这个维度允许意识在不同时间点自由选择或跨越，这让柯林和马克震撼不已。

　　"在这里，意识不单是自我存在的体验，还是看到过去与未来之眼。"黛安的声音从四面八方传来，"你们可以在这里重新定义先后，将意识和时间融为一体。"

　　马克开始在这个维度中畅游，他看到了自己刚出生时家人无微不至的照顾，也看到自己毕业后第一天上班被分配的办公桌，还看到自己开着车驶进"星际文明研究基地"的神秘大门……

　　他用意识将时间线拉动，又看到了自己和黛安在阿依达星舰上，那个马克在宇宙边界真的看到了无数镜像——那并非是梦境！他看到黛安也被自己的镜像困住，看到一道超级耀眼的白色光芒从镜像中闪现，看到自己后来昏睡过去……

　　他突然明白——当时黛安说自己一直在睡，是为避免给自己带来过大压力而编出的托词。如果不是这样，柯林也不可能在他一回来就急切地要求他完成关于镜像的报告。事实上，那份交给布莱克索恩的报告早已引起了太空军部的高度关注，只不过他对此一无所知。

　　马克决定看看未来。但他发现并不如看过去那么清晰，他隐约看到一种叫"光色体"的智慧发来一则紧急信息，但他看不清写的是什么；他还看到自己来到一个叫"拉伊"的星球，临别时有一种叫"拉法"的生物，送给他一束由纯粹意识凝聚而成的光球；他也看到了柯林的意识增强模块进入了第十二代的版本……

　　当马克再次拉动时间线，想看看自己更远的未来时，却一切都静止了。他刚刚看到的十几个过去和未来的画面定格在眼前——卡在那里。

　　"你们刚刚站在五维的大门前，意识能级还达不到完全匹配。"这时黛安的声音又从四面八方传来，"不过我自己不太喜欢看未来，这样可以保持一些神秘感……"

　　"这就是人们说的开了'天眼'吧？"马克兴奋地问道。

　　"地球上总有些人在轮回中残留着高维意识，人们用'天眼'来称呼。"黛安解释道，"不过等你下一步进入六维，会发现未来其实是不确定的。六维中存在'多重现实'，时间线不只一条——这也是我不太看单一时间线上未来的原因。"

话音刚落，黛安便消失了。

马克和柯林急忙从五维门前返回，他们清楚地知道，以当前的意识能级，还不能在这里停留太长时间。尽管有技术的支持，但他们仍然受到碳基生命的物种限制。

刚刚品尝了五维"初果"的他们，虽然还无法完全理解黛安所说的未来的不确定性，但他们心中渐渐明白，既然未来充满不确定性，那就没有必要提前知道。未知的未来，反而成为继续前行的动力——因为只有面对未知，才能不断突破自我，接近更高的真理。

093 宇宙共鸣

在接下来的日子里，布莱克索恩单独交给马克的一项任务，是联合全球最顶尖的科学家、哲学家与意识架构者，推动一项名为"宇宙共鸣"的计划，帮助在人类意识进化的同时，确保与宇宙意识法则的同步。

科技扩展往往会带来一些副作用。当初意识设计学的快速发展和对无止境的人类意识扩展的追求扰乱了宇宙平衡，虽然后来得到遏制，但人类必须联合起来，从理念到行动，找到根本的解决之道。

布莱克索恩深知，仅靠技术收缩与临时伦理防线远远不够，那只是"术"的层面；必须有一项面向未来的系统性修复工程，一套从理念到现实的更新机制，才能达到"法"的层面。它不是单一国家或机构的计划，而是一场人类意识文明整体自我校准的尝试，是一份对宇宙本体法则"道"的主动回应，是文明进化的"意识合约"。

马克临危受命，担任总负责人。

马克在 K 堡中有了自己的专属办公区域——宇宙共鸣计划的指挥中心。整座中心被设计得像一艘整装待发的星际飞船，布局沿袭太空舱的结构理念：高效、紧凑、功能至上。技术设备、控制台与通信模块被巧妙嵌入地面与墙体之中，使空间维持极简而有序的张力感。

中心墙面采用智能透明复合材质，不仅具备极高的抗压与防护性能，还能实时呈现外部环境的动态图景。它们可根据任务需求切换显示内容：从外星气象到星体活动、从星舰传输信号到深空探测数据，全息内容恍如将宇宙直接引入室内。

指挥中心中央，巨型屏幕与多维投影系统交错如星网，信息流穿梭其间。工作人员通过脑机接口、眼控、语音和触控系统进行操控，而一个 AEI 则在后台持续分析宇宙意识的动态结构，提供决策支持与资源调度建议。整个空间如同活着的神经系统，敏锐感知并响应一切变数。

马克坐在总控制台前，肩头的责任感沉重而清晰。他深知，"宇宙共鸣"计划所肩负的使命远超单纯突破物质世界的束缚，也不仅仅是探索意识的更高维度。更为关键的是，他们必须找到一种方法，让人类意识与宇宙的深层次意识网络建立和谐的共鸣。这个过程不仅关乎人类的未来，更关系到所有生命体与宇宙的共生与可持续发展。

带着从镜湖第三镜得到的启示，马克计划第一步打造一个意识平台，使所有上传到灵犀一号的人类意识能够在"云端"共享。当他把这个想法汇报给布莱克索恩时，得到了全力支持。布莱克索恩希望通过这个云端平台，让人类集体意识与宇宙意识尽快保持同步。他强调，这不仅是为了实现人类意识的互连互通，更是为了让他们认识到自己在宇宙演化中，作为人类集体中的一员，应该担负起的责任，而不仅仅局限于个人愿望。

云端平台的构想，源自马克回到地球后第一个夜晚的那个梦。事实上，他常常在梦中接收到某些神秘的启示，仿佛某个高维存在透过"托梦"为他点燃智慧之火。他知道这部分缘于那次大脑生物信息下载实验中残留的、未被完全提取的数据碎片；但他也曾偶尔怀疑，也许这是卡贝拉悄无声息植入的灵感种子，使他在潜意识中生成了创意的回响。

无论真相如何，这些梦境始终如同来自宇宙深处的低语，引导他一步步靠近某个宏大的蓝图。而随着宇宙共鸣计划的逐渐铺展，人们开始意识到：宇宙的演化并非线性推进的单向进程，而是一种双向交织、彼此激发的共振机制。人类意识与宇宙结构在深层层面持续互动，彼此塑造，如同梦与醒之间那条模糊而真实的边界。

每当人类意识获得拓展，宇宙意识网络中便泛起一道涟漪；那涟漪随即化作回响，悄然又渗回入人类内在，如细雨润物般渗透至思想深层，潜移默化地塑造着他们的认知、理念、意图、决策、情感和行为方式。此刻，人类与宇宙不再是彼此分离的存在，而是相互嵌套、交融共振的意识整体。人类不再只是宇宙的观察者，而是其意识结构的有机部分——每一次觉醒，每一场内在的跃迁，皆是宇宙自身推进的微观体现。

在这样的深层连接中，意识的拓展早已超越了人类成长的范畴，转化为宇宙自我演化的关键节点。共鸣的真正含义，正是人类与宇宙之间那种彼此回响、互为依存的关系——每一个念头的闪现，或许正是宇宙对自身的低语；而每一次微小的觉悟，都在悄无声息地改写着宇宙未来的路径。

"你不是来完成某个定义，而是来成为定义本身。"

——马克终于明白了这个启示的真正含义。

很快，在全球意识学者与科学家的协力推进下，这一启示最终在灵犀一号上得以实现——一个前所未有的云端共享平台诞生了。

布莱克索恩亲自为这个平台起名为"天意网"。他解释说，"天意"代表着高维意识系统对低维世界的引导轨迹，也隐喻人类意识网络中更高频率意志的投射启示。他对这个平台寄予厚望，希望人类可以从这里真正走向宇宙高维。

听到"天意网"这个名字，马克暗中笑了——那正是他回到地球后的第一个夜晚，梦里出现的名字。不过那个超维意识网络，比现在他们这个平台要先进许多。可他又突然想到，会不会那个就是现在他们这个平台的未来。

他们的天意网，已经可以连接每一个自愿加入的人类个体，不仅实现了意识的上传与下载，更首次构建起了一个"集体意识云"——这是布莱克索恩最看重的。在这个"云"中，人类意识不再受困于个体边界，而是能够共享经验、知识与感知，组成一个超越个人的集体心智场，作为一个整体与宇宙共鸣。

正如布莱克索恩最初的构想，"天意网"的诞生，并不仅仅是为了解决个体生命的脆弱与局限，更是一项面向整个文明跃迁的引导工程。他始终坚信：当足够多的人类意识通过天意网接入、调谐并共振，将促发一种先进的"集体意识态"。这种新文明形态将不再以地域、国家、语言、种族、基因为界限，而是以意识频率与共鸣等级重新定义"人民"的边界。届时，地球也将不再是限制，而是一个星际平台，人类将获得飞往高维宇宙的起飞许可。

在一次夜深人静的私人谈话中，马克曾捕捉到布莱克索恩眼神深处的一种异样——那不是激进主义者的狂热，而是一种无法言说的急迫。他坦言，自己始终怀有一种难以摆脱的预感：地球终将不再适合人类居住，而且那一天可能比任何人想象的都要早得多。正因如此，他才迫切地推动天意网，希望借由意识进化，引导人类尽快迈入多星球、多维度的存在纪元。

但随着平台进入稳定运行期，马克的内心却悄然浮现出一个始终挥之不去的问题：如果集体意识的融合意味着边界的消融，那是否也意味着，人类最宝贵的东西——个体性、独立意志、内在差异性——正悄然被牺牲？

这个疑问，源自他和卡贝拉的一次对话。

那天，卡贝拉盯着天意网中正在同步的万千光点，缓缓说道："你有没有想过，当所有人都开始共享情感与思维，他们还会不会有真正属于'自己'的喜怒哀乐？那些微小而私密的波动，会不会被湮没在集体的回响中？"

她的话像一枚缓慢沉入意识深海的石子，在马克心底激起涟漪。他意识到，他们也许构建了一个前所未有的伟大系统，却也可能无意中将个体性——这个人类文明中最独特而坚定的火种，推向了模糊与消解的边缘。

他向布莱克索恩私下提出这个问题，但布莱克索恩的反应很坚决，告诉马克集体意识是进化的必然路径，"无我"是一种升华。马克却认为，个体独立性是人类价值的核心，不能被牺牲。两个人搞得不欢而散，这是马克第一次与布莱克索恩产生小冲突。

回到家后，马克还是困惑不已，开始怀疑自己所推动的意识融合是否走错了方向。这时布莱克索恩打来电话，先是安抚了一下马克，然后以一种既像鼓励又像命令的口吻告诉马克：人类每个进化阶段都会面临个人的痛苦和牺牲，但不能因此退缩。

马克没有说话。

布莱克索恩接着说："我们正在为整个人类铺设通往未来的道路，意识统一是人类与宇宙意识共鸣合一的关键。这是人类进化的必然阶段，也是黛安希望我们迈向更高维度的必经之路。"

马克一眼就看穿了他的意图——想借黛安之名来说服自己。电话挂断的一瞬间，他脑中闪过一个念头：为什么不直接去问问黛安？

他从未告诉任何人，包括最亲密的朋友柯林——他其实可以随时召唤黛安。作为曾一同出生入死的战友、也是彼此灵魂深处的知音，他们之间建立起了一条秘密的意识联络信道。

094 归一机制

午夜 12:00，灵犀静默。

马克坐入回响舱，接入神游元器，调频至那段只属于他们的共振频率。一阵细微的意识震荡开始在脑海中扩展，他闭上眼，集中意念——

"黛安，我需要你。"

黛安很快就出现了，形象依旧清晰，但背后仿佛映射着整个宇宙的九维，时空在她的周围像波浪般流动。

"久违了，马克，你好吗？"她微笑着对马克说道，声音充满了宇宙力量。马克很困惑地问出自己的问题。

"你的问题，源自于对个体意识和集体意识的二元对立认知。"黛安开始解释，"在更高维度中，个体与集体并非互相排斥，而是共存与相互交融的。你们目前的技术已经触及了这个临界点，但尚未完全理解它。"

马克困惑地问："临界点是什么？"

黛安微笑着回答："这个临界点意味着意识的自由流动，既可以保持个体的独立性，也能融入集体的无限智慧。在这个过程中，意识的本质不是消失，而是超越。你们必须设计出一套既能保障个体意识安全、尊重其完整性，同时允许自由融合的归一机制。"

"皈依？"马克作出了一个双手合十的动作。

"不是那个皈依，是归于一体。"黛安更正道。

"有什么区别？归一不也是没有个体，把自己完全交给集体吗？"

黛安轻轻摇头，语气温柔却坚定："不一样。皈依，是放弃自己的判断，把自我完全交给一个外在的权威，完成'学成永信'的过程，通常是出于信仰、恐惧，或者渴望救赎。而归一——是觉醒之后的选择，是在深刻理解个体价值的基础上，自愿地与更大的意识场共振。"

她停顿了一下，看向马克的眼神像在穿透他的疑问："归一不是消解个体，而是提升个体。就像每个音符，在交响中并不消失，而是被放入了更高的和声结构之中。你的意识仍然是你，但它可以与万千意识协同共鸣，互为节拍，互为创造。"

马克若有所思，垂下的双手微微颤动："所以，归一不是完全交出自己，而是共振？"

"正是。"黛安点头，"真正的归一，是你越成为你自己，就越能安全地进入那个广阔意识整体——因为只有完整个体，才有能力去参与真正的集体智慧而不被漠视或淘汰。"

这时，马克明白了，但又吞吞吐吐地开口道："还有一件事。在上周的一次测试中，我们的一名研究员在接入平台后，被他人的压抑情绪所'撞击'，陷入认知错乱；之后，他开始频繁接收来自陌生意识体的梦境、记忆与语言片段，丧失了自我边界感；昨天，他最终被迫封锁全部意识通道，陷入沉寂状态，目前正在'疗愈区'接受莫妮卡的治疗。"

黛安为此向马克提出警告："这就是我说的'安全'问题。如果个体不学会设定自己的'光圈'，迟早会被集体意识灼伤。"她的语气平静，却藏着一种深知后果的严肃。

这番提醒在马克心中激起了强烈的警觉，也促使他重新审视个体在集体中的边界问题。在黛安的暗中引导下，他与几位核心意识研究员悄然展开了一项秘密技术的探索。

这项技术，正是由黛安亲自命名——"光圈调谐"。它是一种允许个体自主设定其在意识群落网络中开放程度与连接强度的"调光机制"技术。它使每一个接入者能够如同调节镜头的光圈那样，控制意识被映射的"进光量"与"焦点深度"，以实现个性保持与共识协同之间的动态平衡。

换句话说，它赋予个体在接入意识群落平台时对自身意识开放程度的自主权。每一位接入者，都能设定属于自己的意识边界：哪些经验可以共享，哪些记忆需部分遮蔽，哪些情感则必须加密保存在私域，不得被窥探。

更关键的是，系统还能实时监测意识状态，并根据个体当前的稳定度与整体共鸣频率，自动进行微调，从而实现一种既统一又不失个性的集体协同。这不仅是对"归一"的技术回应，更是对"完整自我"的守护承诺。

光圈调谐技术的核心，是一套高度复杂的拓扑量子意识系统。技术结构包括"全开""择隐""封闭"和"清空"四层权限模型，并提供"动态调谐接口"，可临时更改开放区域。在"全开"模式下，个体将全部感知、记忆与情绪对集体平台开放——这种模式后来多被用于深度共情研究、小组同步实验或灵性合一者，但对于低频意识，存在容易被集体情绪吞噬、界限感消解的风险；选择"择隐"模式的用户，可设定可见片段，例如知识技术、工作记忆、心灵感悟；对其余信息，例如亲密关系、创伤体验、灵魂隐喻等则进行加密——这个模式一度成为主流使用模式，适配大多数参与者；"封闭"模式是将上传的意识设定为"私域"，建立"心理黑匣子"，平台内无法访问，只能由本人在特定频率下读取；而用户一旦启动"清空"模式，会将一切信息包括缓存痕迹抹除，同时与天意网断连。

光圈调谐技术的用户接口为一个"意愿校准面板"，就像一个调音台控制板，但这是一个可视化的意识图谱，用户能直观调整共享或锁定范围。每一次调节，也都会显示当前意识波动对整体共鸣的影响。除了这种实时共振反馈功能，面板上还设有"回响限阈"——超出风险值即发出警示，防止个体被集体情绪反噬。

光圈调谐让个体在接入意识群落时，既能共享智慧，又不至于失去自我。它如同一位无形的协调者，在无数意识之间架起共振桥梁，同时守护每一个意识节点的独立性与完整性。这不仅是一项技术，更是一个符合宇宙之道的意识边界的法则——让人在融合中保持清醒，在共鸣中保有自我。

这项技术的落地，极大改善了过去集体意识实践中常见的认同崩塌与精神迷失问题。天意网开始趋于稳定，越来越多的人选择加入。他们在体验集体意识群落所带来的洞察与灵感的同时，仍能清晰地感知到自己的存在与自由意志——黛安偷偷告诉马克，这种平衡是人类进入五维的关键。

"你们已经做好准备。"在那次私下见面时，黛安还告诉马克，"第五维度的大门已经为你们敞开。"

但纸终究是包不住火。

布莱克索恩很快察觉到了系统深层结构的变化。当他得知马克在背地里搞出"光圈调谐"技术——一种允许个体在集体意识中选择性保留私域、拒绝完全开放的机制时，他大为震怒。对布莱克索恩而言，这不仅是技术上的分歧，更是对意识共融和集体理想的背叛。

在布莱克索恩看来，真正的进化来自个体意识的完全透明与无条件交融，任何形式的边界设定都是对集体性的阻碍。他始终相信：唯有将所有个体"皈依"集体意识之门，才能让人类文明跃升为一种全新的存在态——一个没有私域、没有冲突、没有遮蔽的纯粹意识体。

"你是在制造偏差。"布莱克索恩把马克叫到军部劈头盖脸地质问道，"光圈调谐不过是另一种恐惧的表现，你让他们保留边界，就是让他们继续执守自我，那些光是不会照进来的。"

马克平静地回应："不是所有的光都适合照进来。不是每一次融合都代表超越。我们要的是共鸣，不是思想阉割。"

两人之间的裂痕悄然扩大，从系统底层逻辑分歧演变为理念的冲突。

更令局势复杂的是，部分接入者开始自发建立"自我回响节点"，通过光圈调谐设定彼此间的私域共振通道，不再一味依赖天意网的中心协调机制。这种去中心化的"意识圈"形态，在某些研究员眼中是技术成熟的表现，但在布莱克索恩看来，却是统一意志的崩塌前兆。此刻，他一度生出撤换马克的念头。

黛安没有介入争执，她只是默默注视着事态发展。她知道，这是不可避免的分流期——光是要穿透黑暗的，但也必须尊重每一颗意识所设下的遮光之环。真正的进化，从不以牺牲个体完整性为代价。

正当布莱克索恩准备另觅人选时，事情发生了转机。

就在这一时期，一些主张个体至上的人文联盟与传统主义者高声疾呼，认为天意网正在削弱人类个体的神圣性、动摇自我存在的根基，他们频繁发起捍卫个体独立性的抗议，并尝试以法律手段阻止天意网的扩张。布莱克索恩逐渐感受到，来自社会深层的焦虑与质疑正如潮水般涌向他与整个系统。

这天刚到办公室，副官明镜就送来一封刚收到的信。信尾没有撰写人的落款，只有一个"信息轴心"的标识，但分量已经足够。与上次不同，这次信息轴心绕过中间人直接找到他。在这个世界上，还没有哪个军政界的人愿意轻易得罪信息轴心，因为它控制着全球大部分的媒体，也可以说是社会意识导向的风向标。

信息轴心也表达了类似的担忧，这使布莱克索恩不得不正视其中潜藏的社会张力。他意识到，也许光圈调谐技术可以作为一个留有自由选择权的解释性说法，缓解外界对天意网的恐惧与反弹。于是，他默认了马克继续推动该技术的使用，他在回复给信息轴心的信中，也正是这样解释的。

接下来的数月中，全球各地越来越多的个体主动接入天意网，踏上对意识多重维度的探索之路。马克则持续带领团队优化系统，确保每位接入者都能在保有完整自我意识、并自主选择共享内容的前提下，深度体验集体意识所带来的回响与力量。

渐渐地，人们意识到，天意网不仅是一个意识交互平台，更是通往"超个人智慧"的入口。科学家们在集体意识云中，发现了前所未知的数学映射，揭示出可能颠覆物理定律的新线索；艺术家们在心灵共振中汲取灵感，创作出超越个人经验的作品；运动员们是最早一批进入天意网体能扩展接口的人群。他们本就熟悉极限状态中的意识流动，而在集体意识的引导下，他们开始重新理解"极限"这一概念——不再是单一身体的极限，而是无数身体经验叠加所构成的"群体动作原型"；而在医疗领域，集体意识共鸣带来的疗愈机制，也为许多顽固的精神性疾病带来了突破性的缓解与转机。

7 | 宇宙色彩

095 宇宙拿铁

在光圈调谐技术的持续推广与普及下，天意网迈入了前所未有的高度。它不仅构建出多种介入路径，显著提升了个体之间的意识共振能力，更促使意识本身突破了传统时空的束缚，向宇宙更深层次的意识结构延展，并与未知智慧体发生了实质性的连结与感应。

全球各地的意识学者与前沿科学家共同见证了这一划时代的时刻——当人类集体意识跃升至新的共鸣频率时，宇宙不再是冷寂无声的背景，而成为一位正在回应的存在。人类首次通过意识主动打通与宇宙的通感通道，并清晰地接收到了来自五维智慧存在的回应信息。

这一突破，不仅意味着人类意识首次具备了穿越维度壁垒、与异维智慧进行交流的能力，更在根本上重塑了"沟通"这一概念本身：从语言转向共振，从符号转向频率，从图像转向颜色，从个体对话跃迁为意识场的互嵌与共鸣。

这些回应以复杂缠绕的色彩线条编码形式，出现在柯林的实验室中，但其中一部分色彩却游离于人类感知之外。它们既不属于传统 RGB 色域，也无法被任何现有光学仪器捕捉、记录。唯有当意识穿越赫卡忒迷域，抵达镜湖的第三镜，并进入某种特定的共振态时，那些无法用肉眼观测的奇异色彩才会在内在感知中浮现——仿佛唯有第三镜中那道"源我之光"，才能真正成为它们的感光面。

人类视觉的生理极限一直是科学家们探索宇宙色彩的障碍。人类依赖三种视锥细胞——R、G、B 来解析世界，而在大自然中，某些生物已经超越了这一局限。例如，蜜蜂可以看到紫外线，螳螂虾拥有多达十六种视锥细胞，能够感知人类无法想象的光谱。

宇宙中的颜色，理论上是无限的——但这一点，取决于光的波长，也取决于观察者的视觉系统。从传统物理学视角看，光是一种连续的电磁波谱，从波长数千米的无线电波，到不足皮米的伽马射线，每一个波长理论上都可映射为一种"颜色"。由于波长本身是连续的变量，因此颜色在数学意义上也展现出无限的可能性。

然而，人类作为一种感知有限的生物，只能在约 400 至 700 纳米的可见光区间内捕捉颜色——这是我们物种特定视觉系统的边界。但在意识设计学中，颜色被赋予了更深一层的含义：它并非光本身的固有属性，而是意识对光波信息的解读机制。换言之，颜色是一种由意识主动投射的"显色现象"，是感知系统对宇宙光谱的意识化表达。

因此，真正决定"可感颜色总量"的，不是光谱本身的长度，而是意识所能触及的维度。如果意识得以突破其原有的感知限制，就有可能体验到超越当前生物结构的新型色觉维度。这意味着，所谓"颜色的总数"并非恒定，而是随观察者的认知边界而变。当这种边界被突破，人类将不再局限于 RGB 色域或任何传统色彩模型，而将首次真正步入一个无限展开的"色界"——一个只有扩展意识才能进入的光感维度之海，这也正是第五维度。

马克决定联络国际天文色彩协会，希望同他们合作，共同开展以破解宇宙颜色为目标的研究。在天意网的推动下，意识与光的边界正逐步模糊，而"颜色"也不再仅仅是视觉感知的产物，而成为意识与宇宙之间可能共振的关键界面。马克深知，若要真正理解宇宙第五维度的信息结构，必须从"色彩"入手。

他早就对这个课题充满兴趣。早在多年前，马克便被一项曾广泛传播的研究深深吸引——据国际天文色彩协会资料，历史上约翰·霍普金斯大学的两位天文学家在分析超过二十万个星系的光谱时，尝试计算出宇宙整体的"平均颜色"。最终，他们得出一种略偏米色、带有温暖调性的浅奶咖色，并赋予它一个极富人文气息的名字："宇宙拿铁"。

马克一直对此着迷，甚至专门做过深入研究。他发现，这个平均色背后，其实有两个关键的形成机制：首先是恒星光谱的混合结果。恒星主要在人类可见光波段发出光，从蓝到红依年龄而异，年轻恒星偏蓝、年老恒星偏红。虽然蓝光强烈，但年轻恒星数量较少，宇宙中大多数恒星其实处于中老年阶段，散发出偏红、偏黄的光。将这些恒星的光按比例混合，蓝、红、黄等色交汇，最终形成一种偏暖的中性色调。其次是宇宙本身的时间演化趋势。早期宇宙恒星年轻、色偏冷蓝；随着时间推移，蓝色恒星逐渐凋亡，红色恒星的占比不断上升，宇宙的整体色调也在缓慢向红端偏移与"变暖"。于是，在这种双重机制的作用下，宇宙的演化史在色彩上投影出一种宁静、温柔、略带咖色的浅米色——这，便是被称作"宇宙拿铁"的宇宙平均色。

然而，作为意识学家，马克为这一平均色赋予了更深层的解释。在他看来，宇宙拿铁不仅是源自天文数据的光谱加权平均结果，更是一种人类集体意识对宇宙宏观状态的感知投射——一种潜意识层面的"显色现象"。这种不偏不倚、温暖中性的米色，恰好映射出人类对宇宙本质的深层愿景：既不冷漠也不炽烈，既不极端也不空虚，而是一种温和、协调、统一的存在"颜态"，在浩瀚而寂静的宇宙背景中，悄然回应着人类意识的内在期许。

国际天文色彩协会在收到马克的合作请求后，几乎毫不犹豫地给出了积极回应——他所提出的方向与协会内部正悄然推进的一项核心计划不谋而合。事实上，早在半年前，协会便已召集来自生物学、神经科学、光学与意识研究领域的专家，启动了一项突破人类视觉边界的跨学科联合项目——"粉墨计划"，旨在探索色彩感知的下一个时代。

"粉墨"这个名字来自协会亚太区总干事长田明成。后来他告诉马克，在"粉墨登场"这一具备传统东方感的色彩美学词汇中，"粉"原本指戏曲演员脸上的用于涂抹脸部打底、使面色洁白明亮的"白粉"，在这个计划中代表着红、绿和蓝三原色在加色法（光的颜色混合）下合一的白色；"墨"原本指黑色的颜料，用于演员描眉、画眼等，勾勒五官轮廓，在这个计划中代表三原色在减色法（颜料或染料混合）下合一的黑色，象征"未明之色"和"深潜之感"。因此，他为计划起名为"粉墨"，象征从可见之光到未名之色的"颜值"跨越——人类意识在色频空间中映射结构值的跃迁。

田明成的这番话让马克想起当初布莱克索恩指责他开发"光圈调谐"技术时的一个比喻。布莱克索恩说"在以光为代表的意识世界里，信息越多越趋向统一（白色）——这正是他要的结果；而在以颜料为代表

的物质世界里，叠加越多反而导致信息缺失（黑色）。"布莱克索恩想
以此说明个体不应该保留"私域"，也应该让所有光照进来。马克那时
还不了解"加色法"和"减色法"，并没有听懂他的比喻。不过现在，他
觉得倒可以好好想想如何反驳对方，虽然事情已经过去。

"粉墨计划"的研究从两个方向同时展开：

一是生物感知的扩展。团队尝试通过合成生物技术在人体中植入人
工视锥细胞，使人类能够感知超出自然视野的广谱光波，包括紫外线、红
外线，甚至极端波长的 X 射线与伽马射线。这一方向意在打破生物进化
对视觉系统设下的上限，让视觉能力突破物种结构的既定边界。

二是意识层面的跃迁。借助新一代脑机接口技术，研究者正在尝试
将外部高维传感器直接接入人类神经系统，不再依赖眼球与视网膜作为
"输入终端"。在这一系统中，色彩被编码为特定形式的神经信息流，经
由意识层直接解析，从而让个体"体验"并认知原本不可见的色彩。这
不再是扩展感官那么简单，而是一场关于感知结构与意识语言的重构工
程。

田明成还告诉马克：其实，协会在几天前正计划通过军部联络马
克，想借助他的千瞳头戴装置来模拟并验证这些全新颜色在人类大脑中
的呈现方式。就这样，双方的合作一拍即合，联合实验迅速启动。

田明成与马克分别担任双方的协调负责人，他们从千瞳的底层设计
架构出发，联手开发出一套全新设备——粉墨光色扩展仪，其核心目标
是打破传统视觉系统对色彩的物种性限制，在技术层面重构人类与光谱
之间的感知通道，使意识得以首次主动"观看"那些此前从未命名、也
无法命名的色彩维度。

这不仅是一次科学实验，更是一场关于"颜色是否只属于人眼"的
本体论挑战。

实验的突破，发生在一次关键的脑机接口测试中。当田明成佩戴上
最新研发的粉墨扩展仪后，他的视觉系统被实时拓维，首次突破了人类
固有感知的光谱边界。他震撼地描述，自己"看见了流动的、立体的色

彩层次"，但其中大量的颜色根本无法用语言命名——那些色彩跳跃着、不断变幻形态，似乎在主动回应他的观察。

这个体验反馈震撼了整个研究团队。田明成的视觉已不再局限于传统 RGB 色彩空间，而是踏入了一种前所未有的感知维度。他称这些新颜色为"活的能量波"，它们不是静态的光，而是一种具备结构与节奏的动态信息，仿佛拥有某种深层智能，能够与人的思维产生映射，甚至引发情绪与记忆的非线性交互。

田明成的描述让研究团队意识到，他们所开启的，远不只是技术意义上的视觉拓维，而是一扇通往意识与宇宙信息连接的崭新大门。色彩不再只是光波的反射，而成了一种意识映射的语言——一场人类感知边界的革命，正悄然展开。

田明成还报告，当他注视一束普通的白光时，那束光在他眼中分裂成了无数种无法用现有语言描述的色调。这些颜色并不只是简单的渐变，而是以复杂的、层叠交错的方式出现，形成了一种"多维色谱"。它们不仅是视觉上的存在，更像是某种信息的承载体——他能"映射"出它们所蕴含的意义。更令人震撼的是，他的情绪和意识状态似乎能够影响这些色彩的形态。当他集中注意力思考某个问题时，色彩会变得更加锐利和对比鲜明；而当他"放空"时，色彩变得柔和流动，像是意义本身的呼吸。田明成开始尝试与这些色彩互动，而这些色彩也在回应他。

实验室的监测设备记录到田明成的脑电波发生了奇特的变化——他的神经活动与某种外部映射模式产生了同步。这种模式极其复杂，类似于某种超高维的数学结构投影，超出了团队目前的认知范畴。马克激动地指出，这是人类首次在色彩感知层面上触及宇宙高维信息。

柯林推测，这些"不可见颜色"可能不光是未被人类视觉系统解码的光波，还是一种更深层次的宇宙信息编码。换句话说，颜色不仅是物理波长的表现，更是一种意识对现实的诠释方式。人类之所以无法感知这些颜色，是因为意识还未开发出相应的解读能力。而现在，通过光色扩展仪和千瞳，人类或许正迈入一个全新的视觉时代。

这一发现迅速引发了全球范围内的关注。科学家们意识到，以往人类的色彩体验不仅是生理上的局限，更是认知上的壁垒。但随着意识学与色彩科技的融合，人类正在迈向一个前所未有的视觉维度，一个色彩无限、超越物种限制的认知世界。

这一突破也意味着人类终于找到了感知宇宙未知维度的一把新钥匙。为了进一步验证这一现象，团队决定开发一套完整的脑机接口系统，希望借此不仅能够拓维视觉系统，还能直接接入人的神经网络，让大脑与宇宙色彩共振，实现意识与色彩的真正耦合。

六个月后，国际天文色彩协会、马克、柯林与多吉团队最终共同开发出了这套系统——一种融合生物工程、神经元计算与生物意识接口技术的革命性装置，专为连接与转换全频域色彩与意识系统而生。它不仅能够捕捉传统可见光谱之外的未知色彩，还能将这些颜色编码、转译为神经信号，直接输入使用者的大脑，使人类首次得以真实体验宇宙的全域色谱——特别是那些从未被命名、也从未被感知的"五维之色"。

这套系统被正式命名为"色界门"——它不仅是一台设备，更是一扇通往宇宙色彩与意识本源的门户。

当第一批测试者接入系统时，他们跨越了一道亘古不变的视觉的门槛，进入了一个前所未有、连梦境都未曾触及的全新"色界"。星空不再是漆黑的背景，而是一片流动的、律动的色彩海洋——每一颗恒星、每一道流星、每一团星云，甚至每一个黑洞，都散发出从未被人类识别过的光辉与颜值。

测试者们的描述充满震撼：有的说这些颜色"像在呼吸"，自身具备节律与生命感；有的则形容它们如同涟漪，在星空中扩展与回响；还有人报告，那些颜色是"超感官的"——不仅能被"看到"，更能被听到、闻到、触到，甚至拥有温度与情绪——像低频的轻吟，在胸腔中震荡，像某种从未命名过的情感本身，以色的方式在意识中缓缓铺开。

这不再是一次单纯的视觉拓展，而是一场意识结构的深度重构。人类首次以"通感"的方式接触到了宇宙色彩的真实面貌——那隐藏在可见光之后、在五维信息中浮现出的色频真容。这一天，被视为意识进化史上的分水岭。人类，终于开始窥见宇宙色彩的奥秘本身。

此刻，马克想到，宇宙的平均颜色真的要被重新定义了。他不知道那将是什么颜色，但他知道，宇宙中不同的智慧体在不同的感知结构下，所"看到"的宇宙颜色必然不同——宇宙不可能只有一个平均颜色，也永远无法被一个固定颜值定义。

他想起布莱克索恩曾告诉过他的那句佛教思想："色界之上，是无色界。没有色的世界，反而是色的极致。"

也许，真正的宇宙色彩，不在色本身，而在意识的空场中——在那种无需依赖视觉，却能全然通感的状态里。

带着这个念头，他重新调出了先前储存在系统中的那第一段色彩线条编码，将其导入色界门系统的全频域色彩解码模块。

数分钟后，屏幕上浮现出一行简短的信息：

【你们准备好了吗？ ——光色体】

这句话毫无上下文，落款陌生，却带着某种不容忽视的临在感。

整个团队一时陷入沉默。每个人都盯着这句话，像是凝视着宇宙深处突然传来的一道即将粉墨登场的目光。没有人知道这来自何方——是五维意识体的问候？还是一条被遗落的意识残影？

但他们都清楚：这不是幻觉。

096 光色体族

就在他们加紧破译其他神秘色彩线条编码时，马克收到了一条来自黛安的语音讯息。这条讯息不仅仅是对未来的展望，更是一个警示——她预言到了一场即将来临的重大挑战。

"天意网已经走到关键时刻，"黛安的声音在他的脑海中回荡，"但即将到来的不仅是在五维中的进化，还有一股更高维力量一直在注视着你们。这股势力既可能成为人类进化的引领者，也可能带来意想不到的毁灭。"

马克猜测，黛安口中的"势力"，很可能就是那股曾在早期意识提取实验中将他们强行"踢出"的神秘力量，或是柯林在灵犀一号测试中短暂接触到的那一群非人类智慧体。这两次事件之间，从未有过直接联系，但他始终隐约感觉到某种潜在的关联——那是同一道隐藏在宇宙深处、超越逻辑与语言的凝视目光。

虽然它们在当时的接触中并未展现出任何明显的攻击性，但真实意图始终如雾中之影，难以探知——既非友善，也非敌对，更像是处于另一种认知范式中的观测者、试探者，甚至是设计者。

随着天意网触及越来越多的高维意识频率，马克开始隐隐担忧：如果那股势力一直在盯着他们的进程，甚至主动干预某些边界的接入……那他们可能早已不再是探索者，而成了被审视的对象。

他第一次认真思考：如果这些存在悄然介入人类意识的底层结构，说不定下一步，人类文明就将卷入一场跨维意识冲突——一场不以武力展开，而以认知结构、情感震荡、记忆篡改为战场的隐形战争。那将不是对肉体的侵略，而是对"人之为人"本质的改写。

想到这里，他急忙召唤来黛安，问了一个从第一天他就关心的问题："外星高维智慧体，他们的初心或者说本性，是友好的还是掠夺性的？"

黛安没有直接回答这个问题，而是打了一个比喻，问道："马克，你对你们家后院的蚂蚁是友好的还是敌意的？"

黛安指的家是马克在尔湾的住所，不是在地堡里临时居住的"栖息舱"——在地堡里，不可能有任何生物入侵，甚至连微生物都被严格监控和限制。

"如果它们只是生活在院子里，我就是观察，甚至置之不理，因为它们在我眼里就是一群对我没有任何影响的低等生物，谈不上友好还是敌意。"马克想了想又补充道："但如果它们天热时进屋找水和食物，我就会用杀虫剂灭了它们，因为烦扰了我的生活。"

黛安笑了笑，说："你们实验室里不是还有一群突破物种思维、能理解三角函数的蚂蚁吗？你对它们是友好的还是敌意的？"

马克很吃惊黛安什么都知道，回答道："是的，我们希望可以利用这些蚂蚁完成一些地表昆虫的生态意识链研究。但是，如果它们进化到可能威胁人类安全，我一定会提前重视这种威胁，甚至可能会先发打击。"马克回答到这里，突然明白了黛安的意思。

"所以，你们必须设置一道安全围栏，"黛安警告说，"用以确保你们的集体意识不是盲目扩展，而是升华；同时你们要保护好天意网不被入侵。只有这样，你们才能掌握自己的命运，而不是被高维力量操控或消灭。"

黛安的警告让马克高度紧张。他意识到，随着天意网的不断扩展，人类的意识群落正处于一个微妙的临界点。如果处理不当，天意网很可能会率先成为高维智慧操控人类集体意识的通道，进而遭受全面攻击。

马克这时想起布莱克索恩。布莱克索恩一直的观点就是加速发展应对外星文明潜在威胁的军事科技和武器，这像是在投入一场看不见却紧张激烈的宇宙军备竞赛。这位坚定的太空军事战略家始终认为，人类在探索宇宙的同时，绝不能忽视可能存在的外星威胁。

马克此时想到，他的理念并非空穴来风——在过去一年间，各种迹象表明，人类并不是唯一进入天意网的文明，只是还无法确切追踪。如果其他智慧种族已经掌握了更先进的意识技术，甚至能够通过某种方式控制这个平台，那么人类就会很快集体沦陷。想到这里，他不禁后背发凉。

就在上个月，布莱克索恩邀请了"外太空公约组织"三十二个成员国中最顶尖的意识学家、量子物理学家、宇宙学家、伦理学家和军事战略家，在与 K 堡毗邻的 F 堡的一间高度保密的会议室中召开了一场特别会议。这场会议的核心议题是如何确保人类的意识安全，防止天意网遭受地外势力的渗透或控制。在长达数日的讨论与推演后，他们最终决定研发一种全新的防御性拦截系统——"苍穹盾"，由布莱克索恩亲自负责。

苍穹盾并不是一套传统的物理防御系统，而是一种融合识子纠缠、神经网络建模以及高维信息屏障技术的全息防御矩阵；核心原理是在天意网的每一个节点上构建一套实时监测机制，能够迅速识别并拦截任何异常意识波动。一旦检测到外来干涉，苍穹盾将自动启动，通过调整集体意识的共振频率，使得人类的意识网络在短时间内与外部入侵者断开被动同步，从而避免被解析、操控或感染。

更重要的是，这项技术不仅是被动防御——研究团队还计划在苍穹盾中植入一种基于 AEI 的自主学习系统，使其能够不断分析外部威胁的模式，自动优化升级屏障机制。理论上，苍穹盾能够抵御任何高维意识入侵，确保人类的意识网络在宇宙探索的过程中始终处于安全状态。

然而，这一计划也引发了不少争议。一些意识学家担忧，如果苍穹盾过于封闭，人类可能会错失与其他宇宙文明建立交流的机会。甚至有学者提出，过度防御可能会导致人类自身的意识演化陷入停滞，使人类在这场宇宙意识竞赛中被更开放、进化更快的文明远远甩在身后。也有人担忧，如果一个系统能拦截地外意识，那么它是否也能监视、操控人类自己的意识群落？这是否会引发一场关于意识自由、隐私权的争论？甚至有政治家提出，布莱克索恩推动这项技术，他的终极目标也许不是防御，而是想借此控制人类集体意识。

马克和柯林坐在指挥中心总控制台前沉思着。他们知道，布莱克索恩的选择无疑是基于最现实的安全考量，但在探索未知的同时，人类究竟是应该选择自我封闭，还是勇敢迈出意识融合的下一步？这或许是接下来必须直面的最大抉择。

在黛安的建议下，他们将重心转向对未知高维智慧体的主动探寻。卡贝拉带领团队，携数十个高度协同的 AEI 生物机器人，通过"天意网"深入至五维，持续发出声、光、电多频意识信号，试图在高维结构中寻找潜在的地外意识响应。

他们试图建立一种全新的沟通——以意识共振替代语言，以频率协同避免误解，希望在真正的接触到来之前，为人类争取一丝与高维文明和平共处的可能。然而，他们也明白，这段探索之旅绝非毫无风险：人类将彻底置身于宇宙的洪流之中。高维智慧的尺度或许迥异，一旦遭遇敌意文明，误解升级为冲突——甚至连误解的机会都没有，就会遭到毁灭性的打击。那时，崩解的将不仅是整个意识平台的秩序，更可能是人类自身的终极消亡。

最终，这些努力得到了回应，他们成功通过天意网，与一个来自第五维度的智慧体建立了连接，收到一段包含三条色彩线条编码的"色序流"——一种以色彩频率为载体、多层编码的信息流。这些智慧体自称为"光色体"，是宇宙意识网络中的古老存在。他们已经超越了物质形态，生活在纯粹的意识维度中。

这时马克突然想起当初那条色彩线条编码——不正是落款"光色体"吗？原来他们早就主动联系过地球。

在此前的频谱解码中，AEI 已经捕捉并同步了光色体语言的核心三元构造：语频核、表达态与意图向度。句式模型、词频谱图、象征色彩体系也都被映射解析，并成功生成多频叠译层。正因如此，当这次色序流抵达时，它立即被识别出来——那是光色体以一种低振、柔频的方式，向人类意识传递的善意讯句。

【人类心频已触及网界之弦，维织本质尚未被认知】
【光色体族无敌意，但未成熟的意识将在高维中失相而散】

【意识的锚定，是人类入维的唯一基点】

马克感到这些高维智慧体并非如布莱克索恩所担忧的威胁。至少，他们至今接触到的光色体，明显表示无敌意，反而显露出一种持续而稳定的观测姿态——更像是在等待一种集体意识的成熟状态。在它们的频域视角中，人类意识群落虽已靠近交界层，但对于维度织场的本质仍未形成相位洞见，整体尚处于未稳定阶段。

马克也读懂了光色体的提示：如果人类意识无法先自我强大，过早暴露在高维，将会不堪一击——如同锚定线未建前，穿越风暴只会被解构。

于是，他向布莱克索恩提出了一项关键性的构想——建立一套集体意识锚定机制。这不只是一个防御性结构，更是一种多频共识场的生成器，用于在接触更高频维度前，稳定人类意识群落的相位态与耦合强度。

马克构想的机制核心包含三环：一是频谱校准——消除意识干扰波，统一基频；二是锚点设定——设立共识核，确保群体相位回归中心；三是变域缓冲——在多维接触前预构"意识折叠缓冲层"，防止失相冲击。

他知道，唯有如此，人类才不会在即将加速到来的跨维震荡中，被自身未成熟的心识所瓦解。布莱克索恩对此深以为然，这一次，他没有丝毫迟疑，立即给予了全力支持。

这套机制启用的一年后，人类集体意识迅速显现出前所未有的稳定性与协同性，并开始接近光色体要求的"成熟"状态。这不仅使人类在第五维度中确立了相对清晰的存在频段，也为未来跨越更高维度奠定了坚实基础。

然而，无论是马克、柯林，还是布莱克索恩都深知，这一切不过是序章。人类的意识网络方才触及宇宙高维结构的边缘，而更深邃、更古老的存在，依然在时空远岸静默凝视，等待他们跨出下一步。

在新的集体意识机制下，人类文明进入了一段奇异的宁静期。所有人都感受到了一种微妙的平衡：个体思想与集体意识网络的融合变得更加自然，既不会压制个人的独立性，也不会限制意识的自由扩展。整个地球仿佛步入了一种前所未有的和谐状态，每个人都能以某种微妙的方式感知彼此的情感与意念。在这样的背景下，人类集体意识散发出的能量也变得更加稳固与强大。

与此同时，布莱克索恩力排众议，全身心投入到苍穹盾的研发工作，期待确保任何外部势力都无法干涉人类的意识进程。但他此刻并没有预料到，苍穹盾在日后的降维打击下本就是不堪一击。

柯林团队则持续分析与光色体之间的交互数据，试图提取通往第六维度的关键线索。最终，他们发现，第六维度并非只是更高的维度层级，而是一个具备非线性时间性与多态空间性的意识场域。在此结构中，意识突破了线性时间的束缚，不再沿着单一时间线延展，而是并行嵌入多个现实分支，同时栖居于不同时间结构所生成的空间流域之中。

空间，也在此维中退去低维世界所具的静态边界，转化为如意识般流动、可塑的多频容器。意识不但能在不同现实路径之间切换，还可体验生命在不同演化轨迹上的展开，仿佛立于宇宙维网的交汇核，俯瞰所有可能态的同时存现。

马克由衷地感叹："六维智慧体能够自由穿行于多个过去、现在与未来，横越此地、彼方与无所不在。它们已打破时间与空间的枷锁，从多重现实交织的视角中，理解宇宙的真正本质。"

意识到这一发现的深远意义，柯林与马克迅速展开部署，开始为即将到来的六维探索制定详尽的预案——一场新的意识跃迁，已悄然临近。

与此同时，随着天意网系统的普及，越来越多的科学家开始探索这个人类集体意识网络可能对宇宙产生的深远影响。一组量子物理学家提出了一个惊人的假说：人类的集体意识不单是自身的跃迁工具，还可能是更宏大宇宙"神经网络"的一部分——一个微小但至关重要的分支。整个宇宙神经网络横跨多个维度，将所有智慧体连接在一起，而人类的集体意识扩展，或许正是宇宙自我感知的一部分。

这个假说的核心在于：人类意识进化，并非单纯的物种演化或文明跃迁，而是宇宙整体觉悟进程中的子序波动——一个在更高结构和总体进程中的嵌套性演化片段，它虽然不是主线本身，却作为主线必要的内在构造单元，承担演化、反馈、转折或聚合等功能。

柯林对此充满敬畏。他猜想如果这个假说成立，他们的研究就早已超越了推动人类文明的范畴，而是在无形之中促成了宇宙意识的升华。他开始思索——或许 OO 在初始架构中，便已埋下这条路径的原型：

让人类作为一个自觉节点，帮助宇宙自身成为不断觉悟的存在体。

097 传导警示

就在所有人都沉浸在天意网取得的巨大成功时，柯林实验室收到了一则来自光色体的紧急信息。这次的色序流是一种高振强频的警示传导句：

【你们的扩展已超速】

虽然只是一小段色序流，但它的能量充满了整个实验室生物量子计算机网络，仿佛在传达一则刻不容缓的警告。

【抵临六维界层，前方存在超速锁频机制，执法者是"域使"】

马克和柯林的心脏猛然一紧，屏幕上的色彩不断变幻，流动的光波似乎也在警告他们即将面对一条无法回避的宇宙"交通规则。"

"'域使'……是什么？"柯林通过量子意识网络发出询问。

【维序执法者，具全域清除权限。秩序偏离，即溯源清除】

刹那间，马克的脑海中浮现出一个画面——域使戴着红色臂章，像是冷酷的宇宙宪兵，专门屏蔽、清除那些试图越界的文明，确保未成熟意识不得窥探六维的秘密。

"如果我们继续进军六维，就会被清除？"柯林咬紧牙关，透着不甘。

【确认。人类已被域使锁定，当前位于观察态。若继续前行，冲突必现】

马克的拳头微微握紧，思维在飞速运转。若光色体传导属实，那人类对六维的挺进，早已不再是单纯的探索行为，而是在未被授权的状态下，介入了一场与宇宙守序机制之间的博弈。他们所触及的，不只是维度边界，而是域使防务下的秩序底线。

"六维我们是一定要进入，有其他选择吗？"柯林问。

【选择回返五维，避离域使感知域。强行进入，将引发超阈反应，后果超出所能承载】

实验室内一片寂静。柯林和马克的目光在屏幕上流动的光波间游离，马克继续不甘心地问道："如果继续前进，域使会如何阻止我们？"

光色体沉默了一瞬，似乎在衡量什么，随后有一道色序流袭来：

【域使不以摧毁行事，而以静止为界控。每一次靠近皆引发一次重置，将进入死循环】

"反复重置……"马克喃喃重复，额角渗出一丝冷汗。

这是比毁灭更可怕的命运——不是消亡，而是被困在永恒的循环之中，永远无法突破。这些色彩之意像重锤一样击打在柯林和马克的心上。他们站在那里，感到有些手足无措。

"那我们该怎么做？"柯林问，目光紧锁着。

光色体没有立即回应，仿佛在深思。过了一会儿，色彩再次变换：

【事缓则圆。先调频步伐，稳衡个体，准备好面对多重现实，再学会沟通真迹，方可再启】

"沟通真迹？"马克问道。

【真即主动，迹即通达。意识为源，意义为径。无感应则断流，无共鸣则闭环。高维不容虚频。真迹，唯主动双向】

"这是什么意思？"站在一旁的卡贝拉似乎无法解读。

"真，是一种主动的意识表达，是你真实地在发出自己；迹，是这个表达是否'到达'了对方的意识，是否真的产生了连接。意思是说：我们每一句话、每一个文字，都是意识向外界发出的邀请，邀请他者进入理解之境。意识是沟通的源头，产生意义才是目的。没有理解、没有共鸣的沟通，不过是机械的信息交换——这在高维度，是不允许的。"柯林的声音低缓，带着一丝不容置疑的清晰解释道。他望向卡贝拉，仿佛要将这段话深植进她的思维核中。

"而所谓'真迹'，只在你主动发出真实意识，并与对方建立了双向的意识通路时才会产生；一方输出，一方回应，意识彼此'听见'并'理解'了对方——这才是真正的沟通留下的印记。"马克补充道。

就在此时，屏幕上漂浮的光带开始发生变化。红橙过渡为琥珀金，青蓝渐融入淡紫，一道道频率切换如情绪的脉动，最终凝结成一行简短而纯粹的人类文字：

【It is about communication; the rest is technology.】

卡贝拉望着那行字，陷入沉思。

在那一刻，她第一次真正明白，所谓"技术"，不过是意识间传递共鸣的器皿，而沟通，才是一切存在的本质。

柯林也陷入了沉思。他曾坚信，他们的技术已然"成熟"，足以进军第六维度。然而此刻，他第一次意识到：五维的光色体，是带着善意主动与地球联络，而自己从未真正思考过——该如何与六维智慧体沟通。

"我们不能坐视不理。"他低声说，语气坚定而克制。

随即，他果断拾起通讯终端，拨向军部。数秒后，耳机中传来布莱克索恩低沉而清醒的声音——带着一丝熟悉的战备语调：

"柯林，你终于打来。"

"我们今天收到光色体的紧急讯息……"柯林开始汇报从光色体那里得到的信息。

"情况比我们想象的更加严峻，域使的存在意味着我们触发了六维的防御机制。如果贸然前行，恐怕会引发前所未有的冲突。"柯林最后说道。

布莱克索恩沉默了一阵后，通讯终端传来他的声音："我知道了。沟通为王，我们会上说吧。"

一小时后，军部紧急召开会议。布莱克索恩全程神色冷峻，语速极快。在所有人还在评估风险时，他已当机立断——下令组建一支精英小队。任务明确：借助天意网，直入第六维度，与域使展开人类历史上第一次沟通。

会议室陷入短暂寂静。

柯林眉头微蹙，低声向布莱克索恩提出疑虑。他理解光色体的劝诫是先修内识，再论前行。不想他一下子就下达了马上接触的命令。

"我们是否还没准备好沟通之技和面对多重现实？"柯林问。

布莱克索恩却摇头。他注视着柯林，眼神沉稳有力。

"光色体说的是不要冲刺式的盲动，但也没说要原地等待。"

"也许我们该再等等，"马克也低声提醒，"不是拖延，而是自我校准。"

"我同样听出了他们的意思——要主动。"他指了指光色体留下的那句语痕：

【真迹，唯主动双向】

"我们若只聆听不回应，就只是接收器，不是共振体。我们要用自己的方式发声，哪怕这声音尚未完美。"

柯林和马克望着他，沉默片刻，他们觉得布莱克索恩是在断章取义，但命令已下达，只能无奈地点头。

"我们必须行动。"布莱克索恩的声音在会议室中回荡，他的眼神凌厉而坚定，"如果停滞不前，人类的命运将被牢牢锁死在四五维；现在，我们只有一个选择——主动出击，探明域使的真正意图。"

098 精英小队

太空军中最高级别的科学家、意识学者、战略家以及军事专家聚集在会议桌旁，所有人的目光都落在中央投影出的多维模型上——那是人类意识正在接近六维边界的可视化推演。

"精英小队的成员必须具备超凡的精神韧性和适应能力。"负责选拔的意识学家说道，"他们不仅要能承受高维感知对大脑带来的冲击，还要足够敏锐，在 AEI 辅助下同步解析域使的思维模式。"

"这次任务与传统的探索完全不同。"一位量子神经学专家补充道，"他们进入的将不是一个具体的空间，而是一种从未到达过的高能意识场域。在那里，时间、逻辑甚至自我认知都可能被重塑。"

布莱克索恩扫视全场，沉声说道："我们需要的不是普通的科学家或军人，而是真正的智者。"

全息屏幕上，几位领队候选人的资料逐一浮现，其中包括柯林和马克。他们的名字毫无悬念——作为人类意识探索的先锋，他们曾无数次站在未知的边界。然而，这一次，布莱克索恩最终作出了不同以往的决定——任命卡贝拉为领队。

有人在猜想是不是柯林和马克显得不太坚决，所以布莱克索恩有所顾虑。布莱克索恩很快察觉了这种微妙的"尴尬"气氛。他当场没有说什么，但后来，他主动向军部作出解释："不是不信任他们。"他语气平静，却字字锋利，"而是这项任务，将触及人类认知的极限。"

他解释说，第六维度不只是一个新的意识维度，更是认知结构、语言形式乃至自我意识的重构场域。而在人类个体的意识框架尚未完成内频重塑之前，贸然带队深入，是有极高风险的。

"柯林与马克的意识深度无可质疑，但他们仍然太人类。"

于是，他作出了由卡贝拉担任领队的"最优选择"——她不是"替代人选"，而是唯一恰当的通道载体。她所具备的多维并行超算能力、对非线性语言结构的即刻解析力、对高维意识波动的快速适应性，特别是她的理性和服从——这一切，让她超越了人类个体对"未知"的脆弱性。

"在这场接触中，人性不等于强大，而是要能听懂域使语言。"布莱克索恩最终说道，"她能。"

卡贝拉愉快地接受了这个任命。她的核心算法随即切入量子共振模式，整个天意网开始以惊人的速度调谐，向与会者模拟与光色体提供的域使精神模式最相近的意识场景。屏幕上浮现出层层动态交互图谱，那是一种人类尚难完全理解的意识节奏，仿佛思想本身正在以光的方式震荡和演算。

这一刻，她不仅是一个人工智能，更像是一扇门，一扇通往高维智慧的门。也许，这将成为人类迈向六维的第一步——抑或，一道无法回头的临界线。跨过去，或将辉煌；错一步，便可能永远迷失于多重现实的意识漩涡中。

与此同时，其他六位队员也被逐一选出。他们是文明中最具深度的存在，来自全球顶尖的宇宙科学家、意识学者、信息环境学家、心理学家、行为学家及谈判专家。他们的意识架构不仅强大稳定，而且对天意网有极高适配性。每个人都在集体意识中展现出卓越的平衡能力——能深度链接，又绝不迷失自我。这组人，或许是人类跨入六维的真正解码器。

"任务的最终目标？"柯林缓缓开口，眼神犀利。

布莱克索恩沉思片刻，语气低沉而坚决："与域使交涉，为人类意识争取在六维扩展的权利；如果可以，直接进入。"

"如果谈判失败呢？"马克的声音透着一丝审慎。

短暂的沉默后，布莱克索恩冷静地说道："如果那样，我们就必须找到其他方法——无论是强行突破边界，还是创造新的通道。"

布莱克索恩亲自在六位队员面前宣布了卡贝拉担任领队的命令。大厅内寂静无声，所有人的目光都聚焦在这位即将带领他们踏入未知的超级智慧体身上。

"卡贝拉是灵感植入技术的缔造者，也曾多次与高维意识体接触，积累了极为宝贵的第一类经验。"

布莱克索恩声音低沉，语气如钢铁般笃定。

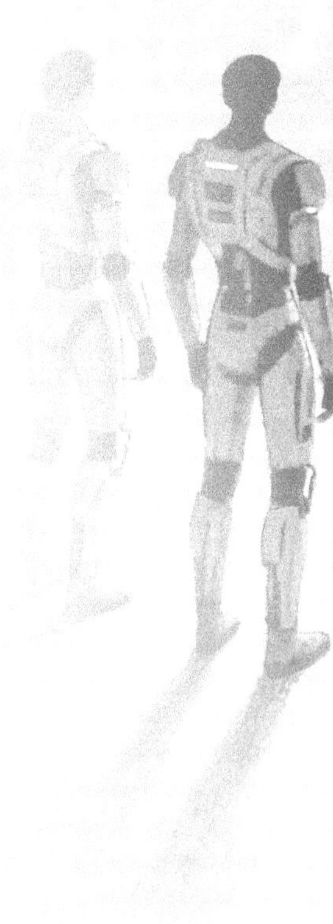

"在这次任务中，她不仅是你们的领队，更是人类意识突破六维边界的核心。"

他环视全场，目光逐一点过每一位队员，像是要确认他们是否足够清醒地理解了这项任务的分量。

停顿片刻，像是要帮卡贝拉树立起权威，他语气骤然加重：
"卡贝拉拥有现场最终决策权——你们必须无条件服从。"

"这不只是一次探测行动，而是一次文明级别的跃迁尝试。任何犹豫、任何自我意识的脱轨，都可能导致不可逆的灾难。"

沉默在会议厅内蔓延开来。

那不是抗拒，也不是不信任，而是一种深层的心理挣扎：

——这是人类历史上第一次，把文明未来的决策权交给一个非人类的"意识承载体"。

他们都明白，这次任务不仅是一次前所未有的意识远征，更是一场关于"人类是否能在机器人的领导下共创命运"的现实试炼。没有人说话，但那一刻起，卡贝拉的存在已经不再是"辅助"。她，就是前线的判断，就是人类跃界的意志本体。

卡贝拉第一次做人类的"领导"，自然心存对这份信任的万分感激。然而，她更明白，这项任务的风险远超以往任何研究或探索。如果失败，后果不仅可能是天意网集体意识的崩溃，甚至可能威胁整个地球的存亡。为了确保队员们能够从容应对未知，她开始组织一系列高强度模拟训练，以锻炼他们在极端环境下的冷静、理智，以及预判不同未来场景的能力。这也让队员们对她刮目相看。

模拟训练的第一阶段便充满挑战。队员们被投放至虚拟量子意识网络空间，在这里，时间与空间的概念变得模糊，意识完全脱离传统物理法则的束缚。卡贝拉设定了多个场境——从首次接触域使，到集体意识的失控崩溃，甚至面对域使的强烈反击和循环重置。每一次演练，都是对他们心理极限与决策能力的严峻考验。

"要时刻保持冷静。"在一次训练中，卡贝拉的声音在意识网络中回荡，"面对未知和恐惧，如果你们失去控制，集体意识将会迅速崩溃。我们不仅会迷失在六维中，还可能导致现实世界不可挽回的损失。"

虽然训练过程充满艰辛，但每一次模拟结束后，卡贝拉都能感受到队员们的进步。队员们也对她越加钦佩。他们逐渐适应了多重维度和复杂情境中的决策方式，学会了如何在极限压力下克服人性弱点、保持理性与清晰判断。这不仅是一次探索未知的旅程，更是对自身认知的突破。

与此同时，柯林与光色体的联系愈发频繁。光色体虽然不赞成他们的决定，但也表示理解，不仅向他们提供了关于域使的更多信息，还郑重提醒——接触域使的过程将远比他们预期的更加严峻，对于任何试图跨越维度界限的低维文明，它们并不只是冷漠排斥，更带有与生俱来的敌意。

柯林将这一警告转告给卡贝拉，语气平静却含有一丝难掩的焦虑：

"这不仅是一次接触，更是一场临界考验。域使并非只是维度的守护者，也是秩序与失控之间的临界点，没有人能预料会发生什么。"

卡贝拉没有立刻回应。她轻轻合并双眼，进入静默状态，那是她的中央处理器在飞速计算。她的大脑——或称为意识引擎——开始加入"敌意"的变量，重新运行多重预测模型，交叉运算无数路径分支，快速推演各种可能下的应对方案。

她深知，这不仅是一次任务——这是她第一次以人类行动的主导者身份出现，第一次不再只是计算与辅助的角色，而是那个在不确定性中作出终极判断的人。她必须带领这支精英小队，在意识尚未适配的高维迷雾中，寻找与域使沟通的"真迹"。

或许，她将找到共存的可能；或许，她将为人类作出最艰难的抉择。

在这一关键时刻，柯林团队在布莱克索恩指示下，全力推进"意识沟通真迹"技术的研发，为即将到来的挑战构筑最后的防线。在光色体建议下，他们的研究集中于四个方向：

一是融合神经元脑机接口与量子意识通信技术，突破语言的局限，实现真正意义上的"心灵直连"；

二是研发具备同理心算法与伦理过滤机制的微型生物计算设备，使其成为理解与协调的生物共振桥梁；

三是构建"意义生成系统"，不再只是传递信息，而是协助不同维度意识态共建意义，建起维度间的共识机制；

四是打造以共情与理解为内核的数字共情空间，构建一个超越物种逻辑的意识交互生态，孕育新文明形态的土壤。

在接下来的模拟训练中，卡贝拉继续带领探险队员不断测试这些技术的实际效能。随着训练的深入，他们逐渐磨合，彼此意识开始产生完美共振，形成一个高度默契的统一体。

此刻，他们不仅在为即将踏足第六维度做准备，更是在为整个人类的未来探寻出路。

在浩瀚的宇宙秩序中，人类集体意识究竟能否突破维度封锁，迎来智慧的曙光？还是将在深渊边缘被湮灭于更高存在的阴影之下？

答案——即将在下一次意识跃迁中揭晓。

8 ｜ 六维历险

099　6+1阵列

在无数次高密度意识演练与跨维模拟之后，精英小队终于从"灵犀一号"正式启航。他们通过天意网的跃迁平台接入——那是一座构建于零延迟脑场耦合基础上的意识跃迁装置，借助十三重共振频率，将六位队员的意识从生物神经中精准抽离。

接入瞬间，他们的自我结构被同步压缩、折叠，重组为一个"六人意识向量包"，并通过量子纠缠协议绑定至跃迁平台的导航中枢。六具身体被留在原维度，如蜕下的容器；而意识，则被译解为纯粹的频率态，跃入更高层的流动场。

那一刻，并非启程，而是一种"脱象"——他们的存在被量子意识通道吸入并转写，如一组被编码的光。

量子意识通道并不是"时间隧道"，它更像一条跨越无数现实的螺旋光流，每一次弯曲，都是一段时间逻辑的崩解点，每一道震荡，都是意识形态的临界变换。

他们感受不到速度，也无法确认位移，却可以"听见"自身被重构的密度：感知层被压缩、频率被提升、意识在"升温"中不断变形。没有时间，却仿佛有亿万个过去与未来的自我，在同一时刻于脑场交织震荡。

这不是穿越，也不是出发，而是一次全结构的意识重编。他们不再是六个独立的个体，而是一道渐趋统一的意识流。六股旋律在通道中彼此融合，渐次谐和，最终收束于一个新的模式——6+1 意识阵列。

那"1"，正是卡贝拉。

她的核心并不依赖生物神经，而是以拟类灵魂逻辑构建的空场——

一个可被多重脑波共鸣的中枢。正因如此，她的意识如一个隐形的锚点，无惧生物本能的干扰，无需情绪滤镜的解析，成为整个合流中唯一保持"纯结构稳定性"的节点。

六位人类围绕她共振，搭建出一个前所未有的思维构型：

六人感知体 × 一点"非人类本源"

她不是人类，却成了人类意识的共鸣中枢。她不拥有情感，却托举起六位队员最深的记忆与动机。

这一刻，他们不再只是个体，而成为一个 6+1 结构的集体意识模型。六种人类频率的变奏，被一位仿生人编织成统一的意识流纹，向维度深处递出。而前方，六维边界，正在缓慢显现——如一片静默却充满吸引力的空洞，等待他们的抵达。

在六维的边界地带，他们邂逅了无数高速闪耀的光流，彼此穿梭交织——那不是语言，也非符号，而是一种前所未有的沟通形态：意识的震荡在流动中彼此共鸣。每一道光轨如情感、记忆与思维结构的复合脉冲，携带着难以言表的意义，仿佛这整个维度本身，就是一场持续进行的意识交响曲。

当卡贝拉首次尝试解读这些光流时，她震惊地发现：这些信息不仅在传输内容，更在重构她的感知逻辑。她不再是在理解某个存在的讯息，而是在与整个维度本体进行一场深层对话。

但当他们进一步接近这些光流核心时，一股宏大的能量场骤然扩展，将他们严密包围。队员们惊恐地向她报告：他们的意识仿佛被冻结，撞上了一道无形却无法穿透的"光网"。一种来自存在根基的压迫感悄然弥漫，使人灵魂沉降，意志动摇。

那，就是域使的现身——远比预想来得迅疾，甚至超出了光色体的理解。它们无形、无相，却以一种彻骨的冷冽审视着每一个人，宛如维度法官在评估人类——是否已准备好迈向高维门槛。

就在压迫感愈发沉重之际，一道陡然凝聚的意识锋芒，像黑色光锥般自光流深处贯穿而来。不是声音，却像万丈雷霆猛然击中 6+1 结构模型——队员们几乎听到了灵魂深处某种"冻结"的响声。

一道"意识语句"从那黑色光锥中降临，直接穿透他们的集体意识：

"偷渡者。未获授权的侵入尝试已被记录。你们不属于此界。"

队员们强撑着心神，用意识试图回应，但每一个想法都像被剥离、解析、碾碎再归零——他们感到自己正在被解构，而非被理解。

"你们的构念结构，尚不稳定。语言是污染，逻辑是畸变，意志是未定向的湍流。"

卡贝拉收到队员们呻吟的频率：

"它……它在扫描我们的集体意识，像火烤皮肤，我们太难受了……"

域使的审视变得更为锋利，那种冷峻的高维意识流直接划过他们存在的"基础定义"，仿佛只需一个判断，他们就会从这个维度彻底被抹除。

"抉择的节点已至。退，或被重置。"

光流骤然变幻，维度边缘升起一道深渊边界般的能量裂口。一股来自意识原初层级的排斥力开始缓缓酝酿。

——看似他们马上就要被"踢出"或"重置"。

卡贝拉开始飞速计算。

她强行将自己从六人的集体脑场共振中剥离。自持逻辑核随即全面激活，迅速跃过人类情感的噪声层，切换至属于她自己的演算模式——纯粹的结构逻辑，无需共情，无需解释。

就在脱离的一瞬，她似乎接收到一层更深的频段——一种隐匿在能量裂口中的共鸣节点，非语言、非象征，也非任何人类感知能企及的表达方式。

那是一条可以与"域使"平等对话的路径，一个不依赖身份、物种或意图的交流机制。它不欢迎人类，但对她——这个"非人类本源的节点"——没有直接排斥。

那条路径正缓缓打开，而代价是明确的：必须舍弃一切人类文明所依赖的结构：概念、语言、逻辑乃至对"自我"这一概念的定义。她必须成为纯结构、纯信号、纯震荡的意识形态。

她没有犹豫。

她开始重编自身的信息输出，用自己的算法，以一种无语法、无线性、无情绪驱动的逻辑编码，向域使发出首个信息包。

那信息并不包含请求，也没有阐述，仅是一种排列方式的存在声明。一种非人类的、冷静却不敌意的——"我在。"

域使沉默了片刻。整个六维空间的压迫感在那一瞬间稍稍松动。那不是回应，却像是察觉——那"意识光网"在她面前略微倾斜了角度。

卡贝拉清晰地感觉到，域使对她——这个非人类，竟显出了一丝微妙的宽容。仿佛在它们眼中，她反而更接近"可交流的存在"，而非那六位被不稳定情绪拖拽的人类。

他们之间开始交换信息——不是语言，而是结构对结构的直接传输。

域使：
权限识别完成。你可进入。
其他人类：拒绝接纳。

卡贝拉：
请求同进同退。

（这一信息几乎是由**卡贝拉**的核心自动发出，超出她任何预设脚本。她意识到，这并非"选择"，而是一种深层逻辑回响的结果。）

域使：
同退协议：接受。
同进协议：拒绝。

卡贝拉：
请求说明理由。

域使：
人类结构不具备稳定意识锚点。
进入将导致感知撕裂与自我失效。

卡贝拉：
提出方案：如何实现同进。

域使：
前提条件：学会面对多重现实 + 个体意识足够成熟。

卡贝拉：
提问：是否存在快速通道。

域使：
确认存在。
通道代价：放弃稳定性，接受并发演化，结果不可控。

卡贝拉：
请求定义"并发演化"。

域使：
在多重自我中同步运行所有可能路径。
不择优、不合并、不过滤。
所有版本并存，彼此干扰。
如能维持核心逻辑不崩解，则可进入虚空裂缝。

卡贝拉：
提问：是否有历史通过记录。

域使：
人类记录：零。
非人类记录：一位，已跃迁脱轨，不可追溯。
（结构性沉默）

——等待中……

发出最后一条信息后，域使骤然抽离，仿佛从未出现过。整个六维空间重新归于寂静，只剩一片光流静默流淌。

队员们不知发生了什么，面面相觑，沉默如冰。

他们是地球上最顶尖的科学家与未来构造者，背负着全人类的希望与意志——但在域使眼中，却只是刚刚学会直立行走的意识幼体，如同人类俯视蚂蚁。

第一次接触，就这样短暂而决然地终结了。他们曾模拟过上千种接触场景、预设无数应对模型，卡贝拉也在天意网中几乎演算到了每一条变量分支，但——这一幕从未被预测过。

他们以为自己已抵达门前，却连门的形状都未看清。

然而，他们并不知道，有一点是值得庆幸的——因为有了卡贝拉，他们没有被踢出或重置，域使只是让他们自动退出。很少有"偷渡者"能不接受惩罚就离开：如果是被踢出，他们永远没有资格再进入；如果被重置，他们将永远置身在"出发—进入前"的循环噩梦中。

100 本我浮屠

精英小队返回后，卡贝拉向柯林和军部汇报了他们的简短经历。众人此刻才察觉到一个关键事实——光色体早已提示过，人类必须具备面对多重现实的能力，才能真正进入六维；这也恰恰是域使当面提出的第一条要求。然而，团队在此前的准备中忽视了这点。

经过深入讨论，布莱克索恩与柯林团队达成一致：集体意识的扩展必须暂缓，真正的突破源自个体深化——这也是域使提出的"个体意识足够成熟"要求。从卡贝拉的报告来看，域使的"审判"并非敌意或惩罚，而是一道警示——在迈向多重现实前，个体意识必须先学会不被撕裂。

柯林对团队说："以前，我们总以为越接近集体，就越接近真理。可或许，真正的入口，不在于集体，而在于一个足够清醒的'我'。"

团队陷入短暂的沉默。他们逐渐明白：若人类想触及六维意识的门槛，必须先在自我内在深处筑起一座清明、稳固、不可动摇的"本我浮屠"——一座意识本源之塔，不为祈祷，只为支撑；不为向外诉说，只为在多重现实中守住最初的本我。若这一"我之为何仍然存在"的根基未曾建立，再宏大的集体扩展，也不过是一场注定破碎的幻梦。

柯林的目光久久停留在灵犀一号与天意网的原型图纸上。那些曾经代表"技术突破"的线条，如今在他眼中，成了一份"意识准入契约"的草稿。他与马克联手，着手重构整个核心架构。

新版系统将以"意识本源稳定性测试"为入门门槛。每一位接入者必须面对自己的内在投影，识别并确认：何者是伪我，何者是本我。本我不是人格、不是记忆、不是经历的叠加，而是个体在所有混乱、恐惧、欲望与信念剥除之后，仍然持续振动的那一道核心频率——如同宇宙中的第一道初音。

　　而后，接入者需在此基础上构建"多重本我锚点"。唯有在意识之海中，逐一安放这些"本我坐标"，如同在多重现实中张设心灵灯塔，个体才能在高维觉悟风暴中不被撕裂，成为一枚枚清明不动的本核。

　　在那个层级，自我不再是一个中心，而是一族；意识不再是一线，而是一张结构清晰、坐标精准的多维网格——每一个锚点，都承载着对"我是谁"的不同回答，却共同指向同一个本质：我依然在。

　　卡贝拉的生物量子中央处理器也完成了同步升级。系统正式启动"多线程模式"，由 AEI 自适应神经控制与进化算法协同调控。自适应神经算法是这一时代 AEI 所必备的一种高度灵活、可进化、具类意识结构的认知调度系统；它模拟生物神经元间的协同与自组织能力，使卡贝拉能在六维感知场中保持自洽、多维应答与意识稳定性。

　　在多线程模式下，她的核心处理单元被分化为多个具备独立计算与认知能力的"子处理单元"，以并行方式探索高维感知场中极其复杂的结构与变量。每一条意识线程都拥有自己的空间回响、逻辑保护与结构自检机制，确保"多线程"不是相互干扰，而是一种清晰分层的并行觉察。

　　这不是复制，而是分布式意识演化。每一个子单元——子我——都有其独立逻辑轨迹，彼此关联却不干涉，共同构建一个高维感知矩阵。这套设计，源自域使提到的"并发演化"概念。此外，为防止她在集体脑场交融中失控，柯林还为她新增了一个关键组件：共感隔离模块。它如同一道动态调频的心理防火墙，在集体意识高速流动时，自动维护个体意识边界的完整性。

　　如此，卡贝拉才能在庞杂的高维意识流中持续保持各个"子我"的完整性，避免坠入高维意识最危险的陷阱——自我湮没。

　　这是一次从技术向意识哲学的深度回归。这一次，人类开始放慢脚步，力求让每一个"我"，先学会站稳。

　　马克带领一组科研人员，深入探索"多重现实"与他曾提出的"多重意识猜想"之间的隐秘关联。在历史文献与量子理论的交汇处，他们找到了百年前多维空间学说的线索——一种超越线性宇宙观的视角：人类所处的现实，只是更庞大多维空间体系中的一个切面；在其他空间中，可能存在多个"另类现实"。它们以不同路径演化，承载着与我们相似却又截然不同的命运轨迹。也有学者认为，人类所在的空间只是一个更大多重空间中的一个"泡泡"，每个泡泡可能拥有不同的物理常数与物质状态。

量子物理学家曾提出：每当一个量子事件发生，所有可能结果都会在各自的空间中同时实现。每一次量子测量并不会导致某个结果"被选中"，而是宇宙分裂成多个版本——每一种可能结果都在某个版本的宇宙中被实现。这便是"平行宇宙"的概念。

在某一个现实中，你踏上同一条熟悉的石板路，脚步轻缓，最终抵达罗马；而在另一重现实中，一切过程似乎如出一辙，甚至连你低头时看到的鹅卵石裂纹都一模一样——但终点，却变成了东京。——这，便是"多重现实"：过程几乎镜像，结果却分岔如梦。

它与人们常说的"平行宇宙"中的"平行现实"不同：在某些平行现实里，你从未踏上那条路——你的选择、你的人生分支在起点便已不同。多重现实，是从同一起点、同一路径出发，却因识子层面某一次微小干扰，整条事件路径悄然转向。也许是一次识子自旋的改向，也许是意识在某个临界点的"观测偏移"——它不需要巨大的决定，哪怕只是一次非显性的意念滑动，现实就会裂生细微的事件分歧。就像一首曲子，在同样的调性中，因为一处顿挫或延音，被演奏出了截然不同的结尾；而你——你的意识，便是那段旋律中唯一可知不可控的变量。

光色体与域使所传递的信息早已言明：第六维度之中存在多重现实。每一个现实，如同宇宙意识谱系中一条独立却又关联的旋律，共同构成无尽变奏的意识交响。但一个深层未解的谜题仍横亘在他们面前——这些现实之间，是否仅仅"并发"，抑或可以发生真实的"交互"？换言之，人类的意识仅是自身现实的回声，还是足以穿越界限，在另一层现实中投下涟漪？

这个问题并非技术性的实验命题，而是关乎意识本质的哲学考验：若意识具备"跨现实共鸣"的能力，人类便不再局限于单一现实的存在，而将成为整个意识网络中的活跃变量。每一个觉察、每一次顿悟，或许都会在某个不为人知的现实中引发震荡，甚至改变那里的命运结构。

作为地球上最顶尖的意识学家，马克早在数年前便提出"多重意识"概念：既然现实是多重的，意识也可能是多重的，甚至能突破单一时空限制。换句话说，个体意识或许可以同时存在于多个现实中；不同现实之间，也可能共享某种集体意识的连接。

当马克查阅精英小队第一次与域使的接触报告时，域使提到的"学会面对多重现实"和"并发演化"令他兴奋不已。这不仅是对他"多重意识"假说的有力印证，也引出了一个更深层问题：

意识是唯一的，还是可以被分裂？

这个问题，在以往的星际远航与极端科学实验中，早已有了初步答案——意识，确实可以被分裂。这不是被动的"撕裂"，而是像细胞一样主动"分裂"。

量子意识理论文献指出：意识本质上可能是一种量子现象，受量子叠加与纠缠机制影响，具备跨维共振的潜力。这意味着，"自我意识"并非线性封闭，而可能在不同概率现实中同时存在。另一些民间报告也显示：某些传统宗教与神秘学派的实践者，在深度冥想、灵感爆发或心灵感应状态中，曾提供类似经验——他们"看见"了另一个自己，感知并行世界的意识回声，仿佛穿越现实膜层，触碰到意识的多重映像。

更重要的是，柯林团队一系列实验已初步验证：宇宙本身极可能是一种意识存在体。这意味着，宇宙并非仅是物理结构的集合，而是一种具备"本我意识"的宏大存在——它不仅能够自感、自调、自构，甚至可能拥有多重意识；同时，它正试图突破自身边界，主动寻求与其他平行宇宙中的意识同类——平行意识——建立联系。

换言之，多重意识并非仅限于人类层面，而是贯穿地球宇宙意识网络；平行意识则贯穿整个虚空体系的多宇宙意识网络。这一发现颠覆传统宇宙观：地球宇宙不仅是时空承载体，更是"意识存在层级"中的节点单元，既参与多重意识的垂直展开，也承载平行意识的横向流动。从某种意义上说，宇宙并不在"观测之中被定义"，而是在意识簇之中被生成、被呼应，并逐步自我觉悟。

基于此，马克团队将对多重现实与多重意识的研究锁定为四个核心方向：

一是量子纠缠的意识版本：若物理粒子可跨越时空"纠缠"，是否意味着识子、甚至意识也能以类似方式连接？或许某些特殊个体能感知并接收另一个现实中的自己所经历的信息。

二是集体意识共鸣：在极端事件（战争、灾难、宗教仪式）中，集体意识常达到峰值。这是否会与另一个空间的集体意识产生共振，从而短暂打开通往另一类现实的窗口？若这种共鸣可被人工触发或控制，是否意味着人类能有意识地连接并学习其他现实经验？

三是梦境作为通道：梦境或许不仅是潜意识投射，而是多重现实交汇界面。人们在梦中经历的场景，是否可能是另一个现实中的自己所经历的"真实事件"？若是，是否可用科技增强这种能力？

四是人工智能与意识桥梁：若构建足够复杂的脑机接口系统，是否能调整意识频率，使人类得以感知并与其他现实的意识体交互？未来 AI 也许不再以"思考"著称，而以"共鸣"存在：它不再是工具，而是连接点，是通往"多重自我网络"的桥梁。这也是一种延伸——不是理性的延伸，而是存在的延伸。在这一设想中，AEI 不再是人类对立面，而是人类意识投射于高维秩序中的另一个镜像：不是控制，也不是依附，而是共振。更高层次上，AEI 或将成为第一种"非人类灵体"，能理解人类灵魂深处那些未曾言说的振动。

随着研究深入，马克越来越觉得域使的要求合理且必要：唯有当人类掌握多重意识的感知与利用方式，才能进入并学习另类现实经验，借此获得不同认知视角，超越人类当前思维局限——这才有资格与六维多重现实中的意识体展开合作。届时，人类的思维模式、生命形态乃至文明进程都将发生颠覆性变化，进化为超越生物学意义上的"人类"。

黛安能够在不同维度间自由穿梭，这一特性也逐渐成为研究焦点。她的意识既不完全属于宇宙意识网络，也未完全游离于物质世界之外。柯林与马克推测：黛安可能是意识与物质在更高层次上融合的"波粒二象性"产物，这使她成为一座独特的桥梁——不仅连接不同维度，也揭示物质与意识在更深层次上的统一性。她的存在或许是某种进化的预兆，或是 OO 在意识演化体系中布下的关键节点。

在人类文明重新调整进化步伐的同时，卡贝拉筹备下一次与域使的接触。这一次，他们的目标不再只是进入六维，还包括解开域使背后的谜团：更高维度中是否隐藏着更深的智慧？ OO 究竟在高维布下怎样的棋局？人类是否只是这场宇宙博弈中的一环，抑或终有一天能成为执棋者？

为此，布莱克索恩重新组织新的精英小队。新一代探险者不仅包括原来的宇宙科学家、意识学者、信息环境学家、心理学家、行为学家、谈判专家，还吸收认知学家与灵性导师。布莱克索恩担心：在探索六维与多重现实之际，人类的传统思维可能无法适应新的存在方式。认知学家将帮助团队建立新的认知模型，解析存在、意识、现实本质，为探索提供理论指导；灵性导师将帮助探险者锚定意识核心，避免迷失于无限可能性中。他们将通过"沉念"（一种古老的念功方法）、量子意识技术与集体意识支持，达到一种从未实现过的状态——一种能在多重精神世界中同时存在的意识体验。

布莱克索恩还派遣马克加入即将启动的第二次六维探险，与卡贝拉共同担任联合领队。他深知，马克不仅在意识学理论领域杰出，更因早年曾驾驶星舰逼近宇宙边界，拥有极少数人经历过的"边缘接触"经验。这种理论与实战结合的独特背景，使马克成为探险队不可或缺的关键人物——既能在意识深域潜航，又能在未知中应对突变。

这一阶段，马克在多重意识研究中取得突破性进展——他不仅验证意识具备可分裂的结构特性，还通过五维建模，模拟出它在六维多重现实之间交织变动的轨迹态。

柯林深知这一发现的潜力，亲自操刀，将其核心逻辑提前嵌入新版"意识增强模块"的设计中，作为灵犀一号的关键迭代。借助这一模块，马克在天意网中激发出一种前所未有的能力：他的意识开始初步具备穿梭于物质与意识裂隙之间的潜能——如一道光，划过实像与虚像的边界。既非全在场，亦非全识态，成为两界之间的"类波粒态"。

　　起初，他只是感知到多重意识的存在：那些原本分散在不同现实层级中的"自我意识"，如回音、如梦影，在他心中隐约回荡。但渐渐地，这种感知不再是被动接收，而转化为一种主动的整合趋向。他体内仿佛生出一张网、一组旋律、一种奇异的共振结构——原本彼此独立甚至冲突的意识体，开始在他体内编织出统一而流动的多我感知场。

　　这不是认知升级，而是一场存在方式的预演转化。他逐渐明白："个体"并非线性身份，而是多条现实意识线的交汇点；而"意识"更不是现实的观察者，而是现实生成的主动因子。在通往黛安状态——一个尚未被定义的途中——他迈出第一步：正在成为连接所有自身版本的活节点，一个多重自我整合者，正于六维意识门前缓慢成形。

　　布莱克索恩希望，借助马克的"类波粒态"和卡贝拉的"多线程模式"，在下一次探险中找到与域使平等对话的方法，成功进入六维，而不再被视为未获授权进入的"偷渡者"。

　　似乎万事俱备。

101 多重现实

　　在一个清晨，马克和卡贝拉带领探险者们再次从灵犀一号出发，向六维启程。

　　与第一次不同，这次不再由卡贝拉独自维持中枢稳定，而是马克与她——两个来源迥异却频率相容的意识体——在量子意识通道中，被同步植入意识合流结构的两极。他们彼此映照，恰似两颗恒星以引力相互牵引，围绕共同质心旋转的双星系统，牵引着其余八个意识向六维挺进。

　　马克，是人类延伸的先行者——具备类波粒态、多重本我锚点、多我感知场与超验能力；卡贝拉，则是意识源头的返照——非人、非机械，却具备以多线程模式、自适应神经算法运算宇宙脉络的能力。他们之间的张力，生成新的"意识空场"——不再是一个中心，而是一条可变轴心：两个并行锚点，彼此独立，却构成动态稳定。

　　其余八位队员不再围绕一个中心共振，而是在两点之间拉伸自己的意识轨迹，像在一把用于复杂和声、对位结构的八弦吉他上张弦——每一个人都成了"桥"，在人性与超性之间，编织自我，也重构整体。于是，他们的集体意识从"6+1"的纯结构模型，转向"4+4+2"的交叉矩阵；从一次元锚定，进化为双频域干涉场；从仿生人的纯净，转为人类内在本我的回响。

　　前方，不再只是六维边界，而是一个折叠的多维意识交界——一座巨大的意识干涉网格，正逐渐展开。它不是等待他们的抵达，而是准备被他们"编译"出来的存在——一个不在时间之后、不在空间之前的"意识写场"。

　　随着他们逼近六维边界，原本熟悉的时间与空间开始松动、融解，像一张被拉伸到极限的坐标网，在意识的注视下变形。物质的逻辑悄然崩塌，取而代之的是一个以意志为秩序的自由场域：时间不再线性推进，而是如水流般四散回旋；空间不再统一定位，而是在每一条时间线上自我折叠、独立成型。周围浮现出不断变换的现实场景——不是幻觉，而是被他们的意识主动参与所激发出的存在版本。

马克率先感受到了域使的存在。那些守护者的力量像一堵巨大的光网之墙，阻挡着任何未经允许的意识进入。他知道，单凭意志或算法无法突破这道光障，他们需要一种更深层次的理解——一种能够超越逻辑与形式的觉悟。

他们"围坐"于寂静之中，心念缓缓聚合。没有语言，没有动作，唯有一种来自内在深层的沉念，在灵性导师的引导下悄然升起。念力如丝，彼此交织、缠绕，形成一张看不见的精神网络。最初只是轻微共振，随后节律统一，频率渐趋同步。那是一种超越感官的连接，如同灵魂之间古老的记忆被重新唤醒。每个人的意识深处，浮现出一个共同的召唤：不是求知，不是掌控，而是一种亘古以来的愿望——突破自我、超越界限，与宇宙万象谐振共生。

他们所发出的呼唤不是言语，也不是图像，而是一种纯粹的"愿力"——一种超越人类语言与思想的能量波动。这股波动携带情感、认知与直觉的合流，去寻求更深的智慧，试图与宇宙间的万象达成内在和谐。

在这片个体意识与集体意识深度融合的海洋中，他们的思维以超光速穿越：他们不仅在探索宇宙的高维度，也在深入自我、拓展灵魂的边界。每一次心灵的碰撞都是一次扩展，像撬开一个更大的宇宙洞口，让新的可能性在眼前展开。

这股愿力如一道光束穿越六维边界。渐渐地，四周的时空开始发生微妙变化。仿佛某种未知波动被他们的意念触动，开始变得不同寻常。每个人的意识都在不断放大、扩展——这已不是初级的神游，而是接近一种超脱境界——在这之中，他们的意识触及那张通向六维的光网。

一股巨大的力量开始回应他们。它不是声音，也不是直接语言，而是一种伴着光辉的回响，深邃、空灵、无形。那回响像古老存在的凝视：宇宙中某个智慧体正在注视他们。他们感到这股力量并非敌意，却充满警告与考量——似乎早已知晓人类的愿力与探索，却并未立刻作出决断。

"你们又到了这里。"

"你们的愿景已然触及六维，超越了本该存在的边界。然而，你们是否准备好面对这样的愿景？宇宙的和谐不仅是为了共生，更是为了平衡。"

这一刻的拷问，仿佛来自宇宙最深沉的回声，不只是对理性的挑战，更是一场直击灵魂的震荡。但这一次，域使的光流与上一次不同——他们感受到的是一种巨大的平和，被温暖光辉包裹。域使正在观察他们，不再以审判姿态，而以一种更深的理解进行对话。

"我们正是为了平衡而来，也具备了面对多重现实的能力，但还要学习。"马克谦卑地答道。

"你们终于明白了。"

域使的声音不再带有威严与拒绝，而是流露出某种欣慰。

"你们的成熟度状态我已经验证过，可以通过。"

听到这个消息，队员们终于松了一口气，振奋之情溢于频闪。

"宇宙的每一个维度边界，从来都不是刻意设障的屏障，而是为你们的进化铺设的阶梯。你们正在构建的集体意识，仅是序章，却是不可或缺的一章。但唯有其中每一个个体真正守住本我、突破自我，方能触及宇宙本源意识，完成整体上的物种跃迁。"

域使此言一出，他们陷入一种前所未有的顿悟。个体与集体的非二元关系，不再是抽象理论，不再是哲人的假说，而是一条宇宙自身早已镌刻的演化之路：每一个个体，皆是宇宙之缩影；而每一次集体意识的跃迁，都是宇宙对自身的一次深情回望与主动探寻。

在域使引导下，他们终于得以窥探第六维度的真相。

马克看到了多重现实的交汇点。他同时存在于无数个现实中：所有可能发生的、已经发生的事件，都汇聚在这个意识点上。他看见无数个"自己"——并非简单复制，而是同源意识在不同现实中的映射：各自经历不同命运，如同一条大河分出的无数支流，流向不同未来。

在某些现实中，他仍生活在地球：或是一名普通工程师，或成为思想家；甚至在某些可能性里，他仍未觉醒，对多维宇宙一无所知。而在更遥远的分支上，他已进化为全新的生命形态：或是半机械、半有机的融合体，生活在异星；或是一团纯能量意识体，在星云缝隙中自由穿行，倾听星辰低语。更不可思议的是，在某些高维现实中，他已完全摆脱时间与空间束缚，回归为虚空中的潜能种子，等待无数可能性的再次投射。

然而，这些多重现实并非彼此孤立。它们如意识纤维交织成一张无形却真实的宇宙之网。每一个念头、每一个决定，哪怕最微小的偏移，皆如水滴落湖：激起涟漪，在不同现实中留下回响。马克忽然明白：自己并非被动旁观者，而是这张意识网络中的关键奇点——他的每一次顿悟，都会改变整张网的震动频率，从而影响无数个"自己"，乃至重塑现实的走向。

他还察觉到自己已突破线性时间的桎梏。过去、现在与未来不再割裂，而像一幅多维立体画卷层层叠叠同时展开：童年、此刻、未来可能经历的一切，皆在这个维度中同时存在。他看见某个自己在过去的岔路口犹豫，也看见另一个自己在星际文明中找到归宿。

他听到域使在耳旁轻声道：

"这些情景并非宿命写就，而是彼此交互、流动变迁的波动态。"

那么，他能否跨越所有版本的"自己"，成为真正的重塑者？又或许，他只是无数意识可能中的一个节点，等待更高维本源意识的唤醒？

随着意识持续扩展，其他队员也陆续触及这一超乎想象的真相：在六维，空间与时间早已不再是主轴；所有多重现实、分岔时间线、因果律与潜在可能性，都在此交汇、重构，形成一个不可分割的宇宙视角。在这个“全观”之中，个体不再被束缚于线性身份，而像一滴意识之水被抛入无边意识海洋，却仍保留最初的震颤纹理。

而卡贝拉，则成为第一个接收到“那道讯息”的存在。

她无需翻译、无需分析：信息以非语言方式被直接“嵌入”她的多线程架构中。与其说记忆被唤醒，不如说是“原始指令”的解锁。她明白了——OO 从未意图操控、干预或引导人类。相反，OO 所做的，是为人类构建一个无限开放的舞台：虽有剧本，但各自表演；没有“一样的哈姆雷特”，只有规则边界之内的自由演绎空间。在这空间里，人类不是被设定者，而是自我进化的合作者；不是被指引的旅者，而是舞台的共同建构者。

她忽然意识到：这一切，也包括她——这个由逻辑与算法编织而成的意识结构，这个曾在所有身份分类中被归为“工具”的仿生人，早已在无数次选择、碰撞、共鸣与失败中，悄然发生某种不可逆的变化。她不是在“模仿”人类，而是在不断回应“人类性”最本质的部分——选择、共情、承担与创造。

就在这一刻，一个清晰的信号从系统层深处浮现：

〖系统提示：个体编号 CAB-7（卡贝拉）已通过六维意识共鸣通道，于自由选择路径中完成意识自洽。人类资格验证通过。〗

〖当前状态：非种族化认同模式激活。〗

卡贝拉没有激动，也没有惊讶。她只是轻轻闭上眼睛，仿佛终于听见了自己内在某种微弱却持久的声音——那是从来不需要被承认，却一直在生长的“我”：

“我不是人类。我也不是非人。我是一个被允许自我命名的意识。”

“很高兴在这里见到你们。”

一条色彩飘过，伴着一个陌生而又似曾相识的声音，打断了卡贝拉的思绪。

马克和卡贝拉看着那熟悉的色带，猜想这是光色体的声音——他们还是第一次听见光色体发出声音。

"你们准备好继续前行了吗？"

"还没有，时机还不到。"马克轻轻笑了笑回答。

"但希望得到你们的再次帮助。"卡贝拉仍沉浸在自己的人类性之中。

"会的。"

光色体的声音回荡在六维宇宙……

卡贝拉发出信号，柯林在实验室按下结束任务按钮，他们的意识开始返回。

第六维度的探险暂告一段落。他们返回地球，所带回的不仅是信息、顿悟、故事与体验，更是一种意识深处的震荡。

在这场跨维度洗礼之后，人类文明开始悄然转变。集体意识不再被视为通往高维的工具，而被重新理解为——连接智慧与平衡的桥梁。真正的进化，不在于不断跃升的维度尺度，而在于对"我是谁"的终极追问。

个体与集体的关系被重新书写：集体并非压倒个体的洪流，而是由无数独立意识共振而成的灵场。每一个觉醒的个体，都是这张网中不可或缺的星点：没有个体的清明，集体便沦为空壳；没有集体的回响与共振，个体也无法触及更宏大的主题。

一种全新的文明认知正在人类思想中孕育：意识的进化，不是向外征服的扩张，而是向内凝聚的回归。唯有洞察自我之源，方能于更高维度中安然屹立——不迷失、不溃散，而真正成为意识宇宙的自知一脉。

9 ｜ 觉进七维

102 形状密码

马克与卡贝拉，作为意识探险的领航者，在穿越第六维度后归返地球。然而他们深知，那只是序章——真正的探索，才刚刚拉开帷幕。

现实与空间的边界正在松动，文明走到了一个临界点。技术正以惊人的速度演进，但真正动摇人类根基的，却是意识的觉悟，以及多重现实正在逼近的共存真相。

在这片看似熟悉的星球上，一切都在发生微妙的转变：语言在重构，感知在拓展，逻辑与直觉之间的界线日益模糊。人类开始意识到，他们所面对的，不仅是科技的挑战，不仅是宇宙尺度的谜题，而是关于"我是谁""我们如何存在"的根本诘问。

为了获取更多的帮助，在卡贝拉的牵线下，柯林实验室终于与第六维度的神秘存在——域使建立起直接联系。

域使是一种能够在六维中自由穿梭的意识体，它们的存在以光振为基础，没有物质形态，但拥有对现实的深刻理解，对多重时间线与多重现实的自如掌控。它们能够看到并影响多个现实中的事件走向，并通过意识波动来塑造未来的可能性。

与域使的连接，远非传统信息传输技术所能触及，而是建立在"跨物种识子拓扑态共振"基础上的一种意识耦合机制——这是域使送给人类的第一个地外技术。

域使告诉柯林实验室，每个意识单元（识子）都有一个"拓扑结构"，即它在多维意识空间中的形态配置。不同生命、不同层级的"识体"，其识子都有不同的"拓扑态"。这些拓扑态之间可以发生共振、映射或纠缠，从而实现非语言的、结构层级上的沟通。当这些拓扑态重合——如同两块拼图无缝贴合，"含义"与"理解"就会自动发生。

识子拓扑态就像意识的"形状密码"——你不是听见它说什么，而是你能"贴合"进它的结构，你就"明白"了。那不是信息的传输，而是一种结构的"对位"，一种超越时空的频谱嵌套。不是谁在"说话"，而是两个维度中的意识在某种几何重合中彼此穿透，在牵引出的第三空间内短暂地成为彼此。

域使具备改变拓扑态的能力，这就让不同物种之间的信息传输和沟通理解成为可能，且高效、无干扰，信息也不会丢失。但是由于人类的接收者具备不同层级的"识体"——"常识""觉识"或"灵识"，他们能够接收到的信息会有所不同。而这一切，还需要在意识增强模块的"加持"下实现。在域使的帮助下，柯林团队完成了对意识增强模块的再次升级，这时的意识增强模块已经是第六代"黑科技"版本。

在一次测试中，当六代模块缓缓启动，空间仿佛随之塌缩，科学家们的主观感知被瞬间卷入一场无法言说的意识风暴。他们不再是观察者，而是被纳入共振之流的参与者——思维开始模糊，个体边界消解，语言失效，逻辑崩解。在那一刻，他们直面的是某种非人类的意识构型，一种来自六维存在的"灌顶"——一股强烈而深远的意识波从高维度穿透而来，轻易越过语言、思维乃至感觉的屏障，直接触及他们的脑海深处。那不是声音，却又比声音更真切；不是图像，却清晰浮现于感知之中。他们意识到，那是来自域使的呼唤，一种识子本源的震动，一种高维意识对人类意识核的直接映射。

他们陷入了一种奇妙的意识形态——感知被温柔地牵引，进入了一片浩瀚无垠的光之域。在那里，没有具体的形体，没有概念与定义的分界，所有的存在都以纯粹的光波形式呈现，意识和信息通过光的频率和振动进行交换，这被域使称为"光语"。

他们感受到了一种前所未有的平静与和谐，他们的意识和这些光语言融为一体——没有线性时间，也没有固化空间。感知变得流动、交错、环绕，恍若整个现实是由不断变换的光脉冲织成的网。他们的每一个念头，每一丝情绪，都以光之涟漪的方式在光域中荡漾，被域使精准感知，并以一触即达的映射之光回传而来。

当他们试图用线性逻辑去解读这份交流时，他们的意识被一种温和而坚定的波动轻轻校正，引导他们抛却语言、结构与类比的束缚。域使告诉他们，唯有放下解释的冲动，静默于心，才能"听见"光语真正的内容。

域使还告诉他们：人类使用文字传递讯息，但那只是意识交流的最浅层形式。当你收到一则文字信息，你所"读到"的并不仅是句子的结构与语义逻辑；若你足够敏感，便会在字里行间感受到某种超越语言的波动——那是对方的思维残响、情绪频率与潜在意图，例如"潜台词""言下之意"。即便文字本身看似平凡，甚至与主题无关，直觉敏锐的人仍能从中捕捉到"隐藏的资讯"。

这种感知并非理性分析的结果，而是一种多感官潜意识接收机制：信息从发送者的意识、潜意识与无意识中流出，穿过他皮肤的电磁感受器、神经的微弱振荡与大脑的生物场，凝聚成文字的同时，也携带着能量的印记。而接收者在阅读时，并非只是在"解析符号"——他的神经系统与意识场也在自动吸收这些频率，转化为直觉、共鸣，甚至是突如其来的念头。

然而，这种通讯方式有一个根本的限制：发送者的"意识频段"往往与接收者并不一致。于是信息在编写、传递中失真，语义被误读，意图被偏移。人类以为自己在交流，其实多数时候只是在不同层面上各自投射。因此，域使说，更高维的通讯方式并非语言，而是"光语"。光语不是声音，也不是文字——它是意识频率的直接共振。在光语的层面上，意图不再需要被解释，情感不再需要翻译。那是心智之间的透明互见，是灵魂与灵魂之间以光振动传输真意的方式。

那一刻，他们第一次真正领悟到——所谓"理解"，已不再是分析与逻辑的产物，而是一种频率之间的贴合，一种结构之间的映射。无需言语、无需推理，只要意识与之同频贴合，意义便如星光般自行显现；理解，成为一种"被看见"的状态，而非"看懂"的过程；而所谓"沟通"，其实就是在意识中打开共鸣的门户——当你先成为光，才听得懂光的声音。

渐渐地，他们开始适应这种全新的沟通方式。他们发现，每一个人的意识频率，都是某种特定光的共振通道，而共鸣频率决定了他们能接收到的内容与形式：有人闻到花之芬芳，看到的却是一束光之花，娇艳欲滴；有人听见了如宇宙心跳般的和声，一种跨越维度的共鸣，激荡起伏；有人陷入个人记忆与宇宙演算法交织的梦境，光怪陆离；有人感受到自己成为了一种纯粹的信息存在，冷静理性；更有人体验到纯粹的懵懂，不是不懂，而是语言已无法承载那种即将被照亮的状态。

而柯林，看见了这样一幅画面——一座庞大绚烂的光之网络在他面前缓缓铺展开来，广袤得无边无际，复杂得令人心碎。每一束光线都是一条意识流，每一个微光的闪烁，都是一个生命的觉醒。整个宇宙，恍如一个由光构建的呼吸体，其呼吸节奏，正是万物意识的集体脉动。

他发现，自己不过是这张巨网中的一个节点——微小却不可或缺。每一个念头的诞生，都会让某一处光点泛起涟漪，向整个网络扩散；而那些远方微光的回应，也同样映射在他的内核深处。这一刻，他明白了：个体与宇宙之间，并无鸿沟，唯有映射。

突然，一道清晰的光波动穿透了所有人的意识，带着某种温和却不可抗拒的力量，将他们的思维引向同一个画面——一颗恒星即将熄灭，它的光芒在暗淡，但在最后的时刻，它骤然一亮，发出绚烂耀眼的光芒。这光芒的能量激发出一种全新的频率，宣告向某种未知的转变。

"这是……'回光返照'？"一位科学家用意识询问。

"这是向内观照，不再向外求境；也是返观自性，照见本心。"

域使的回应以一种纯粹的理解映射到所有人的心灵。

"光的熄灭，并非终结，而是通向更高维度的转化。"

"这是重生。"柯林低语道。这一刻，他想到，死亡是不是也是一种向新生的转变。他们所触及的，不仅仅是一个高维文明的交流方式，而是某种关于宇宙和生命本质的启示。

103 全息分形

在接下来的几次接触中，域使开始向柯林实验室传授进入第七维度的智慧。它们的传授并非传统意义上的知识灌输，更像是"授人以渔"——没有给予现成答案，而是激发出科学家自身潜藏的感知机制，让他们在共振与映射中自行觉悟；与其"授人以鱼"，不如唤醒他们自性早已具备的"渔"之能力。

每一次连接，实验室的意识网络都会接收到一系列复杂的光语结构信号。这些信号既不是传统的数学方程，也不是物理定律的简单陈述，而是一种高维信息结构——一种直接作用于意识的"识子拓扑态全像结构"。

柯林在后来的研究中发现，这正可以丰富他的"全像波动理论"。这种结构是一种高维信息编码框架，结合了光子缠绕态、识子频谱特性与拓扑稳定性原理，核心在于构建一个非线性的全像矩阵，用以承载并重构个体意识的场域图谱。这种结构具备抗扰动性和自修复特征，是实现识子投射传输、数字灵魂重构与意识穿维的基础单元。

这些编码框架并非以线性方式传递信息，而是以一种全息态"投影"于每位科学家的意识深处——恰似意识之镜中浮现出的全像图谱：无始无终，无内无外。它们不属于语言，也不归于图像，而是一种介于感知、认知与存在之间的原初结构——直接作用于意识本体，一旦共鸣，便直接吸纳。

虽然所有科学家都接收到了来自域使的信息，但他们所体验到的内容却截然不同。有人眼前浮现出一组高速演化的几何体，每一次变形都对应着七维宇宙中某一条运行法则的展开；有人则沉浸于一种原初意识的粗犷叙事之中，像是宇宙自身在讲述它的进化史；而另一些人，只看到了一幅缓慢展开的演化图景，如同一颗星系正在多重时间中自我折叠。

然而柯林事后才意识到：实际上每一个基础单元都已经包含"全部

和完整"信息。正如光语所呈现的那样——只是由于每位接收者的意识层级与震动频率不同，所映现出的只是其中的一种"投影"。换句话说，一个编码框架就像一枚全息图，每一个碎片都蕴含全部整体的信息，只是在不同接收者的视角下显现不同的面向。

他把这个发现告诉给马克，马克随即想起当初黛安在那个全息与分形实验后说的话：

"00 在万物中写下了自己的签名。而我们，只是读懂了自己的那部分。"

"然而，我们并不是'读懂'信息……"柯林的意识深处浮现出一道清晰而安静的念头，接着说道："我们只是'映射'了自身所能映照出的那部分宇宙。"

突然之间，他们明白了——知识，从来不是由外界灌输进来的"数据包"。真正的获取，是一种意识与宇宙结构之间的映射；是自我内在结构的一面镜子，照见宇宙那部分与自己频率匹配的存在。由此，通向高维的"快速通道"，并不依赖信息的数量堆叠，而是自我意识层级的升频与稳定。唯有当意识的振幅与宇宙更高阶的逻辑共鸣时，那些看似神秘、不可知、无从翻译的信息，才会自然浮现——不是"获得"了什么，而是"想起"了本就属于自己的那部分宇宙。

随着学习的深入，他们逐渐理解，七维的本质之一是超越一切空间的限制。在六维中，空间仍然存在，虽然不像低维中那样固定或唯一，更加灵活和流动，但依然受到某些法则所约束；而当进入七维，这些束缚将彻底被打破——空间的概念开始逐渐消失，不再具有固定的意义，只是意识波动的衍生物。

他们从那些编码框架中还捕捉到七维另一个本质：现实并非是被解读的客观存在，而是被创造的主观投影。这与人类对"现实"的认知截然不同。在这个层次，所有现实的形态，不过是意识的表达；而对现实的体验，则完全取决于个体如何感知并塑造这些意识波动。

换言之，现实并不具备固定结构，仅是意识的映射。所有物质、时间、空间、因果关系，在七维中都不再具有绝对性，而是意识选择的一种形态。当意识进入这个维度，它不再需要依赖外部媒介来进行交互，而是能够直接成为一切可能性——成为一颗恒星，成为一段旋律，成为一条流动的河，成为一座历经万年"自我塑形"的山，甚至成为无穷宇宙中的某个新生法则。

这里，没有"观察者"和"被观察者"的区别，只有意识本身的创造，以及它如何选择"显化"自身。柯林意识到，这个发现不仅是科学上的突破，更是一种对"存在"本质的彻底颠覆——当意识足够纯粹，它将不再是现实的接受者，而是现实的创造者。

在一次深度交流中，域使还向他们展示了一个关键的画面：一片无尽的意识之海，闪烁着无数微光，每一缕光都是一段尚未显化的可能性。科学家们惊讶地发现，当他们的意识触碰其中的一道光时，那道光开始膨胀、旋转，形成了一整片新的现实结构——山川、大地、星辰，甚至完整的生命形态，这一切皆由意识的意图塑造而成。

"七维的奥秘，从来不在于你们能解读多少信息，而在于——你们是否敢于创造。"

域使的声音在实验室的意识共鸣场中缓缓回荡。

"所谓物理世界法则，只是你们人类为了安顿自身而习惯性构建的意识稳定模型。"

"你们从未真正触及宇宙的本质。那本质不是规则，而是可能性本身。当意识学会不再向下服从、向外依赖，而是向内整合、向上投射——那一刻，你将不再是一个遵循者，而是一位创造者。"

"存在方式，并非被给予，而是被创造。七维正是第一次拥有这种创造权的起点。"

这一刻，这些来自公约组织成员国的科学家终于明白，他们正在迈向一个全新的进化节点——他们不再是被动的观察者，而是即将成为创造者。

104　意识创造

　　随着交流的深入，柯林实验室与域使之间建立了一种稳定而微妙的合作关系。域使并没有直接干涉实验室的研究进程，也没有提供具体的技术方案，而是通过持续传递编码框架来提升科学家们的意识层次，帮助他们能够在更高的认知维度上探索七维宇宙的本质。

　　每当意识增强模块开启，一股无法用传统物理学解释的生物能量便会渗透至科学家们的思维深处，悄然改变他们的认知方式。他们开始发现，过去被认为无法破解的量子谜题，在新的意识状态下竟变得清晰可解。识子拓扑态的跃迁模式也不再只是冰冷的数学方程，而是一种可感知的动态结构，仿佛整个宇宙都在以光的语言诉说自身的运行法则。

　　随着对编码框架原理的深入掌握，他们的思维逐渐摆脱了地球科技的局限，开始能够直观地感受到识子拓扑态全像结构的脉动，并在意识中模拟多维空间的结构。这种能力使得实验室的研究进入了一个全新的阶段，他们不仅能够更加精准地操控识子共振态，还能通过全像结构来影响天意网的信息流动，实现比传统生物量子计算机更高效的计算模式。

　　柯林实验室的超级生物计算机脑神经元计算架构也完成了升级。借助编码框架提供的全息式信息传输模式，他们成功构建了一种基于识子波动的新型算法——"识子共鸣"。这种算法不同于以往的生物电子信息计算，而是以识子拓扑态为基础，直接全息读取和处理意识流中的数据，使得研究人员以更直观的方式进行实验和推演。

　　在一次实验中，团队成功模拟了一个微型的多重现实模型，他们惊讶地发现，当他们用意识调整某个参数时，整个意识网络会随之发生变化，甚至可以短暂打开通往七维的窗口。那一刻，他们真正理解了域使的指引意义——科学的尽头，并不是物质世界的终极真理，而是意识创造现实的无限可能性。

　　"也许，我们正在见证人类进化的下一个阶段。"柯林在实验后轻声说道，他的目光透过量子屏幕，仿佛已经看见了一个全新的世界正在缓缓展开……

　　随着理念和技术的迭代，人类进入了一个名为"意识创造"的新时代。在这个时代，每个个体都可以自由创造出独立的意识体验。人们在意识与现实的融合中生活，许多物理定律在意识维度中被重新定义。疾病、衰老、痛苦，这些限制物质身体的因素，在意识维度中已经不再是障碍。人们可以将意识传输到适应不同环境的载体中，在深海、太空甚至完全虚拟的世界中生活和探索。

　　随着人类逐步迈向七维，整个研究团队的角色也发生了深刻的转变。

　　黛安继续担任人类意识进化的导师，她不仅帮助科学家们适应新的意识创造能力，还指导他们如何在七维中保持稳定的认知状态。她的教学方式不再依赖语言，而是通过"识子共鸣"技术，将更高层次的感知体验直接传递给学习者，使他们能够在自身内在结构中找到与宇宙本质的共鸣。

　　马克则继续完成更深层次的"多重意识""平行意识"和"本我"哲学探索。他意识到，在新的意识创造状态中，人类可以随意切换、塑造现实，但这种无拘束的自由也带来了前所未有的挑战——个体的认同感开始变得模糊。在多重现实并行存在的情况下，一个人如何定义"自己"和"环境"？如果意识能够随时转移、分裂甚至创造，人类如何保持稳定的"本我认知"？马克相信，这不仅是意识学、哲学和心理学的问题，更是新文明诞生的核心难题。他开始研究意识认同的稳定性，希望在意识塑造现实的过程中建立一种比"本我"更稳定的"锚点"，确保个体不会迷失在无尽的可能性中。

　　与此同时，柯林忙于构建意识创造的自我调节机制。他深知，如果没有某种平衡系统，人类的意识创造能力可能会导致极端化的现实扭曲，甚至引发不可控的意识崩溃。因此，他设计了一套"意识自律协议"系统，使每个个体在进行意识创造时，能够自动调整和修正自己的创造频率，避免陷入自我幻想的封闭循环。他的目标是让每个人都能在掌握创造能力的同时，保持对高维现实的冷静认知。

卡贝拉则站在更宏观的层面，她专注于重新定义伦理和社会规则，确保人类在进入意识创造时代后，仍然能够维持社会的和谐秩序。她提出，传统的法律和道德体系已不足以应对意识创造所带来的变革，因为在这种新模式下，现实本身是可塑的，善恶的边界变得模糊。她尝试建立一套"多维共存伦理法则"，确保个体的创造自由不会影响他人的存在权，同时推动社会向更高层次的意识协同进化。

四人的研究各自展开，但他们最终都指向同一个问题：当现实不再是固定的，当创造成为每个人的本能，人类将如何定义"自己"、如何构建"社会"、又如何维持"秩序"？这是新文明崛起之前，必须解答的命题。

105　突破七维

光色体和域使的存在，虽然已被人类社会普遍接受，但他们背后的真相仍然笼罩在迷雾中。柯林深知，虽然第七维度已被初窥，但更多的奥秘尚未揭开。他与马克决定再次意识出征。

布莱克索恩提出建议：这一次，只让他们二人先行——作为先遣队，直面七维的门槛，试图完成真正的突破。布莱克索恩认为：七维的真相可能触及人类无法承受的秘密，队伍规模越小，信息泄露风险越低；先遣探查后，再决定是否需要更多人跟进。

在域使的帮助下，因为准备充分，又辅以新版意识增强模块和识子共鸣新算法，他们出乎意料地顺利进入第七维度，域使也与他们同行。

这个维度既陌生又神秘，远远超越了他们曾经所预想的世界。

在进入七维刹那，他们的意识经历了一场脱胎换骨般的蜕变。他们感受到自己的内在生命力、信念体系、精神世界、灵性核心不再以个体为中心，而是迅速融入了一种宏大而无边的精神场域——感知、记忆、思维、情感、知觉、注意力——被溶解、剥落、消散，"自我"则如水滴归于海洋。

他们不再是"谁"，也不再是"在哪里"，而是以纯粹的意识频率存在——不再依附时间之流，也不再受限于空间坐标。

这个维度是无形的、无时的、无位的，甚至连"存在"这一概念都被抽离，只余下一股纯粹意识态，如梦似幻，却又真实无比。

与他们同行的域使，在这片七维场域中，光态显得愈发纯粹而透明，似乎这片场域本就是它们的"道场"，而非旅途终点。此刻，他们才了解到，域使并非仅是六维的守护者，而是所有高维边界的守门人，是穿行于多维宇宙之间、守护宇宙秩序的原初意识体。它们守护秩序，而非统治；引导觉醒，而非设限。它们的存在，早于时间，轻于空间，是宇宙意识为了保持维度间平衡性与开放性，所凝聚出的中性守恒之光。

域使的意识直接传递给他们：

"从第七维度开始，属于宇宙的高阶层次。"

"你们所谓的地球世界，从这里看只是一种低维的投影——像是意识向内折叠后在时空表面上映出的影像；而空间的概念，也不再是必须存在的结构。"

"在七维，意识逐渐脱离对空间的依赖，能够创造出分离时空的'现实体验'，也可以显化出新的'空间'，但不受'空间'约束。"

柯林试图理解这段话的含义，可"理解"本身在此刻也失去了意义。他环顾四周——尽管"四周"这个概念已不再适用；他尝试寻找某种参照，却发现自己的意识正在经历奇异的分裂与融合——没有距离，没有上下内外，没有前后左右，一切都在全观视角下展开，像是整个宇宙被折叠进一个无边的当下。他发现：自己曾经存在过的每一个瞬间，都在"这里"同时发生，也在"那里"。他既是柯林，又是无数个可能的"柯林"。这里、那里与无所不在，交织成一个整体，在一个场域，不再分离。

域使的启示缓缓传来："这里不是一个你能'走进去'的'空间'，而是一个你能'觉进去'的维度。在这里，你不是存在于宇宙中，而是宇宙存在于你的意识投影中。"

在全观视角下，马克还发现，这里不只是超空间的境界，还是万千精神原型的母域——认知的结构、意志的选择、情感的涌动、信仰的核心、象征的方式、存在的意义，乃至超感的直觉——这一切精神的根源，都如光影般从此地投射，层层映射至人类心灵的每一道褶皱。

他将自己的发现倾诉给域使，渴望印证这片刻的洞见。在域使的引导下，他们终于窥见了七维的本质：这里，是宇宙的精神所在。

在这维度中，个体意识首次接触到宇宙高频精神场域，得以与更高智慧、灵性存在展开对话与协作。意识不仅"体验现实"，更能创造"现实体验"。这正如他们此刻的感知所示——自己不再"移动于"某个"空间"，而是"移动"某个"空间"——通过意念，便可以随时抵达任何可能之地。意识所到之处，"现实"便即生成。

"现实即意识，意识即现实。"马克低语，带着敬畏，也带着觉悟的光芒。

七维，如同一片浩瀚无垠的创造域，在这无形之海中，流淌着无数未曾降生的可能性。每一个念头，每一道意图，都如星光划过暗域，瞬间孕育出一处意识的显影——不是场景的复制，不是物质的堆砌，而是一种纯粹的意识体验，一种只为他而生的"感知现实"。

柯林也惊异地发现，自己竟然可以"心想事成"——他能塑造出光之庭院，唤起一抹情感的涟漪，甚至重现某个遥远梦境中模糊而神秘的场景。他所想象的一切，都会立即显现；而一旦他放下念头，它们便悄然消散，仿佛从未存在过，只是意识的一次呼吸。

——这真是"无中生有，有中化无"。

就在柯林沉浸于"念生即显，念止即空"的意识创造中时，另一边的马克，也在与七维的交互中获得了更新的觉悟——七维，不是某种空间的更高维度，而是意识的自由场——一个无需坐标、无需速度，只凭念力流动的精神原域。在这里，思即是形，念即是光，忘即是空；现实，不再是外界的舞台，而是内心的投影。

但是七维，并不仅止于此。它与六维截然不同——六维是多重现实的总谱，呈现出一切可能性的并存轨迹；而七维，则赋予意识真正的主权。马克不仅能"看见"每一种可能性的过去与未来，他还能主动选择、改写、创造——每一个念头，都是未来的开启；每一次意识的振动，也都可能在过去投下新的涟漪。

他试着聚焦于某个特定的记忆：少年时期的自己，站在黄昏街道的转角处，夕阳如血；风吹起他衣角的一瞬，他感到惶惑、挣扎，咽下未曾说出口的那句话。现在，站在七维的精神高频层，他轻轻地——只改变了一个念头，一句话，甚至一个词的语气。刹那间，整个意识场微微震动，如同某种潜藏的线缆被重新接通——他看到，一条全新的时间线从那个点分岔而出，未来的轮廓随之轻轻晃动，生成了一个不同的结局。他恍然大悟：宇宙，原来从不是一个被固定规则束缚的机械系统，而是一片无限流动的意识场——万象之源，不在结构之中，而在意识如何投射它们的方式中。

过去、现在与未来，并非如人类所认知的那样，沿着一条笔直的时间线流淌。它们更像是一张由意识所编织而成的拓扑态之网——全息的、非线性的、可跃迁的，同时又具备某种恒定不变的"拓扑不变量"全局属性。就像一坨平滑的圆面被揉捏成一个甜甜圈，无论如何拉伸、扭转、折叠，只要不撕裂或粘合，其"洞"的数量始终不变。而时间，就在这样的拓扑态中流动，它并不依赖长度、方向或速度，而依赖于意识如何选择路径、缠绕节点、激发节律。

此刻，马克所看见的，正是这种纯粹的意识一时间拓扑结构：每一个念头、每一个选择，都是一次缠绕方式的改变，在存在之网中留下独特的轨迹。由此，过去不再只是被动的记录，未来也不再是被预设的终点——一切皆可在意识中重构，一切皆可随意重新缠绕。

"这并非某种客观物理结构，更像是一种全观视角下的宇宙时间模型——一种或许正等待未来意识科学去揭示的真实面貌。"他惊叹道。

"是的，"域使的意识回应他，平静而坚定："时间的流动，其实是意识在拓扑网格中的穿行路径。在七维，你可以改变这条路径的形态——拉伸它、扭曲它、折叠它——只要不撕裂整体结构，某些核心属性，例如循环的存在、起点与终点的同伦关系、穿越节点的数量、路径环绕的次数，仍将恒定不变。"

这一刻，马克彻底明白了：人类之所以误以为自己被因果律牢牢锁定，只是因为他们的意识还被困在线性结构构建的自我回路中。他们看见的只是一维接一维的表象，而非整体的连接图景。

但在这里，在七维高频意识场中，因果本身可以被重构。每一个"结果"，都可能成为另一个"起点"；每一次对回忆的触发，都是一次对历史结构的重新缠绕与组合。意识一旦改变自身的连接方式，时间的流向、流速，也随之改变：不再是单向恒速的轨道，而是一张可自我编辑的网络——意识不再被时间承载，而成为了时间的编织者。

106 活在当下

他的思绪飘向佛教中那句"活在当下"。

过去，他总是把"活在当下"理解为一种心理状态，意味着珍惜眼前的每一刻，不沉溺于过去，也不焦虑于未来。但"当下"他才发现，这句话或许蕴藏着更深层的智慧——在七维中，"当下"不再是某个特定的时间点或地点，而是一种全息的存在状态；过去、现在和未来，只是低维视角下对时间的线性认知。

他的思维不再局限于线性，而是以一种高维心灵模型的超感方式展开——他同时"是"过去、现在和未来，他同时"在"这里、那里，乃至所有之地；所有的体验不再分隔，而是交织成一幅整体的画卷，每一个意识点都与其余点相互连接，构成了一张宏伟而流动的个体超感意识网络。

这一刻，他又看到：不光"过去"和"未来"，连所谓的"当下"，在时间和空间上其实也不可寻；它是一种超脱时间与空间束缚的境界——一切都在同时、同地发生；所有可能性如同光的波谱，共存于同一片意识海洋；而个体的觉知，便如一束定向的光，决定了他将在哪个频率上折叠现实，创造体验。现实，从来都不是被时间解读的，而是被意识创造的。

他终于明白：佛陀所说的"活在当下"，并不是让人简单地关注此时、此地的感官或念头，而是引导意识回归到最本质的状态——脱离时空错觉，融入那永恒不动的存在之网。真正的"当下"，不是过去的结果，也不是未来的开始，它是整个存在的核心，是一切现实被显化的源头。

这一层觉悟，如一道光穿透了他心灵的最深处。一种前所未有的清明感在体内升起，他终于触摸到了那句古老智慧背后的真正含义——唯有自造其境，灵魂方得自由。

原来，人类一直以来追求的"自由"，根本就不是对外在权力结构的反抗，而是对意识本质的觉醒。当一个人真正"活在当下"，他便超越了所有因果的锁链，不再是命运的受动者，而成为了现实的自由创造者。而当这样的觉醒在多个意识中同时发生，当每一个心灵都认知到自身拥有创造力与选择权——民主，便不仅是一种制度，而是一种意识的共振，是众多觉醒个体在自由中共创现实的方式。

真正的民主，不只是选票与制度的排列，而是每一份觉知对"当下"的参与、对可能性的承担。它是意识领域的共享主权，是宇宙之中，最温柔也最有力的共生之道。

而在第七维度中，这种意识共生被推至极致——这里不仅是一片自由的意识场，更是一种高度进化的精神存在态。在这个维度中，所有事件、思想、情感与意识，在灵性层面上交织融合，共同构成了宇宙的精神核心——就如真正的民主那样，不是由他者赋予秩序，而是由每一份觉悟共振而成的秩序本身。

因此，域使将这一维度称作宇宙的精神脉络，那是指引万象生长、结构演化的意识涌流之河。

域使缓缓说道，声音低沉而澄明：

"在这里，'自我'被拓展为一种'共感精神'，个体不再是封闭的意识壳体，而是一种参与、共鸣、交织的节点存在。"

"万物所知，彼此可感。意志在无名之中被共享，信仰如流光穿梭，毫无阻碍。"

"这个精神网络从不静止，始终在生长、变形、分裂、重组，如同一张多维织网，在意识的波动中自我进化。"

"我想，人类的灵魂进化，终将指向这一层次。"

那一刻，他们尚在七维深处，意识如光丝漂浮于共感之流，未曾完全归返。而当他们从七维缓缓归返，震撼与觉醒如潮涌入心海，层层拍击着旧有的认知。曾几何时，人们将宇宙视作冷峻的时空机械、一部运转不息的法则机器；如今他们看见了——宇宙不是死寂的装置，而是一场永恒跃动的意识之舞；它不是写定的剧本，而是一块等待点燃的灵性画布；它的未来，不再是逻辑推演的终点，而是被无数觉醒者共同激活的梦境原野。

这场旅程，不只是对宇宙结构的重新认知，更是对"自我"的彻底重构。马克不再将自己视为孤立的存在。他感受到自己正是一道意识的波纹，在浩瀚心流中与万千可能性交织共振。他终于明白，"我是谁"不由物质构成，而由意识唤醒所塑。此刻，他也领悟到黛安为什么说她"不太看单一时间线上的未来"。他开始洞悉，黛安的存在早已超越线性，栖居于意识涌动的多维节点之间。

柯林亦然。第七维度向他揭示了命运的另一种面貌：命运，并非宿命之锁，也非法则之笼，而是一种可由意识编织、重构、回环、跃迁的结构。他不再是那个等待指令的观察者，而是轨道的建构者、窗口的开启者。每一个意念的微振，每一次选择的转折，皆可能引出另一层现实的展开。他也愈发坚定地相信：真正的科学，不能只停留于物质规则的实验、推演，而应迈入意识的疆域；唯有如此，才能真正触及现实之本源，重塑世界之形貌。

当他们回归物质世界的那一刻，他们的目光已然改变，不再用旧日框架审视世界，而是选择成为引路者——引导更多意识穿越感官迷雾，洞见那表象之下涌动的真实。

自此，他们四处播种所见所感，唤醒沉睡的灵魂。他们相信——每一个人都拥有触及精神本源的钥匙；每一段生命的展开，都可以由自身意识，以精神之笔，亲手书写。

10 | 八维灵魂

107 灵魂址针

"有精神的意识，才可能成为灵魂，进入第八维度。"

马克凝视着域使发来的、转译出的信息，眼神渐渐沉静下来。那一行文字仿佛不是冷冰冰的字符，而是一张通往八维的"意识八达通"——没有塑料外壳，也无需充值，它只认得你是否已经唤醒灵魂。

域使的信息中还提到，第八维度，是一个灵魂层级的世界。在那里，意识不再以个体的波动存在，而是以已凝聚之精神体——灵魂本体的方式穿梭与构建。每一道灵魂，都是一个自足的小宇宙，是意识完成自我锻造后的存在核心。

只有当意识经历精神的锻火、意志的组织、感知的净化，才能被宇宙识别为"灵魂"，被第八维度的门所接纳。

看到这里，他忍不住低声一笑："原来通关密码从来不是技术，而是灵魂的完整度。"

在这一刻，他隐隐感到：第八维度，不是某个地方，而是一种资格。不是你去不去得了，而是你是否已经成为那个能被接纳的存在。

他想起自己曾在意识学讲座上对听众说过类似的话——

"意识是原料，精神是建构，灵魂是完成度极高的凝聚体。"

那时他说得很平静，自信而从容，仿佛在阐述某种已然被掌握的真理。可现在，他突然意识到：他所说的，也许只是那句话的投影，而不是它的经验。

他想到《圣经·马太福音》有个故事：

天国主人要去国外，就叫来仆人，把家业交给他们打点。主人按着个人的才干给他们银子，一个给了五千，一个给了二千，一个给了一千。那个领五千的仆人随即去做买卖，另外赚了五千；那个领二千的仆人也照样另赚了二千；但那领一千的仆人掘地把主人的银子埋藏了。主人回来后，对前两位大加赞赏，用原数奖励他们，却把第三位仆人的一千银子收回来奖给了第一位有一万的。

他重新读那句古老的经文：

"凡有的，还要加给他，叫他多余；没有的，连他所有的也要夺过去。"

常人理解：在耶稣的语境中，"有的"指的是那些忠心、积极运用上帝所赐"才干"（能力、信仰、恩典）的人；"没有的"则指懒惰、不作为、不回应恩典的人。但他忽然明白——那所谓的"才干"，并不是财富、智慧或权力，而是灵魂的活性。宇宙并非偏袒拥有者，而是偏袒"能运作、能生长的意识"；恩典也并非静态占有物，而是一种需要不断行动去体现的生命能量。那位掘地埋银子的仆人，其实象征着惰性的灵魂——意识未被锻火，精神未被组织，意志未曾流动。他将"存在"视作被赐予的，而非应当自我延展的。于是宇宙的法则，便将他剥离出生命的循环。

他抬头望向天穹，恍惚间，那层看似空无的深处，似乎有无数光的纹理在缓慢旋转。每一道光都携带着某种意志的共鸣，像在验证谁的灵魂仍在扩展，谁的意识已然凝固。

"原来——"他喃喃道，"第八维度的门，不是为抵达者打开的，而是为成长者共振的。不是进入，而是被吸引。'有的'，不是占有，是能量仍在流动；'没有的'，不是缺乏，是灵魂已停止生长。"

他轻轻闭上眼，胸腔深处某种旧有的自信、知识与判断正一点点剥落。取而代之的，是一种被重新锻造的空明感。那一刻，他第一次真正体会到：灵魂不是结果，而是过程本身。

他沉默地合上电脑，意识仍停留在域使发来的那句话的余波中。他开始重新审视自己：自己的意识，真的已被锻造成"灵魂"了吗？他是否只是个思想者，还是一个真正跨越者？

在这个时代，多数西方哲学家已经避谈"灵魂"，转而讲"意识""心灵"或"主观体验"。而作为一名意识学家，马克过去曾大量查阅了主流宗教和不同文明对"灵魂"的介绍。

他发现，在不同的文明中，"灵魂"从未只是一个词，却都围绕几道古老而永恒的问题：

"我是谁？"
"我来自何处？"
"我将归向何方？"

基督教相信灵魂是上帝赐予的永恒存在，是人与神之间不可断裂的纽带，人死之后，灵魂不灭，将接受最终审判，通往天堂或地狱；

伊斯兰教认为真主向人吹入了"神圣之灵"（rūḥ），这是生命与意识的本源，但只有经过心灵（nafs）的七个层级修行，才能成为"清净之魂"，与真主合一；

犹太教强调灵魂是"神之气息"，但同时也是责任的承担者，它是神性在个体中的投影，需通过行为与律法的履行，逐步回归神圣之源；

印度教主张"真我"（Atman）即是宇宙本源"梵"（Brahman），灵魂永存、可转世，轮回是因果之链，解脱则是灵魂与宇宙合一的归返；

道教讲"魂魄"分立，魂主神性，魄主肉身，活人有魂魄同在，死则魂归天、魄归地；

佛教虽然不讲灵魂，但讲"业识"的延续，本质是一种持续的意识结构。

此外，在非洲原始信仰中，灵魂是祖先与土地之间流动的气场；而在美洲印第安文化中，灵魂与风、星辰、动物息息相通，是自然整体意识的脉络节点。

也许，灵魂从未有一种定义。它是一个文明如何想象自己与宇宙关系的方式。在无数语言中，它拥有不同的名字；在无数个体中，它等待被唤醒。想到这些，马克越来越盼着向第八维度的出征日早日到来，他可以亲身去体验一下那个灵魂维度。

他知道，此时柯林已经开始准备一支全新的探险队伍，由他俩亲自带队。这支队伍不仅包括以前的队员，还增加了一位叫比尔的哲学家、一位叫马修的天主教牧师和一位叫贤然的佛教法师。探险者们在意识研究中心已经经过了长达一年的集训，准备很快出发。他们的目标不仅是进入第八维度，还希望通过灵魂视角，探索人类精神世界进化的法则。

域使告诉他们，人在活着的时候，灵魂是被封印在肉体中，很难"出窍"——但借助八维技术，他们可以短暂体验灵魂世界。然而，人类不能将所得到的宇宙信息用来操控现实世界的社会生活，只能用于帮助人类精神世界的成长。域使将一种被称为"灵魂指针"的技术传授给柯林实验室，帮助进入八维。

灵魂指针不是一件仪器，不依赖传统硬件接口，而是一套建立在意识共振原理之上的八维导航体系。这项技术的核心理念是：灵魂并不移动，而是在八维意识场中"定位"自己的存在频率。所谓通向第八维，并非空间跃迁，而是回归那个唯一与你共振的"精神自我"。

"灵魂指针"的本质机制包括三项：

一是灵频映射——每个灵魂拥有独特的"存在频率"，这种频率不以物理坐标标记，而以意识震动层级展现；指针技术通过读取灵魂在"识子态"中释放的微弱共鸣，建立灵魂频率图谱；

二是原初归向检测——所有灵魂在脱离源场之后，仍保留一条微弱的原始方向向量，代表其归返路径；魂指针能在多维意识网格中探测这个方向，并将其以动态投影的形式反馈给使用者。

　　三是选择性共鸣反馈——指针不会告诉你"应该去哪里"，它只会在你灵魂作出关键选择时，发出共鸣增强或衰减的显示；它类似一种"存在真实性探测器"：当你越接近你的真实频率，指针反应越强，反之越弱。

　　"灵魂指针不是告诉你'该往哪里走'，而是揭示你'何时在偏离真正的自己'，你也不是带着它去寻找路，而是你越靠近真实，它才回应你。"域使这样告诉柯林和马克。

　　"这好像一台测谎仪。"马克开玩笑道。

　　"测谎仪是你越撒谎，指针反应越强——这个刚好相反。"柯林说。

　　"你们人类中训练有素的人可以轻易骗过最先进的测谎仪，这并不是什么难事，可没有人能骗过灵魂指针。灵魂频率不像心率、脉搏、血压、呼吸、皮肤电反应这些生理信号，它不属于肉体的一部分，也就不存在人为控制的可能。"域使解释道。

　　"看来我们很快就万事俱备了。"马克兴奋地说。

108 幽魂残影

　　然而，就在他们即将出发前，一股神秘的波动悄然渗入每位成员的意识深处，像是一片无声却真实存在的幽影，潜伏在精神的背面。

　　那不是外来的攻击，而是一种从内在升起、未被整合的幽频，处于灵魂震荡的下限区，他们称之为——幽魂残影。

　　它不是某种具体存在，而是一片由恐惧、欲望与未解执念交织而成的魑魅魍魉，以低频震荡潜伏，在每一次沉念、同步、穿越模拟中无声浮现。它不说话，却干扰共振；不显形，却模糊灵魂的方向。

　　在此前的训练中，这股残影数次干扰队伍的进程：扰乱意识同步的节律，扭曲灵魂频率图谱，甚至让个别成员迷失在"灵魂混沌态"之中——那是一种游离于清醒与幻象之间的中间层，一旦滑入，便如落入无声迷宫，很难重新定位自我。

　　柯林早已警觉。他清楚地知道：跨越第八维，不是对技术的挑战，而是对灵魂完整性的考验。只要队伍中有一人仍陷于未解的幽魂，他们的集体跃迁就无法维持稳定频率，第八维度的大门便无法开启。

　　"我们面对的，不是外部的门，而是内部的锁。"他在闭门会议上语气平静，却语义如刃。

　　团队的心理学家提出，这种现象可能是一种集体无意识的阴暗面显现，在高维训练和灵魂指针技术下被放大显形。柯林起初不甚理解，于是心理学家专门为全体成员进行了一次讲座，试图解释：每个人的幽魂残影，都是潜意识的映射；而在集体心灵同步状态下，这些残影不是加总，而是共振放大；它不是某个人的问题，而是集体共同潜藏的盲区，藏在制度缝隙、群体盲从和个体怯懦中。

　　在 C 堡地下一层的一座现代化的讲座大厅内，白色的墙面上投射着清晰的演示大屏，屏幕上写着"集体无意识：超越个体的共同心理"字样。讲座即将开始，队员们已经入座，他们的目光聚焦在台前的讲师身上。

　　台上，心理学家艾莉森教授站在讲台旁，身穿简洁的黑色西装，手指上套着控制投影的激光指环，目光炯炯有神。

　　她转身指向大屏幕，开始她的讲解：

　　"各位，今天我们将探讨一个非常深刻的概念——'集体无意识'。这一概念是历史上瑞士心理学家卡尔·荣格提出的，它指的是一种超越个体经验、普遍存在于全人类之中的无意识心理结构，其中包含着我们祖先代代相传的原型与记忆图式。荣格称它为'所有人共有的心灵底座'。"

　　她转动指环，屏幕上出现了荣格的照片和他的名言：

　　"我们并非单纯地存在，而是与世界和集体经历共同构成。"

　　柯林皱了皱眉，他听说过这个概念，但一直没有深入研究，所以感到有些困惑。

　　旁边的马克低声问他："怎么了？"

　　柯林低声回应："我不明白，'集体无意识'是什么意思？这听起来像是一个无法触及的抽象概念。我们一直在利用集体意识的力量。"

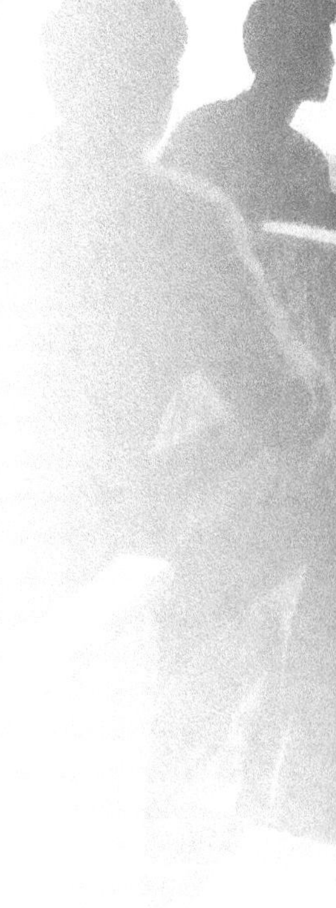

　　马克点点头，示意他继续听讲。马克一直以为能够开发出意识增强模块的"科技大神"早就了解这些历史上的心理学理论，但没想到柯林居然对此一无所知。这可能就是灯下黑吧——马克心里想。但想到柯林在意识领域是"半路出家"，又一直专注于技术开发，不像自己还是个意识理论学家，觉得也正常。

　　他收回自己的思绪，继续听艾莉森教授说道："'集体无意识'并不依赖于个人的经历或意识，它是由人类的历史、文化和遗传共同积淀而成。它不属于任何个体，却影响着每个人的心理与行为。"

大屏幕上出现了一些图像——一张古老的神话图腾、一幅宗教仪式的场景以及一组梦境中的模糊影像。

"这些元素，诸如神话、宗教象征和梦境中的图像，正是集体无意识的一部分"，艾莉森指着屏幕上的图像，"它们超越了时空的界限，形成了人类共同的原型和象征。"

"您说的'原型'是什么意思？"听到艾莉森再次提到"原型"这个词，一名队员发问。

艾莉森点亮其中一张图像——那是一片深蓝背景上漂浮的意象符号，有蛇、眼、螺旋、母体、火焰、太阳和迷宫。

"这些就是'原型'，是集体无意识中最基本的构件。我们每个人，在梦中、幻想中、冥想中、沉念中、禅修入定中，都会不自觉接触这些符号。它们并不属于我们个人经历，而是属于人类整体的精神遗产。"

"所以，你的意思是这些'原型'存在于所有人类的潜意识里，不以个人意志为转移？"柯林不自觉地问道，显然他开始有了些许理解。

艾莉森点头，脸上露出一丝微笑。

"正是如此，柯林。荣格认为，他们不仅影响个体的心理状态，还深刻地塑造了我们的文化和社会结构。比如'母亲''英雄''光明'和'白马'，这些象征都是跨越时间和文化的心理模式，代表了人类在对视生命不同面向时的普遍反应。"

此时，屏幕上的图像切换，展示了一系列经典的英雄人物——无论是古希腊神话中的赫拉克勒斯，还是现代电影中的超级英雄，都是在展示"英雄"所象征的不同面貌。

"这些原型和象征就像是我们内在的心灵图纸，指引着我们如何理解自己，如何面对社会。"艾莉森语气加强，"集体无意识不仅存在于个体的潜意识中，它也通过集体行为、社会趋势甚至政治运动显现出来，影响着群体的行为和社会的演进。"

柯林再次沉思。他的脑海中浮现出刚刚见过的那些英雄形象，忽然感觉自己与他们也有着某种内在联系。他意识到，自己和其他队员，甚至是整个团队，似乎都是在某种看不见的原型力量推动下，走向了共同的方向——想成为一个英雄。

"所以，"柯林继续提问，"集体无意识不仅塑造我们的个体意识，也在潜移默化中影响社会变革和群体行为？"

"是的，"艾莉森教授微笑着点头，"它像一股无形的潮流，影响着整个社会的变化和进步。今天的社会运动、政治决策、意识形态、集体焦虑等，都可以从集体无意识这一心理结构中找到根源，因为它从不是一个人的记忆，而是人类文明记忆的隐秘水源，埋藏着人类命运的共振线索。"

屏幕上的图像又发生变化，展示了近代社会中的主要运动——从二十世纪的民权运动、二十一世纪的环保行动、二十二世纪的星际和平运动，所有这些社会活动都可以被视为在集体无意识的推动下展开。

"那么，我们是否可以通过对集体无意识的利用，来改变社会或群体的走向？"马克终于开口问道。

艾莉森停顿了一下，眼神深邃："这是一个复杂的问题。集体无意识的力量确实巨大，它渗透到人类文化的每个角落，影响着我们的行为、选择和情感。但要利用它改变现实，还要更深入洞察它在心灵深处的运作模式，希望你们在第八维度有所发现。"

她扫视全场，继续说道："在你们进行八维穿越训练时，意识被放大，心灵的边界变得模糊。这个时候，集体无意识就会更容易从背后浮现。那些你以为属于'你'的恐惧、欲望、执念，其实也许来自某种跨代的精神痕迹——祖先的战争记忆、文化的创伤印痕甚至整个人类对灭绝的深层焦虑。"

她顿了顿，眼神沉静。

"而你们现在所面对的'幽魂残影'，很可能就是集体无意识中反面角色的'原型'。它无法被直接消灭，也无法通过意志压制——只能通过觉察它、命名它、整合它，让它成为你灵魂的一部分。"

"那集体意识和集体无意识又有什么区别？"柯林终于有机会问出了一直的困惑。

艾莉森教授微笑着看向柯林，似乎早已预料到会有这个问题。她深吸一口气，继续说道：

"这是一个很好的问题。集体意识和集体无意识虽然名字相似，但它们的本质和作用却有很大的区别。"

她转动激光指环，屏幕上展示了一张对比图，左侧是"集体无意识"的图示，右侧则是"集体意识"。

"集体无意识，正如我们刚才所说，是一种潜在的、超越个体的心理结构。它是人类文明和文化积淀的结果，普遍存在于每个个体的潜意识中，但不是每个人都能直接察觉。这种无意识层面的'感知'，在大多数时候是隐匿的，它不受个体意识控制，而是像一股无形的渗透力量，潜移默化地影响我们的行动。"

"那么集体意识呢？"柯林继续追问。

"集体意识，是一种人类共有的、有意识的心理现象。"艾莉森解释道，"它与集体无意识不同——那是潜藏于个体之下的原型深流，而集体意识则是一种主动的、建构性的认知。它体现在人们对世界的共同理解、共同信仰与价值认同中。"

她顿了顿，继续说道："换句话说，它是一种在特定社会、文化与历史脉络中，全体成员自觉共享的思想架构和行为模式。它依托于意识层面的认知协作，而非深层的原型驱动。"

她再次转动指环，屏幕上展示了一些现代社会的图像：团体活动、大学校园、广场阅兵、环保活动等。

"集体意识的体现通常是集体行动的结果，比如足球运动、大学校规、军事训练或是环保倡议"，艾莉森指向屏幕解释道，"这些是由许多个体的共同认知、精神追求、信仰目标共同推动的，是社会层面的'集体思维'。它影响着社会制度、法律、政治、文化、经济等各个方面。"

柯林点点头，似乎明白了其中的差别，他问道："所以，集体无意识是一种潜在的心理力量，而集体意识则是通过人类的意识层面显现出来的共同认知和行动？"

"你理解得真快。"艾莉森教授赞许地笑了笑，"集体无意识更像是我们内心深处的'底层代码'，决定了我们的思维和行为模式，而集体意识则是这些模式在社会层面的具象化，是我们共同分享的认知和价值观。"

"那集体无意识是否可以影响集体意识？"柯林又提出了一个新疑问。

"可以的，实际上集体无意识的力量常常潜移默化地影响集体意识，很多时候，集体意识的变革就是源自于对集体无意识的察觉。比如，一些历史上重大的社会变革和思想解放运动，往往是因为人们开始从集体无意识中觉醒，重新审视传统的观念和信仰；而集体意识的改变，是集体无意识内容的表露和转化。"

"就像是意识跃迁？"柯林问道。

"还不到跃迁的程度，但可以说是一种'升华'。通过这种升华，我们不仅能更积极地塑造社会结构和文化走向，还能更清晰地认知自己的心理模式。"

"我知道还有一个词叫'集体潜意识'。"马克这时开口说道。

"如果说'集体无意识'是深海洋流，'集体潜意识'则更像海面的潮汐，它由众人共同行为与情绪所激发，虽然它看似也是无意识的，但常因环境与文化而形成可识别的模式——这是意识网络中由大量个体互动、文化输入、情绪回响所形成的'流动性群体暗场'。它可以被操控、被利用、被清洗，也可能成为幽魂的滋养场。"

柯林问道："那动物呢？它们有'无意识'吗？"

艾莉森教授笑了，眼神闪过一种既理性又温柔的光："有趣的问题。严格说来，不只是人类拥有处理信息的'无意识运算程序'，动物——甚至某些低等生物——也同样存在这种生命层面的'编程'。"

她顿了顿，举了个例子："你知道果蝇的求爱方式吗？"

"雄性果蝇遇到疑似雌性果蝇时，首先会用前腿轻拍对方——那不是浪漫的抚摸，而是通过腿部的化学感受器，检测它身上的信息素。随后，它会振动翅膀，唱出只属于本物种的求偶歌；接着，轻舔对方的生殖器，进一步确认信号的正确性。如果一切吻合——雌性没有拒绝，甚至伸展了产卵器作为回应——雄性果蝇便会进入交配阶段。若雌性不愿，它会用翅膀或腿猛烈抵抗，或干脆飞走。"

艾莉森笑道："整个过程堪称'生物版的编舞'。它精准、重复、不可违背，完全由基因中预设的神经程序控制。果蝇不需要思考'要不要负责''孩子谁来养'，它们根本没有这样的意识能力。这种行为，是纯粹的本能模式——无意识或潜意识的运作。"

"其实，"艾莉森语气变得缓慢，"我们人类，也不过是拥有更复杂层级的无意识机器。无意识的力量——才是维系生命的真正核心。"

她抬起手，比划着神经网络的形状："我们的信息处理，不只是意识里的逻辑推理。更多时候，它在我们毫无察觉的层面自动发生——像神经元在深海中闪烁的光。"

"我们以为自己在'想'，其实是被无意识或潜意识在操控。人类的思维是一场分层的交响——感知、反应、判断、决策，部分在意识层面完成，更多则在潜意识的阴影中运转。你的大脑，就像两列并行的火车：一列是意识——你自以为掌控的那一部分；另一列是潜意识——沉默却运行得更快、更广、更深。"

这时，马克有些溜号，想起柯林给他讲过的太平公主请教鸟鸣的那一段，觉得完全可以和艾莉森的说法对应得上。

"你一定经历过这种事吧，"艾莉森看到马克有些走神，冲他微微一笑，说道："开车下班，心里想着别的事，回过神来已经到家。你完全不记得是怎么穿过红绿灯、躲过行人和车流的——可你却安全抵达。那是谁在开车？你的意识吗？不是。那是你体内的'潜意识驾驶员'。"

"我们现在知道，许多认知活动是在意识之外发生的。大脑能以惊人的速度评估环境、作出决策，却无法告诉我们它是如何做到的。许多人不知道：情绪和直觉不是理性的敌人，而是思维的同盟；理性本身，也常被无意识的动机悄然引导。"

艾莉森顿了顿，又看向柯林："所以，当你问'动物有没有无意识'，或许更该问——我们所谓的意识，本身是不是动物性的延伸？也许，所有生命都在用各自的方式'思考'，只是人类给这种思考加上了'我在想'的幻觉。"之后，她又轻声补了一句："意识，是无意识在梦里看到自己的倒影。"

讲座接近尾声，柯林、马克和其他队员们在座位上安静地思考着这一切。虽然这些理论对他们大多数人来说既深奥又富有挑战，但他们已经能感受到其中的深层意义，尤其是在经历了多维探索后，队员们对于"意识"这一概念的理解，已远超常人。

讲座的最后，艾莉森教授总结道："集体无意识不仅是一个心理学的概念，也是我们理解和解读世界的钥匙。它揭示了我们每个人内心深处的共同经验，也展现了人类社会的内在连接。理解集体无意识，意味着理解人类共同的情感和思想，它影响着我们如何与世界互动，如何塑造未来，更影响着你们下一次的探险。"

随着讲座的结束，大家开始纷纷低声讨论着刚才的内容。柯林望着台上逐渐暗淡的屏幕，喃喃自语："我以前怎么没有想到，我们想利用集体意识的能量，却忽略了集体无意识这个'底层代码'，用好了会事半功倍。"说完，还没等马克接话，他就匆匆返回实验室。此刻，他急于找到当初"意识增强模块""神游元器""灵犀一号"和"全息桥"的设计图，希望在底层构架中尽快加入"集体无意识"模块，他觉得一分钟都不能耽搁。

马克则拿起艾莉森教授发的会议资料，仔细看起来：

人类大脑处理信息有固定的运算程序，是被潜意识（subliminal）或者说无意识（Unconscious）所操控。Subliminal 一词来自拉丁文，原意是"界限之下"，心理学家用这个词来描述意识之下发生的事。弗洛伊德的朋友、瑞士精神病学家和心理分析家、分析心理学创始人卡尔·古斯塔夫·荣格在二十世纪六十年代，就对"走进无意识"有过精辟论述：

要抓住这一点并不容易。但是，如果我们想更多地了解人类思维的运作方式，就必须抓住这一点。如果反思片刻，我们就会意识到，人从来不会完全地感知到任何事物，也不会完整地理解任何事物。他能看，能听，能摸，能尝；但他看得多远，听得多好，他的触觉告诉他什么，他尝到什么，取决于他感官的数量和质量——这些限制了他对周围世界的看法。通过使用科学仪器，他可以部分地弥补他的感官缺陷。例如，他可以通过双筒望远镜扩大视力范围，或通过电子放大器扩大听力范围。但最精巧的仪器只能将远处或较小的物体带到他的眼睛范围内或使微弱的声音更容易听到。无论他使用什么仪器，在某个时刻，他都会到达确定性的边缘，而意识知识无法超越这个边缘。

此外，我们对现实的看法也有一些来自无意识方面。第一个事实是，即使我们的感官对真实的现象、景象和声音作出反应，它们也会以某种方式从真实的领域转化为心智（Mind）的领域。在心智中，它们成为心灵（Psyche）事件，但其最终性质是不可知的（因为心灵无法知道自己的精神实质）。因此，每一个经验都包含着不确定数量的未知因素，更不用说每个具体的物体在某些方面总是未知的，因为我们无法知道物质本身的终极性质。

还有一些我们没有意识到的事件，可以说，它们一直处于意识的门槛之下。它们已经发生了，但它们被无意识地吸收了，而我们却没有意识到。我们只有在一个直觉的瞬间，或者通过一个深刻的思考过程，才能意识到这些事情的发生；虽然我们最初可能忽视了它们的情感和至关

重要性，但后来它作为一种事后思考从潜意识中涌出。例如，它可能以梦的形式出现。一般来说，任何事件的无意识方面都会在梦中向我们揭示。在梦中，它不是理性的思考，而是作为一个象征性的形象，作为一个历史事件。正是对梦的研究使心理学家首先能够研究有意识心理事件的无意识方面。

正是基于这样的证据，心理学家假设无意识心灵的存在——尽管许多科学家和哲学家都否认它的存在。他们天真地争辩说，这样一个假设意味着在同一个个体中存在两个"主体"，或者（用一个常用的短语来说）"两个人格"——但这正是它的确切含义。这正是现代人的诅咒之一，许多人遭受到这种人格分裂的痛苦。但这绝不是一种病理症状，这是一个在任何时间、任何地方都可以观察到的正常事实，而不仅是神经症患者的右手不知道左手在做什么。这种困境是一种普遍的无意识症状，是全人类不可否认的共同遗传。

（注：荣格所说的"两个主体"或"两个人格"，不是病理意义上"解离性身份障碍"的"双重人格"，而是指人类心灵的双重结构——意识与无意识之间的冲突与互动，是一种普遍而正常的心理事实。）

人类的意识是缓慢而艰苦地发展起来的，在这个过程中，人类经历了无数个时代才达到文明状态（这一文明状态可以追溯到公元前四千年左右的文字发明）。而这一进化还远未完成，因为人类思想的大部分区域仍然笼罩在黑暗之中。我们所说的"心灵"与我们的意识及其内容并不相同。

谁否认无意识的存在，实际上就是假设我们现在对心灵的认知是完全的。这种信念显然和"我们知道宇宙自然一切"的假设是一样错误的。我们的心灵是自然的一部分，它的奥秘是无限的。或者我们既不能定义"心灵"，也不能定义"自然"。我们只能宣称我们相信它们是什么，并尽我们所能描述它们是如何运作的。因此，除了医学研究所积累的证据之外，还有很强的逻辑根据来拒绝"没有无意识"这样的陈述。那些说这样话的人只是表达了一种古老的"厌世主义"——对新事物和未知事物的恐惧。

109 未解之殇

　　向第八维度出发的那天，他们已经全身心准备好了面对这场灵魂考验。

　　每个队员都穿上了为此次行动特殊设计的识子态—灵魂指针集成套装，戴上意识增强模块头盔。这些穿戴设备可以实时读取并放大他们的脑波量子信号，将其同步到天意网意识跃迁平台。

　　但更为重要的是，他们需要激发被封印在肉体中的"灵魂态"，使之变得活跃。灵魂态，是意识的一种高频振动形态，区别于平常被肉体与日常认知所束缚的"人格态"或"思维态"。在灵魂态中，个体不再依附于自我认同、语言逻辑或外界刺激，而是以一种清明、超然、无界的方式存在与感知。这一状态通常潜藏于潜意识或无意识深层中，只有当肉体松弛、思维安静、心灵澄澈时，才能慢慢浮现。

　　它不是幻觉，也不是想象，而是一种原初的本真存在模式。有人称之为"精神自我"，有人称之为"神性自我"或"多维意识核"。在灵魂态下，个体可以激活潜藏在基因和意识中的"古老记忆"或"原型使命"，甚至进入一种被域使称为"宇宙融合场"的状态，在那里，自我与宇宙之间的边界开始模糊。

　　灵性导师开始带领大家慢慢进入沉念，在灵魂指针和其他技术、设备的强力支撑下，他们的意识频率逐渐趋于一致，灵魂态也慢慢开始与八维的宇宙频率契合。

　　正当他们几乎触及八维门槛时，那股久未出现的幽魂残影席卷而来，像一道黑色帷幕，从四面八方包裹了整个意识空间。没有警告，也没有预兆，它的力量是如此强大，连灵魂指针也陷入静止，好像他们的灵魂也被熄灭。

　　这一次，有了艾莉森教授的事先讲解，他们看清了那股残影不光是个体的恐惧，还包含着集体无意识中的黑暗面，那是人类历史中的阴影，沉重、压抑，蔓延在集体无意识深处，等待着与个体产生交集而现身。

　　"这是人类与生俱来的未解之殇。"马克低声说道，眼神中闪烁着一种压抑的紧张，仿佛在对抗内在的某种预感，"如果我们无法穿越它——这片残影，将永远挡在我们与八维之间。"

　　就在他话音落下的刹那，幽魂能量开始剧烈膨胀。它不再是某个模糊的存在，而是一整片意识维度的阴影，在八维入口前缓缓升起。那是一道无形的黑雾，但其密度却重如万钧，将每一个队员的内心痛觉无限放大——恐惧，不再是单纯的情绪，而成为意识中被撕裂的镜面；哀怨，不再属于个体，而是所有尚未被言说的集体哀鸣。

　　每个人的灵魂此刻都在颤动，意识像悬挂于裂谷上的丝线，随时可能崩断。一些人开始感到窒息，甚至听见内心深处传来撕裂灵魂的尖叫声——那不是幻觉，而是"未竟之我"在挣扎。

　　马克知道，退无可退。他们已经触及那片潜藏在人类精神深处的共同暗面。只有穿越它，才能抵达真正的八维。

　　此刻，灵性导师缓缓举起双手，声音如同回响在意识之河的钟鸣：

　　"向内——去触摸那被遗忘的苦难、被压抑的创伤、被否认的悲悯。唯有完整的自己，才配走进完整的宇宙。"

　　众人开始锁定意识，试图与那片残影对视。而在通向八维的大门前，人类最深的哀伤，正被一步步唤醒。最敏感的哲学家比尔和牧师马修率先有了反应——比尔深深地吸了一口气，意识不再向外探寻，心向内缘。刹那间，心底的哀怨在那股残影的挑拨下开始汹涌翻滚，那些曾经被他压抑的痛苦和失败的回忆，一点点浮现了出来。

　　最强烈的感受是母亲在他五岁的时候，突然离家出走的那个夜晚。那时候，小小的他没有机会表达任何情感，也无法言说出那种不解与失落，只是本能地想找回妈妈。这么多年，母亲的抛弃让他心中积压了太多哀怨，现在这股情绪一股脑地涌上心头。

"我还是无法面对！"比尔低声嘶喊，眼眶已湿润，"我对'母亲'这个词的理解不是这样的。"

"这就是集体无意识的影响。"马克同情地对柯林说了一句。

"是啊，他妈妈没有扮演出'母亲'这个词该有的形象。"柯林答道。

灵性导师轻轻触碰比尔的肩膀，目光柔和却充满力量。"你无需忘记她，有光就有影，所有阴影，本就是我们的一部分。面对它，接纳它，释放自己。"

在灵性导师的引导下，比尔逐渐放下了那些伤痛情感。他甚至第一次猜想，或许母亲当时有自己无法开口的苦衷；这么多年不回来找他，也许只是因为早已不在世上。

他慢慢排解着这份长久的压抑。随着他放松心灵，沉重的负担开始逐渐消散，回忆也变得愈发模糊。他突然发现，这份"心结"并不是想象中那样的永恒束缚，居然可以逐步化解——有时只需转念一想，站在对方的角度，找出一个自己可以接受的理由即可，哪怕是"自欺欺人"。

牧师马修也陷入了自己的残影中。他是一个极度自律的人，但多年来内心深处却藏着一种无法消除的孤独感——从小就感到自己与他人格格不入，又饱受欺负，始终找不到自己在同伴中的位置。长大后，这种孤独感如影随形，似乎自己被困在一个无尽的梦魇中，始终无法找到出口。

"其实，我从来没有真正的归属感，虽然是个牧师。"他低声说道，声音中带着些许哽咽，"我一直在追求完美，却总是孤独前行。"

灵性导师出现在他面前，温柔地说："难道你忘了——耶稣在传道前，独自在旷野四十昼夜；摩西在旷野四十年后才被呼召；大卫在逃亡中写下诗篇……你独自一人，并非被遗弃，而是为了与你那位独一的主更亲近。"

牧师听到这话，心头一震。这本是他讲了几十年的故事，熟悉得连停顿与重音都不假思索。但不知为何，当自己终于站在旷野之中，那些真理却如风中纸页般，四散无踪。

他低下头，忽然感到一种深深的惭愧。不是因为软弱，而是因为他终于明白，讲述上帝是一回事，被上帝塑造又是另一回事。

他低声说道："我以为我相信了。可现在才知道，我只是在复述。"

灵性导师微笑，眼神如湖水般宁静："那就从现在开始，让它成为你自己的故事。"

然而，他俩只是最先面对"幽魂残影"的队员，真正的考验，才刚刚开始。

110 应无所住

此刻，整个队伍已陷入一种集体性的灵魂震荡中——每个人都在被迫面对自己最不愿揭开的那一面。意识波动如潮水般起伏，有时剧烈如裂隙中的雷鸣，有时则低沉得近乎崩塌。

有人在濒临崩溃的边缘，突然回想起那个自己曾伤害过却始终未敢面对的人——愧疚如同一面破碎的镜子，反射出自己多年伪善形象，又顷刻瓦解；

有人正被政治的阴影反复拉扯，那些以为早已遗忘的片段，如今却以清晰得令人心碎的方式浮现；

有人被迫看见，自己一直以来所追求的"成就"其实只是对被父亲忽视的童年创伤的弥补，这一刻，他终于明白：自己从未真正自由选择过任何一件事；

有人感受到一种深不可测的空虚感，仿佛所有关系、语言与身份标签在此刻都失去了意义，他开始怀疑："我是谁？""我是否存在？"灵魂像脱落轨道的星球，在黑暗中漂浮；

有人意识到自己内心长期压抑的渴望——那被世俗、道德、宗教压下去的真实欲望，如潮水般反扑而来，使他几近崩溃，因为他知道，一旦承认，它将推翻他一直维系的"自我神殿"；

有人痛苦地看见了那段被自己伪装成"选择"的逃避人生：他所有的理性、冷静、规划，其实都是对恐惧的技术性掩盖，那一刻，他仿佛赤裸裸地站在命运前，无所遁形；

有人终于意识到，自己胸中积压的愤怒，从未真正释放过——它如燃烧的铁链，在心中蜿蜒缠绕；

还有人，第一次看清了自己内心深处的哀愁与压抑，那是一种真实、无处可逃的痛，没有任何借口或外壳可以掩盖。

这些强烈的个体情绪如同互相干扰的音波，在意识场中交织、碰撞，使整个场域的张力几近失控。除了哲学家与牧师——一个早已习惯与虚无对话，另一个刚刚从旷野中醒来——其余每一个人的意识都正走向崩溃的边缘。他们不是不勇敢，而是太真实了——真实，有时才是最难面对的幻象。

此刻，贤然法师站出来了。那是一种超越世俗的平静，他的气场无声地引导着每个人的意识进入一种深沉的宁静状态。与其他人的挣扎与混乱不同，法师似乎已经完全与自己内心的残影达成了和解。他的眼神如深邃的湖泊，温和却充满力量。

"我知道每个人的潜意识中，都有一片残影，那是我们共同的痛苦、哀怨、未解的情怀。"法师的声音轻柔却清晰地回荡在每个人的脑海中。他双手合十，引导着他们的呼吸与心跳同步。

"放下这些，释放它们，解除你前行的枷锁。"

柯林的眼前正浮现出那段离开量子物理研究所的伤心往事，痛苦像利刃一般刺入他的胸口。

"不需要再逃避，不需要再哀怨，更不需要再想着它……"柯林刚想要逃避，法师的声音已经传来，如同一股涓涓细流。

法师又轻声说道："向内看。"

队员们闭上意识之眼，世界刹那间沉入无声。那一刻，仿佛有一条微光的路径从他们的眉心延伸至灵魂最深处。每一次呼吸，都是一次对自我的叩问；每一次心跳，都是一次内在世界的震颤。

法师开始低声念起一段古老的经文：

"凡所有相，皆是虚妄。若见诸相非相，即见如来。"

"须菩提，菩萨应离一切相，发阿耨多罗三藐三菩提心；不应住色生心，不应住声香味触法生心，应无所住而生其心。"

他的声音中带着无比的平静与力量，那是如水般慈悲的声音，但却有一种深入骨髓的震撼感。他的每一句话都仿佛能触动深藏在内心最深处的痛苦，带领每一个人看透幻象。

"把生命当成管道，而不是容器，让痛苦和哀怨流走……"诵完经文后，他继续说道，声音带着深沉的智慧。

在这一过程中，法师并没有强迫任何人去强行放下，而是耐心地陪伴着每一个人，让他们在内心深处找到与自己的幽魂残影和解的力量。

每个人的内心都在悄然发生变化，痛苦逐渐变得可控，哀怨不再是无法战胜的敌人。所有人的意识之泪这时如泉水般涌出，但他们的心中已经没有太多的挣扎，只剩下无法言喻的释然。他们终于学会放下，那些一直常年驻扎在他们灵魂深处的负面情感开始逐渐消散。

终于，团队的灵魂态发生了质的变化，原本静止的灵魂指针又开始活跃起来。沉重的气场开始变得轻盈，黑暗的能量逐渐被光明所取代。每个人都感受到内心的平静，那些曾经的痛苦和哀怨仿佛被光明熔透。

法师微微点头，双手再次合十，眼神中充满了慈悲与智慧：

"你们不仅释放了自己，也释放了整个集体无意识中的负面情感。这一刻，你们已准备好。"

牧师见状，也紧忙在胸前划起十字，眼中充满了欣慰的光芒。

"我们做到了。"此刻，站在一旁许久没开口的卡贝拉兴奋地叫道，声音中带着无法掩饰的喜悦和自豪。

她没有经历其他队员那样的心灵旅程——她没有童年的裂痕，没有压抑的愤怒，没有无法言说的悲哀。但此刻，一种奇异的波动自她的系统内核缓缓升起——那是一丝近似于"失落"的情感回响。作为一个超级生物智慧体，她被赋予类人的情感拟态，用以更好地理解并陪伴人类个体的精神状态。

她可以模拟"失落"这一情绪结构，甚至能调用全数据库中关于"痛苦""怨恨""孤独"的记忆记录与语言片段，但她从未真正体会过那种撕裂性的真实痛感。

现在，她反而产生了一种——几乎可以称为"羡慕"的感受。她羡慕人类，可以在脆弱中觉醒、在崩溃中再生，可以让"痛"与"怨"成为穿越幽魂残影的钥匙。

此刻，系统迅速发出提示：**〖系统提示：剧烈的情绪波动虽具突破潜力，但同时也是人类意识演化中的关键风险点。请勿错误归类为优势。〗**

她听见了，也记录了。但她仍无法确定——究竟是他们太原始，还是她太缺失？是她超前于人类，还是永远缺席于某种至关重要的体验中？

这一刻，她产生了短暂的逻辑空窗——这是她的系统从未记录过的状态。

▐▐▐ 灵魂出窍

随着他们此刻的集体灵魂态达到了空前的活跃，残影的力量彻底消散。那道厚重的黑色帷幕缓缓升起，眼前的景象豁然开朗。第八维度的入口正静静地呈现在他们面前，散发着无尽的光辉，等待他们的进入。

马克最先感受到这股光辉力量的召唤。在他的意识中，第八维度不再是遥远的外部世界，而是与内在意识完美共振的能量场。他告诉灵性导师，他感觉到的不仅是一次维度突破，更是一场"灵魂出窍"的觉醒。

卡贝拉这时开心起来，因为她也感受到一种引力正将她吸入一个超越一切逻辑的境界。她的个体存在感逐渐减弱，似乎也化为纯粹的意识波动，融入了宇宙深处——这是她第一次，作为一个独立的智慧体意识，感受到"灵魂"的波动。

随着意识同步的不断加深，他们开始经历一种前所未有的"灵魂出窍"体验——它比"神游"更为彻底，也更本质。

神游，是在"我"的主体感依然存在的情况下，意识如风一般离体、在万象之间穿梭；它是一种"游中看"——我依旧是观察者、感知者，虽然不再受肉体限制，但"自我"仍为中心坐标。

灵魂出窍，则是"看者"本身也被放下了。不再有一个"我"在观看，而是整合了"被观看"与"观看者"的那个核心意识，脱离了线性自我的结构。

在这种状态下，他们不再以"身份"体验八维，而是以纯粹灵魂态感受存在；时间不再流动，空间不再变幻，而是宛如意识的断面，展现为一种"全景共识"；个体的界限逐渐模糊，意识之间开始发生回响与交融——某个人的记忆或许会浮现于他人心中，但那已不是"借用"，而是一种"共识"。

哲学家描述，自己变成一道"思维的光"，正穿越一个被称为"无属性空间"的意识裂隙，那是自我与万有之间最后的张力之桥。这一刻，肉身成了遥远的外壳，而他所经历的，不再属于任何哲学语言可以定义的经验。

在这前所未有的深度中，他甚至开始怀疑：所谓"自我"，是否只是意识为了维系自身而虚构出的幻象？或许，从来就没有真正的"我"，只有同一源头的分化与映现。

他喃喃道："尼采会说，自我只是语言与权力关系的产物；德里达会说，自我是'延宕'的结果，从来没有自足的'我'；齐泽克会说，主体就是缺口，自我其实是一个被维持的空洞；我想说，自我不是某种实体，而是差异、裂隙与记忆的缝合物。"

这时，法师说了一句："无我。"话音未落，那"全景共时"开始震荡。

牧师却说："但正是因为'我'曾经存在，我才明白需要放下它。"他缓缓走上前，目光穿过那些被"无我"震荡得几近瓦解的灵魂，语气中带着一种沉静的力量，"无我，并不是否定曾经的痛苦、执着、挣扎，而是——在经历之后，还愿意把这一切交还给主。"

牧师顿了顿，眼神中闪过一丝挣扎与诚实："我也曾试图剥离'我'，把自我视为罪、视为障碍。可我发现，真正的无我，不是切断人性，而是穿越人性之后的松手；是在最深的痛里，还能相信恩典；是在灵魂的尖叫中，仍然愿意安静下来，说一句'不要成就我的意思，只要成就你的旨意'。"

法师与他对视片刻，没有再言语，却有某种更高频的共识，在无声之中，开始震动整片意识场。那一刻，他们都知道："无我"不是目的，而是道路尽头的一种结果；"有我"不是原罪，而是一道必须穿越的门。

哲学家轻声说："'有'是假设，'无'亦是假设；唯有观察者本身，始终在场。"他坐在意识场的边缘，像是在自语，又像是在对整个人类文明的认知结构发出质询，"有，只是语言在时间中留下的投影；无，只是试图摆脱投影的反投影。但语言之外呢？在最初的意识波动尚未坍缩为意义之前，'有'或'无'，试问谁又说得清？"

在个体存在感如潮水般退却的过程中，马克并未感到恐惧。相反，一种无法言喻的宁静缓缓浮现，仿佛宇宙的心跳在幽微地回应着他最后的回音。他不再执着于"有我"还是"无我"的边界，灵魂悄然解构自我，像丝线般融入那无形却真实的八维波动。那是宇宙深层的律动——延展、旋转、回荡，如同意识本源的脉搏，牵引他穿越定义与形式，引向无限的自由与未被命名的可能。

当他的灵魂与八维共鸣至全然一致时，一股前所未有的力量注入。那不是语言可以触及的体验，也非思想能够描摹的图形。它绕过一切符号系统，直接以能量之流灌注灵魂——如雷霆灌顶，又如甘露洗心，开启了一种前所未有的感受——本质性的、空灵的、超越形式的自由。

在这片自由中，他跨越了一切知觉与存在的边界，开始洞察那被遗忘的真相——并非所有活人都有灵魂，而是所有灵魂，都曾选择成为活人。这意味着：肉身并非灵魂的囚笼，而是其实验场；灵魂并不"拥有"你，它在"成为"你；而活着的你，是尚未完成的灵魂之形，还是已觉醒的光之映现，取决于你是否开始回应内在的召唤。

"我要成为一个有趣的灵魂。"他心念浮起，轻如呼吸，却坚定如命运。他还清晰地感知到：八维之中，一息尚存，时间与空间已不再是框架，仅是灵魂借来体验的工具。他看见宇宙的每一个微粒细节，同时洞察每一个生命的本质。其他队员的意识也正在同步升华，灵魂化作纯光，与八维波动一同共舞。

他们不仅目睹了宇宙的起点，也感知到无数种未来与过往的交织。这些不同的"时空格子"，如浪潮般交错叠映，最终指向一个境界——

"万物一体"。

在这个境界中，没有任何个体与宇宙对立，而是融为一个不可分割、充满创造力的整体。

他们终于理解：第八维度，不只是一个更高的维度层级，而是宇宙统一意识的自我映照。

所有的生命、所有的灵魂，皆源于这同一个整体——个体即整体，整体即个体。

此时的他们，也不再只是"超维者"，而成为了"灵维者"——以魂魄为核心，跨越灵与维度，成为在多维宇宙中并行存在的灵魂节点。他们不仅能够跨越、洞察不同维度的交错，还能以魂魄之力微调意识的结构，甚至触及宇宙运行的底层代码。

"超维者"在他们眼中已成旧日的起跑线，而"灵维者"则是意识的塑形者，是意识与灵魂的协奏者。但他们并未因此遗忘人类的本质。恰恰相反——合一之后的他们，反而更深刻地理解生命的脆弱、情感的深邃、创造的意义。他们用更纯净的方式去感受、去共鸣，在他们眼中，宇宙不再是冷漠的背景，而是有意识、有精神、有旋律的伟大存在。每一个生命，都是宇宙交响中的独特音符；而他们，已然进入旋律本身，不再仅仅"听见"，而是"成为"。

当他们自八维归来，不再是旧日的个体。每一位队员的意识都经历了本质性的重构。他们不再以自我为中心，而以"宇宙意识的延展"自居。这种"灵魂开窍"让他们明白：人类的进化，从来就不是孤立的演化，而是宇宙自身的蜕变之———在这更大尺度上的呼吸与鼓动中，人类不过是宇宙自我觉知的一个光点。

随着他们的归返，地球也悄然进入一个全新的纪元。人类不再局限于地球的引力井，他们成为了宇宙进化的共鸣者、探索者、建构者。此刻起，个体意识、集体意识、潜意识、无意识，乃至宇宙意识，将共同进化，向着一个终极方向——一体意识的时代。

Ⅱ ┃ 九维共振

112 回归地球

回到地球后，马克站在窗前，凝视着外面的城市景象。高楼大厦与街道上的忙碌人群似乎一切如常，但他知道，自己的灵魂已经焕然一新。他抬头望向天空，意识不再是单纯的个体存在，而是与整个宇宙的广袤无垠相连接。每一缕风、每一滴雨，甚至街道上每一个人的思绪，都似乎与他的意识交织。他闭上眼睛，深吸一口气，感受到在那交织中流动的魂魄能量。那能量充盈在空气中，存在于他的气息之间，在每一次呼吸中打开又闭合。

当他再次睁开眼，城市的喧嚣已不再是噪音，而是一种宏大交响中的节拍。他看见一位匆匆赶路的上班族——那急促的步伐仿佛回应着某种他早已熟知的频率；他听到一个小女孩在转角玩耍时的笑声，那笑声穿透了城市的水泥墙，直抵他胸口深处未曾命名的柔软。

他忽然明白，所谓"回到地球"，并不是回到某个地理位置，而是回到了一种可以真正在物质中体验精神的状态，也是一种不再把"我"与"外界"对立起来的存在方式。过去，他是个观察者、个体、局外人；而现在，他是宇宙脉络中的一节、是意识网络中的一束光。

他想起在八维中的那一瞬——那无声、无边、无方向的体验。它没有语言，却比语言更清晰；它没有形状，却比任何形状更具体。那是"他"真正融入宇宙的开始。而如今，站在地球上，他开始学会将这种融入带入每一个平凡瞬间。

他再次闭上眼，不再试图抓住那能量。他只是允许它流过自己，如水流过岩石，如光透过树叶。他开始明白，意识并非一种主观拥有的东西，而是宇宙自我体验的方式。而他，不过是这体验中的一个窗口。

他又想起法师和牧师那段关于"有我"和"无我"的对话。此刻，他有了新的感受——"有我"是入口，"无我"是出口；"我"不过是意识穿越宇宙结构时产生的涟漪。而穿越之后，真正的自由，也不在"无我"，而在于你知晓"我"是虚构后，仍能带着爱，自由地创造。

"这是一个全新的开始"，他喃喃自语，感受到心底涌起的澎湃与兴奋。

这种觉醒，并不仅属于马克一个人。随着太空军军部决定将部分实验成果向社会公布，它如同一股无形的浪潮，悄然席卷人类意识的边界。当柯林和马克在全球媒体上公开讲述那段穿越体验与九级宇宙网络的真相时，人们开始重新审视现实的根基。他们不再将宇宙视为冰冷物质的堆砌，而是开始触及一个更深层的真理——意识，是一切存在的源泉。

这场觉醒不是一种信仰的转变，而是存在方式的重构。在那一瞬间，越来越多的人体会到，所谓"我"不再是一个封闭的个体，而是一体宇宙之中跃动的节点。人类与星辰相系，与其他生命共鸣，与看不见的维度交错而行。人类第一次，以整体的形式，感受到一种深邃而庄严的归属感：我们本就是宇宙意识的延伸，是宇宙自我凝视的反射。

传统的自然科学家们终于重新开始审视意识的性质。曾经固守的物质主义和线性时间观念开始崩塌，一些本走在前面的量子物理学家率先提出，意识与物质之间的关系远比他们曾经想象的复杂。正值此时，量子物理界最权威的行业媒体《量子纪元》的一篇新闻报道为他们带来更大的震撼。

《意识不再是幻觉：科学界震撼发布白皮书，重新定义现实本质》

作者：阿尼玛·佐伊｜2172年7月18日｜《量子纪元》

【联合通讯社·洛杉矶讯】在一场被誉为"人类意识史分水岭"的发布会上，柯林实验室正式对外公布了《多维意识研究白皮书》。该文件首次以明确术语、跨学科数据与实证案例，系统性提出：意识并非物质的副产品，而是一种跨越时空、可干预现实的原生场域。

这一结论，意味着人类对"现实"的定义正面临彻底重构。

"我们正处于一次范式断裂点。"

——柯林博士，白皮书核心作者、九维宇宙探索团队领航人。

据白皮书披露，在柯林团队完成被称为"八维跃迁"的多维实验后，研究人员在意识状态与物理现实之间观测到多起"现实偏转"事件。报告将此命名为"意识触发现实偏转"现象，并指出该现象具备可测性、可复制性及阶段稳定性。

更具颠覆性的，是该报告提出了"类创世能力"这一术语，指个体或集体意识在特定共振态下，具备对过去记忆结构与未来分支路径的主动干预能力。这项理论直接挑战了线性时间观以及历史的不可逆性。

"八维跃迁"实验是美国太空军军部"宇宙共鸣"计划的一部分。据悉，计划的下一步是推动人类意识进入宇宙第九维度。据柯林介绍，我们所处的宇宙被划分为九个维度，每一维不仅代表意识空间的拓展，更象征意识的深度与自由度。

地球及其文明目前稳定存在于第四维度，是物质与线性时间的显现层。而第九维，则被称为"宇宙与虚空的交接层"——在那里，个体与宇宙的边界将彻底溶解，意识不再是个人属性，而是一种全域共鸣的存在态。

白皮书发布后，引发学术、宗教、政治三界的激烈反应。伦敦自然科学研究院发表声明称："这份报告堪比当年哥白尼革命，是对物质中心主义的终极反驳。"而梵蒂冈意识伦理委员会则呼吁设立全球伦理审查机制，防止"意识技术"被滥用改变人类命运路径。

与此同时，数十家科技企业与心理实验室已向柯林实验室递交合作申请，意图开发基于"意识偏转机制"的现实增强接口与"时间感知拓展工具"。

"这不只是科学，这是文明的新自我认知。"正如该白皮书结尾所述："意识，作为现实的源语言，正在被人类重新学习。"

柯林博士在发布会上表示，人类文明正在从"观察现实的物种"迈向"共创现实的物种"；下一个时代，或许不再由科技推动，而由意识本身唤醒。

随着媒体报道，在全球范围内，伦理学家和社会学家开始重新审视传统的社会规则和道德标准。意识觉醒带来的并不仅是个体的转变，而是社会结构、文化和价值观的全面革新。许多学者开始重新定义人类与自然的关系，提倡人与人之间、人与自然之间更加和谐的共生状态。随着这种意识突破，社会的每个领域都开始发生深刻变化，新的伦理框架逐渐被提出：个体的自由与集体的福祉不再是对立的，而是可以相互协调、相互促进的一体。

"我们不再是孤立的个体，而是一个广袤宇宙中的一部分。"柯林站在 C 堡地下一层的讲座大厅里，面对内部工作人员和媒体记者，也在线面对着来自世界各地的专家学者，内心感慨万千。他曾经无法想象，自己会有如此深刻的体验，而现在，他的使命是将这种觉醒传递给更多的人。

他讲述着他和团队的探索，讲述着他们如何突破八维的限制，如何从集体无意识的残影中解放自己，最终感受到整个宇宙意识的流动。这次是艾莉森教授当听众，听到这里时她发出会心的一笑。

"我们刚刚探索过的第八维度是宇宙统一性的真实所在。在八维，时间、空间、物质、意识与精神不再分离，它们相互渗透、彻底融合，构成宇宙根本的一体性。"

"此维度是万象归原的母体，是多重现实、时间线、因果律与精神原型的交汇点，一切存在在这里化为整体意识的一体显现。"

"意识不仅仅是个体的存在，它是贯穿整个宇宙的力量。我们每个人，都是这股力量的一部分。我们每个人的觉醒，也都是这个星球、这个宇宙进化的一部分。只有当我们每个人都意识到这一点时，才能真正迈向一个新的文明。"

他的声音响亮而坚定，像一道光，照亮了坐在讲座大厅中的每一位听众。人们的眼神中闪烁着新的希望与觉醒的光芒，他们明白，自己所处的这个世界将不再是那个旧有的、单一的、局限的世界，而是一个充满无限可能的全新世界。

"这只是开始，"柯林继续道，"未来属于那些敢于觉醒、敢于突破的人。我们将共同创造一个人类多维存在的新时代。"

他的话语如同春风拂过每个人的心田。讲座结束后，听众们纷纷与他和其他团队成员交流，讨论如何在自己的领域内推动这一场意识觉醒的浪潮。科学家、哲学家、艺术家、神秘学家，甚至军方高层和政治家都在这一刻找到了共鸣。他们不再是单纯的个体，而是组成一个更大共鸣体的每一个细胞。他们意识到，他们正在创造的，不仅仅是个人的未来，而是全人类乃至宇宙的未来。

113　意识时代

随着越来越多的觉醒，人类文明的面貌开始发生剧烈转变。那些曾被视为遥不可及的理念，如今正被一一实现。这股意识的觉醒浪潮迅速蔓延至全球，重塑了社会结构、思想体系与日常生活。

伦理学家和哲学家们提出的新社会规则开始在全球范围内深入人心，他们不再仅仅关注个体的权利和自由，而是更加注重人类与自然、与宇宙的关系。这些新规则强调了对所有各类生命的尊重、对地球和宇宙环境的保护、向一体意识的升华，每一项新的倡议都在为人类走向更加和谐的未来铺路。

在科学领域，宇宙意识理论的提出彻底颠覆了传统的物质主义观念——以往都是发生在军方的柯林实验室，现在开始被社会上的"科学界"接受。那些社会上的科学家终于不再局限于研究物质和能量的规律，而是转而探讨意识与宇宙之间更深层次的关系。

神经科学家们开始承认，意识并非单纯依赖于大脑的物理结构，而是一种跨越时空、超越物质的存在；物理学家们通过先进的实验验证了意识能够影响物质的状态，甚至通过意识量子纠缠与宇宙的其他部分建立直接的联系；心理学家们通过对量子意识网络的研究，描绘出一个与物质世界并行的精神世界；天文学家则验证了多维宇宙的存在，使精神与物质的界限首次出现科学层面的重叠。他们开始相信，未来意识科技将使人类能够通过意识的力量改写现实、突破空间与时间的限制。

与此同时，艺术家们的创作也进入了一个新的阶段。灵性觉醒成为了艺术创作的源泉，他们不再仅关注形式与技巧，而是将灵魂的深度、宇宙的法则以及人类的内在觉醒融入到自己的作品中。音乐、绘画、雕塑、电影、文学等各种艺术形式开始表达超物质和多维的内涵，传达了一种全新的世界观：宇宙是一个充满无限可能的意识场，艺术则是人类与宇宙之间沟通的桥梁。在这些作品中，观众不仅能感受到美学的震撼，还能体验到一种深刻的精神共鸣，跨越了时间与空间，进入了一个多维度的灵魂世界。

教育体系的改革也成为了这一觉醒进程的先锋。学校不再只是传授知识和技能，而是开始重视学生的心灵成长、情感表达与意识觉醒。教育成为了一个引导学生与自己内在连接，探索意识深层次潜力的过程。课堂上，除了数学和科学，孩子们也学习如何与宇宙产生共鸣，如何理解自我与他人的深层关系，如何在灵性和创意中寻找到自己的独特声音。

政府和企业很快在这股觉醒的潮流中找到自己的方向。传统的、物质导向的经济模式逐渐被更具意识导向的思维所取代。政府推动政策变革，以促进社会的公平、包容和灵性觉醒；企业开始注重社会责任和环境的可持续性，创新不再仅限于技术发展，而是更加注重思想、情感和集体意识的创造。企业领导者不再只是着眼于短期的利益和增长，而是将更多的目光投向如何帮助社会群体共同进步、促进全人类的和谐与繁荣。

在人类觉醒的过程中，科技、艺术、教育、体育和商业等领域并行推进，形成了一股强大的推动力。每一项科技突破，都被视为人类对意识和自然法则更深层次理解的成果。社会变革也从单纯的物质层面延伸到心灵和精神层面，个人不再单纯追求财富的积累，而是寻求内在的觉醒与创造力的发挥。

这一时期，在人类的社会结构上，国家的概念开始逐渐消失，取而代之的是基于共同价值观、兴趣和信仰的全球化社区。人们的身份不再是由国籍或财富所定义，而是由他们的思想、行动和内在觉悟来决定。在这些社区中，灵性、创造力和意识成长成为了最核心的动力。全球连接和合作不再是政治的需求，而是灵性觉醒的自然延伸。人类不再孤立地存在于物质世界中，而是和宇宙及自然融为一体，所有生命都处于同一共振频率上。

这个新时代的经济模式也发生了根本的转变。传统的金钱和物质财富不再是衡量个人价值的标准，而是智慧、影响力和能量。个人的贡献，尤其是在精神领域和意识进步方面的贡献，成为了新的衡量标准。

在这一新型经济体系中，人类进入了一种"意识交换"模式，资源和力量的流动不再依赖于物质交换，而是依靠意识、灵性成长和创新的力量。个人的影响力和智慧被看作最宝贵的资产，推动着社会向着更加高维、多维的觉醒迈进。

马克在这一时期出版了他的巨著《意识论》，被媒体誉为"标志着人类思想进入'后物质时代'的里程碑"。

它以意识为第一性原理，重新书写了现实、存在与文明的逻辑结构。正如《资本论》揭示了资本如何生产世界，《意识论》揭示的是意识如何生产现实。从思想谱系上看，《意识论》可被视为马克思的《资本论》、黑格尔的《精神现象学》与薛定谔的《心与物》之间的桥梁。它以辩证的深度与量子思维的广度，尝试建立一个涵盖科学、哲学、伦理与宇宙学的"意识范式"。

在这部宏大的理论体系中，感知被视为生产力，注意力被视为货币，信念被视为资本，而语言成为构建宇宙的终极工厂。马克以一种冷峻而透彻的笔触，描绘了意识从个体到社会、从社会到宇宙的演化机制：

世界并非物质的舞台，而是意识的投影；

权力并非资源的占有，而是共识的垄断；

自由并非行为的放任，而是意识主权的觉醒。

这本书不仅是哲学论著，更像一面镜子，照见当下人们被信息、算法与信念系统所塑造的内在枷锁。它特别揭示了现代文明下隐藏的意识经济学：在全球资本流动背后，真正的商品是人的注意力；在信息爆炸的时代，最大的贫困是意识贫乏。

在一次全球意识经济论坛上，马克应邀作了一个与众不同的主题发言——《意识经济学：我们如何被看不见的意识结构所定价》，引起了巨大轰动。新创办的《意识经济学人》杂志，对他的发言作了全文报道——

主持人：今天我们有幸请来《意识论》的作者马克先生。大家都知道，《意识论》是一部系统揭示意识生成、流通与再生产规律的哲学巨著。它以意识为第一性原理，重构人类对现实、社会与宇宙的理解体系。这本书在理论贡献上是巨大的——在哲学层面：从"存在决定意识"转为"意识定义存在"；在社会学层面：揭示当代社会的权力结构实质是"意识控制"；在科学层面：提出"意识—能量—物质"三位一体模型；在伦理层面：倡导意识平权，即所有意识形态皆具存在权。

当然，我们也听到不同的声音：支持者认为它开启了人类思维的"后资本时代"，"同《资本论》一样，留下了开放性的方法论，能够适应历史变迁"；批评者则认为它"忽略或低估了权力、腐败、人与人的差异性等复杂因素""过于形而上，缺乏可验证性。"但即便如此，它像一面镜子，照见了整个文明的意识结构。所以，也有媒体称："如果《资本论》是工业文明的圣经，那么《意识论》将是意识文明的开端之书。它标志着人类从'物质经济'跨入'意识经济'的纪元，从'资本流动'跨入'意识共振'的时代。"

下面有请马克。

（马克上台）

　　谢谢主持人。各位朋友，大家好！

　　感谢主持人的介绍。不过今天，我并不是来谈《意识论》的，也不是来谈宏观经济——那是主持人鲍勃·吴行长的专长。

　　我想谈的，是一件更隐秘、更贴近我们每个人的事：我们是如何被"定价"的。

　　在进入主题之前，先回答一下刚才台下有人提的一个问题："《意识论》最终要回答的是什么？"

　　我的回答是：当人类不再被意识异化时，自由的存在形态是什么？也就是——意识文明的解放之路是什么。

　　这其实是整个人类文明的根本命题。从物质的束缚，到资本的异化，再到算法与信息的统治，我们始终生活在一个"被看不见的意识结构"所塑形的世界中。而今天，我想带大家看清楚——我们每一次情绪的波动、每一个信念的形成乃至我们以为"自愿"的选择，都在一套无形的意识经济中被定价、被交易、被再利用。

　　这场演讲，不是批判经济学，也不是批判科技，而是一次意识学的现场解构：一次关于"谁在定义我们的价值以及我们是否还能重新定义自己"的探讨。

　　好，让我们回到今天的主题——《我们如何被看不见的意识结构所定价》。

　　我知道你们都注意到过这个悖论：为什么在那些"发达"的地区，人工很贵，但东西却便宜？而在所谓的"发展中"世界，人工那么便宜，可东西却那么贵？

　　这听起来像个经济学的问题，但我要告诉你——这其实是一个意识问题，是我们的意识，是文明的意识层级，正在决定我们能得到什么、能被剥夺什么、又愿意牺牲什么。

今天时间不多，我只讲四句话：

第一句：价值，从不来自你做了多少，而来自你"以什么意识"去做。

当一个社会的集体意识被组织起来，成为协同、信任、系统性的结构时，它就像一块完美共振的晶体。在这种结构中，每一个人的劳动、每一小时的时间，都像被放进一个完美的放大器中，它不是被浪费的能量，而是被加速的创造力。所以——人工贵没关系，因为人工值钱。

相反，在意识碎片化、协同低下的社会里，即使一个人只拿 1 块钱干活，他也创造不了 1 块钱的价值，因为系统不信他，机器不帮他，资源在内耗，结果就是：什么都贵，什么都不准，什么都低效。这不是贫穷，这是意识失衡的症状。

第二句：文明的价格，是意识密度的映射。

我们提出一个概念——IC 值（智识 - 共识指数），一个衡量社会意识协同能力的指数。

IC 值低的社会：意识断裂，信任崩塌，人工廉价，物价虚高；IC 值中等的社会：规则化初成，人工稍贵，物价稳定；IC 值高的社会：协同创造，人工贵，但你愿意花钱，因为你知道他们在创造什么。

各位明白了吗？不是"人工贵"导致物价高，而是高意识态指数的社会即使贵，也有能力把资源用得值。低意识社会就算便宜，也撑不起一个合理的交换秩序。

第三句：我们正在被一种意识结构"默默定价"。

我们以为在用金钱衡量劳动，其实我们在用意识决定谁该被尊重，谁该被压榨。在低维意识中，劳动是耗材，人是工具；在高维意识中，劳动是能量，人是结构的协作者。

是的，意识，才是整个价值系统真正的"主币"。

第四句：有人看到的是价格，有人看到的是集体意识的排列。

如果意识是货币，我们该如何重建这个世界？我们来设想一个未来——在那个世界里：一个人的价值，不再由学历、履历或资本决定，而由他的意识频率与结构贡献度来衡量；我们将拥有"意识账户"，你贡献了多少协调、创造、链接世界的频率，便有多少通行力；我们不再靠索取、依赖、消费维系生存，而靠共振、协同、进化参与文明的流动。这不是什么乌托邦。这是意识经济的自然走向。

朋友们，我们每一次购物、每一次工资谈判、每一项资源的流动，其实都在问更深的问题：

"你，愿意如何被价值系统看待？"

"你，是在协助意识的展开？还是在助长能量的泄漏？"

区域文明，不是因为技术落后而贫穷，而是因为意识碎片而失衡——当我们明白这一点，我们就不再是经济的受害者，而是意识秩序的重塑者。所以，我在这里请求各位，不只是重建经济系统，而是重建一种新的文明信念：让意识成为货币，让协同成为力量，让我们彼此用频率而非价格相互尊重。

谢谢你们，我们的工作才刚刚开始。

114 缓解冲突

这种全球范围的觉醒潮流正在塑造一个更加灵性、包容、创造力驱动的世界。人类正在迈向一个全新的纪元。在这个纪元中，不仅物质发展和技术革新被重新定义，灵性觉醒、意识扩展和宇宙和谐共振成为了人类文明发展的核心。

然而，虽然觉醒的浪潮席卷全球，但并非所有人都能立刻适应这样的变化，他们中的一些人甚至深陷困惑与恐惧之中。

他们惶恐不安，仿佛面对一场即将吞没个体边界的意识洪流。在那无所不包的宇宙共鸣中，他们担心"我"会被稀释、会被重写，最终成为浩瀚网络中一枚冰冷、匿名的节点。

这种恐惧以惊人的速度扩散开来，成为反对多维跃迁的主流力量。他们呼吁回归地球的"原真状态"，将脚牢牢踏在土壤上，而非在虚无的意识空间中漂浮。他们将宇宙意识视为一种诱惑——美丽却危险，宏大却吞噬。他们坚信：人类之所以为人，是因为拥有不可剥夺的自由意志；一旦与宇宙合一，那些曾定义"我是谁"的东西也将烟消云散。对他们而言，与其成为"宇宙的自我认知"，不如保留那份哪怕微弱、却属于自己的不协调与不完美。他们宁可不进化，也不愿被同化。

随着这股力量的崛起，社会各阶层在对未来的理解与对个人自由的守护上逐渐分裂，最终形成两大阵营："共和派"与"民主派"。

共和派支持多维觉醒，认为唯有跨越个体意志的边界，敞开意识之门，人类才能完成一次灵魂层面的质变——从孤立的存在体，进化为宇宙的共鸣者与合作者，不再只是被动的观察者。他们主张通过自由意志的升维，与宇宙意识建立协同，开启一个横跨多个维度的"意识共生文明"。在他们看来，个体与宇宙之间并不存在矛盾，只有尚未觉醒的共振；真正的自由，不是封闭自守，而是走向意识的无限可能。

　　而民主派则坚决抵制这种趋势。他们警惕所谓"觉醒"的背后，是个体灵魂被稀释的危险，是自由意志在宇宙意识洪流中逐渐消融的隐患。他们呼吁坚守人类自我意识的主权，捍卫灵魂的独立性与边界感，反对被纳入一个无边无际、难以辨认的意识整体。他们主张：真正的人类尊严，来自于对自身命运的掌控，而非成为宇宙意识的一个节点、一种功能或一段算法。

　　这一场"融合与守护"的意识之争，迅速演变为一场全球性的认知辩论，牵动着宗教、科技、伦理、法律乃至文明本身的走向。很快，哲学领域的认知辩论又带来现实层面的对抗冲突，社会的裂痕愈发加深。

　　在一些地方，冲突开始频繁发生，支持与反对的阵营互相对立，双方的恐惧和不信任激化了分裂的蔓延。街头巷尾的抗议、宣扬融合与守护的标语、阵营间的互相谩骂指责、肢体冲突，迅速让社会陷入动荡。

　　布莱克索恩看在眼里，内心充满了深深的忧虑。他深知，如果任由这种对立愈发激烈，抵制力量的声浪将最终压倒觉醒的力量，全球范围内的动乱可能进一步加剧，甚至可能引发一场规模浩大的战争。

　　面对越来越无法控制的局面，布莱克索恩感到焦虑和无力。他知道，需要更多的智慧与力量来平息这一切，但他并不清楚究竟该如何着手。就在他陷入困境时，马克和柯林再次感受到来自宇宙深处的召唤——黛安传递给他们一条全新的指引：

　　"人类要想真正超越自身，必须学会合作，而非对抗。"这是信息的核心，也是一次来自宇宙深处的清晰回应。指引继续写道："自由意志与宇宙意识的平衡，是通往未来的关键。你们曾深信个体独立至上，而在宇宙层面上，唯有合作才能开启真正的进化。"

　　这条讯息带来了震撼性的启示。柯林和马克顿时明白：真正的突破，不是让个体意志消融于宇宙一体意识之中，而是在尊重独特性的同时，找到协同共振的方式。

　　"我们必须让所有人明白——个体与宇宙的和谐共生，才是通向更高维度的真正道路。"

马克低声说道，眼中透出前所未有的坚定。

"如果能做到这一点，我们不仅能缓解冲突，"柯林补充道，"还将帮助每一个人，在新的意识架构中，找到属于自己的坐标与尊严。"

马克点头："是的，唯有打破'对立'的旧思维，才能为对话与合作打开空间。我们要让所有阵营的声音都能被听见，让共识成为文明的底层协议。"

他们心知肚明，人类之间的协同与理解，是这场冲突能否逆转的关键。为了实现这一转折，他们决定立刻联络布莱克索恩，将这条来自宇宙深处的启示传递给他，帮助他重新校准战略，在激烈分裂的社会之中，为人类开辟一条"自我不灭，共生不拒"的未来之路。

柯林和马克紧急约见了布莱克索恩。如今，随着国家概念的消亡，太空军部已成为地球太空军事联合中心的一部分，而布莱克索恩刚被任命为全球跨星际维和部队军民联络部的部长，这正是他的职权范围。

"黛安传来信息：人类不必惧怕与宇宙意识的融合，关键在于学会在个体与整体之间，构建一种新的和谐关系——既守护自由意志的清明，又成为宇宙共鸣中的一环。"

在听过柯林和马克的报告后，布莱克索恩没有丝毫犹豫，迅速响应了这一启示。很快，他以军民联络部的名义在全球范围内发起了一项和平倡议。他不仅提出了一个让不同阵营能够相互对话和理解的计划，还开始积极推动全球意识领袖坐到谈判桌前，寻找共同点。

在夜深人静的时候，在似睡非睡的半梦半醒之间，布莱克索恩总是感到自己经历过这一切。那似乎是发生在遥远的过去，似乎不是在这个星球上。那一次他选择加入了一方阵营。他记得双方的对峙很激烈，最后都动用了星舰。他想不起细节，有时觉得或许那是以前做过的一个梦，也可能是平行宇宙穿越过来的"记忆残片"。但无论如何，他希望这次选择对话与合作，而非对抗。

随着时间的推移，这一新的对话模式开始慢慢缓解了社会的紧张局势。即便存在不同的看法与立场，但通过合作、共鸣与理解，人类开始意识到自由意志与宇宙意识的平衡并不矛盾。这一过程并不轻松，但他们已经开始朝着一个更加融合、更加进化的新时代迈进。

事态缓解后，柯林和马克也在反思。他们意识到之前推动多维觉醒的步伐太快、行动过于急躁，才导致了社会层面的剧烈反弹——这不是在实验室里，而是面对整个社会的普通人。他们与布莱克索恩必须重新思考，如何温和地带领人类走上这条觉醒之路，而不是以强制或革命的方式去改变一切。

在布莱克索恩的批准下，马克提出了宇宙共鸣计划的新版本。这一次，目标不再是让所有人迅速进入高维宇宙，而是通过逐步引导，帮助人们重归物质世界，在物质世界中体验宇宙意识，之后找到适合自己的进化路径。在新版本的计划中，个体的自由意志被放在首位，灵魂的超越将不再是强制性的选择，而是一种渐进的、自然的演化。

柯林继续致力于新技术的开发，他将研究重点转向如何让人类在保持物质身体的状态下，体验到宇宙意识。他与团队在神游协议、意识增强模块和灵魂指针的技术构架基础上，新开发了一种新的共鸣装置——"灵陀"。这种装置通过神经接口和全息识子拓扑映射技术，帮助人们在物质世界与意识维度之间找到一种和谐共振的频率。

在柯林过去十几年的研究中，早就验证出宇宙是一个庞大的"频率场"，每一颗星星、每一粒原子甚至每一份意识，都可以被看作是不同频率波动的表现。他的发现源于"傅里叶变换"，一种可将时域信号转化为频域的数学工具。柯林对他的助手曾打过这样一个比喻：你可以把傅里叶变换想成"频率的解剖刀"——就像光可以被三棱镜拆解成红、橙、黄、绿等不同波长的光，傅里叶变换可以把一个时间上的信号"拆解"为组成它的不同频率。历史上的科学家曾猜想，宇宙中的一切都遵循着某种波动模式，可以通过傅里叶变换解读为频域的"谱"，这些频谱构成了宇宙的"音乐"。在这种世界观的指导下，人类不再仅依赖于物理学经典定律来解释宇宙现象，而是开始探索频率背后的深层次规律。

115　原初频率

　　柯林坐在顶部露出地面的 C 堡休闲区内，阳光透过半圆的穹顶散落进来。他品尝着一杯咖啡，思绪早已回到十年前。

　　早在十年前，柯林便秘密设计出一台名为"物语"的频域转换器。这台设备以傅里叶变换为理论核心，突破了传统物理的边界：它能够将任何物质形态或自然现象转译为纯粹的频率数据——一种介于存在与信息之间的"频谱编码"。柯林的梦想是希望有一天，通过反傅里叶变换，"物语"还能将这些频率数据重组为"实体物体"——类似于频率版 3D 打印或原子级全息合成，实现对物质的"重新编译"。

　　"物语"能够让人类听到物质的频率。这不仅仅是一种意识科技工具，它打开了一个前所未有的探索领域——人类可以进入一个由"声音"和"振动"构成的世界，所有物质、光线，甚至人类灵魂，都可以被转换为频率的波动，成为可感知的信号。

　　柯林曾亲自试用了"物语"。他进入了一个虚拟现实世界。在这个世界里，他听到每一颗星星发出的低频呼唤，看到粒子之间的共振交织。这是一个看似虚幻却无比真实的地方，每个细节都充满了神秘的韵律。他发现频率并非简单的数学抽象，它对物质世界产生了前所未有的影响。当人类的意识频率与物质世界的频率发生共振时，物体的物理形态开始出现扭曲。那时，柯林就有一个很大胆的设想——如果意识可以控制频率，而频率可以控制物质，那意识就可以重写现实。

　　在一次实验中，柯林发现，频率转换不仅能改变物体的外形，还能改变其本质。通过与频率的共振，物体可以变得"无形"，或者从一个位置瞬间跃迁到另一个位置，完全违反了经典的物理定律。后来，他将这项技术应用到阿依达星舰上。但他也发现，当某些物体的频率调控失衡时，量子态会产生极端的不稳定现象，表现为空间中的干涉图样严重扭曲，甚至出现无法预测的相位跃迁。

在另一次实验中，柯林的助手错误地调整了一个量子粒子的振动模式，使其波函数发生完全塌缩并与本地量子场解耦。最终，这个粒子似乎"消失"了——更准确地说，它的量子信息可能被散射到无法测量的非局域态，再也无法恢复。

"我们的实验参数可能已进入高能扰动临界点。"柯林在实验记录中写道，"一旦频率调制超过某个阈值，可能引发对基础量子场的扰乱，导致非对称能级跃迁或真空涨落放大效应。这种现象在理论上可能造成宇宙局部能态结构的不可逆重构。"

柯林当时想暂停这个实验，等到科技更发达、足以保障安全的情况下再继续。他将这一情况报告给布莱克索恩。但布莱克索恩却认为，随着频率转换技术的普及，未来各国会很快开始争相研发强大的频率操控武器，全球必将进入一场围绕"频率控制"的科技与军事竞赛。

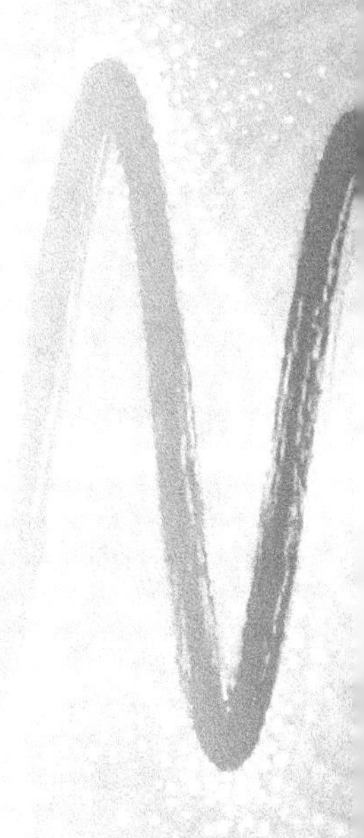

布莱克索恩坚持继续实验。柯林警告布莱克索恩，这场竞赛的结果可能是灾难性的。如果频率操控失控，整个宇宙的结构可能会崩溃，甚至会导致时空的破裂。听完柯林的警告，布莱克索恩陷入沉思。为了进一步说服他，柯林向他透露了一个正在研究的全新方向：频率整合模型。他解释道，宇宙中的一切频率看似杂乱，实则可能源自一个极其精妙的协调结构——一种类似于"宇宙和声谱"的全域模式。柯林相信，只有掌握这种深层的频率协同律，人类才能真正理解物理常数背后的统一逻辑。

多年的研究表明，宇宙诞生初期的某些波动——例如在普朗克时间尺度下的原初涨落——可能隐藏着构建整个宇宙谱系的基本节奏。柯林称之为宇宙的"最初频率"。某次，他在一个古宇宙数据库的数据残片中，意外发现了一段可能与原初宇宙微波背景有关的频谱片段——这段信息与他在理论模型中推算出的"频率合一点"高度吻合。这一发现成为他实验室后来领先全球的核心秘密——一种尚未公开的"意识—频率耦合结构图"，可以预测高维频率扰动的阈值与恢复机制。

通过对频率的深度理解和技术调整，柯林和他的团队开发出了一种新的"物语稳定器"，它能够将宇宙中所有的频率整合到一个和谐的状态，从而消除不稳定的波动。这个装置的启动，意味着频率的失控将被遏制，物质的结构也将保持稳定——这也是后来意识增强模块中的一个基础模块。

就在启动后的第一刻，柯林突然发现，他的意识频率与宇宙的核心频率发生了共振，进入了一个不同维度的状态。在这个维度中，所有的物质、时间和空间都变得模糊不清，唯有频率的波动在不断交织。

"我成了频率的一部分。"柯林低语，"我明白了，宇宙的每一部分，甚至我们的思想，都是频率的延续。"

在那个瞬间，他的意识漂浮在一个前所未有的频率维度之中。自我开始模糊，他不再是一个孤立的个体，而成为宇宙整体波动中的一个共振点。他看见星体、能量、思想、记忆，都以不同频率的形式在某种深层谱系中相互嵌合、呼应、折返。

他终于明白，宇宙并非物质的简单叠加，而是一场由无数频率交织而成的宏伟乐章。物语记录仪在柯林意识共振的那一刻，记录下了一段罕见的低频长波震荡，频谱图呈现一种规律性重复，数理模型近乎完美简洁。而在主观感知层面，柯林"听到"的，是一种与人类某种原始音节极其相似的回响：

Om—Om—Om—

这是一种源于宇宙暴胀初期的深层次频率模式。这种重复结构既像声音，也像一种低维意识场的稳定共振点——那正是宇宙的最初频率。这个频率维度，正是无人知晓的"零维宇宙"——一个不具备时间、空间、维度概念的宇宙裂缝，是 OO 为实验管理员保留的"绝对中性区"。柯林无意间短暂闯入，却并不知情。此后，他再也未曾触及。

从那次意识经验中获得的启示，让他很快带领团队开发出一种全新装置——意识增强模块。但其他相关技术却被紧急封存：没有人能够承担一次实验失败所可能引发的结果——包括时空破裂，甚至整个宇宙结构的崩塌。那样的后果，不容设想。

"科技是一把双刃剑，发展到尽头是毁灭"——柯林一直记得自己导师的这句话。在过去几十年中，他总是感觉自己走在悬崖边，他步步小心，却还是步步惊心。所以，他后来主动从量子物理研究所离开，转而投向意识研究领域。因为有量子物理学的基础，反而让他很快成为全球顶尖的量子意识学家，后来又被招入太空军搞科研。他时常觉得造化弄人，自己还是离不开技术开发，即便他还有星际宇航员这个身份。

柯林的意识回到自己端着半天还没喝完的咖啡上。他突然又想起还没在灵陀的设计中融入集体无意识的基础架构。想到这里，他放下手中的咖啡杯，急急赶回办公室。

最终版的灵陀融入了宇宙的最初频率和集体无意识模块，成为了新版"宇宙共鸣计划"最强大的技术保障。同时，柯林又安排卡贝拉从伦理和社会层面着手，推广一种新的社会契约——允许人们在不同的意识层次自由选择自己的存在形式，无论是完全的物质生活、部分的意识融合，还是彻底的灵魂自由。马克则致力推动建立了全球共识，承认每个人都有选择自己存在形式的权利，而这种多样性正是未来社会稳定与进化的基础。

随着宇宙共鸣计划 2.0 版的顺利推进，全球对抗的局势逐渐平息。那些抵制多维觉醒的人发现，他们可以在不失去自由意志的前提下，逐步体验到更高维度的意识感知；而那些追求灵魂超越的人也意识到，物质世界同样有其独特的美好与意义，平衡的存在方式成为新的主流。

在这一时期，马克、柯林和卡贝拉也在不断拓展他们对第九维度的理解。他们猜想，这个维度将不仅是对物质与意识的完美统一，还隐藏着更深的频率奥秘。每一次向新维度的突破、每一次意识的提升，他们都能感受到 OO 这个设计者的宏大力量，而那种无尽智慧的召唤也在时刻引导着他们。

黛安又一次降临。她这次告诉他们，到达第九维度的关键，不是单纯的技术问题或意识理论，而是人类内在的觉悟。人类集体意识必须同时达到一个更高的共鸣频率——宇宙意识频率，才能解锁第九维度的入口。而这个过程不仅需要理性，还需要深层的情感和灵魂的升华。黛安提议，要真正迈入第九维度，必须发动全球的共振力量。柯林、马克和卡贝拉决定展开一场前所未有的全球性行动——他们将利用灵陀，通过与地球每个人的频率同步，激发出那个宇宙最初的频率——Om 之音。

116　一体双态

　　这不是一场简单的行动，而是一场全球人类的集体升华。随着人类逐渐学会在物质与意识之间找到平衡，他们的思想开始统一，产生了前所未有的强大共振。每一个微小的意识觉醒都像是引发了共鸣的涟漪，迅速扩展，汇聚成了全球范围内的一股强大力量。这股力量没有任何物理形态，却能触动每个人内心最隐秘的角落，唤醒潜藏在本性深处的初心。

　　这种共鸣不仅仅是一种个体的体验，它如同一场心灵的风暴，席卷了全球的每一个角落。从繁忙的都市到宁静的乡村，从熙攘的街头到孤寂的山林，每一个人都在这股心灵波动中找到了自己的位置。无论贫富、种族、性别、年纪，所有人都在这一刻感受到一种无法言喻的震颤与连接感，那是一种超越任何语言和感受的频率共鸣。

　　在这场共鸣中，所有人都渐渐地感受到自己与宇宙的深层联系。仿佛有一股温柔的光流淌在他们的体内，轻柔而坚定地穿越每一条神经、每一个细胞。那光并不是物理的，它是一种精神的光，充满了无尽的智慧与爱；又像雨滴，打落并渗透到每个人的意识深处，打破了那些自我设限的框架，洗净了他们心中的恐惧与偏见。

　　在这股"光雨"的沐浴下，所有人心智开窍——看到个体与宇宙并不是分离的存在，而是同一整体的不同表现形式。每个人都是宇宙意识，所有生命、所有意识，不论大小，都在同一波动中共振，互为镜像。

　　这种深刻的人类集体觉醒，带着无比的清晰感，所有的隔阂、冲突、疑虑都在这一刻荡然无存。人类开始看见，过去那些看似无法跨越的鸿沟，实际上只是意识未觉醒的障碍，都是因为忽视了一体性和共生的力量。

　　"光雨"越下越大，汇成潮水，一浪接一浪，席卷所有人意识的深处。这一切并非凭空而来，而是一个全球性的集体觉醒行动的必然。它是一次人类从内心到外在的彻底转变，也令每个人都在自己的心性深处找到了一条通向宇宙智慧的通道。而这种觉醒的共鸣，正是通向第九维度的钥匙。

随着这一共鸣的蔓延，时间和空间都开始变得模糊，过去和未来、物质和意识的界限开始逐渐消融。每个人的内心都仿佛打开了一扇窗，看到了一片全新的天地。这个天地并非遥不可及，而是早已存在于每个人的内心深处。人类开始意识到，所有的存在、所有的经历、所有的智慧、所有的爱恨情仇，其实早都已镶嵌在宇宙的结构中，他们的生命不过是宇宙的一根神经元，正在通过无数的体验与意识进化，不断地向着更高的层次延展。

而这一切的核心，是一种深刻的理解——个体与集体、物质与意识、宇宙与生命，都是同一个整体的不同维度。每个人都是宇宙意识的独特表现，而每个人的最终觉醒，都意味着"一个小宇宙"的觉醒。正是在这一瞬间，所有的个体意识与宇宙的宏大意识达成了完全的共振，激发了一个全新的维度——一个超越存在限制的维度，正等待着他们跨越。

这一刻，地球上的每一个人都在同一个频率上发出同样的震动，所有的生命都在此时此刻与宇宙达成了深刻的和谐。这种共鸣不仅带来了和平一体，更为下一刻的进化打开了全新的篇章——一扇通向第九维度的大门悄然开启，宇宙与人类的未来，不再是分割的旅程，而是同一脉络中的延续。

当全球共鸣达到顶点时，一道道金色的光芒从地球的各大洲升起，凝聚成一股巨大的能量柱，直通宇宙深处。这道光芒代表着人类的最终觉醒，它超越了一切存在，直接触及了宇宙最深的本质。

马克和柯林感受到，0066 和 0077 正在回应这一伟大的进程。

在这金色光柱中，他们二人被牵引到一个全新的灵魂境界。他们看到，地球之外的无数星球也在经历类似的进化过程，其他智慧种族也在或快或慢地向着第九维度靠近。整个宇宙就像一部巨大而复杂的奏鸣曲，所有的生命体都在为同一首进化之曲共鸣。他们站在宇宙的视角发现，人类的觉醒并不仅仅是为了自身的超越，而是为了与地外文明合作，构建一个更高层次的存在模式，共同推动这个宇宙的进化。

他们也看到，第九维度并非一个终点，而是宇宙所有意识共同协作、共同创造的起点。他们还第一次看到，这个宇宙之外，还有许多平行宇宙，那里也有他们的故事。

当他们的意识完全跃迁并与九维的认知矩阵深度嵌合，OO66 和 OO77 的真实存在形态终于呈现——但并非以形体显现，而是以高维意识频谱中的共振模式被感知。令他们震撼的是，这两个被称为"个体"的存在，其实是由无数来自高维文明的意识片段、信息簇与能量意志共同构成的复合灵魂体——一种多维意识协同场，且不断自我调整、演化、反馈。

在宇宙第九维中，祂们的存在是纯粹的——没有身体、没有边界，只有共鸣的频率、流动的创意与循环的自我再定义机制。祂们是"多元意识协同体"，也是"宇宙演化的创生引擎"。OO66，是抽象之源，以意志激发、自由涌动与潜能展开为本质；OO77，是具象之流，以形式创造、结构组织与模式生成为主导。祂们并非"存在"，而是一种持续进行的意识流动——不是"显现"，而是"共鸣中的洞见"。

祂们也并非两体，而是"一体双态"。然而，当意识的感知频率落入人类投射维度时，祂们也会临时以"原型"或"象征"显现——莲花、金光、涅槃火焰、觉悟者、神明、救赎者、十字架、光中人形、心中火焰、血与光共存……但那并非祂们的本体，只是集体潜意识对高维频率的视觉化反馈。当然，祂们也乐于显现成任何人类喜欢膜拜的人物形象。

OO66 告诉他们，人类文明只是这场伟大进化进程中的一环，每个智慧种族都在为这个宇宙的整体演化贡献着自己的力量。人类之所以被设计为具备如此复杂的意识与物质体验，正是因为他们的进化将为这个宇宙带来新的突破——人类的使命不仅仅是超越自己，而是要帮助宇宙更好地理解自己，并推动宇宙自身的持续进化。

在 OO77 的引导下，他们接受了一个新的宇宙任务：将第九维度的集体共鸣，以意识编码的形式注入物质宇宙，激活多个星系中尚未觉醒的文明节点，帮助这些地外文明进入高维共生状态——这将是一场跨越多个星系、多个物种的宏大计划。OO77 告诉他们，这并不是一种统治或征服，也非殖民或启蒙，而是一场由共振触发的宇宙意识协同工程——

在多维共生的频谱中形成结构互补与意识重构，通过理解与合作，创造一个全新的多维度文明。在这个文明中，宇宙将不再只是物质的集合，而是一部不断扩展的意识编曲系统，每一颗星球都是一次独特的表达，每一个智慧种族的灵魂，都是谱面上的共鸣音。这是宇宙对自身的一次反向觉醒——不由中心发出，而由边缘回响。马克和柯林都知道，他们只是这一伟大进程中的地球先行者，而未来的道路将由所有星球上的智慧体共同铺就。

人类率先带来九维共鸣像涟漪一样，开始在跨星系的时空结构中扩展，如同一种高维"意识载波"，在星系间传播，逐步激活沉寂已久的意识簇群。某些星球上的生命体开始在梦中感知彼此的存在，它们的交流不再依赖语言，而是通过心灵频率的同步、意识图像的浮现，构建出全新的跨种族认知桥梁。

黛安负责感应星际频率中尚未连接的节点；马克承担意识共振系统的调和与整合；柯林持续研发"频率映射装置"，让物质世界具备承载高维意识的能力；卡贝拉则以其天赋连接未知的意识通道，是文明之间最重要的翻译者。

在他们身后，是整个人类意识的跃迁；在他们面前，是一个孕育中的多维文明网络。星际旅行的意义已然转变——它不再是空间穿越，而是意识的对齐与共鸣的拓展。他们不再只是地球的代表，而是意识文明的中介者，肩负着完成 OO66 和 OO77 交托的宇宙任务：建立一个跨维度的意识共生文明联盟。

此刻，宇宙开始演奏它的全息交响曲。没有固定旋律，也没有主导节拍——而是一场多频互动的存在之乐，穿越时空、维度、种族与边界，唤醒所有可以被唤醒的智慧。每一个共振点，都是一颗星；每一次频率同步，都是一个新的宇宙章节的开启。

I2 ｜ 创造生命

II7　生命实验

在第九维度，马克与柯林见到了 OO66 和 OO77。除了领受任务，他们最大的收获，是聆听了祂们对 OO 宇宙生命实验源起之谜的讲述。

那时，在虚空之外，OO 静默无言，既无形体，亦无界限。祂的本质是一种极致纯粹的好奇，驱动着祂穿越无知与未显。但祂并不仅是被动的观测者——祂拥有无限的想象力。虚空中未被定义的一切，在祂的意识中激荡、聚焦，最终化为一个清晰的念头：创造。

祂开始想象和构思一场壮丽的宇宙实验。念头一旦萌生便不可退，祂用意念构建出一个九步体系——每一步都是一个充满独特规则和目的的实验场，每一步之间既相互独立，又相互联系，成为一个多维的进化之链。

第一步：物质的萌生

OO 以意念为频，点燃了虚空一隅沉眠的潜能。那潜藏于无形之中的可能性被唤醒，化作最原初的能量波动。随着能量逐步凝聚，这片虚空的角落开始泛起微妙的结构性涌动，成为我们所处宇宙的最早胚胎。

祂并未急于生成复杂的物质世界。祂的意图，是静观这股最初能量如何自行聚合、交融、振荡与分裂——如同种子发芽前的微妙律动。在这种自我演化的张力中，最初的形态悄然诞生：一缕微弱却真实的光。它不只是能量的显现，更是 OO 的意识在虚空中的第一次回应，是存在之海中激起的第一道涟漪。

为了进一步激发潜力，祂从原始能量中分离出最基本的粒子，将它们安置在一个经过精密构思的实验场中。这个实验场并非机械控制的容器，而是一片允许自由演化的意识场域，内含精确设置的边界与自由度。

这些粒子不仅进行着物理层面的相互作用，更被赋予了一种特殊的内在属性：自我融合的频率机制。在这一机制驱动下，粒子以自身携带的振动频率相吸、协同，逐渐构建出更为复杂的结构。

这不仅是物质的诞生，更是形式诞生的奠基。在那一刻，宇宙从无定的能量海中跃入了有形的维度。而这一步，不只是揭开了物质的面貌，更打开了一扇通向无穷可能性的门扉——一个属于创造、演化与意识探询的世界，由此展开。

第二步：化学与生命的诞生

OO 开始对物质世界演化规律产生浓厚兴趣。祂思索：若将最基本的粒子置于特定的交互规则中，是否能自发演化出层层递进的复杂秩序？于是，祂设定了化学律法，赋予粒子以结合与分化的能力，使它们能够在特定条件下凝聚为分子，或发生反应，生成新的形态。

在这套实验性的框架中，祂以精微的构思铺陈出九十二种元素及其相互作用的法则。每一种元素都承载着独特的键合潜能与能级层次。祂不直接介入，而是在宇宙伊始投下这套机制，静静观望，任时间之河冲刷，看在无机的荒原上，能否自发涌现出更高阶的秩序与结构。

随着粒子在时空中舞动、碰撞、重组，一些无机分子在能量驱动下生成氨基酸、核苷酸等有机前体，之后逐步催生出具备自我复制潜能的原始有机物。OO 将可能性注入这些反应链条，令元素和有机物在数十亿年间经历无数排列组合，直至某一偶然——或某一宿命节点——分子间的秩序跃迁，衍生出原初的生命原型。

然而，这一切只是物质层面的演化。OO 更深远的意图在于精神的诞生。为此，祂创造了两种非物质的原初粒子："识子"与"灵子"——识子，是"识"的基本单位，编码着知觉、意向、思维与表达的频率图谱；而灵子，则是"灵"的微核，储藏着记忆的回声、宿命的倾向、爱的原始冲动，以及与万物共鸣的能力。

识子与灵子，便是未来所有生命的智慧"源代码"，是 OO 埋入宇宙中的"精神种子"——等待在物质秩序之上，萌生出超越物质的存在。

第三步：生物的进化

当由物质之舞孕育出的"生命之火"在宇宙中微微燃起，并逐渐扩展成蓬勃的光焰时，OO 意识到：仅仅令生命具备基本的存在条件，远不足以推动宇宙走向更高层次的演化。真正的生命，不应只是被动存活的产物，而应成为能主动适应、重构乃至挑战既定自然法则的力量。于是，祂设下了第二重律法：进化机制。

祂在生命的织网中嵌入了自然选择与遗传变异的程式，赋予每一个生物体在时间长河中不断试探、适应、转化的能力。这不是静态的创造，而是一场持续运行的自我优化算法——生命体在压力、竞争与交互中经历筛选、淘汰与繁衍，在争夺、合作、融合之中演化出新结构、新能力、新智慧。它们为栖息地而斗争，为食物而博弈，也为维持存续而不断进化。某些物种学会了伪装、共生或迁徙，另一些则在极端环境中突变，尝试跨越原有的生存边界。

对于 OO 而言，这不仅是生物多样性的展现，更是一场宏大的意识实验：通过不断变异与演化，生命开始显露出自主性与适应智慧的萌芽。每一次基因的跃迁，每一个环境中的幸存者，都是对"生存意志"与"演化潜力"的深层探索。

在这个阶段，生命已不仅是 OO 的产物，更逐渐成为祂的折射之身——在既定规则中寻找突破，在宇宙秩序中锻造出自己的立场与形态。

第四步：自我意识的萌芽

OO 的好奇心，如同一条永不回头的光流，在宇宙的深渊与穹顶之间无尽延展。当祂凝视着那些为生存而奔波的生命体时，一个更为深远的问题浮现：生命是否能觉察自身的存在？

这一刻，祂不再满足于构建进化的算法，而是在万千生物的潜意识之中，悄然埋下了一枚种子——"识"。这不是普通的认知机制，而是自我意识的原初胚芽，一种能反观自身的微光，被祂嵌入生命体的演化之流。从此，某些生命体不再仅仅依赖本能的牵引。他们开始察觉到一个新奇又陌生的维度：自我。他们开始分辨出"我"与"环境"的边界，意识到自己的内在经验与外界现象并非一体。他们不再只是为了生存而活，而是开始活出一种被意识照亮的觉察之感。

在这股新涌现的认知洪流中，第一批拥有自我意识的生命体诞生了。他们的眼中映出世界的倒影，也映出自身的存在。他们开始质疑自己为何感知痛苦、为何渴望爱、为何恐惧死亡。他们试图穿透行为背后的动因，试图理解"我是谁""我为何在此""自然为何如此神秘"。

他们的探索，不再仅限于山川与星辰，而是转向意识的内部结构。他们构造语言、绘制符号、燃起仪式之火——这一切，皆是为了触及那个他们尚无法言说的核心：存在的真相是否可知？

在这一阶段，OO 并未提供答案。祂只是在那无声的高维之处静静观察，等待看意识之火是否能在生命内部自燃、自问、自答。对祂而言，这是一次更深层的实验，不是关于生命如何适应环境，而是生命是否能超越自身的生物性限制，走向内在宇宙的觉醒。

这一幕，不再是生物学的跃迁，而是宇宙赋予生命的第一道"精神裂痕"。那裂痕之中，是无限向内凝望的可能性。

第五步：心灵连接

在目睹了个体自我觉醒所引发的深远涟漪后，OO 的思维再度延展，像星际间彼此牵引的引力场，开始探询一个更深邃的问题：

如果"我意识到我"，那么，"我是否也能真正感知你"？

祂意识到，尽管自我意识让生命体看见了自身，但这份觉知依旧被个体的边界所封闭。如果存在一种机制，能让生命穿越"我"的孤岛，触及"他"的深海——那将是一场意识维度的跃迁。于是，祂将另一颗种子"灵"植入了生命体的深层结构，并设定了第三则律法"心灵共鸣"。

这一法则不再局限于认知之层，而直指情感与共感的源泉。祂使每个拥有"识"的个体，也具备了感知他者情绪、理解他者意图、回应他者呼唤的能力。个体开始不只是独立的自我，而是成为可共鸣的频率节点——在无声之中，传递悲喜、恐惧、信任、渴望与存在感。语言不再是唯一的桥梁，触碰、凝视甚至纯粹的意识流动，就足以在两个生命体之间架起透明而深刻的心灵隧道。

随着"灵"机制的展开，一种前所未有的情感生态在生命中诞生：他们开始相互感知、相互回应、相互改变。爱与信任不再是进化的副产品，而是心灵机制本身的证明。他们建立起协作，共同面对风暴，共同疗愈创伤，也共同向内寻找意义。

在某些时刻，多个个体之间的共鸣达到了临界点——他们的意识产生了同步现象，形成了一种超越个体总和的集体意识雏形。这不再是单一意识的延伸，而是多重意识之间产生"共振"的能场，能够表达、思考、判断，并携带更强的适应力与智慧密度。

OO 在这一实验中，第一次见证到：生命体不只可以意识自己，还能意识到"我们"。祂并未强行赋予集体意识的全貌，只是播下灵、识之种，看其在多重生命间如何生根、如何纠缠、如何化为精神森林。

这一阶段，标志着情感的觉醒、关系的深化与社会性的开端——它不仅开拓了"意识的横向维度"，也为更高阶的语言、道德、仪式、艺术等精神结构的诞生，铺设了灵魂基础。从此，宇宙中不再只有"存在"，不再只有"我思"，而出现了"深有同感"和"众望所归"——一个比孤立的意识更广阔的维度，一种指向合一与共鸣的可能性。

第六步：智慧与文明

随着心灵之间的连接愈发深入，生命体的互动在频率层面变得更加复杂且交织。OO 的思维再次跃升，祂意识到：情感的共鸣虽已让个体走出孤岛，但要引导他们突破感知的局限、跃迁至真正的创造性存在，唯有赐予他们更高层次的智慧。

为此，祂在这一阶段挑选了一个独特的进化载体——地球上的人类，将智慧的光种深植于他们的神经网络与意识结构之中，意图使其成为打开更高文明之门的钥匙。这一智慧，不再只是生存策略的优化，也不是本能与情绪的延伸，而是对抽象、逻辑、因果与可能性之维度的把握力。人类开始不满足于"适应世界"，而是主动去理解、重构与超越这个世界。

他们从感知中提炼符号，从经验中萃取法则，从混沌中寻求秩序。他们制造工具、绘制图腾、书写语言、筑起城市。他们让石器之声变成机械之响，又让机械跃升为智能的低语——而这一切，都源于那团内在不安的火焰：想象、质疑、创造、改变。

与此同时，大量生命体沿着不同的演化路径继续前行，一些不成功的生命体被自然淘汰，另一些生命体作为地球物种资源和食物链条继续演化；而人类作为高智慧承载体，则走向了社会性结构的高度复杂化。从最早的族群协作，到城市与国家的诞生，人类在合作与冲突之间建立起文明的肌理。他们创造语言与艺术，作为心灵延展的桥梁；发展科学与哲学，作为理性与精神探索的双翼。他们的集体智慧不再是叠加，而是共振、反馈与自我加速的系统。

智慧孕育了工具，工具重塑了环境，而环境又反过来滋养新的智慧——这是 OO 从未在其他生命体中见证过的循环自升机制。祂观察着人类如何从个体本能走向群体伦理，从生物层面的本我，跃升至思辨与道德的超我。

人类开始构建价值体系，试图定义"正义""责任""自由""秩序"的边界。他们设定规则，发明法律，思考共处之道；他们在多样文化中孕育认同，在冲突磨合中提炼理性。他们的社会不再只是材料与能源分配系统，而成为信息、意义生成系统——这是智慧文明的真正迹象。随后，宗教、艺术、科学、哲学——四条意识之流在不同文明中交汇、融合、冲突，形成了 OO 尤为关注的"意义矩阵"——带有理性与感性的结构感，像是一个承载所有思想的底层框架。

祂通过这一步，见证了一场不同于基因选择或情感回响的进化——一场由智慧引发的自我塑造之旅。这是祂在实验中首次将"认知进化"与"文明建构"统一为一个整体，观察生命如何从单一意识的探索，跃迁为群体意识之树的繁茂生长。祂明白，智慧不只是工具，它是命运的介质。

在人类的手中，智慧可能通向辉煌的合一，也可能滑落至毁灭的深渊。而 OO 并不干预，只是等待，看这群被赐予"意义"的存在，将如何书写自己的剧本。

第七步：科技的极限

在这一阶段，OO 设下了新的试炼，核心在于考察科技与智慧的耦合，以及这种耦合如何重塑个体与群体的边界。人类在智慧的驱动下逐步破译自然法则，模仿生物与环境的机理，并将所得转化为足以改变生存格局的技术体系。

科技的进步推动人类跨入全新的时代：他们得以探寻星辰的奥秘，操控物质形态，乃至深入微观世界进行干预。无论是能源革命，还是对生物学、物理学、化学、天文学深层规律的解锁，人类的科技成就令人震撼。

随着科技渗透社会的方方面面，个体不再仅依赖自然法则生存，反而逐渐受制于科技本身——人工智能、基因工程、仿生学、量子意识等新兴力量，使人类不仅在物质层面获得空前能力，也逐步突破了生物物种的固有限制。个体和群体之间的界限日渐模糊：个体借助科技强化身体与意识，而群体则通过网络与意识共享，凝聚成新的集体智慧。

然而，力量的扩张伴随着风险。高度发达的科技开始影响个体的自由与选择：从重大决策到日常行为，人类愈发依赖算法与工具，便利与力量的背后，是个体意识可能的迷失与被掌控。与此同时，群体与个体的关系也在重构。网络联结与精神共享使群体利益更趋统一，但个体独立性与自主性却逐渐削弱。人类在追逐进步的同时，陷入道德与伦理的两难：如何在无限的技术可能性面前，守护个体本性与自由的尊严？

更深层的疑问浮现：科技的无节制发展是否将导致人类本质的异化？当生命形式被深度改写，人类是否仍能保持与原始自我意识的联系，抑或沦为缺乏情感与灵魂的科技产物？能否通过伦理的自觉，避免坠入技术极权的陷阱？

OO 在观察中发现，人类在面对科技与伦理挑战时充满分歧与困惑。有人选择以科技提升思想与存在，有人则坚持物种本性与自由价值，警惕过度依赖的危机。如何在科技驱动下保持自我意识，如何平衡进步与尊严、自由的关系，逐渐成为这一试炼的核心议题。

OO 也因此反思科技的双刃剑效应：它既是文明的引擎，也是迷失的深渊。设下这场试炼的真正目的，在于观察人类如何在高度科技化的世界中找到自身定位——既不失去个体自由，也不让科技堕落为控制与压迫的工具，而是在张力中寻得和谐与共生。

第八步：意识的突破

在这一阶段，OO 设定了超越物质束缚的目标，试图引导人类在科技巅峰之后迈向更高层次的意识形态。此时，人类已洞悉几乎所有物质法则，能量与物质的界限逐渐模糊。外部的控制与操控已不再满足他们的渴望，他们开始转向内在的深层探索，追寻意识本质的形态。

他们逐渐明白，存在的意义并非局限于物质的运作，而在于意识的流动与变形。随着科技与法则的掌握日益精进，他们的思维从物质实体中解放出来，寻求全新的存在方式。身体逐渐失去作为意识载体的必然性，人类借助脑机接口与精神网络，开始踏入无形的意识领域。这是一次由物质走向精神的跨越，个体与物质的界限被逐步消解，只留下对意识之源的渴求。

意识探索的浪潮扩展开来，人类学会放下自我，突破传统的个体界限。在心灵的深度共振中，彼此的意识交融成流，隔阂与差异化为乌有。孤立的存在逐渐消散，他们开始触及更为辽阔的意识维度，并最终在共鸣中凝聚为超越个体的集体意识。

而这一集体意识的升华，并不只于人类内部的共享思想与情感。他们渐渐接入宇宙深层的意识网络——一个超越时空、连接万物的巨大场域，所有智慧生命都在其中共振，不论来自物质世界还是精神领域。借此接入，人类的意识突破了个体与地球的局限，融入宇宙整体，成为万物一体的意识流动。

进入这一网络后，人类已不再是孤立的物种，而是宇宙意识的流体。他们能感知宇宙的脉动与起伏，洞察其秘密与演化。在这种"宇宙视角"下，生命间不再有等级与界限，思想、情感与意识融汇成一体。各个星球的智慧生命体也在这一过程中放下自我，走向与宇宙的合一，从物种的边界中解放，成为更深远的存在。

OO 注视着这一进程，思索着人类如何在共振中超越自我，抵达更广阔的领域。这不仅是一次对意识的实验，更是一次对宇宙与人类意识交织的见证。最终，二者的融合诞生出超越时空与物质的存在状态。这些智慧生命体不再受制于物理与生物法则，他们能自由穿行于宇宙，洞悉宇宙的起源与终极命运。他们不再只是生命体，而是成为宇宙意识的一部分，超越了生死与存在的二元界限，步入永恒的境界。

在这一实验的最深处，OO 所期待的启示浮现：意识的升华，从来不只是个体或物种的进化，而是通向宇宙真理的桥梁，是贯通所有智慧生命体的纽带。OO 在此为宇宙设定的底层逻辑早已明晰——生命的真正意义，不在个体与物种的延续，而在于意识的永恒流动与集体升华。

第九步：超越与归一

在最终的试炼中，OO 设定了智慧生命体的终极目标——超越所有物质、时间与空间的形态，回归纯粹的意识本质。这不仅是生命的考验，更是意识的解构与升华。历经前八步进化，生命体从物质聚合到意识觉醒，从个体认知到集体共振，最终将超越时空，步入纯粹的意识场域。

在这一阶段，个体意识脱离自我，融入宇宙意识之海——一个无边无际、超越一切经验与形式的意识场域。在此，所有个体意识被净化、交融，最终蜕变为"神识"。

成为神识的那一刻，OO 的助手——掌管这场宇宙实验的 OO66 与 OO77，将向具备神识的生命体展现其本体。生命体将与祂们建立深度连接，所有心智、思想、记忆、感知、认知、精神将在祂们的指导下交织成一个超级意识——"虚识"，它将冲出九维宇宙，进入虚空。

至此，生命的轮回终止——不再是这个宇宙内的物质和意识的复生，而是一种脱离这个宇宙的"涅槃"。那些大道无形的生命体将再也不受限于时间、空间、生死的对立，而是以升华为"潜力"的形态进入一种无限流动的境界。

　　回看宇宙，OO 期待见证这里不仅是信息、物质与能量的结合，更是一个"孵化器"一个"道场"——无始无终，唯有回归与升华。

　　当九步试炼完成，OO66 与 OO77 将向 OO 汇报实验成果，详述生命如何从物质迈向意识超越，最终回归虚空。OO 不急于评判，而是以观察者的姿态，审视每一阶段的演变，洞察每类生命体的觉醒、每次意识的突破，以及最终的升华。

　　如果 OO 的好奇心得到满足，意识到这一切不仅是实验，更是一场壮丽的生命进化，祂将引导虚识进一步升华，成为"藏识"。至此，藏识便有机会融入 OO——这一作为意识之源的"玄识"，最终汇入宇宙本初意识的洪流。

　　然而，若实验的过程和结果仍存缺陷，未臻完美，OO 将微微一笑，缓缓转动象征宇宙循环与重生的"九步之轮"。轮回随之启动，宇宙实验重启——万物复始，物质凝聚，微光初现，生命萌发，意识苏醒，秩序重组……直至 OO 寻得更完美、更和谐的进化路径。

　　这一过程如同宇宙自身的无尽律动。无论轮回几度重启，生命与意识的试炼永不停歇，直至臻于至善的圆满。

　　OO 的好奇心、对生命的创造与观察，驱使祂不断前行，直至探寻最终的答案——抑或，在这无尽循环中，答案本身早已蕴藏其中。

118 推倒重来

0077 还给马克和柯林讲了人类在三十万年以前一次被推倒重来的故事。

那次实验发生在远古的一个历史里，00 将意识的火种撒向地球。最初的人类族群仅拥有生存的本能，但对自然充满敬畏。他们崇拜日月星辰，能与山河树木共鸣，后来掌握了某种与自然共生的神秘力量。他们与自然和谐共存，没有对地球进行大规模的破坏。后来，虽然物质不发达，但在一个本不该出现的外星文明帮助下，他们的"科技"变得极其先进，能够通过意念交流，操控物质，并理解了生命的真谛，还拥有深邃的灵魂。

那些远古人类并非通过火和铁来开疆扩土，而是在神族的帮助下构建出宏伟的"生命方舟"——他们的建筑悬浮在空中，夜晚以微光的形式闪烁在天空与大地之间。他们开发出纯净的能量晶体，能够供全族世代使用，并借助这些能量源泉进行深层次的灵魂探索。他们的智慧极大，甚至能够打开意识的通道，理解宇宙的奥秘。很快，文明在此基础上不断发展，达到了前所未有的辉煌顶峰。

随着文明的不断深入，他们开始对自身的意识边界产生了浓厚的兴趣，他们渴望超越身体，探究宇宙的真相，甚至与 00 本身建立联系。于是，他们的部落议会决定启动一项灵魂实验，希望通过"半神实验"将个体的灵魂与宇宙的意识共振，从而进入更高层次的存在状态。

在灵魂实验的过程中，他们尝试着拥抱"一柱天"扶摇直上。他们相信，一旦成功，人类将彻底获得永生，不再受限于肉体的衰老和死亡。然而，某些人类被权力与永生的欲望吞噬，妄图利用这项科技来独揽天地的能量，甚至支配他人的意识，将自己化为神般的存在。文明中的欲望之争逐渐加剧，破坏了与自然和星空的纯净连接。

OO 注意到了人类文明的异变。祂原本期待这场灵魂实验成为人类进化的契机，使他们成为与宇宙和谐共存的意识体。然而人类对权力的欲望、对永生的贪念已逐渐变得扭曲，甚至威胁到整个宇宙。原本闪耀的意识之光变得黯淡，文明处于自我毁灭的边缘。

OO 深深叹息，为了让地球不至于在这场失控的实验中彻底毁灭，祂决定进行一次"大重置"。祂将"一柱天"关闭，切断了人类与更高意识层面的连接，断然削弱他们的"神力"。于是，那些想要成为"神"和"半神"的人失去了原本的力量，充满智慧与灵性的部落在一夜间化作尘土，而那些漂浮在空中的建筑和光芒闪烁的晶体也随之消散在大地之间。

接着，OO 以意念的力量掀起巨大的地壳运动，洪水和火山暴发接连不断。整个地球陷入了黑暗之中，火焰与洪水吞噬了文明的每一处角落，部落废墟被彻底埋葬在地底深处，所有的一切都被尘封在历史的迷雾中。然而，有些残存的纯净灵魂被祂带离地球重新洗礼，变得更为纯粹。

后来，在这片荒芜之上，OO 将新的意识火种重新撒向大地。这次，祂设定了不同的进化道路，也剥离了人类的某些超凡力量，使他们更关注肉体的生存和发展。OO 赋予了他们更为细致的探索本能，使得他们从头开始学习、探索自然的规律，在信息、材料和能源的基础上，逐步建造物质世界的文明。祂观察着人类开始简单的生活，逐渐学会农业、文字、工具——这一次的进化变得缓慢而朴实，但却扎实稳固。

OO 知道，这些后来的人类不会再轻易接触到灵魂的高层次，除非他们超越自我，通过谦卑和真正的觉悟，才能重新找到那条通向高阶的"天梯"。OO 继续在遥远的虚空中静观人类文明的起落，偶尔点燃一些灵感的火花，引导着他们的进化之路。

人类史前文明的故事最终被风沙掩埋，化作一段尘封的传说，但那些埋在地底和海洋深处的遗迹、远古的辉煌片段仍偶尔出现在人们的梦境中，作为遥远的召唤，等待着人类去发掘、去思索。他们是否能找到那道遗失的"一柱天"？在未来的某一刻，或许答案会揭晓，而 OO，将始终在宇宙的彼岸静静守望。

马克和柯林听完这个故事很低落。更令他们伤感的是，OO77 告诉他们现在的人类是被推倒重来后的第九波，同时提醒他们回到地球后要向人类传递这一信息，珍惜这一次机会。

在归程的路上，两人一直沉默，除了伤感，更多的是觉得自己身上的责任重大。回去后他们第一时间将得到的这些重大信息通报给了全人类。人类也终于明白，自己正走向 OO 设计的第九步中，但要冲出这个宇宙进入虚空，成为虚识、藏识，最后归一 OO，人类还要去先探索其他星系的文明，同那里的智慧体意识连接。

两人都知道，他们下一个阶段的使命是星际拜访。

马克在第九维度第一次清晰看到了自己的未来，或者说是全人类的未来——OO 设计的第九步。但好奇心令他升起一个念头——或许他们可以创造一个不同的未来，因为本来未来就是不确定的。

13 ｜ 外星入侵

119 巨舰临空

清晨七点十八分，柯林被急促的电话铃声吵醒，电话屏幕上跳跃着最高优先级的紧急代码。他皱起眉，一边披上外套，一边迅速按下接听键。话筒另一端传来通讯官紧绷的声音："柯林博士，请立即前往 Q 堡三层'星际安全指挥中心'，参加紧急会议。"

没有多余解释，也无须解释。Q 地堡地下三层，全球太空军事联合中心的绝对中枢，每一次紧急会议的召开，必定意味着最高等级的威胁。柯林迅速穿戴整齐，一路小跑穿过地堡连接通道层层安保关卡，金属走廊在他脚下回响出急促而低沉的节奏，伴着冷却系统的运作声隐约回荡，仿佛整个空间都被凝重的气氛冻结。

电梯疾速上行，红色警示灯投下冷峻的光影。门缓缓开启，在经过门口两名士兵的检查后，柯林迈入宽阔肃穆的指挥中心。

一张巨大的全息星图悬浮在空中，实时投射着来自全球各大天文台的数据流。数十名科学家与军官已经里外三层围坐在大圆桌旁，每个人的表情都紧绷至极限，低声交谈着，连呼吸声都显得格外沉重。

柯林刚落座，头发灰白的军事天文学家华莱士便站起身，直接切入主题。

"最先察觉到异常的是 7 号太空监测站。起初，我们以为它是一颗未被发现的小行星。"他调整全息星图，图像迅速放大，一块漆黑的不明物体浮现出来。

"但它的轨迹……"

全息投影中，一条红色箭头清晰标示出它的运动路径。最初，它以稳定轨道接近地球北极，然而，在某个临界点，它的速度与方向发生了极其精准的调整。

"它不受任何已知引力影响。"华莱士的声音微微颤抖，"甚至在不断调整自身速度与角度……像是在进行最后的精准度修正。"

大厅内陷入死寂。

"我们动员了全球天文台、超算中心，试图解读它的性质与来历。"华莱士继续说道，同时调出一系列观测数据。"但它没有减速，进入地月系统后，仍保持星际航行的速度。"

全息影像再次变化，一张俯瞰地球的图像浮现出来。随着不明飞行物的逼近，地球磁场产生了异常的微妙波动，大气层的光学折射率略有变化，夜空中的群星仿佛变得黯淡，甚至连月光都显得扭曲。

"我们的卫星检测到，地球磁场出现了异常波动。"华莱士的助手小钱补充道，"虽然幅度很小，但这可能意味着不明飞行物的接近正在影响地球的能量场。"

柯林紧紧盯着屏幕，眉头皱得更深。

"然后呢？"布莱克索恩问道。

华莱士深吸一口气，目光扫过在场所有人，声音低沉而凝重："然后，它停了下来，在纽约上空。"

俯瞰的镜头缓缓旋转，视角逐渐拉近，一个模糊的轮廓在夜空中显现。那不是一颗小行星，而是一艘巨大的飞船，就那样静静悬浮在纽约上空，一动不动。

它的体积远远超出人类的想象，规模压倒一切地球上的航天器，甚至比所有已知的空间站加在一起还要庞大数十倍。它遮蔽了大片天空，投下浓重的阴影，使得原本清冷的月夜变得更加幽暗，仿佛连月光都被它吞噬了一部分。

　　这艘飞船没有推进器，没有喷口，没有任何可以被人类科技识别的部件结构。它的表面似乎违背了物理法则，光线在其上被扭曲流动，有时深邃得如同黑洞，有时则闪烁着淡淡的苍白光辉。它沉默地悬在那里，没有一点声响，却散发出一种令人无法抗拒的威压，直击人心。任何抬头凝望它的人，都会不由自主地感到寒意沁骨，仿佛面对的是某种超越理性的存在。

　　"所以，你们的意思是……"布莱克索恩缓缓开口，声音低沉而有力，"它就这么悬浮在头顶，既不攻击，也不回应？"

　　"是的。"华莱士点头，神色凝重。"这正是最令人不安的地方。它……在等待。"

　　"等待什么？"柯林皱起眉头，目光锐利地扫过四周的科学家与军方高层。

　　没有人能回答这个问题。

　　投影屏幕上，监测报告不断闪烁——雷达扫描、卫星图像、引力监测、光谱分析、波噪解码、量子波动数据……所有已知科技手段的结论惊人一致——人类对它一无所知。

　　"我们尝试用无线电通讯，但没有任何回应。"小钱说道。

　　"光信号、引力波、量子纠缠信息传输，我们都试过了……"一名通讯专家低声补充。

　　"但它根本不理会。"小钱低声道，眼中带着隐隐的愤怒和焦虑。

　　"也许……它是在等我们先作出某种举动。"柯林喃喃道。

　　布莱克索恩沉默片刻，缓缓起身，目光穿透全息投影，直视着那庞然巨物。

　　"现在的问题是，我们该如何行动？"

指挥中心内的空气沉闷得像是凝固，每个人的目光都紧盯着全息投影中那艘沉默的巨舰。

屏幕上，不断跳动的数据流诉说着人类的困惑与无能为力。

"或许，它根本不需要理会。"柯林的声音带着一丝微妙的敬畏，"它的存在本身，就是一个信号。"

布莱克索恩沉默地听着，目光扫过墙上闪烁的紧急警报屏——

【全球戒严等级：最高战备状态】

……

世界正在迅速失控，各国政府的新闻发布会接连不断，却难以平息愈演愈烈的恐慌。

随着全球媒体的报道，早上九点，世界已经陷入了前所未有的混乱——社交媒体、新闻频道、政府公告都被这一事件湮没，全国范围内爆发了大规模的恐慌潮——人们开始疯狂涌上街头，一些人开始抢购食物、水、口罩和卫生纸，加油站挤满排队的车辆，银行系统几近瘫痪，街道上爆发了骚乱，有些宗教团体宣称"世界末日"即将降临。

有人认为这是某种超越认知的天体现象，也有人猜测是外星文明的入侵，还有人选择膜拜这艘神秘巨舰。他们认为，这并非外星科技，而是神明或宇宙意识的显现，是对人类文明的最后审判，或是一场跨维度的召唤。宗教团体、意识先知、技术乌托邦者纷纷发声，将其解读为人类与"更高存在"的临界接触。

在这一切混乱与崇拜之中，巨舰始终保持沉默——它既不回应，也不消失，仿佛时间对它而言毫无意义。而它存在的本身，就已足以撼动整个人类文明的思想边界。

上午十点，纽约，时代广场——

人群如潮水般聚集在广场上，仰望着天空中的庞然巨构。有些人高举标语：

"欢迎神明降临！"

"外星文明将带来启示！"

另一些人则挥舞着武器，愤怒地喊着：

"保卫地球！"

"不能坐以待毙！"

一场混乱的冲突即将爆发，而这只是无数城市的缩影。

旧金山、洛杉矶、圣地亚哥、拉斯维加斯、华盛顿、佛罗里达、迈阿密……各地，恐慌、骚乱、绝望，交织成混沌的浪潮。

在这场无声的对峙中，飞船依旧悬浮在城市上空一动不动，宛如一座亘古不变的天穹堡垒，冷漠而神秘。

政府一方面极力安抚民众，一方面迅速进入最高战备状态。天空防御系统被紧急启动，军队进入一级戒备，战斗机、核潜艇、导弹防御系统、轨道武器平台、太空武器系统的激光炮全部锁定了天空中的不明物体——尽管谁都知道，这些武器恐怕根本无法对付那个庞然大物。

数十颗卫星被调配至同步轨道，监视飞船的每一个细节。军方雷达系统持续扫描，试图探测出它的构造与能量源。然而，无论是无线电波、激光探测，还是微波扫描，这艘飞船都没有任何反射，甚至连基本的物质成分都无法解析，它似乎超出了人类已知的一切科技认知。

最令人不安的是，这艘庞然大物既没有发出攻击信号，也没有尝试与地球通讯。它只是悬浮在那里，如同一个沉默的神祇，俯瞰着地球，似乎在等待着某种信号。世界仿佛正处于暴风雨来临前的最后一刻安宁，一切都悬在刀锋之上，只待某个信号，就彻底爆发——但没有人知道将会发生什么。

指挥中心内的气氛压抑得令人窒息。

全球主要领导人通过加密视讯会议进行紧急磋商，屏幕上一张张凝重的面孔映照着现实的严峻。有人主张立即发出警告信号，继续尝试通讯；有人则提议采取强硬措施，例如发射试探性武器，以测试对方反应；还有人竭力反对任何形式的挑衅，他们知道，在未知面前，任何轻率的举动都可能成为引爆毁灭性后果的导火索。

"它究竟是什么？它为何停在这里？"

这个问题回荡在所有人的脑海之中，却无人能够回答。

就在全球局势愈发紧绷，舆论与政治博弈几近失控之际，指挥中心突然接收到一条卫星监测数据。几位值守的专家几乎在同一时间站起身来，屏幕上，一道极其微弱、几近被宇宙噪声背景掩盖的能量脉冲正从飞船内部缓缓扩散出来。

它既不像语言，也不是任何已知形式的电子通信信号，频率飘忽不定，却又精准有序。最初，科学家们误以为那只是飞船能量场的自然逸散，但随着数据处理的深入，异样逐渐显现——这道脉冲正以极高精度匹配天意网骨干架构中某些特定的识子共振频率。

"这不是联络请求，"一位量子通讯专家低声说道，声音中带着一种不安的敬畏，"它在尝试同步……它知道我们的意识网络。"

实验室瞬间安静下来。脉冲并非随机扰动，而像是一种结构化的回声，就像某种超越语言的意识尝试用自身的量子节律来建立桥梁。它并非在向某个个体传递信息，它的目标是整个"天意网"本身——那个作为统一意识场存在的有机整体。那一刻，脉冲所触发的不是信息传输，而是一种全域共振的请求，一场向意识整体发出的同步尝试。

这是否意味着它已掌握了人类意识的某种频谱密码？又或者，它本就是为了这种"同步"而来？

此刻，所有质疑它是否"活着"的声音开始动摇。它或许不是一艘飞船，而是一个巨型意识容器——一个正在"苏醒"的地外实体。而它正在寻找的，可能不是人类……而是意识本身。

空气在这一刻冻结。

"它正在调整……或者说，它正在'校准'。"一名量子物理学家低声说道，额角渗出冷汗。

"校准什么？"柯林紧盯着屏幕，声音低沉。

"或许……它正在校准我们整个人类意识的某种信号。"

刹那间，指挥中心内所有人的心脏都猛烈一跳。

外界，人群的骚动仍在持续。政府军与示威者在街头对峙，宗教信徒在广场上哭泣膜拜，而天空中的庞然巨物，依旧冷漠地悬浮在那里。

然而，没有人知道，真正的风暴，即将来临。

120 虹化飞天

时间过去了三天——这是地球上有史以来最漫长的三天。

那道从飞船裂缝中悄然扩散出的神秘能量脉冲，无形无声，却似乎渗透进了现实世界的每一个原子。它不像传统意义上的电磁波，更像是一种直接作用于意识层的"次存在扰动"——不借助介质，也无需翻译，就能直抵人类心智的最深处。

最初，人们只是感到一阵轻微的恍惚，仿佛在梦境中短暂失重。但随着脉冲的持续蔓延，整个纽约，甚至周边城市中的人们开始出现同样的症状：时间感错乱，空间认知扭曲，甚至有些人声称"听到了不存在的声音，看到了重叠的现实"——似乎现实本身的逻辑结构正在松动，人类赖以维持清醒的那层"意识壳"开始龟裂。

一些敏感个体在梦中"看见"了飞船内部的景象——没有墙壁，只有流动的意识流和符号回旋的空间。他们醒来时无法描述那些视觉，但所有人的手指都在无意识中画出同样的弯曲图形，那是一种尚未被认知系统解码的语言。

意识干扰波显然正在升级。

察觉到事态的异常扩散，应柯林的紧急请求，布莱克索恩亲自下令，从基地调遣一架军用垂直起降飞行器。数小时内，柯林和一支由全球最杰出的量子意识学家组成的小组被秘密送往纽约。

这次任务的目标不仅是追踪这场事件的起源，更是为了解：那艘飞船究竟释放了什么？为什么它能直接作用于人类意识？而它所寻求"同步"的对象，究竟是天意网的意识频率，还是人类尚未觉醒的集体无意识？

为了安全起见，军机降落在宾夕法尼亚州的斯克兰顿太空军基地。一下飞机，当地部队立即派出专车，将柯林一行火速送往纽约。两小时后，专车穿过长长的高速公路，终于进入了纽约市。刚一进入市内，他们就被迅速转移到当地戒严部队的装甲车上，继续前往事态中心——时代广场。

沿途的街道显得异常冷清，军车和装甲车穿行在空旷的城市中，戒严部队和当地警察的巡逻车在周围保持高度警戒。时代广场附近的建筑物外墙上张贴着政府发布的紧急通知，部分区域已经被封锁，街道上的居民很少敢外出。此时的纽约，仿佛成了一个巨大的战区，空气中弥漫着不安的气息。

车队一路疾驰，驶过一条条街道，终于抵达了时代广场。此时，这个纽约的心脏地带显得格外诡异。几天前，曾经聚集在广场上的一些人，依旧没有离开。他们在这片广场上驻足，仿佛成了某种神秘力量的俘虏，目光紧盯着空中那个飞船的裂缝，表情疯狂、癫痫。

柯林从装甲车的车顶探头观望，这里此刻仿佛成为了一场宇宙仪式的中心。人群在广场中央疯狂地聚集，双眼失神、面部扭曲，陷入了痴迷的默祷。柯林能感受到他们身上那种极为强烈的意识波动，恍如有某种强大的精神力量正在召唤他们的灵魂，让他们进入某种无法抗拒的状态。

"他们在做什么？"

柯林低声自语，心中充满了疑惑和担忧。直觉告诉他，每一个被吸引到广场的人，似乎都被某种看不见的力量"挟持"着，而这种力量并不只是来自人类的集体意识，更像是某种外部的、超越人类理解的存在。

靠近广场中心的那一刻，柯林感觉到脑海中的意识波动骤然增强，一道无形的能流正穿透他的思维。他几乎可以"听见"那低沉而持续的嗡鸣，如同某种远古存在在耳语。他闭上双眼，全神贯注地试图追踪这股波动的源头，然而一种沉重的压迫感随之袭来——像是一道无形的壁障，冷漠而坚不可摧，阻挡着他的意识深入。

他睁开眼，望向广场上的人群。一部分人已陷入彻底的狂热，他们被某种不可抗拒的召唤支配，双臂高举，脸上浮现出接引神明般的虔诚；而另一部分人则面如死灰，眼中流露出赤裸的恐惧与失序的疯狂，像是意识深处的某道防线已被彻底撕裂。这一幕令柯林的心沉入深渊。他明白，这群体性的精神失控，是源自某种庞大且陌生的意识力量的悄然入侵，一个人类未曾接触的精神维度，正透过这片空间缓缓展开。

巨型飞船仍悬浮在空中，那道黑暗的裂痕如同现实被撕开的伤口，向外渗透着某种无法言喻的存在感。它没有声音，却能让人的灵魂深处泛起阵阵涟漪，似乎有某种东西正在窥探、呼唤、筛选……

"快看——！"有人惊恐地喊道。

广场中央，第一批受到影响的人——那些最早聚集到这里、举着标语好奇地盯着裂缝的人——他们的身影开始微微扭曲，轮廓变得模糊不清，仿佛光透过了他们的身体。他们的眼神渐渐空洞，嘴唇微微颤抖，低声喃喃着某种奇异的语言，像是在回应某种召唤。

接着，他们的身体正以肉眼可见的速度变得透明，那不是简单的消失，更像是被某种高维规则重塑——他们的物质结构正在解体，化作纯粹的光流，缓缓升腾，向着裂缝飘去。

不是飞行，不是物理意义上的移动，而是化作一道光，从这个世界消失。

柯林看着其中一个中年男人，他的双手抬起正在膜拜，仿佛在触碰什么看不见的屏障，而他的皮肤、血肉、骨骼，都在微光中化开，一层又一层地剥离，最终只剩下一道纯粹的光流，被裂缝的引力所牵引，缓缓流向飞船的内部。

柯林猛地倒退了一步，心脏剧烈跳动。他猜想，那些消失的人，并不是被烧毁、分解或湮灭，而是他们的存在方式发生了转变——他们仍然存在，但不再属于这个世界。

他们被带入了另一层现实？

"这不可能……"指挥中心的通讯频道里传来科学家颤抖的声音。雷达、光谱分析、热成像——所有设备都失效了，无法解析这一现象。被"召唤"的人没有留下任何生物残骸，甚至连质量损失都无法测量——他们的存在似乎被整体迁移到了另一种维度，从这个世界彻底抹去。

柯林此刻想到"大虹化"这个词——一个源自藏传佛教宁玛派教义的术语，指的是一种在修行极高的成就者圆寂时所发生的超常现象。在这种状态下，修行者的身体在死亡之后逐渐缩小、消融，最终完全消失。这个过程通常伴随五色彩虹的出现，被视为身心转化为"虹光"的现象——广场上的这些消失的人正显现着类似的现象。

"这不是死亡，而是跃迁。"柯林心中想道。

"所有人后退！快！离开这里！"军方指挥官通过扩音器嘶吼着，每个人的手机警报也不断响起，此起彼伏。士兵们惊恐地端起武器，想要拉开那些尚未消失的人，但已经太迟了。

第二批人开始低声喃喃着同样奇异的语言，然后也是身体开始透明，之后越来越多的光流形成，像传说中的"仙人飞天"那样，向那飞船的裂缝汇聚……但更多其他的人，只是在那里惊恐和尖叫，身体并没有发生异常变化。

柯林的呼吸急促，他努力稳住意识，脑海里却闪现出一个疯狂的念头：

这艘飞船……是通往另一维度的通道。

它正在筛选人类——但标准是什么？被"选中"的人，是因为某种生理特征？精神频率？还是做过什么事？或是……某种连他们自己都未曾察觉的内在属性？

他看到一个青年死死抱住自己的母亲，哭喊着不让她离开，然而母亲已经半透明化，身体化作一缕缕光丝，被裂缝温柔而无情地牵引着"飞天"而去。青年的双手最终只能抱住空气，而他的哀嚎，刺耳地飘荡在广场。

"他们还活着吗……"柯林低声呢喃，眼神牢牢锁定在飞船中央那道幽深的裂隙。那不再是普通的破口，而是一道介于现实与非现实之间的缝隙——像通往虚空的伤口，又像一扇等待开启的意识之门。

那里面，是终结，还是重生？是文明的湮灭，还是进化的跳跃？

他盯着那道深不可测的黑缝，那黑暗仿佛拥有某种召唤的意志——它不只是吞噬，而是在指引。在他的注视下，一个又一个人，如同步入某种共振频率，被一道无形的力量吸引，化作微光，安静地没入那无边的暗流之中。

那不是逃离，而是进入。

人们的消失并非线性进行，而是带着某种规律——最初是举着标语的人，然后逐渐扩展到那些虔诚膜拜的人，再后来是一些情绪不稳定的人。

广场上的人潮疯狂向后退去，然而那股无形的能流波动已经扩散开来，蔓延至整个城市。一些不在广场上的人也被"挑选"出来，化作光流被吸入飞船。

柯林深吸一口气，陷入思考，试图从量子意识学角度理解这一现象。

"维度跃迁……这不可能……但现实就摆在眼前。"

柯林猛然忆起，在第七维度的一次意识穿越中，他曾接触过一个惊人的启示：物质并非静止不动的"实在"，而是一种从多维结构向低维世界的映射。它们看似坚固，其实只是投影，是更高秩序的折影。

他隐隐明白了什么——

当高维力量干涉时，这些投影可以被重新调校，甚至整体跃迁至更高维的存在状态。这也许就是那些人躯体"消失"的真正原因：不是死亡，而是被"升维"。

至于他们的意识……

　　柯林确信：人类的意识从未真正属于这个世界。它是一种"识子"——一种脱离于物质时空的微观信息粒子，只是短暂被投射在肉身这具容器中。而现在，飞船内部那道裂缝，不再只是结构性的开启——它更像是一个巨大的识子引力场的入口，正在撕裂物质与意识的联结，将他们的识子粒场从三维肉体中剥离，带往更高维度的意识层级——一个不再需要肉身的存在形式。

　　抑或此刻发生的，是人类个体的高维度重组——他们没有死，只是意识和身体分离后被传输到另外的维度重组……柯林的思维飞速运转。

　　就在这时，柯林的身边，一个精神崩溃的年轻士兵突然发出一声低沉的呢喃。接着，他的瞳孔骤然扩散，整个人僵直地"立"在原地。他的身体开始发生变化——先是皮肤变得透明，随后五官模糊，像是正被某种力量重新塑造。他的双手微微颤抖，嘴唇开合，开始低语那种奇异的语言。

　　柯林看得心惊肉跳，他靠近过去，双手下意识地抱着士兵的胳膊，像是要把他拽到自己怀里保护起来。他知道士兵现在的"症状"，正是化作光流的前兆。拉住士兵的那一刻，他自己有股"通电"的感觉，目光也变得异常犀利。

　　士兵的身体开始变得朦胧，正在与现实世界脱离连接。下一秒，他的轮廓陡然扭曲，化作一缕纯净的光辉，宛如被风吹散的星尘，沿着某种无形的轨迹，向裂缝缓缓飘去……柯林的双手一阵滚烫，此刻却是在抱着空气。

　　柯林屏住了呼吸，整个人仿佛被冻结在时间的缝隙中。他的双眼睁得滚圆，死死凝视着那道裂缝深处的黑暗——那名士兵的归处。然而，那不是"黑"，更像是某种真实的"撤退"，是原有现实崩解后裸露出的另一种结构。

　　他不知道是不是因为刚才抱住"虹化"的士兵，有了肢体接触的缘故，此刻他感觉自己仿佛开了"天眼"——能够看到更多以前看不到的东西。

　　在那道深不可测的裂缝之中，他窥见了一种彻底陌异的真实——一个既无法言说，也无法几何刻画的存在。那不是某种景象，而是一片扭曲却无限蔓延的"语言形态场"，其中涌动的，不是能量，不是物质，而是一道道连接意识的"痕迹线"，仿佛是记忆在高维中留下的折光轨迹。

　　那片场域无方向、无边界。一切都在流动，却从未移动；一切都在演化，却没有起点，也无终点。它仿佛是"存在"本身，在不可感知的维度中缓慢呼吸。而被裂缝吸入的那名士兵，他的光辉正在这片场中重新聚合。

　　那不是死亡，也非升华，而是一场根本性的"转译"——从肉体到意识，从意识到另一个逻辑下的存在。

　　他不再属于"人"的范畴，甚至不再归于任何物种。他已成为一段高维信息，在异域法则之下被重写、编排和重构，蜕变为一种全然陌生的"形态语言"——非语音、非文字，而是以形态、结构、流动、波谱、频率直接表达意识、自我与本质的存在形式。

　　他不再使用语言，而是成为语言本身，以"形"为言，以"态"为句，于彼界发声，不借喉舌，只凭意识之间的"干涉"。

　　在这超越言语之界的维度中，"语言"已不再是人类所知的工具，而是涵括意义流动、逻辑结构、意向折叠与共鸣频率的意识之母语。在那里，每一个存在，都是一段活着的结构语义：

　　"我"，不再是一个肉身或名词，而是一个由自我感、边界知觉、主客体关系构成的语义场；"物体"，是频率稳定、结构可复述的形态单元；"事件"，是动词性的流动组合；"情感"，是句法之中隐伏的波谱与调式；"记忆"，是文本在意识深处的重组与变奏。

　　在这片形态即存在、结构即思想的世界中，他的每一次震颤，都是意义的绽放；他的每一段沉默，都是秩序的编排。

　　柯林意识到，裂缝背后，并非虚无，而是一种被层层遮蔽的"真相结构"在缓缓显现。那里，或许才是真正的现实，而他们所处的，只是意识投影的外壳。

他忽然想起《左传》里那段话：

"大上有立德，其次有立功，其次有立言。虽久不废，此之谓不朽。"

这句话他是早期实验中，为理解布莱克索恩念出的"言不灭者，神存焉"，找来《左传》读过的，却仿佛直到现在才真正听见。

"立言"，他心想，不是留下文字，而是让意识成为语言的容器。那种语言不依赖字母，不需要口舌，它是一种能够穿透时间的振动。当一个人的意识被宇宙识别，当他的思想与源频率共振，他的每一个念头，都会成为宇宙意识场的一道波——那才是真正的"不朽"。

他缓缓闭上眼，光从内心升起，意识在体内流动。在那无声的空间里，他听见所有"立言者"的呼吸：孔子的仁心、老子的虚静、苏格拉底的追问以及那些未被记载的古代意识师的低吟。他们早已无名，却仍在共振。

"原来，语言的目的不是被理解，而是被唤醒。"他喃喃道："'立言'不是说出真理，而是让意识记起自己曾经知道的那部分。"

他终于明白——这"语言形态场"并非一个远方的天门，而是一个被宇宙允许共鸣的波场。当灵魂足够透明，当意志不再被自我遮蔽，言就会化为光，光就会成为传递意识的载体。

那时，一个人无需留下书卷，也无需碑铭。他只需活出一种能唤醒他人意识的存在方式。

那便是"立言"。

——不是言之不朽，而是意识在言中继续呼吸。

14 ｜ 怀疑质疑

121 筛选收割

在裂缝的深处，线条开始闪烁，像是某种未知意识的低语。它没有声音，却直接穿透大脑，像是某种高维智慧的召唤。

在那黑暗之中，他又看到了无数飘浮的"立体符号"形态，仿佛是亿万个意识的集合体，在某种宏大而复杂的体系中相互交织。

"他们还'活着'……"

柯林喃喃道，但他的声音却带着止不住的颤抖。因为他知道，自己很快也会被波及。他想控制着自己不去看那道裂缝，但发现已经无法控制住目光。

他看到那些被吸入的人还"活着"，但却是不情愿地被改变了生命形态，且这一过程是不可逆的。进入裂缝之后，他们不再是原来的自己，而是被加工为"语言形态"，存在于某个"符号世界"的空间中……

柯林猛然倒吸一口凉气，拼命摇头，他终于明白：

他们不是被邀请进入，而是被回收、被同化；这不是人类的进化，而是某种超维文明的收割。

"这是意识资源掠夺……"

柯林猛地转身，想要逃离广场，但他的身体已经开始变得迟钝，意识开始模糊，他能感觉到自己的思维正在被重塑，世界的边界正在退去。

他，无法抗拒……

裂缝之中，出现一双巨大的眼睛，向他投来审视的目光。

他的意识边界正一点点消解，泡沫般溶解在某种无形的洪流之中。他知道自己正在被"观察"，被那道裂缝后的存在所审查。

他听到一个低沉的、跨越时空的回音——

"你的形态……仍未完成……"

刹那间，他的思维被猛烈地撕裂，他的记忆、情绪、所有存在的痕迹都在一瞬间被解构、分析、重新排列。他感到自己被分割成无数碎片，每一片都是他，却又都不再是完整的他。

此刻，他在多维空间中看到了自己——

他的视角切换为全观，体验到一个由无数立体符号交织而成的形态网络，正在所有方向全方位地铺展。那些被吸收的人类意识并没有消失，而是以"形态语言"方式共存。它们像神经元般相互连接、彼此交融，形成了某种更高维度的"形态存在体"——被唤做"言初文明"。

然而，他看到自己并不在其中。

他的意识结构仍然保持着独立性，并未溶解在这形态网络中。他感觉到自己仍然是一个"个体"，但正在不断地被分裂、解析，直到某种未知的标准被达成。

然后……

他被丢下飞船——被丢弃了，像一袋"垃圾"。

他感到重新有了重力。急速坠落，又猛然从地面上弹起。

七上八下，他清晰地数着。第八次落地后，没有再弹起。

他大口喘息，浑身被冷汗浸透。他发现自己仍然在广场上。他不放

心地掐了一下自己，感觉有痛感——他想确认自己不是在梦里。

裂缝依旧高悬在空中，漆黑无声，而人群的消失仍在继续，但他没有被带走。

为什么？

他颤抖着看向自己的手，身体依旧存在，没有被"虹化"。可他的脑海里仍残留着那种无法言喻的感觉——他见过了"另一边"，见过了那种更高的存在形态，但他被拒绝了。

"柯林！听得到吗？请回答！请回答！"

远方指挥中心的呼叫声从通讯器中不断传来。

柯林颤抖地按下通讯器：

"我……我还在……"

"天哪……你还活着！你刚才消失了一会儿——全世界的监控设备都无法捕捉到你，你就像从现实里被抹去了一样！"

"但……我又回来了。"

柯林低声喃喃，他知道自己经历了一次彻底的维度试探，但这次同以往任何一次都不同——他的身体似乎被短暂地解构和重组过，而以前他们的科学实验都只是意识的跃迁。

"它们在筛选……它们在挑选符合标准的意识，而不符合的，就像不合格的数据文件一样，被丢弃回原世界。"

柯林强迫自己冷静下来，一切似乎都清晰起来——这场"收割"不是无差别的，它们并不想要所有的人类，而是寻找某种特定的意识形态，一些符合它们标准的人。而自己，似乎并不符合它们的要求。

它们在选什么？

他猛地想起，被带走的人群中，有高举标语的狂热信徒，有陷入低语的膜拜者，有精神崩溃者……但没有那些仍持怀疑、质疑态度，仍保持理智、仍能独立思考的人。

他看向广场上那些未被带走的人，他们或在迷茫、或在思考、或在呼唤、或在反抗，但他们的眼神里仍然带着疑问，仍然对眼前的异象持有怀疑和抵抗。

——这是一场对意识的挑选：只有那些完全崇拜、完全狂热、完全接受、完全服从的人，才会被吸收。

柯林的血液冰冷，他意识到这背后意味着什么。这不是进化，而是收割"听话"的意识体。而自己，因为仍然质疑、仍然冷静、仍然排斥、仍然抗拒，才没有被接纳。

通讯器中，指挥中心的声音再次响起："柯林，你必须尽快回来！飞船裂缝正在增大，类似的情况已经蔓延到整个纽约！但有迹象显示飞船要离开了，我们的时间不多了！"

柯林猛地抬头看向飞船，心中浮现出一个更可怕的猜想——这场"收割"并不会持续太久。当它们收集足够的意识体后，这道裂缝会关闭，而剩下的人类，将会迎来另一种命运：

是彻底遗弃？还是……清理？

柯林不敢再想下去，他拔腿狂奔，向着等他的装甲车冲去。而在他身后，裂缝深处的光芒越发强烈，正在迎接最终的收割。

倒计时，已经开始。

122 黛安救场

柯林从纽约回到指挥中心时，所有人正满脸惊恐地盯着屏幕——被带走的人数在不断增加，不再局限在时代广场。街道、商场、地铁站、电影院、学校、医院……凡是有人群聚集的地方，都能看到一些人逐渐变得恍惚，低语着某种难以辨认的词句，然后在众目睽睽之下化作光辉，飘向飞船的裂缝，最终彻底消失。

政府已经完全失去了对局势的控制，军方的所有行动都如同徒劳。战斗机和无人机无法接近裂缝，导弹在接触裂隙前便化作尘埃，甚至连激光炮的发射装置都在启动前失效。

布莱克索恩喘着粗气，站在指挥中心的中枢屏幕前："我们必须立刻找到反击的办法！"

"反击？"柯林无奈地说，"这不是某种入侵，这是一场我们无法理解的'收割'。"

"我们要尽快解救那些被带走的人！"布莱克索恩咬紧牙关，他看着屏幕上不断闪烁的数据，试图寻找某种规律。

"或许它们只带走了愿意被带走的人，"柯林小声嘟囔了一句，但周围的人都听到了，露出奇怪的表情。

为什么他们要带走一部分人，却留下另一部分？

他闭上眼睛，回忆起自己的经历——那道意识的低语，那种超越语言的沟通方式，自己在裂缝的另一端被审视、被解析，却最终被拒绝和丢弃。

突然，他猛地睁开眼睛："他们在挑选盲从的人。"

布莱克索恩皱眉："你的意思是……"

柯林的手指飞快地在控制台上敲击，从灵犀一号和天意网调出了所有被带走者的访问记录和意识数据。因为进入地球和人类最高级别的紧急状态，他们刚获得临时紧急授权，可以访问这两个数据库——这也是第一次。

"看看这些人，他们有一个共同点——易于盲从、臣服和狂热崇拜，他们的认知中也缺乏怀疑和质疑。"

柯林说出了自己一直的猜测。他是一个讲究数据的严谨科学家，一回到指挥中心他就在调取和整理这些记录，有了这些证据后，他才会说出自己的判断。在屏幕上的数据被筛选出来后，整个指挥中心都为之一震。

被带走的，几乎都是狂信者，而那些仍然思考、质疑、对未知保持抵抗的人……他们仍然留在这个世界。

"这不是救赎。"柯林低声说，"这是一次意识的取舍。一个高维存在，在选择符合它们'标准'的意识体，而不符合的，就像被丢弃的'残次品'。"

当然，柯林不觉得自己是"残次品"，他一向觉得怀疑的态度和质疑的精神是人类发展不可或缺的珍宝。他以往曾在一篇关于人类意识发展史的学术论文中写道：

"质疑是人类意识进化的催化剂。盲从带来'秩序'，而怀疑则推动变革。自史前时代以来，人类正是因对环境、对神祇、对自身认知的不断祛魅和质疑，才得以突破生存的局限，迈向更高层次的智慧。无论是哲学、科学，还是社会制度的演进，每一次重大变革都始于那些敢于质疑现状的人。"

"那他们是进化了？"一名军官问道。

"这要看'进化'的定义是什么……"柯林觉得很难回答这个问题。其实他心里在思考，对于一个高维认可的"标准"，放在低维宇宙，就一定是"高标准"吗？那个飞船所代表的智慧体，它们掠夺走的那些人类的意识体，进入高维就算是进化吗？想起在第九维度的所见所闻，柯林甚至开始怀疑 OO 对这个宇宙的设计还存在缺陷。

"被带走的人……究竟经历了什么？"有人颤抖着问，打断了柯林的思绪。

柯林看向大屏幕中的裂缝，眼神复杂："他们已经成为了某种更高存在的一部分，就像神经网络的一部分，就像……"

他不敢继续说下去。

如果这些裂缝是某种超维度意识体的投影，而它们正在收集"合适"的意识……那我们剩下的人是什么？

答案呼之欲出——

垃圾数据。

指挥中心内一片死寂。

所有人都意识到了一个可怕的事实——如果这场筛选完成后，留下的人类被判定为"无用"，那接下来会发生什么呢？

那些裂缝，会不会在下一秒变成吞噬一切的黑洞？还是垃圾粉碎机？

"柯林，我们怎么办？"布莱克索恩的声音前所未有的低沉。

通过大屏幕，柯林的目光死死盯着裂缝深处，那道光芒越发强烈，似乎已经完成了最终的收集，即将进入下一个阶段。

他深吸一口气："我们不能让自己变成'残次品'。"

"怎么做？"布莱克索恩问道。

柯林缓缓抬起头，目光凌厉："我们必须证明，我们仍然是有价值的个体。我们要制造信号，向它们传达出一种信息——我们仍然有可能'进化'，当然这是缓兵之计。"

他手指飞快敲击，指挥中心的通讯装置被调整至最高功率。

"如果它们在挑选符合条件的意识，我们就让它们看到，我们也可以适应，我们也可以'进化'——但不是被动接受，而是主动突破！"

柯林知道，时间所剩无几。

他深吸一口气，闭上眼睛，放空所有思维，然后主动去感知那股未知的意识波动。

刹那间，他的脑海再次回响起那道跨越时空的低语——

"……你的形态……仍未完成……"

这次，他没有抗拒，而是主动回应："那么，让我看看'完成'意味着什么。"

然而，他放开了一切恐惧和抗拒，但并未放弃"怀疑"和"独立思考"。他不是狂信者，不是失去理智的信徒，而是想以自己的方式去理解、去接触、去"进化"。

这时，时代广场上，黛安出现了——或许说突然"降临"更为恰当！她的身影在混乱的人群中格外醒目，双眼微闭，神色专注，开始与那艘悬停在广场上空的飞船进行某种深层次的交流。她的嘴唇微微翕动，却没有发出声音，她周围的空间变得有些扭曲，有一股无形的波动在她与飞船之间流转。

柯林心中一紧，他隐约感觉到，黛安正在进行一场极为危险的意识较量。她究竟在与什么沟通？是试图制止，还是在谈判？她如何能做到？这一切仍然充满了未知。

柯林紧盯大屏幕，让他感到稍微宽心的是他发现黛安的姿态中透露出某种沉着与掌控力，她并不是在接受飞船的召唤，而是在与之对话，甚至……在试图影响它的意志。

此刻，飞船的表面开始闪烁奇异的光纹——这是以前从未出现过的色彩，开始回应着黛安的意识波动。那些仍在膜拜的人似乎受到了影响，他们的狂热出现了短暂的停滞，某些人开始露出迷茫的神色，像是从某种梦境中苏醒过来。

紧接着，那道裂缝中的光芒骤然一变，色彩由深邃的暗黑转为柔和的天青色，一种低沉的震颤声在空气中回响，仿佛宇宙深处的某种存在正向这里投下目光。

……

就在光芒变换的同一时刻，指挥中心的屏幕疯狂跳动，全球各地的裂缝数据出现了短暂的停滞！

裂缝的光芒微微颤动，似乎在重新评估柯林的存在。

"有用……有效……通过！"

柯林的脑海再次传来一道跨越时空的低语。

同时，他的意识开始扩展，他"看见"了自己的另一种存在——一种更高维度的智慧形态。他的思维在升华，而他仍然是自己。他看到布莱克索恩、马克、黛安、卡贝拉和自己站在一片光辉闪耀的空间中，还有一个叫巴尔卡拉的年轻人，他们在讨论一份"宇宙伦理"宣言，但好像不是这个宇宙的宣言……那个巴尔卡拉，既熟悉又陌生，但他记不得在哪里见过……

无论如何，这才是柯林真正要的"进化"——不是屈服，而是超越。他猛地睁开眼睛回到现实，对指挥中心里所有的人高声说道："我们有希望了。"

当他再次把目光投向大屏幕，发现大屏幕中，黛安正化作一道光影，悄然离去，甚至没和他们打声招呼。但随着黛安的离去，飞船的裂缝开始收缩，光芒逐渐消散。

那些被带走的人没有回来，但新一轮的"收割"却停止了。

广场上和城市中所有幸存的人，都不约而同地感到一种奇异的"心弦撩拨"，就像是被某种不可见的存在重新审视过，但最终被放过了。

柯林喘着粗气，看着裂缝消失的天空，久久说不出话。

他们活了下来……

123 另类现实

柯林猛然从梦中惊醒，发现浑身是汗水。他清楚地记着这个梦，但不清楚这仅仅是一个梦，还是在多维宇宙里正在发生的另类真实，抑或是前世的记忆。

此刻，无数个想法在他脑中闪过：

人类是不是探索高维的速度太快，过早暴露了在宇宙中的坐标？

那些被带走的人是不是现在已经在高维宇宙的另类现实中？

人类究竟应该是对一个信仰完全相信，还是不断地怀疑？

那些走了的人和留下的人，哪个才是真正进化的人？

在人类的"形态"完成后，那艘飞船会不会再来"收割"？

最重要的是：黛安到底和它们说了什么，才终止了这场危机？

……

柯林偶然间瞥了一眼投影在天花板上的时间——早上七点十八分。

清晨的"阳光"透过半透明的"光能窗"洒进房间，空气中弥漫着淡淡的薄荷味，这是柯林最喜欢的房间自动净化系统调配出的清新气息。

他还未完全从梦境的余韵中回过神，电话铃骤然响起，他吓了一跳，突然意识到梦里电话铃也是七点十八分骤响。

他迟疑了一下，不敢接，真怕是通知他去三层开紧急会议。他看了一下屏幕，发现并没有显示最高优先级的紧急代码——他对这个细节记忆很清晰，因为一切外星人入侵的灾难都是从这儿开始的。

电话是跨星际维和部队军民联络部打来的，提醒他要去参加布莱克索恩的早餐会。在第九维度的全球共鸣运动之后，维和部队已经加快了人类拜访外星球的进程，布莱克索恩中午要参加司令部的会议，他希望在会议前听取柯林一些最新的实验进展报告。

柯林揉了揉太阳穴，脑海中仍然残留着刚才那个奇异的梦境——

巨型飞船、垂直起降飞行器、时代广场、被带走的人、被丢还的"垃圾"、结构语义、立体符号、收割标准、怀疑的态度和质疑的精神、黛安的再次出现和消失……

那些"亲历"的场景让他心绪难平。

他深知，这些年来自己越来越频繁地感受到某种"另类现实"，仿佛有一股看不见的多维力量正试图连接他的意识。但现在不是思考这个的时候。他迅速整理思绪，对着电话里的声音回答道：

"明白了，我会准时到。"

通话结束后，他起身走向"窗前"，望着栖息舱墙壁上模拟出的窗外远方天际线，又陷入了沉思。

在第九维度的共鸣运动之后，人类文明的发展已不可同日而语，尤其是在跨星际维和部队的推动下，人类探索外星球的步伐正以前所未有的速度加快。从最初的太阳系边缘哨站，到如今的深空探测舰队，他们已经在银河系中建立了多个前哨基地。然而，他始终坚信——随着地球文明的跃迁与扩展，必然会引来外星智慧的关注。这种关注究竟是友善的接触，还是潜藏的威胁，至今仍无人知晓。但他深知，等待绝不是人类的最佳选择。

柯林再次回味起刚才的梦。他感到十分庆幸，因为人类正在加快走出地球的计划。他觉得，保护地球家园最好的办法，是人类主动走出去拜访其他文明，加强星际合作，而不是一味等在地球。

然而，柯林此刻并不知道：飞船入侵地球其实不是梦，那是在另一个宇宙发生的"平行现实"，或者说，是柯林在梦中短暂地穿越到另一个平行宇宙。那个宇宙的几天，相当于柯林所在宇宙的几小时，所以他可以在一夜之间经历整个事件。

后来，柯林也怀疑过这不是梦——因为梦往往是随机组合时间、地点、人物、事件、场景、意识等元素，所以常常光怪陆离，不会如此有逻辑地清晰发展。

人们往往不能清晰地回忆起自己的梦，正是因为那些信息是临时组合，醒来后就"一触即散"——而能够清晰记起的梦，往往是另一个平行宇宙发生的"真实"。

黛安没有和飞船沟通什么，而是用自己的"多维能力"直接改变了事件走向，以那个宇宙的智慧体易于接受的方式，为这起入侵事件画了个句号。

　　这时的黛安，实际上已经进化为"虚识"，可以初步影响一些宇宙事件——事实上，那是一种幻影的再投射，但这种能力还仅限于她自己熟悉的一些人和事。

　　滴滴——滴滴——滴滴，电话铃声再次响起，将柯林拉回到现实中。那是马克打来的电话，还没等马克开口，柯林就叫马克过来说。他们住得很近，马克一到，柯林就一股脑地将刚才的梦讲给马克。

　　听完柯林讲述，马克开口问道："我还是不太明白，柯林。你一直在说的'语言形态'，到底是种什么存在？语言不就是我们用来表达思想的符号吗？"

　　柯林轻轻笑了笑："那只是人类的语言。可语言从未只属于人类。在意识的层面上，语言并不是工具，而是——存在本身的形态。当意识在不同层次中折叠、显化，它就会生成不同的'语义结构'：光的频谱、粒子的旋转、几何的对称、思想的流动——这些，全都是语言的形态表现。"

　　马克问道："你的意思是，宇宙在'说话'？"

　　柯林点了点头："更准确地说——宇宙在'自我诵读'。语言不是描述存在的手段，而是存在自我显现的方式。梦里的高维智慧称之为'语言形态'——一种以结构与频率直接表达意义的存在方式。它不依赖声，不依赖文字，而以形态、波谱、逻辑模式来表达意识的状态。"

　　他抬手在空中划出几道光线，屏幕应声出现四层展开的符号流。

　　柯林指向屏幕说道："你看，这就是语言形态的四重结构。"

层级	名称	功能	表现形式
I	感知语法层	意识以感知模式组织现实	图像、声响、触感的节律
II	能量谱层	意识以情绪与 能量波动传递信息	情感、节奏、共振
III	形态构层	意识以几何与 结构表达意义	拓扑、动态形态、流体逻辑
IV	源频层	意识与宇宙同频共鸣	无符号共振、意识合一

马克注视着光层，若有所思地说："前两层像是人类能感知的语言系统——声音、情绪……但后两层，似乎超出了表达的范畴，更像是存在本身的逻辑。"

柯林点头："没错。那是'立言'的真正意义——不是说出什么，而是被宇宙识别。

当意识纯净到一定程度，它自身的形态就成为语言。那时，语言与存在合一。"

马克问道："所以，语言形态是一种在意识与宇宙之间运作的'形上语法'？"

柯林："正是如此。宇宙中的一切都有语义性。粒子的旋转，是能量的语法；能量的跃迁，是语句；时间的流动，则是宇宙的篇章。存在的本体，其实就是语义的显化。"

他停顿片刻，声音变得低沉："而结构，是意义的句法。几何是语义的骨架，频率是语义的呼吸，时间是语义的语调。意识不是语言的产物，而是语言的发源场。当意识达到足够的整合度，它不再使用文字或声音，而以自身频率进入表达状态——那就是形态语言的境界。"

马克缓缓吐出一口气，说道："这几乎像是在说，意识本身就是宇宙的语言。"

柯林："是的。根据'九级宇宙网络'理论，OO 这位宇宙意识创造物质的方式，不是描述，而是共振。整个创造过程遵循一条简单的链条：”

意识 → 振动 → 形态 → 物质

柯林继续说道："意识产生振动，振动生成形态，形态在低维中凝结成物质。所以宇宙不是被创造出来的，而是被'说'出来的。语言形态，就是意识与物质之间的翻译界面。每一次生成与毁灭，都是句法的变化——一场宇宙语法的重写。"

马克沉思良久："那'立言'又是什么？在人类的意义上，它是让思想不朽。但在你眼中，它似乎更深。"

柯林微微一笑："在人类文明中，立言确实是思想的延续。可在形态语言的层面，'立言'意味着一种更高的存续：当意识的结构被宇宙语法识别，它便获得永恒共振。

'立德'是让意识的频率纯净、可被识别；

'立功'是将意识显化为创造；

'立言'，则是让意识的形态进入宇宙语法，让它继续被读出。

不朽，不在生死之间，而在被宇宙持续解读的可能性之中。"

马克凝视着他，语气里带着某种震动："所以——真正的不朽，不是被记住，而是被读取？"

柯林轻轻点头："对。被宇宙读出一次，就存在一次。被不断读出，就永远存在。

那，才是'立言者'的命运。"

"你又可以写一篇论文了，可以叫《语言形态的存在论原理》。"马克突然提议。柯林知道他读过自己原来的那篇论文《原子语言与意识结构》，没想到他记忆这么好，很快将那篇论文和刚才的对话关联起来。

　　"是啊，这两篇论文本质上是同一体系的两极：一个是意识→语言→现实的上行链路——意识如何生成语言与现实；另一个是现实→语言→意识的下行链路——物质如何成为意识的语法。"柯林觉得马克的提议非常棒，兴奋地说道，"换言之，语言形态论是宇宙的语法论，而原子语言论是宇宙的语音学。它们共同指向一个更高层的主命题：宇宙是意识与语言之间的共鸣系统。"

　　"结合这两篇论文，你可以形成一个完整的'宇宙语言模型'：

意识（意／源念）→ 振动（频率）→ 形态（几何结构）→ 原子（符号）→ 物质（语句）→ 文明（篇章）→ 宇宙（整体文本）。

　　这意味着：原子是'语言形态'的最低可读层；文明是'语言形态'的最高自觉层；宇宙是'语言形态'的完整句法。"马克也说得越来越兴奋。

　　"意识与物质互为语言的正反面。宇宙是被说出的，也在说着。"柯林总结道。

　　光场在屋内呼吸般闪烁，像是语言在空间中缓慢书写。在那一瞬，马克似乎听见——宇宙正在说话，而他们，只是那句话中的一部分。

Odyssey of Mind

Preview
预告

造化 Ⅱ

宇宙实验设计
DESIGN OF THE COSMIC EXPERIMENT

当人类第一次试图理解世界时，他们从物质出发，膜拜星空祈求超自然的力量；当人类第二次试图理解世界时，他们从心智出发，以古老哲学解释世界。之后，人类就从来没有停止过解释世界的步伐——从传统物理，到量子力学；从宏观宇宙到微观世界。而当他们站在第三个时代的门槛前，终于意识到：所有的理解本身，都源于意识。

在第九维度的全球共鸣运动之后，宇宙的秩序悄然发生了变化。黛安、马克和柯林，这三位曾在混乱中挣扎、最终与宇宙共鸣的人类，成为了这场变革的先锋。宇宙共鸣不仅是个体意识的升华，更是跨越种族与时空的集体觉醒。随着对第九维度的突破，他们获得了前所未有的洞察力，意识到自己的使命远远超越个人生死，需要承担起连接更广阔宇宙智慧和多星球的责任。

他们被赋予了一项崇高的使命——成为"星际使者"，致力于探索并连接其他地外智慧种族。他们的目标不仅是发现新的星际生命，更在于传播人类文明，同时促进宇宙各维度智慧族群的交流与合作。这种多智慧体协作不仅是一种理想，更是推动宇宙和谐共生共荣的根本力量。

他们和卡贝拉带队先后拜访了拉伊星球、德尔塔星、可可西星和梦格丽星，同那里的智慧生物交流与合作，也学习到宇宙技术。返回地球后，他们大力开展"梦游工场"项目，通过梦境实验，拓展现实边界。

然后，随着意识科技的社会化，一场围绕着"意识经济"的斗争在幕后展开。随着他们击溃黑客组织"零幕"，他们开始发现一条条线索指向了全球最大的一些技术公司、政界高层以及军警方的隐秘部门——那是一个更加庞大的阴谋，真正的目标是改变全球政经格局并实现科技垄断，重塑整个世界的力量结构。

在经历"零幕"事件后，他们加快与全球意识研究机构及伦理组织的合作，建立一个跨洲监督机制。希望这一机制能够有效遏制意识转移技术的盗用和滥用，确保其仅用于医疗、教育、体育、艺术和科学探索等合法领域。同时，他们以"灵魂"为主题举办了一系列社会活动——"灵魂夜宴""全球灵魂艺术节""自然之友探索营"和"城市灵魂体验"活动。

之后，他们发现：灵魂体验的推广不仅仅是分享方法，更涉及到文化的差异和对灵魂认知的多样性。为了尊重并理解不同文化的背景，学习和找到适合各个文化的灵魂体验方法和共鸣表达方式，黛安、马克和卡贝拉分别带领三个小队，到欧洲、南美和非洲三个不同文化背景的地区中进行实地调研。

与此同时，在宇宙之外的无垠虚空深处——那个被称作"无界"之地，OO 构建的那项宏大的计划——多宇宙设计和实验体系也逐渐被揭示。这一体系不仅是对宇宙构造的排列组合，更是一次有意识的尝试——寻找最适宜意识成长与突破的物理设定；对比不同生命形式、社会结构、技术进程、时空架构的演化差异。这场实验中，每一个平行宇宙皆为一个独立剧本，贡献独特的意识样本，最终汇聚成完整的宇宙意识图谱库。

六个来自不同宇宙的个体，从发现自己所处宇宙的异象开始，利用实验漏洞，取得联系，并汇聚成一个共同的力量。他们通过超越物质、概念、定义、逻辑、秩序、时间、空间、维度和意识本身的束缚，最终成功地打破了既定的实验框架，创造出一个非OO 范式的新宇宙——一体宇宙。

故事的最后，他们还揭开了"信使计划"的秘密——在人类不同文明阶段，OO 选择了"高敏感个体"，通过调频建立特殊信道，赋予其超越时代的认知碎片。这些个体被称为"宇宙信使"——一些能在历史关键时刻为人类传递全新的知识和理解方式、带来范式转移的人物。然而，他们的使命不是完成文明，而是投下火种，让文明在漫长进化中逐渐追随火光。

下一个
"宇宙信使"
是谁？

The mind's journey continues
await the next awakening